운양집

이 책은 2011년도 정부(교육과학기술부)의 재원으로 한국고전번역원의 지원을 받아
수행된 '권역별거점연구소협동번역사업'의 결과물임.

This work supported by institute for the Translation of Korean Classics - Grant funded by
the Korean Government

한국고전번역원 한국문집번역총서

雲養集

운양집 7

김윤식 지음
金允植

구지현 옮김
이지양

일러두기

1. 이 책의 번역 대본은 한국고전번역원에서 간행한 한국문집총간 328집 소재 《운양집(雲養集)》으로 하였다. 번역 대본의 원문 텍스트와 원문 이미지는 한국고전종합 DB (http://db.itkc.or.kr)에서 확인할 수 있다.

2. 내용이 간단한 역주는 간주(間註)로, 긴 역주는 각주(脚註)로 처리하였다.

3. 한자는 필요한 경우 이해를 돕기 위하여 넣었으며, 운문(韻文)은 원문을 병기하였다.

4. 맞춤법과 띄어쓰기는 한글 맞춤법과 표준어 규정을 따랐다.

5. 이 책에서 사용한 부호는 다음과 같다.

　　( )：번역문과 음이 같은 한자를 묶는다.

　　〔 〕：번역문과 뜻은 같으나 음이 다른 한자를 묶는다.

　　" "：대화 등의 인용문을 묶는다.

　　' '：" "안의 재인용 또는 강조 부분을 묶는다.

　　「 」：' '안의 재인용을 묶는다.

　　『 』：「 」안의 재인용을 묶는다.

　　《 》：책명 및 각주의 전거(典據)를 묶는다.

　　〈 〉：책의 편명 및 운문·산문의 제목을 묶는다.

차례

일러두기 · 4

운양집 제15권

잡저雜著

팔가섭필 하 八家涉筆下 · 25

　노소의 문장 1 老蘇文一 · 25

　노소의 문장 2 老蘇文二 · 26

　노소의 문장 3 老蘇文三 · 27

　노소의 문장 4 老蘇文四 · 28

　노소의 문장 5 老蘇文五 · 29

　노소의 문장 6 老蘇文六 · 32

　노소의 문장 7 老蘇文七 · 40

　노소의 문장 8 老蘇文八 · 40

　노소의 문장 9 老蘇文九 · 41

　노소의 문장 10 老蘇文十 · 42

　동파의 문장 1 東坡文一 · 42

　동파의 문장 2 東坡文二 · 43

　동파의 문장 3 東坡文三 · 50

　동파의 문장 4 東坡文四 · 54

　동파의 문장 5 東坡文五 · 57

동파의 문장 6 東坡文六 · 59

동파의 문장 7 東坡文七 · 61

동파의 문장 8 東坡文八 · 62

동파의 문장 9 東坡文九 · 63

동파의 문장 10 東坡文十 · 66

동파의 문장 11 東坡文十一 · 68

동파의 문장 12 東坡文十二 · 70

동파의 문장 13 東坡文十三 · 71

동파의 문장 14 東坡文十四 · 72

동파의 문장 15 東坡文十五 · 73

동파의 문장 16 東坡文十六 · 74

동파의 문장 17 東坡文十七 · 77

영빈의 문장 1 潁濱文一 · 78

영빈의 문장 2 潁濱文二 · 81

영빈의 문장 3 潁濱文三 · 84

영빈의 문장 4 潁濱文四 · 86

영빈의 문장 5 潁濱文五 · 90

영빈의 문장 6 潁濱文六 · 92

영빈의 문장 7 潁濱文七 · 94

영빈의 문장 8 潁濱文八 · 96

영빈의 문장 9 潁濱文九 · 99

영빈의 문장 10 潁濱文十 · 102

영빈의 문장 11 潁濱文十一 · 103

영빈의 문장 12 潁濱文十二 · 104

남풍의 문장 1 南豐文一 · 105

남풍의 문장 2 南豐文二 · 107

남풍의 문장 3 南豐文三 · 107

남풍의 문장 4 南豐文四 · 113

남풍의 문장 5 南豐文五 · 117

남풍의 문장 6 南豐文六 · 121

형공의 문장 1 荊公文一 · 122

형공의 문장 2 荊公文二 · 123

형공의 문장 3 荊公文三 · 127

형공의 문장 4 荊公文四 · 129

형공의 문장 5 荊公文五 · 130

형공의 문장 6 荊公文六 · 133

잡문雜文

궤세문 을묘년 餽歲文 乙卯 · 134

송하옥추일소집인 을축년 松下屋秋日小集引 乙丑 · 138

열부 밀양 박씨에게 정려문으로 기릴 것을 청하는 단자 경오년
請褒烈婦密陽朴氏旌閭單子 庚午 · 143

천구가 관례를 치를 때 축하한 말 정축년 5월 千駒加冠時祝辭 丁丑五月 · 146

도둑 맞은 일을 기록하다 記盜 · 147

고양이가 닭을 훔쳐간 일을 기록하다 記貓偸鷄 · 148

나비가 거미줄에 걸린 고소에 대한 판결 蝶罹蛛網訴判 · 150

당 태종이 안시성에서 회군할 때 정부를 회유한 조서를 흉내 내어 기축년
擬唐太宗安市班師時諭政府詔 己丑 · 151

면천 유생을 대신해 읍인 박한홍 효행을 보고하기를 청하는 글월 경인년
代沔川儒生請報邑人朴漢弘孝行狀 庚寅 · 154

강구회취지서 講舊會趣旨書 · 159

하합자에게 써 주다 경술년 書贈河合子 庚戌 · 161

단군강세개극일 경축사 檀君降世開極日慶祝詞 · 162

단군 어천일 축사 신해년 檀君御天日祝詞 辛亥 · 165

불교찬화회 취지서 佛教贊化會趣旨書 · 166

돈화론 敦化論 · 170

개가는 왕정에서 금한 것이 아니다 改嫁非王政之所禁 · 174

옥식변 玉食辨 · 178

청풍 김씨 종약 취지서 清風金氏宗約趣旨書 · 180

운양선생집발 雲養先生集跋 · 184

운양집발 雲養集跋 · 186

운양속집 제1권

시詩

천진으로 사신의 명을 받들어 대궐 섬돌에서 하직하고 남문을 나섰다
신사년 奉使天津辭墀出南門 辛巳 · 191

송경 선죽교에 들러 종사 윤석정의 운에 차운하다
過松京善竹橋次從事尹石汀韻 · 192

동선령에서 무관 백겸산의 운에 차운하다
洞仙嶺次官弁白兼山韻 · 193

연광정에서 묵다 宿練光亭 · 194

오늘은 나의 생일인데 윤석정이 나를 위해 절구 세 수를 지어 나그네의
회포를 위로해 주기에 그 수장의 시에 차운하여 답한다
是日卽余之生朝尹石汀爲作三截以慰羈旅之懷次其首章韻以酬之 · 195

연광정에서 차오산의 시에 차운하다 練光亭次車五山韻 · 196

기자궁을 찾아가 정지상의 시에 차운하다 過箕子宮次鄭知常韻 · 197

안주 백상루에서 판상의 시에 차운하다 安州百祥樓次板上韻 · 198

용천 양책관에서 금포 박효렴에게 작별시를 주다
龍川良策舘贈別朴錦圃孝廉 · 199

통군정에서 월사 상공의 시에 차운하다 統軍亭次月沙相公韻 · 200

책문에 묵으면서 이소산 어른이 써서 보낸 칠언절구 한 수를 받아 차운
해 부쳐 보냈다 宿柵門得李素山台丈書寄七截一首次韻付送 · 202

이 날 한경향 학사 또한 칠언 근체시 한 수를 부쳐왔으므로 차운하여
보냈다 是日韓經香學士亦寄七言近體詩一首次韻以送 · 203

압록강을 건너 책문에 도착하여 짓다 渡鴨江抵柵門作 · 204

안시성 安市城 · 205

연산관에서 새벽에 출발하다 連山關曉發 · 206

청석령 靑石嶺 · 207

요양 遼陽 · 208

태자하 太子河 · 209

성경 盛京 · 210

윤석정이 항상 일 때문에 뒤처져서 탑교에서 헤어져 출발했고 또 며칠
을 떨어져 있게 되었으니 이에 슬퍼하며 짓는다
尹石汀常以故落後塔橋離發又作數日之別悵然而作 · 211

신민둔을 지나며 먼지를 읊다 過新民屯咏塵 · 212

황기보를 지나며 過黃旗堡 · 213

송산보 松山堡 · 214

변길운의 증운을 보고 차운하다 次卞吉雲見贈韻 · 215

동행한 여러 군자들에게 차운하여 드리다

次韻奉贈同行諸君子 · 217

산해관에서 군사들이 용맹하게 기예를 연마하는 것을 관람하다
山海關觀兵勇鍊技 · 219

망부대 望夫臺 · 220

진자점 榛子店 · 221

영평성 밖의 점사에서 벽에 쓰인 시에 차운하다
永平城外店舍次壁上韻 · 222

'진'자 운을 써서 고군 영철 에게 답하다 用塵字韻答高君 永喆 · 225

변길운의 산해관 시에 차운하다 次卞吉雲山海關韻 · 226

방균점에서 벽에 쓰인 시에 차운하다 邦均店次壁上韻 · 227

옛 노룡새 십팔리보 古盧龍塞十八里堡 · 229

옛 우북평 영평부 古右北平永平府 · 230

이제묘 난하 夷齊廟灤河 · 231

역수를 지나다 過易水 · 232

양충민의 사당을 알현하다 謁楊忠愍祠 · 234

해조편을 영정 관찰사 유장원 지개 에게 드리다
海鳥篇呈永定觀察使遊藏園 智開 · 236

옥하관에서 묵다 宿玉河館 · 239

보정성서에서 이소전 중당 홍장 을 알현하다
保定省署謁李少荃中堂 鴻章 · 240

천진 天津 · 241

자죽림 紫竹林 · 243

천진 해관도 관찰 주옥산 복 에게 드리다
贈津海關道周玉山觀察 馥 · 244

초상국에서 당경성 정추 관찰께 드리다
招商局贈唐景星觀察 廷樞 · 245

공도를 통솔하여 천진동국분창에 도착해 학과 공부를 권면하다
率工徒到天津東局分廠勸課 · 246

다시 보정에서 천진으로 향하며 復自保定向天津 · 247

동국기기창 東局機器廠 · 248

동국기기 총판 관찰 허 기광 께 드림
贈東局機器摠辦觀察許 其光 · 249

지헌 문 총병 서 에게 드리다 贈芝軒文摠兵 瑞 · 250

문정공 국번 의 사당에 알현하다 謁曾文正公 國藩 祠 · 251

재차 천진에 도착하여 이부상을 알현하다 再到天津謁李傅相 · 252

연공사가 북경에 도착해 집안 소식을 전해주었다. 작년 섣달에 백종씨 학해공이 세상을 버렸다니 그를 위해 시를 읊고 곡을 한다
年貢使到北京傳家信去年臘月伯從氏學海公棄世爲詩哭之 · 253

일본 도쿄에 전신을 보내 취당 종형에게 조약 체결이 어찌되었는지, 어느 날에 귀국하는지 물었다
送電信于日本東京問翠堂從兄如何辦約何日回國 · 254

북양수사 제독 정우정에게 드리다 贈北洋水師提督丁禹鼎 · 255

전광의 고향을 지나며 過田光故里 · 256

수사학당 총판 오관찰 중상 께 드리다
贈水師學堂摠辦吳觀察 仲翔 · 257

기기국 총판 유관찰 함방 께 드리다
贈器機局摠辦劉觀察 含芳 · 258

남국의 총판 왕관찰 덕균 께 드리다
贈南局摠辦王觀察 德均 · 259

나자사 풍록 에게 드리다 贈羅刺史 豊祿 · 260

윤종사관이 공도를 인솔하여 남국에 나뉘어 머물게 되었으므로 전송하다 送尹從事率工徒分住南局 · 261

어일재 윤중 이완서 조연 가 문의관으로서 천진에 왔다 魚一齋 允中 李浣西 祖淵 以問議官來津 · 262

윤석정 종사관이 귀국하는 것을 전송하며 送尹石汀從事歸國 · 263

백겸산 관변이 귀국하는 것을 전송하다 送白兼山官弁歸國 · 264

미국 사절 설비이가 조약을 논의하기 위하여 우리나라로 떠났다. 중국이 정군문 여창, 마관찰 건충 을 파견하여 조약 논의를 돕는다 美使薛斐爾爲議約東出中國派丁軍門 汝昌 馬觀察 建忠 勸助約事 · 265

비파 枇杷 · 266

감람 橄欖 · 267

들으니 유구왕이 일본 도쿄에 억류되어 있어 그의 신하가 상해에 가서 군사를 요청하느라 해를 넘기도록 돌아가지 못하고 있다 한다 聞琉球王在日本東京其臣赴滬乞師經年不返 · 268

들으니 안남의 동경이 법국인에게 파괴되었다고 한다 聞安南東京爲法人所破 · 269

해광사에 놀러가서 오명화상에게 드리다 遊海光寺贈梧明和尙 · 270

변고를 듣고 군대를 따라 우리나라로 돌아오다가 등주에 이르러 짓다 聞變隨軍東還至登州作 · 271

천진 운하 배 안에서 원사인 세개 을 만나 함께 묵다 津河舟中逢袁舍人 世凱 同宿 · 272

본국에 재난이 있었다는 소식을 듣고서 천진 해관에 나아가 일을 의논했다. 작별에 즈음하여 주옥산에게 감사드린다 聞本國有難日赴津海關議事臨別謝周玉山 · 274

변고를 듣고 우리나라로 돌아간 장제군 수성 제군을 생각하며
聞變東還懷張制軍 樹聲 · 275

배가 등주에 도착하니 오소수가 바야흐로 등주 육영의 군대를 조발해
화함에 나눠 태우고 우리나라로 출발하려 하였다
舟到登州吳筱帥方調登州六營兵分載火艦東發 · 276

연태의 배 안에서 오군문 장경 을 알현하다
烟台舟中謁吳軍門 長慶 · 277

장계직에게 드리다 贈張季直 · 278

배가 남양 마산포에 정박하였다. 들으니 주상께선 평안하시고 시정도 안정
되어 고요하다고 한다 舟泊南陽馬山浦聞主上安寧市井晏謐 · 279

마산포에서 야숙하며 원위정 사마께 보여드리다
野宿馬山浦示袁慰庭司馬 · 280

원위정이 하남으로 돌아감을 전송하며 送袁慰庭還河南 · 281

원위정 관찰이 독리상무로 와서 주재하다
袁慰庭觀察以督理商務來駐 · 283

이 해 구월 임금님 뜻을 받들어 천진의 공도들을 철수하여 돌아오게 되
었는데 시월 삼일에 배가 등주에 정박했다
是年九月奉旨撤還天津工徒十月初三日舟泊登州 · 285

봉래각 蓬萊閣 · 286

등주성 안에서 장계직을 만났다 登州城中逢張季直 · 288

항구에서 작은 윤선을 타고 밤에 항해하여 새벽에 천진에 닿았다
自海口乘小輪船夜行曉泊天津 · 290

동국에 도착해 관에 머물며 공도들과 만나 슬퍼하고 기뻐하였다
至東局留館工徒相迎悲喜 · 291

스물여섯 운을 주옥산 관찰께 받들어 드리다
二十六韻奉贈周玉山觀察 · 292

장계직, 원서당 홍 과 더불어 연태 반관에서 만나 술을 마시며 소녀가 부르는
창곡을 들었다 與張季直袁恕堂 鴻 會飮烟台飯舘聽小兒女唱曲 · 295

연태에서 배를 기다리다가 해관도 방관찰 여익 께 인사를 하고 타고 갈
배를 알아봐달라고 요청하다
候舟烟台謝海關道方觀察 汝翼 乞覓舟便 · 296

태고의 배 안에서 원덕무 사마를 만났다. 호는 언화, 운간 사람이다. 시를
주며 화답을 구하므로 즉석에서 써서 보여주었다
太沽舟中逢袁司馬悳懋 號彦華雲間人 贈詩索和卽席書示 · 297

갑신년 시월 정변에 원위정이 앞장서서 궁을 보호하고 환난을 평정해
어가를 돌아오게 하였으니 시로써 사례드린다
甲申十月之變袁慰庭挺身護宮定難回蹕以詩謝之 · 299

고 광동수사제독 오소헌 만 故廣東水師提督吳筱軒輓 · 300

방초로 포천시사의 시에 차운하다 芳草次抱川詩社韻 · 302

송석원에서 삼가 문곡 호곡 매간 세 분 선생의 시에 차운하다
松石園謹次文谷壺谷梅磵三先生韻 · 303

벽수산장에서 삼가 노가재 선생의 시에 차운하다
碧樹山庄謹次老稼齋先生韻 · 305

도쿠토미 기스이께 차운하여 화답하다 次韻和德富淇水 · 306

스에마쓰 세이효에게 차운하여 답하다 次韻答末松靑萍 · 307

정부인 김씨 고라 만 貞夫人金氏 高羅 輓 · 309

경주법원판사 도다 다다마사가 나이가 많아 물러난다고 하면서 시를
지어 작별의 뜻을 고하며 화답을 구하기에 차운하여 보낸다
慶州法院判事戶田忠正引年告退爲詩道告別之意且索和次韻送之 · 311

포천시사에서 춘잠 시에 차운하다 次抱川詩社春蠶韻 · 313

또 남극노인성을 읊으며 왈 자를 운으로 사용하였다
又賦南極老人星得曰字 · 314

병중에 들으니 일본의 아사마산이 화염을 뿜는다고 한다. 돌이켜 예전
에 노닐던 일을 추억하여 세이효 자작에게 부친다
病中聞日本淺間山噴火回憶舊遊寄青萍子爵 · 315

여하정 규형 학사가……내가 차운해서 주었다
呂荷亭學士 圭亭……余次韻贈之 · 316

스에마쓰 자작이 동파공의 취성당 시의 운자를 써서 지은 시를 내게 주
기에 차운하여 화답하였다 末松子爵用坡公聚星堂詩韻贈余次韻和之 · 318

세이효가 또 앞의 운자를 써서 시를 부쳐왔으므로 다시 차운하여 화답
한다 青萍又用前韻寄詩復次韻和之 · 321

사사지마 시호 선인 송덕비의 시에 차운하다 次笹島紫峯先人頌德碑詩韻 · 323

후지타 쓰구아키라 군의감에게 차운하여 증별하다
次韻贈別藤田嗣章軍醫監 · 324

농암 이옹의 회갑시를 차운하다 聾巖李翁回甲詩次韻 · 325

스에마쓰 세이효가 그 스승의 《불산당고》를 간행하여 널리 친구들에
게 배포하였다. 친구들이 대개 시로써 답례하였으므로 나도 또한 차운
하여 사례한다
末松青萍刊其先師佛山堂稿廣布知舊知舊多以詩謝之余亦次韻寄謝 · 327

보림사 학산 노납에게 차운하여 드리다 次韻贈寶林寺鶴傘老衲 · 328

갑인년 팔십 세 생일에 읊다 5수 甲寅八十生朝吟 五首 · 330

이 참봉 철용 의 칠십 세수를 축하하며 賀李參奉 哲鎔 七十歲壽 · 332

북부 서장 마쓰이 신스케에게 드리다 贈北部署長松井信助 · 334

도쿄 사람 나카무라 야로쿠가 육순 생일 시에 화답을 구하므로 차운하
여 보내주었다 東京人中村彌六六旬初度詩求和次韻送之 · 336

도쿄 사람 다이칸 사토 로쿠세키 히로시 의 〈원조〉 시에 차운하여 화답
하다 次韻和東京人大觀佐藤 寬 元朝詩 · 337

정부인 김씨 만 貞夫人金氏輓 · 338

고쿠부 다쓰미의 팔십 일세 생신을 축하드리는 시
賀國分建見八十一歲詩 · 340

일본 문학박사……당대의 문인 가운데 화답한 자가 많았다
日本文學博士……一時文人多和之者 · 342

정석우의 주갑을 축하하는 시 賀丁石愚周甲詩 · 346

가와카미 류이치로가 도쿄로 돌아가는 것을 전송하다
送川上立一郞還東京 · 348

을묘년 이월 십이일 호증의 생일에 세상에서 쓰는 말로 기쁨을 기록한다
乙卯二月十二日虎曾生日以俚語志喜 · 349

〈양파정〉 시에 차운하다 次揚波亭韻 · 350

백소향은 나라를 사랑하여 죽은 선비 가운데 한사람이다. 불수자 윤군
이 한편의 시로 기념하고자 하므로 이 시를 지어 주었다
白小香愛國死士中一人也弗須子尹君求一詩記念賦此贈之 · 352

아베 무부쓰 옹이 시를 부쳐왔기에 차운하여 화답하여 그 뜻에 사례하
였다 阿部無佛翁寄詩次韻和之以謝其意 · 353

호증 삼일 세아 시 虎曾三日洗兒詩 · 354

경운장로에게 차운하여 화답하다 次韻和擎雲長老 · 355

교육회 축하연에 사례하다 謝教育會祝賀筵 · 357

고마쓰 차관의 시에 차운하여 해강의 묵죽에 제하다
次小松次官韻題海岡墨竹 · 359

동몽 이군 계태 에게 써서 줌 書贈東夢李君 啓泰 · 360

차운하여 해강이 난을 그린 화첩에 다시 제하다
次韻復題海岡畫蘭帖 · 361

의사 안상호에게 써서 주다 書贈醫師安商浩 · 362

이토 모토이의 칠십 칠세 수일을 축하드리다 賀伊藤基七十七歲壽 · 363

군부대신 조군 희연 만 軍部大臣趙君 羲淵 輓 · 364

미야모토 고쇼 산인이 묵매 한 가지에 아름다운 시를 덧붙여 부쳐 보냈
다. 운에 의거해 화운하여 드림으로써 감사의 뜻을 표한다
宮本虎嘯山人寄墨梅一枝伴以瓊章依韻和呈以表謝意 · 365

일본인 법관에게 써서 준다 書贈日人法官 · 366

겸창보육원 용산지부 사타케 군에게 써 주다
書贈鎌倉保育園龍山支部佐竹君 · 368

일본인 교쿠류 화사의 〈금강산 구룡폭포도〉에 제하다
題日人玉龍畫師金剛山九龍瀑圖 · 369

또 교쿠류 화사의 〈만물초도〉에 제하다 又題同人萬物肖圖 · 370

김군 성기 대부인의 장수를 기원하며 壽金君 性琪 大夫人 · 371

고미야 차관이 금강산 유람시를 보여주기에 차운하여 부쳐드리다
小宮次官示金剛遊覽詩次韻奉寄 · 373

도쿠토미 소호의 금강산 시 절구 세 수를 차운하여 화답하다
次韻和德富蘇峰金剛三截 · 379

가쿠오 마쓰다 고에게 차운하여 화답한다 절구 2수
次韻和學鷗松田甲 二絶 · 381

동아연초회사 사장 히로에 다쿠지로에게 드리다
贈東亞煙草會社長廣江澤次郎 · 383

도쿠토미 소호게 드리다 贈德富蘇峰 · 385

중화 상인 동진국에게 드리다 贈中華商人董陳國 · 386

기성의 학생 이정룡에게 써서 주다 書贈箕城學生李廷龍 · 387

정신초의 육십 일세 수를 축하드리며 원운에 차운한다
賀鄭薪草六十一歲壽 次原韻 · 388

황원 사백에게 차운하여 화답하다 次韻和黃瑗詞伯 · 389

김소호 응원 에게 써서 드리며 장수를 기원하다
書贈金小湖 應元 用蘄眉壽 · 390

매화를 보고 벗을 그리워하며 황석전 원 에게 부치다
見梅懷人寄黃石田 瑗 · 391

차운하여 김연서 돈현 의 성대한 회갑연을 축하드리다
次韻賀金蓮西 敦鉉 回甲長筵 · 392

일본인 나루시마 로손 숙사께 차운하여 답하다
次韻酬日人成島鷺村淑士 · 393

도쿠토미 소호께 차운하여 답하다 次韻酬德富蘇峰 · 395

월당 강공 경계첩의 원운을 차운하다 次月塘姜公庚禊帖原韻 · 396

후루키 의학박사에게 써서 드리다 書贈古城醫學博士 · 398

진양 강씨 만 晉陽姜氏輓 · 399

도쿠토미 소호의 〈금강첩〉 시에 차운하다 次德富蘇峯金剛帖韻 · 401

남하산 상서 정철 만 南霞山尙書 廷哲 輓 · 402

소조에 스스로 제하다 自題小照 · 404

히라후쿠 화백의 〈금강비로봉도〉에 제하다 題平福畫伯金剛毘盧峰圖 · 405

학산화상이 죽순 한 덩이를 대접하므로 시로써 감사하다
鶴傘和尙饋竹筍一苞以詩謝之 · 406

매일신보 편집국장에게 써서 드리다 書贈每日申報編輯局長 · 407

일본 옥천원 도쿠지로가 먹을 준 것에 감사하며 드리다
謝日本玉泉園德次郎贈墨 · 408

김청람 응모 부경의 육십 일 세 생일을 축하하며 원운에 차운하다
賀金晴嵐副卿 應模 六十一歲次原韻 · 409

함흥의 선비 죽하 이기헌에게 드림 贈咸興士人竹下李基纁 · 410

봉산무예사원 조순도 육십 일세 수를 축하하며
賀鳳山務藝社員趙淳道六十一歲壽 · 411

중추원 서기관장 고마쓰 미도리에게 드리다 贈中樞院書記官長小松綠 · 412

종인 혜곡 여교사에게 차운하여 감사를 표하다 次韻謝宗人蕙谷女敎師 · 413

이삼묵재 강로 의 육십 일세 생신을 축하하다
賀李三默齋 康老 六十一歲壽 · 416

백남파 완혁 의 회갑수연첩에 쓰다 題白南坡 完爀 回甲壽宴帖 · 418

조낭전의 금강첩에 쓴 시를 차운하여 쓰다 次韻題趙琅田金剛帖 · 419

무극자 최기남에게 써서 드리다 書贈無極子崔基南 · 421

일본인 요시타케 세이노신에게 차운하여 답하다
次韻酬日人吉武誠之進 · 423

일본인 사콘 구라타로에게 드리다 贈日人左近倉太郎 · 424

석료원장 사카이 유키치에게 드리다 贈石療院長酒井猶吉 · 425

화사 김관호에게 주다 贈畵師金觀鎬 · 426

운을 빌어 박청단 종열 에게 답하다 借韻答朴靑丹 琮烈 · 427

조동석에게 써서 주다 書贈趙東奭 · 428

의사 유세환 만 醫士劉世煥輓 · 429

정평 한병련 의생 화갑시 定平韓 秉璉 醫生花甲韻 · 431

내종제 서정순 회갑연 축사 內從弟徐 貞淳 回甲筵祝詞 · 433

석정 영선군 이공 준용 만 石庭永宣君李公 埈鎔 輓 · 434

다케조에 박사 고코 만 竹添博士 光鴻 輓 · 438

학산화상 회갑에 드리다 贈鶴傘和尙回甲 · 440

주옥산 총독에게 차운하여 답하다 次韻酬周玉山總督 · 442

김이정 용설 에게 드리다 贈金生爾貞 溶偰 · 447

삼월 십일일 신문사에서 《운양집》을 중간하였다.……원시에 차운하여
절구 두 수를 읊다
三月十一日新文社重刊雲養集……原韻次之吟成二截 · 448

아베 무부쓰 옹이 만주를 시찰하고 총 십오일 만에 돌아왔다. 기념회
석상에서 절구 한 수를 읊어 드리다
阿部無佛翁視察滿洲凡十五日而還記念會席上賦贈一絶 · 450

좌중의 금기에게 써 주다 書贈席上琴妓 · 451

야마가타 소장 분조 의 애애촌장 시를 차운하여 화답하다
次韻和山縣少將 文藏 曖曖村庄詩 · 452

히사요시 나오스케의 시에 차운하여 답하다 次韻酬久芳直介 · 453

지바 로쿠호 마사타네 를 보내며 送千葉鹿峰 昌胤 · 454

차운하여 뇌원 유정수 협판 의 육십 일세 생신을 축하드리다
次韻賀雷園 柳協辦正秀 六十一歲壽 · 456

시문서화회에서 녹음을 읊다. 원운을 사용한다 詩文書畫會賦綠陰用原韻 · 457

김춘강 회갑시 金春岡回甲詩 · 459

김장계 영표 의 근연을 축하하다 賀金長溪 永杓 卺筵 · 460

육의전 참봉 용정 만 陸宜田參奉 用鼎 挽 · 462

이탄재 상서 중하 만 坦齋李尚書 重夏 挽 · 464

북간도로 이주하는 황소운 세관 병욱 을 전송하다
送黃小雲稅官 炳郁 移居北間島 · 467

묘향산 석마 선사께 써 드리다 書贈妙香山石馬禪師 · 472

평양으로 돌아가는 노호정 원상 화백을 전송하다
送盧湖亭畫伯 元相 歸平壤 · 473

최탁사 병헌 의 육십 일세 생신을 축하하다 賀濯斯崔 炳憲 六十一歲 · 474

황해도 장관 조군 희문 의 회갑을 축하하다
黃海道長官趙君 義聞 回甲祝 · 476

조군 봉승 이 가교를 놓아 사람들을 건너게 하였기에 시를 지어 축하하
다 曹君 奉承 架橋濟人以詩賀之 · 478

이랑 교재 의 화갑을 축하하다 李郎 敎宰 花甲祝 · 479

용강에 사는 일가 김정의가……시를 지어 사례한다
龍岡宗人正義……賦以謝之 · 481

지바 로쿠호 마사타네 만사 千葉鹿峰 昌胤 挽 · 484

신열릉 관조 만 申洌陵 觀朝 挽 · 486

상주 진사인 황존재 의민 는 사십년 친구인데, 와서 하룻밤 만나고 작별
을 고했다. 다음 만남을 기약하기 어려워 헤어질 즈음에 회포를 적어
주었다
尙州黃進士存齋 義民 四十年舊交也來見一宿而告別後會難期臨別書懷以贈之 · 490

구도 소헤이의 백육첩에 쓰다 題工藤壯平百六帖 · 492

민시남 궁상 병석 의 성대한 회갑연을 축하하며
賀閔詩南宮相 丙奭 周甲長筵 · 494

스나가 하지메 후쿠사이에게 차운하여 드리다 次韻贈須永元輻齋 · 496

고종태황제 만장 기미년 이월 삼일 高宗太皇帝輓章 己未二月三日 · 497

홍릉으로 옮겨 봉안할 때의 만장 洪陵遷奉輓章 · 500

이노우에 다쿠엔에게 드림 贈井上琢園 · 503

김해사 보국 성근 만 海士金輔國 聲根 輓 · 506

무부쓰 옹 아베 미쓰이에 에게 차운하여 답하다 次韻酬無佛翁阿部 充家 · 507

이마제키 덴포 도시마로 에게 드리다 贈今關天彭 壽麿 · 508

일본인 쓰쓰미 마사나가에게 써 드리다 경신년 봄
書贈日本人堤雅長 庚申春 · 509

이군 기두 의 수연에 차운하여 축하드리다 李君 淇枓 壽宴次韻賀之 · 510

이랑의 생일에 지어 주다 李郞生朝賦贈 · 512

무부쓰 옹에게 드리다 贈無佛翁 · 514

특진관 이난석 건용 군 만 特進官蘭石李君 建容 輓 · 515

정소석 우민 의 《일견록》 뒤에 쓰다 題鄭素石 又民 一見錄後 · 517

중앙구락부 잡지 제사 中央俱樂部雜誌題辭 · 519

민하정 보국 영휘 이 칠십 세에 은혜로이 구장을 하사받은 것을 축하드리며 차운하다 次韻賀閔荷汀輔國 泳徽 七十歲恩賜鳩杖 · 520

정사성 윤수 만 鄭司成 崙秀 輓 · 522

박춘고 도위 영효 회갑 잔치를 축하드리다
賀朴春皐都尉 泳孝 回甲長筵 · 525

여하정 학사 규형 만 呂荷亭學士 圭亨 輓 · 527

당시집구로 답답함을 떨치다 삼십 절구 唐詩集句遣悶三十截 · 529

운양집

제 15 권

잡저 雜著
잡문 雜文
雜文

잡저 雜著

팔가섭필 하
八家涉筆下

노소의 문장 1 老蘇文— 상인종황제서[1]

내가 살펴보니, 노소(老蘇)[2]가 인종(仁宗)에게 올린 글은 벼슬하지 않은 미천한 신분으로서 만승(萬乘)의 천자에게 굽히지 않는다. 전국(戰國) 시대 처사의 풍모가 있으니 진(秦)·한(漢) 이래 많이 보지 못한 것이다. 두루마리를 펼쳐 보면, 첫머리에 하늘의 덕과 왕도(王道)를 진술하여 임금의 심술(心術)을 바르게 하고 그런 연후에 당세의 시무를 폭넓게 이야기하는 데 본말이 있다. 지금은 그렇지 않다. 열 가지 일의 첫머리에 "이익이 있는 곳에 천하가 달려갑니다. 옛 성인은 큰 이익의 권도(權道)를 잡고서 천하를 분주히 다녔습니다."라고 하였으니 이는 무슨 말인가? 형명법술(刑名法術)을 좋아하는 상

---

1 상인종황제서(上仁宗皇帝書) : 《가우집(嘉祐集)》 권10에 실려 있다.

2 노소(老蘇) : 소순(蘇洵, 1009~1066)으로, 자는 명윤(明允), 호는 노천(老泉)이다. 중국 북송(北宋)의 문장가이다. 아들 소식(蘇軾)·소철(蘇轍)과 함께 삼소(三蘇)라 불린다.

군(商君)이 진(秦)나라 효공(孝公)을 만났으나 감히 먼저 권형(權衡)과 이해(利害)에 대해 말하지 않은 것[3]은 바르지 않은 명분을 싫어했기 때문이다. 지금 노소는 군주에게 거리낌 없이 바른말을 하면서 스스로 전혀 의심하지 않는다. 그의 견식이 또 상군보다 한참 뒤처지니 진실로 슬퍼할 만하다. 그러나 이해에 관한 진술은 매우 명쾌하여 말이 많아도 질리지 않으니 문장 가운데 용(龍)처럼 절로 으뜸이다.

노소의 문장 2 老蘇文二 상전추밀왕장안서[4]

옛날 자사(子思), 맹자(孟子)라는 사람은 도로써 자중하여 왕공이 공경과 예를 다하지 않으면 만날 수 없었다. 후세 한유(韓愈)·소순(蘇洵)이 그 풍모를 듣고 사모하여, 문장을 들고 공경(公卿)의 문에서 기다렸지만, 남몰래 미천한 포의(布衣 벼슬이 없는 신분)라서 경시 당할까만을 걱정하였다. 떠들썩하게 예로 보답하는 것이 얼마나 중요한지 꾸짖고 머리를 치켜들고 눈썹을 뻗쳐 남과 다르게 보이고 싶어 하였으니, 또한 수고롭지 않은가? 그러나 애걸하고 불쌍하게 울부짖는 것 역시 대단하다. 도를 위해서인가, 아니면 자신을 위해서인가? 나는 모르겠다. 다만 그들이 쓴 문장은 기뻐할 만한 것, 노여워할 만한

---

3 상군(商君)이……것 : 상군은 상앙(商鞅, ?~기원전 338)으로, 전국 시대 형명가(刑名家)이다. 진 효공(秦孝公)에게 채용되어 20년간 재상으로 있으면서 엄격한 법치주의 정책을 펴 진나라를 대국의 반열에 올렸다. 형명학을 추종하였지만 처음 진 효공에게 유세할 때는 이에 대해 얘기하지 않아 실패하였고, 두서너 번의 유세를 통해 춘추오패(春秋五霸)의 일을 설파함으로써 진 효공에게 초빙되었다.

4 상전추밀왕장안서(上田樞密王長安書) : 《가우집(嘉祐集)》 권11에 실려 있다.

것, 슬퍼할 만한 것, 미워할 만한 것을 말로 잘 드러내어 사람을 감동시킬 수 있다. 봄처럼 온화하고 가을처럼 서늘하니[5] 그들이 자부하여 중요하게 여긴 것이 바로 여기에 있으리라.

노소의 문장 3 老蘇文三 상여청주서[6]

나는 유자후(柳子厚)의 〈서기(序棊)〉[7]를 본 적이 있는데, 가만히 그 설을 읽고 기이하게 여기며 세상의 사정을 잘 비유한 것에 감탄하였다. 지금 노소(老蘇)의 〈상여청주서(上余靑州書)〉를 읽고 의미를 연구해 보니 역시 〈서기〉의 설과 같다. 아마도 나라를 소유한 자가 선비를 등용하는 데 법이 없어진 지 오래되었기 때문일 것이다. 신분이 높은 자는 높게 된 까닭을 모르고 신분이 낮은 자는 낮게 된 까닭을 모른다. 그러므로 재주와 기예를 약간 지닌 자가 분수에 맞지 않게 바라다가 올라갈 길을 얻지 못하면 분개하고 울분에 차서 온 세상에 대해 안하무인으로 구는 마음을 지니게 된다. 저 부귀한 자도 겸양하지 않고 오만하게 옷차림과 거마(車馬)로 스스로 높인다. 유자(柳子 유종원)가 보고 비웃으며 "저들이 어찌 방생(房生)이 그린 붉은 칠한 바둑돌[8]이 아니랴?"라고 하였고, 소자(蘇子)가 보고 비웃으며 "저들

---

5 봄처럼……서늘하니 : 본래 구양수(歐陽脩)의 〈서매성유고후(書梅聖兪稿後)〉에 나오는 구절로, 매성유(梅聖兪)의 시문을 칭찬한 말이다.

6 상여청주서(上余靑州書) : 《가우집(嘉祐集)》 권11에 실려 있다.

7 서기(序棊) : 《유종원집(柳宗元集)》 권24에 실려 있다.

8 방생(房生)이……바둑돌 : 방온직(房溫直)이 바둑돌을 붉은색과 검은색으로 구분하여, 붉은 돌은 귀하게 여겨서 검은 돌을 먼저 써서 상대를 막고, 검은 돌은 천하게 여겨서 둘로 적 하나를 상대하였다고 한다. 《柳宗元集 卷24 序棊》

은 하루아침에 우연히 얻었으면서 마침내 가난한 이를 보고 이맛살 찡그리며 토하기까지 하는구나."라고 하였다. 아아! 두 사람이 높은 지위에 오를 수 있었다면 역시 이런 말을 하지 않았을 것이다.

노소의 문장 4 老蘇文四 육경론⁹

공자께서 "함께 설 수는 있어도 함께 권도(權道)를 행할 수는 없다."¹⁰ 라고 하였다. 권도라는 것은 무엇인가? 때에 맞게 합당함을 얻는 것〔時中〕을 말한다. 모든 사물에는 다 자연의 권도가 있으니, 성인은 연고를 깊이 이해하여 자연에 맡겨서 지극히 공정한 천리(天理)에 부합되도록 하였을 뿐이다. 세인의 입장에서 보면 상도(常道)와 다른 듯하기 때문에 '권도'라고 명명한 것이다. 만약 사적인 의도를 섞는다면 이는 속이는 것이지 권도가 아니다. 맹자께서 "기지(機智)로 속이기를 교묘히 하는 자는 부끄러움을 쓸 데가 없다."¹¹라고 하였으니, 교묘하게 속이는 것은 성인이 매우 미워하는 것이었다.

　내가 노소(老蘇)의 〈육경론〉을 살펴보니 교묘하게 속이는 것과 권도를 가지고 한결같이 판단하였다. 아아! 무지하고 망령된 짓을 하는 자라 할 수 있다. 이는 전국 시대 권모술수를 꾸며 군주를 미혹시켰던 유세하는 선비들이나 하던 짓이니 저들이 성인에게서 무슨 배움이 있겠는가? 한(漢)나라가 건국되고 유자들이 오히려 오류를 답습하자, 때때로 상도(常道)로 돌아가자는 설이 있었으나 권도의 의의에 있어서

9　육경론(六經論) :《가우집(嘉祐集)》권6에 실려 있다.

10　함께 설……없다 :《논어》〈자한(子罕)〉에서 인용한 것이다.

11　기지(機智)로……없다 :《맹자》〈진심 상(盡心上)〉에서 인용한 것이다.

는 여전히 멀다 할 것이다.

순경(荀卿)의 어긋난 논설, 장자(莊子)·열자(列子)의 우언(寓言)
이나 전국 시대 유세하는 선비들의 제멋대로 된 논의로 어딘들 이르지
못하랴. 그러나 끝내 육경을 다 거론하여 기지(機智)와 권모(權謀)로
속이는 자는 없었건만 저 소순은 어디에서 배웠는가? 이것을 가지고
촉(蜀) 땅에서 서울까지 수천 리 먼 길을 와서 공경에게 바쳐 천자에게
까지 이르게 하였다. 또 교만스레 도로써 자임하고 당시 세상에 거만하
게 굴려고 하였으니 어찌 세간에 수치스러운 일이 있는 줄 아는 자이겠
는가. 아마 천성적으로 속이고 기만하는 것을 좋아하고 공정함을 미워
하는 것이리라. 꼿꼿이 홀로 앉아 《논어》, 《맹자》를 7, 8년 읽었으나
한 점 천리를 터득하지 못하고 마침내 자기 생각으로 성인의 경전을
곡해하고 권모술수의 설에 부합하기를 구하면서도 태평하게 득의양양
하여 의심하지 않았다.

애석하구나, 구양공(歐陽公)이 사람을 바로잡음이여! 문장을 읽고
"순경도 그대의 문장만 못할 것이다."라고 하였으니, 이는 은미한 뜻이
있는 것이었다. 소순은 모르고 도리어 기쁘게 여겼으니 어찌 잘못된
것이 아니랴.

노소의 문장 5 老蘇文五 변간론[12]

두평

노천(老泉)은 오경(五經)에 대해 터득한 것이 없다. 그가 터득한

---

12 변간론(辨奸論) : 《가우집(嘉祐集)》 권9에 실려 있다.

것을 말할 것 같으면 합종연횡(合縱連橫)의 권모술수에 불과하고, 그의 인품을 말할 것 같으면 억세서 남에게 굽히지 않는 것에 불과할 뿐이니 본디 도라고 일컫기에 부족하다. 다만 〈변간론〉 한 편 때문에 후세 사람이 탁월한 선견지명에 감탄하였다. 그러나 지금 이 글에서는 실패하고 말았다. 자첨(子瞻 소식(蘇軾))이 실패한 경우는 더욱 부끄러움이 막대하니, 이처럼 보복하면 성을 빼고 '식(軾)'이라고 이름만 부르는 근세 유자들보다 도리어 심하지 않은가? 아비가 남을 위해 복수하면 아들은 백주에 살인을 한다는 것[13]은 자첨을 가리킨 것이 아니랴. 이는 자첨의 큰 실책이니 진실로 탄식할 만하다.

세상에서 〈변간론〉 때문에 노소(老蘇)의 선견지명에 탄복한다. 그러나 나는 믿지 않으니, 그가 말이 많아 우연히 적중하였기 때문이다. 또 심술(心術)의 병통을 보았을 따름이다. 군자는 속일까 미리 짐작하지 않고 믿지 않을까 억측하지 않는다.[14] 형공(荊公 왕안석)이 등용되지 않았을 적에는 스스로를 깨끗하게 닦았고 남에게 믿음을 주었고 몸가짐이 단정하였고 벼슬길에 나서기는 어려워도 물러나기는 쉽게 여겼고 개연히 백성을 살리는 데 뜻을 두었는데, 노소가 어떤 점에서 그의 간사함을 알았는가? 그가 논한 것은 실정에 지나친 검약으로부터 추론한 것에 불과하다.

---

13 아비가……것 : 소식(蘇軾)이 순경(荀卿)이 이사(李斯)에게 준 영향에 대해 "아비가 사람을 죽여 복수하면 그 아들은 반드시 강도짓을 하는 법이다.〔其父殺人報仇 其子必且行劫〕"라고 비판하였다. 《蘇軾集 卷9 荀卿論》
14 군자는……않는다 :《논어》〈헌문(憲問)〉에서 인용한 것이다.

안영(晏嬰)은 제(齊)나라의 어진 재상이었으나 여우 갖옷 한 벌을 30년 입었고 제사 때 돼지등심고기로 제기(祭器)를 가득 채우지 않았다.[15] 공손홍(公孫弘)은 한(漢)나라의 이름난 재상이었으나 베 이불을 덮는다는 비판이 있었다.[16] 검약이 끼치는 해는 이렇게 크지 않다. 그렇다면 이 세상에서 고운 의상을 입고 머리와 얼굴을 꾸미는 사람들을 모두 군자라 부르랴.

노소가 좋아하는 것은 제 맘대로 하고 제 몸을 편안히 하며 법규에 얽매이지 않는 것이다. 형공은 이와 반대여서 궁벽함에 가까울 정도로 청렴하였고 누추함에 가까울 정도로 검약하였다. 그러나 자기에게 명성이 될지 과실이 될지 예상까지 하였으니,[17] 이는 마음에 쌓인 시기심을 참지 못하고 드러낸 것이다. 불행하게도 적중하여 마침내 명언이 되었으나, 남이 나를 속일까 미리 짐작한 것일 뿐 어찌 선견지명이라 하겠는가? 자첨이 아비에게서 단서를 터득해 정자(程子)를 대단히 간사한

---

15 안영(晏嬰)은……않았다 : 안영(?~기원전 500)은 안자(晏子)라는 존칭으로 불리기도 하는 춘추 시대 제(齊)나라의 훌륭한 재상이다. 그가 매우 검약하여 여우 갖옷 한 벌을 30년 동안 입고 제기에 돼지등심고기가 차지 않았으나 그가 죽었을 때 친족인 것처럼 불을 켜둔 자가 수백 집이었다고 한다. 《史綱評要 卷2 周紀》

16 공손홍(公孫弘)은……있었다 : 공손홍(기원전 200~기원전 121)은 승상인 동시에 봉후가 된 첫 번째 인물이다. 삼공의 지위에 있으면서 베 이불을 덮는 것은 검소하다고 속이는 일이라며 급암(汲黯)이 공손홍을 비판하였다. 황제가 이에 대해 묻자 공손홍이 사죄하였고 그의 겸허함에 황제가 더욱 후대하였다고 한다. 《漢書 卷58 公孫弘傳》

17 자기에게……하였으니 : 〈변간론(辨奸論)〉에 "이 사람이 등용되지 않으면 내 말이 틀린 것이 될 것이요.……그렇지 않아서 천하가 화를 입게 되면 나는 식견 있다는 명성을 얻게 될 것이다.〔使斯人而不用也 則吾言爲過……不然天下將被其禍 而吾獲知言之名〕"라고 한 구절을 가리킨다.

사람이라고 지목했으니 정자가 과연 간사한가?

노소의 문장 6 老蘇文六 곡비론[18]

〈곡비론(嚳妃論)〉은 지론이 제법 발라 부녀자의 행실에 보탬이 되니, 노소(老蘇)의 문장 가운데 가장 순정하다. 유 유주(柳柳州 유종원)의 〈팔준도설(八駿圖說)〉[19] 역시 이와 뜻이 같다. 유자(儒者)는 이러한 견식을 지녀서 비속함에 빠지지 않아야 한다. 나는 우리나라 김씨의 금궤설[20]을 의심한 적이 있었으나 증거를 얻지 못했다. 근래 가락인(駕洛人) 김제학(金濟學)[21]이 저술한 《신라세조왕본기(新羅世祖王本紀)》를 보니 힘써 금궤설의 허망함을 변증하였는데 근거가 상세하고 넓어서 매우 일리가 있었다. 나는 그 설을 대략 기록하여서 대아군자(大雅君子 덕과 재학을 갖춘 이)에게 질정하고자 한다. 이것을 본 사람은 지난 설이 얼마나 비루한지 거의 알게 될 것이다.

---

18 곡비론(嚳妃論) : 제곡(帝嚳)의 첫째 왕비인 강원(姜原)이 거인의 발자국을 밟고 임신하여 주(周)의 시조인 직(稷)을 낳았고, 둘째 왕비인 간적(簡狄)이 새의 알을 삼키고 임신하여 은(殷)의 시조인 설(契)을 낳았다는 《사기》의 기록이 허탄하다고 비판한 내용이다. 《가우집(嘉祐集)》 권9에 실려 있다.

19 팔준도설(八駿圖說) : 《유종원집(柳宗元集)》 권17에 실려 있다.

20 금궤설 : 경주 김씨의 시조인 김알지(金閼智)의 탄생설화를 가리킨다. 65년 탈해왕이 금성 서쪽 시림(始林)에서 닭 울음소리를 듣고 찾아가 보게 하니 금으로 된 상자 안에 사내아이가 있었다. 데려다가 길렀는데, 후에 신라 김씨 왕조의 시조가 되었다. 금 상자 안에서 나왔으므로 김씨 성을 주었고, 시림은 닭 울음소리가 들렸으므로 계림으로 이름을 바꾸었다고 한다.

21 김제학(金濟學) : 생애는 미상이다. 《대한제국직원록》의 1908년 명단에 공립공주보통학교 부훈도로 재직하였던 기록이 보인다.

그 설은 이렇다. 신라 역사 992년간 모두 83인의 김씨 왕이 있었으니, 즉위한 임금은 38인이고 추존된 왕과 영토를 나누어 받은 왕이 45인이다. 신라가 망한 후 나뉘어서 명문 벌열로 현달한 자손 가문이 모두 68가이다. 전 왕조 및 본조가 모두 그 외손이고 우리나라 안에 억만의 인류가 있는데, 근본을 거슬러 올라가면 모두 세조(世祖 김알지의 존호)를 조상으로 한다. 그러한즉 왕의 성덕(盛德)과 만복(萬福)이 유구하고 영원히 남아 천지처럼 오래 가고 일월처럼 빛난다 할 수 있다. 그러나 금궤설은 정상에서 벗어나 있고 근거할 것이 없다. 지금까지 1700여 년이 지났으나 허망함을 깨뜨리지 못한 것은 고증할 문헌이 없고 습속을 바꾸기 어렵기 때문일 것이다.

우리나라 풍속이 원래 기괴한 것을 좋아하고 믿는다. 금궤설은 석탈해(昔脫解 신라의 제4대 왕) 때 나온 것이 아니다. 진흥왕(眞興王 신라의 제24대 왕)에 이르러 대아찬(大阿湌) 거칠부(居漆夫)에게 처음 국사를 편찬하라 명하였다. 그러나 진흥왕 때 오로지 불교의 도만을 숭상하였고 거칠부의 학문은 제해(齊諧 기괴한 이야기) 쪽을 믿어서 "신인의 탄생은 평범한 사람과 다르니, 옛날에 제비 알을 삼키거나[22] 거인의 발자국을 밟고[23] 잉태하는 기이함과 무지개가 흘러내리는 꿈을 꾸거나[24] 번개

22　제비 알을 삼키거나 : 옛날 고신씨(高辛氏)의 비인 간적(簡狄)이 제비 알을 삼키고 잉태하여 설(契)을 낳았는데, 설은 은(殷)나라의 시조가 되었다.《史記 卷3 殷本紀》

23　거인의 발자국을 밟고 : 옛날 제곡(帝嚳)의 원비인 강원(姜原)이 들에 나갔다가 거인의 발자국을 밟고 마음이 동하였는데 잉태하여 후직(后稷)을 낳았다고 한다. 후직은 주(周)나라의 시조이다.《史記 卷3 殷本紀》

24　무지개가……꾸거나 : 소호씨(少昊氏)의 어머니 여절(女節)이 큰 별이 무지개처럼 흘러내리는 꿈을 꾸고 소호씨를 낳았다고 한다.《宋書 卷27 符瑞志上》

가 치는 것을 보고[25] 잉태하는 상서로움이 있었다고 한다. 지금 이런 흰 닭이 울거나 금궤가 내려온 일[26]이 반드시 없었다는 것을 어찌 알랴.”라고 하였다. 드디어 국사(國史)에 실어 명백하게 믿을 만한 역사를 만들어 버렸다. 김수로(金首露)의 금합(金盒)[27] 역시 가공의 설에서 나온 것이지만 우리나라 사람은 지금까지 독실하게 믿어서, 모두 신라의 김씨는 금궤에서 나왔고 가락국의 김씨는 금합에서 나왔다고 생각한다. 그러나 유독 우리나라 김씨가 금천씨(金天氏)[28]에서 처음 나왔다는 것은 모른다.

옛날 주 무왕(周武王)이 은(殷)나라의 난리를 평정하고 거(莒) 땅에 자여기(玆輿期)를 봉하여 소호(少昊)의 제사를 받들게 하였다. 21대를 전하여 목공(穆公) 때 초(楚)나라에 병탄되었다. 제(齊)나라에 벼슬하는 자손이 있었는데, 태사교(太史敫)이다. 진(秦)나라가 천하를 통일하자 연(燕)나라, 제나라, 조(趙)나라 사람 수만 명이 바다를 건너 동쪽으로 와 진한(辰韓)을 세웠는데, 진한이라는 것은 진한(秦韓)이니,

---

25 번개가……보고 : 부보(附寶)가 번개가 크게 치며 북두성을 감싸는 것을 보고 임신하여 24개월 뒤 황제(黃帝)를 낳았다고 한다. 《史記 卷1 五帝本紀》

26 흰……일 : 탈해왕 때 시림(始林)에서 닭 울음소리가 들려서 확인해 보니 나뭇가지에 금궤가 걸려 있고 그 밑에 흰 닭이 울고 있었다. 금궤를 열어 보니 아이가 있었는데, 이 아이가 김씨의 조상이 되는 김알지(金閼智)라고 한다. 《三國史記 卷1 新羅本紀》

27 김수로(金首露)의 금합(金盒) : 금관가야 아홉 부족의 추장들이 김해 구지봉에 모여 있을 때 하늘에서 붉은 보자기에 싸인 금합이 내려왔다. 열어 보니 황금알 여섯 개가 들어 있었고 모두 부화하여 사람이 되었는데, 가락국 시조 김수로가 첫 번째로 나온 아이였다고 한다. 《三國遺事 卷2 駕洛國記》

28 금천씨(金天氏) : 소호(少昊)의 성씨이다. 고대 동이 집단의 수령이었다고 한다. 《風俗通義》

진의 유민이 한(韓) 땅에 거주한다는 의미이다. 거 땅의 후손 가운데 주여(舟輿)라는 사람이 있었는데, 바로 태사교의 현손이었다. 형제 8인이 진을 피해 동쪽으로 와 교남(嶠南 영남)의 성산(星山)에 거주하였는데, 지금의 칠곡부(漆谷府)이다. 스스로 팔거촌간(八莒村干)이라 불렀으니, 팔거라고 한 것은 거 땅의 8족이기 때문이다. 현손 사간대왕(斯干大王)에 이르러 스스로 금천씨의 후손이라고 하였기 때문에 김씨 성을 쓰기 시작하였고 호칭을 고쳐 가야촌간(伽倻村干)이라 하였다. 가야라는 것은 진한의 속어로 거를 가리키는 말이다. 동방의 김씨는 여기에서 비롯되어, 가락왕 수로 형제, 대가야의 아고(阿古)·성산왕(星山王)·고소왕(古小王), 고령가야(古寧伽倻)의 아나왕(阿那王) 및 한기부(韓歧部)의 허루(許婁)·마제(摩帝) 두 왕과 계림의 세조(世祖) 알지까지 아홉 명의 왕이 이어서 일어났다. 전후로 시기는 같지 않아도 모두 다 사간의 현손이다.

이 때문에 삼국의 옛 기록에 "신라는 본디 소호의 후손이다. 그러므로 성이 김이다."라고 하였다. 신라 박사 설인선(薛因宣)이 쓴 김유신(金庾信)의 비문에 "황제(黃帝) 헌원씨(軒轅氏)의 후손이자 소호씨의 후예이며 그 시조인 수로는 신라와 동성이다."라고 하였다. 신라 박거물(朴居勿)이 짓고 요극일(姚克一)이 쓴 글[29]에 "신라의 조상은 본래 소호씨의 후예이다. 중국으로부터 와서 비롯된 바를 잊지 않았기 때문에 성을 김이라고 하였다."라고 하였다. 《신라본기(新羅本紀)》 서문에 역시 "신라인은 스스로 소호씨의 후손이라 생각하기 때문에 성을 김이라 하였다."라고 하였고 또 "삼국의 선조는 아마도 모두 옛 성인의 후예

---

29 신라……글 : 〈황룡사구층목탑찰주본기(皇龍寺九層木塔刹柱本記)〉를 가리킨다.

인가? 어찌 그리 오랫동안 나라를 향유했던가?"라고 하였다. 고려 최해(崔瀣)가 지은 〈수령옹주묘지(壽寧翁主墓誌)〉에 "김씨의 선조는 중국으로부터 왔고 금천씨의 후예이기 때문에 김을 성으로 삼았다. 삼랑사(三郎寺) 비문에 역시 금천씨의 후예라 하였다."라고 하였다.

이로써 살펴보면, 여러 사람들의 기록에 각기 원용한 증거가 책에 나열되어 있으니 문헌이 부족하다 말할 수 있으랴. 거칠부가 역사를 편찬한 후 금궤설이 거짓에 근거하여 실제로 바뀌어서 온 세상의 눈을 멀게 하였다. 그러나 삼랑이 절을 세운 일은 거칠부의 역사 편찬 후이나 비문에 쓴 글에 특별히 금천만을 말하고 금궤는 말하지 않았으니 거칠부 역사서가 거짓되고 허망하다는 것은 변별하지 않아도 저절로 깨달을 수 있다.-또 금궤의 분변이 있으나 매우 갖추어져 있고 장황하여 다 기록하지 않는다.-

근세 《충주김씨궁원록(忠州金氏窮源錄)》에 세계를 기록한 것은 더욱 상세하여 시원하게 밝혀준다. 그 설은 이렇다. 위로 소전(少典)-나라 이름이다. 사마천의 《사기》에는 임금 이름으로 잘못되어 있다.-·유웅(有熊)-역시 나라 이름이다. 소전의 아들이다.- 으로부터 황제·소호·구망(苟芒)-소호의 둘째 아들이다·대업(大業)-소호의 손자 고요(皐陶)이다-·대비(大費)-고요의 아들 백익(伯益)이다-·대렴(大廉)을 거쳐 조속씨(鳥俗氏)의 맹희(孟戱)·중연(中衍)에 이른다. 중연의 후손에 자여기가 있다.-중연의 현손으로, 성은 영(嬴) 또는 기(己)이다.- 주 무왕 원년 기묘(己卯)에 처음 거 땅에 봉해져 소호를 제사지냈다.-자작(子爵)이다. 지금의 밀주(密州)이다.- 12대를 지나 서기공(庶其公)에 이르렀으니 《춘추》가 시작된 때이다. 목공 때 초나라에 멸망했고-역대는 24대, 햇수는 631년이다.- 자손이 나라 이름으로 성을 삼았다. 거교(莒敫)라는 자가 용감하고 힘이 세다고 소문이 났는데 제나라 태사교의 현손이고, 거주여 때 형제 8인이 비로소 동쪽으로 왔다. 그 손자 사간에 이르러 비로소 조상을 따라서 김을 성으로 삼았다. 후손은 나뉘어 가락, 가야, 신라의 시조가 되었다.

또 《춘추좌씨전》, 《사기》를 인용해 다음과 같이 해설하였다.

"섬(剡), 거(筥)는 성이 영(嬴)이기 때문에 백익이 소호에서 나왔다는 것을 안다. 거는 간혹 성을 기(己)라고 칭하기 때문에 고요가 구망에서 나온 것을 안다. 소전씨의 딸이 염제(炎帝)를 낳았고 아들은 유웅이 되었다. 유웅이 황제를 낳았고 황제 역시 인황(人皇)이라 일컬었다. 그러므로 소전씨의 선조가 옛날 인황에서 나왔음을 안다. 인황은 바로 구주(九州)의 기주(冀州)를 맡은 자이다. 이것이 《궁원록》이 지어진 까닭이다."

우리나라 김씨가 금천씨에서 나왔다는 것이 이에 분명하여 의심할 여지가 없고 역력히 상고할 수 있다. 어찌 다시 거칠부의 지괴(志怪)에 빠져 와전된 오랑캐의 옛 얘기를 답습하랴. 그러한즉 거 땅 사람이 동쪽으로 온 것은 거주여 때 처음이고 우리나라 종족에 김씨가 있게 된 것은 사간 때 시작되었고 천 년 군자의 나라가 일변하여 소중화(小中華)의 기틀이 된 것은 세조로부터 비롯되었다. 만일 조상에게 보답한다면 거주여와 사간 역시 세조와 나란히 추존되어야 한다. 그러나 신라 때 거나라 사람까지 추존하지 않은 것은 남의 나라를 이어받은 초창기라서 예가 갖추어져 있지 않았기 때문이다.

찬은 대략 이렇다.

창해에는 근원이 있고   滄海有源

뭇 산은 곤륜이 조상이네   衆山祖崑

성신이 없었다면	不有聖神
누가 우리를 계몽했으랴	孰啓我人
오직 왕이 성을 얻었으니	惟王得姓
멀리 금천 씨에서 나왔네	遠出金天
금은 토에서 생겨나니	金生於土
토의 덕은 황제 헌원씨네	土德黃軒
소전과 유웅은	少典有熊
인황에서 비롯되었네	肇自人皇
인황은 구주의 하나를 맡으니	人皇九一
이 기주 지방을 거느렸네	長此冀方
고요가 있고 백익이 있었으니	曰皐曰益
순 임금 우 임금이 이에 일어났네[30]	舜禹是擧
그 다음에는 자여기가 있어	降在玆輿
주나라 때 거 땅에 봉해졌네	周封于莒
스무 세대를 전해	二十傳世
육백 년이 지나	六百歷年
뱀 같은 초나라가 나라를 먹어치우고	楚蛇食國
범 같은 진나라가 백성을 때리니	秦虎歐民
거주여가 동쪽으로 와	舟輿東來
성산에 집터를 살폈네	胥宇星山
혁혁한 사간이	奕奕斯干

---

30 순 임금……일어났네 : 고요는 순 임금 때 충신이고, 백익은 우 임금의 치수를
도와 공을 세웠기 때문에 이른 말이다.

비로소 첫 조상을 찾았으니 　　　　　始尋初祖

거 땅의 여덟 종족은 본관이 같고 　　八莒同貫

여섯 가야 족보가 이어졌네 　　　　六伽聯譜

천성이 돈독한 현손은 　　　　　　篤生玄孫

실로 우리의 왕이시네 　　　　　　實惟我王

이에 탄생하고 이에 기르시니 　　　載誕載育

바로 아버지요 바로 어머니이시네 　乃爺乃孃

무성한 저 시림이여 　　　　　　　菀彼始林

엄연히 태어난 바위가 있네 　　　　有儼胎石

헌원씨의 후예는 　　　　　　　　軒昊之後

석씨에게 길러졌으니 　　　　　　實育于昔

석탈해 왕이 아들이라 하고 　　　　昔王曰子

아름다운 이름을 비로소 내렸네 　　嘉名肇錫

어질고 지혜로우니 　　　　　　　克仁克智

군왕이 되기에 마땅했네 　　　　　宜君宜王

태보공이 혜택을 베풀어 　　　　　太輔施澤

백성의 마음 얻어 길이 이어지네 　得民久長

　나는 동방의 김씨가 금천씨에서 나왔다고 들은 지 오래되었으나 우선은 확증을 보지 못했다. 이 논의를 보게 되니 매우 신빙성이 있었다. 해외의 오랑캐 성 하나를 가지고 남들에게 시대를 논하지 못하다가, 하루아침에 이러한 기이한 논의를 얻으니 헌원씨, 소호씨, 고요, 백익이 바로 우리의 조상이었다. 그렇다고 은연중에 귀족집안이라고 으스대던 곽숭도(郭崇韜)의 마음[31]을 가진다면 특히 가소로울 것이다. 그러나 영지(靈芝)와 예천(醴泉)은 반드시 그 근원이 있다. 명백하여 증거로 삼을 수 있는 내력을 버리고 터무니없고 황탄한 설만 믿으니 이는 이전 역사서의 잘못이다. 지금 〈곡비론〉으로 인해 우연히 언급하게 되어 설을 갖춘다.

노소의 문장 7 老蘇文七 심세편[32]

〈심세편(審勢篇)〉은 송나라를 쇠약하게 만들어온 폐단을 고치고 형명술(刑名術)로 진작하려 한 것이니 진실로 병증에 맞는 약이다. 그러나 역시 이치를 어겨서 교훈이 될 수 없는 것이 많다. "뭇사람의 시비에 구애되지 말고 예측할 수 없는 상벌을 쓰라고 한" 경우는 잘못되었다. 또 '만세의 제왕이 변혁해서는 안 되는 것은 위엄을 높이는 것이다.'라고 하였으니 잘못되었다. 또 '위엄을 높인 지 오래되어 정사에 폐단이 생기면 작은 절목을 바꾸고 은혜를 베풀어서 진(秦)나라처럼 심한 지경에 이르지 않으면 괜찮다.'라고 하였으니 더욱 잘못되었다. 비록 악독하고 잔혹한 신불해(申不害)와 상앙(商鞅)조차도 역시 '공이 있으면 반드시 상을 주고 죄가 있으면 반드시 벌을 주어야한다. 〔信賞必罰〕'라고만 말했을 뿐 어찌 말을 많이 하기까지 했겠는가?

노소의 문장 8 老蘇文八 권서,[33] 형론[34]

---

31 곽숭도(郭崇韜)의 마음 : 곽숭도는 오대의 남당(南唐) 때 사람으로, 주변 사람이 아부하기 위해 성이 같은 것을 기화로 당나라의 명장 곽자의(郭子儀)의 후손이라고 부추겼는데, 이를 사실로 여기고 촉땅을 정벌하러 가는 길에 곽자의 묘에 들러 곡을 하여 비웃음을 산 일이 있다. 《新五代史 卷24 唐臣傳》

32 심세편(審勢篇) : 《가우집(嘉祐集)》 권1에 실려 있다.

당(唐)·송(宋) 이래 고문(古文)을 부활하자고 외쳐, 도를 논하고 일을 서술하는 것은 경서와 사서를 모방하였다. 그러나 시대의 질적 수준이 현격히 떨어져 기력에 지극하지 못한 점이 있었다. 노소(老蘇)는 걸출한 전국(戰國) 시대의 인물 같아서, 종횡으로 거리낌 없이 말하였고 하고 싶은 말을 다 한 다음에야 그쳤다. 그러므로 문장이 전국 시대보다 순정하여, 시대의 질적 수준을 평가할만한 말이 없으니, 오곡에 비유하자면 피가 잘 익은 것과 같다. 그러므로 도술(道術)을 논할 적에는 입만 열면 망발이지만, 천하의 형세와 용병술에 대해 한 것은 기발하고 신속해서 글자마다 날아올라 춤을 춘다. 소위 〈권서(權書)〉와 〈형론(衡論)〉은 노소가 평생의 마음과 힘을 들인 것이니 타고난 재능과 나라 다스릴 재간이 여기에 다 들어있다. 오직 '성인의 도가 본래 이와 같다'라고 운운하는 말이 없으니 매우 다행이다.

노소의 문장 9 老蘇文九 군대의 일을 논함

장욱(張旭)은 공손대랑(公孫大娘)의 검무(劍舞)를 보고 초서(草書) 쓰는 법에 통달했다더니[35] 노소(老蘇)가 군대의 일을 논한 것도 역시 기세를 빌려 문장에 신통하였을 뿐인가 보다. 그렇지 않으면 송나라에 바야흐로 두 오랑캐의 우환[36]이 있었는데 한(韓)·구(歐) 제공[37]

---

33 권서(權書) :《가우집(嘉祐集)》권2, 권3에 실려 있다.

34 형론(衡論) :《가우집(嘉祐集)》권4, 권5에 실려 있다.

35 장욱(張旭)은……통달했다더니 : 장욱(張旭)은 '초성(草聖)'이라 불릴 정도로 뛰어난 당나라의 서예가였는데, 당시 유명한 무인(舞人)이었던 공손대랑(公孫大娘)이 서하검기(西河劍器)를 추는 것을 보고 초서의 필법이 매우 진전되었다고 한다.《唐詩三百首 觀公孫大娘弟子舞劍器行並序》

이 어찌 이런 인간을 천거하여 시험해 보지 않았던가?

노소의 문장 10 老蘇文十

노소의 문장은 바람이 천 자 깊이의 연못 아래로부터 물결을 쳐올려 물고기, 도롱뇽과 교룡을 모두 동요하여 불안하게 만드는 것 같다. 그 기세가 오만하여 한(漢)·당(唐)을 넘보니 비록 웅장한 문장의 창려(昌黎 한유)일지라도 갑작스레 마주치면 기세 부리는 것을 보고 물러나 피할 것이다. 두 아들의 경우는 기세가 조금 꺾였다.

동파[38]의 문장 1 東坡文— 상신종서[39]

장공(長公 소식)의 〈상신종서(上神宗書)〉는 노소의 〈상인종서(上仁宗書)〉와 구절구절 반대이다. 아마도 황제에게 받은 대우가 다르기 때문이리라. 그러나 장공의 학술은 원래 그 아비보다 나으니, 가생(賈生)[40]에 버금간다.

---

36 두 오랑캐의 우환 : 북송을 위협하던 서하(西夏)와 거란(契丹)을 가리킨다.

37 한(韓)·구(歐) 제공 : 북송 당시 명재상으로 이름을 날렸던 한기(韓琦, 1008~1075)와 관료로 활약했던 구양수(歐陽脩, 1007~1072)를 가리킨다.

38 동파(東坡) : 소식(蘇軾, 1037~1101)으로, 자는 자첨(子瞻), 호는 동파(東坡)이다. 당송팔대가의 한 사람이다. 송시의 성격을 확립하는 중요한 역할을 한 대시인으로 손꼽힌다.

39 상신종서(上神宗書) : 《동파집(東坡集)》 권51에 실려 있다.

40 가생(賈生) : 가의(賈誼, 기원전 200~기원전 168)를 가리킨다. 전한 때 문인으로, 최연소 박사가 된 인물이다.

동파의 문장 2 東坡文二 재상황제서[41]

〈재상황제서(再上皇帝書)〉에 다음과 같이 말하였다.

"지금 진사(進士)를 점점 줄이고 순전히 명경(明經)을 뽑으려고 합니다.[42] 지금 진사가 되려고 공부하는 이가 천하의 반을 차지하는데 각자 버림받을까 근심을 품고 있습니다. 그러나 인재의 우열 비교가 끝내 여기에 있지 않습니다. 옛날 진(秦)나라에서는 책을 지니는 것을 금지하니 유생들이 모두 제 학업을 지닌 채 승광(勝廣)[43]에게 귀의하여 함께 진나라를 망하게 하였으니, 생업을 잃어 돌아갈 곳이 없었기 때문입니다."

나는 이것이 형공(荊公)의 신법을 미워하여서[44] 겁을 먹게 하여 억누르려는 설이라고 생각한다. 만일 진나라가 백성들에게 학정을 베풀지 않았다면 생업을 잃은 무리가 비록 천만이더라도 어찌할 까닭이 있었으랴. 만약 백성에 학정을 베풀었다면 책을 태우지 않더라도 오래갈

---

41 재상황제서(再上皇帝書) : 《동파집(東坡集)》 권51에 실려 있다.

42 지금……합니다 : 진사(進士)와 명경(明經)은 과거시험에 설치한 두 가지 과목이다. 시부(詩賦)로 뽑는 것을 진사(進士)라 하고 경의(經義)로 뽑는 것을 명경(明經)이라고 하였다.

43 승광(勝廣) : 진승(陳勝)과 오광(吳廣)의 병칭이다. 기원전 209년 중국 진(秦)나라 말기에 시황제(始皇帝)가 죽은 뒤 농민을 모아 반란을 일으켰던 인물들로, 중국 역사상 최초로 일어난 농민 반란이었다. 《史記 卷48 陳涉世家》

44 형공(荊公)의 신법을 미워하여서 : 형공은 송나라의 왕안석(王安石)을 가리킨다. 1069년에서 1076년 사이 피폐해진 국가의 재정난을 극복하고, 대지주와 대상인의 횡포로부터 농민과 중소 상인들을 보호 육성하여 부국강병을 이루려는 목적으로 일련의 개혁법안을 추진하였는데, 이를 신법(新法)이라고 한다. 이는 대지주와 보수적 관료의 반발을 낳아, 신법당과 구법당의 당쟁이 격화되었다.

수 있었으랴. 진의 유생들은 모두 전국(戰國) 시대의 후예들이니, 만약 나란히 세상에 남아있었다면 이단과 잘못된 논의가 번잡함을 이기지 못할 정도가 되었을 것이니, 성인의 경전은 더욱 어두워지고 대도(大道)는 더욱 어지러워졌을 것이다. 그러므로 하늘이 진의 충심을 유도하여 책을 불태우고 유자를 구덩이에 묻어 크게 세력을 줄여서 잘못된 흐름을 억제하려 한 것이니 만세에 끼친 공이 매우 크다.

두평

이 문장은 원기가 왕성하고 감개하여 매우 아름답지 않은 것은 아니다. 다만 '하늘이 진의 충심을 유도하여 책을 불태우고 유자를 구덩이에 묻었다'라는 것과 '만세에 끼친 공이 매우 크다'라고 한 것은 이 무슨 말인가? 이미 이치에 어긋난 노소(老蘇)를 바로잡아, 악독하고 잔혹한 신불해(申不害)와 상앙(商鞅)조차도 이렇게 많은 말을 하지 않았다고 하면서 통렬히 분변하였는데, 지금 갑자기 노소의 병폐를 답습하는 것은 어째서인가? 참 경전과 참 유자는 본래 스스로 사라지는 것이 아니다. 아! 후세에는 위조가 의심스럽지 않은 경전이 하나도 없다. 《주역》에는 대전(大傳)[45]이 의심스럽고 《서경》에는 금문(今文)과 고문(古文)이 의심스럽고 《의례(儀禮)》는 주공(周公)의 책인지 아닌지가 의심스럽다. 의심스럽지 않은 경전이 하나도 없으니 이는 모두 경전을 불태운 죄이다. 이른바 참 경전이라는 것이 과연 어디에 있는가? 후세 임금이 삼대(三代) 이전 성군의 덕화를 본받는 것은 날개가 돋아 신선이 되어 승천하는 것처럼

45　대전(大傳) : 《주역》 〈계사전(繫辭傳)〉을 말한다.

어렵지만 이전 왕의 악습을 본받는 것은 염병에 전염되는 것처럼 쉽다. 진나라 이후 제왕이 유자를 초개처럼 보아서 진위를 논하지 않고 베어죽이고 찔러 죽여서 혹독한 경우는 다 정(政 진시황)이 병마용으로 만들었으니, 그 죄가 주살하는 정도로 감당할 수 있겠는가? 지금 여기에서 만세에 공이 있다 운운하는 것은 문장과 유자의 폐단에 격해져서 말한 것에 불과하니 매우 생각이 없는 것이다. 비록 경서의 전적이 없더라도 후세의 제자백가가 구름이 넘치듯 안개가 퍼지듯 하였으니 한우충동(汗牛充棟)[46]을 금할 사람이 있었겠는가. 아! 참 유자를 비록 만날 수 없으나 이른바 거짓 유자, 속된 유자는 온 나라에 가득 차 있다. 선비는 모두《대학장구》를 끼고 인(仁)이니 의(義)니 시끄럽게 떠든다. 주밀(周密)[47]이 비판한 것이 우리나라에 아마도 거의 해당될 것이다. 이로 말한다면 경전이니 유자니 하는 것은 진위를 막론하고 불태우고 구덩이에 묻어서는 안 되는 물건임이 분명하다.

비록 그렇더라도 참 경전, 참 유자는 본디부터 저절로 소멸하지 않는다는 것은 어떻게 하는가? 진나라의 폭정 때 책을 품고 세상이 알아

---

46 한우충동(汗牛充棟) : 수레에 실으면 소가 땀을 흘릴 정도로 무겁고 쌓으면 용마루에 닿을 정도로 높이 쌓인다는 뜻으로, 책이 매우 많음을 비유한 말이다. 유종원(柳宗元)의 〈육문통선생묘표(陸文通先生墓表)〉에서 유래한 말이다.

47 주밀(周密) : 1232∼1298. 자는 공근(公謹), 호는 초창(草窗)・사수잠부(四水潛夫)・변양노인(弁陽老人) 등이다. 남송 때 시인이자 화가이다. 송이 멸망한 후 원나라 벼슬은 하지 않고 주로 항주(抗州)에 살면서 시문을 지었다. 저서에《운연과안록(雲烟過眼錄)》등이 있다.

주기를 구구하게 바라던 자들은 참 유자가 아니다. 시황제를 따라 태산에 가서 분분하게 봉선(封禪)[48]의 의례를 초안한 자는 참 유자가 아니다. 어떻게 참 유자가 아님을 아는가? 관중(管仲), 상앙(商鞅), 신불해(申不害), 한비자(韓非子), 추연(鄒衍), 신도(愼到), 소진(蘇秦), 장의(張儀), 손무(孫武), 오기(吳起)의 무리가 모두 명목은 유자라 하고 입으로 시서(詩書)를 말하였다. 그러나 그 실제는 모두 도를 굽혀 외물을 따르고 세상에 영합하기를 희구하여 한 때의 요행을 바라는 자들이었다. 육국(六國)이 망하고 나서는 함양(咸陽)에 모여 각기 제 학문을 팔아 제 몸을 살찌게 하려 하였으니 불사르는 폭염이 먼저 이 무리들에 미칠 줄 누가 알았으랴. 만약 앞선 성인의 도에 깊이 감복하여 출처(出處)의 의(義)에 밝은 자 같으면 기미를 보고서 은거하고 책을 품고 깊이 숨어 아득하여 볼 수 없도록 하였으리니 또 어찌 살해당할 수 있었으랴. 이로써 참 경전, 참 유자가 소멸하지 않음을 안다.

혹자는 말한다.

"지금 명경과 진사 역시 세상에 영합하기를 희구하여 한때의 요행을 바라는 자들이다. 이 가운데 참 유자가 없다고 말하는 것이 괜찮은가?"

"시대가 어떠한지를 돌아볼 뿐이다. 슬프도다! 어찌 온 세상을 다 속일 수 있으랴. 명경은 한(漢)나라 때 시작되었고 시부는 수(隋)·당(唐) 때 시작되었다. 상하 수천 년 동안 재능 있고 지혜롭고 현명하고

---

48 봉선(封禪) : 고대 제왕이 천지에 지내던 큰 제전이다. 태산 위에 단을 쌓아 하늘의 공에 보답하는 것을 봉(封)이라고 하고 태산 아래에서 제사를 지내 땅의 덕에 보답하는 것을 선(禪)이라 하였다.

능력 있는 이를 이것으로 뽑았다. 지금 명경은 한갓 외우고 암송하는 것을 익혀 첩괄(帖括)[49]에 응하기에 힘쓸 뿐이라는 것이 폐단이다. 시부(詩賦)의 경우 백가(百家)를 두루 섭렵하지 않으면 솜씨가 좋을 수 없으니, '경서에 밝다.'라는 명경의 이름값이 시부를 짓는 실상만 못하다. 이는 자첨(子瞻 소식)이 시부를 부활시키고자 한 까닭이다. 그러나 두 가지의 우열은 유(唯)가 아(阿)에 대한 것[50]과 같으니 차이가 얼마 되지 않는다. 이른바 '인재의 우열 비교가 끝내 여기에 있지 않습니다.' 라고 한 것이 이것이다."

"그렇다면 이로써 선비를 뽑아 재주 있고 지혜롭고 현명하고 능력 있는 이를 뽑을 수 있다고 하였는데, 그 방도가 어디에 있는가?"

"이는 법의 훌륭함과 담당 관리의 능력 때문이 아니라 형세가 그렇게 만든 것이다. 이른바 재주 있고 지혜롭고 현명하고 능력 있다는 사람은 침잠하고 억눌려 남의 밑에 있으면서 녹록하게 세상을 살아가는 사람이 아니다. 다스리는 방법이 항상 남보다 뛰어나고 동류보다 명성이 난다. 만약 위에서 농사 잘 짓는 사람을 뽑는다면 재주 있고 지혜롭고 현명하고 능력 있는 이는 반드시 농업에 종사할 것이다. 위에서 그릇과 도구 잘 만드는 사람을 뽑는다면 재주 있고 지혜롭고 현명하고 능력 있는 이는 반드시 공업에 종사할 것이다. 위에서 이윤을 잘 내는 사람

---

49 첩괄(帖括) : 첩경(帖經)을 준비하기 쉽도록 경서 가운데 난해한 곳을 뽑아 노래 처럼 만든 것이다. 첩경은 경서 구절의 중간 한 행만을 보이게 출제하여 응시자들에게 대의(大義)를 쓰게 하는 시험 방법이다.

50 유(唯)가······것 : 유(唯)는 어른에게 공손하게 대답하는 음성이고 아(阿)는 거칠게 하는 대답이다. 둘 다 승낙하는 소리로 차이가 많지 않음을 뜻한다. 《노자(老子)》에 "유와 아가 차이가 얼마나 되랴.[唯之與阿 相去幾何]"라고 한 구절에서 나온 말이다.

을 뽑는다면 재주 있고 지혜롭고 현명하고 능력 있는 이는 반드시 상업에 종사할 것이다. 위에서 덕행과 도예(道藝) 있는 사람을 뽑는다면 재주 있고 지혜롭고 현명하고 능력 있는 이는 반드시 군자의 유학에 종사할 것이다. 지금 부득이하게 시부와 명경에 종사하니 진실로 이것이 아니면 등용되어도 임금을 섬길 길이 없고 물러나도 양친을 봉양할 길이 없어서 오륜의 도리를 그르치게 될 것이기 때문이다. 이에 참 유자가 이 가운데에서 간혹 나오리라는 것을 무엇으로 증명하는가? 공자의 시대에 학교의 법이 오랫동안 버려져 제자들이 학문을 성취해도 써볼 데가 없었다. 염유(冉有), 계로(季路), 자유(子遊), 자천(子賤)의 무리가 삼가(三家)[51]에 벼슬하는 것을 부자께서 금하지 않으셨고 더 나아가 권하셨다. 자장(子張)이 녹봉을 구하는 방법을 배우는 것을 부자께서 그르다고 하지 않으셨다. 부자께서 또한 '내 어찌 뒤웅박이랴. 어찌 매달린 채 먹지 않을 수 있으랴.'라고 하셨다.[52] 이로 보자면 참 유자가 시부와 명경에서 나오는 것이 괴이할 것은 없으니 시대가 어떠한가를 돌아볼 뿐이다."

"그렇다면 다만 학업이 정밀한 자를 뽑아서 등용하면 그중에 재주 있고 지혜롭고 현명하고 능력 있는 자가 본래 있는 것인가?"

"안 된다. 이는 그저 말만하고 실제가 없는 선비를 얻을 뿐이다. 그리고 문장을 팔고 남의 손을 빌리면 그 폐단은 막기 어려우니, 최선책은 아니다. 덕이 있는 자는 반드시 말이 있고, 실제가 있는 자는 반드시

---

51 삼가(三家) : 춘추 때 노나라의 대부 맹손씨(孟孫氏)·숙손씨(叔孫氏)·계손씨(季孫氏)를 가리킨다.

52 부자께서……하셨다 :《논어》〈양화(陽貨)〉에서 인용한 것이다.

명성이 있는 법이다. 지금 살피기 어려운 말을 시험하려 하니 살피기 쉬운 명성을 시험하는 것만 못하다. 반드시 재예를 시험하는 일보다 소문과 명망을 먼저 살펴보면 아마도 열 가운데 예닐곱은 얻을 수 있을 것이다. 옛 사람들은 다 이 방법을 사용하였고, 학업만을 전적으로 시험해서 선비를 얻는 경우는 없었다."

"그렇다면 저 재예는 정밀하나 소문과 명망이 부족한 자들이 모두 생업을 잃었다고 탄식할 것이니 어떻게 합니까?"

"이는 근심할 게 못된다. 뜻을 잃고 윗사람을 원망하는 것은 모두 윗사람이 하는 바에 심복하지 않기 때문이다. 그리고 좋아하는 사람이 하나라면 미워하는 사람은 천백으로 헤아리기 때문에 원망이 쉽게 생겨난다. 지금 마을에는 한 마을의 훌륭한 선비가 있고 현에는 한 현의 훌륭한 선비가 있다. 이 사람은 일찍이 추앙되고 인정받아 사람들이 외경하고 심복하여 그의 훌륭함을 즐겨 말한다. 이 한 사람이 등용되면 온 현과 온 마을의 사람들이 다 기뻐할 텐데 그 누가 유독 원망하겠는가."

"그렇다면 저들은 앞으로 어떻게 처신합니까? 자기 학업을 버리고 농부로 돌아가야 합니까?"

"어찌 그렇게 하겠는가. 본래 지닌 학업이 있으니 나아가 명예를 취하는 과정이 이미 반을 넘은 것이다. 만약 조금이라도 덕행에 힘쓴다면 효과 역시 타인보다 곱절이 되지 않겠는가? 무엇 때문에 버리겠느냐. 만약 덕행도 없고 재예도 없는 경우라면 물러나 수양하면 되니 또 누가 원망하랴."

"동파 공이 당나라에서 통방(通榜)[53]하여 명성이 있는 이를 뽑는 것

---

53 통방(通榜) : 당나라 때 과거시험을 볼 때 시권의 이름을 풀로 붙여서 가리는 일을

역시 폐단이 되는 법이라 하였으니 어째서인가?"

"이는 신종(神宗)이 제도를 변경하는 것을 좋아하기 때문에 말한 것이다. 비록 좋은 법이 있더라도 어찌 폐단이 없을 수 있겠는가? 저것이 이것보다 나은 경우는 있다."

동파의 문장 3 東坡文三 서주상황제서[54]

나는 우리나라에 인재를 등용하는 길이 넓지 않아서 재주가 뛰어난 사람이 향곡(鄕曲)에 정체되어 있는 것이 항상 걱정스럽다. 또 재주 있는 사대부가 과거 공부를 하다가 임관해서 일을 다스리게 되면 실무를 전혀 몰라 아전만 쳐다보는 것이 걱정스럽다. 이 두 가지 걱정하는 일이 고치기 어려운 병통이 아니지만, 사람들이 왜 그렇게 되었는지 모르는 것은 괴이하게 여길만하다. 백성들 가까이에서 일을 처리하는 데 아전만한 이가 없고, 직임의 연륜이 아전만한 이가 없고, 그 지역에 살면서 풍속을 익숙하게 아는 것이 아전만한 이가 없다. 반드시 청렴하고 신중하며 공정하고 자중하는 사람이어야 백성들이 병들지 않고 일이 정체되지 않을 수 있다. 지금 아전 가운데 과연 제대로 된 이가 있는가? 아마도 그런 사람이 없는 듯하다. 아! 이유는 네 가지이다. 하나는 가려 뽑지 않고 쓰기 때문이다. 하나는 녹봉이 없이 부리기 때문이다. 하나는 벼슬길로 통하지 않기 때문이다. 하나는 매질하여 모욕하기 때문이다. 이 네 가지 이유 때문에 아전 가운

하지 않고 시험을 주관하는 사람이 이름을 보고 당락을 결정할 수 있도록 한 제도를 가리킨다. 이로 인해 명망이 있는 사람이 합격방에 오르는 일이 종종 있었다.

54 서주상황제서(徐州上皇帝書) : 《동파집(東坡集)》 권52에 실려 있다.

데 좋은 사람이 없고, 아전 가운데 좋은 사람이 없으니 관리는 위에서 피로하고 백성은 아래서 곤혹스러운 것이다. 아아! 누가 아전이라고 천하게 여기는가?

나는 한(漢)나라의 법을 써야 한다고 생각한다. 군현에서 수재나 효자를 추천하여 아전으로 뽑는다. 행실과 청렴함을 살펴서 단계대로 옮겨 빈 직임에 보충하고 점차 벼슬길로 통하게 한다. 경작을 대신할 수 있는 녹봉을 제정해주고, 곤장 대신 속죄금을 내게 한다. 이렇게 하면 사방의 뛰어난 인재가 다투어 이 길로 나올 것이니 백성과 나라의 이익을 이루 셀 수 없을 것이다. 내가 우선 쉽게 알만한 것을 거론해 보아도 줄지어 12가지가 된다. 첫째, 재주 있는 인물이 직책에 포진하여 관직에 비어있는 업무가 없다. 둘째, 과거 시험에 떨어져도 군현의 관아에서 공을 거두어들여 버려지는 인재가 없다. 셋째, 각기 고향에서 등용할 것이니 가까이에서 쉽게 재주를 살필 수 있다. 넷째, 실제 일에 시험하여 능력 여부가 쉽게 드러나니 시부의 무용한 문장보다 낫다. 다섯째, 청렴하고 신중하고 자중하니 백성이 곤욕을 당하지 않는다. 여섯째, 관장에게 잘못이 있으면 의로써 바로잡으니 교화가 아래로부터 이루어진다. 일곱째, 먼 변방이나 곤궁한 시골에서 제도와 법령에 익숙해지고 위의(威儀)에 익숙해져 지금의 궁벽하고 누추한 풍속을 단번에 씻어낼 수 있다. 여덟째, 공로를 쌓아 관직으로 옮기니 관청의 일에 숙련되고 통달해 있다. 아홉째, 집이 가난하지만 부모가 늙어서 과거 시험이나 벼슬자리를 멀리 구하러 갈 수 없는 어진 이의 경우 녹봉을 위해 고향에서 벼슬할 수 있다. 열째, 충심과 신의로 아래를 대하여 매질하고 모욕하지 않으니 영준한 선비가 그 사이에 나와 황패(黃覇),[55] 설선(薛宣),[56] 주읍(朱邑),[57] 병길(丙吉),[58] 범방(范滂),[59] 진식(陳寔)[60] 같은 무리를 등용할 수 있다. 열한째, 흉포하고 교활하고 얽매이지 않는 선비가 과거시험에 합격하지 못하고 황소(黃巢),[61] 이진(李振)[62] 무리 같이 낙심하여 난을 생각할 수 있는데 이들을 이런 자리로 불러들여 따로 벼슬길을 열어 주면 난을 미연에 방지할 수 있다. 열두째, 국가에 만여 명의 간사하고 해 끼치는 사람은 없어지고 만여 명의 좋은 선비를 얻을 수 있다.

만일 이와 같이 한다면 인재 등용의 길은 크게 넓어질 것이고 관리 노릇하는 이가 아전에 기대서 일을 이루는 걱정은 없어질 것이다. 두 가지 걱정을 떨쳐내고 나면 온갖 제도가 다 거행될 것이고 서울과 지방

55 황패(黃覇) : ?∼기원전 51. 자는 차공(次公)이다. 한나라 때 목민관으로서 가장 추앙받았던 인물이다.

56 설선(薛宣) : 자는 공군(贛君)이다. 한나라 때 대신으로, 승상까지 올랐다. 상벌이 분명하고 위엄과 덕을 함께 베풀었으며 특히 군현을 잘 다스리기로 이름이 났다.

57 주읍(朱邑) : ?∼기원전 61. 자는 중경(仲卿)이다. 한나라 때 관원으로, 원래 농민 출신이나 태수의 졸리(卒吏)로서 탁월한 재주를 보여 태수직을 거쳐 대사농(大司農)의 직임까지 올랐던 인물이다.

58 병길(丙吉) : ?∼기원전 55. 자는 소경(少卿)이다. 한나라 때 대신으로, 아전의 허물을 덮어주고 좋은 점을 드러내는 등 관대함으로 정사를 폈던 인물이다.

59 범방(范滂) : 137∼169. 자는 맹박(孟博)이다. 동한 때 관원으로, 효렴(孝廉)으로 천거되어 청조사(淸詔使)・광록훈주사(光祿勳主事)를 역임했던 인물이다.

60 진식(陳寔) : 104∼186. 자는 중궁(仲弓)이다. 동한 때 관원으로, 현령으로 있을 때 덕 있는 정사를 펴 백성들이 편안했다고 한다.

61 황소(黃巢) : 820∼884. 당나라 말기 농민을 이끌고 반란을 일으켜 스스로 대제(大齊)라는 나라를 세우고 황제가 되었다. 후에 부하의 손에 죽었다.

62 이진(李振) : 당나라를 멸망시키고 양나라를 세운 주전충(朱全忠, 852∼912)의 책사이다. 진사시에 여러 번 낙방하여 조정의 선비를 매우 싫어하였다. 주전충이 조관(朝官) 30여 명을 백마역에서 한꺼번에 몰살시킨 백마지화(白馬之禍)를 일으키도록 부추긴 인물이다.

관아의 형식과 내용이 잘 어우러져 볼 만할 것이니, 진실로 정치를 잘하는 좋은 방법이다. 그러나 여전히 염려되는 바는 아전의 생업을 갑자기 뺏을 수 없다는 점이다. 우선 예전 정원을 남겨두고 차츰차츰 선비로 보충하려 하면 선비 된 자는 또 아전과 같은 위치에 서 있는 것을 달가워하지 않을 것이다. 법이 이런 궁지에 이르면 강행하기에 어려움이 있다.

내가 소 장공(蘇長公)의 〈서주상황제서(徐州上皇帝書)〉를 읽으니, 서북 5로 호걸의 시험장에서는 시부(詩賦)나 명경(明經)으로 인재를 뽑아서는 안 되고 마땅히 한나라의 법처럼 보충할 수 있는 인재를 뽑아 관리로 삼고 따로 벼슬길을 열어 주어야 한다고 논하였다. 당시에 과연 이 계책을 썼는지 알 수 없으나 우리나라와 꼭 같다. 우리나라 서북 3로의 사람 역시 침착하고 굳세고 용맹하고 사나워 시부(詩賦)나 명경(明經)은 잘하지 못한다. 그러므로 예로부터 버려두고 중용하지 않았다. 그러나 왕왕 기이하고 비상한 인재가 나와서 비상한 공을 세웠으니, 이는 재주를 문사(文詞)로 한정하지 않아야 하는 분명한 증거이다.

그리고 서북 인사를 등용하지 않은 지 이미 오래되어 문벌 있는 집안이 아전과 통혼하거나 아전이 되기도 하여, 분명하게 신분 등급이 나뉘는 삼남(三南) 지역과 다르다. 마땅히 이 법을 서북 삼로에 먼저 시행해야 아마도 효과를 볼 수 있을 것이다. 혹자는 녹봉을 제정하고 형벌을 폐기하는 것을 시행하기 어렵다고 한다. 아랫사람에게 달려 있는 일은 어려워서 힘으로 강행하는 것이지만 윗사람에게 달려 있는 일은 정치의 기술로 융통할 수 있는 것이다. 지금 녹봉을 제정하고 형벌을 없애는 것은 모두 윗사람에게 달려있으니 시행하기 어려운 것이 아니다.—살펴보니 송나라 때 서리에게 일정한 녹봉이 없었다. 소철(蘇轍)의 〈신사책(臣事

策)〉에 〈녹서리(祿胥吏)〉 한 편63이 있는데, 그 폐단이 지금과 다름이 없다. 그는 마땅히 《주관(周官)》의 법을 모방하여 소송하는 백성은 화살 백개와 구리 30근을 바치게 하고 부정직한 것이 밝혀진 자는 바친 것을 납입하게 하여 서리의 녹봉으로 삼으면 간사한 짓을 하여 이익을 구하는 것에 비해 오히려 명분이 바르다고 하였다. 《주관》의 금시법(金矢法)64은 소송을 그치게 하고자 한 것이지 이것에 재정을 기대려던 것이 아니다. 지금 이를 믿고 녹봉을 제정하면 액수를 일정하게 확보할 수 없다. 만약 태평한 시대를 만나 형벌을 쓰지 않는다면 아전은 다 굶어죽을 것이니 또한 어렵지 않은가.-

동파의 문장 4 東坡文四 논고려매서이해차자65

두평

자첨이 이천(伊川 정이(程頤))과 한 조정에서 함께 벼슬을 하였으나 오히려 대현(大賢)을 알아보지 못하고 헐뜯고 비웃었다. 이는 안평중(晏平仲 안영(晏嬰))이 공자를 못 알아본 것보다 더한 것은 아니니, 자첨의 식견이 못 미친다고 말하는 것은 괜찮지만 자첨을 소인이라고 말하는 것은 지나치다. 게다가 고려는 만 리 밖 바다모퉁이에 치우쳐 있으니 중화를 사모하고 충성을 본받는 나라라는 것을 무엇

---

63 녹서리(祿胥吏) 한 편 : 〈진책오도(進策五道)〉 신사하(臣事下)의 제오도(第五道)에 서리의 녹봉에 관한 논의가 실려 있다. 《蘇轍全集 應詔集 卷8》

64 금시법(金矢法) : 《주례(周禮)》 〈대사구(大司寇)〉에 나오는 법으로, 소송을 하는 원고와 피고는 모두 관에 균금과 속시를 바쳐야 하고 판결이 난 후 이긴 자는 돌려받으나 진 자는 그대로 납부하여야 했다.

65 논고려매서이해차자(論高麗買書利害箚子) : 〈논고려매서이해차자삼수(論高麗買書利害箚子三首)〉를 가리킨다. 《동파집(東坡集)》 권63에 실려 있다.

으로 알겠는가. 지금 고려를 알아보지 못하는 것 때문에 자첨을 소인이라고 한다면 자성제인(子誠齊人)[66]이라고 할만하다. 자첨이 이 소인의 안목을 본다면 반드시 수염을 잡고 한 번 웃으며 편안히 받아들일 것이다.

자첨은 마음 씀이 정한(精悍 명석하고 수완이 좋음)하여 숨겨진 남의 사정을 잘 헤아린다. 유독 고려의 일에 대해서는 시샘이 너무 깊고 방어가 너무 엄격하다. 이는 오랑캐가 믿기 어렵다는 것만 알고 동방에 군자의 나라가 있는 것은 듣지 못했기 때문이리라. 우리나라 사람은 천성이 중화를 사모한다. 비록 형편상 거란에 핍박을 당했으나 끝내 송나라를 잊지 못해 험하고 험한 만 리 길에 간곡하게 정성스러움을 다하였는데, 이제 '의를 사모한 것이 아니라 상을 내리는 이익을 바란 것이다.'라고 하였다. 증남풍(曾南豐 증공(曾鞏))은 "고려 사신이 지나는 주(州)마다 지주(知州)에게 주는 것이 대략 30만이 되니 중국의 의(義)를 상하게 할까 걱정이다."라고 하였다. 이로 말하면 이익을 바란다고 이를 수 있겠는가? 우리나라 사람은 문아(文雅)를 자부하고 유람을 좋아하는 성품을 지녔는데, 이제 "고려는 거란의 동맹국이다. 사신이 지나는 곳마다 산천의 형승을 그리는 것은 허실을 몰래 염탐하는 것이지 선의가 아니다. 이는 천하에 뜻을 둔 자가 하는 것이다."라

66 자성제인(子誠齊人) : 견문이 좁고 고루한 사람을 이르는 말이다. 직역하면 "그대는 진실로 제나라 사람이로다."이다. 공손추(公孫丑)가 "부자께서 제나라에서 요직을 맡으시면 관중·안자의 공을 다시 이룰 수 있겠습니까?[夫子當路於齊 管仲 晏子之功 可復許乎]"라고 묻자 공자가 "그대는 진실로 제나라 사람이로다. 관중·안자를 알 뿐이로구나.[子 誠齊人也 知管仲 晏子而已矣]"라고 대답한 말에서 유래하였다.

고 한다. 승조(勝朝 전 왕조인 고려)가 스스로 지키기에도 여유가 없었는데 이런 계책에 힘쓸 수 있었겠는가?

내가 우리나라 사람이 명예를 아끼고 옛것을 좋아하는 줄은 감히 안다고 못하겠으나 멀리 서적을 구하는 것은 문사(文詞)를 짓는 것을 돕는 한 가지에 불과할 따름인데, 지금 "전국(戰國) 시대의 권모술수와 속임수를 해외 오랑캐에 내려 주어서는 안 된다."라고 하니 어찌 그리 염려가 지나친가? 충으로 대하였으나 의심을 받고 인으로 대하였으나 절교를 당하니 이런 경우를 당하면 누가 송나라를 위해 도모하겠는가. 송은 천하의 십 분의 팔을 소유하였으나 천하의 금과 비단을 거두어 두 오랑캐 나라에 바쳤으니 욕되다 할 만하다. 자첨은 분발하여 밧줄을 청하지[67] 못했으면서 유독 소국의 사신에 대해서만 관사의 구구한 양식 비용을 아까워하고 배척하여 대국을 섬기는 정성을 막고 먼 나라 사람의 희망을 외롭게 만든다. 덕으로 말한다면 불인한 것이요, 위엄으로 말한다면 용맹스럽지 못한 것이요, 지혜로 말한다면 현명하지 못한 것이다. 논하는 자는 오히려 깊이 염려하고 요체를 분별한 말이라 하니 진실로 가소롭다.

옛날 한 무제가 흉노를 제어하려고 통역을 거듭하고 군대를 수고롭게 하며 서역과 통교하였다. 당시 고려라는 나라는 거란의 매우 가까운 이웃나라였다. 송나라가 만약 저들에게 뜻을 두었다면 마땅히 먼저

---

67 밧줄을 청하지 : 용기를 내어 적을 죽이겠다고 스스로 말하는 것을 가리킨다. 한 무제(漢武帝)가 화친을 위해 종군(終軍)을 남월(南越)에 사신으로 파견하려 하자 그는 조정에 들어가 긴 밧줄을 주면 남월왕을 묶어서 궐 아래 이르도록 하겠다고 말한 데서 유래하였다. 《漢書 卷64 終軍傳》

이쪽과 통교를 청해야 했을 것이다. 자첨은 반대로 스스로 찾아온 사신을 거절하려 했으니 어찌 나라를 위해 깊이 헤아리는 자이랴. 심하구나 우리나라 사람이 중화를 사랑함이여! 이처럼 거절을 당하고도 오히려 다시 그 사람의 시를 외우고 그 사람을 사모하면서 원망하고 노여워하는 마음이 없었다. 휘종(徽宗) 때에 은근하게 의원을 구하여 은밀히 금나라의 실정을 알려주었다.[68] 아! 자첨은 소인이로다. 내가 증남풍(曾南豊)의 〈의사고려송유장(擬辭高麗送遺狀)〉[69]을 살펴보니 소자첨은 증남풍에 한참 미치지 못한다.

동파의 문장 5 東坡文五 변시관직책문차자[70]

임금 된 자는 모두 주려(周厲)[71]와 진 시황(秦始皇)을 비웃을 줄 알고 신하 된 자는 모두 이사(李斯),[72] 장탕(張湯)[73]이 잘못되었다는 것을 안다. 그러나 후대를 차례차례 상고해 보면 비록 우매한 군주와 나라를 어지럽힌 신하일지라도 모두 그들의 이름을 미워하였고, 비록 현

---

68 휘종(徽宗)……알려주었다 : 고려의 예종(睿宗)이 아프다는 핑계로 송나라에 의원을 청하여, 그들을 통해 금나라와 요나라의 상황을 알려주고 금나라를 대비하라고 권고한 일을 가리킨다.

69 의사고려송유장(擬辭高麗送遺狀) :《증공전집(曾鞏全集)》권35에 실려 있다.

70 변시관직책문차자(辨試館職策問箚子) :《증공전집(曾鞏全集)》권35에 실려 있다.

71 주려(周厲) : 주나라 10대 왕인 여왕(厲王)을 가리킨다. 그의 학정에 시달린 백성들이 봉기하여 이를 피해 체(彘) 땅으로 도망가기에 이르렀다.

72 이사(李斯) : ?~기원전 208. 법가 정치로 진 시황을 보좌하여 분서갱유를 주도한 인물이다.

73 장탕(張湯) : ?~기원전 115. 한 무제(漢武帝) 때 법관으로, 황제의 뜻에 영합하여 매우 가혹한 형정을 베푼 인물이다.

명한 군주와 어진 신하라도 역시 그들이 실제를 그대로 밟았다. 비방이라는 것은 옛 성왕이 약석(藥石)[74]으로 간주하였던 것이니, 하루라도 듣지 않으면 좌불안석하며 "내게 무슨 죄가 있길래 이런 지경에 이르렀나?"라고 하였다. 후세에는 남을 빠뜨릴 큰 함정으로 삼아서, 승여(乘輿 왕이 타는 수레)를 언급하면 불경(不敬)하다고 하고, 선제(先帝)에 대해 언급하면 무도(無道)하다고 한다. 아무리 현명한 군주라도 자기를 공격하는 말은 포용할 수 있을지언정 선조를 비방하는 죄는 덮을 수 없고, 아무리 충직한 신하라도 그럴 의도가 아니었다고 스스로 밝힐 수 있을지언정 죄에 해당되는 것이 아니라고 감히 말하지는 못한다. 군주는 이것을 효라 여기고 신하는 이것을 충이라 여긴다. 아, 지나치구나!

옛날 주(周) 태자 진(晉)이 "옛날 우리 선군이신 여(厲), 선(宣), 유(幽), 평(平)은 하늘의 화를 탐내 지금까지 그치지 않는다."라고 하였다.[75] 이는 선조 임금을 차례차례 들어서 비방한 것이니 불효가 막대하다. 하후승(夏侯勝)[76]은 무제(武帝)에 항의하여 종묘에 들어가는 것이 부당하다고 하였으니 불충이 막대하다. 지금에서 본다면 태자 진과 하우승이 과연 불효하고 불충한가? 동파 공(東坡公)은 옛날 정직한 신하로, 신종(神宗) 때 거리낌 없이 말을 다하였고 시를 지어 풍자하였

---

74 약석(藥石) : 고대 병을 치료하는 약물과 돌침을 함께 이르는 말이다.

75 옛날……하였다 : 《시전(詩傳)》〈기보(祈父)〉의 서문에서 인용한 것이다.

76 하후승(夏侯勝) : 한 선제(漢宣帝) 때 유학자이다. 한 선제가 한 무제의 덕을 기리기 위해 묘악(廟樂)을 만들도록 명하자, 하후승만이 공은 많으나 덕이 없었다고 반대하였다. 《漢書 卷75 夏侯勝傳》

으니, 죽음을 두려워하는 자가 아니었다. 신종이 붕어하자 조정지(趙挺之)[77] 무리가 그의 〈초마사(草麻詞)〉 및 〈관직책문(舘職策問)〉을 들춰내어 선제(先帝)를 비방했다고 지적하자 공이 입이 타들어가고 입술이 헤지는 것을 면치 못하고 울부짖으며 스스로를 밝혔던 것은 죽음을 두려워해서가 아니라 불충하다는 이름을 얻고 죽는 것을 두려워해서이다. "백성 역시 수고롭다."[78]라는 말은 일상적으로 나라에서 쓰는 말이다. 지금 신종 때문에 감히 이 말을 하지 못하게 하면 남을 참소하는 저 자들이 선제의 덕을 고양했다고 할 수 있는가. 다행히 차역(差役)을 다툰 일 한 가지[79]가 있어 겨우 스스로 밝혔으니, 아, 군색하구나!

동파의 문장 6 東坡文六 논마철부당병출학장[80]

태학(太學)이라는 곳은 옛날 형법과 정령이 나오는 곳이었다. 국가에서 이미 삼사(三司)의 언관을 설치하였으나 여전히 녹봉에 연연해 말을 다 하지 않을까 걱정하여, 또 태학의 생도로 하여금 글을 올려 정사에 관해 간언하게 하였다. 관직에 있지 않은 생도는 순박하고 솔직하여 거리끼는 것이 없어, 위로 곤직(袞職 삼공의 직위)의 잘못으로

---

77 조정지(趙挺之) : 1040~1107. 송의 대신으로, 철종(哲宗)이 즉위한 후 신법을 이어갈 것을 힘써 주장하고 구법당을 배격하였다.

78 백성 역시 수고롭다 : 소식(蘇軾)의 〈초마사(草麻詞)〉에 나오는 구절로, 선제(先帝)를 비방한다고 조정지에게 지적당한 부분이다.

79 차역(差役)을……가지 : 조정지에게 지적당한 〈관직책문(舘職策問)〉에 차역과 면역(免役)의 이해(利害)를 논한 부분이 있으므로, 소식은 이에 의거해 선제를 비방하지 않음을 증명하였다.

80 논마철부당병출학장(論馬澈不當屛出學狀) : 《동파집(東坡集)》 권64에 실려 있다.

부터 아래로 권세를 부리는 간신의 은폐와 미혹, 윤리도덕의 밝음과 어두움, 백성의 질고에 이르기까지 남이 할 수 없는 말을 할 수 있었고 사람마다 직접 주달하였으니 매우 성대한 일이었다. 근세 이래로 생도가 글을 올릴 때는 먼저 장의(掌議 성균관 유생 자치모임의 장)가 자세히 심사하는 절차를 거쳐 서명을 얻은 연후에 진언할 수 있었다. 장의는 모두 요직에 있는 벼슬아치와 사적인 관계가 있는 인물이기 때문에 임금의 뜻에 영합하고 직언을 은폐하였다. 이로부터 정사에 관해 태학에서 간언하는 제도가 마침내 폐지되었다. 한탄스럽구나! 누가 차마 이런 일을 하겠는가.

다행히 임금께서 한가히 계시는 틈에 국조(國朝)의 고사를 열람하고 "지난 시절 태학의 생도가 분분하게 정사에 관해 간언을 하더니 지금은 어찌 없는가?"라고 물으시면, 대답하는 자는 반드시 이렇게 말할 것이다.

"생도들이 사정을 모르고 망령되게 정무를 논하여 요행으로 관작과 상을 받으려 하였습니다. 그리고 이 무리들이 말하는 것은 당쟁에 관한 논의가 많습니다. 지금은 국시(國是)가 이미 정해졌으니 한갓 성청(聖聽 임금의 들음)을 번잡하게 할 뿐입니다. 선왕께서 이런 폐해를 매우 염려하시어 다시는 함부로 진언하지 말도록 신칙하셨습니다. 그러므로 감히 받지 않고 있습니다."

다행히 임금께서 또 "지난 시절에도 이와 같았을 텐데 선왕께서 어찌 금하지 않으셨는가?"라고 물으시면, 대답하는 자는 반드시 이렇게 대답할 것이다.

"지난 시절 선비의 기풍이 순박하고 예스러워 하는 말이 다 타당했습니다. 요즘 인심이 점점 야박해지고 있는데 학교가 더욱 심합니다. 만약 이런 풍속이 다시 시작되면 사단만 늘어나고 그에 따른 이익은 보지 못할 것입니다. 훗날 우러러 성려(聖慮 임금의 사려)를 수고롭게 할까 삼가 걱정스럽습니다."

한탄스럽구나! 임금께서 어디로부터 그 실제를 터득하랴. 나는 동파 공(東坡公)이 〈주마철부당병출학장(奏馬澈不當屛出學狀)〉에서 논한 일이 유사하다고 느낀다. 지금 임금을 잘 계도하는 동파 공이 없음이 개탄스럽다.

동파의 문장 7 東坡文七

주문공(朱文公 주희)은 동파의 문장이 끝내 자유분방하게 내달리는 습관을 벗어나지 못했다고 하였다. 나는 이것은 제공(諸公)에게 올리는 글 및 책(策), 논(論)에만 해당되는 얘기라고 생각한다. 아마도 젊은 시절 아비에게 배우던 때의 말투 때문이리라. 비록 그렇더라도 자유분방하게 내달리는 습관을 미워한다는 것은 실제가 없는 것을 가리킨다. 동파의 문장은 자유분방하게 내달리는 가운데 오히려 배울 수 없는 일단의 정밀하고 성실한 점이 있고 전국 시대와 서한(西漢) 때 문장의 장점을 겸하였다. 이해를 따지는 부분은 마치 포정해우(庖丁解牛)[81] 같아서 어려운 일이든 쉬운 일이든 손이 가는대로 설파해 나가고, 간언을 더욱 잘 잘하여 임금을 감동시킨다. 그의 필봉이 주입되는 곳은 초산(楚山) 원숭이도 바라보며 울부짖게 만드니 천고 예림(藝林 문단)에 짝할 선비가 없다.

---

81 포정해우(庖丁解牛) : 신묘한 기술을 지님을 가리키는 말이다. 《장자(莊子)》〈양생주(養生主)〉에 나오는, 포정(庖丁)이 문혜군(文惠君)을 위해 소를 잡을 때 신묘하게 고기를 잘라내었다는 얘기에서 연유한 말이다.

동파의 문장 8 東坡文八 답장문잠서,[82] 답사거렴서[83]

동파가 문장을 논한 것은 가장 활법(活法)을 얻어, "문장은 흘러가는 구름, 흐르는 물 같아서 처음에는 정해진 바탕이 없다. 다만 항상 가야 하는 곳으로 가고 항상 그치지 않으면 안 되는 곳에 그치면 문리가 자연스럽고 자태가 뜻밖에 생겨난다.……또 '말은 전달되면 그만이다.'[84]라고 하였는데, 말이 뜻만 전달하면 문채가 나지 않을까 의심스럽다. 그러나 전혀 그렇지 않다."[85]라고 하였다. 또 "근래 문자가 쇠퇴한 것은 왕씨(王氏 왕안석(王安石))에게서 시작되었다. 왕씨의 문장이 반드시 좋지 않은 것은 아니지만 문제는 남을 자기와 똑같이 만들기 좋아하는 데 있다."[86]라고 하였다. 이 몇 단락 논의를 살펴보면 고인이 글을 짓는 묘법을 볼 수 있다. 후대의 배우는 자가 법도와 규칙의 설을 만들어 날마다 어렵고 편벽된 것을 추구하고 자연스러움을 없애 버리는데, 얼마나 괴롭게 이런 짓을 하는지 모른다.

고인이 글을 지을 적에는 수미(首尾)가 상응하는 곳이 있기도 하고, 상응하지 않는 곳이 있기도 하고, 한 글자 한 글자 돌아보게 하는 곳이 있기도 하고, 전체 통틀어 돌아보지 않는 곳이 있기도 하고, 앞머리를 돌려 마지막을 돋우고 복선을 삽입해 서술되는 곳이 있기도 하고, 평탄하게 설명해 나가서 담담하여 무미한 듯한 곳이 있기도 하다. 각기

---

82 답장문잠서(答張文潛書) : 《동파집(東坡集)》 권74에 실려 있다.

83 답사거렴서(答謝擧廉書) : 《동파집(東坡集)》 권75에 실려 있다.

84 말은 전달되면 그만이다 : 《논어》 〈위령공(衛靈公)〉에서 인용한 것이다.

85 문장은……않다 : 《동파집(東坡集)》 권75에 실려 있다.

86 근래……있다 : 《동파집(東坡集)》 권74에 실려 있다.

자연스러운 필세에 따라서 살펴 말과 일이 걸맞으면 그치니, 이렇게 문장이 이루어진다.

후대 사람은 편마다 모색하고 구마다 다듬어서 이른바 법도에 합치하는 것을 추구하니 십 편 백 편 가운데 한둘이 그럴 듯하다. 그러면 이것에 집착해 법도로 정해서 자기가 말하고 싶은 것은 버리고 법도를 따라 자구(字句)를 늘어놓고 억지로 끌어다가 다듬고 자르니, 이른바 고리버들을 상하게 하여 배권(杯圈)을 만든다는 것[87]이다. 그러므로 자구들은 제법 비슷할 수가 있으나 전체를 합하면 호(胡) 땅과 월(越) 땅처럼 아득하게 서로 다르다. 동파공이 "정신을 전달하는 법은 우맹(優孟)과 담소하는 것[88]과 같으니 전체가 다 비슷할 필요가 없이 정신이 깃들어 있는 점을 터득하면 될 뿐이다."[89]라고 말하였으니 이것이 진정 좋은 비유이다.

동파의 문장 9 東坡文九

87 고리버들을……것 : 《맹자》〈고자 상(告子上)〉에 "그대는 고리버들의 성을 따라 배권을 만드는가? 고리버들을 상하게 한 후에 배권을 만들 수 있을 것이다.〔子能順杞柳 之性 而以爲桮棬乎 將戕賊杞柳而後 以爲桮棬也〕"라고 하여, 맹자가 고자(告子)에게 한 말에서 인용한 것이다.
88 우맹(優孟)과 담소하는 것 : 우맹은 춘추 시대 초(楚)나라의 유명한 광대이다. 손숙오(孫叔敖)가 죽자 그 아들이 가난한 것을 보고 손숙오처럼 분장하여 초왕이 그가 살아돌아온 줄로 알게 했다. 이로 인해 그 아들이 땅을 봉해 받을 수 있었다. 《史記 卷126 優孟列傳》
89 정신을……뿐이다 : 소식의 〈전신기(傳神記)〉의 내용을 축약한 것으로, 우맹이 손숙오로 분장했을 때 초왕이 손숙오가 살아돌아온 것으로 착각하게 만든 요점에 대해 설명한 부분이다.

소장공(蘇長公)의 서(書)·소(疏)·차(箚)·장(狀)은 고금에 겨룰 만한 것이 드물다. 〈환구의(圜邱議)〉[90] 같은 경우는 한공(韓公 한유)의 〈체협의(禘祫議)〉와 비견된다. 차역(差役)의 이해(利害)[91] 및 적흠(積欠)의 여섯 가지 일[92]을 논한 것은 육선공(陸宣公)[93]이 조세에 관해 논한 글들과 백중하다. 〈주절서재상장(奏浙西灾傷狀)〉[94]에서는 환난을 구제하는 것을 급선무로 하였으니, 시의적절하게 상주하던 위상(魏相)[95]의 의의를 잘 터득하였다. 서호(西湖)를 열 것을 구하는 글[96] 및 석문하(石門河)를 열 것을 구하는 글[97]은 가양(賈襄)의 〈치하

90　환구의(圜邱議) :《동파집(東坡集)》권63에 실려 있다.

91　차역(差役)의 이해(利害) : 차역은 백성을 빈부에 따라 9등급으로 나누어 4등 이상에서만 노동력을 징발하고 5등 이하는 면제하던 과역법으로, 이 제도의 득실을 논하느라 올린 글이다.《東坡集 卷63 論役法差雇利害起請畫一狀》

92　적흠(積欠)……일 : 적흠은 미납 조세가 누적된 것으로, 지방 관아에서 조세가 밀리는 양상을 설명하고 해결책을 제시하느라 올린 글이다.《東坡集 卷61 論積欠六事並乞檢會應詔四事一處行下狀》

93　육선공(陸宣公) : 육지(陸贄, 754~805)로, 자는 경여(敬輿), 시호는 선(宣)이다. 당나라 덕종(德宗) 때 관원으로, 병법에 밝고 문장을 잘 지어 많은 조서가 그의 손에서 나왔다. 덕종에게 필요한 간언을 잘 한 것으로 유명하다.

94　주절서재상장(奏浙西灾傷狀) : 소식이 항주(杭州) 인근 지방의 기근을 구제하기 위한 방책에 대해 일곱 번 표문을 올렸는데, 그중 처음 두 표문을 가리킨다.《東坡集 卷57 奏浙西灾傷第一狀, 奏浙西灾傷第二狀》

95　위상(魏相) : ?~기원전 59. 자는 약옹(弱翁), 시호는 헌후(憲侯)이다. 한나라 때 재상이다. 곽광이 죽은 후 재상이 되었고, 고평후(高平侯)에 봉해졌다. 진위를 잘 분변하고 권력자를 두려워하지 않으며 치죄를 엄격하게 하여, 외척 세력을 억제하고 나라를 부강하게 하는 데 많은 공헌을 하였다.

96　서호(西湖)를……글 :《동파집(東坡集)》권57에 실려 있다.

97　석문하(石門河)를……글 :《동파집(東坡集)》권59에 실려 있다.

책(治河策)〉[98]과 문장구조가 같지만 비교적 더 출중하다. 〈논서강하인사의(論西羌夏人事宜)〉[99]는 실정과 상황을 통찰하고 추세에 맞게 처치하여, 마치 이 업후(李鄴侯)[100]가 일을 계획한 듯하다. 〈대장방평간용병서(代張方平諫用兵書)〉[101]는 읽으면 사람으로 하여금 입이 벌어지게 하니 오히려 회남(淮南)의 간하는 글[102]보다 뛰어나다. 녹문(鹿門)[103]은 "공이 만년에 선종(禪宗)을 깊게 깨달아 문장 역시 초탈하였다. 공의 문장은 마치 간장(干將)과 막야(莫邪)[104]와 같아서 일에

98 가양(賈襄)의 치하책(治河策) : 한나라 때 가양이 기원전 7년 한 애제(漢哀帝)의 조서에 응하여 올린 글로, 황하를 치수하는 상·중·하 세 가지 방책을 논한 것이다. 중국 역사상 문헌상으로 남아있는 최초의 황하치수책이다.

99 논서강하인사의(論西羌夏人事宜) : 귀장(鬼章)을 생포한 일을 계기로 변방 오랑캐에 대해 어떤 정책을 취하여야 하는지에 대해 논하여 올린 글이다. 《東坡集 卷54 因擒鬼章論西羌夏人事宜箚子》

100 이 업후(李鄴侯) : 이필(李泌, 722~789)로, 자는 장원(長源), 시호는 현화(玄和), 봉호는 업후(鄴侯)이다. 당나라 때 재상이다. 어릴 때부터 재주가 민첩하였고, 네 조정에서 연달아 벼슬하며 국가 정책을 입안하였다.

101 대장방평간용병서(代張方平諫用兵書) : 《동파집(東坡集)》 권37에 실려 있다.

102 회남(淮南)의 간하는 글 : 회남왕 유안(劉安, 기원전 179~기원전 122)이 올린 〈간벌남월왕상서(諫伐南越上書)〉를 가리킨다. 유안은 한고조 유방(劉邦)의 손자로, 아버지의 봉호를 물려받아 회남왕이 되었다. 《회남자(淮南子)》를 편찬하였다.

103 녹문(鹿門) : 모곤(茅坤, 1512~1601)으로, 자는 순보(順甫), 호는 녹문이다. 귀안(歸安) 출신으로 명나라 때 관리, 학자, 장서가이다. 《당송팔대가문초(唐宋八大家文鈔)》를 지었다.

104 간장(干將)과 막야(莫邪) : 고대 보검의 이름이다. 간장과 막야는 춘추 시대 검을 잘 주조하던 부부의 이름이다. 오왕 합려(闔閭)를 위해 검을 주조하는데 쇳물이 내려오지 않았다. 아내 막야가 용광로에 몸을 던지자 쇳물이 흘러나와 양검(陽劍)과 음검(陰劍)을 이루었는데, 각기 부부의 이름을 따서 불리게 되었다. 《吳越春秋 卷4 闔閭內傳》

닥치면 마음먹은 대로 자르고, 일이 없어 놓아두면 밝은 빛이 하늘을 비춘다."라고 하였다. 녹문이 일이 없을 때의 밝은 빛을 보고 선종을 터득했다고 한 것은 잘못이다.

동파의 문장 10 東坡文＋ 시황론[105]

〈시황론(始皇論)〉에 "성인이 예를 제정한 것은 오활하고 행하기 어려운 예절을 가르쳐서 백성들로 하여금 방종하여 간사한 짓 하는 것을 가볍게 여기지 않도록 한 것이니, 성인의 권도〔權〕가 본래 여기에 있으나 진 시황이 알지 못하고 그 울타리를 깨뜨렸다."라고 하였다. 아, 제 아비에게서 전수받은 것이 여기에 있구나! 그렇다면 예는 외물이라 천리(天理), 민칙(民則)과 함께 하지 못하여 시황이 권도를 버리고 상도(常道)를 지킨 것은 옳으니, 어찌 시황을 말하는가? 심하구나, 소씨 부자가 권도를 욕되게 함이여!

《중용장구》는 성인의 극치이니 요체는 오직 근독(謹篤)[106]에 있다. 《대학장구》는 처음 배우는 자가 덕으로 들어가는 문이니 그 요체는 다만 '스스로를 속이지 않는 것'[107]에 있다. 공자께서 "얘들아, 내가 숨긴다고 생각하느냐? 나는 너희들과 더불어 행하지 않은 것이 없으니 이것이 나다."[108]라고 하였다. 이로 보건대 성인이 어찌 숨기고 남에게 알리지

---

105 시황론(始皇論) :《동파집(東坡集)》권42에 실려 있다.

106 근독(謹獨) : 신독(愼獨)과 같은 말이다. 《대학장구》전6장의 "그러므로 군자는 반드시 홀로 있을 때에도 삼간다.〔故君子必愼其獨也〕"라는 말에서 나온 것이다.

107 스스로를⋯⋯것 :《대학장구》전6장의 "이른바 성의라는 것은 스스로를 속이지 않는 것이다.〔所謂誠意者 毋自欺〕"라는 구절에서 나온 말이다.

108 얘들아⋯⋯나다 :《논어》〈술이(述而)〉에 나오는 "얘들아, 내가 숨긴다고 생각

못할 일이 있었겠는가? 자사(子思)는 "군자의 도는 효용은 넓으나 본체
는 은미하다."[109]라고 하였다. '본체는 은미하다[隱]'는 것은 지극한 이치
가 보존된 것이자 '효용이 넓[費]'게 되는 이유이다. 공자께서 "백성들을
도리에 따르도록 시킬 수는 있어도 그렇게 되는 까닭을 알게 할 수는
없다."[110]라고 하셨으니 '할 수 없다[不可]'라는 것은 일부러 알지 못하게
하는 것이 아니라 형편상 할 수 없는 것이다. 생각하니, 소씨(蘇氏 소식)
는 이런 장구들을 왜곡해서 자기의 마음으로 추측하여 마침내 성인 역시
기지[機]와 권모[權]가 있고 기지와 권모가 없으면 성인이 될 수 없다고
한 것이다. 아! 위태롭구나.

노소(老蘇 소순)의 〈형론(衡論)〉에 "성인의 도에는 떳떳한 도[經]가
있고 권모[權]가 있고 기지[機]가 있다. 떳떳한 도라는 것은 천하의 백
성이 모두 알아도 된다. 권모라는 것은 백성은 알 수 없고 군신은 알
수 있다. 기지라는 것은 비록 군신일지라도 알 수가 없으나 심복 같은
신하는 알아도 된다."[111]라고 하였다. 어찌 성인이 이렇게 심하게 몰래
감추고 모르도록 막겠는가.

동파처럼 예를 천하를 제어하는 권모술수라 여긴다면, 비록 심복

하느냐. 나는 너희에게 숨기는 것이 없다. 내가 너희들과 더불어 행하지 않은 것이
없으니 이것이 나다.〔二三子 以我爲隱乎 吾無隱乎爾 吾無行而不與二三子者 是丘也〕"
라고 한 공자의 말에서 인용한 것이다.

109 군자의……은미하다 : 《중용장구》 12장의 "군자의 도는 효용은 넓으나 본체는
은미하다.〔君子之道費而隱〕"라는 구절을 인용한 것이다.

110 백성들을……없다 : 《논어》 〈태백(泰伯)〉에서 인용한 것이다.

111 성인의……된다 : 소순(蘇洵)의 〈형론(衡論)〉 제1장인 '원려(遠慮)'의 첫머리에
나오는 내용을 요약하여 인용한 것이다.

같은 신하라도 알려주어서는 안 된다. 어째서인가? 한 사람이 알면 만 명이 와해될 것이고 반드시 자세히 알기 어려운 것은 힘써 행하지 않을 것이기 때문이다. 그러한즉 성인이 자기만 혼자 알고서 겉으로는 거짓으로 꾸미는 것 없이 진정에서 나오는 체하고 속으로는 몰래 천하의 마음을 농락하고 억제하여 그들이 죽을 때까지 내 술수 안에서 분주하고 피곤하게 만드는데도 깨닫지 못하게 한다니, 아아! 성인이 오히려 차마 이런 일을 하고는 유독 방 안 구석에서만 삼가 부끄럽게 하지 않는다는[112] 것인가. 심복인 군신이 알 수 없는 것이라면 이처럼 비밀스러웠다는 것인데, 소씨가 천년 후에 깨우쳐 알 수 있었다니 그렇다면 소씨는 과연 성인이었나 보다.

동파의 문장 11 東坡文十一 악의론, 제갈무후론[113]

나는 고적(古蹟)을 대략 살펴본 적이 있는데, 업적과 명망이 걸맞아서 확실하게 마음에 드는 사람이 드물었다. 의를 터득한 자는 공을 그르쳤고 재주가 있는 자는 덕이 없었다. 책을 덮고 크게 탄식하며 가만히 천도(天道)에 유감을 느끼지 않은 적이 없었다. 삼대(三代) 이후 성왕(聖王)이 일어나지 않아 현인군자의 처세가 다 구차할 뿐이었으니, 어느 곳이 분분했으랴. 현인군자라는 것은 위로는 현인에 미치지 못하고 아래로는 뭇사람들과 스스로 다르고 싶어 한다. 또 출신이 불행하고 불우한 때가 많기 때문에 하는 일과 원하는 것이 서로 어긋난다. 간혹 도(道)에 출입하기도 하나 그가 귀의하는 것은 고상

---

112 방 안……않는다는 : 《시경》〈억(抑)〉에서 인용한 것이다.

113 악의론(樂毅論), 제갈무후론(諸葛武侯論) : 《동파집(東坡集)》 권43에 실려 있다.

하게 지조를 지키려는 것뿐이다. 후세의 현인군자가 반드시 실정을 슬퍼하여 허물을 용서하고 공로를 기려서 선(善)을 인정하는 것은 어째서인가? 때를 놓친 것을 번민하고 스스로를 위로하기 위해서이다. 춘추 이래로 진퇴를 의에 따라 하고 군대에 법도가 있는 신하를 볼 수는 있지만 망저군(望諸君)[114]과 제갈무후(諸葛武侯)[115]만이 일컬을만하니 어째서인가? 인의정대(仁義正大)에 가까웠기 때문이다. 지금 동파가 두 공을 논하면서 인의정대를 허물하여 "어찌 흉포하고 간사한 술수를 전적으로 쓰지 않아 양쪽을 잃고 천하의 웃음거리가 되었는가?"[116]라고 하였다. 아아! 두 공으로 하여금 인의정대를 버리고 흉포하고 간사한 술수를 전적으로 쓰게 하였다면 이는 백기(白起)[117]일 뿐이요, 상앙(商鞅)[118]일 뿐이다. 옛날이나 지금이나 이런 사람이

---

114 망저군(望諸君) : 악의(樂毅)로, 전국 시대 연나라 장수이다. 연나라 소왕(昭王)을 섬겨 제나라의 칠십여 개 성을 함락시키고 창국군(昌國君)에 봉해졌다. 혜왕(惠王)이 즉위한 후 반간계에 걸려, 조나라로 망명해 망저군에 봉해졌다.

115 제갈무후(諸葛武侯) : 제갈량(諸葛亮, 181~234)으로, 자는 공명(孔明)이다. 중국 역사상 가장 유명한 정치가이자 군사가다. 충신과 재신의 대표적 인물이다. 촉한(蜀漢)의 승상이 되었고 후에 무후(武侯)에 봉해졌다.

116 양쪽을……되었는가 : 〈악의론(樂毅論)〉에 나오는 "아아! 왕도를 행하고자 하면 행하고 왕도를 행하지 않으려면 처할 바를 살폈다면 양쪽으로 잃어서 천하의 웃음거리가 되는 일은 없었을 것이다.[嗚呼 欲王則王 不王則審所處 無使兩失焉而爲天下笑也]" 라고 악의를 비판한 구절에서 인용한 말이다.

117 백기(白起) : ?~기원전 257. 공손기(公孫起)를 말한다. 전국 시대 진나라의 명장이다. 30여 년간 백만이 넘는 적군을 섬멸하여 '사람백정[人屠]'이라는 별명이 있을 정도였다.

118 상앙(商鞅) : ?~기원전 338. 전국 시대 형명가(刑名家)이다. 위나라 공족 출신으로, 진나라 효공에게 채용되어 부국강병책을 펼쳤다. 20년간 재상으로 있으면서 엄격

없다고 걱정하지 않았으니, 내가 무엇 때문에 강개하여 무릎을 치면서 그런 위인을 보고 싶어 한단 말인가.

동파의 문장 12 東坡文十二 책략[119]

〈책략일(策略一)〉에 "지금 어떤 사람이 몽롱하여 편치 않지만 어디가 아픈지 물어봐도 스스로 대답하지 못하면 예측할 수 없을 정도로 깊은 병에 걸린 것이다. 우선은 말하는 것과 먹고 마시는 것, 행동과 거동이 보통 사람과 다름이 없으니, 이것이 용렬한 의원에게는 걱정할 것이 없다고 여기는 까닭이 되지만 편작(扁鵲)[120]과 창공(倉公)[121]에게는 보고서 깜짝 놀라는 까닭이 된다."라고 하였다. 훌륭하구나, 말이여! 나는 삼가 다음과 같이 쓴다.

"의사에게 들은 적이 있으니, '오랫동안 병을 앓은 환자에게는 병에 대해 묻지 않고 반드시 먼저 몸을 조화시키고 기력을 보충할 수 있는 약을 한 번 써보아서 앞으로 잃게 될 기를 구제한다. 용렬한 의원은 모르고 경솔하게 독한 약을 투약하여 병을 치료하니, 사람과 병을 다

한 법치주의 정책을 펴 진나라를 대국의 반열에 올렸다. 효공이 죽고 혜문왕이 즉위하자 반대파의 보복으로 거열형을 당해 죽었다.

119 책략(策略) : 《동파집(東坡集)》 권46에 실려 있다.

120 편작(扁鵲) : 원래 성은 진(秦), 이름은 월인(越人)이다. 전국 시대 인물로, 의술이 매우 뛰어나 신화 중에 나오는 황제(黃帝)의 신의(神醫)인 편작(扁鵲)의 이름으로 불리게 되었다.

121 창공(倉公) : 순우의(淳于意)로, 한나라 때 의학에 정통한 인물이다. 젊을 때 가난하여 제나라 태창령(太倉令)으로 일한 적이 있으므로 창공(倉公) 혹은 태창공(太倉公)으로 불린다.

함께 망하게 하지 않는 경우가 얼마나 되겠느냐.'라고 하였다. 동파
공의 이 논의는 아마도 인종(仁宗) 때였던가. 그의 생각은 독한 약재를
써서 게으르고 나태함을 조금 경계하려 했던 것이리라. 그러나 희령(熙
寧 신종(神宗)의 연호. 1068~1077) 연간의 군신이 전적으로 병을 공격하
여[122] 송나라의 국력이 마침내 크게 소모되어 두 세대 지난 후 망하게
될 줄 누가 알았으랴. 아! 경계할만하구나."

동파의 문장 13 東坡文十三 책략

〈책략이(策略二)〉에 "마땅히 행인(行人),[123] 속국(屬國)[124]의 관직을
설치하여 사신을 파견하고 사신을 접대하는 모든 일을 전적으로 맡
기고 책임지게 하여 미리 대비하도록 해야 한다. 재상은 다만 대강을
파악하여 잘하는지 못하는지에 따라 승진시키거나 좌천시키는 일만
한다면 매우 간편하지 않겠는가."라고 하였다. 내가 이 말을 살펴보
니 우리나라에 절실하고 필요한 일이다. 지금 비록 예빈사(禮賓司)가
있으나 이름만 남아있을 따름이다. 사절이 왕래할 때마다 온 나라의
윗사람이나 아랫사람이나 분주하게 허둥지둥하지 않는 이가 없고 공
사(公私)의 국고가 일시에 고갈되어 버리니 한심하다고 할 수 있다.
마땅히 행인의 관직을 모방해서 관직을 만들고 열경(列卿)[125] 가운데

---

122 전적으로……공격하여 : 신종(神宗)이 왕안석(王安石)을 등용해 개혁정치를 펼
친 것을 가리킨다.

123 행인(行人) : 고대 조근(朝覲)과 빙문(聘問)을 관장하던 관직이다. 춘추전국 시
대 각국의 도읍에 설치하였다.

124 속국(屬國) : 전속국(典屬國)의 준말이다. 진(秦)나라 때 처음 설치된 관직으로,
소수민족과의 왕래 사무를 담당하였다.

한 사람을 뽑아 장으로 삼아 차관을 선발하고 관속을 채우도록 한다. 지부(地部 호조)에서는 매년 소용을 살펴 예산을 배정해 준다. 사대교린(事大交隣)의 모든 일을 일절 위임하여 미리 대비할 수 있도록 하되, 권한을 어지럽히지 않고 전심으로 일을 다스리게 하여 이로써 공과를 평가한다. 이렇게 한다면 비용은 반드시 절약될 것이고 사신 접대는 반드시 풍부해질 것이고 예의는 반드시 바로잡힐 것이다. 위로 조정의 온갖 관사로부터 아래로 팔도의 서민에 이르기까지 사신이 온 줄 모를 정도로 편안할 것이니, 국체(國體)를 위해 이렇게 하지 않을 수 있으랴.

동파의 문장 14 東坡文十四 책략

〈책략오(策略五)〉에 "후세 임금이 풍요로운 생활을 누리고 스스로를 높이면 상하가 현격히 떨어져 천하의 실정을 다 이해할 수가 없으니, 하루아침 급변이 생기면 모두 길가는 사람이 되어 팔을 흔들며 떠나간다."라고 하고 끝에 다섯 가지 일을 진술하였다. 첫째, 장수와 재상은 마땅히 밤낮으로 불러 천하의 대계를 의논해야 한다. 둘째, 그만두고 돌아온 수령에게는 마땅히 그 지방의 정사 및 민정과 풍속을 물어야 한다. 셋째, 좌우의 시종지신(侍從之臣)과는 마땅히 고금을 논설하고 다스리는 방도를 묻고 경적 외에 일이 생기면 반드시 자문을 해야 한다. 넷째, 만일 관리와 백성이 올린 글이 조금이라도 볼만하면 마땅히 모두 불러서 물어보아 용감하게 말하는 기풍을 길러야 한

---

125 열경(列卿) : 구경(九卿), 즉 아홉 명의 대신을 가리킨다. 여기에서는 육조 판서 및 좌우 참찬, 한성 판윤을 가리킨다.

다. 다섯째, 먼 지방의 미천한 관리는 스스로 조정에 통할 길이 없으니, 훌륭한 자를 자세히 살펴서 갑자기 불러 만나보면 사람마다 스스로 힘써 분발하여 비천하다고 자포자기하지 않을 것이다. 내가 살펴보니 이 다섯 가지는 모두 한 가지의 일이다. 개혁할 수고나 써야할 비용이 없으면서도 시행이 매우 쉽고 거두는 효과가 매우 크다. 예로부터 이렇게 하여서 잘 다스려지지 않은 나라는 없었고, 아무리 못해도 패망과 상란(喪亂)에 이르지 않을 것이 당연하다. 누가 이 말을 우리 임금께 바치려나? 내가 앞으로 기록해 기다리련다.

동파의 문장 15 東坡文十五 사치론,[126] 책론, 책략, 책단[127]
소 문충(文忠 소식의 시호)은 옛것을 논하는 것에는 재주가 없으나 지금을 논하는 것은 잘하고, 도를 논하는 것에는 재주가 없으나 일을 논하는 것은 잘한다. 그러므로 그가 육예(六藝), 고서(古書), 삼대 이하의 인물에 대해 논한 것은 대체로 취하기에 부족하다. 그의 〈사치론(思治論)〉, 〈책략(策略)〉, 〈책론(策論)〉 등의 문장은 한 글자도 등한히 지은 것이 없이 희풍(熙豐),[128] 원우(元佑)[129] 연간의 시무에 가장 적절하다. 정밀한 견식과 박학한 재주는 다 가생(賈生)[130]에 버금

---

126 사치론(思治論) : 《동파집(東坡集)》 권44에 실려 있다.

127 책단(策斷) : 《동파집(東坡集)》 권48에 실려 있다.

128 희풍(熙豐) : 송나라 신종(神宗)의 연호인 희령(熙寧)과 원풍(元豐)을 말한다. 각각 1068~1077, 1077~1085이다.

129 원우(元佑) : 1086~1094. 송나라 철종(哲宗)의 첫 번째 연호이다.

130 가생(賈生) : 가의(賈誼, 기원전 200~기원전 168)를 가리킨다. 전한 때 문인으로, 최연소 박사가 된 인물이다.

간다. 문장이 저절로 넘실넘실 넘쳐흐르지만 굽이쳐 부딪치는 대목은 답답한 고민을 갑자기 표출해 놀라게 하니, 임금은 마땅히 한 통 베껴서 살펴보아야 한다. 〈책단(策斷)〉세 편은 두 오랑캐의 사정과 제어하는 방법을 논하여 직접 본 듯 꿰뚫어 보았으니, 아마도 당시 사대부 가운데 따라올 자가 없었을 것이다. 또 "국가의 걱정은 밖으로는 두 오랑캐〔서융(西戎)과 북적(北狄)〕요, 안으로는 간사한 백성이니 훗날 두려워할 만한 것이 여기에 있습니다."[131]라고 하였다. 휘흠(徽欽) 때[132] 그 말이 더욱 증명되었으니, 이 어찌 문사가 일상적인 얘기로 쉽게 할 수 있는 것이랴. 나는 우리 조정이 나라를 세울 때 규모가 송나라와 대략 같았으니 훗날 우환이 되는 것 역시 이 두 가지에 달려 있지 않을까 생각한다.

동파의 문장 16 東坡文十六 이군산방장서기[133]

세상에서 말하는 자들은 원래부터 우리나라에는 궁벽한 지역의 비루함이 있기 때문에 끝내 중국처럼 될 수 없다고 하는데, 나는 적이 의심스럽다. 사람이 타고난 성품과 모습은 본디 중국과 해외 사방이 다르지 않다. 이 세상에 머리는 둥글고 발은 네모나고 눈은 가로 찢어지고 서서 다니지 않는 사람이 있는가? 모습이 이미 같다면 성정 역

---

131 국가의……있습니다 : 〈책단상(策斷上)〉에 나오는 구절을 요약해 인용한 것이다.
132 휘흠(徽欽) 때 : 송나라의 휘종(徽宗)과 흠종(欽宗) 때를 가리킨다. 금나라의 침입을 받아 포로로 잡혀갔다. 이때 송은 망하고 흠종의 아우인 고종(高宗)이 남송(南宋)의 첫 번째 황제가 되었다.
133 이군산방장서기(李君山房藏書記) : 《동파집(東坡集)》 권44에 실려 있다.

시 알 수 있다. 중국은 크고 우리나라는 작은 것은 땅 크기 때문에 그런 것이다. 중국은 인구가 많고 우리나라는 적은 것은 사람 숫자의 차이 때문에 그런 것이다. 중국은 강하고 우리나라는 약한 것은 형편의 차이 때문에 그런 것이다. 중국은 풍요롭고 우리나라는 아끼는 것은 재물 때문에 그런 것이다. 이 네 가지는 모두 내게 달린 것이 아니다. 내게 달린 것이라면 성정을 얻는 것, 지혜와 덕행을 닦는 것이니 무슨 이유로 저들만 못하겠는가?

나중에 소 문충(蘇文忠 소식)이 저술한 〈이군산방장서기(李君山房藏書記)〉를 읽고 "우리나라 사람이 중화에 미치지 못하는 이유가 여기에 있었군, 여기에 있었어."라고 탄식하였다. 이군(李君)[134]이 여산(盧山) 백석암(白石庵)에서 독서한 적이 있었는데, 이윽고 떠날 때 남은 책 구천 권을 나중에 오는 사람에게 남겨주었으니, 그 책을 읽고 학업과 명성을 이룬 뒷사람이 그 후로 무궁했을 것이다. 이군이 마음속으로 "책이라는 것은 천하의 보물이니 어찌 나 홀로 얻어서 사적으로 소유하랴. 내가 우연히 소유하여 내 학업을 이루었으니, 세상에 책 없는 자가 어찌 한이 있으랴. 내가 앞으로 남겨주어서 나중에 오는 사람들의 무궁한 이익이 되게 하리라."라고 한 것이 어찌 아니겠는가. 가령 이군이 천명(天命)을 아는 대인이었다면 그럴 만했겠지만, 그렇지 않고 이군 역시 자기를 아끼는 한 명의 서생일 뿐이었다. 그의 견식이 이와 같이 구차하지 않으니 자기를 아끼는 온 세상 서생들의 견식이 이군과 멀지 않음을 역시 알 수 있다. 어찌 넉넉하게 여유가 있어 대방지가(大方之

---

134 이군(李君) : 이상(李常, 1027~1090)으로, 자는 공택(公擇)이다. 송나라 철종 때 어사중승(禦史中丞)에 배수되었다.

家)¹³⁵와 노니는 자가 아니랴. 아아! 우리나라의 인재가 중국을 따라잡지 못하는 것이 원래 당연하여 이상할 것이 없다.

옛날 고려조 안 문성공(安文成公)¹³⁶이 집을 희사하여 학궁(學宮 학교)을 짓고 자신의 서적과 노비를 귀속시켰다. 이로부터 동방에 비로소 학교가 생겨나 유학의 기풍이 크게 진작되었으니, 이는 천만인 가운데 걸출하고 특별하게 뛰어난 사람이다. 후세의 장서가들은 항상 묶어둔 채 보지 않으면서 남에게 빌려주지도 않는다. 자손에게 물려줄 생각이지만 삼가 지키는 자손은 열 가운데 한둘도 없다. 좀을 실컷 먹게 하거나 불쏘시개로 쓰고, 책을 팔아 혼례와 상례의 술과 음식, 잡희와 잔치 비용에 쓴다. 또 다행히 권세 있는 집안에 들어가면 굳게 잠가두고 내놓지 않으니 이전 사람들과 역시 마찬가지다. 끝내 종이 시장으로 들어가 무게를 달아 팔리고 남의 집 벽에 발리거나 장독 덮는 용도로 쓰이니 책이 당하는 재앙 역시 심하다. 이렇게 하면 서적은 항상 볼 수 없는 곳에 정체되어 있다. 뜻이 있어 보고 싶어 하는 자가 비록 눈으로 한 번 훑으려 해도 할 수가 없으니, 우리나라의 비루함을 어느 때야 면하겠는가? 어찌 천박하고 편협하고 자기만 아는 좁은 소견으로 이미 스스로를 그르치고서 또 후생과 소년에게 흘러갈 은택을 막는 것¹³⁷이 아니랴. 나는 남쪽의 양호(兩湖 호남과 호서)를 노닌 적이 있는

---

135 대방지가(大方之家) : 견식이 넓고 학문이 뛰어난 사람을 두루 가리는 말로 쓰인다. 《장자(莊子)》〈추수(秋水)〉의 "나는 길이 대방지가에 웃음거리가 되었을 것이다.〔吾長見於大方之家〕"라는 구절에서 유래하였다.

136 안 문성공(安文成公) : 안향(安珦, 1243~1306)으로, 본관은 순흥(順興), 자는 사온(士蘊), 호는 회헌(晦軒), 시호는 문성공(文成公)이다. 고려 때 유학자로, 성리학을 우리나라에 도입한 인물이다.

데, 가는 지방의 향교와 서원마다 소장한 서목을 가져다가 현존하고 있는 것과 비교하니 거의 남아있지 않았다. 물어보니 남이 빌려다 읽고 돌려주지 않았는데, 세월이 오래되어 끝내 잃어버렸다고 하였다. 아! 이것이 굳게 잠가 두는 까닭이로구나. 누가 네 가지 어리석음의 설[138]을 만들어 폐단이 이 지경에 이르렀는가? 그 역시 불인(不仁)한 것이리라.

동파의 문장 17 東坡文十七 나한송[139]

내가 구양공(歐陽公)의 〈화양송(華陽頌)〉[140]의 발문을 읽으니, "당현종(唐玄宗)의 조서가 붙어있는데, 존호를 '성문신무황제(聖文神武皇帝)'라고 한 것은 성대하다 할 만하다. 그러나 자칭 '상청제자(上淸弟子)'라고 한 것은 어찌 그리 비루한가."라고 하였다. 동파(東坡)의 〈십팔나한송(十八羅漢頌)〉을 읽으니 말미에 "아우 자유(子由) 모월 모일생 그 부인 사씨(史氏) 모월 모일생"이라고 썼다. 이것은 또 무엇하는 것인가? 저 군주 한 명과 신하 한 명은 지략과 견식이 세상에서 빼어나다고 스스로 생각하지만, 생사(生死)의 의혹에 이르면 부끄러움을 무릅쓰고 비루함도 잊어서 골목에 사는 필부나 무식한 여

---

137 은택을 막는 것 : 《주역》 〈둔괘(屯卦)〉에서 인용한 말이다.

138 네 가지……설 : 《예원자황(藝苑雌黃)》에 "이제옹이 '책을 빌리는 것이 첫 번째 어리석음이요, 책을 아까워하는 것이 두 번째 어리석음이요, 책을 찾는 것이 세 번째 어리석음이요, 책을 돌려주는 것이 네 번째 어리석음이다.'라고 하였다.[李濟翁云 借書一癡 惜書二癡 索書三癡 還書四癡]"라고 하였다.

139 나한송(羅漢頌) : 《동파집(東坡集)》 권98에 실려 있다.

140 구양공(歐陽公)의 화양송(華陽頌) : 《구양수집(歐陽脩集)》 권139에 실려 있다.

자와 하는 짓이 조금도 다름이 없다. 이에 다시 안색을 바로잡고 미간을 펴고 손바닥 치며 도덕의 일을 얘기한다면 누가 믿으랴. 아! 개탄스럽다. 녹문(鹿門)이 "이런 견해들은 한유(韓愈), 구양수(歐陽脩)가 미칠 수 없는 것이다. 심성이 초탈하고 명랑하니 진실로 절세의 문장이다."라고 하였다. 그렇다면 한유, 구양수의 심성은 저속하고 혼탁하여 녹문의 눈에 들지 못하는 것이 당연할 것이다.

영빈[141]의 문장 1 穎濱文— 상신종서[142]

소 문정(蘇文定 소철의 시호)의 〈상신종서(上神宗書)〉에 "사방의 오랑캐를 채찍으로 때리고 다른 종족을 신하로 복종시키는 것은 잘 다스린 후에 할 일이지 먼저 해야만 하는 것은 아닙니다. 지금의 급선무는 오직 재화를 풍부히 하는 데 있고 재화를 풍부히 하는 길은 오직 세 가지 쓸데없는 것[143]을 제거하는 데 달려 있습니다. 만일 재화를

---

141 영빈(穎濱) : 소철(蘇轍, 1039~1112)로, 자는 자유(子由), 호는 난성(欒城)이다. 아버지 소순(蘇洵), 형 소식(蘇軾)과 함께 삼부자가 당송팔대가에 꼽힌다. 영빈이란 호는 만년 영창(穎昌)에 은거하였기 때문에 썼던 호인 영빈유로(穎濱遺老)에서 연유한 것이다.

142 상신종서(上神宗書) : 《난성집(欒城集)》 권21에 실려 있다.

143 세 가지……것 : 송나라 때의 과다한 관원, 상군, 승려와 도사 무리를 가리킨다. 송기(宋祁)가 황제에게 올린 글에 "무엇을 세 가지 쓸데없는 것이라 하는가? 천하에 정해진 관서에 무한한 관원이 있는 것이 첫 번째 쓸데없는 것이고, 천하에 상군(廂軍 : 예비군)이 전쟁을 맡지 않으면서 의식을 소모하는 것이 두 번째 쓸데없는 것이고, 승려와 도사가 날마다 불어나는데 정해진 수가 없는 것이 세 번째 쓸데없는 것이니, 세 가지 쓸데없는 것을 제거하지 않으면 나라를 다스릴 수 없습니다.〔何謂三冗 天下有定官 無限員 一冗也 天下廂軍不任戰而耗衣食 二冗也 僧道日益多而無定數 三冗也 三冗不去

풍부히 할 수 있다면 전쟁으로 하든 방어를 하든 그 권한은 내게 달려 있습니다."라고 하였다.

두평

근세 영빈(潁濱)이 당송팔대가에 들어가 외람되게 기록되었다고 한다. 나는 그렇지만은 않다고 생각한다. 그의 소(疏)・논(論)은 장공(長公 소식)에 비해 낮고 미치지 못하는 것이 없다. 지금 이것을 읽으니 내 견해가 잘못되지 않았음을 더욱 믿게 된다.

이러한 논의들은 사람들에게 항시 있었던 것이다. 그러나 수천 마디 반복되는 말을 살펴보면 시무에 적절하지 않다고 말할 수는 없다. 청묘법(青苗法)[144]을 논한 것을 살펴보면 이익에서 해악을 보았고 해악에서 이익을 보아서, 남들이 미처 보지 못한 점까지 꿰뚫었다. 그의 식견이 정밀하고 마음이 공정함을 볼 수 있으니 역시 예사로운 인재가 아니다. 옛날 병자년(병자호란), 정묘년(정묘호란)에 우리나라는 새로이 병란을 겪어 군비를 크게 닦았다. 내 선조 문정공(文貞公 김육(金堉)) 홀로 누차 불가함을 아뢰어 "제가 매우 고루하여 기이한 꾀나 비밀스러운 계책은 알지 못합니다. 오직 《서경》의 '백성을 보호하고'[145],

不可爲國]"라고 하였다. 《宋史 卷28 宋祁列傳》

144 청묘법(青苗法) : 왕안석(王安石)의 신법 가운데 하나이다. 상평창(常平倉)과 광혜창(廣惠倉)의 물자를 자본으로 하여 백성들에게 각각 봄・여름에 빌려주었다 여름・가을 추수기에 갚도록 하여 곤궁함을 구하려는 법이다. 보수파의 반대에 부딪쳐 시행되지 못했다.

145 백성을 보호하고 : 《서경》〈무일(無逸)〉에서 인용한 것이다.

《시경》의 '이 홀로 된 사람들이 애처롭다.'[146], 《논어》의 '쓰임을 절약하고 백성을 사랑하라.'[147], 《맹자》의 '인화만 못하다.'[148], 《중용장구》의 '백성을 자식처럼 사랑하라.'[149], 《대학장구》의 '대중을 얻으면 나라를 얻는다.'[150]를 만세에 마땅히 행해야 하는 도로 여깁니다. 그러므로 제가 하려 하는 것은 다만 부역을 고르게 하고 백성을 안정시킴으로써 나라의 근본을 굳건히 하는 데 있을 뿐입니다. 군사의 일은 배우지 못했습니다. 동포(銅砲)와 지포(紙砲), 배 안의 갑병(甲兵), 쇠를 불리고 초약 굽는 것 같은 일은 급하지 않다고 삼가 생각합니다."[151]라고 하셨다. 당시 듣는 자들이 모두 오활하다고 비웃었다.

두평
삼가 앞선 현인의 훌륭한 계책을 읽으니 나도 모르게 옷깃을 여미고 경탄하게 된다. 세속에서는 성인의 가르침 하나하나를 오활하다 하여 믿지 않았다. 오활하지 않으면 나라를 경영할 계책이 되기에 부족하니, 지금 어느 곳에서 오활하다는 말을 들으랴.

---

146 이 홀로……애처롭다 : 《시경》〈정월(正月)〉에서 인용한 것이다.

147 쓰임을……사랑하라 : 《논어》〈학이(學而)〉에 보인다.

148 인화만 못하다 : 《맹자》〈공손추 하(公孫丑下)〉에 보인다.

149 백성을 자식처럼 사랑하라 : 《중용장구》 제20장에 보인다.

150 대중을……얻는다 : 《대학장구》 제10장의 "대중을 얻으면 나라를 얻고 대중을 잃으면 나라를 잃는다.〔得衆則得國 室衆則失國〕"에서 따온 말이다.

151 제가……생각합니다 : 《잠곡유고(潛谷遺稿)》 권4〈사우의정소(辭右議政疏)〉에 보인다.

마침내 군영과 성, 보루를 건축하고 기계를 수리하였다. 백성을 수고 롭게 하고 재물을 다 써서 간신히 한 때 완비하였으나 이어서 버려져 서 쓰지 않았고 차례대로 망가지고 무너졌다. 나라는 작고 백성은 궁 핍한데 아무 일 없으면서 줄지은 병영에 군사를 기르니 이 때문에 재 정이 매우 부족하여 마침내 부진하게 되었다. 지금까지 이백여 년 지 났지만 그 폐해가 더욱 잘 보인다. 소 문정(蘇文定)이 이른바 '먼저 할 것을 뒤로 하고 뒤로 할 것을 먼저 하면 먼저 할 것과 뒤에 할 것 이 함께 버려진다.'라고 하였으니 도리에 맞는 말이로다.

영빈의 문장 2 潁濱文二 걸분별사정차자[152]

예로부터 해당 조정에 등용한 소인은 제거하기 쉬우나 여러 세대를 거친 소인은 제거하기 어렵다. 해당 조정에서 등용한 자는 내가 등용 한 자이니 내가 물리치면 된다. 여러 세대를 거친 자는 선왕 때 등용 하였다. 저들은 밤낮으로 삼 년 동안 고치지 말라느니[153] 잘 계승하고 잘 따라야 한다느니[154] 하는 말로 위협하며 버티기 때문에 대단한 역 량과 큰 결단력을 지닌 군주가 아니면 미혹되지 않을 수 없다. 해당

---

152 걸분별사정차자(乞分別邪正箚子) : 《난성집(欒城集)》 권43에 실려 있다.

153 삼 년……말라느니 : 《논어》〈학이(學而)〉에 "아버지가 살아계실 때 그 뜻을 살 피고 아버지가 돌아가시면 그 행함을 살펴 삼년동안 아버지의 도에서 고치지 말아야 효라 이를만 하다.〔父在觀其志 父沒觀其行 三年無改於父之道 可謂孝矣〕"라고 한 구절 에서 연유한 말이다.

154 잘……한다느니 : 《중용장구》 제19장의 "효란 부모의 뜻을 잘 계승하고 부모의 일을 잘 따르는 것이다.〔夫孝者 善繼人之志 善述人之事者也〕"라고 한 구절에서 연유한 말이다.

조정에서 등용한 소인은 술수를 부리는 것이 오직 군주에 뜻에 영합하고 아첨하는 것에 있을 뿐이다. 여러 조정을 거친 소인은 옛날의 감상에 젖어 오늘날을 망치고 연민을 일으켜 마음대로 악행을 저지를 수 있어 행태가 무궁하다. 바른 사람이 악행을 상소하려 해도 저들은 선대 조정의 허물을 무고하고 모독한다고 제멋대로 비난을 더하니, 숨소리를 죽인 채 혀를 깨물고 종종걸음 치며 스스로 불안해하지 않는 자가 없다. 이런 때에 임금은 마땅히 어떻게 대처해야 하는가? 오직 하늘과 조종(祖宗)이 부여한 중대한 임무를 생각할 뿐이다.

아아! 송(宋)나라 원우(元祐)[155] 말엽 장돈(章惇),[156] 채경(蔡京),[157] 형서(邢恕),[158] 증포(曾布)[159]가 모두 여러 세대를 거친 소인이었는데,

---

155　원우(元祐) : 1086~1094. 송나라 철종(哲宗)의 첫 번째 연호이다.

156　장돈(章惇) : 1035~1105. 자는 자후(子厚)이다. 송나라 인종(仁宗) 때 벼슬을 시작하여 휘종(徽宗) 때까지 다섯 황제를 섬겼다. 변혁을 주장하였으나 왕안석(王安石)과 화합하지는 않았다. 신구 당쟁의 주요 인물이다. 《송사(宋史)》 권472 〈간신열전(奸臣列傳)〉에 입전되어 있다.

157　채경(蔡京) : 1047~1126. 자는 원장(元長)이다. 송나라 신종(神宗) 때 벼슬을 시작하여 흠종(欽宗) 때 내쳐지기까지 네 명의 황제를 섬겼다. 사마광(司馬光)이 신법을 철폐하였을 때 홀로 따랐고 장돈이 신법을 부활시켰을 때 역시 조력하였다. 《송사(宋史)》의 〈간신열전(奸臣列傳)〉에 입전되어 있다.

158　형서(邢恕) : 자는 화숙(和叔)이다. 송나라 신종 때 벼슬을 시작하여, 휘종 때 채경이 전권하던 시기 요직에 기용되었다. 《송사(宋史)》 권472 〈간신열전(奸臣列傳)〉에 입전되어 있다.

159　증포(曾布) : 1036~1107. 자는 자선(子宣)이다. 증공(曾鞏)의 아우로, 송나라 신종 때 왕안석의 추천으로 벼슬을 시작했으며, 휘종이 즉위한 후에 재상의 자리에 올랐다. 계속해서 신법을 추진했다. 《송사(宋史)》 권472 〈간신열전(奸臣列傳)〉에 입전되어 있다.

뜻을 잃고 틈을 엿보면서 지어낸 비방이 하늘까지 닿을 정도였다. 이때 여자 군주[160]의 세력은 약하고 계승한 군주는 우매하여 올바른 사람과 군자가 조정에서 불안하여 빙산처럼 오래 못 갈 형편이었다. 그리하여 분쟁을 조정하여 그치게 하자는 논의를 하여 그들의 노여움이 풀리기를 바랐다. 그런데 저들은 세력을 잃고 쫓겨나는 중에도 오히려 교묘한 혀를 놀려 조정을 동요시켰다. 만약 다시 끌어다가 가까이 했다면 흑백이 뒤섞여 하루도 밝은 정치를 용납하지 못했을 것이다.

애석하도다. 자유(子由 소철의 자)처럼 충직하고 총명하고 과단성 있는 사람도 오히려 분명하게 말해 척결할 수 없어서, 구차하게 태괘(泰卦)의 "군자를 안에 있게 하고 소인을 밖에 있게 한다."[161]라는 설을 통해 "안은 조정이 되고 밖은 주·군이 되니 군자는 마땅히 조정에 있어야 하고 소인은 마땅히 주·군에 있어야 한다."라고 말을 풀었다. 오활하구나, 이 계책이여! 입을 틀어막고 발을 비끄러맨 것이 아니라면 누가 이처럼 말뚝을 박은 듯 움직일 수 없겠는가. 누차 좌절을 겪고 나이 들어감에 따라 힘이 드니, 명철하고 강인하고 용감했던 기운은 쇠하고 화를 당할까 염려하고 몸을 보전하려는 마음은 간절해져, 마치 독수리가 깃을 드리우고 숲을 바라보며 쉴 것을 생각하는 듯하다. 소인

---

160 여자 군주 : 선인황후 고씨(宣仁皇后 高氏, 1032~1093)를 가리킨다. 송나라 영종(英宗)의 황후이자 신종(神宗)의 어머니이자, 인종(仁宗)의 황후 조씨(曹氏)의 조카이다. 한결같이 왕안석의 신법에 반대하였고 구당의 대신인 사마광(司馬光)을 신임하였다. 아들 신종이 죽고 10세의 철종(哲宗)이 즉위하자 수렴청정을 하였다.

161 군자를……한다 : 《주역》〈태괘(泰卦) 단(彖)〉에 "군자를 안에 있게 하고 소인을 밖에 있게 하니, 군자의 도가 자라나고 소인의 도가 없어진다.〔內君子而外小人 君子道長 小人道消也〕"라고 한 구절에서 인용한 것이다.

이 틈을 타 난입하여 하나도 남기지 않고 가격하면 빠른 바람에 마른 잎이 쓸려버리는 것처럼 될 것이니, 슬프구나. "천 마리 양의 가죽이 한 마리 여우의 겨드랑이 가죽만 못하다."[162]라는 말이 있다. 가령 범문정(범중엄(范仲淹)), 사마온공(사마광(司馬光)) 둘 중 한 사람이 있었다면 어찌 이에 이르렀겠는가?

두평

폐부를 찌르는 논의가 천년 뒤에 사람을 흐느끼게 만든다. 나도 분쟁을 조정하여 그만두자는 설을 지었으나 이처럼 반복해서 명쾌한 데는 미치지 못한다.

영빈의 문장 3 潁濱文三 육국론[163]

영빈의 〈육국론(六國論)〉에 "한(漢)·위(魏)가 진(秦)나라의 요충지를 막아 산동(山東)을 엄폐해 주었기 때문에 천하에 한·위만큼 소중한 곳이 없다. 제(齊)·초(楚)·연(燕)·조(趙) 네 나라가 힘써 한·위를 보좌해 진을 물리쳤다면 진나라는 천하를 도모하지 못했을 것이다."라고 하였다. 말을 어찌 그리 쉽게 하는가? 사람을 논하지 않고 땅을 논하면 진나라에는 견고한 효산(崤山), 함곡(函谷), 농우

---

162 천 마리……못하다 : 수많은 어리석은 이보다 한 명의 어진 이가 낫다는 비유이다. 《사기(史記)》 권68 〈상군열전(商君列傳)〉에 "천 마리 양의 가죽이 한 마리 여우의 겨드랑이 가죽만 못하고 천 명이 네, 네 하는 것이 선비 한 사람의 직언만 못하다.〔千羊之皮 不如一狐之腋 千人之諾諾 不如一士之諤諤〕"라고 한 구절에서 인용한 것이다.
163 육국론(六國論) : 《난성집(欒城集)》 권1에 실려 있다.

(隴右), 서촉(西蜀) 땅이 있으니 지금까지라도 남아있을 수 있을 것이다. 그렇지 않으면 사람에 달려 있었던 것이다.

세 나라가 솥발처럼 섰을 때 촉나라가 가장 궁벽하고 작았으나 소열제(昭烈帝 유비), 제갈공명이 수십 년 늦게 죽었다면 위(魏)나라와 오(吳)나라의 변을 기다릴 수 있었을 것이다. 기다리지 못하고 죽은 것역시 천명이다. 진나라는 효공(孝公) 이래로 의복을 절약하고 음식을줄였고, 일찍 일어나고 늦게 잠자리에 들면서 부강해지는 방법을 도모하였다. 자손이 이어서 즉위하였으나 이 뜻은 쇠퇴하지 않아, 그들은밥 한 술 먹고 숨 한 번 쉴 때도 산동을 생각하지 않은 적이 없다.이것은 효공이 영원히 죽지 않은 것과 마찬가지이다.

육국의 임금 가운데 어떤 이는 어질고 어떤 이는 어리석고, 어떤이는 명철하고 어떤 이는 우매하고, 어떤 이는 부지런하고 어떤 이는게으르고, 어떤 이는 사납고 어떤 이는 나약하여 세대마다 항상 같지는않다. 그러므로 진나라는 남몰래 육국의 임금을 관찰하여, 어질고 명철하고 부지런하고 사나운 경우에는 감언이설로 우호를 맺어 몇 년간재앙을 느슨하게 한다. 어리석고 우매하고 나약하고 게으른 경우에는말 잘하는 선비를 써서 꾀어내든지 굳센 병사를 써서 정벌하든지 제마음 내키는 대로 한다. 번갈아 순환하다 보면 견고한 자에게도 모두흠이 생기니, 천하가 어찌 모두 꺾여서 진나라에 귀속되지 않을 수있었겠는가. 가령 진나라 군주 가운데 제민왕(齊湣王)처럼 어리석거나초회왕(楚懷王)처럼 우매하거나 연왕(燕王) 쾌(噲)처럼 게으르거나양양왕(梁襄王 위나라 양왕)처럼 나약한 자가 한 사람 끼어있었다면, 여러 세대 전해 내려온 뜻과 공업이 홀연 땅바닥에 버려져 만사가 와해되었을 것이고 육국의 군주는 편안히 휘파람을 불며 있을 수 있었을 것이다. 오직 이런 군주가 없었고 항상 범과 이리 같은 마음을 잃지 않은 채 백 년이 지나도 흠이 없는 나라로서 육국의 천 가지 약점과 백 가지 구멍을 엿보았으니, 무엇을 구한들 구하지 못했겠는가. 그러므로 "땅에 달려 있는 것이 아니라 사람에게 달려 있다."라고 한 것이다. 자유(子由)의 논의라면, 육국의 임금들도 대대로 모두 현명하고 항상 한결같은 마음을 가진 연후에야 할 수 있다. 그렇지 않으면 한 때 이해가 맞아떨어지는 것으로 연합하였을 것이니 오래 버틸 수 없었을 것이다.

영빈의 문장 4 潁濱文四 양무제론[164]

두평
이 논의는 전에 비해 더욱 분명하게 증명하였으니 기예가 있는 문장이라 할 만하다.

〈양무제론(梁武帝論)〉에 "형이상(形而上)을 도라 하고 형이하(形以下)를 기(器)라 하니 삼황오제(三皇五帝)는 형기(形器 정신과 상대적 의미의 물체)로 천하를 다스려 도가 그 사이에 행해졌다. 노자와 부처의 도는 우리 도와 같다. 다만 형기를 쓰지 않기 때문에 천하를 다스릴 수 없다."라고 하였다. 또 "노자와 부처의 도는 한 사람의 사적인 설이 아니다. 천지가 있은 이래 이 도가 있었다. 옛 군자는 이것으로써 기를 다스리고 마음을 길렀다. 하늘, 땅, 신, 인간이 다 이것을 바라

---

164 양무제론(梁武帝論) : 《난성후집(欒城後集)》 권10에 실려 있는 〈역대론사(歷代論四)〉 가운데 하나이다.

보며 공경한다. 성인이 서두르지 않아도 빠르고 움직이지 않아도 이르는 까닭은 한결같이 이 도를 쓰기 때문이다."라고 하였다.

나는 자유가 말한 도라는 것이 무엇을 가리켜 말한 것인지 모르겠다. 도라는 것은 기(器)를 통해 쓰이는 것이니, 기(器)가 없으면 도라 부를 수 있는 것이 없다. 그러므로 "떨어질 수 있으면 도가 아니다."[165]라고 한 것이다. 지금 "형기를 쓰지 않는다."라고 하면 형기 외에 다시 무슨 도가 있는가? 만약 이 말과 같다면 이는 이른바 "무극(無極)은 음양보다 앞서 있는 것이니 천지만물이 생겨나기 전이다."라는 것이다. 지금 "천지가 있은 이래 이 도가 있었다."라고 하면 더욱 망령되지 않은가?

천지 역시 하나의 형기이다. 천지간에 부처가 생겨났으니 부처 역시 하나의 형기이다. 부처가 죽고 그를 위해 탑·사당·불상을 만들었으니 탑, 사당, 불상 역시 하나의 형기이다. 이를 통해 본다면 생사(生死)가 형기에 매어있는 것은 불교가 가장 심하다.

두평

"불교가 가장 심하다"라는 말은 수원(隨園)[166]의 글과 아주 흡사하다. 자재(子才 원매)가 만일 이를 본다면 반드시 무릎을 치며 감탄하리라.

---

165 떨어질……아니다 : 《중용장구》제1장의 "도라는 것은 잠시라도 떨어질 수 없으니 떨어질 수 있으면 도가 아니다.〔道也者 不可須臾離也 可離 非道也〕"라는 구절에서 인용한 것이다.

166 수원(隨園) : 원매(袁枚, 1716~1797)로, 자는 자재(子才), 호는 간재(簡齋)·수원(隨園)이다. 성령설(性靈說)을 주장하여 복고주의 사조에 반대한 청나라 때 대표적 문인이다.

형기를 초탈하여 천지 위에 우뚝 섰다고 스스로 여기니 어찌 그리 어리석은가? 그리고 이른바 기를 다스리고 마음을 기른다는 것은 바로 죽음을 두려워하는 사욕인 것인데 하늘, 땅, 신, 인간이 어찌 두려워 공경하랴. 천도는 자연에 이치를 맡겨 사적인 기쁨과 노여움이 없다. 그러므로 불자가 비록 심하게 헐뜯어 우양충(牛壤蟲)[167]이라고 부르기까지 하여도 하늘은 알아듣지 못하는 듯하다. 불자는 알아듣지 못하는 하늘을 속인다. 사사로이 천제의 명호를 붙이고 하승제자(下乘弟子)의 지위에 줄을 세워 놓았으니, 이는 또 얼마나 망령된가? 자유가 바라보고 공경한다고 말한 것이 어찌 이것 때문이 아니겠는가? 예로부터 성인은 하늘을 두려워하라고 경계하였다. 불자가 나오고부터 사람들이 모두 부처는 두려워하고 하늘은 업신여긴다. 하늘이 부처를 공경하는데 더욱이 하늘의 아들[천자]이겠는가? 이에 천자가 부처에 절하고도 부끄러워하지 않는다. 아아! 스스로를 교묘히 높이는 자로구나.

내가 살펴보니, 자유는 부처를 옹호하는 데 가장 적극적이어서 끝까지 다 하지 않은 방법이 없었으나, 역대에 부처를 받들어서 생긴 화를 보고 법을 왜곡해 일방적으로 감싸줄 수 없었기 때문에 "노자와 부처는 형기를 쓰지 않는다. 그러므로 천하를 다스릴 수 없다."라고 설명하였으니 이것은 또 진정이 아니다. 부처가 언제 스스로 천하를 다스릴 수 없다고 말한 적이 있었는가? 저들은 세상에서 낳고 기르고 입고 먹는 것이 모두 부처가 하는 것이라 한다. 내가 비록 입이 백 개 있고 그렇지

167　우양충(牛壤蟲) : 전거 미상이다. 김윤식이 음차하여 '쇠똥구리'를 표현한 것으로 짐작된다.

않은 것이 자명할지라도 증거가 없다. 그리고 역대 불교를 받들어 생긴 화는 모두 마귀의 장난 때문에 일어난 것이었고 지금 이미 고해(苦海)를 초탈해 천상의 무한한 쾌락을 받았다고 한다. 내가 비록 입이 백 개이고 그렇지 않음이 분명할지라도 역시 증거가 없다. 이것이 천하를 두루 구제한다는 술수인 것이다. 만약 세상일에 간섭하지 않고 독자적으로 수련한다고 하면 어떤 사람이 달가워하며 분주히 보시하겠는가?

혹자가 말했다.

"이것은 세속의 승려들이 사람을 미혹시키는 말이다. 자유가 말한 것이라면 그대는 알 수 없다."

"나 역시 알고 싶지 않다. 그러나 오히려 의미하는 것은 알 수 있다. 서두르지 않아도 빠르고 움직이지 않아도 이르는 것, 이것이 성인이 개물성무(開物成務)[168]하는 신공(神功)이다. 지금 자유는 이것을 가지고 부처를 찬양하니, 이것이 과연 천하를 다스릴 수 없는 것이라 진정으로 말하는 것인가? 다만 세상을 다스릴 수 있는 도구인 예악형정(禮樂刑政)이 없기 때문에 이와 같은 말을 하는 것이다. 그러나 마음속에서는 남몰래 명교(冥敎 불교)를 추숭하여 '예악형정은 산 사람만을 다스릴 뿐이라 미치는 바에 한계가 있으나 명교는 생사를 두루 다스리니 교화에 고정된 범위가 없다'라고 생각한다. 두려워하면서도 믿는 것이 세속의 승려보다 심하다. 그러나 명교의 설은 진실로 천박하고 비루하

---

168 개물성무(開物成務) : 만물의 이치를 통달해서 그 이치를 살펴 일을 행하여 성공에 이르는 것을 가리킨다. 《주역》〈계사전 상(繫辭傳上)〉에 "역(易)은 개물성무하고 천하의 도를 포괄하니 이와 같은 것일 뿐이다.〔夫易開物成務 冒天下之道 如斯而已者也〕"라고 한 구절에서 연유하였다.

여 규범에 맞지 않는 말이다. 그러므로 고명하고 교묘하여 더 이상 높은 것이 없는 도라고 설명함으로써 문식(文飾)한다. 이런 글을 관찰하는 세상 사람들은 오류를 없애려고 노력한다. 〈양무제론〉을 살펴보니 오로지 불교의 취지를 말하였을 뿐, 나란히 노자를 거론한 것은 단지 그림자였을 뿐이다."

영빈의 문장 5 潁濱文五 왕연론[169]

〈왕연론(王衍論)〉에 "공자는 도(道)를 가지고 사람에게 말하지 않고, 사람에게 말하는 것은 반드시 예를 가지고 하였으니, 예는 기(器)이다. 한나라가 비록 도에 대해 듣지는 못했으나 오히려 예를 지킬 줄 알았다. 위(魏)에 이르러 예를 버리고 도를 사모하여 청담(淸談)의 화(禍)[170]가 일어났다. 동진(東晉) 이래 학문이 남북으로 나뉘어 남방은 간약(簡約)하여 정화(精華)를 터득하였고 북방은 복잡하여 지엽을 탐구하였다. 당(唐)에 이르러 비로소 《의소(義疏)》로 달랐던 남북(南北)의 학문이 통하였으니, 비록 성인의 대도는 듣지 못했으나 형기(形器)의 설이 갖추어졌다. 교묘(郊廟)[171]와 조정의 의례, 관혼상제의 법이 모두 여기에서 취해졌으나 도를 말하지 않았으므로

---

169 왕연론(王衍論) : 《난성후집(欒城後集)》 권9에 실려 있는 〈역대론삼(歷代論三)〉 가운데 하나이다.

170 청담(淸談)의 화(禍) : 중국 육조 때 허무와 공담명리(空談名利)를 숭상하던 경향을 가리킨다. 노장의 사상을 이용해 유가 경전을 해석하고 세상일을 버린 채 현리(玄理)를 말하였다. 죽림칠현(竹林七賢)이 대표적이다.

171 교묘(郊廟) : 옛날 왕이 천지에 제사를 지내던 교궁(郊宮)과 선조에 제사를 지내던 종묘(宗廟)를 가리킨다.

배우는 자가 사소하게 여겼다. 그리하여 이것을 버리고 도를 구하였으니 아득하여 터득할 수가 없었다. 예악과 도수(度數 정해진 제도), 자서(字書)의 형성(形聲)[172]에 관하여 도를 하는 지극함을 가리키지 않는 것이 없었다. 그러나 하는 행위를 돌이켜 살피면 안으로는 참소와 아첨이요, 밖으로는 백성 수탈이었다. 충언의 길을 막고 부정한 설의 문은 열어서 모두 《시경》, 《서경》으로 그 거짓을 문식하였으니, 왕연(王衍)[173]과 다름이 없었다."라고 하였다.

내가 살펴보니 이것은 한나라와 송나라 학문을 변별한 것이다. 이른바 형기라는 것은 바로 예악과 도수이다. 이는 주소(注疏)[174]에서 상세히 연구된 것이니 주소학(注疏學)이라고도 한다. 또 반드시 고증을 바탕으로 해야 하기 때문에 이름을 고증학(考證學)이라고도 한다. 전주(箋注 옛 문헌의 주해)는 한나라 유학에서 비롯되었으므로 한학(漢學)이라고도 한다. 경술에서 나왔기 때문에 경술이라 통칭한다. 이른바 도라는 것은 바로 성명이기(性命理氣)이니 성리학이라 한다. 송나라 유학에서 비롯되었기 때문에 송학(宋學)이라 부른다. 내가 자유의 이 논의를 살펴보니 왕씨(王氏 왕안석)의 《삼경신의(三經新義)》·《자설(字說)》 때문에 말한 것이다. 그러나 역시 정문(程門 정호(程顥)·정이(程頤) 형제)의 격물설(格物說)을 미워해 비방하였다.

---

172 형성(形聲) : 육서 가운데 하나로, 뜻을 나타내는 의부(意符)와 소리를 나타내는 형부(形符)가 합해져 글자가 구성되는 원리이다.

173 왕연(王衍) : 256~311. 자는 이보(夷甫)이다. 진나라 재상으로 풍채가 뛰어나고 명망이 있었으나, 청담(淸談)만 일삼아 적에게 항거하지 않고 죽음에 이르렀으며 나라까지 망하게 만들었다.

174 주소(注疏) : 주(注)는 경전에 대한 주해, 소(疏)는 주에 대한 주해를 가리킨다.

영빈의 문장 6 潁濱文六 삼종론,[175] 한소제론[176]

나는 소 문정(蘇文定 소철)의 〈삼종론(三宗論)〉, 〈한소제론(漢昭帝論)〉을 읽고 "아! 근본을 아는구나!"라고 감탄하였다. 〈삼종론〉에 "요순 삼대 이래로 어진 임금은 모두 장수를 누렸다. 후세의 임금이 비록 현명하여도 중년까지 살지 못하는 것은 가무, 여색, 음식, 의복 가운데 몸을 해치는 것이 많기 때문이다. 아침저녁으로 그런 환경에 있으면서 제어하지 않아 요절에 이르는 것이 추세였다. 옛 현군은 반드시 학문에 뜻을 두고 도덕의 귀한 것을 알았다. 젊은 여인과 옥과 비단을 똥이나 진흙과 진배없이 보았다. 스스로의 수양이 산림에서 도를 배우는 자와 비슷하였기 때문에 임금의 지위에서 오래 장수할 수 있었으니, 이것이 부열(傅說)이 옛 교훈 배우기를 권했던 까닭[177]이다."라고 하였다.

〈한소제론(漢昭帝論)〉에 "한 소제의 현명함은 성왕(成王)보다 더했으나 수명이 현격히 다른 것은 곽광(霍光)의 잘못이다. 성왕이 어릴 때 주공(周公)과 소공(召公)이 사보(師保)[178]였고 좌우 전후가 모두

---

175 삼종론(三宗論) : 《난성후집(欒城後集)》권7에 실려 있는 〈역대론일(歷代論一)〉가운데 하나이다.

176 한소제론(漢昭帝論) : 《난성후집(欒城後集)》권8에 실려 있는 〈역대론이(歷代論二)〉가운데 하나이다.

177 부열(傅說)이……까닭 : 《서경》〈열명 하(說命下)〉에 부열이 은 고종(殷高宗)에게 "임금이 견문 많은 사람을 구하는 것은 오직 사업을 세우기 위함입니다. 옛 가르침을 배워야 얻음이 있으니 일에 옛것을 스승삼지 않음으로써 영구히 할 수 있는 것은 제가 들은 바가 아닙니다.〔王人求多聞 時惟建事 學于古訓 乃有獲 事不師古 以克永世 匪說攸聞〕"라고 가르친 말을 가리킨다.

178 사보(師保) : 주(周)나라 관직인 사(師)와 보(保)이다. 제왕을 보필하고 왕실

어진 신하였다. 일어서거나 앉거나 먹거나 마시거나 날마다 이들과 접하였다. 그가 장년이 되고 또 늙게 되었을 때 지향과 기개가 안정되었으니, 부귀를 편안히 여기고 생사를 쉽게 여길 수 있었던 것은 괴이할 것이 없다. 지금 한 소제는 가까이 하고 믿는 자가 오직 곽광뿐이다. 곽광이 비록 충성스럽고 독실할지라도 배우지 못했고 학술이 없다. 경술에 통달하고 의리를 아는 선비는 하후승(夏候勝)·준불의(雋不疑) 같은 무리지만 곽광이 어질다고는 여겨도 소제를 맡기지는 않았다. 소제로 하여금 깊은 궁궐에 살며 총애자들을 가까이 하게 하였으니 비록 타고난 자질이 총명하고 통달했을지라도 기를 길이 없었다. 아침 저녁으로 해치는 자가 많았으니 어찌 오래 살 수 있었으랴."라고 하였다. 자유(子由 소철)의 이 논의는 만세 군주와 재상의 귀감이라 할만하다. 그리고 군주는 스스로 알 수 없으니, 오직 재상이 어떻게 이끄느냐에 달려 있다는 것을 몰라서는 안 된다.

두평

일을 아는 것을 소중히 여길 수 없으니, 진정으로 아는 것이 소중한 것이다. 진정으로 아는 것은 소중히 여길 수 없으니, 진정으로 알면서 진실로 좋아하는 것이 소중하다. 가생(賈生 가의(賈誼)), 자유 이후로 비로소 진정으로 알면서 진실로 좋아하는 것이 보인다. 그러나 어찌 후세 사람으로 하여금 진정으로 알면서도 진실로 좋아하게 만들 수 있으랴. 나라를 경영하는 급선무 가운데 이것보다 급한 것이 없다.

자제를 교도하는 일을 맡았다.

사람의 지향은 근본을 바르게 하는 데 달려있다. 그러므로 《주역》에서 "어린이를 바르게 한다."[179]라고 일컬었고 《서경》에 "맏아들을 가르치라."[180]라고 하였다. 이 사람은 어떤 사람인가? 천하의 사람이 믿어서 천명(天命)으로 여기는 자이니, 이와 같이 귀하고 소중하다. 지금 그로 하여금 도거(刀鋸 환관)의 말단에게 수업을 받고 분대(粉黛 궁녀)의 손에 자라게 한다면 오류가 먼저 들어가고 또 막 트는 싹을 꺾을 것이니 이것이 무슨 일인가. 사람들은 자식이 허랑방탕할까 근심하여 반드시 현명한 스승을 구하여 가르치지만, 국가의 경우에는 "내가 감히 알 바가 아니다."라고 말하니, 아마도 역시 자리는 멀고 권한은 가벼워서 감히 의논하지 못하기 때문이리라. 곽광 같은 자라면 이를 의논할 만하였으나 또 배우지 못한 것이 장애가 되어 놓쳤으니 어찌 애석하지 않으랴.

영빈의 문장 7 潁濱文七 사관조상벌론[181]

두평

붓끝이 서리 같으나, 예로부터 권세 부리는 간신이 어찌 후세의 주륙(誅戮)을 두려워했으랴.

---

179 어린이를 바르게 한다 : 《주역》〈몽괘(蒙卦)〉에 "어린이에게 바름으로 기르는 것은 성인의 공효이다.〔蒙以養正 聖功也〕"라고 한 구절에서 온 말이다.

180 맏아들을 가르치라 : 《서경》〈순전(舜典)〉에 "기야! 네게 명해 악을 맡기니 맏아들을 가르치라.〔夔 命汝典樂 敎胄子〕"라고 한 구절에서 온 말이다. 맏아들은 귀족 자제 가운데 맏아들을 가리킨다.

181 사관조상벌론(史官助賞罰論) : 《난성집(欒城集)》 권11에 실려 있다.

〈사관조상벌론(史官助賞罰論)〉에 "나라 안에 세 가지 권력이 있으니 하늘, 군주, 사관(史官)이다."라고 하였다. 혹자가 말하였다.

"자유(子由)의 이 논의는 지나치지 않은가?"

나는 대답한다.

"나는 오히려 가볍다고 생각한다. 예로부터 권세 있는 간신이 나라를 담당하면 하늘이 죽일 수 없고 임금이 쫓아낼 수 없었으나 사관이 만세 후에 주살할 수 있었다. 이를 통해 말하면 오히려 무겁지 않은가?"

어떤 이가 말한다.

"후세의 사관이 모두 권세 있는 간신과 사적인 관계에 있는 사람이어서 주살하지 않을 뿐더러 더욱 칭찬하고, 또 명산의 석실에 보관한 기록을 꺼내 오래 전 세대에 있었던 작은 죄를 정정하여 고친다. 이렇게 하는 경우는 어떠한가?"

나는 대답하였다.

"예를 잃으면 재야에서 구하였다. 제나라 사관이 비록 죽었지만 반드시 죽간을 들고 간 자[182]가 있었다. 권력은 없는 곳이 없다. 예전 손성(孫盛)[183]이 진나라 역사서를 지을 적에 방두(枋頭)의 일[184]을 똑바로

---

182 제나라……자 : 춘추 시대 제나라 때 최저(崔杼)가 임금을 시해하고 그 사실을 기록한 사관들을 죽였다. 남사(南史)는 그들이 다 죽으면 자기가 뜻을 이어 기록하기 위해 죽간을 가지고 달려갔다. 태사의 네 번째 동생이 살아서 그 사건을 기록했다는 말을 듣고 돌아갔다고 한다. 《春秋左氏傳 襄公25年》

183 손성(孫盛) : 자는 안국(安國)이다. 진(晉)의 관원으로, 박학다문으로 이름이 났다. 역사서 《위춘추(魏春秋)》, 《진양추(晉陽秋)》 등을 편찬하였다.

184 방두(枋頭)의 일 : 동진(東晉)의 권신인 환온(桓溫, 312~373)이 3차 북벌에 나서 황하의 북쪽인 방두에 진군했다가 보급로가 끊겨 연나라에 크게 패한 일을 가리킨다.

썼다. 환온(桓溫)이 노하여 손성의 아들에게 '이 책이 나오면 이로부터 그대 문호의 일이 막힐 것이다.'라고 하였다. 아들이 울며 고치자고 청했으나 손성이 허락하지 않아 아들이 몰래 고쳤으나 앞서 있었던 1본을 북조(北朝)에 보내 마침내 세상에 전한다. 나는 방두의 일이 비록 이 1본이 없더라도 역시 전해졌으리라 생각한다. 어떻게 아는가? 환온이 노한 일이나 아들이 고친 일은 모두 손성이 미처 기록하지 못한 것이지만 지금까지 분명하게 전한다. 방두에서 패한 일은 천하가 함께 아는 것인데 손성만 기록했겠는가. 그리고 환온이 신하답지 못했던 죄는 사관이 이루 다 기록할 수 없는데 유독 한 번 패한 일이 후세에 전해지기를 염려했으니 어찌 그리 어리석은가? 그러므로 감추고자 하는 것은 더욱 드러나고 없애고자 하는 것은 더욱 자라난다. 《대학장구》에 '열 개의 눈이 보는 것이요 열 개의 손가락이 가리키는 것이니 얼마나 무서운가.'[185]라고 하였다."

영빈의 문장 8 潁濱文八 신사책[186]

〈신사책(臣事策)〉의 〈제일도(第一道)〉에 "천하에 권신(權臣)과 중신(重臣)이 있습니다. 그들의 행적은 서로 비슷해 판별하기 어렵습니다. 권신은 하루라도 있으면 안 되지만 중신은 하루라도 없어서는 안 됩

《晉書 卷98 桓溫傳》

185 열 개의……무서운가 : 《대학장구》 전6장에 "열 개의 눈이 보는 것이요, 열 개의 손가락이 가리키는 것이니 얼마나 무서운가.〔十目所視 十手所指 其嚴乎〕"라고 한 증자의 말에서 인용한 것이다.

186 신사책(臣事策) : 《난성집(欒城集)》 권8에 실려 있다.

니다."라고 하였다. 이 설은 매우 이치가 있는 것 같다. 그러나 이것을 근거로 득실을 추론하는 것은 괜찮지만 이것을 근거로 군주가 반드시 이 도를 행해야한다고 권하면 안 된다. 이른바 중신이라는 것은 군주의 잘못을 제어하기에 세력이 충분하고 궁부(宮府)의 체계를 전단(專斷)하기에 신뢰가 충분하고 그의 호령이 사방에 행해질 수 있는 연후에 그의 큰 절개를 드러내 막히지도 꺾이지도 않는다. 이렇게 하고도 권력 때문에 패하지 않는 경우가 역시 드물다. 요즘은 한 사람을 어질게 여겨 생사여탈의 권한을 주지만, 그 사람이 주공(周公)[187]인지, 왕망(王莽)[188]인지, 곽광(霍光)[189]인지, 사마의(司馬懿)[190]인지 모른다. 주공과 곽광은 애초에 비방을 받지 않았고, 왕망과 사마의는 애초에 칭찬을 받지 않았으니, 무엇에 따라 분변할 것인가? 그리고 난을 당한 임금은 각기 자기 신하를 어질게 여겨서 이들이 진정한 중신이라고 여기지만 세상 사람의 입장에서 관찰하면 바로 권신이다. 또 어떤 대인이 낯빛을 바로하고 조정에 서서 도(道)로 자임하면 중

187 주공(周公) : 주나라 문왕의 아들이자 무왕의 동생이다. 어린 나이에 즉위한 조카 성왕(成王)을 보필하여 예악과 법도를 제정하였다.

188 왕망(王莽) : 기원전 45~23. 중국 전한(前漢) 말의 정치가이다. 재상의 지위에 올랐으나 만족하지 못하고 선양(禪讓)을 통해 황제 권력을 찬탈하고 신(新)나라를 세웠다.

189 곽광(霍光) : ?~기원전 68. 중국 전한 때의 장군이다. 무제(武帝)가 죽을 때 후사를 위탁받아 8세로 즉위한 소제(昭帝)를 보필하였다. 소제가 죽은 후 창읍왕을 폐위시키고 선제(宣帝)를 즉위시키는 등 실권을 장악했었다.

190 사마의(司馬懿) : 179~251. 중국 삼국 시대 위(魏)나라의 정치가이다. 명제(明帝)가 죽을 때 후사의 보좌를 부탁받았으나 조상(曹爽)에게 밀리자 정변을 일으켜 조상을 죽이고 권력을 장악했다.

신이라 할 만하나, 소인이 참소하여 권신이라 하면 또 누가 분변할 수 있으랴. 그러므로 군주는 감히 대신을 신임하지 않고 대신 역시 감히 자임하지 않으니 역시 어렵도다. 한(漢)나라 광무제[191]가 현명하여 살피지 않은 것이 없었으므로 실패하는 일이 드물었으나 유독 감히 삼공의 중함을 맡기지 않았다. 명(明)의 고황제(高皇帝)[192]가 신령스럽고 사람을 잘 알아보기로 짝할 자가 없었지만 재상을 조금 믿었다가 작은 송아지가 수레를 엎었다.[193] 이와 같이 권한은 맡기기 어렵고 남은 알기 어려우니 쉽게 말할 수 있으랴. 그러므로 부자께서 애공(哀公)에게 "어버이를 섬길 것을 생각한다면 사람에 대해 알지 않을 수 없다."[194]라고 하였다.

---

191 광무제(光武帝) : 기원전 6~57. 후한의 초대 황제이다. 왕망을 격파하고 후한의 기틀을 다졌으며, 학문을 장려하고 예교주의를 실천하였다.

192 명(明)의 고황제(高皇帝) : 주원장(朱元璋, 1328~1398)을 가리킨다. 홍건적으로 시작해 세력을 통합하여 명나라를 세웠다.

193 재상을……엎었다 : 호유용안(胡惟庸案)을 가리킨다. 호유용(胡惟庸, ?~1380)은 주원장의 신임을 얻어 좌승상에까지 올랐으나, 이선장(李善長) 및 외국 세력과 결탁하여 반란을 꾀하였다가 발각되어 사형되었다. 이로 인해 중서성이 폐지되고 황제의 독재체재가 강화되었다. 앞서 호유용을 좌승상에 임명하려 할 때 유기(劉基)가 반대하면서 "이 작은 송아지가 수레를 엎고 쟁기를 망가뜨릴 것이다.〔此小犢 將僨轅而破犁矣〕"라고 하였던 데에서 인용한 말이다. 《七修類稿 卷18》

194 어버이를……없다 :《중용장구》제20장에 나오는 구절로 애공(哀公)이 정사를 묻자 "군자는 자기 몸을 닦지 않으면 안 된다. 자기 몸을 닦을 것을 생각한다면 어버이를 섬기지 않을 수가 없고, 어버이를 섬길 것을 생각한다면 사람에 대해서 알지 않을 수가 없으며, 사람에 대해서 알 것을 생각한다면 하늘에 대해서 알지 않을 수가 없는 것이다.〔君子不可以不修身 思修身 不可以不事親 思事親 不可以不知人 思知人 不可以不知天〕"라고 대답한 데서 인용한 말이다.

〈신사책(臣事策)〉의 〈제팔도(第八道)〉[196]에 "지금 관리는 고과 점수가 충분하여 허물이 없고 또 추천한 자가 있으면 천자(天子)가 이를 따라 작록(爵祿)을 주지 않을 수 없다. 이 작록은 천자의 은혜가 아니라 천하의 세력이다. 그래서 작록을 가지게 된 자가 윗사람을 고맙게 여기지 않고 당연히 법도를 던져버리니, 천하로 하여금 임금을 맞이할 근거를 없게 만든다. 비록 고과 점수가 부족하고 천거하는 자가 없더라도 줄 만한 자라면 주어서, 무엇 때문에 작록을 주는지 천하 사람이 예측할 수 없도록 힘쓰고 권리를 거두어들이면 대중을 얻을 수 있다."라고 하였다. 내가 영빈의 〈군술(君術)〉·〈신사(臣事)〉·〈민정(民政)〉 등의 책문을 읽으니 분명하고 적절하고 통쾌해서 그의 지혜와 기술을 기이하게 여기지 않은 적이 없다. 그러나 왕왕 폐해를 교정하기에 급급하여 도를 어겨 영합하기를 구하니 이것이 소씨(蘇氏)의 본색이다. 지금 이 편의 대의를 살펴보니, 융통성 없는 법을 지키지 않고 규정 밖으로 사람을 등용하고자 하였다. 옛날 현명한 왕 가운데 이 도를 행하지 않은 이가 없었으며, 작록을 받은 자가 모두 윗사람을 고마워하고 윗사람을 위해 죽는 마음을 얻을 수 있게 한다고 생각하면 역시 천근하다. 왕자(王者)는 도에 맡기고

두평

---

195 신사책(臣事策) : 《난성집(欒城集)》 권9에 실려 있다.

196 제팔도(第八道) : 본래는 〈신사하(臣事下)〉의 〈제삼도(第三道)〉이다. 김윤식이 〈신사(臣事)〉의 상하를 통틀어 말한 것으로 보인다.

'왕자는 도에 맡기고' 이하 문장은 특히 출중하니 팔가에서 나온 것이 아니라 맹자로부터 직접 나온 것이다.

패자(覇者)는 법에 맡기고 강국(强國)은 힘에 맡긴다. 이 세 가지는 맡기는 것이 같지 않으나 행할 수 있는 이유는 하나이다. 하나란 무엇인가? 믿음이다. 그러므로 천하의 백성이 다 맡긴 곳을 쫓아가지만 임금은 간여하지 않는다. 지금 맡긴 곳을 버리고 한 사람 한 사람마다 은덕을 베풀려고 한다면 얻는 것은 얼마 안 되고 잃는 것은 매우 많을 것이니, 은혜를 팔아 원망을 사지 않는 것이 얼마나 되겠는가? 옛날 사적인 은혜를 베풀어 도리에 어긋나게 사람의 마음을 거둔 자가 있었다. 육경(六卿)이 진(晉)나라에 있어서,[197] 삼가(三家)가 노(魯)나라에 있어서,[198] 전씨(田氏)가 제(齊)나라에 있어서,[199] 왕씨(王氏)가 한(漢)나라에 있어서,[200] 사마씨(司馬氏)가 위(魏)나라에

---

197 육경(六卿)이……있어서 : 육경은 진(晉)의 군사제도의 직임으로, 상중하 삼군에 각기 장(將)과 좌(佐)가 있어 모두 여섯 직임이다. 진 평공(晉平公) 때 이 제도를 부활시켜 범씨(范氏), 중항씨(中行氏), 지씨(智氏), 한씨(韓氏), 조씨(趙氏), 위씨(魏氏)가 각기 자리를 차지하고 진나라의 정권을 전단하였다. 범씨와 중항씨가 멸망한 후에 다시 사경(四卿)으로 재편되었다.

198 삼가(三家)가……있어서 : 삼가는 춘추 시대 노(魯)나라 대부인 맹손씨(孟孫氏), 숙손씨(叔孫氏), 계손씨(季孫氏)를 가리킨다. 노나라 환공(桓公)의 적자인 장공(壯公)이 즉위하고 서장자, 서차자, 적차자가 모두 경으로 봉해졌는데, 이들의 가문을 가리킨다.

199 전씨(田氏)가……있어서 : 제(齊)나라 경공(景公)이 죽자 전걸(田乞)이 도공(悼公)을 세우고 스스로 재상이 된 이래로 전씨가 제나라의 정권을 천단했다. 후손인 전화(田和)가 강공(康公)을 폐하고 스스로 제후가 되어 주나라로부터 책봉을 받기에 이르렀다.

있어서,[201] 당(唐)나라 하북(河北)의 번진(藩鎭)이 그 군대에 있어서[202] 모두 자기 소유가 아니면서도 인자하게 대함으로써 성공하였다. 사람들 역시 분수 외의 후대를 받았으니 반드시 덕에 깊이 감동하였을 것이지만, 그들의 뜻은 남의 국가를 훔치는 데 있었다.

지금 송은 천하를 소유한 지 6, 7세대가 지나, 사해가 한 집안이고 만민이 자식이 되었다. 상책으로는 도를 맡길 만하고 중책으로는 법에 맡길 만하고 하책으로는 힘에 맡길 만하니 어찌 수고롭게 구구한 이 작은 은혜를 베풀겠는가? 공적을 고과하는 것은 당우(唐虞 요순 시대)의 유법이지만 역대에 걸쳐 관리 고과제도를 폐지할 수 없었다. 지금 고과 점수가 차고 과실이 없고 천거하는 자가 있으면 법률상 당연히 승진시켜야 한다. 이에 "저들이 나를 고마워하지 않는다."라고 하여, 고과가 부족하고 천거하는 자가 없는 사람을 반드시 구해 관직에 임명하고 "반드시 나를 고마워할 것이다."라고 하면, 규정을 넘어서 관직을 얻은 것은 저 사람의 사적인 기쁨일 뿐이지만 응당 승진해야 하는데 적체되는 것은 천하의 공분(公憤)을 사는 것이다. 한 사람의 사적인 기쁨을 얻는 대신 천하의 공분을 모아들이고 맡길 것을 버리고 믿을 것을 없애면서 자잘하고 변변찮은 보답을 바라니 대중을 얻는다고 할 수 있겠는

---

200 왕씨(王氏)가……있어서 : 전한 말 왕망은 재상의 지위에 올랐으나 만족하지 못하고 선양을 통해 황제 권력을 찬탈하고 신나라를 세웠다.

201 사마씨(司馬氏)가……있어서 : 위나라의 사마의가 명제 죽을 때 후사의 보좌를 부탁받았으나 조상에게 밀리자 정변을 일으켜 조상을 죽이고 권력을 장악했다.

202 당(唐)나라……있어서 : 당나라 말 안사의 난 이후, 하북지방에 있는 노룡(盧龍), 성덕(成德), 위박(魏博)의 절도사들이 웅거하여 번진이라 일컬으며 세력을 형성해, 반란을 일으키곤 했던 일을 가리킨다.

가? 소씨 부자는 군사 계책을 통해 나라 다스리는 방법을 좋아하였다. 이런 논의 같은 것이라면 역시 한 때 군사를 제어하는 거짓 술수일 뿐이니 어찌 치국의 요체에 대해 함께 논할 수 있겠는가.

영빈의 문장 10 穎濱文 + 민정책[203]

나는 옛 선비가 반드시 마흔 살이 되기를 기다려 벼슬하는 것을 괴이하게 여긴 적이 있다. 명민하고 과감하고 예리한 기세는 떨어지고 득실(得失)을 염려하는 마음이 생겨나니, 옛 임금인들 이런 사람에게 무엇을 취하겠는가. 나중에 〈가생전(賈生傳)〉[204]을 읽고 또 개연히 한 문제(漢文帝)가 인재를 잘 쓰지 못함을 애석해했다. 자유(子由 소철)가 책을 끼고 막 동쪽을 노닐 때 나이가 겨우 열아홉이었다. 그가 저술한 〈군술(君術)〉, 〈신사(臣事)〉, 〈민정(民政)〉 등의 책문은 어찌 그리 기이하고 위대하고 조숙했던지. 내가 〈민정〉에서 논한 '공전(公田)'과 '대민(貸民)' 두 가지 일을 살펴보고 "이것이 옛날에 반드시 노성한 사람을 등용했던 까닭이로구나."라고 탄식하였다. 천하의 밭을 거두어 공전으로 삼는 일은 통쾌하기가 이를 데 없으니, 왕망(王莽)이 전에 시도했었다. 백성에게 빌려주어 이자를 받고 부유한 백성의 권한을 모조리 뺏는 것 역시 통쾌하기가 이를 데 없으니, 왕안석(王安石)이 이후에 시도하였다. 이것들은 모두 천하를 어지럽히고 백성을 해치는 정책이다.

---

203 민정책(民政策):《난성집(欒城集)》권9에 상편이, 권10에 하편이 실려 있다.
204 가생전(賈生傳):《사기》권84의 〈굴원가생열전(屈原賈生列傳)〉을 말한다.

두평

천하의 밭을 거두어 공전으로 삼는 것은 정전제(井田制)가 폐지된
후 그만둘 수 없는 정책이다. 단 백성에게 빌려주고 이자를 받는
것은 잘못되었다. 당나라의 조용조법(租庸調法)[205] 역시 무슨 폐단
이 있었겠는가?

자유는 단연코 지금의 급선무라고 하였으니 왕망·왕안석을 합쳐 하
나가 된 것이다. 만일 당시 군주가 기용해서 말을 들어주었다면 그
해가 어찌 희풍(熙豊) 연간[206]에 그쳤을 뿐이겠는가? 신법(新法)[207]이
시행되자 자유는 이해(利害)에 대해 매우 적절하게 논변하였는데 앞
의 책문에서 말한 바를 다 뒤집은 것이었다. 이때쯤 되자 오랫동안
경험이 쌓였고 식견과 생각이 깊고 원대해져 지난 시절 과감하고 예
리하고 일을 좋아하던 풍모를 스스로 후회했기 때문이리라. 아아! 가
생과 자유의 재주로도 오히려 늙어서야 기용되었으니 더욱이 이들에
게 못 미치는 자들이겠는가.

영빈의 문장 11 潁濱文十一
소소(小蘇 소철)의 문장은 출렁출렁 넘치면서도 담백하다. 마치 좋은

---

205 조용조법(租庸調法) : 성년인 남자가 매년 조 2섬씩 내는 것을 조(租), 1년 중
20일을 부역하는 것을 용(庸), 향토 생산품을 징발하는 것을 조(調)라고 하여, 수·당
때 시행되던 조세제도이다.
206 희풍(熙豊) 연간 : 송나라 신종(神宗)의 연호인 희령(熙寧)과 원풍(元豊)의 병
칭이다.
207 신법(新法) : 송나라 때 왕안석이 주장한 개혁법을 가리킨다.

말을 타고 넓고 큰 길을 걷는 듯하여, 하루 종일 달리고 굽이굽이 돌아도 아주 피곤한 줄을 모른다. 왕왕 선명한 산과 수려한 물과 날아가는 새와 돌아오는 구름과 마주쳐 사람으로 하여금 고삐를 늦추고 이리저리 구경하게 하고 한적하게 노닐면서 돌아가길 잊게 만든다. 그가 가정에서 배움을 터득하였으나 마음과 취향이 안정적이어서 화평함에 가장 가깝기 때문이리라. 그래서 늘그막 넉넉히 노닐 수 있었고 선제(先帝)의 신하로서 남은 생애를 마칠 수 있었던 것이리라.

영빈의 문장 12 潁濱文十二 민정책,[208] 서금강경후[209]

소소(小蘇 소철)의 〈민정책(民政策)〉은 젊은 때 작품이다. 노자와 불교를 제거하자는 글 한 편이 있으니[210] 대의는 구양공〔구양수〕의 본론에서 나온 것으로 견식이 제법 정확하다. 만년에 형과 함께 공문(空門 불교)으로 도피하였으니 매우 애석하다. 그의 〈서금강경후(書金剛經後)〉과 〈서능엄경후(書楞嚴經後)〉[211]를 살펴보면 젊을 때 말한 바와 완전히 반대가 되니, 이른바 높은 나무에서 내려와 깊은 골짜기로 들어가는 것[212]이다.

---

208 민정책(民政策) : 《난성집(欒城集)》 권9에 상편이, 권10에 하편이 실려 있다.

209 서금강경후(書金剛經後) : 《난성집(欒城集)》 권21에 실려 있다.

210 노자와……있으니 : 〈민정상(民政上)〉의 제3도를 가리킨다.

211 서능엄경후(書楞嚴經後) : 《난성집(欒城集)》 권21에 실려 있다.

212 높은……것 : 좋은 곳을 버리고 좋지 않은 곳으로 옮겨가는 것을 비유한 말이다. 《맹자》〈등문공 상(滕文公上)〉에 "나는 깊은 골짜기에서 나와 높은 나무로 옮겨가는 것은 들었어도 높은 나무에서 내려와 깊은 골짜기로 들어가는 것은 듣지 못했다.〔吾聞出於幽谷 遷于喬木者 未聞下喬木而入幽谷者〕"라고 한 구절에서 연유한 말이다.

남풍²¹³의 문장 1 南豐文一

두평

성인이 "한 마디 말로 나라를 잃을 수 있다."라고 말하지 않았던가?
명·청(明淸) 이래 이 논의에 이르면 남풍(南豐)의 경술(經術)에
대해 흘러넘치도록 얘기한다. 그러나 나는 홀로 자고(子固 증공)가
양웅(揚雄)²¹⁴을 존경하여 기자(箕子), 공자에 비기기에 이르렀으니
남풍에게 경술이 없다고 말해도 괜찮다고 생각한다.

남풍의 학문은 팔가 가운데 가장 순정(醇正)하다. 그가 임금의 학문을
권하면 반드시 이치를 궁구하고 본성(本性)을 다하고, 안을 다스려
밖에 응해야 한다고 하였다. 비용을 논의하면²¹⁵ 반드시 욕구를 절제
하고 검소함을 숭상하여 쓸데없는 비용을 줄이라고 하였다. 고려(高
麗)의 선물을 사양하기를 청하는 소장²¹⁶은 반드시 후하게 주고 박하

---

213 남풍(南豐) : 증공(曾鞏, 1019∼1083)으로, 자는 자고(子固), 호는 남풍선생(南
豐先生)이다. 당송팔대가(唐宋八大家)의 한 사람이다. 저서에 《금석록(金石錄)》·
《원풍유고(元豐遺藁)》가 있다.

214 양웅(揚雄) : 기원전 53∼18. 자는 자운(子雲)이다. 전한(前漢) 말의 학자 겸
문인이다. 그가 《태현경(太玄經)》을 지었을 때 유흠(劉歆)이 그것을 보고는 양웅에게
지금 학자들은 《주역》도 모르는데 후세에 알 사람이 어디 있겠느냐고 하자, "후세에
나 자운 같은 학자가 나오면 알 것이다."라고 대답했다고 한다.

215 비용을 논의하면 : 《증공집(曾鞏集)》 권30 〈의경비차자(議經費箚子)〉와 《증공
집(曾鞏集)》 권31 〈재의경비차자(再議經費箚子)〉를 말한다.

216 고려(高麗)의……소장 : 《증공집(曾鞏集)》 권35 〈명주의사고려송유장(明州擬
辭高麗送遺狀)〉을 말한다.

게 받아서 재물을 가볍게 여기고 예를 중하게 여기라고 하였다. 공거(貢擧 지방 관아의 인재 추천)를 논하면 반드시 《주례(周禮)》의 빈흥(賓興)[217]과 한나라 법의 효렴(孝廉)[218]을 가지고 말하였다. 예의를 논하면 반드시 근본을 미루어 보고 듣고 말하고 움직이는 사이에 사악함을 막아 성을 보존하라고 하였다. 도적을 막을 것에 대해 논하면 반드시 의와 믿음으로 어루만지고 힘으로 이기기를 바라지 말라고 하였다. 도둑에 대해 서술하면 반드시 실정에 의거하여 법으로 판단하고 인(仁)과 용서를 중시하라고 하였다. 제가(諸家)의 글에 서문을 쓰면 반드시 기이한 취미를 짐작하여 성인의 도에 절충하라고 하였다. 정밀하게 가려서 한 서술은 진(秦)·한(漢) 이래로 짝할 사람을 구할 수 없다. 아마도 염계(濂溪 주돈이), 이정(二程 정호와 정이)과 같은 시대를 살면서 그들의 소문을 들었나 보다. 주 부자(朱夫子 주희)가 그의 문장이 유향(劉向)[219] 같다고 칭찬한 적이 있다. 나는 정주(程朱)보다 나중에 태어난 사람들 중에 이러한 의론을 하는 사람이 본디 적지 않지만 정주보다 먼저 태어난 사람들 중에는 원래 이러한 견식을 지닌 사람이 없다고 생각한다. 주자가 말한 유향 같다는 것은 문사(文辭)를 말했을 따름이다. 그렇더라도 자고(子固 증공)는 양웅

---

217 빈흥(賓興) : 주(周)나라 때 인재를 천거하는 방법이다. 향대부가 소학에서 인재를 천거하여 빈객으로 예우하여 국학(國學)에 들여보낸다.

218 효렴(孝廉) : 한(漢)나라 때 인재를 선발하던 두 가지 과목이다. 효자를 천거하는 것과 청렴한 선비를 천하는 것을 아울러 이른다.

219 유향(劉向) : 기원전 77~기원전 6. 자는 자정(子政), 원래 이름은 갱생(更生)이다. 한나라 종실이다. 《홍범오행전론(洪範五行傳論)》, 《설원(說苑)》. 《신서(新序)》 등을 저술하였다.

을 항상 추존하여 기자(箕子)의 명이(明夷)[220]에 비기기에 이르렀으니, 역시 지나치다.

남풍의 문장 2 南豐文二

남풍과 삼소(三蘇 소순·소식·소철)는 모두 구양공(歐陽公, 구양수) 문하 출신인데, 삼소는 권력을 좋아했고 남풍은 도를 지켰다. 물과 불처럼 서로 말이 배치되지만 구양공은 양쪽을 모두 인정하였고 두 집안 역시 서로 흘겨본 적이 없으니, 기이하도다. 아마도 문(文)으로 벗을 모으고[221] 잘하는 바를 허여할 뿐이지, 의론의 출입이라면 본디 따지기에 부족하기 때문이리라.

남풍의 문장 3 南豐文三 강관의[222]

두평

증공이 앉아서 강경(講經)하는 것을 비판했으니 이정(二程 정호와 정이)과 같은 시대를 살면서 그 소문을 들었다는 것이 어디에 있는가? 이 글월이 옛것을 좋아하고 도를 밝히는 점은 우선 놓아두고 구절구절 인용이 끝없이 펼쳐지는 안개 낀 물결 같으니, 보는 자는

---

220 명이(明夷) : 우매한 군주가 위에 있어서 현인이 고생을 하거나 뜻을 얻지 못함을 뜻한다. 원래는 육십사괘의 하나로, 이괘(離卦)가 아래 있고 곤괘(坤卦)가 위에 있는 형상을 가리킨다.

221 문(文)으로 벗을 모으고 : 《논어》 〈안연(顔淵)〉에 보인다.

222 강관의(講官議) : 《증공집(曾鞏集)》 권9에 실려 있다.

반드시 순정하다 할 것이다. 나는 "제일 기이한 문자니 마땅히 여러
편 가운데 으뜸이다."라고 할 것이다.

○ 힘찬 결말이 또 기이하다.

자고(子固 증공(曾鞏))가 부열(傅說)의 말을 인용하여 학문에 힘쓰라
고 황제에게 권한 적이 있으니 당연히 근본을 아는 자 같다. 〈강관의
(講官議)〉를 지을 때는, 스승의 도를 망령되게 자처하여 앉아서 강경
하겠다고 자청하는 것을 비판하였다. 아! 이는 배부르기를 권하면서
밭 갈기는 싫어하고 따뜻하게 입고자 하면서 옷감 짜기를 비판하는
것과 같으니 또한 근본을 모르는 자인 것이다. 진(秦)나라 이래 군주
가 신하를 예로써 부리지 않고 초개처럼 취급하였다. 스승은 도로써
스스로를 높이지 않고 자기를 굽혀 남을 따랐다. 군주의 도는 날로
올라가고 스승의 도는 날로 낮아졌다. 후세에 끝내 선왕의 다스림을
회복할 수 없었던 것은 오로지 이 때문이다. 삼대(三代) 이후 노인을
봉양하고 스승을 높이는 예를 행할 수 있었던 사람으로는 오직 한 명
제(漢明帝)와 주 무제(周武帝) 두 임금밖에 없었다. 천자의 높은 지
위를 굽혀 손수 왼쪽 어깨를 드러낸 채 희생을 자르고 두 번 절하여
말씀을 구하였으나, 후세에서 두 임금의 공경이 지나쳤다고 여기지
않고 환영(桓榮),[223] 우근(于謹)[224]이 불경했다고 여기지 않는 것은

223 환영(桓榮) : 경서에 뛰어나 광무제(光武帝)에게 태자소부(太子小傅)로 발탁되
어 태자 시절의 한 명제(漢明帝)의 스승이 되었고 태자의 학문이 숙성하자 사퇴하였다.
명제가 즉위한 후에도 스승에 대한 예를 계속하였고, 병이 들었을 때는 줄지어 사자를
파견해 그의 안부를 살폈다. 《後漢書 卷37 桓榮丁鴻列傳》

224 우근(于謹) : 493~568. 북주(北周)의 무제(武帝) 때 태부(太傅)이다. 삼로(三

어째서인가? 옛 도를 행할 수 있었던 것을 좋게 여겼기 때문이다. 환영이 병든 것을 알게 되자 한 명제가 그의 자택에 행차하였는데, 골목에 들어갈 때 수레에서 내려 경서를 안고 앞에 나아갔다. 이는 태자 시절 스승을 존경하던 일상적인 예절이니, 임금이 되어서도 공경하던 것을 잊지 못했기 때문이다. 상관태후(上官太后)[225]가 하후승(夏侯勝)[226]에게 《상서(尙書)》를 배웠는데, 하후승이 죽자 태후가 스승을 위해 상복을 입었다. 천자와 제후는 기복(朞服)[227] 이하의 친상은 입지 않으나 지금 하우승을 위해 상복을 입었으니 매우 존경하였던 것이다. 한나라의 정치가 비록 우러러 상나라와 주나라에 미치지는 못하지만 역시 후대보다 훨씬 나은 것은 어찌 이 때문이 아니겠는가? 하우승과 환영은 장구(章句) 한 구절 가르쳐준 스승일 뿐이었으나 이와 같이 공경하고 예의 갖추는 모습을 보면서도 스승으로 자처하며 의심하지 않았다. 더욱이 도덕을 온전히 갖추고 세상사에 우뚝하게 선 저명한 유학자임에랴.

위(魏), 진(秦), 수(隋), 당(唐) 이래로 스승의 도는 더욱 미천해져

老)에 임명되었다. 무제가 태학을 시찰할 때 스승으로서 중앙에 앉아 있었고 무제가 손수 희생을 자르는 의식을 행했다.

225 상관태후(上官太后) : 한나라 때 명장 곽광(霍光)의 외손녀 상관씨(上官氏)로, 6세 때 소제(昭帝)의 황후가 되었고 15세에 태황태후가 되었다.

226 하후승(夏侯勝) : 한나라 선제(宣帝) 때 유학자이다. 상서학(尙書學)에 정통했다. 그가 죽었을 때 상관태후가 5일간 소복을 입었다.

227 기복(朞服) : 자최복을 1년 입는 상을 가리킨다. 윗사람으로 조부모, 백·숙 부모, 시집 안 간 고모 등이 있고 같은 항렬로는 형제자매, 처, 조카, 적손 등이 기복을 입는다.

서 비단 존엄한 제왕에게 감히 펴지 못할 뿐 아니라 대중에게도 감히 펴지 못했다. 오직 한문공(韓文公, 한유)만이 분연히 후학을 모아들이고 〈사설(師說)〉을 지었는데 세상에서는 마침내 미쳤다고 여겼다. 유자(柳子 유종원)는 더욱더 스승이라는 이름을 기피하여 촉(蜀) 땅의 해와 월(越) 땅의 눈[228]에 비유하기에 이르렀다. 아아! 또한 어렵구나. 나는 그 까닭을 곰곰이 생각한 적이 있으니 아마도 세상에 진정한 유자가 없기 때문일 것이다. 이윤(伊尹), 태공(太公), 자사(子思), 맹자(孟子)의 일은 오래 전이다. 한나라의 유자 가운데 동중서(董仲舒)만한 사람이 없었는데, 강도왕(江道王)[229]이 교만하고 방자하여 법도가 없었으나 동중서가 예로써 가르치니 왕 역시 평생 공경하였다. 그 나머지는 비록 이름이 스승일지라도 실제로는 종종걸음 쳐 달려가서 받드는 관료 등속일 따름이다. 유자(柳子, 유종원)가 이른바 "도가 돈독하지 않고 학업이 깊지 않고 안을 빙 둘러보아도 스승이 될 만한 점이 없다." 라고 한 것이다. 이런 자들은 얼굴을 들고 높은 자리에 있을 수 없으니 당연히 남의 지나친 예의를 책망하는 것이다.

정 부자(程夫子) 같은 경우만을 진정한 유자라 부를 수 있지 않겠는

---

228 촉(蜀)……눈 : 유종원(柳宗元)의 〈답위중립논사도서(答韋中立論師道書)〉에 나오는 비유이다. 한유가 〈사설(師說)〉을 지은 것 때문에 욕을 먹은 것이, 비가 많은 촉 땅에 해가 뜨면 이상해서 개들이 보고 짖는 것과 같고, 자신이 남의 스승이 되는 것은 따뜻한 월 땅에 내린 눈처럼 개들이 보고 짖게 만들 것이라는 의미로 썼다.

229 강도왕(江都王) : 한 경제(漢景帝)의 아들 유비(劉非)를 가리킨다. 무제(武帝)가 즉위하자 유비가 황제의 형이었기 때문에 평소 교만하였다. 무제가 이 때문에 동중서를 강도상(江都相)으로 파견하여 유비를 보좌하도록 했다. 동중서가 항상 예의로써 유비를 이끌어 유비가 매우 존경하였다.

가? 그의 생각은 자기를 바르게 하여 군주를 바르게 하고, 군주를 바르게 하여 천하를 바르게 하고자 한 것이었다. 스스로 가볍게 여겨서는 안 되니 예가 분명하였다. 그리고 동궁의 존귀함은 임금과는 다르니, 이름이 비록 시강이지만 그 실제는 스승이다. 지금 그로 하여금 책을 들고 시립(侍立)하게 하여 종종걸음 치면서 받드는 관료 등속에 스스로를 비하게 한다면, 사람은 천하게 되고 도 역시 천하게 되는 것이니, 무엇을 따라 덕을 높이고 도를 좋아하는 마음이 생기랴. 자고의 말에 "스승의 도는 물음을 기다려서 알려주는 것이다. 지금 강관은 물음이 있었던 것이 아닌데도 종일 억지로 떠든다."라고 하였다. 이 또한 그렇지 않다.

옛날 공자가 정사를 묻는 안연(顔淵), 계로(季路), 계강자(季康子)에게 답한 것은 대강 몇 구절에 불과할 뿐이었지만, 정사를 묻는 애공(哀公)에게 대답한 것은 아홉 가지 경서의 의의를 널리 설명하여 놓아두지 않고 자세히 진술하였다. 임금에게 하는 대답은 제자가 누차 묻기를 기다린 후에 다 알려주는 것처럼 감히 할 수 없었던 것이다. 후세 강연에서는 다 법조문만 완비되어 있다. 만약 시강이라는 자가 이해하려고 애쓰거나 말로 표현하려고 애쓸 때를 기다려서 말해주지 않으면 이 세상 떠날 때까지 한 마디 말도 얻지 못할 것이다. 비유하자면 젖먹이가 배고파도 밥을 찾지 못하고 추워도 옷을 찾지 못하니 어른이 마땅히 먼저 생각해서 베풀어 주어야 하는 것이니, 어찌 스스로 말할 때만 기다리고 먼저 알려주지 않아서야 되겠는가?

자고는 또 "강경을 하는 자가 스스로 내 스승의 도라고 하면서 번거롭게 앉아서 강경하기를 자청한다."라고 하였다. 이 역시 경박하고 음험한 말이다. 지금 스승의 도를 논하면 다만 그 사람이 마땅한지 마땅치 않은지를 볼 뿐이니, 번거롭게 자청하는 것이 잘못이 될 수는 없다. 옛날 자사가 노나라에 있을 때 제사 고기 주는 것을 거절하면서 "이제야 임금이 나를 개나 말처럼 길렀다는 것을 알았다.'²³⁰라고 하였다. 맹자가 제나라에 있을 때 병을 핑계로 거절하고 조정에 나가지 않으면서 "어찌 그 중 하나가 있다고 둘을 가진 나를 태만히 할 수 있으랴.'²³¹라고 하였다. 이는 번거롭게 존경하고 예우하기를 자청한 것이 아닌가? 제나라와 노나라의 두 군주가 이를 통해 현인을 대하는 도를 들을 수 있었으니 두 군주의 행운이기도 하였다. 임금은 스스로 이미 알 수 없는데 강경하는 자도 스스로 말하기를 싫어해 감히 발언하지 않는다면, 역시 죽을 때까지 경시당하는 것이다. 죽을 때까지 경시당하니 어느 겨를에 임금을 바르게 하고 천하를 바르게 하겠는가?

자고는 정자와 같은 시대를 살았지만 정자를 알기에 학문이 부족했으니, 좋아하고 감복하지 않은 것은 괴이할 것이 없다. 그러나 사람을 미워해서 소중하게 여길 옛 도를 아울러 비방하였으니 이 역시 문사의 일상적인 작태일 뿐 어찌 공정한 마음이랴. 유자후(柳子厚)가 스승의 도를 논한 편지에 "지금 사람은 관례를 행하지 않습니다. 근래 손창윤(孫昌胤)이라는 자가 홀로 분발해서 행했습니다. 이튿날 조정에 도착해 홀을 잡고 경사(卿士: 조정관료)에게 '제가 관례를 마쳤습니다.'라고 하니, 응대하는 자들이 다 멍하게 있었습니다. 경조윤 정숙(鄭叔)이 발끈해서

---

230 이제야······알았다 : 《맹자》〈만장 하(萬章下)〉에 보인다.

231 어찌······있으랴 : 《맹자》〈공손추 하(公孫丑下)〉에 "어찌 그 중 하나가 있다고 둘을 가진 나를 태만히 할 수 있으랴.〔惡得有其一以慢其二哉〕"라고 한 구절을 인용한 것이다. 하나란 관작(官爵)을 가리키고, 둘이란 나이와 덕을 가리킨다.

홀을 끌고 물러서서 '나와 무슨 상관이람.'이라고 말하니 조정이 다 웃었습니다. 천하에서 정숙을 잘못했다고 여기지 않고 손창윤을 통쾌하다 여기지 않는 것은 어째서입니까? 홀로 하지 않는 것을 했기 때문입니다. 지금 스승이라 이름하는 것이 이와 크게 비슷합니다."라고 하였다. 나는 자고가 발끈해서 홀을 끌고 물러나 선 자라고 생각한다.

남풍의 문장 4 南豊文四 공족의[232]

증 문정(文定 증공)은 〈공족의(公族議)〉에서 다음과 같이 말하였다.

"황제의 공덕은 두텁게 쌓였고 심원하다. 위로 조종(祖宗)에 제사를 지내 혹은 수십 세대의 먼 조상까지 이르지만 상복 때문에[233] 끊은 적이 없다. 아래로 골육의 은혜를 넓혀 무궁함에 이르지만 역시 상복 때문에 끊은 적이 없다. 삼대(三代)의 법이 모두 이러하였다. 큰 천하를 가지고 골육에게 은혜를 적게 베풀어서 칠팔 대 자손으로 하여금 골목의 평범한 백성과 같게 만들어 의식주와 결혼을 스스로 해결하도록 해야 하겠는가?"

소 문정(文定 소철)은 신종(神宗)에게 올린 글에서 쓸데없는 비용을 줄이라고 권하여 다음과 같이 말했다.

"태조(太祖) 이래로 종실이 경사(京師)에 모여 사는데, 녹봉의 비용이 백관보다 많고 친소(親疎)와 귀천(貴賤)의 차등이 없습니다. 이가 날 때부터 모두 관부에서 봉양하고 자라면 봉작을 받습니다. 결혼과 상례, 장례는 황제로부터 지급받지 않는 것이 없고 날로 달로 늘어나서

---

232 공족의(公族議) :《증공집(曾鞏集)》권9에 실려 있다.

233 상복 때문에 : 상을 당했을 때 상복을 입는 관계를 가리킨다.

그칠 줄을 모릅니다. 옛날 천자는 칠묘(七廟)[234]에 그쳤으니, 칠묘 이외에는 은혜가 미칠 수 없었습니다. 어찌 유독 종실의 경우만 그렇지 않습니까?"

지금 이 두 가지 논의를 합해서 살펴보니, 자고의 논의는 친한 이를 친히 하는 노(魯)나라의 도이고, 자유(子由 소철)의 논의는 어진 이를 어질게 대하는 제(齊)나라의 도이다. 증공의 논의는 후한 듯하고 소철의 논의는 박한 듯하다. 그러나 후세의 나라를 다스리는 자는 마땅히 소철의 논의를 따라야 할 것이다. 옛날 봉건시대에는 별자(別子 적장자 이외의 아들)의 종자(宗子 적장자)를 대대로 국읍(國邑)에 봉하는 법전이 있어서 천자가 비용을 더해주지 않아도 은혜가 무궁하게 베풀어졌다. 후세에 천하가 통일되어 모두 천자의 사적인 물건이 되었다. 땅을 나누면 부세의 수입이 줄어들고 창고를 나누면 쓸 경비가 줄어드니, 오래되면 계속하기 어려운 형편이 될 것이다. 송(宋)나라 순희(淳熙)[235] 때를 살펴보니 삼대조의 후손이 2만1천6백여 명이었다. 이를 통해 보면 희풍(熙豐)[236] 연간에는 당연히 그 수를 역시 헤아리지 못할 정도로 많았을 것인데, 경사(京師)에 모여 살게 하고 녹봉을 지급해 부양했다. 재주 있는 자는 늙어죽도록 갑갑하게 능력을 써볼 기회가 없었고, 재주 없는 자는 좁고 누추한데 거처하면서 슬퍼하며 즐거워하지 않았다. 그렇지만 관부의 경비는 확대되어 끝이 없었다. 이는 양쪽으로 불편한

---

234 칠묘(七廟) : 칠묘는 부(父)·조부·증조부·고조부와 원조(遠祖)·시조(始祖)를 가리킨다.

235 순희(淳熙) : 1174~1189. 남송 효종(孝宗)의 연호이다.

236 희풍(熙豐) : 송나라 신종(神宗)의 연호인 희령(熙寧)과 원풍(元豐)이다.

방법이었다.

《예기》에 "종묘 가운데 공족에게 작위를 주어 지위로 삼은 것은 덕을 높인 것이고 종인(宗人)에게 일을 주어 관장하게 한 것은 인(仁)을 높인 것이다."라고 하였다. 종족의 녹봉은 세대가 내려가면 한 등급 내리니 친한 관계가 줄어들었기 때문이다. 친한 관계가 끊어지지 않았는데도 서인의 열에 있는 것은 천하고 무능하기 때문이다. 친한 이를 친히 하는 인(仁)과 어진 이를 높이는 의와 친소의 차등과 귀천의 구별이 그 가운데 나란히 행해지고, 천리에 준거하여 공정하고 인정에 헤아려 합하니, 친한 이를 친히 하는 제도만을 전적으로 써서 원근을 따지지 않고 모아서 부양하는 일이 없었다. 명분이 비록 종족을 돈독히 하는 것일지라도 실제로는 생각지 못하게 일어날 반란을 짐작해서 막은 것이니 감옥에 가두는 것과 차이가 없다. 이것을 친한 이를 친히 하는 방법이라 이를 만한가?

그러므로 진·한 이래로 온전히 죽을 수 있었던 다행스러운 공족이 얼마 없었다. 살아있는 자는 근심과 두려움 속에 살면서 마치 잡혀있는 새처럼 숲을 그리워하였으니, 다른 성을 가진 서민이 되고 싶어도 할 수 없었다. 그렇지 않으면 능력을 가리지 않고 명목에 따라 관직을 주었다. 현명하고 능력 있는 사람이 적체되고 천하 사람들의 희망을 도외시 하였으니, 이 역시 공리가 아니다. 이가 날 때부터 관부에서 이미 부양하고 의식주와 결혼을 모두 황제가 내려주어서, 저들의 가진 능력을 써보지는 못하고 한적하게 노닐며 배불리 먹게 하니 이는 천하의 폐기된 백성인 것이다. 국가에 일이 많아져 넉넉히 부양할 수 없게 되니, 가난하여 결혼할 수 없거나 결혼하지 않으려는 사람이 생기기에 이르렀다. 송나라 말엽에 이런 폐단이 있었으니, 일찌감치 서민과 동등해져 밭을 갈고 생계를 꾸릴 수 있다면 어찌 이런 지경에 이르렀겠는가? 내가 그러므로 "자고의 논의는 후한 듯하나 계속하기 어려우니 자유의 논의만 못하다."라고 말한 것이다.

　비록 그렇더라도 나는 여전히 말하고 싶은 것이 있다. 두 사람이 언급하지 못한 것을 보충해도 괜찮을까? 소유한 천하는 태조의 천하이고 소유한 국가는 태조의 국가이니, 내가 사적으로 할 수 있는 것이 아니다. 주(周)나라에서 동성 53인을 봉하였고 형제의 나라가 열다섯이었으니, 문왕의 소(昭)가 아니면 무왕의 목(穆)이었다.[237] 이 이후로는 봉할 만한 나라가 없었을 뿐 아니라 또한 의리상 감히 봉하지 못하였다. 그러므로 별자소종(別子小宗)의 제도[238]를 만들어 식읍을 갖게 하되 세습하는 데 제한을 두었다. 이와 같이 한 연후에야 계속 시행할 수 있는 방법이 된다. 후세에 이 의의를 모르고 체통을 잇는 군주가 자기의 아들을 각기 사사로이 사랑하여, 조종의 소(昭)와 목(穆)을 깎거나 낮춤으로써 봉토를 늘려주어 이름난 성과 큰 도회지가 줄줄이 이어졌다. 그러나 겨우 한 세대가 바뀌면 다시 깎이거나 낮추는 일을 당했으니, 새로운 군주가 또 따라서 자기 아들을 사사롭게 사랑한 것이다. 이 또한 너무 가소롭고 애처롭지 않은가? 후세에 이 의의를 알 수 있었던 사람은 한 명제(漢明帝) 한 사람 뿐이었다. 그의 말에 "내 아이가 어찌 선제의 아이와 나란할 수 있으랴?"라고 하였으니 이는

---

237 문왕의……목(穆)이었다 : 시조가 가운데 있고 아비와 아들이 좌우로 번갈아 있는데 좌가 소(昭), 우가 목(穆)이다. 문왕과 무왕의 항렬임을 의미한다.
238 별자소종(別子小宗)의 제도 : 적장자는 대종(大宗)이 되어 직위를 세습하고, 그 이외의 아들은 소종(小宗)이 되는 제도이다.

진실로 불세출의 현군인 것이다.

나는 봉건제를 지금 다시 부활시켜서는 안 되지만 옛것을 약간 모방해서 대종(大宗)과 소종(小宗)의 법을 세워야 한다고 생각한다. 태조대종의 별자에게 봉토를 내리고 관작은 세경(世卿 세습하는 경대부)으로 삼아 백세불천지종(百世不遷之宗)[239]으로 만들어 국가와 함께 항상 존재하게 한다. 체통을 이은 군주는 별자에게 관작과 녹봉을 주고 세대에 따라 차등을 두고 다섯 세대가 지나면 소종(小宗)으로 삼아서, 대소가 서로 이어지고 본말에 차례가 있게 한다. 이에 학교를 설치해 가르치고 정종을 세워 통솔하며, 뛰어난 자를 등용하고 궁핍한 자를 구휼하면 국가에서 공족을 대우하는 도가 거의 이루어질 것이다.

남풍의 문장 5 南豐文五 낭주장후묘기[240]

두평

천지가 생긴 지 오래되니, 고인이 섬김을 일삼던 것은 대소를 막론하고 지금 모두 쇠미해졌다. 오직 귀신을 섬기는 한 가지 일은 지금 오히려 전보다 심해졌다. 이는 백성들이 힘겹게 살아가는 삶의 한 자락이다. 비록 이러한 글이 있더라도 어찌 좀먹고 미혹된 마음을

---

239 백세불천지종(百世不遷之宗) : 조묘(祧廟)로 옮겨 합제를 지내지 않고 단독으로 종묘에 모시는 조상을 가리킨다. 《예기(禮記)》〈대전(大傳)〉에 "백세불천의 종(宗)이 있고 다섯 세대면 옮기는 종(宗)이 있다.〔有百世不遷之宗 有五世則遷之宗〕"라고 하였는데, 백세불천지종을 대종(大宗)이라고 하고 다섯 세대면 옮기는 종(宗)을 소종(小宗)이라 한다.

240 낭주장후묘기(閬州張侯廟紀) : 《증공집(曾鞏集)》 권18에 실려 있다.

깨뜨리랴. 어리석은 남녀는 본디 질책할 수 있는 것이 없다. 왕공(王公), 대인(大人), 문인(文人), 고사(高士) 같은 경우에도 역시 그렇지 않은 자가 없으니 일러 무엇하랴.

옛날 귀신의 도가 밝아 사람이 감히 잘못된 의(義)로 더럽히지 않았다. 예전 초소왕(楚昭王)이 병이 났을 때 경수(涇水)가 내린 재앙이라 하였는데, 왕은 "경수는 초나라에서 망제(望祭 산천 제사)를 지내는 곳이 아니다. 기도하지 않겠다."라고 하였다. 옛 사람은 이치를 볼 때 미혹되지 않았다. 그러므로 이처럼 구차하지 않게 일을 제어한다. 내가 《춘추좌씨전(春秋左氏傳)》을 본 적이 있는데 귀신의 일을 논하는 것이 많았다. 신(莘) 땅의 신[241]이나 정백유(鄭伯有)의 역병 귀신[242] 같은 것은 매우 황홀하다. 그러나 요구한 것이나 응하는 것이나 방도가 있어서 이치를 넘지 않았으니, 사람과 귀신으로 하여금 각기 제 분수를 얻게 하면 그만이다. 전국 시대 이래로 백성의 마음이 안정되지 않아 사욕이 횡행하였다. 이에 신을 모독하는 풍조가 비로소 크게 일어나 오늘날까지 이르러 지극해졌다. 주허후(朱虛侯) 장(章)[243]은

---

241 신(莘) 땅의 신 : 장공(莊公) 32년 7월 신 땅에 신이 내려와 6개월을 머물렀다고 하는데 이 때 일을 가리킨다. 주혜왕이 내사(內史)를 파견해 제사를 지내게 하였는데, 이때 괵국(虢國)이 망할 것임을 추측하였다. 괵공(虢公) 역시 사은(史嚚) 등의 신하를 보내 제사를 지내게 했는데, 신은 토지를 주겠다고 했으나 사은(史嚚)은 괵국이 망할 것이라고 하였다. 《春秋左氏傳 莊公32年》

242 정백유(鄭伯有)의 역병 귀신 : 정나라 백유(伯有)가 정나라 사람들에게 미움을 받아 죽었는데, 이후 귀신이 되어 나타나 복수를 했다. 자산(子産)이 그의 후사를 세우자 이런 일이 그치게 되었다고 한다. 《春秋左氏傳 昭公7年》

의기를 자부하는 남자였는데 여씨(呂氏)들을 주살하는 데 공이 있었으니, 법도상 마땅히 제사를 올려야 했다. 이에 죽은 후 초 땅 무당에 빙의하여 뛰쳐 올라와서 적미군(赤眉軍)[244]을 위해 획책하였다니 어찌 이럴 리가 있으랴. 더욱 가소로운 것이 있다. 요장(姚萇)[245]이 부견(苻堅)[246]을 시해하고서는 다시 동상을 세우고 도움을 빌었다. 세상에서 제사를 지내 빌고 복을 구하는 것 가운데 이와 비슷한 것이 많으니 어찌 어리석지 않은가?

제갈무후(諸葛武侯 제갈량)가 죽고 나자 촉 땅 백성들이 사는 곳마다 사당을 세우고 또 사적으로 밭두렁에서 제사를 지냈다. 후주(後主 유비의 아들 유선)가 허락하지 않고 면양(沔陽)에 사당을 세우고 이로써 사적인 제사를 근절시켰다. 당시 대신들의 훌륭한 처사에는 여전히 공명(孔明 제갈량)의 유풍이 있다. 나는 관장무(關壯繆)[247]도 한 시대의 의사(義

---

243 주허후(朱虛侯) 장(章) : 유장(劉章, ?~기원전 176)을 가리킨다. 유방(劉邦)의 서장자 유비(劉肥)의 아들로, 여태후 시절 주허후에 봉해졌고, 여씨 일족인 여록(呂祿)의 딸과 강요당해 결혼하였다. 여태후가 죽은 후 미앙궁을 탈환해 이 공로로 성양왕(城陽王)에 봉해졌다.

244 적미군(赤眉軍) : 왕망(王莽)의 신나라 말기 봉기한 군대이다. 눈썹을 붉게 물들여 생겨난 이름이다. 유장(劉章)을 신앙으로 믿는 집단이 중심이 되어 그의 후손인 유분자(劉盆子)를 황제로 옹립하려 하였다.

245 요장(姚萇) : 330~393. 자는 경무(景茂)이다. 16국 시기 후진(後秦)을 개국한 인물이다. 만년에 그가 죽인 부견에 관한 악몽에 시달리다가 이것이 원인이 되어 병사하였다고 한다.

246 부견(苻堅) : 338~385. 자는 영고(永固)이다. 16국 시기 전진(前秦)의 군주인 부생(苻生)을 죽이고 즉위하였다. 요장은 그의 부장 출신이었으나 후에 그에게 핍박을 받아 신평사(新平寺)에서 죽었다.

247 관장무(關壯繆) : 촉의 관우(關羽)를 가리킨다. 장무(壯繆)는 송나라 고종(高

士)였다고 생각한다. 죽어서 영령이 있으면 총명하고 정직하고 한결같은 자일 것이라 생각한다. 어찌하여 세대가 이미 많이 흘렀는데도 혼백은 더욱 강해져서 두루 흘러서 사해와 만국에 노닐 정도로 많아졌는가? 위로는 왕궁과 국도(國都)로부터 아래로는 여항과 서민들에 이르기까지 높이 받들지 않는 이가 없고 도가의 천존(天尊 신선의 존칭), 불가의 관음(觀音)과 함께 어려움을 구해주는 주인이 되었는가? 관후(關侯 관우)의 신령이 과연 영험한 것인가? 살아있을 때 여몽(呂蒙)과 육손(陸孫)의 거짓[248]을 알지 못했고 죽어서는 익덕(翼德 장비)의 죽음, 소열(昭烈 유비)의 패배, 후주의 멸망을 구하지 못했으니 관후의 신령은 과연 영험하지 않은 것인가? 또 어찌 마음 내키는 대로 떠돌아다니고 흐릿하게 구는 것으로 이 백성들에게 화복을 내릴 수 있겠는가.

관후가 조조(曹操)를 제거하고 손권(孫權)을 꾸짖을 적에 어찌 진실로 늠름한 대장부가 아니었겠는가? 지금 화려하게 꾸민 사당이 있는 곳마다 제왕의 복식을 입히고 간사한 백성과 시샘하는 아녀자가 얼굴에 대고 저주하고 하소연하는데, 관후 역시 물리치지 않는다. 지나친 위의는 오직 취객 이의(李儀) 같은 부류에게나 소용이 있을 뿐, 간흉을 하나 죽이고 충성스러운 신하를 한 명 부지했다는 말을 듣지 못했다. 관후의 신령이 과연 저들에게는 영험하고 이들에게는 영험하지 않은 것인가?

宗)이 추증한 봉호이다.

248 여몽(呂蒙)과 육손(陸孫)의 거짓 : 여몽과 육손은 오나라 손권 쪽의 장수들이다. 형주 땅에서 촉의 관우와 대립하던 여몽이 병에 걸려 귀환 길에 오르자 육손이 그를 자기 진영으로 불러들여 관우가 방심한 허를 찌르라고 권하였다. 이후 여몽의 뒤를 이어 형주 수비를 맡게 된 육손은 겸손한 서신을 보내는 등 관우를 안심하게 한 후, 관우가 위나라를 침공한 틈을 타 패배시키고 관우를 죽였다. 《三國志 卷54 呂蒙傳》

내가 〈낭주장후묘기(閬州張侯廟記)〉를 살펴보니 낭주는 장후(張侯 장비)가 다스린 곳으로 백성에게 공을 베풀었으니, 제사를 지내는 것이 당연하다. 그리고 낭주 사람이 기우제를 지내면 곧 응하니 변하지 않는 덕을 지닌 귀신인 것이다. 그러나 남풍(南豐 증공)은 오히려 거리와 성과 도로, 말·누에·고양이·호랑의 신령에 비유하여 낭주 사람들이 의혹에 싸여 있는 것을 비웃었다. 더욱이 관후묘 같은 것은 폐지되어야 하는데도 폐지되지 않는 경우가 아니겠는가? 아아! 또한 관후의 불행이로다.

남풍의 문장 6 南豐文六

자고의 문장은 도리에 의거하여 말로 재단하니 규범을 넘어서지 않으나, 도에는 이르지 못한 점이 있고 문장에는 때때로 펼치지 못한 점이 있다. 그러므로 거리끼고 두려워하는 것 없이 내달리며 함부로 헐뜯는 소씨(蘇氏) 부자와 같지 않다. 당시 높이 평가하여 혹 소씨의 뒤에 두기도 하였으나, 도를 버리고 내달리는 것이라면 자고는 역시 하지 않을 것이다. 자고는 대대로 고증을 하는 집안에서 태어났고 마음에 경세제민의 뜻을 보존하고 있었고 또 도를 논하여 문장을 지을 수 있어 세 가지 학문을 겸하였으니, 중정(中正)에 가장 가깝다. 그러므로 지난 명나라 이후로 선비들이 분분하게 비로소 좋아하고 숭상할 줄 알게 되었다. 그러나 사람들이 그의 법도와 규범은 사모하지만, 침잠하고 어둡고 서툴고 질박한 것은 병통으로 여긴다. 그의 침잠하고 어둡고 서툴고 질박한 면이 바로 스스로 가릴 수 없는 것이니, 오직 여기에서 자고의 진면목을 볼 수 있다. 후세에 자고를 배우는 자는 분가루를 곱게 발라 흠을 감추어서 하나의 진흙 우상을 이루었다고 할 수 있다.

형공²⁴⁹의 문장 1 荊公文一

〈상인종서(上仁宗書)〉²⁵⁰는 처음부터 끝까지 만여 글자가 열고 닫음
이 일관되고 질서정연하다. 머리에서는 개혁하고 혁신하는 뜻을 서술
하고 이어서 개혁과 혁신을 하려면 인재가 필수적이라고 말하였다.
이에 가르치고 육성하고 선발하고 임명하는 법을 논하는데, 네 가지
작은 강령으로 나누고 강령 가운데 항목을 두어서, 세 번 수합했다가
세 번 펼치고 이어서 통합하여 하나로 만든다. 그런 후에 구차하게 옛
관습을 따르다가 화를 당한 진 무제(晉武帝)²⁵¹를 거론하여 겁을 주고
주보언(主父偃)²⁵²의 추은변법(推恩變法)²⁵³이 쉽다고 설명하였다. 또
변법의 초기에 저지하는 사람이 있을까 걱정하여, 정벌을 우선 한 이
후에 뜻을 얻을 수 있었던 문왕을 거론하여 마무리하였다. 이때는 오
히려 개혁하는 것이 어떤 일인지 말하지 않았다. 그러나 오랫동안 배

---

249 형공(荊公): 왕안석(王安石, 1021~1086)으로, 자는 개보(介甫), 호는 반산(半
山)이다. 당송팔대가의 한 사람이다. 일련의 개혁 법안인 신법(新法)을 추진해 소식(蘇
軾)과 대립하였다.

250 상인종서(上仁宗書): 《왕안석집(王安石集)》 권39에 실려 있다.

251 진 무제(晉武帝): 사마염(司馬炎, 236~290)을 가리킨다. 위나라 황제로부터
선양의 형식으로 황위를 찬탈하여 진나라 황제가 된 인물이다. 중국을 재통일하였다.
사마씨의 천하로 안정시키기 위해 친족을 중심으로 영토를 봉하여 주었으나 결과적으로
그의 사후에 팔왕의 난이 일어나 멸망의 계기가 되었다.

252 주보언(主父偃): ?~기원전 126. 한 무제(漢武帝) 때 신하로, 출신은 빈한하였
으나 황제의 고문 역할을 하며 정치적 영향력을 행사하였다.

253 추은변법(推恩變法): 주보언(主父偃)이 주장했던 추은령(推恩令)을 가리킨다.
제후왕으로 하여금 적자 이외의 아들을 후로 봉할 수 있게 하는 법령으로, 제후의 봉지
를 분할시킴으로써 제후의 세력을 억제하고 황권을 강화하는 효과를 가져올 수 있었다.

태하고 매우 열심히 마음을 써서 신종 때에 이르러서야 비로소 크게 쓰이게 되었다. 특히 문장 구성이 허공을 가로지르는 기러기 떼처럼 똑발랐다 기울어졌다 하고 흩어졌다 다시 합하니 절호의 문장이다.

형공의 문장 2 荊公文二 주례의서[254]

《주관(周官)》[255]이라는 한 권의 책에 대해 선대 유자들의 의심과 믿음이 반반이라 정론이 없는 상황이다. 싫어하는 자는 말세의 어지럽고 불경한 책이라고 하고 또 육국의 음모라고도 하였다. 혹자는 유흠(劉歆)[256]이 왕망(王莽)을 도우려고 덧붙인 것이라고 하니, 임효존(林孝存),[257] 하휴(何休)[258]의 논의가 이렇다. 좋아하는 자는 주공(周公)의 태평성대를 이룬 흔적이라고 하니, 정현(鄭玄),[259] 두자춘(杜子春)[260] 같은 유자들이 이렇다. 마땅히 몸과 마음을 이해한 후에 《주례

---

254 주례의서(周禮義序) : 《왕안석집(王安石集)》 권84에 실려 있다.

255 주관(周官) : 한 경제(漢景帝) · 한 무제(漢武帝) 연간 유덕(劉德)이 민간에서 고서를 얻었는데 그 가운데 하나가 《주관(周官)》이라는 책이다. 원책에는 천관(天官) · 지관(地官) · 춘관(春官) · 하관(夏官) · 추관(秋官) · 동관(冬官)이 있어야 하나 동관은 유실된 상태였다.

256 유흠(劉歆) : 기원전 50~23. 한나라 말기의 학자이다. 왕망 때 《주관(周官)》을 학관에 넣기를 주청해, 《주례(周禮)》로 이름을 바꾸도록 하였다.

257 임효존(林孝存) : 한나라 말기의 학자이다. 《십론칠난(十論七難)》을 통해 《주례》를 말세의 어지럽고 불경한 책이라고 비판했다.

258 하휴(何休) : 129~182. 동한 때 학자이다. 《주례》를 육국이 음모한 책이라고 비판했다.

259 정현(鄭玄) : 127~200. 동한 때 경학가이다. 《주례》를 주서(注書)하였다. 그의 뛰어난 주석으로 인해 《주례》가 일약 명성을 얻어 삼례(三禮)의 첫 번째 자리를 차지하였고 유학자들의 경전이 되었다.

(周禮)》를 배워야 한다고 하였으니 주 부자(朱夫子 주희)의 논의가
이렇다. 봉건 시대에는 행할 수 있으나 후세에는 행해서는 안 된다고
하였으니 마귀여(馬貴與)²⁶¹의 논의가 이렇다. 진・한의 유학자들이
생각에 따라 첨삭하였기 때문에 주공의 완전한 책이 아니라고 하였
으니, 소영빈(蘇穎濱 소철)의 말이 이러하다. 《주관(周官)》의 육경
(六卿)에는 완벽하고 좋은 관직이 없다고 하였으니 호오봉(胡五
峯)²⁶²의 설이 이렇다. 어찌 이리도 분분하게 많은가?

　나는 사적으로 육경이라는 것은 만세(萬世)의 표준이라 생각한다.
맹자만큼 육경의 취지에 밝아서 후학에게 열어 보여준 사람이 없다.
맹자가 왕정을 논할 적에는 반드시 관문과 시장에서 이루어지는 징수
와 산과 못에 부과되는 세금을 없애고자 하여, 탄식하면서 그만두지
않고 여러 차례 말하였다. 이로 보건대, 이것이 왕정 최대의 해가 되는
것임을 역시 알 수 있다. 그러나 《주관》의 법은 천하의 재화를 휩쓸어
담아서 요행히 빠져나가는 이익이 없도록 하였으니, 역시 맹자가 말한
것과 다르다. 성왕(聖王)이 제정한 법은 후세 사람이 취하여 본받게
할 만한 것이다. 후세에 과도하게 세금을 징수하는 일체의 법이 《주관》
을 근본으로 삼아 저술되어서 그 한두 가지를 시행하여도 천하가 이미
크게 어지러워졌다. 만약 다시 전부 시행하려 했다면 백성들이 손발을

260　두자춘(杜子春) : 동한 때 경학가이다. 유흠에게 《주례》를 전수받아 후학을 길렀다.

261　마귀여(馬貴與) : 마단림(馬端臨, 1254~1353)으로, 자는 귀여, 호는 죽주(竹
洲)이다. 송(宋)・원(元) 때의 저명한 역사학자이다. 저서에《문헌통고(文獻通考)》,
《대학집주(大學集注)》 등이 있다.

262　호오봉(胡五峰) : 호굉(胡宏, 1105~1161)으로, 자는 인중(仁仲)이다. 남송 때
저명한 철리학자로, 형산 아래 살았기 때문에 사람들이 오봉선생(五峰先生)이라 불렀다.

둘 곳조차 없어졌을 것 역시 분명하다.

 그러나 예로부터 이익을 말하는 자는, 이대로 하면 간사한 백성의 이익을 빼앗고 농토에 부과하는 세금을 경감시킬 수 있으니 국가의 재용은 넉넉해지고 백성의 산업은 균등해질 수 있을 것이라고 한다. 아아! 그 말을 듣고 달콤하게 여겨서 하고 싶지 않은 사람이 누가 있겠는가? 결과를 파헤쳐 보면 백성의 이익은 빼앗기고 전세(田稅)는 더욱 무거워지고, 백성은 똑같이 빈곤해지고 국가의 재용은 더욱 줄어든다. 이는 형편상 항상 그럴 수밖에 없다. 한 문제(漢文帝)·한 경제(漢景帝)와 한 무제(漢武帝)를 비교하여, 당 태종(唐太宗)과 당 덕종(唐德宗)을 비교하여, 송 인종(宋仁宗)과 송 신종(宋神宗)을 비교하여 어느 쪽이 관대하고 부유했으며 어느 쪽이 각박하고 빈곤했었는지 어찌 보지 않는가? 그 이유를 알 수 있다. 저들은 오히려 "《주관》은 성인의 제도이니 반드시 이와 같지 않으면 의혹스럽다."라고 한다.

 한나라 이래로 《주관》을 써서 나라를 다스린다고 부르짖은 자가 셋이 있으니, 왕망(王莽),[263] 소작(蘇綽),[264] 왕안석이다. 왕망은 이로써 망하였고, 소작은 이로써 잘 다스렸고, 왕안석은 이로써 어지럽혔다. 이 세 사람이 취한 법은 같지만 효과는 다르니 어째서인가? 왕망은 백성을 균등히 하는 데 뜻을 두지 않고 백성과 이익을 다투었기 때문에 망했다. 소작은 백성을 균등히 하는 데 뜻을 두었지만 백성과 이익을

---

263 왕망(王莽) : 97쪽 주 188 참조.

264 소작(蘇綽) : 498~546. 서위(西魏) 때 사람이다. 권문세가 출신으로, 학문을 좋아하고 산술에 정통했다. 실권자 우문태(宇文泰)에게 중용되어 《주례》에 의거하여 관제를 확립했다.

다투지 않았기 때문에 잘 다스렸다. 왕안석은 백성을 균등히 하는 데 뜻을 두지 않은 적은 없었으나 백성과 이익을 다투는 것을 면치 못했기 때문에 어지럽혔다. 흥망과 치란의 효과는 사이에 터럭 하나도 용납하지 않으니 오직 이익을 다투느냐 다투지 않느냐에 달려 있을 뿐이었다. 그러한즉 소작이 취한 법은 특히 그 대강이었기 때문에 이로써 조조(租調)[265]를 균등히 하고 관명을 정했을 뿐이었고 과외의 세금 징수는 소작이 실제로 쓰지 않았다. 만약 썼다면 역시 왕망, 왕안석이 되었을 것이다. 그러나 세상에서 《주관》을 말하는 자는 "이렇게 하지 않으면 나라를 다스릴 수 없으니 이는 과도하게 세금을 징수하는 것이 아니고 백성과 이익을 다투는 것도 아니다."라고 한다. 이것이 남의 재물을 빼앗고서 도적이 아니라고 하는 것과 무엇이 다른가? 어떤 사람이 믿겠는가?

임금의 덕이 있는 자는 반드시 백성을 자식처럼 사랑하는 마음이 있다. 지금 아비에게 여러 아들이 있는데 그들의 빈부가 같지 않다고 하자, 아들이 부유하면 기뻐하고 가난하면 가련하게 여길 것이다. 아들이 부유한 것을 싫어해서 파괴하려는 자가 있겠는가? 그러므로 차라리 백성에게 잃을지언정 자기 욕심대로 빼앗지 말아야 한다. 차라리 요행으로 빠뜨리는 이익이 있을지언정 위에서 휩쓸어 들이는 가혹한 세금이 없어야 한다. 근검절약하고 넉넉히 노닐고 관대히 대하여 백성이 부유해지면 부족한 사람이 누가 있으랴. 《시경》에 "저곳에 버려진 볏단이 있고 이곳에 버려진 이삭이 있네. 이는 과부의 이익이네."[266]라고

---

265 조조(租調) : 세금의 명칭이다. 성년인 남자가 매년 조 2섬씩 내는 것을 조(租), 향토 생산품을 징발하는 것을 조(調)라고 한다.

266 저곳에……이익이네 : 《시경》 〈대전(大田)〉에 보인다.

하였다. 왕자의 세상에는 보잘것없는 백성이 오히려 이와 같을 수 있었
으니, 더욱이 임금이겠는가?

형공의 문장 3 荊公文三 상오사차자[267]

법을 바꾸는 것은 풍속을 변혁하는 것보다 더 어렵다. 풍속이라는 것
은 윗사람이 어떻게 이끄느냐에 달렸을 뿐이지만 법이라는 것은 상
하가 습관이 되어 있기 때문에 갑자기 바꾸어 버리면 소란스럽고 불
안해하지 않은 적이 없다. 그러므로 비록 좋은 법이 있더라도 부득이
하지 않은데 바꾸면 시행하기 어렵다. 비록 좋지 못한 법이 있더라도
부득이하기 때문에 바꾸면 쉽게 따른다. 양염(楊炎)[268]의 양세법(兩
稅法)이나 장열(張說)[269]의 모병법 같은 경우 조용조(租庸調)나 부병
법(府兵法)보다 좋은 것은 아니었지만 부득이하기 때문에 고친 것이
다. 그러므로 사람들이 모두 편하게 여겼다. 형공(荊公 왕안석)의 신
법은 부득이하지 않은데 바꾼 것이었으므로 백성들이 좋아하지 않았

---

267 상오사차자(上五事箚子) : 《왕안석집(王安石集)》 권41에 실려 있다.

268 양염(楊炎) : 727~781. 당나라 덕종(德宗) 때 재상으로, 양세법을 주장하여 재
정개혁을 추진하였다. 양세법이란 상품경제가 발달하고 대토지 소유자가 등장한 것에
대응한 세법으로, 현거주지의 자산에 따라 세금을 징수하고 요역을 폐지하는 대신 돈으
로 납부하게 하며 지출 총액에서 과세액을 산출하는 것이다. 여름과 가을, 두 번 나누어
징수했으므로 양세법이라는 용어가 생겨났다.

269 장열(張說) : 667~730. 당나라 현정(玄宗) 때의 명재상으로, 문장에도 뛰어나
허국공(許國公) 소정(蘇頲)과 함께 '연허대수필(燕許大手筆)'로 병칭되었다. 삭방 절
도사 시절 장사를 모집해 숙위(宿衛)에 충당하기를 건의해 반란을 평정하였고, 군대
20여만 명을 다시 복귀시켜 농업에 힘쓰도록 하자고 주장했다. 이때 공로로 연국공(燕
國公)에 봉해졌다.

다. 실제로 형공의 법 역시 다 좋지 않았던 것은 아니지만 때를 알지 못하고 억지로 시행한 것이 문제였다.

　신법을 고찰하면 우리나라에서 시행한 법과 비슷한 것이 세 가지 있다. 청묘(靑苗)라고 하는 것은 상평창(常平倉)에서 사들인 자본을 인가에 빌려 주고 2푼의 이자를 내게 하는데 봄에 빌려 주었다가 가을에 갚게 하는 것이다. 이는 바로 지금 행하고 있는 환곡법(還穀法)이다. 균수(均輸)라고 하는 것은 발운사(發運使)의 직임을 '균수(均輸)'로 고치고 돈으로 계산해서 내게 하고, 위에 바치는 모든 공물 가운데 비싼 것을 싸게 사고 근처의 특산물을 먼 지방의 특산물로 바꾸어서 서울 창고에 필요한 물품을 예상해서 편의대로 저장하여 사는 것이다. 이는 대동법(大同法)에 가깝다. 면역(免役)이라는 것은 집안 자산의 정도에 근거하여 돈을 내게 해 부역할 이를 고용하는 것이다. 부역이 없는 단정(單丁 형제 없는 독신 남자)이나 여자 호구가 일괄적으로 돈을 내는 것을 조역(助役)이라고 한다. 이는 지금 행하는 동포(洞布),[270] 속오(束伍)[271]의 규정과 비슷하다.

　이 세 가지 법은 우리나라에서 시행하고 있다. 오래되기도 하고 근래 생기기도 하였으나 폐단이 없을 수 없다. 그러나 소란스럽게 강행한 신법 같지 않았던 것은 다름이 아니라 부득이해서 바꾸었기 때문이다. 형공은 때를 알지 못한 데다 또 집요하게 서둘러서 시행하였다. 마침내

270　동포(洞布) : 양반과 상민을 가리지 않고 장정마다 1년에 두 냥씩 내던 세금으로, 납부의 최종 책임은 마을 전체에 있었다.

271　속오(束伍) : 부역이 없는 양인과 천민으로 편성한 군대로, 평상시에는 군포를 바치다가 일이 생기면 소집하였다.

간언을 거부하여 부회(附會)한 자는 영화를 누리고 반대한 자는 영락하고 백성을 구제하려던 마음은 각박하게 변해 버렸다. 법이 미처 변하기 전에 풍속이 먼저 변했으니, 융성하던 송나라가 여기에서 쇠락한 것이다. 아아! 나는 법을 바꾸는 화가 두려운 것이 아니라 풍속이 먼저 변하는 것이 두렵다.

형공의 문장 4 荊公文四 번창현학기[272]

옛날에는 사민(四民 사·농·공·상의 백성)이 각기 제자리에서 자기의 생업을 다스렸다. 선비는 학문을 떠나지 않았고 농민은 밭을 떠나지 않았고 기술자는 관(官)을 떠나지 않았고 상인은 저자의 상점을 떠나지 않았다. 지금 기술자가 관을 떠나니 공산품이 조악하고 선비가 학문을 떠나니 인재가 버려진다. 이는 천하의 공통된 근심이지만 우리나라처럼 심한 곳이 없으니 진실로 개탄할 만하다. 옛날에는 사람이 태어나 여덟 살이 되면 학교에 들어갔고 조정에 벼슬하게 되어야 비로소 학교를 떠났다. 그가 배우고 본 것이 번잡하여도 물리지 않았으니 어찌 그리 풍부하고 훌륭했던가? 육예(六藝), 현가(絃歌 현악과 노래로 강독함), 향사례(鄕射禮), 음주례(飮酒禮), 합악(合樂 함께 연주하는 일), 양로(養老), 수성(受成 전체 주관자의 계획에 따라 맡은 일을 함), 헌괵(獻馘 적을 죽이고 왼쪽 귀를 잘라 바쳐 논공하는 일), 신수(訊囚 죄인 심문)의 일을 모두 학교에서 익히고 보았으니 어찌 그리 풍부하고도 훌륭했던가? 우리나라가 학교를 세운 지 오래되지 않아서 삼대(三代)의 제도를 모두 다 갖추지 못하여 오직 생도를 모아놓고 강송할 뿐이다.

---

272 번창현학기(繁昌縣學記):《왕안석집(王安石集)》권82에 실려 있다.

그러나 중세 때에는 내용과 형식이 어우러져 오히려 볼 만한 것이 많았고, 때때로 백성과 나라의 일에 대해 잘 말하는 자가 있었다. 근세 이래로 다시 말할 만한 것이 없다. 아아! 슬프구나. 태학(太學)은 다행히 반찬을 제공할 자본이 있어서 곤궁한 선비가 모이기 때문에 교사가 비지 않는다. 주(州)와 현(縣)의 학교는 오직 봄가을 석전(釋奠) 때 한 번씩 모였다가 끝나면 우두커니 사당만 남는다. 사람이 늙어 죽을 때까지 학교를 보지 못하니, 부자(夫子)의 영령께서 어찌 아무 일도 없는 음식을 즐겨 흠향하시겠는가? 나는 왕문공(王文公 왕안석(王安石))의 〈번창현학기(繁昌縣學記)〉를 읽고 깊이 감동하였다. 또 그의 〈청두순선생입학서(請杜醇先生入學書)〉[273]를 읽고 감탄하였으며, 개보(介甫 왕안석)가 이처럼 옛것에 뜻을 두고 있었으니 후인이 가볍게 논의할 바가 아니다.

형공의 문장 5 荊公文五 재설[274]

〈재설(才說)〉에 다음과 같이 말하였다.

"천하의 걱정은 인재가 많지 않은 것이 아니라 윗사람이 그들을 많게 하지 않으려는 것이다. 선비가 일을 하려 하지 않는 것이 걱정이 아니라 윗사람이 그들에게 일을 하게 하지 않는 것이 걱정이다. 인재라는 것은 나라의 동량이다. 얻으면 평안하여 번영하고 잃으면 망하여 치욕

---

273 청두순선생입학서(請杜醇先生入學書) : 《왕안석집》 권77에 실린 〈청두순선생입현학서이(請杜醇先生入縣學書二)〉를 가리킨다. 1048년 은현(鄞縣)의 지현(知縣)이었던 왕안석이 명망이 있던 두순(杜醇)을 초빙하여, 이때부터 현학의 학풍이 진작되었다고 한다.

274 재설(才說) : 《왕안석집》 권64에 실려 있다.

스럽다. 그러나 윗사람이 인재를 많게 하려 하지 않고 선비들이 일을 하려 하지 않는 것은 어째서인가? 이는 세 가지 장애 때문이다. 가장 막힌 자는 '내 지위는 모욕을 제거하고 위험을 막아 종신토록 천하의 걱정을 없앨 수 있다. 인재의 득실은 치란의 계책에 보탬이 없다.'라고 생각한다. 그러므로 편안히 내 마음대로 하지만 끝내 패란과 위험과 모욕으로 귀결된다. 이것이 한 가지 장애이다. 혹자는 '내 작록과 부귀는 천하의 선비를 꾀기에 충분하다. 영욕과 근심·슬픔이 내게 달려 있으니 앉아서 천하의 선비에게 교만하게 굴어도 내게 달려오지 않을 자가 없을 것이다.'라고 하니 역시 끝내 패란과 위험과 모욕으로 귀결될 뿐이다. 이 역시 한 가지의 장애이다. 또 혹자는 인재를 기르고 데려다 쓸 방도를 구하지 않고 천하에 실로 인재가 없다고 걱정하니 역시 끝내 패란과 위험과 모욕으로 귀결될 뿐이다. 이 역시 한 가지의 장애이다."

내가 이 세 가지 장애에 관한 설을 살펴보니 스스로 억측해서 행동하고 천하를 가볍게 여기는 자들이 지닌 병통에 적절히 들어맞으니 어찌 형공 스스로를 말하는 것이 아니겠는가? 삼가 옛 임금이 이 세 가지 장애 때문에 그르쳤던 것을 논한 적이 있었는데, 심한 자가 두 사람 있었으니 진 시황(秦始皇)과 수 문제(隋文帝)가 그들이다. 진 시황은 자기의 재주와 지혜가 모든 왕을 초월한다고 생각했다. 천하의 선비는 훌륭한 일을 할 수 없다고 여겼고, 백관을 믿을 수 없다고 여겼다. 자잘한 사무를 직접 처리하여 저울로 서류의 무게를 달아보는 지경[275]

---

275 저울로……지경 : 진 시황(秦始皇)이 대소를 막론하고 모든 서류를 다 결재하였기 때문에 결재한 서류를 달아보아 일정한 근수에 해당되지 않으면 쉬지를 못했다고 한다. 《史記 卷6 秦始皇本紀》

에 이르렀다. 수 문제는 자기의 재주와 지혜가 모든 왕을 초월한다고 생각했다. 천하의 선비는 훌륭한 일을 할 수 없다고 여겼고, 백관을 믿을 수 없다고 여겼다. 자잘한 사무를 직접 처리하여 시위 군사가 음식을 나르는 지경[276]에 이르렀다.

이 두 임금은 부지런히 다스렸다고 할 수 있다. 또 그 총명과 강단이 중요한 일을 결단하기에 충분하였고 호령과 위신은 남을 복종시킬 수 있었다. 그러므로 생을 마칠 때까지 다행히 다른 변고가 없었던 것이다. 그러나 몸이 죽어 채 식기도 전에 난리와 멸망이 잇달아 닥쳤던 것은 어째서인가? 계승한 임금은 어리고 우매하였고 조정에는 정직한 사람과 대신이 없고 오직 아첨하여 환심을 사는 이사(李斯)와 악한 일에 영합하는 양소(楊素)[277]가 있을 뿐이었다. 그 나머지는 모두 불초하고 자리만 채우는 신하로서, 앞에서 말한 치란에 보탬이 없는 자들과 작록과 부귀를 가지고 앉아서 교만하게 굴어도 되는 자들이었다. 이들은 평소 개연하게 자임하는 마음이 없었는데, 위급할 때에 몸을 떨치고 일어나 국가의 우환을 몸소 담당하려 하겠는가? 그리고 계승한 군주는 이전의 일들을 익히 보았고 천하는 감히 움직이지 않으니, 마침내 천하를 쉽게 다스릴 수 있고 대권을 남에게 빌려주어서는 안 된다고 생각하였다. 그래서 조정에서 도모하지 않고 가깝고 익숙한 좌우의 신하들과 억측하여 모든 사무를 판단하고 사욕을 함부로 부렸다. 일의 형세가 여기에 이르렀으

---

276 시위……지경 : 수 문제가 일을 처결하느라 식사 시간조차 가질 수 없어 시위하는 군사가 적당한 때에 음식을 가져다 주었다고 한다. 《舊唐書 卷3 太宗本紀》

277 양소(楊素) : ?~606. 수(隋)나라 때 권신이다. 수 양제(隋煬帝)가 아비를 죽이고 즉위하는 데 도왔다고 알려져 있다.

니, 비록 요행히 평안을 누리고자 하여도 될 수가 없었다. 이것이 진시황과 수 문제 때가 아니라 이세(二世)와 수 양제 때 망한 까닭이다.

그러한즉 멸망의 재앙은 실제로 누가 기초를 닦았겠는가? 어찌 세 가지 장애의 우환에서 말미암은 것이 아니겠는가. 아아! 늙은 굼벵이는 기둥을 뚫고 큰 여우는 성에 구멍을 뚫으니 저들은 오직 자기 집안과 구복(口腹)을 챙길 뿐이다. 절단난 집과 무너진 성도 구휼할 생각이 없는데 더욱이 한가로이 당구(堂搆 선조의 유업을 계승)와 정간(楨榦 중요한 인재)에 대해 묻는 일임에랴. 불행하게 이런 시대를 만난 선비는 곤궁한 것이 당연하다. 다행히 면밀하게 힘쓰고 다스릴 방도를 구하는 시대를 만난 사람은 관모의 먼지를 털 만하지만[278] 또 세 가지 장애의 우환이 있다. 그러한즉 선비는 끝내 불우한 때를 만날 수밖에 없는 것이다. 굽어보나 우러러보나 몸을 움츠리고 조심조심 다녀서 요행히 크게 어그러지는 것을 면할 뿐이다.

형공의 문장 6 荊公文六

형공의 문장은 경술에 근거하였고 창려(昌黎 한유)를 잘 이용하니, 구차하게 고르고 씻어내지 않아도 저절로 정련이 되고 풍채가 침착하고 구성이 긴밀하다. 그의 비지문(碑誌文)·서문과 기문(記文)들은 대체로 짧은 글이 많지만 작품의 뜻이 이미 충분하여, 다른 작가들을 보면 오히려 질질 늘어지는 것처럼 느껴진다.

278 관모의……민하지만 : 한나라 때 왕길(王吉)과 공우(貢禹)가 친하게 지냈는데, 왕길이 벼슬에 오르자 공우 역시 벼슬길에 나갈 차비를 하기 위에 관모의 먼지를 털었다고 한다. 《漢書 卷72 王貢兩龔鮑傳》

잡문 雜文

모두 37편 가운데 14편을 기록한다.

궤세문 을묘년(1855, 철종6)

餽歲文 乙卯

을묘년 세밑 저녁에 동네 사람이 술병과 삶은 돼지고기를 방 아랫목
에 두고 등불을 줄지어 켜놓고 밤을 지새웠다. 김자(金子 김윤식)가
지나가면서 물었다.

"무엇 하는 것인가?"

동네 사람이 말했다.

"궤세(餽歲)²⁷⁹를 하려는 것입니다."

김자가 말했다.

"궤세하는 것은 지나간 해를 다시 오게 하려는 것인가?"

"그렇습니다."

김자가 말했다.

"허! 그대는 어찌 그리 오활한가? 궤세해서 만약 돌아왔다면 옛사람

---

279 궤세(餽歲) : 보통은 연말에 서로 물건을 주고받는 것을 가리키지만 여기에서는
수세(守歲)의 의미로 쓰였다. 수세는 한 해의 마지막 밤에 음식을 차려놓고 불을 켜둔
채 온가족이 밤을 지새우는 풍속으로, 나이 먹는 것을 막아 장수하게 된다는 의미가
있다고 한다.

이 기꺼이 나보다 먼저 세상을 떴겠는가? 진 무공(秦繆公)은 '세월은 빨리 흘러가니 다시 올 것 같지 않구나.'[280]라고 하였고, 한 소열제(漢昭烈帝)는 '세월이 흐르는 물 같으니 늙음이 앞으로 오겠구나.'[281]라고 하였다. 양화(陽貨)는 공자에게 '세월이 흐르니 시간이 나와 함께 하지 않는구나.'[282]라고 하였다. 예로부터 뛰어나고 지모 있는 선비가 방자하게 굴고 오만하여 두려워하는 것이 없으나, 세월에 이르면 지혜와 용기가 모두 통하지 않으니 재주를 쓸 곳이 없다. 그러므로 이처럼 종알대며 가엾은 아녀자의 작태를 끝내 면치 못하니 더욱이 너희들이겠느냐. 오지 않는 실정이라면 궤세가 무슨 보탬이 되겠느냐. 나는 나 자신에게 궤세하겠다."

이어서 큰 술잔을 가득 따라 마시고 말했다.

너 한 해에 궤세를 하니	饋汝一歲
내 나이 스물두 살이로다	二十有二
하남의 백순(정호)은	河南伯淳
성리학 책을 써서 의를 밝혔고	性書明義
평원의 동방삭은	平原方朔
상소하여 스스로를 시험했었으며[283]	上疏自試

---

280 세월은……않구나 : 《서경》〈진서(秦誓)〉에 나오는 "세월은 빨리 흘러가니 다시 올 것 같지 않구나.〔日月逾邁 若弗云來〕"라는 구절을 인용한 말이다.

281 세월이……오겠구나 : 《자치통감(資治通鑑)》 권64 〈한기(漢記) 56〉에 보인다.

282 세월이……않는구나 : 《논어》〈양화(陽貨)〉에 나오는 "세월이 흐르니 시간이 나와 함께 하지 않는구나.〔日月逝矣 歲不我與〕"라는 구절을 인용한 말이다.

283 상소하여 스스로를 시험했으며 : 한 무제(漢武帝)가 인재를 초빙하자, 동방삭

왕부[284]와 소식은	王溥蘇軾
벼슬길에서 재주를 펼쳤네	雲路展驥
이로부터 수레를 출발해	肇此發軔
업적을 이루고 명성을 이루리	業成名遂
내가 멀리 나아가리니	我征斯邁
어디까지 갈 줄 누가 헤아리랴	孰量其至

또 큰 술잔을 들고 말했다

너 한 해에 궤세를 하니	餽汝一歲
너는 마시길 사양치 말라	汝飮勿辭
아침에 도를 들으면 저녁에 죽어도 좋다 했으니[285]	朝聞夕死
옛사람은 속이지 않네	古人不欺
만일 그 뜻을 따른다면	苟就其志
어찌 늙기까지 기다리랴	何待耄期
세월은 돌아오지 않겠지만	歲不云來
나는 슬퍼하지 않네	我不云悲

(東方朔)이 스스로를 추천하는 상소를 올렸는데 삼천 개의 죽간을 사용하여 두 사람이 겨우 들었고 한 무제가 읽는 데 두 달이 걸렸다고 한다. 《漢書 卷65 東方朔傳》

284 왕부(王溥) : 922~982. 자는 제물(齊物)이다. 명문가 출신으로, 후주(後周)의 태조(太祖)·세종(世宗)·공제(恭帝)와 북송(北宋)의 태조를 섬겨, 두 왕조 네 왕의 재상을 지냈다.

285 아침에……했으니 : 《논어》〈이인(里仁)〉에 "아침에 도를 들으면 저녁에 죽어도 좋다.〔朝聞道 夕死可矣〕"라고 한 공자의 말을 인용한 것이다.

청컨대 떠나가며 돌아보지 말고   請行勿顧
청컨대 돌아올 걸 생각하지 말라   請歸勿思

동네 사람이 돌아보며 자기도 모르게 웃고는 손바닥 치면서 훌륭하
다고 말했다.

송하옥추일소집인 을축년(1865, 고종2)
松下屋秋日小集引 乙丑

송하옥(松下屋)은 청주 관아 뒤에 있는 작은 집이다.

중추절 좋은 시절	中秋令節
유명한 낭자성(청주)에서	琅子名城
술동이 가득 술이 있고	有酒盈樽
자리에는 훌륭한 손님 있어	佳賓在座
정운의 곡[286]은 그만두고	載撤停雲之曲
백설의 노래[287]를 주고 받았네	爰酬白雪之詞
해자에서 물고기의 즐거움을 묻고[288]	問魚樂於濠梁
바닷가에서 갈매기와 맹약을 맺었지[289]	尋鷗盟於海上

---

286 정운(停雲)의 곡 : 친구를 그리워하는 노래를 가리킨다. 도잠(陶潛)의 〈정운(停雲)〉 시에 "자욱하게 멈춰선 구름, 부슬부슬 내리는 단비〔靄靄停雲 濛濛時雨〕"라는 구절이 나오는데, 정운에 대해 작자 스스로가 친한 벗을 그리워한 것이라는 설명을 하였다. 《陶淵明集 卷1 停雲》

287 백설(白雪)의 노래 : 양춘백설(陽春白雪)을 가리킨다. 옛날 초(楚)나라의 고상한 곡조의 가곡(歌曲) 이름으로, 전하여 아주 뛰어난 시가를 가리킨다. 《文選 宋玉對楚王問》

288 해자에서……묻고 : 유유자적하는 즐거움을 가리킨다. 장자(莊子)가 해자의 다리 위에서 "물고기가 편안히 노니니 이것이 물고기의 즐거움이다.〔儵魚出游從容 是魚之樂也〕"라고 하자 혜자(惠子)가 물고기도 아닌데 물고기의 즐거움을 어찌 아느냐 논박하고 장자가 이에 대해 반문하여 문답을 이어갔던 일에서 인용한 말이다. 《莊子 秋水》

289 바닷가에서……맺었지 : 자연 속에 은거한 것을 가리킨다. 갈매기를 좋아하는

십 년 동안 누추하게 지내는 동안	十年裘褐
세상 일에 자주 재촉 당했네	人事屢催
백 리 먼 호수와 산을	百里湖山
꿈속 혼이 저절로 가서	夢魂自往
꽃을 삼키고 술 마시며	吞花臥酒
봄밤의 잔치를 생각하였네	緬春夜之宴遊
주미를 흔들고[290] 타호를 치며	揮麈擊壺
명류의 청담과 호기를 사모 했었네	慕名流之淸爽
강회 멀어 마경은 돌아오지 않고[291]	江淮遠而馬卿未返
귀밑털 성겨져 반악이 먼저 놀랐으니[292]	鬢毛疎而潘岳先驚
더욱이 가을 햇빛 다시 환하고	況復秋日晶晶
가을 그늘 쓸쓸함에랴	秋陰蕭瑟

어떤 사람이 매일 아침 바다에 나가면 갈매기 수백 마리가 몰려들었는데, 아버지에게 갈매기를 잡아오라는 말을 들은 다음날에는 위에서 맴돌 뿐 내려오지 않았다고 한다. 《列子集釋 卷2 黃帝篇》

290 주미(麈尾)를 흔들고 : 주미는 고라니의 꼬리털로 만든 먼지떨이이다. 옛날에는 청담(淸談)하는 사람이나 불도들이 이를 많이 지녔으므로, 청담을 나누거나 불법을 담론하는 것을 의미하게 되었다.

291 강회(江淮)……않고 : 사마상여(司馬相如)는 20세에 남쪽의 장강, 회수 일대를 노닐어 회계산(會稽山)에 올라 우혈(禹穴)을 찾는 등 견문을 넓히는 여행을 했다고 한다. 마경(馬卿)은 사마장경(司馬長卿)을 가리키는 말로, 장경은 사마상여의 자이다. 《漢書 卷62 司馬遷傳》

292 귀밑털……놀랐으니 : 진(晉)의 반악(潘岳)은 거리를 지나면 부녀자들이 꽃과 과일을 던져 수레에 가득 찰 정도로 용모가 뛰어났는데, 32세에 흰 머리털이 생기기 시작했다고 한다. 《晉書 卷55 潘岳傳》, 《文選 卷13 秋興賦》

산에 올라 물을 대하며	登山臨水
옛 일 회상하고 오늘날 슬퍼하네	撫古傷今
땅은 네 번 전투 겪은 곳에 있고	地居四戰之場
백성에게는 백 년의 즐거움이 있으나	民有百年之樂
전횡이 한 번 떠나자[293]	田橫一去
섬의 나무가 다 말랐고	島樹盡枯

용사(龍蛇)의 난(임진왜란)에 조중봉 선생[294]이 왜병을 청주 서문 밖에서 공격하여, 전장의 공적을 기록한 비문이 있다. 나중에 금산에서 패하여 칠백 명의 의사와 같은 날 순국했다.

| 남팔이 목숨을 버렸으나[295] | 南八捐生 |
| 부도는 여전히 남아있네 | 浮屠猶在 |

무신년 역변[296]에 병마절도사 이봉상(李鳳祥),[297] 영장 남연년(南延年),[298]

---

293 전횡(田橫)이……떠나자 : 전횡(?~기원전 202)은 진나라 말기 스스로 제왕(齊王)이 되었던 인물인데, 한나라가 서자 부하 5백 명과 섬으로 피해 들어갔다가 한 고조의 부름을 받고 낙양으로 가는 도중 부끄러움에 자살하였다. 그 소식을 들은 부하들도 섬에서 모두 자살했다고 한다. 《史記 卷94 田儋列傳》

294 조중봉 선생 : 조헌(趙憲, 1544~1592)으로 본관은 배천(白川), 자는 여식(汝式), 호는 중봉(重峰)·도원(陶原)·후율(後栗)이다. 임진왜란 때 옥천에서 의병을 일으켜 청주성을 탈환하였다. 금산전투에서 전사했다.

295 남팔(南八)이 목숨을 버렸으나 : 남팔은 당나라의 남제운(南霽雲, ?~757)으로, 항렬상 여덟 번째라 붙여진 호칭이다. 안녹산(安祿山)의 난 때 성이 함락되자 장순(張巡)이 "남팔아, 남아는 죽을 뿐이니 불의에 굽혀서는 안 된다."라고 소리지르자, 남제운이 웃으며 "훌륭할 일을 할 뿐입니다. 공께서 말씀을 하셨는데 제가 감히 죽지 않겠습니까?"라고 하였다고 한다. 《新唐書 卷192 張巡列傳》

296 무신년 역변 : 이인좌(李麟佐)의 난을 가리킨다. 1728년 이인좌는 청주성을 함락하고 경종의 원수를 갚는다는 명분을 앞세워 북상했으나 결국 관군에게 패하였다.

비장 홍림(洪霖)[299]은 굽히지 않고 죽었다. 읍인이 제사를 지내 '삼충사(三忠祠)'[300]라는 편액이 하사되었다.

서생은 분개하길 잘해	書生善慨
공연히 축을 연주하는 마음[301]을 품었고	空懷擊筑之心
옛 친구들 만나니	故舊相逢
겉옷을 준 그리움[302]만 간절하네	徒切贈袍之戀
계절 벌레 우는 소리에 감동하고	感鳴蟲之應候

297 이봉상(李鳳祥) : 1676~1728. 본관은 덕수(德水), 자는 의숙(儀叔)이다. 이인좌가 청주를 함락했을 때 항복할 것을 권했으나, 아버지와 함께 끝까지 거부하다가 순절하였다.

298 남연년(南延年) : 1653~1728. 본관은 의령(宜寧), 자는 수백(壽伯)이다. 이인좌가 청주를 함락했을 때 청주 영장으로 있었다. 이봉상과 함께 붙잡혔을 때 굴하지 않고 반도들을 꾸짖다가 죽었다.

299 홍림(洪霖) : 1685~1728. 본관은 남양, 자는 춘경(春卿)이다. 이봉상에게 청렴함을 인정받아 막료로 발탁되었다. 이봉상이 이인좌의 무리에 죽은 후 회유 당했으나 끝까지 거부하다가 죽었다.

300 삼충사(三忠祠) : 현재 충청북도 청주시 상당구 수동에 있는 표충사(表忠祠)를 가리킨다. 이봉상·남연년·홍림 세 사람을 기리는 사당이다. 1731년 삼충사가 세워지고 1763년 표충사로 사액을 받았다. 원래 청주성 북문 안에 있었으나 1939년 현재의 위치로 이전되었다.

301 축을 연주하는 마음 : 비분강개하는 마음을 가리킨다. 전국 시대 연나라 저자 거리에서 개백정인 고점리(高漸離)가 축을 연주하면 자객인 형가(荊軻)가 비분강개하게 노래를 불렀다고 한다. 《史記 卷86 刺客列傳》

302 겉옷을 준 그리움 : 옛 친구를 돌보아주는 정을 가리킨다. 전국 시대 위(魏)나라 사람 범저(范雎)가 수가(須賈)를 섬기다가 무고를 입고 진(秦)나라로 도망가 이름을 바꾸고 재상이 되었다. 수가가 진나라에 사신으로 오자 허름한 행색을 한 범저가 만나러 갔다. 이때 수가가 그를 가련히 여겨 명주 솜옷을 주었는데, 범저가 옛 친구를 생각하는 정이 있다고 여겨 관대히 풀어주었다고 한다. 《史記 卷79 范雎蔡澤列傳》

항상 굶는 여윈 학을 탄식하네   歎癯鶴之常飢
헤어짐과 만남은 근심으로 삼지 않고   無庸離合爲憂
애오라지 문사로써 스스로 즐기노라   聊以文辭自喜

열부 밀양 박씨에게 정려문으로 기릴 것을 청하는 단자
경오년(1870, 고종7)

請褒烈婦密陽朴氏旌閭單子 庚午

엎드려 아뢰옵건대, 백주(柏舟)의 절개[303]를 닦는 것은 옛 열부의 유
풍이라 들었고, 정려(旌閭)를 세워 정렬(貞烈)을 본래부터 있었던 열
성조(列聖朝)의 아름다운 법전입니다. 더욱이 삶을 버리고 의를 취하
는 것에 관계되어 이치상 마땅히 선함을 드러내고 풍기를 세워야 하
는 것이겠습니까. 삼가 보니, 본부(경기도 광주군) 초부면(草阜面)에
사는 고(故) 사인(士人) 한(韓) 아무개의 처 유인(孺人) 밀양 박씨
(密陽朴氏)는 출신은 한미하지만 살아있을 때 효성스러웠습니다. 정
성과 공경이 행동거지에 드러나 시부모가 모두 기뻐하였고, 온화하
고 선량하게 접대를 잘하여 향당에 흠잡는 이가 없었습니다. 맛있는
음식으로 봉양하는데 십 년 동안 태만한 티를 보이지 않았고, 재화를
축적하는데 사사로움이 없어 온 집안이 그의 아름다운 행동에 교화
되었습니다. 남편이 위독한 병에 걸리자 하늘을 향해 울부짖으며 낫
게 해 달라 읍소하였고, 죽어서 장례를 치르게 되자 장례의 내용과
형식이 모두 흡족하여 머리를 자르거나 몸을 망치는 이상한 일 없이
모든 조처가 마땅하였습니다. 상여를 부여잡고 산으로 오르는 것은

---

303 백주(柏舟)의 절개 : 〈백주〉는 《시경》의 편명이다. 위(衛)나라 세자 공백(共伯)
이 죽고 아내 공강(共姜)이 수절하였는데, 집안에서 개가시키려 하자 이 시를 지어
거절하였다고 한다. 《詩經 柏舟序》

진량(秦良)이 무덤에 들어가는 것[304]과 비슷하였고 문을 닫고 흐느끼는 것은 기부(杞婦)의 성이 무너짐[305]보다 더했습니다. 염을 하고 관을 빈소에 안치할 때까지 성실히 하고 신중히 하였고, 시부모를 위로하며 웃기도 하고 말하기도 하였습니다. 남은 자식을 어루만지며 소리를 삼켰으니, 누가 영원한 결별을 할 줄 알았겠습니까? 집안사람을 속여 대비를 느슨하게 하고 기미를 드러내지 않았습니다. 그리하여 졸곡(卒哭)하는 날 새벽에 마침내 남편의 뒤를 따라 죽는 절개를 이루었습니다. 옛 의리를 뒤따르기를 생각하여 여정목(女貞木)을 껴안고 금(琴)을 연주하였고[306] 남은 삶을 아까워하지 않고 가벼운 먼지처럼 세상을 떠났습니다. 풍속이 변해 절개를 바꾸는데 아득하구나, 높은 풍모여! 살아온 길에 탄성이 일어나지 않는 곳이 없으니 열부로구나, 이 부인이여!

---

304 진량(秦良)이……것 : 진 목공(秦穆公)이 신하들과 술을 마시다가 "살아서 이 즐거움을 함께 하고 죽어서는 슬픔을 함께 하자."고 말하였다. 이때 자거씨(子車氏)의 세 아들 엄식(奄息), 중항(仲行), 침호(鍼虎)가 허락하였다. 이후 목공이 죽게 되자 유명(遺命)에 의하여 세 명이 순사(殉死)하였는데, 이들이 모두 현신이었기 때문에 온 나라 사람들이 슬퍼했다고 한다. 《春秋左氏傳 文公6年》

305 기부(杞婦)의 성이 무너짐 : 전국 시대 제(齊)나라 사람인 기량식(杞梁殖)이 장공(莊公)을 따라 거(莒)를 치러 갔다가 전사하였다. 자식도 친척도 없었던 기량식의 아내는 시신을 성 아래 놓고 곡을 하니, 지나는 사람이 모두 불쌍하게 여겼는데, 그리고 열흘 만에 성이 무너졌다. 두 남편을 섬길 수 없다 하여 아내도 치수(淄水)에 몸을 던져 죽었다. 《列女傳 卷4 齊杞梁妻》

306 여정목(女貞木)을……연주하였고 : 노나라의 처녀인 차실녀(次室女)가 이웃의 의심을 받자 숲으로 들어가 정녀(貞女)의 사당과 여정목이 있는 것을 보고 〈여정목가(女貞木歌)〉를 지어 부르고 목을 매 죽었다고 한다. 《詩女史纂 卷1 次室女》

사람이 금수와 다른 것은 오직 곰 발바닥과 물고기를 선택하는 데[307] 달려 있습니다. 금석 같은 정절을 품고 칼로 찌르고 비단 띠로 목을 매 죽는 것을 즐거운 곳으로 가는 것처럼 여긴 부녀자를 구하면 많지 않은 것은 아닙니다. 그러나 삶과 죽음을 자세히 살펴보면 박 열부처럼 온화하고 구차하지 않은 경우는 참으로 듣기 어렵습니다. 더욱이 같은 시대 같은 동네에 살면서 직접 보고 잘 아는 경우이겠습니까? 삼가 우리 성조(聖朝)를 생각하오면, 윤상(倫常)을 부지하여 세우시고 널리 성교(聲敎)를 펴시어, 미미한 행실이나 사소한 선(善)에도 기리고 칭찬하지 않음이 없으셨습니다. 지금 탁월하게 절개를 지킨 박 열부의 경우는 이치상 표창하여 훌륭함을 드러내는 것이 합당합니다. 그러면 온 마을의 모범이 되어 무너져 내리는 풍속을 매우 권면하게 될 것입니다. 삼가 바라옵건대, 합하(閤下)께서는 박씨의 열부 행적을 속히 아뢰어주십시오. 정려문으로 포상하는 법전을 입게 해주신다면 매우 다행일 것입니다.

---

307 곰 발바닥과……데 : 이익보다 의를 선택함을 가리킨다. 《맹자》〈고자 상(告子上)〉에 "물고기도 내가 바라는 것이고 곰발바닥도 내가 바라는 것이지만 두 가지를 다 얻을 수 없다면 물고기를 버리고 곰발바닥을 선택하겠다. 삶도 내가 바라는 것이고 의도 내가 바라는 것이지만 두 가지를 다 얻을 수 없다면 삶을 버리고 의를 선택하겠다. 〔魚我所欲也 熊掌亦我所欲也 二者不可得兼 舍魚而取熊掌者也 生亦我所欲也 義亦我所欲也 二者不可得兼 舍生而取義者也〕"라고 한 맹자의 말에서 연유한 것이다.

천구[308]가 관례를 치를 때 축하한 말 정축년(1877, 고종14) 5월
千駒加冠時祝辭 丁丑五月

길한 달 훌륭한 때	吉月令辰
벌써 네 머리에 관을 올렸네	旣冠爾首
형제가 함께	兄弟具在
음악 즐기며 술 마시네	讌樂飮酒
네 태도를 공경히 하고	敬爾威儀
네 말을 신중히 하라	愼爾話言
아침저녁으로 온화하고 공손히 하여	溫恭朝夕
네 선조를 욕되게 하지 말라	無忝爾先
이름은 유증이라 하고	名曰裕曾
자는 경로라 하였네	字曰景魯
충실하고 학문을 돈독히 하는 것은	忠實篤學
성인의 문하에서 인정한 바이네	聖門所與
가르치는 말씀은 자세히 듣고	審聽訓辭
잠시라도 잊지 말라	造次勿忘
하늘이 보우하사	天其錫祐
장수하고 번창케 하리니	俾壽而昌

---

308 천구(千駒) : 김윤식의 맏아들 김유증(金裕曾, 1862~1909)의 어릴 적 이름이다.

도둑 맞은 일을 기록하다

記盜

천구(千駒)가 관례를 치른 저녁에 어떤 도둑이 싸리 담장을 뚫고 방 안으로 침입했는데, 아침이 되어서야 물건이 부뚜막 아래 낭자하게 버려진 것을 보고 알게 되었다. 집안사람들이 떠들썩하게 놀라며 상 자들을 검사하니, 약간의 그릇과 비녀와 팔찌 및 쌀 석 되, 보리 한 포대를 도둑맞았다. 처가 근심스럽게 탄식하며 말했다.

"없어졌네. 어떤 도둑 녀석이 우리 집에 들어온 거야?"

내가 말했다.

"자네는 도둑 녀석이 우리 집이 두려워 안 들어올 것이라 생각했는 가? 이는 전혀 그렇지 않네. 내가 여기로 온 이후로 도둑 조심하라는 말을 듣지 못한 것은 우리 집에 있는 것이 변변찮은 곡식과 비뚤어진 그릇에 불과하여 하나도 갖고 싶은 물건이 없었기 때문이고, 그렇지 않다면 다행히 들어오지 않았던 것이지. 지금은 술잔이 필요한 작은 잔치가 있어서 남의 그릇을 빌렸는데 안에는 단단한 빗장과 자물쇠가 없고 밖에는 도둑을 막는 담장이 없으면서도 여전히 태평하게 주의하 지 않았지. 교활하게 헤집고 들어갈 틈을 살피는 자가 어느 땅인들 없겠나. 한 번 들어와 방비가 없었으니, 반드시 다시 들어올 것이네. 우리 집 들어오는 길에 익숙하고 쉽게 훔칠 수 있다는 것을 알았으니, 비록 변변찮은 곡식, 비뚤어진 그릇일지라도 내가 어찌 편안히 베개 베고 자면서 지니고 있을 수 있겠나. 가난은 믿을 수 없고 도둑은 깔볼 수 없네. 아! 경계해야 할 것이야."

고양이가 닭을 훔쳐간 일을 기록하다

記貓偸鷄

기사년(1869, 고종6) 봄 나는 양근(楊根)의 귀천(歸川)에서, 배나무
아래 초가집에 새로 부쳐 살며 개 한 마리와 닭 다섯 마리를 키웠다.
1년 만에 개는 표범처럼 자라고 닭과 병아리가 뜰에 가득해, 집사람
이 매우 기뻐했다. 이윽고 개는 죽고 닭은 들고양이에게 습격당해 거
의 없어지니, 집사람 얼굴에 걱정하는 기색이 보였다. 내가 말했다.

"나쁠 것 없네. 이는 나의 귀중한 징조일세. 예전 공의휴(公儀休)라
는 자가 있었으니 노(魯)나라의 어진 재상이었지. 그가 '몸이 나라의
재상이 되어서 백성과 이익을 다투는 것은 불가하다.'라고 하고 마침내
뜰에 있는 아욱을 뽑아버리자[309] 군자들이 체통을 안다고 여겼네. 《대
학장구》에 '마승(馬乘)을 기르면 닭과 돼지를 살피지 않고 얼음 쓰는
집안에서는 소와 양을 키우지 않는다.'[310]라고 하였으니, 하늘이 혹시
나에게 작은 이익은 이익으로 여기지 말라고 한 것인가? 무슨 두려워

---

309 그가……뽑아버리자 : 노(魯)나라 박사(博士)였던 공의휴(公義休)는 채소 반찬
이 맛있는 것을 느끼고 뜰의 아욱을 뽑아버렸고, 집안에 쓰는 옷감이 좋은 것을 보자
아내를 내쫓고 베틀을 불태워버렸다고 한다. 녹을 먹는 자는 백성들과 작은 이익을
다투지 말아야 한다고 생각했기 때문이다. 《史記 卷119 循吏列傳 公義休》

310 마승(馬乘)을……않는다 : 경대부(卿大夫)의 집안에서는 백성들의 산업을 하지
않는다는 의미이다. 《대학장구》 전 10장에 나오는 "마승(馬乘)을 기르면 닭과 돼지를
살피지 않고 초상이나 제사에 얼음을 쓰는 집안은 소와 양을 키우지 않는다.〔畜馬乘
不察於鷄豚 伐冰之家 不畜牛羊〕"라고 한 맹헌자(孟獻子)의 말을 인용한 것이다.

할 것이 있겠는가?"

집사람이 믿지 않고 웃었다.

계유년(1873, 고종10) 여름, 경성(京城) 북산(北山) 아래에 셋방살이 하면서 여전히 닭과 개를 가져다 길렀다. 기른 지 5년이 되었건만 하나도 반찬으로 쓴 적이 없이 병이 들거나 잃어버리거나 하였다. 병자년(1876) 가을, 이웃 고양이가 날마다 닭 한 마리씩 훔쳐갔는데 암컷 한 마리만 면했다. 이듬해 2월 새끼 열한 마리를 부화하였으나, 어떤 살쾡이가 야밤에 어미 닭을 잡아가버렸다. 집안사람들이 어미 잃은 병아리를 불쌍히 여겨 따뜻하게 해주며 키워서, 조금 자라자 창밖에 새장을 두었다. 밤에 고양이가 들어와 다 죽이고 오직 세 마리만 남았다. 이때 나는 춘방(春坊 세자시강원) 벼슬을 하게 되어, 여름에 전례에 따라 얼음을 하사받을 수 있었다. 집사람이 빙패(氷牌)를 보고 웃으며 말했다.

"당신께서 얼음 쓰는 집안 얘기를 한 적이 있었는데 이것을 이른 게 아니겠소? 내가 본디 가축이 번성하지 않는 것을 이상하게 생각했었소."

나비가 거미줄에 걸린 고소에 대한 판결
蝶罹蛛網訴判

박원택(朴元澤)이 〈나비가 거미줄에 걸린 고소(蝶罹蛛網訴)〉를 보여주어 내가 장난삼아 판결문을 썼다.

다음과 같이 판결한다.

"하늘과 땅은 사사로움이 없어 못났든 잘났든 다 키워준다. 저 거미가 거미줄을 친 것 역시 미물이 덫을 놓는 능력을 타고난 것이니, 해칠 마음을 품지 않으면 어찌 먹을 것을 구할 수 있겠는가? 만일 지혜로운 자가 있다면 마땅히 피할 것을 생각할 것이다. 범은 위협적으로 노려보지만 함정을 반드시 면하기는 어렵고 큰 기러기가 높이 날아간다면 작살을 어찌 던지랴. 오직 네 본성이 본디 가볍게 날리는 것이고 성격이 또 허둥대고 소홀하다. 더욱이 꽃향기를 훔친 잘못이 있었고, 새총 잡은 경계를[311] 염두에 두지 않았다. 창랑(滄浪)은 스스로 취하는 것이니[312] 어찌 하늘과 남을 탓할 수 있으랴."

311 새총 잡은 경계를 : 상대를 해치기 위해 유인하는 것을 가리킨다. 《회남자(淮南子)》〈설산훈(說山訓)〉에 "새총을 잡고 새를 부르고 몽둥이 휘두르며 개를 부르는 것이 오게 하려는 것이지 도망가게 하려는 것이겠는가?〔執彈而招鳥 揮梲而呼狗 欲致之 顧反走〕"라고 하였다.

312 창랑(滄浪)은……것이니 : 스스로 자초했음을 뜻한다. 굴원(屈原)의 〈어부사(漁父詞)〉에 "창랑의 물이 맑거든 갓끈을 씻을 것이요, 창랑의 물이 탁하거든 내 발을 씻을 것이다.〔滄浪之水淸兮 可以濯吾纓 滄浪之水濁兮 可以濯吾足〕"라고 한 구절에서 연유하였다.

당 태종이 안시성에서 회군할 때 정부를 회유한 조서를 흉내 내어 기축년(1889, 고종26)

擬唐太宗安市班師時諭政府詔 己丑

백성을 위로하고 죄를 벌하는 것에는 오랑캐와 중화의 차별이 없고 충성을 권하고 능력 있는 이를 장려하는 것에는 내외가 없다고 들었다. 요즘 고구려의 못된 놈이 군주를 시해하고 백성을 학대하고 굳센 병력을 믿고 함부로 날뛰어 감히 왕명을 막고 있다. 그래서 군대를 이로써 하늘의 주벌(誅罰)을 드러냈으니, 군대가 가는 곳마다 파죽지세 같아 백암(白巖), 개모(蓋牟), 요주(遼州) 등의 땅이 다 판도에 들어왔다. 오직 이 외딴 안시성(安市城)만이 험준한 지형에 기대 복종하지 않은 지 60일이 되었다. 수비하는 방략(方略)을 살펴보니 제법 조리가 있고 이처럼 곤욕을 치렀으나 해당 성주가 터럭 하나만큼도 배반하는 마음이 없으니, 이는 중원(中原)의 장수도 하기 어려운 것이다. 근세 요군소(堯君素)의 무리가 자기가 섬기는 사람에게 충성을 다하였으니[313] 본래 이와 같이 해야 마땅하지 않은가? 지난 달 고연수(高延壽)[314]의 15만 무리가 성 밑에서 궤멸 당했으니, 이제부터 분명 평양의 구원병이 감히 오지 못할 것이다. 이 조그만 탄환 같은

---

313 근세……다하였으니 : 요군소(堯君素)는 수(隋)나라 충신으로, 하동수(河東守)로서 당 고조(唐高祖)의 군대에 맞서 싸우다 죽었다. 당 태종이 그의 충절을 기려〈증요군비주자사조(贈堯君素蒲州刺史詔)〉를 내린 바 있다.《隋書 卷71 堯君素列傳》

314 고연수(高延壽) : ?~645. 고구려 말 장수이다. 안시성을 구원하러 갔다가 당 태종의 유인작전에 걸려 참패하고 투항하였다.

작은 성을 이기지 못할까 어찌 근심하랴. 다만 천 균(鈞 무게 단위) 쇠 뇌를 생쥐 때문에 발사하지 못하고, 천자의 높은 지위로 필부와 힘을 다투지 않음을 생각할 뿐이다. 이에 월왕(越王)이 개구리에게 경의 표하던 의식을[315] 따라 이로써 삼묘(三苗)를 정벌하는 하우(夏禹)의 군대[316]를 회군한다. 지금 안시성 성주에게 비단 백 필을 하사하여 신 하가 되기를 권하노라. 오직 너희 정부(政府)는 짐의 이 뜻을 가지고 해당 성주를 깨우쳐서, 짐이 주벌하고자 하는 이가 오직 천개소문(泉 蓋蘇文 연개소문) 한 사람뿐이고 해당 성주 같은 이는 장려할 것이지 주벌해서는 안 된다고 밝히라. 그리고 이 안시성 성주가 천적(泉賊 연개소문)의 부름에 가지 않아서 천적이 누차 공격했으나 함락시키지 못했다고 들었으니, 고씨에 충성하여 천적을 토벌하고자 하나 힘으 로 할 수 없었던 자라고 생각한다. 지금 성을 지키고 명을 거부하는 것은 바로 천적을 위해 힘을 다하는 것이지 고씨에 보탬이 없으니, 어찌 왕자(王者)의 군대와 함께 천적을 멸하지 않는가? 이로써 고씨 의 사직을 안정시킨다면 어찌 훌륭하지 않겠는가? 그의 견식이 원래 이에 미치지 못하는 것이라 생각하니 짐이 매우 애석하다.-안시성 성주 의 성명은 역사서에 보이지 않고 서거정의 시화에 보이니, 성은 양(楊), 이름은 만춘

---

315 월왕(越王)이……의식을 : 월나라 왕 구천(句踐)이 오(吳)를 정복하고자 결심하 고 군사들이 목숨을 가볍게 여기게 하려고, 수레를 가로막고 선 노기를 띤 개구리에게 경의를 표하였다. 그러자 군사들이 개구리에게조차 경의를 표하는데 군사들에게는 더 할 것이라고 생각하여, 다투어 목숨을 바쳤다고 한다. 《韓非子 內儲說上》

316 삼묘(三苗)를……군대 : 삼묘가 대란을 일으키자 우(禹) 임금이 군대를 이끌고 정벌해 사람들이 그들의 종묘를 없애고 기물은 파손하고 자손은 노예로 삼았다고 한다. 《墨子 兼愛下》

(萬春)이다. 천개소문이 군주를 시해하고 스스로 막리지(莫離支)가 되어, 여러 성주들을 불러서 자기를 배반하는 자는 죽였다. 안시성 성주 홀로 부름에 가지 않고 군대를 정비하여 스스로를 지켰다. 개소문이 장수를 보내 공격하였으나 함락시키지 못했다. 당나라 군대가 이르자 성주는 또 힘을 다해 방어하여 천하의 군대를 막을 수 있었다. 섬기는 사람에게 충성을 다하고 관직의 직책에 목숨을 다한 사람이리라. 그러나 당나라 군대가 퇴각하고 나자 천적의 권한은 더욱 굳건해졌으니, 성주가 굳게 지킨 것이 천씨를 위한 것이 되었고 고씨를 위한 것이 되지 못했다. 그러나 천씨에게 힘을 다한 것이 어찌 성주의 본심이었으랴. 아아! 신하가 불행하여 이런 변란의 시대를 만났으니 진퇴양난이고 몸과 이름이 완전하지 못했다. 일편단심은 후세에 드러날 길이 없었으니 어찌 슬프지 않은가. 나는 사신의 임무를 받들어 천진(天津)에 간 적이 있다. 안시성을 지날 때 지은 시에 "천고에 마음 속 일 밝히기 어려우니 이룬 공은 막리지를 위한 것이 되어버렸네〔千古難明心裏事 功成祇爲莫離支〕"317라고 하였으니 옛날을 슬퍼하는 뜻이다. 지금 박종렬(朴宗烈)이 지은 〈태종이 안시성 성주를 회유한 조서를 흉내 내어〔擬太宗諭安市城主詔〕〉를 보니 글이 훌륭하다. 단 성주의 심사를 밝히지 못했다. 그러므로 내가 다시 흉내 내어 정부를 회유하는 조서 한 통을 지어 보인다.-

317 천고에……되어버렸네 : 《운양집(雲養集)》 권3 〈안시성조고(安市城弔古)〉를 말한다.

면천 유생을 대신해 읍인 박한홍 효행을 보고하기를 청하는 글월 경인년(1890, 고종27)

代沔川儒生請報邑人朴漢弘孝行狀 庚寅

삼가 아뢰옵건대, 효라는 것은 온갖 행실의 으뜸이요 선인(善人)은 온 고장에서 칭찬하는 사람이니 경전과 예의를 아는 오랜 가문에 나서 대대로 전하는 집안의 가르침을 계승한 것입니다. 지금 도필(刀筆 문서 작성하는 아전)의 미천한 품계 가운데 돈독히 행하는 사람이 있습니다. 삼가 보건대, 본읍(本邑 면천) 사람 박한홍(朴韓弘)은 효성과 우애를 천성으로 타고났고 청렴결백함은 세상에서 뛰어납니다. 공사(公事)는 깨끗한 한결 같은 마음으로 받들고, 부모를 섬기는 일은 마음이 기쁘도록 뜻을 헤아려 봉양합니다. 나이 겨우 아홉 살에 종가(宗家)의 후계자로 들어가 홀로된 계모를 섬길 적에 정성과 사랑을 지극히 하였습니다. 맛있는 음식을 얻을 때마다 감히 스스로 먹지 못하고 반드시 품에 품고 돌아와 양모에게 드렸으니, 돈독한 효성은 이미 어린아이 때부터 남보다 뛰어난 점이 있었습니다. 생부, 생모와 담장 하나를 사이에 두고 살면서 온정(溫淸)[318]을 게을리 하지 않았습니다. 사는 집이 매우 낡아서 생부가 조금 떨어진 곳에 새 집을 사

---

318 온정(溫淸) : 겨울에는 이부자리를 깔아 따뜻하게 해드리고 여름에는 부채질하여 시원하게 잠들 수 있게 해드리는 부모님에 대한 효행을 가리킨다. 《예기》〈곡례상(曲禮上)〉에 "자식의 예는 겨울에 따뜻하게 하고 여름에 시원하게 해드리는 것이다.〔凡爲人子之禮 冬溫而夏淸〕"라고 하였다.

주었으나, 한홍은 차마 옆을 떠나지 못하였습니다. 눈물을 흘리며 굳이 사양하고 마침내 그 옆에 집 하나를 지어 살았습니다. 그 아비의 성품이 엄격하였는데, 꾸지람이 있을 때마다 숨죽이고 문 밖에 서있었습니다. 하루 종일 밤까지 아비의 화가 풀어지길 기다린 후에야 물러났습니다. 부모의 마음을 위로하고 기쁘게 하는 모든 일을 지극히 하지 않은 것이 없었고, 항상 "평생 즐거운 일이 부모의 기쁜 마음을 얻는 것보다 더한 것이 없다."라고 하였습니다.

그 아우와 가숙(家塾)에서 함께 배운 적이 있었는데, 아우가 지인(知印 통인)에 충당되어 관소에 들어가 부역을 해야 했습니다. 한홍이 면제 받지 못할 것을 알고 말했습니다.

"지인은 고된 부역이다. 내 아우의 재주가 훌륭하고 바야흐로 배움에 뜻을 두었으니 그만두게 할 수 없다."

자신이 대신하기를 청하니, 듣는 자들이 그의 겸양을 훌륭하게 여겼습니다. 자라서 미천한 아전 자리에 들어가게 되었는데, 비록 한 자한 치 되는 사소한 물건을 얻어도 자기 마음대로 쓴 적이 없었고 반드시 부모가 나누어준 다음에야 감히 받아서 썼습니다. 부모가 병이 들자, 약과 음식은 반드시 먼저 맛을 보았고 손바닥으로 똥을 받들기까지 하였습니다. 진심으로 치료하며 몇 년이 지나도록 해이해지지 않았고 비록 잠깐 사이라도 게으른 모습을 보이지 않았습니다. 상을 당하자 부모 잃은 슬픔에 몸이 여위고 피눈물을 흘렸습니다. 여막에 거처하여 거적을 베고 자며 비록 한여름일지라고 상복의 띠를 풀지 않았습니다. 경외(京外)의 서리는 관례상 모두 기복(起復)[319]하여 공무를 행하였기

---

319 기복(起復) : 상중에 있는 관리를 탈상 전에 복직시켜 기용하는 일을 가리킨다.

때문에, 사람들 가운데 기복을 권하는 자가 있었습니다. 한홍은 서글프
게 탄식하며 말했습니다.

"부모의 상은 사람이 스스로 다하는 것이다. 나는 이미 내 마음을
다하지 못했고 또 선왕의 전례를 감히 버렸으니, 사람의 도리에 있어서
어떠한가?"

상을 마치자 어떤 이가 일자리에 들어가라고 권하였습니다. 한홍은
눈물을 흘리며 사양하여 말했습니다.

"예전에 부모님이 계셨기 때문에 쌀 한 말을 얻어 하루를 봉양하려
했던 것일 뿐입니다. 지금 부모님이 이미 돌아가셨으니 비록 만 종(鍾)
곡식을 향유한들 앞으로 누가 영광으로 여기겠습니까?"

마침내 일자리로 돌아가지 않았습니다. 아비가 평소 거처하던 집을
지날 때마다 공경을 드릴 대상이 있는 것처럼 반드시 몸을 굽혀 절하였
고, 아비가 앉거나 눕던 곳에는 감히 그 자리에 앉지 못하였는데, 늙어
서까지 여전히 그렇게 하였습니다.

병이 위독하여 임종이 닥쳤을 때 서글프게 말하였습니다.

"효 가운데 큰 것은 부모를 드러내는 데 있다. 나 같은 자가 앞으로
무슨 얼굴로 지하에서 부모님 영혼께 절하겠는가?"

또 아들을 돌아보며 말했습니다.

"옛사람이 '선(善)이 작다고 해서 안 하지 말고 악(惡)이 작다고 해서
하면 안 된다'[320]고 하였다. 내 평생 이 말을 반복해 생각했다. 지금
너희들에게 물려주니 너희들은 힘을 쓰라."

---

320 선(善)이……된다 : 제갈량(諸葛亮)이 촉(蜀) 후주(後主) 유선(劉禪)에게 올린
조서에 나오는 구절이다. 《三國志 卷32 蜀書2 裴松之注釋》

나중에 죽은 후 온 읍의 사람들이 아는 사람 모르는 사람 할 것 없이
모두 탄식하고 애석해 하며 말했습니다.

"효자가 떠났구나! 선인이 죽었구나!"

여기서 공정한 마음이 없어지지 않았음을 볼 수 있습니다. 《논어》에
"개나 말도 다 부양을 받으니 공경하지 않으면 어찌 구별하랴."[321]라고
하였습니다. 향곡(鄕曲)에서 효자를 말하려면 사람이 없지는 않습니
다만 사랑과 공경이 다 구비되어 박한홍처럼 걸핏하면 옛사람과 부합
하는 경우라면 아마도 드물 것입니다. 부모를 위해 과일을 품에 품었으
니 육적(陸績)의 정성입니다.[322] 한쪽 어깨를 드러낸 채 사죄를 하였으
니 석건(石建)의 풍모입니다.[323] 똥을 받들고 더러움을 잊었으니 검루
(黔婁)의 행실입니다.[324] 아우를 풀어주어 배울 수 있게 하였으니 진백

---

321 개나……구별하랴 : 《논어》〈위정(爲政)〉에 나오는 "개나 말도 다 부양을 받으니
공경하지 않으면 어찌 구별하랴.〔犬馬皆能有養 不敬何以別乎〕"라고 한 공자의 말을
인용한 것이다.

322 부모를……정성입니다 : 육적(陸績, 187~219)은 동한(東漢) 때 손권(孫權)의
휘하에 있던 관리이다. 여섯 살 때 원술(袁術)을 만났는데 원술이 귤을 접대하였다.
이때 세 개를 몰래 품에 넣고 있다가 절할 때 떨어졌다. 원술이 묻자 돌아가 어머니에게
드리려했다고 대답했다고 한다. 《三國志 卷57 吳書 陸績傳》

323 한쪽……풍모입니다 : 석건(石建)은 한나라 때 만석군(萬石君) 석분(石奮)의 맏
아들이다. 석분은 효행이 깊고 행실이 돈독하여, 자손 가운데 벼슬하는 사람은 이름을
함부로 부르지 않고 조복을 입고 공경히 대했으며, 자손 가운데 잘못이 있어도 꾸짖지
않고 방으로 들어가 밥을 먹지 않고 근신했다. 셋째 아들이 무례한 일을 범하자 맏아들
인 석건이 한쪽 어깨를 드러낸 채 사죄를 하였다고 한다. 석분이 죽자 아비 잃은 슬픔
때문에 석건도 죽었다. 《史記 卷103 萬石君傳》

324 똥을……행실입니다 : 남제(南齊) 때 명사인 유검루(庾黔婁)는 아버지가 병이
들었을 때 의원이 똥을 맛보아 쓰면 괜찮은 것이라고 말하자 실제로 똥을 맛보았다.

(陳伯)의 우애입니다.[325] 감히 아비의 자리에 있지 않았으니 두연년(杜延年)의 공경입니다.[326] 어미가 죽자 부름에 나아가지 않았으니 모의(毛義)의 지조입니다.[327] 이와 같은 품행과 도의가 있으나 문벌에 구애받고 향곡에 묻혀있어, 살아서는 특별한 포상을 받지 못했고 죽어서는 정려를 세우거나 편액을 내려 표창하는 의전(儀典)이 베풀어지지 않았으니, 무엇으로 풍속을 세워 말세의 쇠퇴한 풍속을 권면하겠습니까? 저희들은 감히 남의 선함을 없애지 못하여 외람되이 죄로 다스려질 것을 피하지 않고 사실들을 주어모아 함께 모여서 우러러 아룁니다. 삼가 생각건대, 성주(城主) 합하[면천 군수]께서는 여론의 실정을 굽어 살피시고 교화를 돈독히 장려하시어, 박한홍의 특이한 효행을 갖추어서 관찰사 감영에 보고하시고 조정에 전달되어 정려를 세우는 은혜를 입게 된다면 이루 다할 수 없이 경축할 일일 것입니다.

맛이 달자 울면서 북두성을 향해 대신 죽게 해달라고 빌었다. 그때 공중에서 이미 명이 다했으나 정성 때문에 월말까지 연장시켜 주겠다는 말이 들려왔고, 실제로 월말이 되자 아비가 죽었다고 한다. 《南史 卷50 庚易傳》

325 아우를……우애입니다 : 진백(陳伯)은 한나라 승상 진평(陳平)의 형이다. 젊은 시절 부모 없이 가난하였는데, 형 진백이 항상 혼자 농사일을 하여 동생이 공부하도록 돌봐주었다고 한다. 《史記 卷56 陳丞相世家》

326 감히……공경입니다 : 두연년(杜延年)은 한나라 때 관료로 기린각 11공신 가운데 한 사람이다. 아비 두주(杜周)가 있던 관부의 직임을 맡았을 때 감히 아비가 서던 자리에 서지 못하고, 앉거나 누웠던 자리를 다 바꾸었다고 한다. 《漢書 卷60 杜周傳》

327 어미가……지조입니다. : 모의(毛義)는 후한(後漢) 때 효자로서, 명리를 탐하지 않았으나 어머니를 봉양하기 위해 벼슬에 나섰다. 어머니의 상이 끝나고 벗이 복직하기를 권하였으나 거절하였다고 한다. 《後漢書 卷39 劉趙淳于江劉周趙列傳》

강구회취지서
講舊會趣旨書

갑오년(1894, 고종31)과 을미년(1895)[328] 이래 국가에 신구 세력이 갈등을 일으켜 정계가 자주 변하고 시세(時勢)가 참담하였다. 나라가 근심스러운 때에 뜻이 있는 선비가 위험을 무릅쓰고 어려움을 겪으며 제 한 몸을 희생으로 삼고 인사(人事)를 다하여 천심(天心)을 돌리겠다고 맹서하였다. 일은 매우 고생스럽고 화는 더욱 맹렬하여 시행착오가 계속 이어졌으나 죽어도 후회하지 않았다. 죽은 자는 피를 흘리고 시체가 되어 땅에 엎어지고 세상에 대 살육을 당하였다. 산 자는 도망쳐 고난을 겪으며 하늘 끝을 영락해 떠돌아다녀 다시는 살아 돌아올 기약이 없었다. 삼가 우리 대 황제께서 즉위하시는 초기에 은혜로운 조서가 반포되어 은혜가 크게 흘러넘쳤다. 변방 물가의 마르고 여윈 용모의 사람과 이역에 표연히 영락해 다니던 사람들 모두 임금의 도성에 모여 다시 하늘의 해를 볼 수 있게 되었다. 그러나 장성하던 자는 이미 늙었고 늙은 자는 이미 죽었으니 인사의 변함이 어찌 슬프고 애통하지 않으랴. 가만히 생각하면, 우리들이 신고와 풍

---

328 갑오년과 을미년 : 1894년 제1차 갑오개혁(甲午改革)을 통해 김홍집(金弘集) 내각이 성립되어 근대적 제도로의 개혁이 단행되었다. 다시 11월부터 이듬해 5월에 이르기까지 제2차 갑오개혁이 추진되어 근대 관료체제가 성립되었다. 1895년 5월부터 이듬해 2월까지 3차 개혁이 이루어졌는데 매우 친일적인 성향을 지닌 것이었다. 을미사변(乙未事變)으로 폭등한 민심으로 인해 김홍집은 살해되고 을미의병(乙未義兵)이 일어나게 되었다.

상을 겪으며 만 번 죽을 뻔한 상황에서 한 번 살아 돌아왔으니, 수십 년 환난을 함께 한 우의를 백세를 지나더라도 다질 수 있을 것이다. 그러나 혹시라도 친애의 정이 날이 지나면 점점 쇠퇴할까 걱정스러워 동지를 연합하여 영원히 잊지 말자고 맹서했다. 이것이 강구회(講舊會)를 만든 까닭이다. 우리 강구회의 모든 사람이 비록 취미가 같지 않고 행장(行藏)이 간혹 다를지라도 나라를 위해 몸을 바치는 정성은 백일처럼 환하니, 죽으나 사나 한결같이 평소의 뜻을 변치 말아야 한다. 지난 일을 경계로 삼지 말고 각자 뜨거운 피를 옮겨 함께 단체를 이루어 애국의 마음을 더욱 굳건히 하고 나중에 죽는 자의 책임을 다 할 수 있어야 한다. 이것이 본 회의 주지(主旨)이다. 옛사람이 "자주 얼굴을 보니 정은 옛날처럼 무겁다."[329]라고 하였다. 이것이 인지상정(人之常情)이다. 그래서 매월 한 번 기일을 정해 술잔을 나누며 서로 위로하고, 옛 우의를 다지고 새로운 사람을 소개한다. 회규는 향약(鄕約)의 뜻을 모방하여 덕업을 서로 권하고 과실을 서로 바로잡으며 예속으로 서로 사귀고 환난을 서로 규제한다. 번잡한 형식을 없애고 정성과 사랑으로 한결같이 서로 대하며 골육처럼 대하고 금석처럼 지킨다. 이에 후세 자손에게 미쳐 이 뜻을 변치 말도록 한다.

329　자주……무겁다 : 《동관한기(東觀漢記)》〈동평왕창전(東平王蒼傳)〉에 "자주 얼굴을 보니 정은 옛날처럼 무겁다.〔數見顏面 情重昔時〕"라고 하여 숙종(肅宗)이 동평왕 창에게 한 말에서 인용한 것이다.

하합자에게 써 주다 경술년(1910, 융희4)

書贈河合子 庚戌

사람은 천지에	人於天地
참예하여 삼재가 되니	參爲三才
임무는 무겁고 길은 멀어	任重道遠
전전긍긍 스스로 다잡아야 하네	戰兢自持
심지가 뚜렷하니	心地皦然
내가 앞으로 누굴 속이랴	吾將誰欺
구름을 밟고 위로 올라가	躡雲上征
초연히 세속 먼지를 끊으리	超絶浮埃
매번 그대 그립다 말을 하나	願言思子
그대 목소리 들려오지 않네	德音無違
검어지지 않고 얇아지지 않아[330]	不緇不磷
추운 겨울에도 푸르기를 기약하리	歲寒爲期

---

330 검어지지……않아 : 지조를 굳건히 지켜 변하지 않음을 의미한다. 《논어》〈양화
(陽貨)〉의 "견고하다 하지 않으랴, 갈아도 얇아지지 않으니. 희다고 하지 않으랴, 물을
들여도 검어지지 않으니.〔不曰堅乎 磨而不磷 不曰白乎 涅而不緇〕"라는 공자의 말에서
인용한 것이다.

단군강세개극일 경축사
檀君降世開極日慶祝詞

찬란한 신성한 조상이여	皇皇神祖
아름답고 훌륭한 천궁이여	穆穆天宮
소리도 없고 냄새도 없이	無聲無臭
이 백성 가운데 내려왔네	降厥民衷
형색이 드러나자	旣形旣色
만물이 함께 목격하였네	萬物咸覩
비로소 혼돈을 열어젖히고	肇闢鴻濛
이에 동쪽을 돌아보았네	迺眷東顧
태백산 우뚝 솟아있어	白岑屹屹
여기에 박달나무 심었네	爰有樹檀
갑자년 소춘	甲子小春
제왕이 하늘에서 내려왔네	帝降自天
우리를 낳고 우리를 가르치기를	生我敎我
일백이십사 년	百廿四年
나라를 세우고 제위에 올랐으니	啓邦建極
실로 무진년이었네	實維戊辰
제왕이 서울로 돌아오니[331]	帝返于京
자손이 천억이었네	子孫千億

---

331 제왕이 서울로 돌아오니 : 단군(檀君)이 평양에 도읍한 일을 가리킨다.

도도하게 위에 있으면서	洋洋在上
선악을 살펴보았네	鑒視善惡
피아가 존재하지 않았고	無存彼我
지역의 구분이 없었네	無分區域
대도는 치우침이 없어	大道無偏
함께 교화를 시켜주네	同歸化育
하늘에 있으면 신이요	在天曰神
사람에 있으면 종³³²이니	在人曰倧
하늘과 사람이 일치되어	天人一致
수만 교화가 근원하는 바이네	萬化攸宗
오조³³³를 펴서 가르쳐	敷教五條
백성을 화합케 했네	協民于中
아득하다 말하지 말라	無曰悠邈
천 년이 새벽 하나 사이니	千載隔晨
고원하다 말하지 말라	無曰高遠
네가 노니는 것에까지 미친다	及爾遊衍
자고로 예전에는	自古在昔
선민에게 법칙이 있었네	先民有則
집집마다 제사를 지내	家尸戶祝

---

332 종(倧) : 상고 전설에 나오는 신인이다. 우리나라 대종교의 대종(大倧)이 이것이다. 《조선고기(朝鮮古紀)》에 "신인이 태백산 박달나무 아래 내려왔으니 이가 대종이 되었다.〔神人降于太白山檀木下 是爲大倧〕"라고 하였다.

333 오조(五條) : 단군의 다섯 가지 가르침을 가리킨다. 정종(正種), 애민(愛民), 존현(尊賢), 경로(敬老), 임능(任能)이다.

정성스러워 딴 마음 없었네 虔誠靡忒

세대가 멀어지니 근본을 잊어 世遠忘本

신이 복을 내리지 않았네 神不降福

온 하늘 아래 普天之下

누군들 동포가 아니랴 誰非同胞

각자 한 쪽만을 생각해 各懷一方

병기가 교차하였네 干戈相交

제왕께서 슬픔과 근심으로 帝庸悲愍

양심을 유도하였네 誘其良心

거듭 옛 가르침을 펴서 申明舊教

덕음을 반포하였네 渙發德音

마른 것을 소생시키고 앉은뱅이 일으키고 蘇枯起躄

귀먹은 이 깨우치고 눈먼 이 인도하였네 醒聾牖昧

태양이 동쪽에 떠올라 化日東昇

사해를 비추었네 照臨四海

맹동 초삼일 孟冬維三

성스러운 날이 거듭 이르렀네 聖節重屆

천궁에는 고요함이 있고 天宮有佖

의관이 가지런하고 아름답네 衣冠濟濟

마음을 잡고 묵묵히 기도하니 秉心默禱

감응이 통해 틈이 없도다 感通無間

황조께서 기뻐하시니 皇祖悅豫

복을 내려 화기애애하도다 降福衎衎

단군 어천일 축사 신해년(1911)
檀君御天日祝詞 辛亥

아! 오늘은 우리 신조(神祖 단군)께서 즉위하신 날입니다. 땅에 있는 자손들이 천궁(天宮) 안에서 민첩하고도 분주히 준비하여 한 마음으로 정성스럽게 기도합니다. 삼가 생각하옵건대 도도하게 위에 계시면서 백성에게 음덕을 내리시고 불구덩이 속에서 구출하여 문명의 영역으로 인도하셨습니다. 해마다 수해나 가뭄이 없었고 사람에게는 요절하는 일이 없었습니다. 하늘 아래 모든 사람에게 인애(仁愛)와 은덕을 입게 하고 함께 대도(大道)를 따르게 하셨습니다. 태백산(太白山) 높은 봉우리는 만세토록 이지러지지 않을 것이고 압록강(鴨綠江) 긴 물은 사해에 흘러넘칠 것입니다. 아아! 잊지 마십시오, 신조의 덕이 높음을.

불교찬화회 취지서
佛教贊化會趣旨書

예전 삼국 시대에는 인문(人文)이 미처 열리지 못했다. 불법(佛法)이 동쪽으로 전래되면서부터 비로소 문자의 가르침이 있게 되었다. 신라(新羅)의 이름난 승려인 원광(圓光)이 충효(忠孝)로 낭도(郞徒) 귀산(貴山)과 추항(箒項)을 가르쳤고[334] 혜량(惠亮)은 공업(功業)으로 거칠부(居柒夫)를 권면하여[335] 모두 국가의 중요한 인재가 되어 이름을 역사에 드리웠다. 고려 시대가 되자 왕공과 귀족 가운데 태반이 치림(緇林 불가)에 있었고, 경계(庚癸)의 난[336]에 문신이 머리를 깎고 화를 피해 모두 기원(祇園 절)에 몸을 던졌다. 학문의 요체를 듣고자

---

334 신라(新羅)의……가르쳤고 : 신라 고승인 원광(圓光, 555~638)이 중국에서 선진 불교지식을 익혀 신라에 보급하였는데, 청도(淸道)의 가실사(嘉悉寺)에 있을 때 귀산(貴山)과 추항(箒項)의 요청에 따라 세속오계(世俗五戒)를 지어 주어 화랑도(花郞道)의 중심이념이 되게 하였다. 귀산과 추항은 진평왕(眞平王)의 낭도로서, 백제군의 공격에 함께 출전했다가 큰 공을 세웠으나 돌아오는 길에 부상 때문에 죽었다.

335 혜량(惠亮)은……권면하여 : 신라 진흥왕(眞興王) 때 재상 거칠부(居柒夫, 502~579)는 어렸을 때 승려복장을 하고 떠돌아다니다가 고구려까지 들어갔는데, 고구려 승려 혜량의 강설을 듣고 크게 감명을 받았다. 비범한 인물임을 알아본 혜량은 거칠부가 무사히 신라로 돌아갈 수 있도록 도와주었다. 후에 나제 동맹군이 고구려를 공격할 때 거칠부를 따라 신라에 귀화하여, 신라의 승통(僧統)이 되었다.

336 경계(庚癸)의 난 : 의종(毅宗) 24년인 경인년(1170)에 있었던 정중부(鄭仲夫)의 난과 명종(明宗) 3년 계사년(1173) 김보당(金甫當)을 정중부가 진압한 난을 아울러 가리킨다.

하는 후진(後進)은 모두 승려를 스승으로 삼았으니 당시 불교의 번성함을 상상해 볼 수 있다. 고려 말 승려 신돈(辛旽)[337]이 정사를 어지럽혀 나라 사람들에게 미움을 받았고, 아울러 불교를 배척하였다. 이로부터 불교가 점점 쇠미해져 오륙백 년의 오랜 시간이 흐르자, 이름난 사찰과 아름다운 사원은 허물어져 폐허가 되었고 열 가운데 하나도 남지 못했으니 쇠퇴할 데까지 쇠퇴했다고 할 만하다. 그러나 재야의 덕행 있는 노승들이 여전히 가풍을 지켜내 실처럼 끊어지지 않았다. 임제 선사(臨濟禪師)[338] 이하 38세대에 걸쳐 의발이 전해졌다.

보운본섭(寶雲本葉) 선사에 이르러 원종(圓宗)[339]의 취지를 천명하였다. 현재 경성 각황사(覺皇寺)[340]의 주지로 있으면서 도와 교화에 대해 강연한다. 각황사는 지금 선택받은 불교의 도량이다. 보운이 상교(象敎 불교)가 부진함을 개탄하여 한두 명의 동지들과 실추한 실마리를 부지해 일으키고 종풍(宗風)을 계승하고 발전시켜 옛날 번성함을 회복하려고 생각하였다. 그 뜻은 매우 가상하지만 일은 매우 어렵다.

불교란 세속 밖의 종교라서 국가 정치에 간섭함이 없다. 세상의 군주

---

337 신돈(辛旽) : ?~1371. 공민왕 때 정치개혁을 단행했던 승려이다. 권문세족의 강력한 저항에 부딪쳐 결국 실패하고 처형당했다.

338 임제 선사(臨濟禪師) : ?~867. 중국 당나라 때 선승(禪僧) 의현(義玄)을 가리킨다. 임제원(臨濟院)에 거처했기 때문에 임제 선사라 불렸다. 임제종(臨濟宗)을 열었다.

339 원종(圓宗) : 대한제국 말기에 창립된 불교 종단이다. 한국 최초의 근대적 불교 종단이다.

340 각황사(覺皇寺) : 일제 시기 종로구 수송동에 있던 사찰로, 조계사의 전신이다. 1908년 원종 종무원이 이곳에 설치되었다.

가 어진 정사에 힘쓰지 않고 복리(福利)를 함부로 희구하여 어지러움
과 멸망을 자초하니, 이것이 어찌 불법의 죄이겠는가? 불교의 종교
성격은 오직 자비를 주로 한다. 만일 잘 쓸 수 있다면 원광과 혜량이
후진을 가르쳐 인도한 것처럼 세상에 보탬이 된다. 만일 잘 쓰지 못한
다면 신돈이 전권하여 정사를 어지럽힌 것처럼 불문의 죄인이 된다.
지금 보운의 뜻은 오직 세상 사람이 적절하게 잘 쓰는 방법을 취하여
쓰기를 바라는 것에 있어, 널리 산문에 학교를 설치하여 불경 연구
외에 시무를 함께 가르쳐 유용한 인재로 양성하니, 이것은 진실로 두루
구제하는 자항(慈航)[341]인 것이다. 그리고 우리나라는 깊은 산과 깊은
골짜기가 많아 녹림(綠林 산적)이 항상 모이는 곳이 되지만 관부의 명령
이 이르지 않는다. 그러므로 신라·고려 시대부터 탑과 사당을 많이
건설해 진압하였으니, 승려의 집이 될 뿐 아니라 선비들이 이곳에서
독서하고 학업을 닦았고 노니는 이들이 이곳에서 정신을 기쁘게 하고
심성을 길렀다. 풀과 나무가 푸르게 우거지고 경쇠와 목탁이 서로 이어
져 들리니 도적이 자취를 감추고 삼림이 풍성하게 자랐다. 지금은 아득
히 바라다 보이는 곳까지 다 황폐하였고 절이 있는 곳마다 헐벗었다.
비록 나무를 심으라는 명령이 있었으나 편장불급(鞭長不及)[342]인 것을
어쩌랴. 만약 각 산의 승려들에게 각자 보존하고 관리하여 지방의 일정

---

341 자항(慈航) : 자비롭게 대중을 구제함을 뜻하는 불교용어이다. 부처나 보살이 자
비의 마음으로 세상 사람을 살피는 것이 마치 배로 대중을 건네 생사의 고해를 건너게
하는 것과 같다고 하여 생긴 말이다.
342 편장불급(鞭長不及) : 편장불급마복(鞭長不及馬腹)을 말한다. 채찍이 길어도
말의 배에는 미치지 못한다는 뜻으로 능력이 있어도 미치지 못하는 곳이 있음을 비유하
는 말이다.

한 규칙에 따라 부지런히 지키도록 한다면 십년이 안 되어 재목을 이루다 쓰지 못하게 될 것이고 노니는 사람과 선비가 머물러 휴식할 장소를 얻을 수 있을 것이니 또 어찌 세상에 유익한 것이 아니겠는가? 삼가 뜻이 있는 군자들은 마음을 같이 하여 교화를 돕고 자비로운 구름과 법력의 비가 두루 동토를 적실 수 있도록 하기를 바란다.

돈화론

敦化論

사람의 습성은 비록 사는 지역이 멀리 떨어져 있어도 본성이 선한 것
은 같고 각 종교의 종지(宗旨)가 비록 달라도 선을 행하는 것은 같
다. 사람에게 지킬 바가 없으면 항심(恒心 선량한 본심)이 없고 항심이
없으면 방탕과 사치로 흐른다. 종교라는 것은 사람에게 선을 행하고
항심을 지키라고 권하는 것이다. 그래서 왕자(王者)는 사람이 똑같
이 지닌 것을 통해 지킬 바를 보존하고, 각기 항심을 보존하게 하여
악에 빠지지 않게 할 뿐이었지 이교(異敎)라고 배척한 적은 없다.

　태서(泰西 유럽 및 미국) 제국 역시 인심을 강제할 수 없음을 알았다.
그러므로 인민에게 종교를 믿을 자유를 허가하였고 또 따라서 보호하
여, 마침내 세계에 통행되는 규율이 되었다. 사람들은 이 규율이 태서에
서 나온 줄은 알지만 선왕(先王)의 도가 본래 이와 같았던 것은 알지
못한다. 공자(孔子)께서 "이단을 공격하는 것은-공(攻) 자는 마땅히 공격
(攻擊)의 공(攻) 자가 되어야 한다.- 이에 해로울 뿐이다."343라고 하셨고,
"가르침이 있으면 선악의 부류가 없어진다."344라고도 하셨고, "내가 남
에 대해 무엇을 비방하고 무엇을 칭찬하랴. 이 백성은 삼대(三代) 때부

---

343 이단을……뿐이다 : 《논어》〈위정(爲政)〉에 나오는 "이단을 공부하는 것은 이에
해로울 뿐이다.〔攻乎異端 斯害而已〕"라는 구절을 인용한 것이다. 주자는 '攻乎異端'을
'이단을 전적으로 공부하는 것'이라고 풀었으나, 김윤식은 공격하는 것으로 해석하였다.
344 가르침이……없어진다 : 《논어》〈위령공(衛靈公)〉에 나오는 "가르침이 있으면
선악의 부류가 없어진다.〔有敎無類〕"라는 구절을 인용한 것이다.

터 곧은 도를 행해온 사람들이다."³⁴⁵라고도 하셨다. 성인께서 충후하
시고 박절하지 않으며 범위가 광대하심은 마치 덮어주고 실어주지 않
는 것이 없는 천지(天地)와 같으니, 왜곡된 견해로 헤아릴 수 있는
것이 아니다.

맹자 때 양주(楊朱)와 묵적(墨翟)이 해가 되었다. 맹자가 변론하여
물리쳤으나 오히려 "내가 어찌 변론을 좋아하랴. 내가 부득이할 뿐이
다."³⁴⁶라고 하였다. 그러나 양주와 묵적의 도는 폐기된 적이 없으니,
후세 수련(修鍊)을 주로 하는 자는 모두 양주를 따르는 무리였고, 겸애
(兼愛)를 주로 하는 자는 모두 묵적을 따르는 무리였다. 지금까지 병행
하여 온 세상에 가득 차 있으니 '환하게 터놓았다'³⁴⁷라는 것이 어디에
있는가? 한 무제(漢武帝)는 동중서(董仲舒)의 말을 받아들여 육경(六
經)을 드러내 밝히고 백가를 물리쳐 춘추대일통(春秋大一統)의 의의를
폈다.³⁴⁸ 그러나 한나라 때에 다스리는 방법이 순수하지 않아, 황제(黃

---

345 내가……사람들이다 : 《논어》〈위령공〉에 나오는 "내가 남에 대해 무엇을 비방하
고 무엇을 칭찬하랴.〔吾之於人 何毀 何譽〕"와 "이 백성은 삼대(三代) 때부터 곧은 도를
행해온 사람들이다.〔斯民也 三代之所以直道而行也〕"를 인용한 것이다.

346 내가……뿐이다 : 《맹자》〈등문공 하(滕文公下)〉에 나오는 맹자의 말인 "내가
어찌 변론을 좋아하랴. 내가 부득이할 뿐이다.〔予豈好辯哉 予不得已也〕"라는 구절을
인용한 것이다.

347 환하게 터놓았다 : 양자운(揚子雲)이 "옛날에 양주와 묵적이 정도를 막으므로 맹
자께서 말씀하여 물리쳐서 환하게 터놓았다.〔古者楊 墨塞路 孟子辭而闢之廓如也〕"라
고 평가하였다 한다. 《全唐文 卷553 與孟尙書書》

348 한 무제(漢武帝)는……폈다 : 한(漢)나라 초기 제자백가설로 어지러웠을 때, 한
무제가 동중서(董仲舒)를 중용하여 도가를 물리치고 유교의 기틀을 다진 일을 가리킨
다. "춘추대일통(春秋大一統)"은 동중서가 《춘추공양전(春秋公羊傳)》에서 원용된 말

帝), 노자(老子), 신불해(申不害), 한비자(韓非子)의 학문과 위서(緯書)[349]의 불경한 설이 그 사이에 섞여서 행해지고 유교가 도리어 미약해졌으니 '대일통할 수 있다'는 것이 어디에 있는가?

《중용》에 "만물은 나란히 자라 서로 해치지 않고, 도는 나란히 행해 서로 어긋나지 않는다. 작은 덕은 내처럼 흐르고 큰 덕은 교화를 돈독히 한다. 이것이 천지가 크게 된 까닭이다."[350]라고 하였다. 작은 덕이 내처럼 흐른다는 것은 만 가지 부류가 같지 않음을 가리킨다. 큰 덕이 교화를 돈독히 한다는 것은 만 가지 부류를 품어 대동(大同)의 교화로 돌아가게 하는 것을 가리킨다. 넉넉하게 크도다! 치우침도 없고 무리 지음도 없이 왕도(王道)가 넓고 크니[351] 황극(皇極 황제)의 도가 아니겠는가? 같은 부류끼리 무리 짓고 다른 부류는 토벌하여 한쪽 편 드는 것을 편달(偏袒)[352]이 있음을 보이면 왕자의 정사가 아니다. 무익할

로, 왕제를 기강으로 삼아 확고히 안정을 도모하는 것을 가리키는 말이다.

349 위서(緯書) : 한나라 때 출현한 책으로, 유가의 경의에 의탁해 길흉화복을 예언한 책이다. 경서(經書)에 상대하여 위서라 칭한다. 《역(易)》, 《서(書)》, 《시(詩)》, 《예(禮)》, 《악(樂)》, 《춘추(春秋)》, 《효경(孝經)》 등이 있어 칠위(七緯)라 일컫기도 한다.

350 만물은……까닭이다 : 《중용장구》 제30장에 나오는 "만물은 나란히 자라 서로 해치지 않고, 도는 나란히 행해 서로 어긋나지 않는다. 작은 덕은 내처럼 흐르고 큰 덕은 교화를 돈독히 한다. 이것이 천지가 크게 된 까닭이다.〔萬物並育而不相害 道並行而不相悖 小德川流 大德敦化 此天地之所以爲大也〕"라고 한 구절을 인용한 것이다.

351 치우침도……크니 : 《서경》〈홍범(洪範)〉에 "치우침도 없고 무리지음도 없이 왕도가 넓고 크다.〔無偏無黨 王道蕩蕩〕"라고 한 인용한 말이다.

352 편달(偏袒) : 한쪽 편을 드는 것을 비유한 말이다. 한나라 여태후(呂太后)가 죽을 때 태위 주발(周勃)이 북군에 들어가 여태후를 돕는 자는 오른 쪽 어깨를 드러내고 유씨(劉氏)를 도울 자는 왼쪽 어깨를 드러내라고 명을 내렸다. 군사들이 모두 왼쪽

뿐 아니라 또 해롭다.

어떤 이는 말한다.

"자네도 지난날 이단을 물리치자는 논의를 했었네. 지금 갑자기 뒤집는 것은 어째서인가?"

"종교를 빙자해 심술(心術)을 해치고 정사에 방해가 되면 물리치는 것이 좋다. 만약 삼가 종교를 지켜 항심을 잃지 않으면 모두 우리 동포의 양민이니 선(善)으로 몰아갈 수 있으니 어찌 물리치랴. 근래 중화인이 공자의 가르침으로 국교를 삼고자 하였는데, 각 종교가 편달의 혐의가 있다 하여 떼로 일어나 반대했다. 그러니 공자교를 만들려는 사람 가운데 간혹 유감을 갖는 자가 없을 수 없었다. 그러나 성인의 도는 지극히 커서 포함하지 않는 것이 없으니, 혈기를 지닌 자 가운데 높이고 가까이 하지 않는 자가 없었다. 지금 국한하여 한 나라의 종교를 삼는다면 또한 작지 않은가? 반대하는 이들이 탓하는 것이 마땅하다."

어깨를 드러내자, 주발이 병사를 이끌고 들어가 여태후의 당을 모두 죽였다고 한다. 《漢書 卷3 高后記》

개가는 왕정에서 금한 것이 아니다
改嫁非王政之所禁

혹자가 말했다.

"여자가 한 지아비를 따라 생을 마친다고[353] 하니 무엇을 이르는 것인가?"

"옛날 남자는 처첩을 둘 수 있었지만 여자는 오직 지아비 하나로 생을 마쳤다. 지아비를 감히 둘을 두지 않았기 때문에 한 지아비를 따라 생을 마친다고 하였다."

"지아비가 죽어도 개가하지 않는 것이 옛 도인가?"

"옛날에도 있었다. 공강(共姜)의 정조[354]나 하후영녀(夏候令女)의 절개[355] 같은 경우는 경사에 드러나 있으니, 이름이 묻히지 않은 것은 그들의 특별한 행실 때문이다. 만약 지아비가 죽었으나 나이가 젊고 자식이 없으면 삼 년 후에 개가할 수 있었으니 역시 한 지아비를 따르는 의를 지킨 것이다. 이는 왕정(王政)에서 금한 것이 아니다."

---

353 여자가……마친다고 : 《주역》〈항괘(恒卦)〉에 "부인은 정하고 길하니 한 지아비를 따라 생을 마친다.〔婦人貞吉 從一而終也〕"라고 한 구절에서 인용한 말이다.

354 공강(共姜)의 정조 : 공강은 위나라 세자 공백(共伯)의 처로, 남편이 죽자 개가하지 않고 수절하였다. 집안사람이 억지로 개가시키려 하자 〈백주(柏舟)〉시를 불러 거절하였다.

355 하후영녀(夏候令女)의 절개 : 하후영녀는 하후문녕(夏候文寧)의 딸로, 위(魏) 종실 조문숙(曹文叔)의 처가 되었다. 남편을 잃고 시가가 멸문된 뒤에 아비가 개가시키려 하자 거절하고 정절을 지켰다. 《小學》

"어찌 그런 줄 아는가?"

"선왕은 백성을 의로써 가르쳐 법도로 백성을 이끌었고 끝내 예가 아닌 일을 백성에게 가르치고 행하게 하여 풍속을 어지럽히지 않았다. 맹자가 공유(公劉 주 태왕)의 덕을 기술하여 '안에 원망하는 여인이 없고 밖으로 홀로 된 지아비가 없었다.'[356]라고 하였으니 당시에는 사람마다 모두 부부의 즐거움이 있었음을 볼 수 있다. 문왕(文王)이 기(岐) 땅을 다스릴 적에 네 종류의 곤궁한 백성에게 먼저 베풀었으니, 처가 없는 늙은이를 '환(鰥 홀아비)'이라고 하였고 지아비가 없는 늙은이를 '과(寡 과부)'라 하였다. 지아비가 없는 젊은 여자는 당연히 개가해서 의탁할 바가 있었기 때문에 곤궁함을 규휼할 예로 들지 않았음을 알 수 있다.

옛날 부인에게 칠거지악(七去之惡)[357]이 있었는데 모두가 큰 과오가 아니었지만 걸핏하면 쫓아낸 것은 개가할 길이 있었기 때문이다. 그렇지 않았다면 어찌 미미한 잘못과 작은 과오 때문에 차마 은의를 끊어버리고 영원히 쫓겨나 의지할 데 없는 곤궁한 백성으로 만들었겠는가? 그리고 《예기》에 가모(嫁母 아버지가 죽고 재가한 어머니)와 출모(出母 아버지에게 버려진 생모)의 상복이 있다. 당시 왕의 제도가 아니었다면 어찌 《예기》에 쓰였겠는가? 그래서 개가가 왕정에서 금한 것이 아님을 안 것이다.

비단 주(周)나라 제도만 그런 것이 아니다. 동서양 고금의 역사를

---

356 안에……없었다 : 《맹자》 〈양혜왕 하(梁惠王下)〉에 보인다.

357 칠거지악(七去之惡) : 아내를 내쫓던 일곱 가지 조건을 가리킨다. 시부모에게 순종하지 않는 경우[不順父母去], 자식 못 낳는 경우[無子去], 음란한 경우[淫去], 질투하는 경우[妬去], 나쁜 질병이 있는 경우[有惡疾去], 말이 많은 경우[多言去], 도둑질한 경우[竊盜去]이다. 《大戴禮記 第80 本命》

두루 고찰해 보아도 이런 나쁜 법이 없는데, 유독 우리나라에만 있다. 국초에 제도를 의논하던 신하들이 한때의 혐의 때문에 마음대로 생각하고 함부로 행동해 개가한 자손은 청환(淸宦)358을 허가하지 말라는 법을 만들었다.359 이로부터 오백년 간 지아비가 죽으면 모두 수절하였다. 명분과 의리는 비록 아름다우나 실제는 천리(天理)를 해치고 인륜의 기강을 없애버리는 것이 이보다 심할 수가 없었다. 근거로 삼은 것은 왕촉(王蠋)의 '열녀는 두 지아비에게 시집가지 않는다.'라는 한 구절의 말360에 불과하다. 열녀라는 것은 남보다 한 등급 더 뛰어난 사람의 칭호이지, 여자의 도리 가운데 변치 않는 교훈이 아니다. 왕촉이라는 자는 전국 시대 명분을 위해 순절한 호기로운 사람이니, 독서하여 이치에 밝은 선비가 아니었다. 그 말은 한 때 격양된 말에서 나온 것이고 고전에서 상고한 것이 아니었다. 어찌 후세 사람은 금석처럼 받들어 마침내 온 세상 청상과부에 족쇄를 채워 참담하게 하늘의 해를 보지 못하게 하는가? 이것이 어찌 선왕께서 차마 남에게 하지 못하던 정사이겠는가? 지금 식견 있는 한두 사람이 잘못된 관습을 고치고자

---

358 청환(淸宦) : 규장각·홍문관·예문관 등의 벼슬로 봉록은 낮으나 고관이 될 수 있는 자리를 가리킨다.

359 국초에……만들었다 : 성종 때 재가 금지하는 법을 만들면서 그 자손은 서얼과 마찬가지로 규장각·홍문관·예문관 등의 벼슬로 봉록은 낮으나 고관이 될 수 있는 자리인 청환(淸宦)에 임명하지 못하도록 한 것을 가리킨다. 《成宗實錄 卷82 8年 7月 壬午》

360 왕촉(王蠋)의……말 : 왕촉은 전국 시대 제(齊)나라 충신으로, 연나라가 제나라를 멸망시키고 왕촉을 초빙하였으나 "충신은 두 임금을 섬기지 않고 열녀는 두 지아비에게 시집가지 않는다.〔忠臣不事二君 烈女不更二夫〕"라는 말을 남기고 목숨을 끊었다. 《史記 卷82 田單列傳》

하지만 여전히 세상에서 헐뜯을까 두려워한다. 감히 기탄없이 말하여 단행하지 못하고 왕왕 순분(鶉奔)의 비판[361]이 있음을 면치 못하니 어찌 재가하는 예를 분명히 행하는 것만 하겠는가? 사람마다 부부의 즐거움을 지니게 하면 인도(人道)의 결핍을 보충할 수 있고 천지의 조화를 불러올 수 있으니 어찌 훌륭하지 않은가? 나는 그러므로 '어진 정사는 반드시 개가로부터 시작해야 한다.'라고 말하는 것이다."

---

361 순분(鶉奔)의 비판 : 음란한 여인이 몰래 애인과 도주하는 것에 대한 비판을 가리킨다. 순분은 《시경》 편명인 〈순지분분(鶉之奔奔)〉의 준말로, 선강(宣姜)과 공자완(公子頑)의 음란한 일을 비판한 것이다.

옥식변

玉食辨

《서경》에 "오직 임금만이 복을 내리고 오직 임금만이 위엄을 부리고 오직 임금만이 옥식(玉食)을 하니 신하에게는 복을 내리고 위엄을 부리고 옥식을 하는 것이 없다."[362]라고 하였다. 채침(蔡沈)의 《서전집주(書傳集註)》 및 제가의 설이 모두 옥식의 의미를 명확히 해설한 것이 없는데, 대체로 정미한 쌀밥을 옥식이라 하였다. 한(漢)·진(晉)의 서적들에서 인용한 옥식이 모두 이와 같아서 마음속으로 의심한 적이 있다. 정미한 쌀밥은 사람이면 다 구할 수 있는 것인데 어찌 왕 노릇하는 자만 먹을 수 있었고 다른 사람은 모두 거친 현미를 먹었는가? 공자께서 밥은 정미한 쌀을 싫어하지 않으셨다고[363] 하니 공자 역시 참람한 것인가? 분명히 이럴 리가 없다.

《예기》에 "군자는 덕이 옥에 비유된다."[364]라고 하였다. 옥이라는 것은 온화하고 윤택하며 촘촘하고 치밀하여 열 가지 훌륭한 덕을 갖추었으므로 군자가 귀하게 여긴다. 생각건대, 천자가 밥을 먹을 때 반드시

---

362 오직……없다 : 《서경》〈홍범(洪範)〉에 보인다.

363 밥은……않으셨다 : 《논어》〈향당(鄉黨)〉에 나오는 "밥은 정미한 것을 싫어하지 않으셨고 회는 가늘게 썬 것을 싫어하지 않으셨다.〔食不厭精 膾不厭細〕"라는 구절에서 인용한 것이다.

364 군자는……비유된다 : 《예기》〈빙의(聘義)〉에 "예전에 군자는 덕이 옥에 비유되었다.〔夫昔者君子比德於玉焉〕"라고 하며 옥의 열 가지 덕을 나열하여 군자의 덕에 하나하나 대입한 구절이 나온다.

앞에 벽옥을 두고서 눈으로는 옥의 빛을 보고 귀로는 음악 소리를 들어, 마음과 생각을 온화하고 좋게 하여 음식 체하는 병이 없게 하였을 것이다. 이것을 옥식이라 하였을 것이니, 그 체모(體貌)가 중대해서 신하가 감히 흉내 낼 것이 아니었을 것이다. 그러므로 상례(喪禮)에서 천자의 반함(飯含 죽은 사람 입에 물리는 것)은 옥을 사용하였으니 살아있을 때의 옥식을 본떴기 때문이다. 대부 이하의 반함은 진주로 하고 감히 옥을 쓰지 않았으니 참람함을 피한 것이다. 《춘추좌씨전》에 진 문공(晉文公)이 도망 중 조(曹)나라에 들렀을 때 조나라 군주가 예우하지 않았는데, 조나라의 현신인 희부기(僖負羈)가 사적으로 음식을 드리면서 밥에 벽옥을 두니, 진 문공이 밥은 받고 벽옥은 되돌려 주었다고 하였다.[365] 두예(杜預)의 주(注)에는 진 문공이 보화를 탐내지 않았다고 했으나 틀렸다. 희부기는 문공이 돌아가 반드시 나라를 얻을 것을 알았기 때문에 깊이 친교를 맺고자 하여 몰래 임금의 예로 대우한 것이었다. 진 문공이 겸양하여 감히 감당하지 못했기 때문에 돌려주었으니 역시 참람함을 피한 것이다. 이를 보면 옥식의 의미를 알만하다.

---

365 진 문공(晉文公)이……하였다 : 《사기》 권39 〈진세가(晉世家)〉에 보인다.

청풍 김씨 종약 취지서
清風金氏宗約趣旨書

장강(長江)의 물이 민산(岷山)[366]에서 나왔으니 그 시작은 남상(濫觴
잔을 띄울 정도)에 불과하다. 그러나 온갖 개천이 모여 쉬지 않고 도도
히 흘러 마침내 거대한 장강과 한수(漢水)를 이룬다. 가령 장강의 근
원이 온갖 개천과 함께 모이지 않는다면 졸졸 흐르고 방울방울 흐르
다가 흐름이 반드시 끊길 것이다. 만약 온갖 개천이 장강과 함께 모
이지 않으면 흩어지고 말라서 바다에 도달할 희망이 없을 것이다. 이
는 서로에게 필요한 형세인 것이다. 우리 김씨는 시중공(侍中公 청풍
김씨 시조 김대유(金大猷)) 이하 이십여 세를 거쳤다. 지류가 나뉘고 파
가 달라져 각처에 산재해 있고 거의 수만 명을 헤아린다. 오직 이 수
만 명의 종친은 우리 시조로부터 보면 똑같이 자손들이다. 그러나 후
손이 소원해지면 길 가는 사람과 마찬가지여서, 죽었는지 살았는지
묻지 않고 근심과 즐거움을 상관하지 않는다. 어떤 이는 떠돌아다니
다가 계파를 잃고서 이 때문에 혈속의 자손이 묘에 절할 수 없게 되
었다. 어떤 이는 소식이 닿지 않아 각기 문호를 세우고 종중 모임을
함께 하지 않는다. 이것은 모두 우리 종친의 쇠락과 이산(離散) 때문
에 생긴 일이다. 이런데 오히려 문명했다고 스스로 자랑하여 "지금
사해 안이 모두 형제다. 어찌 골육만을 친척이라 하랴."라고 한다. 또

---

366 민산(岷山) : 중국 서쪽에 있는 큰 산으로 사천성 송반현(松潘縣) 북쪽에 위치해
있다. 사천성과 감숙성의 경계까지 이어져 장강과 황하의 분수령이 된다.

"지금 세상에 문벌은 필요 없으니 족보를 만들어 무엇을 하랴."라고
도 한다.

인류는 속 빈 뽕나무에서 태어난 것[367]이 아니니 세상에 어찌 근본
없는 사람이 있으랴. 이 때문에 비록 억조 인이 있을지라도 억조의
마음을 연결한다. 각자 하고 싶은 대로 하고 돌아보아 꺼리는 바가
없어서 무덤의 밭을 몰래 팔아 시향(時享)을 빼먹기도 하고 제멋대로
선산을 벌목하여 먹고 마시는 비용으로 써버리기도 한다. 선산 아래
종족의 사람들 역시 좌시하면서 금하지 않으며 "어찌 우리 선산만 그렇
겠느냐? 어찌 고생스럽게 남과 척을 지랴."라고 한다. 이렇게 하면
판 자, 벌목한 자와 좌시하여 금하지 않은 자는 똑같이 선조에게 죄를
지은 것이다. 이미 근본을 잊었으니 가정 내에 온갖 형태의 변고가
속출한다. 골육끼리 고소하고 나뉜 무리가 서로 공격하니 형제 간 다툼
으로 벌어진 틈이 원수보다 심하다. 남들이 보면 그 종친이 비록 많을
지라도 합심하는 힘과 화목한 기풍이 없기 때문에 능멸하고 유린하여
하지 않는 것이 없다. 우리 종친이 된 자는 앞으로 머리를 숙이고 기어
다니며 모욕을 달게 받아야 하리니 다시 누가 감히 원망하고 허물하랴.

그리고 경성(京城)은 도회지이다. 그러므로 종친의 일이 있으면 모
두 경성의 유사(有司 일을 맡은 사람)가 처리하고 각 지방 종중으로 나누
어 보내 알린다. 지방 종중을 억누르려는 것이 아니라 사무의 편리
때문이다. 시세가 조금 변하자 지방 종중 가운데 평소 불평을 품은

---

367 속……것 : 전설에 이윤(伊尹)의 어머니가 속 빈 뽕나무로 변하였는데 유신씨(有
莘氏)의 여인이 그 속에서 어린아이를 주워 임금에게 바쳐, 후에 이윤이 되었다고 한다.
《水經注 卷15 伊水》

자가 기탄없이 바른 말을 하여 "지금 이후로 경성의 종중이 다시 종중의 일을 전적으로 관장하도록 하라."라고 한다. 이렇게 말은 하지만 앞장서 담당하여 급선무를 잘 처리하는 경우는 보지 못했고, 해를 끼치고 저지하는 계책을 쓸 뿐이었다. 아아! 인심이 상실되고 미혹되어 근본을 잊음이 이런 지경에 이르면 어찌 다시 종중의 일을 논할 수 있으랴.

속담에 "백족(百足 노래기)이라는 벌레는 죽음에 이르러도 넘어지지 않는다."라고 하였으니 도움이 많음을 말한 것이다. 지금 우리 종친 수만 명의 사람이 합심하고 힘을 모으면 무슨 일인들 이루지 못하겠는가? 삼가 종중의 규율을 지키고 법률을 저촉함이 없으면 어떤 외부의 모욕이 걱정거리가 되랴. 오늘날 모든 모임은 개인으로서는 성립할 수가 없다. 한 가지 일을 운영할 때마다 반드시 단체를 조직하고 조약을 분명히 세워 많은 사람들과 함께 지킨 연후에야 모임의 본체가 성립된다. 우리 종중은 평소 규약이 없고 계통이 없이 흩어져 있어, 비록 수만의 무리가 있은들 고립된 것과 차이가 없다. 이런 상태로 진화된 경쟁의 시대에 대처하니 선조의 위업을 준수하고 종족을 보전할 수 있겠는가?

생각이 여기에 미치면 나도 모르게 두려워 오싹하다. 다행히 올해 12월 10일 봉익동(鳳翼洞) 종회 때 종약(宗約)의 의의를 회석(會席)에 제출하여 여러 사람의 의견에 찬성하지 않은 이가 없었다. 이렇게 하면 경향의 종중이 서로 연락하여 소식이 상응하고 골육이 서로 보전하고 단합하여 단체를 이루어서 반석 같은 종중이 될 것이니 우리 김씨가 비로소 근본 있는 사람이 될 것이라 생각한 것이다. 드디어 의논을 정해 규약을 세우고 따로 아래에 규칙을 조목조목 들었다. 우리 선조의 자손이 되는 모든 자는 멀리 살든 가까이 살든, 출세했든 못했든 막론하고 같은 한 가족으로 생각하여 시기와 단절의 시각을 타파하고 친애의 정을 더욱 돈독히 하여, 집에서는 종중의 규약을 삼가 지키고 세상에 처해서는 법률에 저촉됨이 없도록 하며 서로 면려하고 수만 명의 많은 사람이 한 마음이 되면 이는 일족의 자치제도가 될 것이다. 하늘에 계신 우리 선조의 영령이 어찌 아득한 곳에서 기뻐하며 복을 풍성히 내리지 않으시겠는가?

　그렇지 않으면 마치 골짜기 시냇물처럼 근원을 등지고 각기 흘러가 버려 즉각 말라버리게 될 것이니 어찌 매우 두려워할만하지 않으랴. 예로부터 명문대가는 문벌이 남보다 높은 집안이었다. 산동(山東)의 최(崔)·노(盧),[368] 포강(莆江) 정씨(鄭氏)[369]의 경우 어찌 반드시 사람마다 명망이 있고 집집마다 공훈이 있었겠는가? 온 종친이 합심해서 선조의 규약을 함께 지켰기 때문에 훌륭한 이름을 보유하여 한 시대의 모범이 될 수 있었던 것이다. 오직 우리 종중의 군자들은 힘쓰고 힘쓸지어다.

---

368 산동(山東)의 최(崔)·노(盧) : 위·진(魏晉) 때부터 당(唐)나라 때까지 오랜 세월 조정에 현달한 사람을 많이 배출했던 산동의 최씨와 노씨 집안을 가리킨다. 명문가를 비유하는 말로 쓰인다.《舊唐書 卷61 竇威傳》

369 포강(莆江) 정씨(鄭氏) : 중국 절강(浙江) 포강에 있던 정씨 일문을 가리킨다. 송·원·명 삼조에 걸쳐 번성했던 집안으로, 주원장(朱元璋)이 "강남제일가(江南第一家)"라는 편액을 내려 현전하고 있다.

운양선생집발

雲養先生集跋

상아, 무소뿔, 진주, 옥은 입거나 먹을 수는 없지만 사람들이 모두 간직하며 보물로 생각한다. 베, 비단, 콩, 조는 진귀하게 완상하기에 부족하지만 사람들이 모두 여유 있게 쓰고 싶어 한다. 보물을 보고 아끼는 것은 인정상 마찬가지인 것이고 날마다 쓰는 것을 모자라지 않게 하려는 것은 형편상 반드시 그래야 하는 것이다. 운양(雲養) 김선생(金先生)의 시문집은 이미 몇 년 전에 간행되어 수백 본이 동호인에게 공표된 적이 있다. 그러나 배우는 자들이 널리 배포되지 못한 것을 병통으로 여겨 금전을 아끼지 않고 구하고자 했다. 이에 이빈승(李斌承) 군이 동지 김재성(金載聲), 김용설(金溶偰) 두 군과 중간(重刊)해서 널리 배포할 것을 도모하니, 예전에 구하던 자들이 날마다 찾아와 예약하였다.

나는 듣고서 감탄하여 말했다.

"천하의 선비가 책을 좋아하지 않은 지 오래 되었다. 책을 소장한 자는 높은 누각에 묶어두었고 책을 파는 자는 상자에 두고 팔지 않는다. 어찌 유독 선생의 문집은 대해서는 목마른 자가 물을 마시러 달려가는 것처럼 구하는가? 근래 문장을 하는 자가 옛 것에 힘을 쓰면 지금의 것이 되지 못하고, 실제에 대해 쓰면 문채가 적어진다. 선생은 육경(六經)에 근거하고 백가(百家)를 포괄하여, 시의(時宜)를 통찰하면서도 걸핏하면 옛 도를 인용하고 문장에 발현되는 것을 살피면 마치 오대도시의 저자에 들어간 듯 수만 개의 보물이 눈을 어지럽힌다. 세밀하게 한 마디 한 글자를 연구하면 사람이 살면서 날마다 쓰는 베, 비단, 콩, 조처럼 모두 빠뜨려서는 안 되는 것들이다. 선생의 문집을 애독하는 사람들은 바로 인정과 형편상 그렇게 하지 않을 수 없어서 그러는 것이다. 이제 후생 학자는 반드시 이 군들처럼 선생의 문장이 좋다고 생각할 것이다. 나는 천하에 책을 좋아하는 이들이 이제부터 많아지리라는 것을 알겠다."

정사년(1917) 맹춘[1월] 동래(東萊) 정만조(鄭萬朝)[370]가 삼가 쓰다.

---

370 정만조(鄭萬朝) : 1858~1936. 본관은 동래(東萊), 자는 대경(大卿), 호는 무정 (茂亭)이다. 1895년의 팔월역변(八月逆變)·시월무옥(十月誣獄)에 연루되어 1896년 4월 진도(珍島)에 유배되었다가, 12년 만인 1907년 12월의 사면 때 풀려나 복관되었다. 1929년 경학원(經學院)의 대제학이 되어 명륜학원(明倫學院) 총재를 겸임하였다. 《고종실록(高宗實錄)》과 《순종실록(純宗實錄)》 편찬을 주재하였다.

운양집발

雲養集跋

이미 뛰어난 솜씨를 지녔어도 더 뛰어난 솜씨를 구하고 이미 기이한 솜씨를 지녀도 더 기이한 솜씨를 구하여 심지어 법도를 위배하고 도리를 배반하는 지경에 들어가도 그치지 않으니, 이것이 고금의 재사 가운데 문장으로 세상에 과시하는 자들이 하는 짓이다. 세상을 경영하는 공경대인(公卿大人)의 문장이라면 그렇지 않다. 말이 분명하면 그치고 뜻이 흡족하면 그친다. 다만 유익한 실제 일을 물을 뿐 무익한 부화함은 묻지 않는다. 조잡한 베옷과 두터운 비단 관이 비록 사람을 움직이는 문채는 없지만 조정에 앉아 정사를 다스릴 수 있다.[371] 운양 김 공의 문장이 이렇다. 그런데 공은 평상시 박연암(朴燕巖) 선생[372]의 문장을 매우 좋아했는데, 이 문장은 동방 사천년 역사상 제일 기이하고 위대한 문장이다. 그가 좋아하는 바를 살펴보면 역시 가슴 속에 따로 기이한 취미를 축적해둔 바가 있음을 알 만하다.

알아줌을 받은 회남신민(淮南新民) 화개(花開) 김택영(金澤榮)[373]

---

371 조잡한……있다 : 위(衛) 문공(文公)이 조잡한 베옷[大布之衣]과 두터운 비단관[大帛之冠]의 검소한 차림을 하였으나 사농공상을 권면하여 원년에 삼십승(乘)이었던 혁거(革車)가 말년에는 삼백 승(乘)이 되었다고 한다. 《春秋左氏傳 閔公2年》

372 박연암(朴燕巖) 선생 : 박지원(朴趾源, 1737~1805)으로, 본관은 반남(潘南), 자는 중미(仲美), 호는 연암(燕巖)이다. 중국 사행의 기록인 《열하일기(熱河日記)》는 정조의 문체반정(文體反正) 때 근래 신기한 것만 따르는 불순한 문체의 전범으로 지목되어 수정하라는 명을 받았다.

이 쓰다.

(옮긴이 구지현)

---

373 김택영(金澤榮) : 1850~1927. 본관은 화개(花開), 자는 우림(于霖), 호는 창강(滄江)이다. 한말 사대가의 한 사람이다. 을사조약 뒤 중국에 망명해 통주의 장건(張謇)에게 의지하였는데, 김윤식과의 친분을 통해 이루어진 것이었다. 회남신민(淮南新民)은 중국으로 귀화한 처지를 표현한 것이다.

운양속집

제1권

詩시

시 詩

보유(補遺)를 붙이다.

천진으로 사신의 명을 받들어 대궐 섬돌에서 하직하고 남문을 나섰다[1] 신사년(1881, 고종18)

奉使天津辭陛出南門 辛巳

이 이하는 천진에 갔을 때 및 우리나라로 돌아온 이후 중국인과 더불어 주고받은 내용이다.
갑인년(1854, 철종5)에 문집 간행할 때 그 초본을 잃어버려 갖추어 싣지 못했는데, 후에
묵은 종이가 쌓여 있는 곳에서 우연히 찾아내게 되었으므로 보유편에 덧붙여두기로 한다.

도성문 나서니 생각이 아득해지는데	一出都門意緖悠
힝힝 말은 우는데 먼 길 가는 수레 기댔네	蕭蕭鳴馬倚征輈
바다 같은 임금 은혜에 이 몸 작아지고	君恩似海身還小
나랏일 산처럼 무거워 꿈에도 근심하네	王事如山夢亦愁
타향에 오래 떨어져 장차 해를 넘길텐데	契濶異鄉將隔歲
길 떠나는 오늘 가을까지 만남에랴	登臨此日況逢秋
멀리 유람함은 남아의 일이라지만	遠遊儘是男兒事
가을바람에 흰머리 날리니 도리어 부끄럽네	却愧西風吹白頭

---

1 천진(天津)으로……나섰다 : 이 시는 다른 제목으로 《운양집》 본집 권3에 실려
있다. 본집 권3에 실린 제목은 〈사명을 받들고 남문 밖에서 자고 출발하면서 동행하는
여러 군자들에게 보인다.〔奉使宿南門外發行 示同行諸君子〕〉이다.

송경 선죽교에 들러 종사 윤석정[2]의 운에 차운하다[3]

過松京善竹橋次從事尹石汀韻

보유(補遺)이다.

옛 도읍의 차가운 종소리 저녁 빛에 먼데　　　　　故國寒鍾暮色遙

　　권겹(權韐)[4]의 〈송경회고시(松京懷古詩)〉에 "눈처럼 흰 달은 전 왕조부터
　　의 빛이요, 차가운 종소리는 옛 도읍의 소리구나. 남쪽 누에서 근심하며
　　홀로 서 있는데, 허물어진 성곽에 저녁연기 피어오르네."라고 했다.

패권국의 웅장한 기상 침체되어 사라졌네　　　　　覇國雄氣已沉銷

명산의 여러 부처 모두 다 힘이 없어　　　　　　　名山諸佛渾無力

　　고려(高麗) 태조(太祖)가 남긴 훈계에 "우리나라는 명산의 여러 부처들의
　　구호(救護)하는 힘을 입었다."라고 하였다.

끝내 하나의 돌다리에 윤리강상 의지했네　　　　　終賴綱常一石橋

　　선죽교(善竹橋)는 고려 말의 정포은(鄭圃隱, 정몽주(鄭夢周))이 목숨을 바
　　친 곳인데 지금도 혈흔이 아직 남아있다.

2　윤석정(尹石汀) : 윤태준(尹泰駿, 1839~1884)으로, 본관은 파평(坡平), 자는 치
명(稚命), 호는 석정(石汀)이다. 1881년 수신사(修信使)의 종사관으로 일본에 다녀왔
고, 이어 영선사(領選使)의 종사관으로 청나라에 다녀왔다. 1884년 협판군국사무(協辦
軍國事務)·협판교섭통상사무(協辦交涉通商事務) 등을 역임하였다. 갑신정변(甲申政
變)이 일어나자 후영사(後營使)로 사대당(事大黨)을 보호하다가, 독립당(獨立黨)의
장사패 윤경순(尹景純)에게 살해되었다.

3　송경(松京)……차운하다 : 이 시는 동일한 제목으로 《운양집》본집 권3에도 실려
있다.

4　권겹(權韐) : 1562~? 자는 여명(汝明), 호는 초루(草樓)이다. 선조(宣祖) 22년
(1589) 생원시에 합격했다. 부친은 권벽(權擘)이다.

동선령[5]에서 무관 백겸산[6]의 운에 차운하다[7]

洞仙嶺次官弁白兼山韻

보유(補遺)이다.

고갯길이 험준한데 작은 정자에 당도하니	嶺路崎嶇到小亭
드높은 가을 기운 푸른 하늘과 닿아있네	崢嶸秋氣接青冥
천년토록 관서와 해서를 겹겹이 잠갔으니	千年關海重重鑰

　　고개는 평안도와 황해도의 경계에 있는데, 성을 쌓아 관문을 설치했다.

두 지역 벗들의 친교는 몹시도 듬성했네	兩地朋交落落星
어두운 구름에 해 저물까 걱정할 건 없지만	雲暗未須愁日暮
먼 하늘로 어찌하면 시원한 바람 타고 날까	天長那得御風泠
이번 걸음에 신사에서 기도할 필요 없으니	此行不必叢祠禱

　　고개 위에 신사(神祠)가 있는데 기도하는 곳이다.

순조롭건 험난하건 앞길은 조국 영령에 의지하리라	夷險前頭仗國靈

5　동선령(銅仙嶺) : 황해도 봉산군에 있는 고개 이름이다.

6　백겸산(白兼山) : 백낙윤(白樂倫)으로, 겸산은 그의 호이다. 충남 공주 유구 사람
이며 순천 군수와 남원 군수를 역임하였다. 구례의 황현(黃玹)과 친했다.

7　동선령(銅仙嶺)……차운하다 : 이 시는 동일한 제목으로《운양집》본집 권3에도
실려 있다.

연광정에서 묵다[8]

宿練光亭

보유(補遺)이다.

서풍이 목란배를 불어 보내고	西風吹送木蘭舟
급한 피리소리 슬픈 현 소리 가을을 울리네	急管哀絃動素秋
취하여 임금님 은혜 느껴 한 곡조 부르니	醉感君恩歌一曲
내 몸이 대동강의 누대에 있는 줄도 모르겠네	不知身在浿江樓

---

8 연광정(鍊光亭)에서 묵다 : 이 시는 동일한 제목으로 《운양집》 본집 권3에도 실려 있다.

오늘은 나의 생일인데 윤석정이 나를 위해 절구 세 수를
지어 나그네의 회포를 위로해 주기에 그 수장의 시에
차운하여 답한다

是日卽余之生朝尹石汀爲作三絕以慰覉旅之懷次其首章韻以酬之

보유(補遺)이다.

천리 길에 오르니 백발이 새로운데   千里登臨白髮新
상봉9의 첫 뜻 품은 날이 바로 이날이라네   桑蓬初志卽玆辰
남쪽 초나라로 벼슬살이 가서 정인함과 같으니10   鼎茵彷彿南遊楚
멀리서 선영을 바라보매 갑절 슬퍼지는구나   遙望先楸倍愴神

9 상봉(桑蓬) : 상호봉시(桑弧蓬矢)의 준말로, 옛날 남자 아이가 태어나면 세상에 큰
뜻을 펴도록 상목(桑木)으로 활을 만들고 봉초(蓬草)로 화살을 삼아 천지 사방에 쏘았
다고 하는 풍습에서 온 말이다. 《禮記 內則》

10 남쪽……같으니 : 높은 벼슬에 올라 넉넉한 생활을 누리는 것이 부모님이 돌아가신
후에 부귀영화를 누리게 된 것처럼 부질없다는 의미이다. 정인은 '열정루인(列鼎累茵)'
을 줄인 말로, 고관대작이 여러 개의 솥을 늘어놓고 먹으며 여러 개의 자리를 포개어
앉는다는 뜻이다. 공자의 제자 자로가 매우 가난하게 살다가 부모가 돌아가신 뒤 남쪽
초나라에 가서 유학하여 벼슬길에 올라 큰 부귀를 누리게 되었으나 그 헛됨을 탄식했다
는 고사를 얘기한 것이다. 《孔子家語 致思》

연광정에서 차오산[11]의 시에 차운하다

練光亭次車五山韻

보유(補遺)이다.

용궁을 굽어 누르는 백 척 높은 성	俯壓蛟宮百尺城
망루와 성가퀴가 수면에 밝게 비치네	譙樓粉堞鏡中明
저자거리 해 저물 때 노래며 종소리 울려 퍼지고	市街日暮歌鍾動
들 나루에 가을날 개니 섬들 드러나네	野渡秋晴島嶼生
마음 사로잡는 풍물에 옛일 회상하고	風物依依懷古地
아득한 강과 호수에 연군의 정 생겨나네	江湖渺渺戀君情
누에 올라 혹시 머물려는 뜻 생길까봐	登樓恐有留連志
대동강 서쪽으로 흐르며 나의 길 전송하네	浿水西流送我行

---

11 차오산(車五山) : 차천로(車天輅, 1556~1615)로, 본관은 연안(延安), 자는 복원(復元), 호는 오산·귤실(橘室)·청묘거사(淸妙居士)이다. 송도(松都) 출신이며 1577년(선조10) 알성문과에 병과로 급제, 개성교수(開城敎授)를 지냈고, 1583년 문과 중시에 을과로 급제했다. 1589년에 통신사 황윤길(黃允吉)을 따라 일본에 다녀왔으며, 그 기간에 4~5천 수의 시를 지어 일인들을 놀라게 하였다. 특히 시에 능하여 한호의 글씨, 최립(崔岦)의 문장과 함께 송도삼절이라 일컬어졌다. 《오산집(五山集)》, 《오산설림(五山說林)》 등이 있다.

기자궁을 찾아가 정지상[12]의 시에 차운하다

過箕子宮次鄭知常韻

보유(補遺)이다.

함구문[13] 밖 석양이 짙은데 　　　　　　　　　含毬門外夕陽多

시골 노인 아직도 맥수가[14]를 전하네 　　　野老猶傳麥秀歌

백마[15]야 어찌 꼭 고국을 그리워했으랴 　白馬何須懷故國

대동강에는 바람과 파도 없거늘 　　　　　大同江水少風波

12 정지상(鄭知常) : ?~1135. 고려 전기의 문신이자 시인이다. 서경(西京)인이며
초명은 지원(之元)이다. 1112년(예종7)에 과거에 급제. 시(詩)에서 뿐만 아니라 문
(文)에서도 명성을 떨쳐 당대에 김부식과 쌍벽을 이루었다. 〈송인(送人)〉을 비롯하여
몇 편의 시가 전한다.

13 함구문(含毬門) : 평양성의 남쪽 성문 이름이다. 동쪽 성문은 대동문(大同門)이
다.

14 맥수가(麥秀歌) : 기자(箕子)가 은(殷)나라의 옛터를 지나며 읊었다는 노래를 가
리킨다. 맥수가는 일명 상은조(傷殷操)라고도 부른다. 《史記 卷38 宋微子世家》

15 백마 : 《시경》〈유객장(有客章)〉에 "귀한 손님이 흰 말을 타고 오셨네.〔有客有客
亦白其馬〕"라는 구절이 있는데, 이를 기자가 백마(白馬)를 타고 주(周)나라에 조회를
한 것이라는 주장이 있다.

안주 백상루에서 판상의 시에 차운하다
安州百祥樓次板上韻

보유(補遺)이다.

높다란 성은 탁 트여 이름난 누각 마주했고	層城瀠沱對名樓
먼 산은 봉홧불 개고 묵은 안개 걷혔네	遠岫烽晴宿霧收
광활한 형세 마치 발해를 삼킬 듯	濶勢如將吞渤海
굳센 마음은 곧장 모두16를 쏘고 싶구나	壯心直欲射旄頭
천년 전쟁터엔 시든 풀만 남았고	千年戰地餘衰草
십리 어부 노래 저물녘 배에 울리네	十里漁歌響暮舟
화각소리 세 번에 사람들 요새로 나가고	畵角三聲人出塞
쓸쓸한 낙엽 긴 모래섬에 떨어지네	蕭蕭落木下長洲

---

16 모두(旄頭) : 이십팔수(二十八宿)의 하나인 묘성(昴星)으로 오랑캐(胡)를 상징
하는 별이다.《漢書 卷26 天文志》

용천 양책관[17]에서 금포 박효렴[18]에게 작별시를 주다
龍川良策舘贈別朴錦圃孝廉

보유(補遺)이다.

한해의 끝자락에 용천관에서	歲暮龍川舘
금포와 서로 만났네	相逢錦圃生
역참 등불 밑에서 소상히 정담 나누는데	郵燈眉語細
삭풍 한설에 귀밑머리 희어버렸구나	朔雪鬢華明
빈천한 처지 나그네 생활 안쓰럽고	貧賤憐羈旅
노쇠한 나이에 먼 여정을 걱정하네	衰遲惻遠程
산천 또한 이별을 난감해하는데	山川亦難別
하물며 또한 친구의 마음이리야	況復故人情

---

17 양책관(良策舘) : 평안북도 용천군 북쪽에 있는 역관(驛館)으로 의주대로를 통해 중국을 왕래하는 사신이 머물던 곳이다.

18 박효렴(朴孝廉) : 박윤양(朴允陽)으로, 효렴은 그의 자(字)인 듯하다. 자세한 인적사항은 알 수 없다. 《음청사(陰晴史)》1881년(고종18) 10월 10일 일기에 "양책관에서 묵었다. 눈은 갰고 저물녘에 바람이 차가워졌다. 철산(鐵山) 거련관(車輦館)에서 점심을 먹었다. 본관(本官)의 윤구성(尹九成)이 뵈러 왔으며 전별 노자가 있었다. 금포(錦圃) 박윤양(朴允陽)은 지금 철산책실(鐵山策室)에 사는데 와서 만났다. 4, 5년 서로 못 보다가 여관에서 얼굴을 보니 심히 기쁘고 위로되었다."라는 내용이 보인다.

통군정에서 월사[19] 상공의 시에 차운하다

統軍亭次月沙相公韻

보유(補遺)이다.

정자 난간 높아 뭇 산을 움켜잡을 듯 하고	亭欄縹緲挹群山
성곽은 들쑥날쑥 푸른 물굽이 둘렀구나	城郭參差帶碧灣
지나간 용사[20]의 옛 사적 회고하니	事去龍蛇懷迹蹟
이하[21]를 구분지은 험요한 관문이었네	地分夷夏作重關
평평한 모래 벌 너머 얼어붙은 구름 막막하고	凍雲漠漠平沙外
먼 숲 사이로 지는 해는 어스름하네	落日荒荒遠樹間
북쪽을 바라보니 마음 더욱 감개한데	北望人情猶感慨
임·황[22]의 굳센 혼백 돌아올 줄 모르네	林黃毅魄不知還

---

19 월사(月沙) : 이정구(李廷龜, 1564~1635)로, 본관은 연안(延安), 자는 성징(聖徵), 호는 월사·보만당(保晚堂)·치암(癡菴)·추애(秋崖)·습정(習靜)이다. 14세에 승보시(陞補試)에 장원, 1590년(선조23) 증광문과에 병과로 급제했다. 대제학에 올라 1604년 세자책봉주청사로 명나라에 다녀오는 등 여러 차례에 걸쳐 중국을 내왕하였고, 중국문인들의 요청에 의하여 100여 장(章)의《조천기행록(朝天紀行錄)》을 간행하였다. 그뒤 병조 판서·예조 판서와 우의정·좌의정을 지냈다. 그의 문장은 장유(張維)·이식(李植)·신흠(申欽)과 더불어 이른바 한문사대가로 일컬어진다. 《월사집》이 있다.

20 용사(龍蛇) : 임진(壬辰)·계사(癸巳), 즉 임진왜란을 가리킨다.

21 이하(夷夏) : 이적(夷狄)과 하화(夏華)의 준말이다. 중국 경내의 한족과 여러 소수민족을 통칭한 것으로, 여기서는 중국 땅을 가리킨다.

22 임·황(林黃) : 임경업(林慶業, 1594~1646)과 황일호(黃一皓, 1588~1641)이다. 임경업은 본관은 평택(平澤), 자가 영백(英伯), 호는 고송(孤松)이며, 시호는 충민

(忠愍)이다. 1618년(광해군10) 무과에 급제, 친명배청(親明排淸)의 입장을 견지했다. 1636년(인조14) 병자호란 때 활약, 1640년 안주 목사(安州牧使) 때 청나라의 요청에 응하면서 명나라 군대와 내통하다가 이 사실이 탐지되어 체포되었으나 금교역(金郊驛)에서 탈출했다. 1643년 명나라에 망명, 명군의 총병(總兵)이 되어 청나라를 공격하다가 포로가 되었고, 1646년 인조의 요청으로 청나라에서 송환되어 친국(親鞫)을 받다가 김자점의 밀명을 받은 형리(刑吏)에게 장살(杖殺)되었다.

황일호의 본관은 창원(昌原), 자는 익취(翼就), 호는 지소(芝所)이며 시호는 충렬(忠烈)이다. 1635년(인조13) 증광문과에 병과로 급제, 1636년 병자호란이 일어나자 인조를 호종하여 남한산성에 들어가서 독전어사(督戰御史)로 전공을 세웠고, 척화를 적극 주장하였다. 1638년 의주 부윤으로 있을 때 명나라를 도와 청나라를 치고자 최효일(崔孝一) 등과 모의하다가 그 사실이 발각되어 청나라 병사에게 피살되었다.

책문에 묵으면서 이소산[23] 어른이 써서 보낸 칠언절구 한 수를 받아 차운해 부쳐 보냈다
宿柵門得李素山台丈書寄七截一首次韻付送

보유(補遺)이다.

변새의 눈보라 정히 애달프게 하는데	邊天風雪正銷魂
고향 꿈과 객수 밤중에 뒤섞여 찾아드네	鄕夢羈愁入夜繁
마자[24]를 건넌 뒤 몹시 쓸쓸하더니	自渡馬訾蕭索甚
친구의 편지 도착하자 술동이 열어젖히네	故人書到一開樽

---

23 이소산(李素山): 이응진(李應辰)으로, 자는 공오(拱五), 호는 소산이다. 1882년 (고종19)에 홍문관 제학(提學), 종친부(宗親府)의 종정원(宗正院) 종이품(從二品) 관직인 종정경(宗正卿)을 지냈다. 1885년에는 《봉산군여지지(鳳山郡輿地誌)》를 새로 편차(編次)했다.

24 마자(馬訾): 압록강이다. 《통전(通典)》에 압록강을 마자수(馬訾水)라고 기록하였다.

이 날 한경향[25] 학사 또한 칠언 근체시 한 수를 부쳐왔으므로 차운하여 보냈다

是日韓經香學士亦寄七言近體詩一首次韻以送

보유(補遺)이다.

아침에 유관루[26]에서 이별 술잔 나누고	朝飮離杯柳館樓
수레 몰아 저녁에 책문 가에 이르렀네	征車暮泊柵城頭
차갑게 쌓인 눈은 쇠약하고 병든 몸에 끼치는데	凌兢積雪侵衰病
여러 산을 어지러이 지나와서 꿈속에 드네	歷亂群山入夢遊
미천한 분수에 감히 노고를 사양할까	微分敢辭奔走力
소략한 재주로 계획 펼치기에 부족할까 돌아보네	疎才顧乏展施籌
친한 벗의 한 글자 글월 천금처럼 귀한데	親朋一字千金重
여로의 밤에 시 읊으니 마음 더욱 아득하네	旅夜披吟意轉悠

---

25 한경향(韓經香) : 한장석(韓章錫, 1832~1894)으로, 본관은 청주(淸州), 자는 치수(穉綏)·치유(穉由), 호는 경향·미산(眉山)이다. 유신환(兪莘煥)의 문하인 가운데 김윤식(金允植)·민태호(閔台鎬)와 함께 당대의 문장가로 유명하였다. 고종의 묘정에 배향되었다. 《미산집》이 있다. 시호는 효문(孝文)이었으나, 1910년 문간(文簡)으로 개시(改諡)되었다.

26 유관루(柳館樓) : 중국으로 건너가는 국경 근처의 설류관(雪柳舘)을 가리킨 듯하다. 강위(姜瑋, 1820~1884)의 《고환당수초(古歡堂收艸)》 중 〈설류관(雪柳舘)〉이란 시에 "압록강 머리 조그만 집 요양을 마주보고, 문밖 차가운 강물 무창에 접해 있네.〔江頭小舘對遼陽 門外寒流接茂昌〕"라는 구절이 있다.

압록강을 건너 책문[27]에 도착하여 짓다[28]
渡鴨江抵柵門作

보유(補遺)이다.

쌓인 눈이 변방 수루 덮었는데	積雪被邊戍
뭇 산들 해방[29]에 조회하네	衆山朝海邦
인가의 연기는 여섯 현에 통하고	人烟通六縣
고기잡이 횃불 삼강[30]을 비추네	獵火照三江
마음은 숲에 깃든 새를 그리워하고	心戀投林鳥
귀는 나그네 보고 짖는 소리에 깨는구나	耳醒吠客狵
수레 멈추고 서로 노고를 위로하며	稅車相勞苦
야심한 주점에서 봄 술을 따르네	夜店酌春缸

---

27 책문(柵門) : 압록강 건너 만주의 구련성(九連城)과 봉황성(鳳凰城) 사이에 있다.

28 압록강을……짓다 : 이 시는 《운양집》 본집 권3에 〈책문에서 묵다(宿柵門)〉라는 제목으로 수록되어 있다. 몇 구절을 수정하였고, 수정한 구절에 대한 원주가 있는 것으로 보아, 보유편의 시가 더 먼저 지어진 것이고, 본집 3권에 수록된 시가 나중에 수정하여 수록한 것임을 알 수 있다.

29 해방(海邦) : 바닷가에 접한 나라. 외국을 가리킨다. 여기서는 중국이다.

30 삼강(三江) : 중국과 우리나라의 국경 경계선을 이루는 강이다. 압록강(鴨綠江)이 백두산에서 흘러 서쪽으로 장강(長江)을 이루고, 마이산(馬耳山) 밑에서 3갈래로 나뉘어 삼강(三江) · 중강(中江) · 압록강이 되는데, 삼강과 중강은 중국 경내이고, 압록강은 우리나라 경내에 속한다.

안시성

安市城

보유(補遺)이다.

외로운 성에서 그때 당나라 군사를 막았건만[31]	孤城當日抗唐師
왕실에서 봉록도 없었으니 슬퍼할 만한 일이네	祿去王都事可悲
천고에 남은 한 풀어줄 이 없으니	千古無人解遺恨
공을 이룬 것은 다만 막리지[32]만 위한 셈이네	功成祇爲莫離支

31 외로운……막았건만 : 고구려 28대 보장왕(寶藏王) 4년(645) 6월 당나라 태종(太宗)이 공격해 왔을 때, 안시성 성주 양만춘(楊萬春)이 고군분투(孤軍奮鬪)하며 적군을 크게 격파했다.

32 막리지(莫離支) : 고구려의 최고 관직 명칭으로, 고구려 말기의 장군 연개소문(淵蓋蘇文)을 가리킨다. 그는 외교 면에서 대당강경책(對唐强硬策)을 전개하였다. 연개소문이 백제와 연합하여 신라를 공격하자 신라는 김춘추(金春秋)를 고구려에 보내 화친을 요청했으나 연개소문은 이를 거절했다. 신라는 당나라로 사신을 보내 고구려를 견제해 줄 것을 요청하여 당나라가 고구려로 사신을 보냈지만, 연개소문은 당나라의 사신마저 가두어 버렸다. 당나라 태종은 고구려가 사신을 가둔 것을 빌미로 고구려를 침략하여 초기에 상당한 전과를 올렸지만, 안시성에서 패배함으로써 정벌전쟁에 실패하였다.

연산관[33]에서 새벽에 출발하다

連山關曉發

보유(補遺)이다.

말굽소리 뚜벅뚜벅 판교 서리 밟노라니	馬蹄特特板橋霜
객점 희미한 등불 새벽빛 시샘하네	店舍殘燈妬曙光
산길 험준하여 수레는 마땅치 못한데	山路崎嶇車不穩
꿈속의 넋인들 어찌 고향에 이를 수 있을까	夢魂那得到家鄉

---

33 연산관(連山關) : 연산관은 지금의 중국 요령성 요양현(遼陽縣)과 봉황시 접경에
있었던 역참으로, 우리나라에서 중국으로 사신 갈 때 반드시 거쳐 갔던 곳이다.

청석령[34]

靑石嶺

보유(補遺)이다.

저물녘에 청석령 위에 올라	暮登石嶺上
길게 석령가[35]를 읊조리네	長吟石嶺歌
청석령은 비와 바람이 많은데	石嶺多風雨
취화[36]가 옛날에 지나갔다네	翠華昔日過

효종께서 심관(瀋舘)에 인질로 있게 되었을 때 청석령(靑石嶺)을 지나며 노래를 지어 연군우국(戀君憂國)의 마음을 펼쳤는데, 지금도 외워가며 전한다.

34 청석령(靑石嶺) : 지금의 중국 요녕성 요양시 북쪽 하란진(河欄鎭) 부근의 고개인데, 일대의 고갯마루 돌이 모두 실제 푸른색이어서 청석령이라 불린다 한다. 이 고개를 넘어서 조선의 봉림대군이 심양으로 볼모로 갔다.

35 석령가(石嶺歌) : 효종이 봉림대군 시절, 심양(瀋陽)에 볼모로 가면서 읊었다는 "청석령 지나거다. 궂은비는 무삼일고"로 시작되는 시조를 가리킨다.

36 취화(翠華) : 푸른 깃털 장식의 깃발 혹은 수레로, 대가(大駕)나 제왕의 대칭으로 쓰이는 표현이다.

요양

遼陽

보유(補遺)이다.

요양 성안에선 새벽 연기 피어나고	遼陽城裏曉烟生
햇빛 비친 드넓은 모래벌엔 탑 그림자 비껴 있네	日照平沙塔影橫
흡사 영위[37]가 고향마을 돌아온 듯	剛似令威還舊里
사람 만나도 말없이 자기 이름 쓸 뿐이네	逢人無語自書名

---

37 영위(令威): 정령위(丁令威)로, 한대(漢代)의 요동(遼東) 사람이다. 영허산(靈虛山)에서 신선술을 배워 신선이 되어 갔다가 후에 학이 되어 요로 돌아와 성문의 화표주(華表柱)에 앉았는데, 한 소년이 활로 쏘려 하자 날아올라 공중을 배회하며 이런 노래를 하고 높이 하늘로 치솟아 올라가 버렸다 한다. "새가 날아왔으니 이는 정령위라. 집을 떠난 지 천년 만에 지금에야 돌아왔다. 성곽은 전과 같으나 사람들은 예전 사람이 아니구나. 왜 신선을 배우지 않고서 무덤만 늘여 있는가?〔有鳥有鳥丁令威 古家千年今始歸 城郭如故人民非 何不學仙冢纍纍〕"《搜神後記》

태자하³⁸

太子河

보유(補遺)이다.

금대³⁹에 준마⁴⁰ 온 것 보지 못했으니	不見金臺駿馬來
왕손⁴¹의 뜻과 기개 또한 슬펐으리라	王孫志氣亦堪哀
후인들 멋대로 말하길 경솔히 화를 돋워	後人謾說輕挑禍
오국이 무단히 모두 재가 되었다 하네⁴²	五國無端摠已灰

38 태자하(太子河) : 요녕성 요양현(遼陽縣) 북쪽에 있는 강이다. 옛날부터 전하는 말에 연(燕)나라 태자 단(丹)이 숨어 있던 곳이라고 하는데, 어떤 이는 그런 것이 아니라 탑자하(塔子河)가 태자하로 잘못 불린 것이라고도 한다.

39 금대(金臺) : 황금대이다. 연나라 소왕(昭王)이 천하의 현철한 선비를 초치하기 위해 우선 곽외를 스승으로 우대하여 지어준 건물이다.

40 준마(駿馬) : 재능 있는 인물을 비유한 것이다.

41 왕손(王孫) : 연나라의 태자 단(丹)을 가리킨다.

42 경솔히……하네 : 연나라 태자 단이 진나라에 볼모로 잡혀갔다가 도망쳐 돌아와 형가(荊軻)와 진무양(秦舞陽)을 진나라 조정으로 보내 진왕을 암살하려다가 실패한 사건을 가리킨다. 그 실패로 진나라 침입이 다급해지자 연왕이 태자 단을 목을 베어 진에 바쳤으나 진나라는 결국 요동 지역 5국을 치고 연나라를 멸망시켰다. 《史記 卷86 刺客列傳》

성경[43]

盛京

보유(補遺)이다.

울타리의 풍운이 옛 경기[44]를 보호하고	儲胥風雲護舊畿
일만 집들 금빛 푸른 빛 아침햇살에 밝네	萬家金碧煥朝暉
팔기[45] 자제들이 전혀 일이 없어서	八旗子弟渾無事
해 뜨면 성남에서 말 타보고 돌아오네	日出城南試馬歸

43 성경 : 이 시는 《운양집》 본집 권3에 〈심양(瀋陽)〉이란 제목으로 수록되어 있다.
성경(盛京)은 심양(瀋陽)의 옛 이름이다.

44 옛 경기(京畿) : 심양, 곧 성경을 가리킨다. 경기는 도성과 그 관할에 속하는 사방
천리의 땅을 말한다. 심양은 청나라 초기의 도성이었다.

45 팔기(八旗) : 청(淸)나라 태조(太祖)가 전국의 군대를 여덟 가지 빛깔의 단위(單
位)로 나눈 편제(編制)다.

윤석정[46]이 항상 일 때문에 뒤처져서 탑교에서 헤어져
출발했고 또 며칠을 떨어져 있게 되었으니 이에 슬퍼하며
짓는다

尹石汀常以故落後塔橋離發又作數日之別悵然而作

보유(補遺)이다.

자네 걸음 항상 뒤지고 나는 항상 앞서서   君行常後我常先
잠시 헤어져 밤을 지내자니 또한 슬프다네   小別經宵亦黯然
길이 탄식하노라 즐겁게 겸궐[47]처럼   長恨不如鶼蟨樂
일생을 산과 바다에서 머리 나란히 잠자지 못함을   一生山海幷頭眠

46 윤석정(尹石汀) : 192쪽 주 2 참조.
47 겸궐(鶼蟨) : 매우 친밀한 친구 사이를 비유한다. 겸은 눈 하나와 날개 하나만 있기
때문에 두 마리가 서로 나란히 해야만 비로소 두 날개를 이루어 날 수 있다는 새다.
궐은 앞발은 짧고 뒷발만 길어서 잘 달리지 못한다는 짐승이다. 그런 까닭에 궐은 하루
에 천 리를 달릴 수 있는 공공거허(蛩蛩巨虛)라는 짐승이 좋아하는 감초(甘草)를 갖다
먹여주고 위급한 때를 당하면 공공거허의 등에 업혀서 위기를 면한다 한다.

신민둔[48]을 지나며 먼지를 읊다[49]

過新民屯咏塵

보유(補遺)이다.

어두침침한 세계 태양도 빛을 잃고	空濛世界日無光
그 속에서 분주히 각자 바쁘네	箇裏營營各自忙
운무가 수레를 에워싸니 어디로 가야 하나	雲霧擁車何處去
날아가는 여순양[50]이라도 된 듯 싶네	却疑飛過呂純陽

---

48 신민둔(新民屯) : 중국 요령성 심양시 요중현(遼中縣) 동부에 있는 마을이다.

49 먼지를 읊다 : 우리나라의 중국 사행기록에 보면, 중국의 요동(遼東)과 계주(薊州)를 지날 때 먼지를 이루 다 털어낼 수 없을 정도로 먼지가 많아서 종종 '먼지를 읊다(咏塵)'라는 제목으로 시를 지은 것이 보인다.

50 여순양(呂純陽) : 당말(唐末) 사람이다. 이름은 암(巖), 호는 순양자(純陽子)이다. 선술(仙術)로 유명하여 한단몽(邯鄲夢)이니 여공침(呂公枕)이니 하는 이야기들이 전해온다.

황기보[51]를 지나며

過黃旗堡

보유(補遺)이다.

황기보로 말 몰아가니	驅馬黃旗堡
서생의 의기가 강해지네	書生意氣驕
긴 숲에 바람은 멎지 않고	脩林風不息
큰 벌판에 해는 항상 높이 떠 있네	大野日常高
긴 나그네 생활에 먼지는 머리카락 가득하고	久客塵棲髮
먼 길 가니 눈이 솜옷에 가득하구나	長征雪滿袍
모래 벌은 몇 번의 전투 겪었을까	沙場經幾戰
물거품에 씻기어 사라졌구나	恒遭浪花淘

51 황기보(黃旗堡) : 중국 요령성 심양시 요중현(遼中縣) 신민둔(新民屯)에서 서쪽으로 45리 정도 떨어진 곳으로 우리나라에서 중국으로 사행 가는 경로에서 거치는 곳이다. 중국사행기록에 흔히 신민둔과 노하구(蘆河溝) 사이에 소황기보, 대황기보를 거쳐 가는 것으로 나온다.

송산보[52]

松山堡

보유(補遺)이다.

승패는 원래 군사 많음에 달려있지 않으니	輸贏元不在兵多
송산의 지나간 일 한스러워한들 어이할까	往事松山恨奈何
천하의 정예병들 하루아침에 다 하니	天下精英一朝盡
남군〔明〕은 통곡하고 북군〔淸〕은 노래 불렀다네	南軍號哭北軍歌

---

52 송산보(松山堡) : 중국 광령(廣寧) 지방의 지명이다. 명나라 장수 조대수(祖大壽)가 굳게 지키고 있었고 또 홍승주(洪承疇)를 장수로 삼아 더 많은 병력을 지원했으나 병자년(1636)에 청 태종이 얼마 되지 않는 군병으로 명나라 대군을 이곳에서 크게 격파했다. 송산보, 관마산(官馬山), 행산보(杏山堡) 세 곳은 명나라 군사가 참혹(慘酷)히 멸망한 곳으로 일컬어진다.

변길운[53]의 증운을 보고 차운하다

次卞吉雲見贈韻

보유(補遺)이다.

내 뒤에 있지도 내 앞에 있지 않으니	不於我後不於先
호월일가[54]하도록 누가 그리 시켰나	胡越一家誰使然
임금님 소간[55]하는 뜻에 따라 왕래하느라	憧憧龍樓宵旰意
많은 이들 탑상 곁에서 잠자고 있네	他人無數榻傍眠

혜업 쌓은 어르신이 먼저 성불한 듯[56]	慧業丈人得佛先

---

53 변길운(卞吉雲): 변원규(卞元圭)로, 본관은 초계(草溪), 자는 대시(大始), 호는 길운·주항(蛛舡)이다. 조선 후기의 역관 출신 문신으로 고종 18년(1881) 영선사 김윤식(金允植)을 따라 별견당상(別遣堂上)으로서 유학생 20여 명을 인솔하여 청나라에 건너가 새로운 문물을 시찰하였다. 계속 그곳에 머물러 3차에 걸친 김윤식과 이홍장(李鴻章)의 회담에 참석하여 공을 세움으로써 김윤식의 신임을 받아 그의 추천으로 1883년 김옥균(金玉均)·이조연(李祖淵) 등과 함께 교섭 통상사무 아문의 참의가 되어 외교·통상 업무를 수행하였다.

54 호월일가(胡越一家): 멀리 떨어진 사람이 한 곳에 모임을 비유하는 말이다. 호(胡)는 중국의 북쪽 지방에, 월(越)은 남쪽 지방에 있어서 생긴 말이다.

55 소간(宵旰): 소의간식(宵衣旰食)을 줄인 말이다. 임금이 새벽에 일어나고 밤늦게 밥을 먹는다는 뜻으로 임금이 정치에 부지런한 것을 말한다.

56 혜업(慧業)……듯: 남조(南朝) 송(宋)나라 때 회계 태수(會稽太守) 맹의(孟顗)가 불교를 독실하게 신봉하였는데, 사영운(謝靈運)이 일찍이 맹의에게 "도를 얻으려면 응당 혜업을 쌓아야 하리니, 어르신이 이 세상에 나온 것은 나보다 먼저이지만 성불하는 것은 분명히 내 뒤에나 있게 될 것이다.[得道應須慧業 丈人生天當在靈運前 成佛必在靈

남다른 시상이 실로 표연하네[57]　　　　　　不群詩思正飄然

임금의 은혜를 갚을 계획 오늘에야 알겠으니　　圖酬恩渥知今日

앞길에 힘쓰도록 잘 드시고 잘 주무시기를　　努力前程善飯眠

運後)"라고 한 데서 나온 말이다. 《宋書 卷67 謝靈運列傳》

57　남다른……표연하네 : 두보(杜甫)의 〈춘일억이백(春日憶李白)〉 시 첫머리에 "이
백의 시는 천하무적이라, 시상이 표연하여 남들과 다르네.〔白也詩無敵 飄然思不群〕"라
는 구절이 나온다. 《杜少陵詩集 卷1》

동행한 여러 군자들에게 차운하여 드리다
次韻奉贈同行諸君子

보유(補遺)이다.

삼청동 초가엔 자리에 먼지 엉겼건만
온자한 풍류는 진나라 사람[58]과 같네
사십년 만에 뒤늦게 만나니
새삼 백발 서로 보며 한번 웃네

　　이상은 윤석정(尹石汀)이다.

三淸茅屋席凝塵
蘊藉風流似晉人
四十年來傾盖晚
相看一笑白頭新

구름 밟는 천리마 걸음 세속 먼지 끊었으니
거침없이 맑은 풍도 남에게 양보 않으리
말 위에서 삼백 수[59]의 시 지어내는데
언제나 가을 물에 새로 간 칼[60]과 같네

　　이상은 백겸산(白兼山)[61]이다.

翩雲驥步絶氛塵
唐突淸風不讓人
馬上題詩三百首
常如秋水發硎新

58　진(晉)나라 사람 : 도연명(陶淵明)을 가리킨다. 도연명의 온화한 인품과 담백한
풍류를 닮았다는 말이다.

59　삼백 수 : 실제로 지은 시의 숫자를 세어서 말한 것이 아니라, 공자가《시경》의
개략적인 편(篇) 수를 가지고 '시삼백'이라 지칭한 것을 원용해 말한 것이다. 많은 시를
지었다는 뜻이다.

60　새로 간 칼 : 원문은 발형신〔發硎新〕이다. 포정(庖丁)이 칼 한 자루로 19년에 걸쳐
수천 마리의 소를 잡았는데도 칼질이 워낙 능숙하여 '칼날이 마치 숫돌에 막 갈아 놓은
것처럼〔刀刃若新發於硎〕' 말끔했다는 데서 온 말이다. 늘 새로움을 의미한다.《莊子
養生主》

맑은 자태 깨끗한 기상 속세를 멀리 초월했는데　　清姿蕭灑逈超塵
누가 알까, 밝은 시대에 옥을 바친[62] 사람을　　誰識明時獻玉人
나랏일은 해마다 일정에 기한 있으니　　　　　　王事年年程有限
매화와 버들이 새로 강을 건넘을 우두커니 본다네　佇看梅柳渡江新

　이상은 변길운(卞吉雲)이다.

---

61 백겸산(白兼山) : 백낙윤(白樂倫)이다. 193쪽 주 6 참조.

62 옥을 바친 : 임금이나 조정에 재능을 바치는 것을 말한다. 춘추 시대 초나라 사람 변화가 형산(荊山)에서 직경이 한 자나 되는 박옥을 얻어 여왕(厲王)과 무왕(武王)에게 바쳤으나 옥을 감정하는 사람이 잘못 보고 돌이라 하여 두 발이 잘리고 말았다. 그 후 문왕(文王)이 즉위하자 화씨는 형산 아래서 박옥을 안고 사흘 밤낮이나 울어 피눈물이 흘렀다. 문왕이 이 사실을 듣고 사람을 보내 "천하에 발이 잘린 사람이 많은데 그대만이 유독 이렇게 우는 것은 어째서인가?" 하고 묻자, 그가 대답하기를 "나는 발이 잘린 것을 슬퍼하는 게 아니라 보배로운 옥을 돌이라 하고 곧은 선비를 미치광이라 하니, 이 때문에 내가 슬피 우는 것입니다." 하였다. 이에 왕이 옥공(玉工)을 시켜 박옥을 다듬게 하니 직경이 한 자나 되고 티 한 점 없는 큰 옥이 나왔다 한다. 《韓非子 和氏》

산해관⁶³에서 군사들이 용맹하게 기예를 연마하는 것을 관람하다

山海關觀兵勇鍊技

보유(補遺)이다.

변새의 군악 소리 쓸쓸한데 깃발 멀리 나부끼고	邊聲蕭瑟旆悠揚
곳곳마다 열무장 새로 개장했네	處處新開閱武場
서쪽으로 바다 바라보니 옛 성첩 연이었는데	西望滄溟連古堞
지는 해가 스산하게 진황도⁶⁴에 걸려있네	蒼涼落日吊秦皇

---

63 산해관 : 유관(楡關)이라고도 한다. 중국 하북성(河北省) 진황도(秦皇島) 시에 있는 성(城)이다. 만리장성의 동쪽 끝 지점이다. 웅장한 성곽과 성루가 위용을 갖추고 있으며, "천하제일관(天下第一關)"이라는 편액이 걸려 있다.

64 진황도(秦皇島) : 산해관 남쪽 망해정(望海亭)에서 서쪽을 바라보면 수십 리 지점에 있는 모래섬으로 진 시황이 놀던 곳이라 한다.

망부대[65]

望夫臺

보유(補遺)이다.

살아서는 날마다 남편을 기다렸으니	生前日日望夫婿
죽어서는 혼이 남편을 의지하리라	死後魂應夫婿依
다만 한스러운 건 이 몸이 쉽게 바위가 되어버려	只恨此身輕化石
만리 고향으로 돌아가지 못함이라네	家山萬里未言歸

---

65 망부대(望夫臺) : 이 시는 동일한 제목으로 《운양집》 본집 권3에도 실려 있다. 3구의 '只恨此身輕化石'에서 '只'자를 '祗'로 표기한 점만 차이가 있다. 망부대는 산해관 인근에 있는 바위이다. 이 바위에는 '맹강녀 곡장성(孟姜女哭長城)' 전설이 있다. 맹강녀가 결혼 3일 째 되던 날에 남편이 만리장성을 쌓는 인부로 차출되어 산해관으로 가게 되었는데 배고픔과 심한 노동으로 죽고 말았다. 남편이 오랫동안 소식이 없자 맹강녀는 수천 리 떨어진 산해관으로 찾아가 남편의 죽음을 알게 되었다. 맹강녀는 슬픔을 이기지 못하여 바다에 몸을 던지고 말았는데, 맹강녀가 서있던 바위가 깊게 패 발자국이 남았고, 여기서 바위가 두 개 솟아 하나는 무덤이 되고 하나는 비석이 되었다고 한다.

진자점[66]

榛子店

보유(補遺)이다. 계문란(季文蘭)[67]의 일은 《식암집(息庵集)》[68]에 보인다.

벽에 남은 애절한 시 먹빛도 고와	壁詩哀艶墨華殘
변방의 행인들 눈물 닦으며 보는구나	塞上行人拭淚看
희디 흰 반원의 진자점 달	練練半規榛店月
가련하기가 계문란과 같구나	可憐猶似季文蘭

66 진자점(榛子店) : 이 시는 동일한 제목으로 《운양집》 본집 권3에도 실려 있다.

67 계문란(季文蘭) : 중국 강우(江右) 지역 수재(秀才) 우상경(虞尙卿)의 아내로 명·청 교체기 전쟁 중에 남편이 청군에게 죽고 자신은 포로가 되었다. 그 뒤에 왕장경(王章京)에게 팔려 이곳을 지나다가 무오년 정월 21일에 눈물을 뿌리며 이곳 벽에 시를 썼다고 전해진다. 우리나라 사신들이 중국을 왕래하면서 진자점을 지날 때마다 진자점 벽의 계문란의 시에 차운하여 시를 짓거나 이 이야기를 기록으로 남기곤 했다. 사행록마다 이 이야기가 거의 빠짐없이 나온다.

68 식암집(息庵集) : 김석주의 문집이다. 권6 〈도초록 상(擣椒錄上)〉에, 〈진자점 주인의 벽 위에 강우(江右)의 여자 계문란이 직접 쓴 절구 한 수가 있었다. 읽어보니 처연하여 그 시의 원운을 따라 지었다.〔榛子店主人壁上 有江右女子季文蘭手書一絶 覽之悽然 爲步其韻原韻〕〉라는 제목의 시가 있다. 시의 원주에 계문란의 원운시가 기록되어 있다. "머리의 쪽은 부질없이 옛날 그대로인데, 치마는 월나라 의상으로 바뀌었구나. 우리 부모 어느 곳에 살아 계실까, 봄바람에 통곡하며 심양 길 오르네.〔椎髻空憐昔日粧 征裙換盡越羅裳 爺娘生死知何處 痛殺春風上瀋陽〕"

영평성[69] 밖의 점사에서 벽에 쓰인 시에 차운하다[70]
永平城外店舍次壁上韻

보유(補遺)이다.

숙소의 외로운 등불 스스로 비추는데	宿處孤燈自照
일어나니 새벽달이 여전히 비껴 있네	起來殘月猶橫
다만 수레소리 덜컹덜컹 들었을 뿐	但聞車聲轣轆
많은 여정을 다 기억하지 못하네	不記多少行程

영평성 안의 구름 낀 새벽	永平城裏雲曉
밝은 달은 누대 앞 나무에 나직하네	明月樓前樹低
빈자 양육과 학교 부흥 물어보노니	試問養貧興學
자유의 칼 어찌 닭 잡는 것[71]에 그쳤으랴	游刀何止割鷄

---

69 영평성(永平城) : 청조(淸朝) 때는 영평부(永平府), 지금은 하북성 난현(灤縣)에 해당하는 곳이다. 중국으로 사행을 갈 때 이 부근을 지날 때 백이(伯夷) 숙제(叔齊)의 사당에 참배하곤 했다. 영평성 서쪽 5리 지점에 난하(灤河)가 흐르고, 난하에서 10리쯤 떨어진 곳에 그 사당이 있기 때문이다.

70 영평성(永平城)……차운하다 : 이 시는 《운양집》 본집 권3에 〈영평성 밖의 점사에서 벽 위의 6언 시에 차운하다〔永平城外店舍 次壁上六言韻〕〉라는 제목으로 실려 있다.

71 닭 잡는 것 : 할계(割雞), 곧 작은 업적을 말한다. 여기서는 유지개(游智開)가 더 큰 업적을 펼치지 못했음을 말한 것이다. 《논어》 〈양화(陽貨)〉에, 공자의 제자 자유(子游)가 무성(武城)의 수령으로 있을 때, 조그마한 고을에서 예악(禮樂)의 정사를 펼치는 것을 보고, 공자가 웃으면서 "닭을 잡는 데에 어찌 소 잡는 칼을 쓰리오.〔割雞焉用牛

유장원(游藏園)[72]은 전임(前任) 영평 태수(永平太守)로서 양빈원(養貧院) 및 학교(學校)를 설립하여 지금도 끼친 사랑이 남아 있었다.[73]

변방의 날씨 잠깐 따뜻하다 다시 춥고	邊天乍暄復冷
역점의 나무는 가까운 듯 외려 머네	店樹似近還遙
연 지역은 금년 들어 눈이 오지 않아	燕地今年無雪
얼어붙은 강물이 녹지를 않네	河氷滑笏未消
뜬구름이 아득히 동쪽으로 흘러가고	浮雲杳杳東去
밝은 해 뉘엿뉘엿 서쪽으로 기우네	白日依依西斜
편지가 타향에서 오래 막혔으니	尺素異鄕久阻
가족들은 응당 등불 꽃으로 점치겠지	家人應卜燈花

원운 原韻

刀)"라고 말한 데서 원용한 표현이다.

72 유장원(游藏園) : 유지개(游智開, 1816~1899)로, 호남성 신화현(新化縣) 출신이며, 자(字)는 자대(子代), 호는 장원이다. 1851년 거인(擧人)으로서 지현(知縣)으로 선발, 그 이후 여러 곳의 지현 혹은 지주(知州)를 지냈다. 그는 선정을 하여 증국번으로부터 그의 치적이 강남 제일이라는 칭송을 들었으며, 증국번이 직례총독(直隸總督)일 때 특별히 심주(深州)에 보임되었으며 다시 난주(灤州)에 보임되었다. 1872년 영평지부(永平知府), 1880년 영평하도(永定河道)로 발탁, 1888년에는 광동포정사(廣東布政使)를 지냈다.

73 유장원(游藏園)은……있었다 : 《운양집》 본집 권3에는 이 시 아래에 설명된 원주의 내용이 조금 다르다. "전 태수 유지개 공이 빈자를 양육하고 학풍을 일으켰는데, 지금도 그가 끼친 사랑이 여전히 남아 있었다.〔前太守游公智開 養貧興學 至今遺愛尙存〕"

울퉁불퉁 산의 돌에 길이 험한데　　　　　山石磷磷路險

굽이굽이 마을 시냇물에는 다리가 걸쳐 있네　村溪曲曲橋橫

누가 차가운 서리를 밟고 갔을까　　　　　誰把寒霜踏破

앞길에 지나간 사람 있음을 알겠네　　　　前途知有人行

나무는 엷은 구름에 싸여 조그맣게 서 있고　樹被薄雲瑣住

바람은 새벽달에게 낮게 부는구나　　　　　風將殘月吹低

새벽 꿈 집집마다 깨기도 전에　　　　　　曉夢家家未醒

사방에서 두루 마을 닭이 우는구나　　　　四圍啼遍村鷄

얼굴을 치며 붉게 나는 먼지는 보드랍고　　撲面紅飛塵軟

시야에 푸르름 보내주는 산은 멀리 있네　　迎眸青送山遙

커다란 바퀴처럼 아침 해 떠오르니　　　　捧出一輪旭日

길 가는 사람들 함께 추위가 수그러져 기뻐하네　征人共喜寒消

한 오라기 밥 짓는 연기 모이고　　　　　一縷炊烟團結

여러 서까래 부서진 집은 비스듬히 기울었네　數椽破屋欹斜

웃으며 묻노니 주막집 붉은 살구나무　　　笑問酒家紅杏

봄이 오면 꽃을 잘 피우는가　　　　　　春來能否開花

'진'자 운을 써서 고군⁷⁴ 영철 에게 답하다

用塵字韻答高君 永喆

보유(補遺)이다.

큰 은혜를 어찌 티끌만치라도 갚을 수 있을까	洪造何能報刹塵
강개한 마음 지닌 사람 되기가 가장 어렵다네	最難慷慨有心人
그대를 보니 빼어난 기운 종각⁷⁵ 같아	看君奇氣如宗慤
진해⁷⁶ 긴 바람에 새롭게 뜻을 얻으리라	津海長風得意新

---

74 고군(高君) : 고영철(高永喆, 1853~?)로, 본관은 제주, 자는 윤명(允明)이다. 1876년(고종13) 식년시에 합격, 직장(直長)을 지냈다. 1881년 김윤식이 영선사로 갈 때 학생으로 가서 천진 동국공도(東局工徒)로 소속되어 공부했고, 1883년 민영익이 보빙사로 미국에 갈 때 고영철이 중국어와 영어를 통역하는 역할을 맡아 수행했다.

75 종각(宗慤) : 웅혼한 기백과 원대한 뜻을 지니고 용맹스럽게 앞으로 나아가는 포부를 지닌 인물을 뜻한다. 남조(南朝) 송(宋)의 종각이 소년 시절에 "장풍을 타고 만리의 물결을 부수고 싶다.〔願乘長風破萬里浪〕"라고 포부를 밝힌 고사가 있다. 《宋書 卷76 宗慤列傳》

76 진해(津海) : 하북성(河北省) 천진관(天津關)의 치소(治所)이다. 1881년 김윤식이 영선사로 갈 때 고영철이 학생으로 가서 천진 동국공도로 소속되어 공부했다.

변길운의 산해관 시에 차운하다
次卞吉雲山海關韻

보유(補遺)이다.

길게 이어진 성가퀴 서쪽 임조[77]에서 오고	連延雉堞洮西來
성 위에선 멀리 바닷가 대가 바라보이네	城上遙望海上臺
일만 마리 말 허공으로 올라 구름 위로 솟고	萬馬騰空雲外出
여섯 자라[78] 기둥을 이고 해 주위를 돌아오는 듯	六鼇戴柱日邊廻
위대한 업적 계승할 사람 없음을 탄식하노니	可歎偉績無人繼
어찌 뜻했으랴 중요한 관문이 절로 열릴 줄[79]을	豈意重關亦自開
천고의 한을 품고 저 멀리 평승[80]을 보는데	極目平乘千古恨
뿔 나팔 소리 처절하여 저무는 하늘에 슬프구나	角聲凄切暮天哀

---

77 임조(臨洮) : 진 시황(秦始皇)이 북방 흉노의 침략을 방어하기 위해 몽염을 시켜
쌓은 만리장성이 시작되는 곳이다. 서쪽 임조에서 시작하여 동으로 요동까지 이른다.

78 여섯 자라 : 바닷 속에서 삼신산(三神山)을 머리로 이고 있다는 여섯 마리의 자라
를 말한다. 《열자(列子)》〈탕문(湯問)〉에 "용백(龍伯)의 나라에 거인이 있는데 한 번
의 낚시로 이 자라 여섯 마리를 한꺼번에 낚았다" 하였다. 이백(李白)의 시 〈등고구이망
원해(登高邱而望遠海)〉에 "육오의 죽은 뼈엔 이미 서리가 내렸으니, 삼산은 흘러가서
어디에 있는고.〔六鰲骨已霜 三山流安在〕"라고 하였다.

79 중요한……줄 : 청나라 군대가 명나라를 공격할 때 명의 무장 오삼계(吳三桂)가
총병(摠兵)으로서 산해관을 지키고 있었다. 그런데 1644년에 명나라 반란군 이자성(李
自成)의 군대가 북경을 함락시키자 오삼계의 애첩이 이자성에게 사로잡힌 까닭에 오삼
계가 산해관 문을 열어 청나라 군대를 끌어들여서 이자성을 깨뜨렸다는 얘기가 파다하
게 퍼져 있는데 그것을 말한다. 오삼계가 산해관 문을 열어 준 것은 사실이지만, 그
동기가 애첩 때문이라는 것은 민간의 소문이다.

80 평승(平乘) : 큰 선박으로, 평승방(平乘舫)이라고도 한다.

방균점[81]에서 벽에 쓰인 시에 차운하다[82]
邦均店次壁上韻

보유(補遺)이다. 어떤 사람이 벽에 시를 써놓았는데, 이소전(李少荃)[83]이 서양과 화친한 것을 진회(秦檜)[84]에 견주었다. 서생의 오활한 견해는 중국이나 우리나라나 똑같기에 한번 웃고 그 시에 차운한다.[85]

옛날의 수레는 말로 바뀌었고	古來車賦轉爲馬
나라의 부강을 지금은 배로만 따지네[86]	國富今惟數海航

81 방균점(邦均店) : 천진시(天津市) 계현(薊縣) 방균진(邦均鎭)에 있는 주점이다.

82 방균점(邦均店)에서……차운하다 : 이 시는 동일한 제목으로《운양집》본집 권3에도 실려 있다. 다만 원주의 내용이 조금 다르다.

83 이소전(李少荃) : 이홍장(李鴻章, 1823~1901)으로, 안휘(安徽) 합비(合肥) 사람이며, 본명은 장동(章桐), 자는 점보(漸甫), 호는 소전·의수(儀叟)이다. 1870년 직예총독(直隸總督)에 임명되어 이 직책을 25년간 맡았다. 이 기간에 여러 상공업 근대화 계획을 추진했고, 오랜 기간에 걸쳐 서구 열강을 상대로 외교문제를 담당했다. 태평천국 진압에 공을 세우고 양무운동의 중심인물로 군대와 산업의 근대화에 힘썼으나, 청일 전쟁의 패배로 실각했다.

84 진회(秦檜) : 남송(南宋)의 간신으로 자는 회지(會之)이다. 고종(高宗)의 신임을 받아 19년간 국정을 전단하였으며, 충신 악비(岳飛)를 죽이고 항전파(抗戰派)를 탄압(彈壓)했으며, 금(金)나라와 굴욕적인 강화(講和)를 체결했다.

85 어떤……차운한다 :《운양집》본집 권3에 실린 이 시의 제목에 부기(附記)된 원주는 이러하다. "이 때 이부상(李傅相)이 서양과 통상하고 러시아와 화해하여 대국(大局)을 지킬 것을 힘써 주장했다. 그러나 조야(朝野)가 무지몽매하여 비방이 사방에서 일어났다. 나는 방균점에 묵으면서 벽에 써놓은 시를 보았는데, 소전을 진회에 비유해 놓았기에 웃으며 그 시에 차운한다.〔時李傅相力主通洋和俄 支持大局 朝野羣昧 謗言四起 余宿邦均店 見壁上題詩 以少荃比秦檜 笑次其韻〕"

글을 읽었으면 의당 임기응변을 알아야 하지만	能讀書宜知合變
급히 투약한들 어찌 고질병을 고치겠는가	急投劑豈已膏肓
노련한 방략은 모름지기 신중해야 하니	老成方略須持重
왕사를 양성하며 빛을 숨겨야 하리라[87]	遵養王師且晦光
백면서생이 앉아서 천하의 일을 말하니	白面坐談天下事
귀에 가득 들어도 다 흘러 넘쳐버리네	聽之盈耳儘洋洋

---

86 나라의……따지네 : 고대에는 나라의 부강을 수레〔乘〕로 따졌다. "수레 하나를 말
4필이 끄는 것을 일승〔古以一車四馬爲一乘〕"이라고 했다. 《春秋左氏傳 襄公18年》 또
나라의 규모를 '천승지국(千乘之國)'이나 '만승지국(萬乘之國)'으로 표현하기도 했다.
이때 승(乘)이 수레가 아니라 가(家)의 상위 단위라고 하여 80가(家)를 1승(乘), 800가
를 1승이라고 해석하는 시각도 있다. 김윤식은 승을 수레라고 여겼기 때문에 지금은
배로 국부를 헤아린다고 한 것이다.

87 왕사(王師)를……하리라 : 《시경》〈작(酌)〉에 "시세에 응하여 임금의 군대를 양
성하며, 역량을 축적하여 때에 맞게 감추고 있다가 실력을 발휘하는 것이다.〔於鑠王師
遵養時晦〕"라고 한 내용이다.

옛 노룡새[88] 십팔리보
古盧龍塞十八里堡

보유(補遺)이다.

봉후를 사양한 의리 높은 전주[89]에 감개하며   辭封高義感田疇

옛 노룡새에 말을 세우니 가을이로구나   立馬盧龍古塞秋

무슨 일로 안녹산[90]이 발호할 수 있었나   底事祿山能跋扈

당나라 형세가 변방 고을에 달렸기 때문이네[91]   唐家形勢在邊州

---

88   노룡새(盧龍塞) : 이 시는 동일한 제목으로 《운양집》 본집 권3에도 실려 있다. 노룡새는 하북성(河北省) 희봉구(喜峰口)이다. 서무산(徐無山) 기슭의 동쪽에 위치하며, 좌측에 매산(梅山)과 우측에 운산(雲山)을 끼고 있다.

89   전주(田疇) : 169~214. 자는 자태(子泰), 우북평(右北平) 무종(無終) 사람이다. 동한(東漢) 말에 조조(曹操)에게 계책을 올려서, 오환(烏丸)을 격파했다. 이후에 출사를 거절하고, 얼마 후 병으로 죽었다.

90   안녹산(安祿山) : 당나라 현종(玄宗) 때 반란을 일으킨 당의 장군이다.

91   당나라……때문이네 : 당나라는 개국 초에 중요한 각 주(州)에 도독부(都督府)를 두었다가 예종(睿宗) 때에 절도사(節度使)를 두었고, 현종(玄宗) 때에는 다시 변방 각지에 10절도사를 두었다. 이 절도사들이 번진에 소속된 각 주의 갑병(甲兵)을 통령(統領)하고, 안찰(按察)·안무(按撫)·탁지(度支) 등의 대권(大權)을 쥐고 있었다. 그래서 후대에는 국가의 큰 걱정거리가 되어 결국 안녹산의 난 같은 것이 일어날 수 있었음을 말한 것이다.

옛 우북평[92] 영평부[93]

古右北平永平府

보유(補遺)이다.

머리털 묶고 종군하여 변새에서 늙으며[94]	結髮從軍老塞垣
원비[95]로 황은에 보답하고자 맹세했네	誓將猿臂答皇恩
빼어난 재능 펼치지 못해 공명이 박하니	奇才不售功名薄
한하며 성 동쪽으로 가 바위를 쏜 자취[96] 남겼네	恨入城東射石痕

---

92 우북평(右北平) : 이 시는 동일한 제목으로 《운양집》 본집 권3에도 실려 있다. 우북평은 군(郡) 이름이다. 한(漢)나라 때 설치했는데 지금의 북경시(北京市) 진해도 (津海道) 동북부와 하북성 일대이다. 한나라 이광(李廣)이 우북평 태수를 지내며 흉노를 막았는데, 흉노들이 비장군(飛將軍)이라 하며 두려워했다.

93 영평부(永平府) : 지금의 하북성 노룡현(盧龍縣)이다.

94 머리털……늙으며 : 한나라 이광(李廣)이 이런 말을 했다. "또 신은 결발하고서부터 흉노와 싸웠는데 이제야 한번 선우를 맞게 되었으니, 신은 선두에 서서 제일 먼저 선우를 죽이기를 원합니다.〔且臣結髮而與匈奴戰 今乃一得當單于 臣願居前 先死單于〕" 《史記 卷109 李將軍列傳》

95 원비(猿臂) : 팔이 원숭이처럼 긴 것, 곧 활을 잘 쏜다는 의미이다. 《사기》 권109 〈이장군열전(李將軍列傳)〉에 "이광(李廣)은 키가 크고 원숭이처럼 팔이 길었는데, 활을 잘 쏘는 것은 또한 천성이었다.〔廣爲人長 猿臂 其善射亦天性也〕"라고 했다.

96 바위를 쏜 자취 : 한나라 이광이 밤에 사냥을 하고 돌아오다가 괴석(怪石)을 호랑이로 잘못 알고 활을 쏘았는데 화살이 괴석에 깊이 박혔다고 한다. 《史記 卷109 李將軍列傳》

이제묘[97] 난하

夷齊廟灤河

보유(補遺)이다.

대로[98] 서쪽으로 돌아가자 은나라 기울어   大老西歸殷室傾

천심은 독부[99]의 횡포와 함께하지 않았네   天心不與獨夫橫

고사리 캐고 말고삐 잡았다는 건 제동어[100]이니   採薇叩馬齊東語

청풍 백세의 명성을 그르쳤네   誤了淸風百世名

---

97 이제묘(夷齊廟) : 이 시는 동일한 제목으로 《운양집》 본집 권3에도 실려 있다.
이제묘는 백이(伯夷)와 숙제(叔齊)를 모신 사당이다. 하북성 동부 난하(灤河) 서안의
난현(灤縣)에 있다.

98 대로(大老) : 덕이 높은 사람이다. 《맹자》〈이루 상(離婁上)〉에 "이로는 천하의
대로이다.〔二老者 天下之大老也〕"라고 했다. 이로는 백이(伯夷)와 태공(太公)을 말한
다.

99 독부(獨夫) : 은나라의 마지막 임금인 주(紂)가 무도하여 천명(天命)과 인심(人
心)이 떠남으로써 주는 한 사람의 남자에 불과할 뿐이라고 한 데서 온 말이다. 주 무왕
(周武王)이 말하기를 "옛사람의 말에 '우리를 어루만져 주면 임금이지만, 우리를 학대하
면 원수이다.'라고 했다. 독부 수(受)는 크게 위압을 일삼고 있으니, 그대들 대대로의
원수이다."라고 하였다. 《書經 泰誓下》

100 제동어(齊東語) : 제동야언(齊東野言), 혹은 제동야어(齊東野語)이다. 믿을 수
없는 황당무계한 말을 의미한다. 제동은 제나라 동쪽의 벽촌(僻村)을 가리킨 것으로,
제나라 동쪽의 시골 사람들이 길거리에서 퍼뜨리는 근거 없는 말을 가리킨다. 《孟子
萬章上》여기서 김윤식은 백이와 숙제가 실은 주나라에 귀의했는데 제나라 동쪽의 야인
이 공연히 고사리를 캐고 말고삐를 잡았다는 얘길 퍼뜨려 백이 숙제의 맑은 명성에
흠이 되게 했다고 본 것이다.

역수를 지나다[101]

過易水

보유(補遺)이다.

흰모래 벌 넓고 아득한데	白沙浩漫漫
슬픈 바람이 석양에 일어나네	悲風日暮起
이곳이 어딘지 물어보니	借問此何地
옛날 역수라고 하네	云是古易水
지난날 연나라 태자가	昔日燕儲君
진나라로 가는 용사를 송별했던 곳[102]	送別入秦士

---

101 역수(易水)를 지나다 : 이 시는 동일한 제목으로 《운양집》 본집 권3에도 실려 있다. 권3에는 시 제목에 다음과 같이 원주가 있다. "지금 이름은 백하인데, 겨울날에는 물이 말라 다만 흰모래에 얕은 물이 흐를 뿐이다. 대개 고금의 산천의 변화이다.〔今名白河 冬日水涸 惟有白沙淺流 盖古今山川之變也〕"

102 지난날……곳 : 전국 시대 연(燕)나라 태자 단(丹)이 진(秦)나라에 인질로 있다가, 진왕(秦王) 정(政)이 푸대접을 하므로, 원한을 품고 연나라로 도망쳐 와서 복수를 꾀했다. 형가(荊軻)를 극진히 대접하여 진왕을 암살하게 하였다. 《전국책(戰國策)》〈연삼(燕三)〉에 "태자와 그 일을 알고 있는 빈객들은 모두 흰 의관 차림으로 형가를 전송하여 역수가에 이르렀다. 이미 제사를 마친 형가는 고점리(高漸離)가 치는 축(筑)에 맞추어 노래하고 있었는데, 변치(變徵) 소리로 불렀다. 인사들 모두가 눈물을 흘리면서 울었다. 또 앞으로 나아가서 노래하기를 '바람 소소히 부는데 역수는 차갑고, 장사가 한 번 떠나가면 다시 돌아오지 못하리.〔風蕭蕭兮易水寒 壯士一去兮不復還〕'라고 했다. 다시 우성(羽聲)으로 부르니, 그 소리가 강개하여 인사들은 모두 눈을 부릅뜨고 머리털이 곤추서서 모자를 찔렀다. 이에 형가는 수레를 타고 떠나갔는데 끝내 뒤를 돌아보지 않았다."라고 했다.

진나라로 들어간 거 무엇 때문인가　　　　　入秦夫如何
한 번 죽음으로 지기에게 보답코자 함이라　一死酬知己
애석하게도 공을 이루지 못하여　　　　　　惜哉功未成
소백의 제사 끊기고 말았네[103]　　　　　　召伯忽不祀
제대로 알아줌이 사람을 가장 감격케 하니　知遇最感人
천고의 역사 앞에 눈물을 흘리네　　　　　　淚落千古史

103　소백(召伯)……말았네 : 소백의 이름은 석(奭), 시호는 강(康)이다. 주(周)나라
무왕(武王)이 주(紂)를 멸망시키고 북연(北燕)에 봉했다. 연(燕)나라의 시조가 되었
다. 형가가 암살에 실패한 후 연나라는 그 보복으로 멸망당했고 이로 인해 소백에 대한
제사가 끊어지게 되었다.

양충민[104]의 사당을 알현하다[105]

謁楊忠愍祠

보유(補遺)이다.

사람이 죽으면 흙먼지가 되건만	人死化塵土
선생만은 불멸이시네	夫子獨不滅
내가 와서 초상을 배알하니	我來拜遺像
늠름하기 서릿발 같네	凜凜如霜雪
다행히 구란[106]의 손아귀 벗어나	幸免仇鸞手
다시 거사함이 어찌 살기를 도모해서랴	再擧豈圖活
밤 깊은 등불 아래 목 메어 말했으나	咽咽績燈語
심상하게 마음에 달갑게 듣지 않았네	夷然意不屑
간서 초고가 그대로 벽에 있으니	諫草猶在壁
간신들의 간담이 응당 찢어졌으리	姦臣膽應裂

---

104 양충민(楊忠愍) : 양계성(楊繼盛, 1516~1555)으로, 조적(祖藉)은 화음(華陰)
사람이며, 자는 중방(仲芳), 호는 초산(椒山), 시호는 충민이다. 남경리산주사(南京吏
産主事)를 지냈다. 북방의 몽고에 화의를 주장한 구란(仇鸞)과 엄숭(嚴崇)을 탄핵하였
다가 죽임을 당했다. 사후에 복권되었다.

105 양충민(楊忠愍)의……알현하다 : 이 시는 동일한 제목으로 《운양집》 본집 권3에
도 실려 있다.

106 구란(仇鸞) : ?~1552. 명나라 섬서(陝西) 진원(鎭原) 사람으로, 자는 백상(伯
翔)이다. 장군집안 출신으로 태자태보(太子太保)를 지냈다. 달단국(韃靼國) 엄답(俺
答)이 경사를 침범했을 때 크게 패배하고, 조정에 화의를 주장했다. 나중에 엄숭(嚴崇)
과 권력을 다투다가 패하여 물러났다.

명나라 때 직간이 많았지만	明時多直諫
누가 선생과 견줄 만할까	孰與夫子埒
역수의 물결 출렁이며 흐르니	易水流湯湯
옛 의협의 충렬을 회고해보네	回首古俠烈
백란[107] 옆에 요리[108]가 있으니	伯鸞傍要離
시대는 달라도 둘 다 탁월함을 이루었네	異代成兩絶

---

107 백란(伯鸞): 후한(後漢) 양홍(梁鴻)의 자이다. 장제(章帝) 때의 은사로 아내 맹광(孟光)과 함께 패릉산(覇陵山)에 은거하여 농사와 길쌈으로 생계를 삼았다. 장제가 그를 찾았으나 성명을 바꾸고 오(吳)나라로 떠나 끝내 뜻을 이루지 못했다.

108 요리(要離): 전국 시대 오(吳)나라 용사이다. 오나라 왕 합려(闔閭)를 위해 합려의 경쟁자인 공자(公子) 경기(慶忌)를 죽였다.

해조편을 영정[109] 관찰사 유장원[110] 지개 에게 드리다[111]
海鳥篇呈永定觀察使遊藏園　智開

보유(補遺)이다.

바다 새가 동쪽에서 와	海鳥自東來
훨훨 압록강을 건넜네	翩翩渡鴨水
날개는 상하고 지저귐도 거칠어	羽譙聲啁哳
뭇 새들이 끼워주지 않네	衆鳥不與齒
꼿꼿하고 굳센 유부자	侃侃遊夫子
큰 명성 오래도록 익히 들었네	大名久熱耳
한 번 만나 간담을 서로 비추고	一見照肝膽
맞이함에 채씨가 신을 거꾸로 신었네[112]	相迎倒蔡屣
낮고 미천한 사람이 외람되이 성대한 예우 받아	鄙微叨盛禮
풍악 소리에 팔궤[113]가 울리네	鍾鼓響八簋

---

109 영정(永定) : 북경 부근의 지명이다.

110 유장원(遊藏園) : 유지개를 말한다. 223쪽 주 72 참조.

111 해조편(海鳥篇)을……드리다 : 이 시는 동일한 제목으로 《운양집》 본집 권3에도 실려 있다.

112 채씨가……신었네 : 왕찬은 삼국 시대 위(魏)나라 사람으로 박학다식한 고사였는데, 채옹(蔡邕)이 그의 재주를 매우 기특하게 여겨 한 번은 왕찬이 채옹의 집을 방문하자 채옹이 그를 맞으러 급히 나오느라 신발을 거꾸로 신고 나왔다는 고사에서 온 말이다. 《三國志 卷21 王粲傳》 유지개가 김윤식 일행을 환대해주었음을 말한다.

113 팔궤(八簋) : 고대에 제사나 연회에 썼던 8가지 음식 그릇이다. 주(周)나라 때 천자에게 사용한 제도였다.

수레에 기름칠해 멀리 전송해 주고	膏車遠送行
성내에서 수행하며 보살펴 주었네	相隨保省裏
성의 관서는 깊기가 바다 같고	省署深如海
만방이 함께 우러러 보네	萬邦具瞻視
나를 위해 부지런히 먼저 소개하여	爲我勤先容
주선을 해주니 믿을 곳이 있네	周旋有所恃
기다렸다 알현함에 때를 놓치지 않아	候謁無愆期
자문하면서 시간을 보냈네	諮度動移晷
하국이 바야흐로 위태롭다[114] 하니	下國方綴旒
자기 일처럼 몹시 가슴 아파했네	隱恫若在己
날이 밝으면 곧 성을 나서서	明發卽出城
저 멀리 나루터로 향하려네	迢迢向津涘
갈림길에 임해 마음 더욱 도타워져	臨歧意彌篤
조심하여 여행길 잘 가라고 일러 주네	珍重戒行李
생각해 줌이 골육보다 더 하니	感念逾骨肉
양 소매가 맑은 눈물에 젖는구나	雙袖浥淸淚
진해[115]의 봄에 얼음 녹으면	津海春氷開

---

114 위태롭다 : 원문은 철류(綴旒)이다. 류(旒)는 면류관에 매달린 수술인데, 종묘사직의 위태로움이 류가 관에 매달린 듯함을 비유하는 말이다. 《춘추공양전(春秋公羊傳)》양공(襄公) 16년 조에 '췌류(贅旒)'라는 말이 있는데 임금이 신하에게 권력을 빼앗겨 위태롭다는 뜻이다. 췌류는 철류와 같다.

115 진해(津海) : 하북성(河北省) 천진관(天津關)의 치소(治所)이다. 천진에서 북경의 영정하(永定河)로 이어지는 대운하인 회통하(會通河)가 흐르기 때문에 봄이 오면 배가 다닌다고 한 것이다.

관찰사의 배[116]가 혹 이르리라   襜帷倘苻止
애오라지 진심어린 회포를 펼치니   聊以抒衷抱
말이 보잘 것 없다 싫어하지는 마오   勿嫌辭鄙俚

---

116 배 : 원문은 첨유(襜帷)인데, 수레 위에 사방으로 두른 휘장이나 그 수레로, 곧
자사의 수레를 말한다. 여기서는 배를 의미한다.

옥하관[117]에서 묵다

宿玉河舘

보유(補遺)이다.

| 나그네 먼지 털어내고 옥하관에 자려는데 | 打掃征塵宿玉河 |
| 웃으며 맞는 객관지기 우리 노래를 할 줄 아네 | 舘夫迎笑解東歌 |

객관지기〔舘夫〕가 우리나라 사람을 접하는데 익숙하여 우리 노래를 잘 알고 있었다.

| 수레 몰아 다시 천진으로 가는 길 | 驅車更向津關路 |
| 번화한 황제의 고장을 꿈결 속에 지나가네 | 帝里繁華夢裡過 |

117 옥하관(玉河舘) : 외국 사신이 머물던 연경(燕京)의 관소(館所)이다. 우리나라 사신들도 늘 이곳에 묵었다.

보정성서[118]에서 이소전 중당 홍장 을 알현하다

保定省署謁李少荃中堂 鴻章

보유(補遺)이다.

깊고 넓은 보정성서에 밤 깊어 가는데	省署潭潭夜色遲
청사(廳舍)의 줄지은 촛불 얼굴에 비추네	高堂列燭照鬚眉
평회[119] 사업 이십년 공적	平淮事業卄年績
도성에 남겨진 명성을 사해가 다 아네	留洛聲名四海知
먼 곳 사람 예우하여 격식은 너그럽고	禮遇遠人畦畛坦
번복[120]의 위태로움을 깊이 걱정하네	憂深藩服綴旒危
하구에 얼음 풀리면 주둔지를 옮겨가	氷開河口應移節
새봄에 장수 축원하는 의례 거행하려 한다네	更擬新春捧壽巵

소전(少荃)은 현임 북양대신(北洋大臣)으로 직예총독(直隸總督)을 겸직하고 있다. 겨울에 얼음이 꽁꽁 얼어 보정부(保定府)에 주둔하고 있는데, 얼음이 풀리면 해선(海船)이 나루를 통과하여 천진에 주둔할 것이다. 내년은 소전의 나이가 육십이라, 속관(屬官)이 헌수(獻壽) 하례를 할 거라고 한다.

---

118 보정성서(保定省署) : 중국 하북성(河北省) 보정시(保定市)의 직예총독서(直隸總督署)이다. 천진(天津)과 가깝다. 청나라 때 성(省)급 관서였으므로 '보정성서'라고 하였다. 임오군란 때 대원군을 납치하여 3년간 머물게 했던 곳이다.

119 평회(平淮) : 회하(淮河) 지역의 태평천국(太平天國, 1851~1864)의 난을 평정한 것을 가리킨다. 1862년 이홍장이 회하지역 향군으로 태평천국을 평정하고 후에 상해 방위를 위해 영국·프랑스 등과 협력하여 1864년에 진압했다.

120 번복(藩服) : 우리나라를 가리킨다. 원래 번복은 중국에 복속된 가장 먼 지방, 즉 구복(九服)의 하나이다. 구복은 주대(周代)에 왕기(王畿) 1천 리 사방 밖을 5백 리마다 세어 나가는 구획 명칭으로, 후복(候服), 전복(甸服), 남복(男服), 채복(采服), 위복(衛服), 만복(蠻服), 이복(夷服), 진복(鎭服), 번복이다.

천진

天津

보유(補遺)이다.

땅에는 부유한 10만 가구가 밀집되고	撲地鳴鍾十萬家
항교엔 떠들썩함 넘쳐나 수레 수용할 수 없네	桁橋喧溢不容車

항(桁)은 배[船]로써 다리[橋]를 만든 것이다. 《남제서(南齊書)》에 왕융(王融)[121]이 가다가 주작항(朱雀桁)[122]을 만났는데 시끄러운 소리 때문에 나아갈 수 없었다고 했다. 천진 운하는 배로써 다리를 만들어 왕래 교통하므로 항상 시끄러운 소리에 괴롭다.

북당[123]의 옛 보루는 지난 일 생각케 하는데	北塘古壘懷陳躅

함풍(咸豊)[124] 신유년(1861, 철종12)에 양인(洋人)[125]이 천진을 침범할 때 북당의 물이 얕은 곳으로 난입하여 승보(勝保)[126]의 전군(全軍)이 패망했다.

---

121 왕융(王融) : 중국 남제 때 사람으로 자는 원장(元長)이다. 벼슬은 중서랑에 이르고 문사(文辭)에 민첩했다 한다. 《南齊書 卷47 王融列傳》

122 주작항(朱雀桁) : 항(桁)은 항(航)과 통하는 글자인데, 배를 나란히 매어 뜨는 다리[浮橋]를 만든 것을 항이라 한다. 제나라 도읍인 건강(建康)의 주작문(朱雀門) 부근에서 진회하(秦淮河) 남북 강언덕을 건너가려는 사람들이 이용하는 경로이다. 항이 열리면 행인들이 가득 몰려들어 오열하듯 시끄러운 소리가 났다고 한다. 《資治通鑑 卷138》

123 북당(北塘) : 천진부에 속한 지명이다. 동으로 발해만에 접해 있으며 남으로 천진항과 인접해 있다.

124 함풍(咸豊) : 청나라 문종 재위 기간(1851~1861)의 연호이다.

125 양인(洋人) : 프랑스와 영국군이 1860년 9월에 침입한 것을 카리킨다.

126 승보(勝保) : 함풍제의 총애를 받았던 인물로 절제 장군(節制將軍)을 역임했다.

남쪽 성의 조운선이 막 운하로 들어오네   南省新漕入運河

　제3연은 누락되었다.

제일 험준하고 중요한 곳인 줄 알겠으니   從知第一形要處

그런 이유로 굴태사[127]가 원근을 제압했네   故屈台司鎭邇遐

신유정변에 서태후를 도와서 최고 권력을 차지하도록 하는데 큰 공헌을 세웠지만 정변
성공 후 2년이 되기 전에 서태후로부터 자결할 것을 하명받았다.

127　굴태사(屈台司) : 제임스 호프 그랜트(James Hope Grant, 1808~1875)이
다. 영국 군인으로 아편전쟁 중 1841년에 중국으로 가서 진강(鎭江) 및 남경(南京)
공격에 참가했다. 인도 각지에 참전한 뒤 중국 파견군사령관이 되었다. 천진조약(天津
條約)의 비준에서 교섭이 결렬되자 프랑스군과 함께 대고, 천진, 북경을 공략하고 이궁
(離宮) 원명원(圓明園)을 소각하고 북경조약을 체결했다.

자죽림[128]

紫竹林

보유(補遺)이다. 각국 영사(領事) 공관이 자죽림에 있다.

흰 얼굴에 붉은 털[129] 면면이 낯선데	白面紅毛面面生
강변의 고층 공관 구름 속 가로질렀네	河邊層榭入雲橫
가로등 곳곳마다 문 앞에 설치되어	街燈處處臨門設
밤새 환히 밝으니 거울 속을 걷는 듯	徹夜光明鏡裡行

128 자죽림 : 천진의 지명이다. 각국 영사(領事)와 상무(商務) 관련 사무소가 많은 곳이다.

129 흰 얼굴에 붉은 털 : 서양 공관원들의 용모를 묘사한 말인 듯하다.

천진 해관도 관찰 주옥산[130] 복 에게 드리다

贈津海關道周玉山觀察 馥

보유(補遺)이다. 북양대신(北洋大臣)은 매사에 관찰사 주도와 더불어 서로 의논하는 것이 많았다. 주도는 근간을 강화하고 민첩하게 목표를 달성해 부상(傅相)이 매우 애지중지한다.

해방 모든 업무 천진관에 맡기고	海防叢務委津關
외교는 술자리에서 조용히 담소하는 사이에 하네	尊俎從容談笑間
공문의 많은 일들 도와 계획하니	贊畫公門多少事
근간 강화해 시국의 간난 구함을 알겠네	知君强幹濟時艱
탄환만한 접역[131]이 중국 밖에 있으나	彈丸鰈域黃圖外
지금의 형세는 순망치한 같다네	形勢如今似齒脣
정성을 다해 시국의 계책 유지하니	懇懇維持時局計
정답기가 한집안 사람 정도가 아니구나	藹然不啻一家人

---

130 주옥산(周玉山) : 주복(周馥, 1837~1921)으로, 안휘성 건덕현(建德縣) 출신이며, 호는 옥산이다. 이홍장의 측근 심복으로 우리나라가 1882년 무렵 이홍장과 긴밀히 상의할 때 직접 만날 수 없으면 주로 주복을 통하여 소통했다. 주복은 1870년 무렵에 북양해군(北洋海軍)을 설치하는 한편으로 중국 제일 무비학당(武備學堂)인 '천진무비학당'을 창설하였다. 1881년에 천진해관도(天津海關道) 겸 천진병비도(天津兵備道)를 겸임, 1888년 직예안찰사(直隸按察使)를 지냈다. 조선의 갑오전쟁 폭발 이후 전적영무처총리(前敵營務處總理)로 임명되었으나, 시모노세키 조약 이후에 병을 이유로 스스로 면직을 청하여 물러났다.

131 접역(鰈域) : 가자미가 생산되는 지역이란 뜻으로, 우리나라의 별칭이다.

초상국[132]에서 당경성[133] 정추 관찰께 드리다

招商局贈唐景星觀察 廷樞

보유(補遺)이다.

문은 강물에 임하여 배 돛대 모여들고	門臨河水簇帆檣
깊숙한 집 침침하여 여름에도 서늘하구나	邃閣沉沉夏亦涼
백성에게 상업을 쫓으라고 권함은 아니나	不是勸民趨末技
세계 대세는 모두다 상업으로 귀결되네	瀛寰大勢盡歸商

---

132 초상국(招商局) : 중국민족 공상업(工商業)의 선구 역할을 한 곳이다. 1872년 만청양무운동(晚淸洋務運動) 시기에 창립되어 이후 130년 동안 상선(商船)·은행·보험공사·전보국 등을 창건했고, 철로를 수건(修建)하는 등 근대적 경제영역을 선도해왔다. 중국 현대 경제사 및 사회발전사 상 중요한 지위를 차지하고 있는 곳이다.

133 당경성(唐景星) : 당정추(唐廷樞, 1832~1892)로 초명은 당걸(唐杰), 자는 건시(建時), 호는 경성·경심(鏡心)이다. 광동성 향산현(香山縣) 출신으로 청나라 때 양무운동을 주도한 대표적인 인물의 한 사람이다.

공도를 통솔하여 천진동국분창[134]에 도착해 학과 공부를 권면하다

率工徒到天津東局分廠勸課

보유(補遺)이다.

마침내 수레 멈추는 날이 되니	稅車終有日
만 리 길 왕령에 의지했네	萬里仗王靈
기후는 고향과 같은데	氣候如鄕土
천문은 객성을 비추는구나	天文照客星
시국을 구제하려면 북학[135]이 마땅하고	濟時宜北學
옮겨 가길 꾀해 남명[136]을 보아야 하네	圖徙視南溟
분창에서 부지런히 학업을 연마해	分廠須勤課
공을 이루어 우리나라에 보답해야지	功成報我廷

---

134 천진동국분창(天津東局分廠) : 1866년 삼구통상대신(三口通商大臣) 숭후(崇厚, 1826~1893) 등이 천진기기국(天津機器局) 동국(東局)과 서국(西局)을 설치했는데, 그 가운데 동국창이 중국 제1의 근대화 화약 공장이 되었다.

135 북학(北學) : 우리나라보다 문화가 발달한 중국에 가서 배워 와야 한다는 것을 말한다. 《맹자》〈등문공 상(滕文公上)〉의 "북쪽으로 가서 중국에 유학하여〔北學於中國〕"라는 말에서 따온 것이다.

136 남명(南溟) : 남쪽 바다라는 뜻으로, 원 출전은 《장자》이다. 이 구절은 붕새가 9만 리를 날아 남명에 가듯 원대한 계획을 실현시켜야 함을 의미한 것이다.

다시 보정¹³⁷에서 천진으로 향하며
復自保定向天津

밤에 초하두(草河頭)에서 잤다. 오늘이 바로 제석(除夕)이다.

보유(補遺)이다.

세 번째 기북¹³⁸ 들판을 지나	三過冀北野
저물녘 초하두 변두리에서 잔다	暮宿草河隈
한해의 경색이 길 위에서 바뀌니	歲色途中改
향수가 베갯머리로 밀려드네	鄕愁枕上來
노쇠하고 굼떠 나그네 노릇 두렵고	衰遲畏作客
사신¹³⁹의 재주가 아님이 부끄럽네	咨度愧非才
하인들 애오라지 서로 위로하느라	僮僕聊相慰
등불 심지 돋워 짐짓 술잔 권하네	挑燈故勸杯

---

137 보정(保定) : 보정시는 북경, 천진, 석가장(石家庄) 삼각지대에 위치해 있어 '경기(京畿)의 중심지', '수도의 남대문'이라고 불린다. 역사문화유적이 풍부함은 물론 일찍 대외 개방된 도시여서 빠르게 근대화된 곳이다.

138 기북(冀北) : 기주(冀州)의 북쪽, 양마(良馬)의 산지로 유명하다. 《춘추좌씨전(春秋左氏傳)》 소공(昭公) 4년에 "기주의 북쪽 땅은 말의 산지이다.〔冀之北土 馬之所生〕"라고 하였다.

139 사신 : 원문은 '자탁(咨度)'으로, 《시경》〈황황자화(皇皇者華)〉에서 각 장마다 마지막 구절에 자추(咨諏), 자모(咨謀), 자탁(咨度), 자순(咨詢)이라는 말을 써서 사신의 큰 임무가 두루 자문하고 방문하는 것이라고 하였다.

동국기기창[140]

東局機器廠

보유(補遺)이다.

5리나 긴 해자에 몇 길 높이의 성곽	五里長濠數仞城
성 아래로 갑문 열고 배를 다니게 하네	城根開閘放舟行
장백산 좋은 목재와 구주의 쇳덩이	白山良木歐洲鐵
모두 기계로 들어가 덜컹덜컹 울리네	盡入機頭戛戛鳴

---

140 동국기기창(東局機器廠) : 1866년 삼구통상대신 숭후(崇厚) 등이 천진기기국(天津機器局) 동국(東局)과 서국(西局)을 설치했는데, 그 가운데 동국이 중국 제1의 근대화 화약 공장이 되었다. 이후 천진기기국은 북양기기국(北洋机器局)으로 명칭을 바꾸었으며 총, 화약, 탄환, 포탄 같은 신식 무기 및 군용물자를 만들었다.

동국기기 총판 관찰 허 기광[141]께 드림
贈東局機器摠辦觀察許 其光

보유(補遺)이다. 호는 속문(涑文). 젊었을 때 과거에 올라 한림원(翰林苑)에 들어갔으며 시를 잘 하고 해서(楷書)에 뛰어나다. 근무하는 관서가 물가에 있어 자못 그윽한 정취가 있다.

이른 나이에 한림원에서 명성 날리더니	早歲馳名翰苑中
만년에 천진기기국에서 기공을 살피네	晚居津局省機工
술 깨어 먹 갈아 시 짓기를 마치니	酒醒磨墨題詩罷
서늘한 난간에 때때로 수면의 바람 불어오네	凉檻時來水面風

---

141 허기광(許其光) : 1827~? 광동 번우(番禺) 출신으로, 자는 무소(懋昭)·요두(耀斗), 호는 숙문(叔文) 또는 속문(涑文)이다. 1850년 경술년 과거에 증상방(增祥榜) 진사 제2등으로 합격하였다.

지헌 문 총병[142] 서 에게 드리다

贈芝軒文摠兵 瑞

보유(補遺)이다.

휘하에 원래 문무 인재 많으니	旗下原多文武才
예전에 장백산에서 용을 따라 왔으리[143]	白山昔日從龍來
지금은 시무가 전일의 상황 아니니	如今時務非前局
해상 방어 경륜으로 수중 기뢰를 연구하네	防海經綸講水雷

---

142 문 총병(文摠兵) : 문서(文瑞, ?~1912)로, 만주인으로서 남작(男爵) 작위를 세습했으며, 청일 전쟁 때 희봉구(喜峰口) 부근 전투에서 수비 방어를 했다. 귀화성 부도통(歸化城副都統), 수원성(綏遠城) 장군을 역임, 만년에는 서안 장군(西安將軍)으로 발탁되어 학문을 일으키고 기술을 권장하는데 힘을 쏟았다.

143 용을 따라 왔으리 : 《주역》〈건괘(乾卦) 문언(文言)〉에 "구름은 용을 따르고, 바람은 범을 따른다.〔雲從龍 風從虎〕"라고 하였는데, 이를 인용한 말이다. 통상 밝은 임금과 어진 신하의 훌륭한 만남에 비유하는데 여기서는 문서의 휘하의 인재들이 그를 따라 이곳까지 왔음을 말한 것이다.

문정공[144] 국번 의 사당에 알현하다

謁曾文正公 國藩 祠

보유(補遺)이다. 천진에 있다.

낙민[145]의 참된 공부와 이곽[146]의 충성 　　　洛閩眞工李郭忠

중흥의 명장들이 모두 추종하였네 　　　　　中興名將盡趍風

지금 천하에 융적을 방어하는 책략도 　　　　如今海宇防戎策

당시 증국번의 묘산에서 벗어나지 않았네 　　不出當年廟算中

이십년을 전장에서 전전하며 애썼으나 　　　廿載間關戎馬中

끝내 마른 잎이 가을바람에 떨어지고 말았네 　終看枯葉振秋風

마음을 같이 하는 어진 제자들 있으니 　　　同心更有賢徒弟

큰집은 원래 나무 하나만의 공이 아니라지 　大廈原非一木功

---

144 문정공(文正公) : 증국번(曾國藩, 1811~1872)으로, 자는 백함(伯涵), 호는 척
정(滌正)이다. 태평천국의 난을 진압하고 양무운동에 노력하였다. 문장에서는 동성파
고문의 계보를 이어 방포(方苞)와 요내(姚鼐)를 추숭하였는데, 문장가로도 유명하였
다. 저서에 《증문정공전집(曾文正公全集)》 174권이 있다.

145 낙민(洛閩) : 낙민은 송나라 때의 학자 정호(程顥)·정이(程頤) 형제가 살던 낙
양(洛陽)과 주회(朱熹)가 살던 민중(閩中)을 가리킨다. 즉 정주학을 지칭한다.

146 이곽(李郭) : 이(李)는 이광필(李光弼), 곽(郭)은 곽자의(郭子儀)인데, 당나라
의 중흥 공신(中興功臣)이다.

재차 천진에 도착하여 이부상[147]을 알현하다
再到天津謁李傅相

보유(補遺)이다.

며칠 회수로 갔다가 돌아와	幾日旋淮駕
공당에서 또 공무를 보네	公堂又攝齋
해상통상 계책을 마련하고	紆謨通海約
대책을 결단해 동국의 위태로움 구하네	決策救藩危

　동국을 돕는 일은 장진헌(張振軒)[148]이 주관하지만 실은 멀리 부상과 의논한다.

의로운 행동 천고에 빛나고	義擧光千古
위엄 있는 이름 사방 오랑캐 두렵게 하네	威名震四夷
노둔하고 어리석어 끝내 보답하지 못하여	駑愚終蔑報
깊은 지우 저버릴까 부끄럽구나	竊愧負深知

---

147 이부상(李傅相) : 이홍장을 가리킨다. 227쪽 주 83 참조.

148 장진헌(張振軒) : 장수성(張樹聲, 1824~1884)으로, 안휘성 합비(合肥) 출신이며 자는 진헌이다. 1882년에 이홍장이 모친상을 입어 장례를 치르러 귀향했을 때 직례총독(直隷總督) 대리를 수행하였다. 이때 조선에 임오군란이 발생하여 조선에 주재하던 일본공사 하나부사(花房義質)가 병사 500명을 거느리고 침입하였으므로 조선왕실에서 중국에 군대를 파견하여 난을 진압해줄 것을 요청하였다. 장수성이 오장경 부대를 선발하여 신속히 조선으로 파견하여 일본군의 철수를 요구하고 일본의 조선 침략을 견제하였다. 저서에 《장정달공주의(張靖達公奏議)》 8권, 《여양삼현집(廬陽三賢集)》 16권이 있다.

연공사가 북경에 도착해 집안 소식을 전해주었다. 작년 섣달에 백종씨 학해공[149]이 세상을 버렸다니 그를 위해 시를 읊고 곡을 한다
年貢使到北京傳家信去年臘月伯從氏學海公棄世爲詩哭之

보유(補遺)이다.

화락함[150]은 지금 사람들 습성이 아닌데	豈弟非今俗
시서를 익혀 옛사람의 향기 지니었네	詩書有古香
몸가짐은 포의 선비처럼 소박했고	持身如布素
세상 살며 자황[151]을 멀리했네	處世遠雌黃
꽃 피어난 집에서 항상 베개 나란히 했고	花屋常聯枕
비오는 밤 얼마나 책상을 마주했던가	雨宵幾對床
하늘 끝에서 돌아가는 기러기 바라보나니	天涯望歸鴈
서리 바람 속 우는 소리 차마 못 듣겠네	不忍聞嘶霜

---

149 학해공(學海公) : 김원식(金元植, 1823~1881)으로 본관은 청풍, 자는 춘경(春卿), 호는 학해, 시호는 효헌(孝憲)이다. 1847년 정시문과에 병과로 급제, 내외 요직을 거쳐 공조·형조의 판서를 지냈다. 경연(經筵)·의금부·중추부·춘추관·돈녕부(敦寧府) 등의 지사를 지내고, 1860년 개성부 유수에 올랐다. 이조 참판·성균관 대사성·대사헌 등을 역임하고, 1879년 한성부 판윤에 임명되었다. 시문(詩文)과《가승(家乘)》25권을 남겼다.

150 화락함 : 원문은 개제(豈弟)인데, 얼굴과 기상이 화락하고 단아함을 뜻한다.《시경》에 '화락한 군자〔豈弟君子〕'라는 말이 나온다.

151 자황(雌黃) : 옛날에 누런 종이에 글을 쓰고 잘못된 글자가 있으면 자황을 칠하여 지우고 다시 그 위에 썼으므로 전하여 자구(字句)의 첨삭(添削)이나, 시시비비를 가리는 비평을 의미하는 말로 쓰인다.

일본 도쿄에 전신을 보내 취당[152] 종형에게 조약 체결이 어찌되었는지, 어느 날에 귀국하는지 물었다
送電信于日本東京問翠堂從兄如何辦約何日回國

보유(補遺)이다. 이때 취당형은 전권부사(全權副使)로 일본에 조약을 논의하러 갔다.

형은 일본에 아우는 천진에 있으니	兄在扶桑弟在津
만 리 물결 사이에 두고 몰래 슬퍼하네	層溟萬里暗傷神
잠깐 사이에 평안하다는 전보 받으니	片時收得平安電
비로소 저 하늘 끝이 이웃인 듯하구나	始信天涯若比隣

152 취당(翠堂) : 김만식(金晩植, 1834~1900)으로, 본관은 청풍, 자는 기경(器卿), 호는 취당이다. 1861년 진사시에 합격, 1869년 정시문과에 병과로 급제, 동부승지·공조 참의 등을 지냈다. 1882년 수신사 박영효(朴泳孝)를 따라 수신부사 겸 전권부관(全權副官)으로 일본에 다녀왔다. 1883년 신문 발간의 담당부서로서 박문국(博文局)을 신설하고, 《한성순보》 창간호를 발행하였다. 1894년 평안도 관찰사로 임명되었으나, 청일 전쟁으로 병부(兵符)를 잃어 원주에 정배되었다. 1900년 임종에 이르러 외세로 인해 위태로운 국운을 걱정하며 죽었다.

북양수사 제독 정우정[153]에게 드리다
贈北洋水師提督丁禹鼎

보유(補遺)이다. 이름은 여창(汝昌), 담력과 용기가 있다. 매년 수사선(水師船)을 타고 북양을 순찰하며 아울러 우리나라 해상도 순찰한다. 젊었을 때 회비(淮匪)의 난에 공을 세웠고, 임오의약(壬午議約) 및 우리나라에 원군을 보낼 때[154] 두드러진 공로가 있었다.

필마로 누비며 적의 간담 놀라게 했으니	匹馬橫行賊膽驚
강회[155]의 초목도 공의 이름을 아네	江淮草木亦知名
북양 천리 파도가 고요하니	北洋千里波濤靜
해마다 순찰 돌며 태평을 보고하네	巡徼年年報太平

153 정우정(丁禹鼎) : 정여창(丁汝昌, 1836~1895)으로, 안휘성 여강현(廬江縣) 출신이며 자는 우정이다. 북양해군제독이었다. 이른 나이에 태평군(太平軍)에 참가, 1879년에 이홍장에 의해 북양해방(北洋海防)으로 선발, 1881년에는 북양수사관병(北洋水師官兵) 200여 명을 통솔하여 영국으로 가서 서양함대를 돌아보고 귀국한 바 있다. 1895년 위해위(威海衛) 전투에서 일본에 패배하여 독을 마시고 자결했다.

154 임오의약(壬午議約)……때 : 1882년 임오년 조선에서 군란이 일어났을 때 일본 정부가 출병을 결정하지 못하고 있는데, 청국 정부가 파병했다. 그때 정여창이 '위원(威遠)·초용(超勇)·양위(揚威)' 등 함대를 이끌고 조선으로 가서 정세에 개입한 일을 가리킨다. 또, 1894년 초에 정여창은 상서(尙書)의 직함을 지니고 있었는데, 요즘 중국 정부의 부장(部長)에 해당하는 지위였다. 5월에 조선에서 갑오농민전쟁이 일어나자 조선 정부가 청국에 군대를 요청했고, 이에 청나라는 파병하여 조선 민병을 진압했던 일을 가리킨다.

155 강회(江淮) : 장강(長江)과 회하(淮河) 유역, 즉 안휘성과 강소성 지역을 의미한다. 이 지역을 위주로 일어났던 태평천국운동을 진압한 일을 가리킨다.

전광[156]의 고향을 지나며

過田光故里

보유(補遺)이다.

당시 연 저군[157]이 영웅호걸 취하고자	燕儲當日攬英豪
백벽과 황금으로 초야의 인재 일으켰네	白璧黃金起草茅
망저[158]를 추천 않고 경협[159] 추천하니	不薦望諸薦輕俠
선생은 한번 죽기를 깃털인 양 가벼이 여겼네	先生一死等鴻毛

---

156 전광(田光) : 전국 시대 연(燕)나라 협객(俠客)이다. 연나라 태자인 단(丹)이
전광을 불러서 함께 진 시황(秦始皇)을 살해할 것을 계획하였다. 이에 전광은 자신은
늙고 쇠약하다 하여 사양하고 형가(荊軻)를 대신 추천하였는데, 태자가 전광에게 "이
일을 밖에 나가 누설하지 마시오." 하고 당부하였다. 전광은 밖으로 나와 탄식하기를
"일을 하면서 사람을 의심하는 것은 의협(義俠)을 중히 여기는 것이 아니다." 하고 스스
로 목을 찔러 자결하였다. 《史記 卷86 刺客列傳》

157 연(燕) 저군(儲君) : 전국 시대 연나라 태자 단(丹)을 가리킨다. 단이 진(秦)나
라에 인질로 있다가 진왕(秦王) 정(政)이 푸대접을 하므로, 원한을 품고 연나라로 도망
쳐 와서 복수를 꾀했다.

158 망저(望諸) : 악의(樂毅)를 가리킨다. 위(魏)나라 초기의 무장 악양(樂羊)의 자
손인데, 연나라 소왕(昭王)이 현자를 초빙한다는 말을 듣고 위에서 연으로 가 아경(亞
卿)이 되었으며 후에 상장군(上將軍)이 되었다. 후에 조나라에서 망저군에 봉해졌다.

159 경협(輕俠) : 다른 사람과의 의리를 중하게 여기고 자기 생명을 가볍게 여기어
다른 사람을 위급한 상황에서 구해주는 사람을 가리킨다. 여기서는 전광이 형가를 천거
한 것을 말한다.

수사학당[160] 총판 오관찰[161] 중상 께 드리다
贈水師學堂摠辦吳觀察 仲翔

보유(補遺)이다. 호(號)는 유윤(惟允), 복건성(福建省) 사람이다.

많은 영재들 학원으로 등교하니	濟濟英髦登學院
양이(洋夷)의 좋은 기술 배워 양이를 막아내리	師夷長技可防夷
훗날 두각 나타내 용이 되어 떠날 때는	他時頭角成龍去
천둥과 비 하늘에 가득하여 사람들이 알지 못하리	雷雨滿天人不知

160　수사학당(水師學堂) : 일종의 서양식 해군사관학교이다. 1882년에 박물관 겸 학교의 성격을 지닌 광동실학관(廣東實學館)으로 설립된 곳이 장지동(張之洞) 총독에 의해 1884년에 광동박학관(廣東博學館)으로 변화, 다시 1887년에 광동수륙사학당(廣東水陸師學堂)으로 변화되었다. 천진(天津)과 복주(福州)에도 수사학당(水師學堂)을 두어 근대식 군사교육을 했다. 3년 과정으로 졸업하는 무비(武備) 학교이다.

161　오관찰 : 오중상(吳仲翔)으로, 후관현(侯官縣) 출신이며 자는 유윤(維允)이다. 원주에선 호가 유윤이라고 했으나 호가 아니라 자(字)이다. 관찰은 직책명이다. 1855년에 거인(擧人)이었으며, 1867년 선정대신(船政大臣) 심보정(沈葆楨)의 천거로 선정판리문안(船政辦理文案)으로 등용되어 1885년에 재차 선정제조(船政提調)의 직임을 맡았다가 1887년 수륙사학당(水陸師學堂) 사무 총판을 맡았다.

기기국[162] 총판 유관찰[163] 함방 께 드리다

贈器機局摠辦劉觀察 含芳

보유(補遺)이다. 호는 향림(薌林)이다. 임오년에 우리나라 원군(援軍) 때 일체의 무기와 탄약은 모두 유(劉)가 지원 수송하는 역할을 맡았다. 성품이 서적을 좋아하여 일찍이 나에게 우리나라 역사서를 구매해 달라고 요청하였다.

강한 활 굳센 쇠뇌 높다란 선반에 쌓였으니	强弓勁弩束高閣
군대의 산더미 같은 화기 두 곳에서 생산되네	軍火如山兩局來
해외에서 도서를 구입해 서적이 풍부하니	海外購書緗帙富
그대가 무고[164]처럼 재능을 쌓아둔 줄 알겠네	知君武庫好儲材

162 기기국(器機局) : 청나라에서 1860년 무렵부터 시작된 양무운동(洋務運動)의 일환으로 설치된 곳으로 서양과학 기술을 도입하여 학습하던 곳이다.

163 유관찰(劉觀察) : 유함방(劉含芳, 1840~1898)으로, 안휘성(安徽省) 귀지현(貴池縣) 출신이며, 자는 향림(薌林)이다. 원주에 향림을 호라고 했는데, 호가 아니라 자(字)가 향림이다. 관찰은 직책명이다. 법문(法文)에 밝았다. 이홍장의 신임이 두터웠으며 북양연해륙 전적영무처(北洋沿海陸前敵營務處)를 관리한 바 있다.

164 무고(武庫) : 글자 그대로 무기고라는 뜻이지만, 진(晉)나라 사람 두예(杜預)의 존칭으로 쓰이기도 한다. 두예의 학식이 깊고 넓어 무기고의 병기와 같이 다양하게 구비되어 있다는 의미이다. 여기서는 두예를 두무고(杜武庫)라고 일컬은 것을 염두에 두고 쓴 듯하다. 《晉書 卷34 杜預傳》

남국의 총판 왕관찰[165] 덕균 께 드리다

贈南局摠辦王觀察 德均

보유(補遺)이다. 호(號)는 소운(筱雲)이다. 제조(製造)를 지도하다가 동치(同治) 원
년에 이르러 처음 강남철창(江南鐵廠)[166]을 열자 이부상(李傅相)[167]이 그를 천거하여
감공(監工)을 맡게 했다. 지금은 천진기기창 남국(南局)에서 임직하고 있다.

강남철창에서 일찍 이름이 알려졌으니	江南鐵廠早知名
실사에서 마음 구해 만듦새가 정밀했네	寔事求心算造精
매우 온화하고 고요한 유자의 기풍 있어	大有雍容儒者氣
지창 안에서 밝게 사물의 이치 관조하네	靜觀物理紙窓明

165 왕관찰(王觀察) : 왕덕균(王德均)으로, 호(號)는 소운(筱雲)이다. 관찰은 직책
명이다. 강남철창(江南鐵廠) 감공(監工), 천진(天津) 남국(南局) 총판(摠辦)을 역임
했다. 역서로 영국 부란아(傅蘭雅 : John Fryer, 1839~1928) 구역(口譯), 왕덕균
필술(筆述)의 《해도도설(海道圖說)》 14권과 부록 《장강도설(長江圖說)》 1권이 있다.
중국 지리와 지명의 서양식 명칭을 소개, 서양 과학기술 서적을 다수 번역하였다.

166 강남철창(江南鐵廠) : 청나라에서 1860년 무렵부터 시작된 양무운동(洋務運動)
의 일환으로, 이홍장이 상해에 이미 설비를 갖추고 있던 서양 과학기술 도입 및 학습소
를 병합하여 1865년에 강남제조국(江南制造局)으로 만들었다. 이 강남제조국의 다른
이름이 강남철창이다. 천진에는 1866년에 설립했다.

167 이부상(李傅相) : 이홍장을 가리킨다. 227쪽 주 83 참조.

나자사[168] 풍록 에게 드리다

贈羅刺史 豐祿

보유(補遺)이다. 호는 직신(稷臣), 복건인(福建人)이다. 고금의 학문을 통달하였고 태서(泰西)를 유람하였다. 여러 가지 재능을 연마하고 익혔으며, 마음가짐과 몸가짐이 신중하고 돈독하다. 중국은 근일에 양학생(洋學生)을 선출하는데 직신을 최고로 추천하였다.

멀리 3년을 유람해 경륜이 풍부하며	遠遊三載富經綸
텅 비고 드넓은 흉금은 순주를 마신 듯[169]	沖漠襟懷似飲醇
비로소 알겠네 지금 필요한 선비는	始信當今需用士
반드시 근본이 독서인이라야 함을	須資本領讀書人

---

168 나자사(羅刺史) : 나풍록(羅豐祿, 1850~1895년 이후)으로, 복건성 민현(閩縣) 출신이며 자는 직신(稷臣)이다. 자사는 관직명이다. 1867년 복주선정학당(福州船政學堂)에 입학하여 우수한 성적을 거두어 선정대신(船政大臣) 심보정(沈葆楨)에게 상을 받고 발탁되어 교습(教習)으로 파격 승진되었다. 1877년 3월, 청나라 조정이 제1차 서구유학생을 선발하는데 뽑혀 일을 주관하고 통역하는 일을 맡았다. 5월에 영국에 도착하여 영국윤돈금사관학(英國倫敦琴士官學, King's College)에서 화학을 공부했다. 재학기간 중 서양의 화학서적 번역을 비롯하여 영국과 독일 서적을 번역했다. 1880년 2월, 귀국하여 북양대신 이홍장의 휘하에 들어가 북양수사영무처(北洋水師營務營處)에서 일하며 이홍장의 영문비서 역할과 외교 문제 고문 및 문서 번역 일을 했다. 1883년 수사영무처 도원(道員), 1885년 천진수사학당 회판(會辦)으로 승진했다. 1888년 북양수사 제독(提督) 정여창(丁汝昌) 및 임태증(林泰曾)·유보섬(劉步蟾) 등과 협력하여 《북양해군장정(北洋海軍章程)》을 기초하였다.

169 순주(醇酒)를 마신 듯 : 두터운 교분이 쌓인 듯 훈훈하다는 말이다. 삼국 시대 오(吳)나라 정보(程普)가 주유(周瑜)와의 두터운 교분을 비유하면서 "주공근과 사귀다 보면 마치 순주(醇酒)를 마신 것처럼 나도 모르게 절로 훈훈하게 취해 온다.〔與周公瑾交 若飲醇醪不覺自醉〕"고 했던 '음순자취(飲醇自醉)'의 고사가 전한다.

윤종사관[170]이 공도를 인솔하여 남국에 나뉘어 머물게 되었으므로 전송하다

送尹從事率工徒分住南局

보유(補遺)이다.

우리나라 사람은 고생을 참지 못하는데	東人不耐苦
게다가 공학도들임에랴	況是工徒流
항상 궁핍한 식량[171]이 걱정이지만	常憂餼廩置
의당 많은 학과 공부에 힘써야하리	宜勉課程優
뜻을 같이해 나랏일을 하는데	同志役王事
이국땅에서 이별 수심까지 겪네	異鄉添別愁
잠시 쉬었다가 곧 서로 만나	少間卽相訪
함께 해광사를 유람하세나	共作海光遊

해광사(海光寺)[172]는 천진(天津)에 있다.

---

170 윤종사관(尹從事官) : 윤태준(尹泰駿, 1839~1884)을 가리킨다.

171 식량 : 원문은 희름(餼廩)인데, 관청에서 발급해 주는 양식을 말한다.

172 해광사(海光寺) : 중국 천진(天津) 성(城)의 남문 밖에 있었던 사찰이다. 명나라 때는 천진 8경의 하나로 일컬어졌다. 1704년에 설립되어 1870년 이홍장 독직(督直) 때에는 '기기주포국(机器鑄炮局)'으로 불렸으며, 그 이후 순친왕(醇親王)이 해광사 어서루(御書樓)에 있으면서 프랑스·러시아·미국·영국·독일·일본 등 각국 영사를 접견했으며, 20세기 초 항일기를 거친 다음 의학연구소 및 의원으로 바뀌었다.

어일재 윤중 이완서[173] 조연 가 문의관[174]으로서 천진에 왔다

魚一齋 允中 李浣西 祖淵 以問議官來津

보유(補遺)이다.

여정을 손꼽아보니 이미 기일 지났는데	屈指行程已過期
갑자기 행차 당도 했다니 기뻐 흥분이 되네	忽聞軺到喜飛眉
서로 만나 다만 새로운 소식 없어 유감이니	相逢但恨無新語
시사가 어렵고 위태롭다니 울고 싶구나	時事艱危淚欲垂

---

173 이완서(李浣西) : 이조연(李祖淵, 1843~1884)으로, 본관은 연안(延安), 자는 경집(景集), 호는 완서, 시호는 충정(忠貞)이다. 1880년(고종17) 사헌부 감찰로서 개항 후 처음으로 파견되는 수신사 김홍집(金弘集)의 수행원으로 일본에 다녀왔고, 이듬해 다시 수신사 조병호(趙秉鎬)의 종사관으로 일본에 다녀왔다. 1882년 고선관(考選官)으로 청나라에 가서 영선사 김윤식을 따라 천진에 간 유학생·공장(工匠)들의 실정을 조사하였다. 이어 흥선대원군이 임오군란 때에 청국군에 의하여 청나라에 끌려 간 뒤 조영하(趙寧夏)의 종사관이 되어 청에 가서 흥선대원군 수금(囚禁)에 대한 감사를 표하고 귀국하였다. 개화당으로부터 사대당으로 지목을 받아오던 중 1884년 갑신정변 때 개화당 행동대에 의하여 피살되었다. 뒤에 이조 참판에 추증되었다.

174 문의관(問議官) : 1882년(고종19) 2월 3일에 통리기무아문의 건의로, 천진(天津)에 머무르고 있는 학도와 공장들을 별도로 감독 격려할 겸 중국에 자문할 것을 준비하도록 하여 어윤중과 이조연을 파견했다. 영선사(領選使)와 협조하여 일을 처리하도록 했다.

윤석정[175] 종사관이 귀국하는 것을 전송하며

送尹石汀從事歸國

보유(補遺)이다.

황하수 동쪽으로 흘러가듯　　　　　　　河水東流去

멀리 온 나그네의 마음도 거세게 흘러가네　滔滔遠客心

고향 우물을 오래 떠난 때문이 아니라　　非緣離井久

다만 연군의 마음 깊어서라네　　　　　　祇爲戀君深

바다 드넓으니 시야에 닿기 어렵고　　　海闊難窮目

인편도 드물어 소식도 막히겠지　　　　　便稀阻嗣音

슬퍼하며 돌아와 문을 닫고　　　　　　　悄然還閉戶

외로이 여관에서 벌레소리 짝할 뿐이네　孤舘伴蟲吟

175　윤석정(尹石汀) : 192쪽 주 2 참조.

백겸산[176] 관변이 귀국하는 것을 전송하다

送白兼山官弁歸國

보유(補遺)이다.

올 때는 낙엽지고 갈 때는 꽃피니	來時木落去時榮
해를 넘김에 척기[177]의 정 금하기 어렵구나	經歲難禁陟屺情
아득한 모래톱에 사람 홀로 서 있는데	杳杳沙頭人獨立
외로운 돛배는 만 리 길을 바람 품고 가네	孤帆萬里飽風行

---

176 백겸산(白兼山) : 백낙윤(白樂倫)이다. 193쪽 주 6 참조. 지금 기기국 방판으로
서 임무를 마치고 귀국하는 것이다.

177 척기(陟屺) : 효자가 부역을 나가서 어버이를 잊지 못하는 심정을 의미한다. 《시
경》〈척호(陟岵)〉에 "저 민둥산에 올라가서 어머님 계신 곳을 바라본다.〔陟彼屺兮 瞻望
母兮〕"라는 구절에서 나온 말이다.

미국 사절 설비이[178]가 조약을 논의하기 위하여 우리나라로
떠났다. 중국이 정군문[179] 여창, 마관찰[180] 건충 을 파견하여
조약 논의를 돕는다

美使薛斐爾爲議約東出中國派丁軍門 汝昌 馬觀察 建忠 勸助約事

보유(補遺)이다.

미국과 연계하고 중국과 친하여 만전을 꾀하니　　聯米親中計萬全

동양 정세가 칠푼은 원만해지리　　東洋大局七分圓

멀리서도 알겠네 배가 인천에 당도하는 날　　遙知帆到仁川日

백성들 앞 다투어 상국의 배 바라볼 줄을　　士女爭瞻上國船

178　설비이(薛斐爾) : 로버트 W. 슈펠트(Robert W. Shufeldt, 1821~1895)이다.
미국 해군에 들어가 남북전쟁 때 아바나 총영사로 있었다. 1867년(고종4)에는 군함
워튜셋호(號) 함장으로서 중국을 거쳐 조선에 와서, 그 전해에 평양에서 한국 군민(軍
民)에 의해 불타버린 미국 상선 제네럴 셔먼호의 행방을 수색하고, 한국의 개국(開國)
을 촉구하고 돌아갔다. 1878년 해군 준장으로서 타이콘데로카호의 세계일주 항해를
지휘, 아프리카 해안을 돌아 1880년에 다시 중국에 들러 북양대신 이홍장(李鴻章)에게
조선과 미국의 수호관계 수립의 중개 역할을 요청하여 승낙을 얻었다. 그 해 3월 부산에
도착, 동래 부사에게 통상을 청했다가 거절당하고 돌아갔다. 1882년(고종19) 3월 미국
전권대사 자격으로 군함을 이끌고 인천항에 들어왔으며, 중개역으로 이홍장의 명을
받은 마건충과 제독 정여창도 들어왔다. 4월에 인천에서 조미수호통상조약(朝美修好通
商條約) 14개 조항이 조인되었다.

179　정군문(丁軍門) : 정여창(丁汝昌)이다. 255쪽 주 153 참조.

180　마관찰(馬觀察) : 마건충(馬建忠, 1845~1900)으로, 자는 미숙(眉叔)이다. 일
찍 프랑스에 유학, 법률학을 공부했으며, 경세에 뜻을 두어 관직이 도원(道員)에 이르
렀다. 학자로서도 이름이 높은데, 그가 지은 《마씨문통(馬氏文通)》은 최초로 서양 언어
학을 도입하여 한자 문법을 체계화한 책이다.

비파[181]

枇杷

보유(補遺)이다.

얇고 연한 껍질 맑은 향기 감싸니	細嫩皮膚裹淡香
강남 오월은 노란 매실과 짝 하네	江南五月伴梅黃
처음엔 살구 같아 시고 떫을까 염려했더니	初疑杏子愁酸澁
입에 넣자 거의 꿀물을 먹는 것 같네	入口渾如啖蜜漿

---

181 비파(枇杷) : 장미과에 속하는 상록교목이다. 따뜻한 기후가 생장에 적합하여 우리나라는 제주도 같은 남쪽 지방에 많다. 잎은 차로 사용하며, 열매는 폐(肺)를 윤택하게 하고 갈증을 멎게 하며 기(氣)를 내리는 효능이 있어 약재로 쓰인다. 열매가 익으면 모양은 노랗게 익은 매실이나 살구와 비슷하고, 맛은 달고 향기롭다.

감람[182]

橄欖

보유(補遺)이다.

짙푸른 색에 소금에 절인 흔적 조금 있는데	靑靑微帶漬鹽痕
자근자근 씹으니 맛있는지 알겠구나	細嚼方知意味存
충언도 갑자기 올리면 받아들이기 어렵거니	忠言驟進宜難入
실마리 풀듯 누가 오랜 번거로움 참아낼까	紬繹誰能耐久煩

182 감람(橄欖) : 올리브를 한역(漢譯)한 이름이다. 성경에 나오는 감람나무는 올리브를 뜻한다. 동아시아에서는 감람과의 상록교목을 범칭하여 감람나무라고 부르기도 한다. 열매로 올리브기름과 피클을 만들기도 하고 약재로도 쓴다. 열매에 폐(肺)를 맑게 하고 진액(津液)을 생성하여 해독하는 효능이 있다고 한다.

들으니 유구왕[183]이 일본 도쿄에 억류되어 있어 그의 신하가
상해에 가서 군사를 요청하느라 해를 넘기도록 돌아가지
못하고 있다 한다

聞琉球王在日本東京其臣赴滬乞師經年不返

보유(補遺)이다.

진나라 뻐기다가 제나라와 우호 끊겨 　　　　　特秦絶齊好

나라를 버리고 함양[184]에 기탁했네 　　　　　捐國寄咸陽

유리하며 탄식한들 어이하리 　　　　　　　瑣尾嗟何及

유신만 공연히 스스로 상심할 뿐 　　　　　遺臣空自傷

183　유구왕(琉球王) : 19대 국왕인 상태(尚泰)부터 직계 자손들 상전(尚典), 상창
(尚昌), 상유(尚裕), 상위(尚衛)까지 도쿄에 강제로 억류되어 있었다. 유구는 1609년
에 사쓰마번(薩摩藩) 군대에 항복한 이후 일본의 조공국이 되었고, 1879년에 이토 히로
부미가 '유구처분'을 단행함으로써 왕국이 완전히 해체되어 오키나와 현이 되었다. 유구
처분 때 유구왕과 왕자들이 도쿄에 억류되어 있었다.

184　함양(咸陽) : 전국 시대 진(秦)나라 도읍이다.

들으니 안남의 동경이 법국인에게 파괴되었다고 한다
聞安南東京爲法人所破

심산에서 호랑이를 끌어들였으니	引虎深山中
외로이 떨지만 누가 죽음에서 구해줄까	煢煢誰救死
중원에 성인이 있어	中原有聖人
월상치를 볼 수 있길 바라노라[185]	庶見越裳雉

---

185 월상치(越裳雉)를……바라노라 : 중국이 안남을 보호해 줄 수 있기를 바란다는 말이다. 월상은 남해에 있는 나라로 안남, 즉 베트남을 가리킨다. 월상의 꿩을 조공물로 받을 수 있기를 바란다는 것은 중국의 영향권 아래 두기를 바란다는 뜻이다. 《한시외전(韓詩外傳)》 권5에, "주(周)나라 성왕(成王) 때 월상씨(越裳氏)가 아홉 번 통역을 거쳐 주공(周公)에게 흰 꿩을 바쳤다.〔比及三年 果有越裳氏重九譯而獻白雉于周公〕"라고 하였다.

해광사에 놀러가서 오명화상[186]에게 드리다

遊海光寺贈梧明和尚

보유(補遺)이다.

초지[187]는 성시와 먼 데   初地遠城市

섬돌 뜨락에 꽃과 나무 그윽하구나   階庭花木幽

커다란 비석에 훌륭한 자취 기록함에   穹碑紀勝蹟

신한[188]이 명승을 압도하네   宸翰鎭名區

     뜰에 비석이 있는데, 건륭어필(乾隆御筆)[189]로 열무(閱武) 시를 새긴 것이다. 또 이부상(李傅相)의 해광사 중수비(重修碑)가 동무(東廡) 아래에 있었다.

달빛은 삼중각에 가득하고   月滿三重閣

바람은 팔각루에 맑구나   風淸八角樓

그대를 보니 세속인 모습이 아닌데   看君非俗狀

동국 유람을 하실 수 있겠소   能否作東遊

     오명(梧明)이 우리말을 기록해 두면서 스스로 말하길 "조만간 동국에 유람을 할 것 같다."고 한다.

186 오명화상(梧明和尚) : 중국 천진 해광사에 있었던 스님인 듯하다.

187 초지(初地) : 보살이 불과(佛果)에 이르는 52단계 중 십지의 첫 단계로서 희환지 (喜歡地)를 가리키며, 사찰을 뜻한다. 당나라 왕유(王維)의 〈등변각사(登辨覺寺)〉에 "대숲 길은 초지로부터 뻗었고 연봉은 화성에서 솟았어라.〔竹逕從初地 蓮峯出化城〕"라 고 하였다.

188 신한(宸翰) : 임금이 쓴 글을 말한다.

189 건륭어필(乾隆御筆) : 운양의 《음청사》 1882년 3월 29일조에 해광사에 건륭제의 어필과 어시(御詩)가 있는데 시의 뜻은 전아하고 필획은 굳세다는 기록이 보인다.

변고[190]를 듣고 군대를 따라 우리나라로 돌아오다가 등주에 이르러 짓다

聞變隨軍東還至登州作

보유(補遺)이다. 이 시 이하는 대체로 순서를 잃어버렸다.

노를 저어 배에 오르니 눈물이 옷에 가득	擊楫登舟淚滿衣
바다 하늘 멀고 넓어 날아갈 수 없네	海天遼闊不能飛
경솔히 이웃나라 도발해 우환이 크거늘	輕挑鄰國憂方大
군심을 크게 잃어 대책 또한 그르쳤네	厚失軍心計亦非
업적 쌓인 조종은 응당 보답 있겠으나	積累祖宗應有報
다급한 국가 상황 끝내 어디로 귀착될까	蒼茫家國竟安歸
호가 한 곡조 푸른 물결에 울려 퍼지고	胡笳一曲滄波動
지는 해는 황량하게 큰 깃발 비추는구나	落日荒荒照大旂

---

190 변고 : 1882년(고종19)에 일어난 임오군란을 가리킨다.

천진 운하 배 안에서 원사인[191] 세개 을 만나 함께 묵다[192]
津河舟中逢袁舍人 世凱 同宿

보유(補遺)이다. 호는 위정(慰庭), 하남성(河南省) 사람이다. 현재 행군사마(行軍司馬) 직을 띠고 있는데, 무략(武略)이 좋고 뜻과 기개가 시원하게 트여 있다. 오장경이 항상 위정을 일컫기를 '중국에서 손꼽히는 남아'라고 하였다.

서로 만나 한번 웃고는 이내 매우 친해졌으니	相逢一笑便形忘
시선은 빛이 나고 의기도 빼어난 때문이라	顧眄生光意氣長
웅대한 포부 가득 품은 등우[193]의 나이	滿腹風雲鄧禹歲

　　위정(慰庭)이 그 때 나이 스물넷이었다.

거주지인 하락은 가생[194]의 고향이라	住家河洛賈生鄕

191　원사인(袁舍人) : 원세개(袁世凱, 1859~1916)로, 하남성(河南省) 출신이다. 1882년 임오군란 때 주동자로 지목된 흥선대원군을 납치하여 청나라로 압송, 연금하였다. 1884년 갑신정변 때 고종이 납치되자 일본군과 싸워 고종을 구출하였다. 1885년 8월 연금에서 석방된 흥선대원군과 함께 다시 조선으로 왔으며 이홍장의 명을 받아 조선 주재 총리교섭통상대신(總理交涉通商大臣)으로 서울에 주재하였다. 1911년 신해혁명 발발로 다시 군사의 전권을 장악하게 되었고, 11월 내각 총리대신이 되어 청나라 조정의 실권을 잡았다. 1916년 1월 스스로 황제라 칭하고, 연호를 홍헌(洪憲)으로 개원(改元)한다고 선언, 3월에 황제제도 취소를 선언, 그 후 계속되는 반원(反袁)운동의 소용돌이 속에서 죽었다.

192　천진……묵다 : 이 시는 같은 제목과 내용으로 《운양집》 권3에 실려 있다.

193　등우(鄧禹) : 후한 광무제(後漢光武帝)를 도와 천하를 평정한 논공제일(論功第一)의 개국공신이다. 24세 때 광무제가 즉위하자 삼공(三公)의 하나인 대사도(大司徒)에 임명되고 고밀후(高密侯)에 봉해졌다.

194　가생(賈生) : 한(漢)나라 가의(賈誼)로, 낙양(洛陽) 사람이다. 낙양은 지금의

안목이 탁 트여 어려워하는 일이 없고 　　　　眼前快濶無難事

술을 마시면 담대해 뜨거운 열정 있네 　　　　酒後輪囷有熱腸

다만 해마다 나랏일 때문에 고달파 　　　　　祇爲年年王事瘁

청춘인데 이미 머리털이 희끗희끗 보이네 　　　靑春已見鬢毛蒼

　위정(慰庭)은 19세에 그의 종숙부 문성공(文誠公) 원보항(袁保恒)[195]을 따
라 하남(河南)의 굶주린 백성을 진휼(賑恤)하였는데, 밤낮 수고하고 근심
하느라 피를 몇 되 토하여 머리털이 모두 희어졌다.

중국 하남성(河南省) 낙양시(洛陽市)인데, 원세개 역시 하남성 낙양 출신이다.

195　원보항(袁保恒) : 1826~1878. 하남성 항성(項城) 사람이며 자는 소오(小午),
호는 소오(筱塢)이다. 1850년에 진사에 급제, 한림원 편수(翰林院編修)·형부 시랑(刑
部侍郎)을 지냈다. 젊었을 때 부친 원갑삼(袁甲三, 1806~1863)을 따라 군대 일을 하며
연무(練武)에 관한 일을 익혀 이홍장을 보좌하였고 좌종당(左宗棠)의 군막에서 20년을
보좌하였다. 원세개의 숙부이다.

본국에 재난이 있었다는 소식을 듣고서 천진 해관에 나아가
일을 의논했다. 작별에 즈음하여 주옥산[196]에게 감사드린다
聞本國有難日赴津海關議事臨別謝周玉山

보유(補遺)이다.

깊은 밤 잠 못 이루고 대책을 강구하나니	深宵不寐講機宜
주향[197]과 군대 파견에 때를 넘길 수 없네	籌餉調兵不踰時
작별에 임하여 은근히 위로의 말을 하거늘	臨別慇懃相慰語
부질없이 초수[198]의 슬픔 지을 필요 없네	不須空作楚囚悲

196　주옥산(周玉山) : 주복(周馥, 1837~1921)이다. 244쪽 주 130 참조.

197　주향(籌餉) : 군사들의 식량 및 기타 군수 물자를 준비하고 조달하는 것을 말한
다.

198　초수(楚囚) : 나라가 위태한 상황에서 더 이상 어찌 할 수 없이 군색한 처지에
빠져 있는 사람을 의미하는 말이다. 진(晉)나라에 포로로 잡혀가서 거문고로 초나라
음악을 연주하며 고향을 그리워했던 종의(鍾儀)를 가리킨다. 《春秋左氏傳 成公9年》

변고를 듣고 우리나라로 돌아간 장제군[199] 수성 제군을 생각하며

聞變東還懷張制軍 樹聲

보유(補遺)이다. 호는 진헌(振軒)이다. 이 때 소전(少荃) 이중당(李中堂)은 모친상을 당하여 고향으로 돌아갔고, 진헌이 북양사무(北洋事務) 서리(署理)로 있었다. 군대를 파견해 우리나라를 원조하는 일을 모두 진헌이 주관하였다.

너그러이 수용함엔 도량이 있었고	休休容有度
백성 보기를 다친 사람 보듯 걱정하셨지	恤恤憂如傷
우리나라의 환난을 돌봐주니	顧我患難際
의리 깊어 잊을 수가 없구나	義深不可忘

199 장제군(張制軍) : 장수성(張樹聲, 1824~1884)이다. 252쪽 주 148 참조.

배가 등주에 도착하니 오소수[200]가 바야흐로 등주 육영의
군대를 조발해 화함에 나눠 태우고 우리나라로 출발하려
하였다
舟到登州吳筱帥方調登州六營兵分載火艦東發

보유(補遺)이다.

등주성 밖에 출정할 군영 늘어섰는데 　　　　　登州城外列行營
동정에 나서는 장병들 기개가 넘치네 　　　　　將士東征意氣橫
만 리 장풍에 깃발이 춤을 추는데 　　　　　　　萬里長風旗脚舞
대포 소리 일성에 배를 놓아 떠나네 　　　　　　一聲礮火放舟行

200　오소수(吳筱帥) : 오장경(吳長慶, 1833~1884)으로, 자는 소헌(筱軒)이다. 이
홍장 휘하의 장군으로 여러 무관직을 거쳐 광동수사제독에 올랐다. 1882년 임오군란이
일어나자 민씨 일파로부터 진압 요청을 받고 4천 명의 병력을 이끌고 남양만 마산포를
거쳐 서울로 진주, 대원군을 강제로 청나라로 압송하는 한편 구한국 군인들을 색출하여
모두 죽였다. 이후 친위대를 창설, 민씨 정권을 지원하다가 이홍장과의 알력으로 본국
으로 귀환하였다.

연태의 배 안에서 오군문 장경 을 알현하다

烟台舟中謁吳軍門 長慶

보유(補遺)이다. 호는 소헌(筱軒), 안휘성(安徽省) 사람이다. 누차 전공(戰功)을 세워 벼슬이 광동제독(廣東提督)에 이르렀다. 현재 등주에 주재하고 있다. 사람됨이 겸손하여 아래 군사들에게 공손하다. 《주역》읽기를 즐기며 실천에 부지런하고 돈독하여 세상에서 유장(儒將)이라 일컫는다.

도독[201]은 매우 조용하고	裘帶劇從容
군막[202]은 화기애애하구나	碧油和氣濃
웅대한 포부에 도략[203]을 지녔고	風雲藏韜略
푸른 하늘에 신선[204]이 앉은 듯	霄漢坐喬松
엄정한 모습으로 군대를 정연하게 지휘하고	肅肅持軍整
겸손한 모습으로 부하에게 몸을 낮추네	謙謙下士恭
가슴 속에 계획이 이미 정해졌으니	胸中謀已定
얘기하고 웃으며 금 술잔을 들이키네	譚笑酌金鍾

201 도독 : 원문은 구대(裘帶)로, 완대경구(緩帶輕裘)를 줄인 말이다. 도독을 가리킨다. 진(晉)나라의 양호(羊祜)가 군대를 맡고 있으면서 갑옷을 입지 않은 채 항상 가벼운 옷에 허리띠를 느슨히 풀어 놓고 있었다는 고사에서 나온 말이다. 《晉書 卷34 羊祜傳》

202 군막 : 원문은 벽유(碧油)인데, 기름 먹인 포(布)로 만든 청록색의 군막을 가리킨다. 벽유당(碧油幢)이라고도 한다.

203 도략(韜略) : 유명한 병법서인 《육도(六韜)》와 《삼략(三略)》을 줄여 부른 말이다.

204 신선 : 원문의 교송(喬松)은 유명한 신선인 왕자교(王子喬)와 적송자(赤松子)를 가리킨다. 《列仙傳》

장계직²⁰⁵에게 드리다

贈張季直

보유(補遺)이다. 강소성 통주(通州) 사람이다. 문장에 뛰어났으며 지기(志氣)를 숭상
하였다. 오장경이 그를 매우 중히 여겼으므로 감히 막빈(幕賓)으로 대하지 못했다.
군중의 기밀 회의에도 모두 참여시켜 알게 하였다.

막부에서 빼어난 인재를 가까이하는데	幕府親英俊
유독 장중²⁰⁶의 현철함을 높이 받드네	獨推張仲賢
문장은 산마루의 달빛을 꿰뚫고	文章貫嶺月
지기는 가을 하늘을 능가하네	志氣凌秋天
차가 식도록 글로 써가며 이야기하고	茶冷抽毫語
술자리 끝나자 발 부딪치며 같이 잠드네	酒闌抵足眠
누에 오르니 비분강개한 느낌 많아	登樓多感慨
다시 종군편²⁰⁷을 짓네	更賦從軍篇

---

205 장계직(張季直): 장건(張謇, 1853~1926)으로, 강소성 남통(南通) 사람이며 자
는 계직이다. 오장경 휘하의 인물로 우리나라에 들어온 적이 있다. 특히 중국 근대
자본가로서 근대적인 기업의 육성에 공헌한 것으로 유명하다. 김택영이 중국 남통으로
망명하여 가서 살았던 것은 그의 주선에 의한 것이었다. 저서로《장계자구록(張季子九
錄)》《장건함고(張謇函稿)》등이 있다.

206 장중(張仲): 장중은 주(周)나라의 현신(賢臣)으로 성품이 효성스러웠고 윤길보(尹
吉甫)와 절친했다. 장건을 장중에, 오장경을 윤길보에 비유해서 말한 것이다.《詩經 六月》

207 종군편(從軍篇): 종군행(從軍行)을 가리킨다. 이백을 비롯한 많은 시인들이 동
일 제목으로 시를 남겼다. 보통은 왕찬(王粲)이 조조(曹操)를 따라가며 지은 종군시
5수를 가리킨다.《文選 卷27》

배가 남양 마산포[208]에 정박하였다. 들으니 주상께선 평안하시고 시정도 안정되어 고요하다고 한다

舟泊南陽馬山浦聞主上安寧市井晏謐

보유(補遺)이다.

잠시 소식 듣고 나니 나그네 근심 흩어지고	乍聞人語散羈愁
고국산천이 멀리 눈에 들어오네	故國山川入遠眸
이년 만에 환향할 줄 어찌 짐작했으랴만	二載還鄕豈曾料
곳곳에 난리가 잦아 또한 부끄럽구나[209]	四郊多壘亦堪羞
시국이 위태로워 대비책[210] 절실한데	時危方切濡袽戒
재주 졸렬하니 간식[211]의 근심 나눌 길 없네	才劣難分旰食憂
아, 풍우가 지나감을 기뻐하노니	差喜一番風雨過
물가의 꽃 예전처럼 초가을을 비추는구나	汀花依舊照新秋

---

208 마산포(馬山浦) : 경기도 남양도호부(南陽都護府)에 속했던 항구로, 대부도와 제부도 부근으로 지금은 '고포'라고 부른다. 한때 인천부 관할로 삼았다가, 1907년에 그 지역을 부평군과 수원군에 나누어 소속시켰다.

209 곳곳에……부끄럽구나 : 《예기》〈곡례 상(曲禮上)〉에 "사방에 난리가 많은 것은 경대부의 수치이다.〔四郊多壘 此卿大夫之辱也〕"라고 하였다.

210 대비책 : 원문은 유여계(濡袽戒)이다. 《주역》〈기제괘(旣濟卦) 육사(六四)〉에 "배의 물이 새는 틈을 헌 옷가지로 막는다."는 말에서 인용한 것으로, 환란에 미리 대비함을 이른다.

211 간식(旰食) : 소의간식(宵衣旰食)의 준말로 미명(未明)에 일어나서 정복(正服)을 입고 해가 진 후에야 저녁밥을 먹는다는 뜻이다. 임금이 정사(政事)에 골몰하여 여가가 없음을 뜻한다. 여기서는 고종을 지칭한다.

마산포에서 야숙하며 원위정 사마께 보여드리다[212]
野宿馬山浦示袁慰庭司馬

보유(補遺)이다.

술병이 비면 술독 또한 부끄러우니[213]	瓶空罍亦恥
울타리가 굳건해야 방 안이 편안하다오	藩固室斯安
세상 살아감에 지기를 중히 여기니	處世重知己
그대와 함께 어려움을 구제하리라	與君共濟艱
배에 비 내리고 안개 낀 항구 저무는데	雨帆烟港晚
마산포에서 노숙하노라니 춥기도 하구나	露宿馬山寒

내가 군대를 따라 연태(烟台)[214]에 이르러 원위정과 함께 작은 배를 타고 오장경의 배로 나아갔다. 그때 비바람이 크게 일어 파도가 세차게 치솟아 거의 건널 수가 없을 것 같았다. 우리나라 마산포(馬山浦)에 이르러 육지에 내리니 포구에 인가가 없어 여러 군사들이 이슬을 맞았으며 나와 위정도 함께 들에서 잤다.

평생의 뜻에 힘쓰길 바라며	庶勉平生志
이날의 어려움을 잊지 맙시다	毋忘此日難

---

212 마산포(馬山浦)에서……보여드리다 : 이 시는 《운양집》 권3에 실려 있다. 권3에는 시의 원제는 "野宿馬山浦, 示慰庭"여서, 약간의 글자 출입이 보인다.

213 술병이……부끄러우니 : 《시경》〈육아(蓼莪)〉의 "작은 병의 깨짐이여 큰 병의 부끄러움이로다.[缾之罄矣 維罍之恥]"라고 하였다 중국과 조선은 한 운명이라는 뜻이다.

214 연태(烟台) : 중국 산동성에 속한 지명이다.

원위정이 하남으로 돌아감을 전송하며[215]

送袁慰庭還河南

보유(補遺)이다. 이 때 중국에서 흠차(欽差)[216] 오대징(吳大澂)[217]이 와서 여러 장수들의 공과(功過)를 시찰하였다. 일본인이 유언비어로 위정을 헐뜯자 남아서 방어하던 여러 장수들 또한 그의 공을 질투하여 그를 비난하였다. 흠차가 위정을 조사하여 자못 바짝 조이니, 위정은 개연히 그날로 서쪽으로 건너가 버렸다.

명성이 높으면 사람들 많이 질투하고	名高人多嫉
공을 이루면 많은 이들 시기한다네	功成衆所忌
이런 일은 예나 지금이나 마찬가지	此事古今同
처세하긴 참으로 쉽지 않네	處世諒不易
지난날 위급한 때를 당하자	曩值危急日

---

215 원위정(袁慰庭)……전송하며 : 이 시는 《운양집》 권3에 실려 있다. 권3에는 시의 원제는 "送慰庭歸河南"인데, 歸를 還자로 고쳤음을 알 수 있다. 원위정은 원세개(袁世凱)이다.

216 흠차(欽差) : 황제가 보내는 사신(使臣)이다.

217 오대징(吳大澂) : 1835～1902. 강소성(江蘇省) 오현(吳縣) 출생이며 초명은 대순(大淳), 자는 지경(止敬)·청경(淸卿), 호는 항헌(恒軒)·각재(慤齋)이다. 1884년 갑신정변 때 조선에 와서 일본의 조선침략을 견제하였고, 다음해에 중국과 러시아간의 길림의 경계선 의정(議定)을 맺을 때 활약하였다. 청일전쟁 때 1군의 장이 되었으나 산해관에서 패하여 실각하였다. 그는 고기물(古器物)의 수집과 연구를 하였으며, 저명한 금석고고가(金石考古家)이기도 하다. 금석학에 관한 저술이 많은데 《설문고주보(說文古籀補)》, 《항헌길금록(恒軒吉金錄)》, 《고옥도고(古玉圖考)》 등은 획기적인 업적으로 칭송된다.

사람들 모두 손을 거두고 피했지   人皆斂手避

교활한 사람은 숨어서 눈치만 보고   黠者懷首鼠

나약한 사람은 두려워 떨기만 했네   懦夫恐惴惴

일이 안정되자 도리어 결점을 찾아서는   事定反覓疵

교묘히 말을 하여 차츰 물들여갔네[218]   利口交漸漬

마침내 공로를 허물로 만들어   遂將功爲過

대장부의 뜻을 꺾어놓았네   摧折丈夫志

그대 지금 호연하게 돌아가니   君今浩然歸

굽어보고 우러러봐도 부끄러울 것 없겠지   俯仰無所愧

하늘의 해가 몹시 밝게 비추니   天日照孔昭

어진 인재 어찌 끝내 버려두겠는가   賢才豈終棄

서로 만날 날 멀지 않음을 알겠으니   相見知不遠

노력하여 왕사를 힘쓰세   努力勉王事

---

218 교묘히……물들여갔네 : '이구(利口)'는 교언을 의미한다. 《논어》〈양화(陽貨)〉
에 공자가 이르기를 "교언이 나라를 전복시킴을 미워한다.〔惡利口之覆邦家者〕"라 하였
다. 또 《논어》〈안연(顏淵)〉에서 공자가 말하기를 "서서히 무젖어 드는 참소와 피부로
받는 하소연이 행해지지 않는다면 밝다고 이를 만하다.〔浸潤之譖 膚受之愬 不行焉 可謂
明也已矣〕"라고 하였다.

원위정 관찰이 독리상무로 와서 주재하다[219]
袁慰庭觀察以督理商務來駐

보유(補遺)이다.

바닷물은 푸르고도 깊고	海水碧且深
바다 산 빙 둘러 길구나	海山縈以長
교분 맺음에 세한의 지조 기대했고	結交期歲寒
의로운 기개 가을서리 능가했지	義氣凌秋霜
호방하고 강개함은 종각[220]과 같고	豪慭似宗慭
영명하고 통달함은 주랑[221]과 닮았네	英達類周郎
애석하다 그대가 사해에 뜻을 두고도	惜君四海志
박처럼 매달려[222] 한 모퉁이에 있구나	匏繫在一方
울타리가 견고하지 못하다면	不有藩屛固

---

219 원위……주재하다 : 이 시는 《운양집》 권3에 실려 있다. 권3에는 시의 원제가 "慰庭觀察, 以督理商務來駐"이니, 약간의 글자 출입이 있음을 알 수 있다.

220 종각(宗慭) : 남양(南陽) 사람이며 자는 원간(元幹)이다. 남북조 송(宋)나라 사람이다. 젊었을 때 자신의 소망을 말하기를 "장풍(長風)을 타고 만리의 물결을 격파하고 싶다"고 했다. 나중에 공을 세워 대장군이 되었다.

221 주랑(周郎) : 주유(周瑜, 175~210)로, 여강(廬江) 서현(舒縣) 사람이며 자는 공근(公瑾)이다. 젊은 나이로 대도독(大都督)에 올라 적벽대전을 지휘하여 조조가 이끄는 군대를 크게 격파하고 승리했다.

222 박처럼 매달려 : 쓸모없이 있음을 말한다. 《논어》〈양화(陽貨)〉에 "내 어찌 박처럼 매달려 있기만 하고 먹지 못할쏘냐?〔吾豈匏瓜也哉 焉能繫而不食〕"라고 한 공자의 말에서 인용한 것이다.

무엇으로서 집을 지키겠는가   何以衛室堂

지난번 헤어질 땐 암담하여 수심 겨웠는데   昔別黯然愁

지금 만나니 기뻐 미칠 듯하네   今見喜欲狂

사사로이 근심하고 기뻐함이 아니니   愁喜非爲私

어찌 아녀자 같은 마음 짓겠는가   豈作兒女腸

이 해 구월 임금님 뜻을 받들어 천진의 공도들을 철수하여
돌아오게 되었는데 시월 삼일에 배가 등주[223]에 정박했다
是年九月奉旨撤還天津工徒十月初三日舟泊登州

보유(補遺)이다.

성가퀴는 산을 따르고 바다로 해자 이루니 　　　雉堞緣山海作濠
중첩된 관문 철벽은 기세 웅장하구나 　　　　　重關鐵壁勢雄豪
천추토록 청주의 공물[224] 기억하나니 　　　　千秋猶記青州貢
괴석 빽빽하여 성난 파도 깨물려는 듯 　　　　怪石森然嚙怒濤

---

223 등주(登州) : 지금 중국의 산동성(山東省) 연태시(烟台市)를 가리킨다. 근대식
서양교육이 일찍 도입된 곳이다. 이곳이 조선으로 드나드는 길목이었다.

224 청주(青州)의 공물 : 《서경》〈우공(禹貢)〉에, 청주의 공물 가운데 하나로 괴석
(怪石)을 언급한 것이 보인다.

봉래각[225]

蓬萊閣

보유(補遺)이다. 봉래각(蓬萊閣)은 천하 4대 명루(名樓)의 하나이다.

누각에 오르니 진짜 봉래에 닿은 듯	登樓眞似到蓬萊
홀로 서 있으니 표연히 뜻이 상쾌해지네	獨立飄然意快哉
해와 달이 외려 물결 밑에서 떠오르고	日月還從波底出

봉래각이 푸른 바다에 임해 있어 해나 달이 떠오르는 것이 보인다.

산천은 멀리 거울 속으로 들어오네	山川遙入鏡中來

피풍정(避風亭)[226] 옆 장벽 사이로 한 조각 석경(石鏡)이 있어 자세히 살펴
보면 일만 형상이 모두 비친다. 이곳 사람들이 말하기를 "천기(天氣)가 청
명(淸明)하면 조선의 산천도 들어와 비친다."고 한다.

진 시황은 선궁이 닫혀 흥이 다했고	秦皇興盡仙宮閉

진황(秦皇)이 동쪽 바닷가로 유람하여 신선을 찾으러 이곳에 올랐는데 바
로 지부도(芝罘島)[227]이다. 지금은 선궁(仙宮)이며 신우(神宇)가 두루 동

---

225 봉래각(蓬萊閣) : 중국 산동성(山東省) 봉래현(蓬萊縣) 단애산(丹崖山) 위에 있
는 누각이다. 동정호(洞庭湖)의 악양루(岳陽樓), 남창(南昌)의 등왕각(滕王閣), 무창
(武昌)의 황학루(黃鶴樓)와 더불어 4대 누각의 하나로 꼽힌다.

226 피풍정(避風亭) : 봉래각 서쪽에 있는 정자이다. 1513년에 건립되었는데, 이곳에
서 해시(海市)와 신루(蜃樓)를 자주 볼 수 있어서 해시정(海市亭)으로 불리기도 했다.

227 지부도(芝罘島) : 중국 산동성 연태시(烟台市) 북부의 바닷가에 있다. 모양이
영지와 같다하여 지부산(芝罘山)이라고도 한다. 섬에 진 시황(秦始皇)이 상륙했던 유
적을 비롯하여 신선 관련 유적들이 있다. 《사기》권6 〈진시황기(秦始皇紀)〉에 진시황
이 신선을 만나기 위해 발해 동쪽으로 가서 성산(成山)을 샅샅이 뒤지고 지부에 올라가
돌을 새겨 세웠다는 기록이 보인다.

부(洞府)를 가득 채우고 있다.

소동파는 해시[228]가 열려 시를 이루었네　　　　蘇子詩成海市開

　해시(海市)는 본래 장관(壯觀)이라 일컬어지는데, 겨울에는 나타나지 않는다. 동파(東坡)가 왔을 때는 마침 겨울을 만났는데도 볼 수 있었으므로 시를 지어 스스로 자랑하였다. 후인들이 사당을 세우고 아울러 〈해시(海市)〉 시를 새겨 사당의 벽 아래에 두었다.

천지 가득한 푸른 바다를 사람들 보지 못한 채　　滿地滄溟人不見
덧없는 인생 홀연 보내니 몹시 슬퍼할 만하네　　浮生忽忽儘堪哀

228　해시(海市) : 신기루(蜃氣樓)이다. 바닷가 하늘에 빛과 대기의 작용으로 어떤 풍경이 나타났다가 사라지는 것을 말한다. 누대는 물론, 푸른 기와나 화려한 기둥을 갖춘 집, 무늬가 새겨진 난간, 흰 벽, 봉황이 드리운 언덕, 그림같이 밝고 거울처럼 현란한 것 등 온갖 사물이 그려지는 것을 말한다.

등주성 안에서 장계직[229]을 만났다
登州城中逢張季直

보유(補遺)이다. 계직은 오장경이 우리나라로 올 때 따라와서 공적이 가장 많았다. 저술에 〈조선선후육책(朝鮮善後六策)〉[230]이 있다. 포상을 요청할 때 굳이 사양하며 받으려 하지 않았다. 처음에 우리나라에 거주하려는 뜻이 있었으나 우리나라 풍속 역시 예스럽지 못함을 보고는 이에 표연히 소매를 떨치고 일어나 등주로 돌아가 병을 핑계로 사퇴했으니 대체로 청고(淸高)한 선비라 하겠다. 내가 등주에 도착하자 계직이 달려와 만났는데 서로 보게 되니 매우 기뻤다.

강개한 장부자	慷慨張夫子
청고하여 속세 먼지를 끊은 듯	淸高絶俗塵
간난과 우환 속에 몇 달을 같이 하다가	艱虞同幾月
이별하고 또 세월 보냈구려	離別又經旬
바다로 떠가려던[231] 처음의 뜻 어긋났고	浮海違初志

---

229 장계직(張季直) : 장건(張謇, 1853~1926)이다. 278쪽 주 205 참조.

230 조선선후육책(朝鮮善後六策) : 장건(張謇)이 조선 병합을 주장한 이 글은 그의 문집 《장계자구록(張季子九錄)》 제2책에서 개요를 볼 수 있다. 장건은 조선이 중국의 안위에 영향을 끼치는 울타리라고 여겼으므로 조선을 열강의 침략으로부터 보호해야 한다고 생각했다. 임오군란 이후 장건은 조선의 문제를 해결하려면 중국이 한나라 때 4군을 설치했던 것처럼 하여 조선을 개혁하고 중국의 동삼성(東三省)과 똑같이 관리해야 중국과 조선의 위기 대응이 된다고 건의했다. 북양대신 이홍장은 이 제안을 거절하여 접수하지 않고 배척하였다. 이 제안은 현실성이 없다는 평을 들었다.

231 바다로 떠가려던 : 《논어》〈공야장(公冶長)〉에 공자가 천하가 어지러움을 탄식하여, "도가 행해지지 않으니 뗏목을 타고 바다에 떠가리라.〔道不行 乘桴浮于海〕"라고

공훈을 상 주려하자 남에게 양보했네   賞功讓別人

책략을 대신 세워《육책》을 전해주고   代籌傳六策

작별에 임하여 거듭 신신당부하네   臨別復申申

한 말이 나온다. 그가 조선에 머무르고자 했던 것을 두고 쓴 표현이다.

항구에서 작은 윤선을 타고 밤에 항해하여 새벽에 천진에 닿았다
自海口乘小輪船夜行曉泊天津

보유(補遺)이다.

몇 개 성긴 별 돛대 아래 나직한데	數點疎星帆外低
직고촌사²³²엔 이미 닭 울음 들리네	直沽村舍已聞鷄
해를 넘기며 오래 성동객²³³ 되고 보니	經年久作城東客
도리어 고향에 돌아가듯 길을 헤매지 않네	却似還鄉路不迷

---

232 직고촌사(直沽村舍) : 직고촌은 중국 천진 해하(海河) 동쪽 언덕에 위치한 오래된 마을이다. 촌사(村舍)는 그 마을에 있는 집을 말한다.

233 성동객(城東客) : '성 동쪽 나그네'는 소외된 사람, 혹은 은둔지사의 뉘앙스를 풍기는데, 고사(故事)는 자세하지 않다. 명나라 때 시인인 이동양(李東陽)의 〈포암의 우탑시를 보고 문득 차운함[得匏菴雨篤詩輒次韻]〉이란 시에 "이제부터 편안히 성 동쪽 나그네 되면 비 삿갓 안개 도롱이 쓰지 않으리.[從今穩作城東客 雨笠煙簑不用將]"라는 구절이 있다.

동국에 도착해 관에 머물며 공도들과 만나 슬퍼하고
기뻐하였다

至東局留舘工徒相迎悲喜

보유(補遺)이다.

문을 열고 나를 보더니 기뻐 참새처럼 뛰면서   見我開門雀躍歡

나라 평안 축하하는 말 분분하게 하네   紛紛賀語國平安

하늘 끝 날마다 바라봐도 소식 없으니   天涯日望無消息

옷소매 젖도록 눈물이 마르지 않았으리   衫袖龍鍾淚未乾

스물여섯 운을 주옥산[234] 관찰께 받들어 드리다
二十六韻奉贈周玉山觀察

보유(補遺)이다.

석진[235]의 요해처	析津襟喉地
자물쇠를 상공에게 맡겼네	鎖鑰寄上公
해상 방어로 세 성을 관할하며	海防三省管
외교로 만국과 통하네	交際萬國通
하나하나 보고해 계획을 허락받고	一一報畫可
백성 보살피니 성은이 극진하구나	字小聖渥隆
언제나 기무를 총괄하니	尋常摠機務
큰일 작은일 얼마나 번잡할까	巨細何棼蕞
오직 그대는 국가 경영을 돕고	惟君贊經畫
부지런히 일하느라 몸을 보존하지 못하네[236]	勤勞不有躬
시대 여론은 그의 현철함을 허여하고	時論與其賢
태사는 그 공적을 천거하네	台司薦其功
예전에 내가 임금님 명을 받들고	昔我啣君命

---

234 주옥산(周玉山) : 주복(周馥, 1837~1921)이다. 244쪽 주 130 참조.

235 석진(析津) : 석목진(析木津)이다. 하늘의 석목성(析木星) 별자리에 속한 분야로, 중국에 있어서는 연(燕)나라 즉 유주(幽州)가 여기에 해당된다. 이 지역은 왕조별로 명칭이 바뀌었는데 청나라 때는 연경(燕京), 즉 북경을 가리킨다.

236 몸을……못하네 : 《주역》〈몽괘(蒙卦) 육삼(六三)〉에 "몸을 보존하지 못하니 이로운 바가 없다.〔不有躬 无攸利〕"라고 하였다.

와서 상국의 풍속 살필 때	來觀上國風
한번 만났으나 오랜 친구처럼	一見如舊識
계책을 대신 세워 모든 충고해 주었네	代籌悉告忠
멀리서 온 나그네 예의에 서투르니	遠客疎禮儀
귀 관부에서 주선해주어	周旋潭府中
미국과 조약 체결 이루었고	聯美成妥約
창을 나누어 뭇 공도 안배했네	分廠安衆工
홀연 일본의 전보로 소식 들으니	忽聞扶桑電
나라 안에 내홍이 일어났다 하여	國事起內訌
찾아가 밤새 얘기하느라	叩門竟夜話
여러 번 촛불 심지 타들어 감을 보았네	屢見燭跋紅
개연히 우리나라의 걱정을 맡아	慨然任藩憂
구휼 고민 자국의 일처럼 하며 상심하여	憫恤若己恫
상인을 모아 배로 무기를 수송하고	集商輪船械
장수를 선발하여 군사를 파견했네	選將調兵戎
온갖 일을 순식간에 처리하며	諸事頃刻辦
술자리에서 절충237 해냈지	尊俎生折衝
전별자리 열어 술을 따르며	酌酒開餞席
나의 근심과 걱정을 너그럽게 풀어주었네	寬我憂思忡
나는 어리석고 온갖 일 무능하나	我愚百無能
뜻을 받들어 군을 따라 우리나라로 왔었네	奉旨隨軍東

237 절충(折衝) : 절충어모(折衝禦侮)의 준말이다. 적의 침입을 격파하여 모욕당하
지 않게 한다는 뜻이다.

상황을 정돈하고는 머물며 방어하여	整頓仍留防
계획을 이룸에 처음과 끝이 합치되었네	成算合始終
가을에 다시 천진에 도착하여	高秋復到津
손을 잡고 서로 함께 기뻐했지	握手喜相同
그대는 수염이 더 희게 변했고	君鬚添幾白
나는 머리가 희어져 역시 노인이 되었네	我皤亦成翁

내가 다시 천진에 도착하니 옥산(玉山)이 손을 잡고 위로하여 말하기를, "이번에는 수염과 머리가 다 희어졌군요." 하였다. 또 자기의 구레나룻에 두세 줄기가 희어진 것을 가리키며 말하기를, "이것 또한 귀국(貴國) 때문입니다."라고 하였다.

어려웠던 시기 돌이켜 생각하니	回念艱難際
감격의 눈물이 끝없이 흐르는구나	感淚流不窮
왕명으로 파견된 여정에 본디 기한이 있으니	王程自有限
나그네 행장을 꾸려 집으로 돌아감에	客子理歸蓬
이별에 임하여 무슨 말을 드릴까	臨別何以贈
명덕이 더욱 높아지시길 바랄 뿐	願言明德崇
다시 살려주신 황제의 은혜가 크니	再造皇恩大
장막²³⁸에 비유해도 충분치 못하구나	未足喩絣幪
하늘처럼 높아 감히 감사드릴 수 없어	天高不敢謝
그대에게 쌓인 회포 털어 놓는다오	爲君寫積衷
금과 옥 같은 말씀을 아끼지 마시고	毋吝金玉音
봄이 오면 돌아오는 기러기 편에 회신 있기를	春來有歸鴻

---

238 장막 : 원문은 병몽(絣幪), 비바람을 가리고 덮어 주는 장막, 즉 안식처를 말한다.

장계직, 원서당[239] 홍 과 더불어 연태[240] 반관에서 만나 술을
마시며 소녀가 부르는 창곡을 들었다
與張季直袁恕堂 鴻 會飲烟台飯舘聽小兒女唱曲

보유(補遺)이다.

내일 아침이면 각기 동서로 흩어질 인간사	明朝人事各西東
오늘 밤 부평초[241]처럼 반관에 모였네	萍水今宵飯舘中
한 곡조 맑은 노래로 술을 권하는데	一曲淸歌來侑酒
어린 꾀꼬리 서툰 소리로 봄바람에 지저귀네	新鶯聲澁囀春風

---

239 원서당(袁恕堂) : 원홍(袁鴻)으로, 인적사항이 자세하지 않다.

240 연태(烟台) : 중국 산동성 연태시이다. 반관(飯舘)이란 호텔처럼 음식이 제공되는 숙소를 가리키는 말이다.

241 부평초 : 원문은 평수(萍水)인데 평수상봉(萍水相逢)을 줄인 말이다. 부평초처럼 떠다니다가 서로 만남을 의미한다.

연태에서 배를 기다리다가 해관도 방관찰[242] 여익께 인사를 하고 타고 갈 배를 알아봐달라고 요청하다

候舟烟台謝海關道方觀察 汝翼 乞覓舟便

보유(補遺)이다.

연태에 왕래함에 숙식을 제공해주니　　　　　　來往烟台費飯廚

동도주[243] 되어준 그대 의리에 감사하네　　　　感君高義作東都

추위에 귀국하는 길손은 마음이 쏜살과 같으니　天寒歸客心如矢

원컨대 서풍에 부들자리 하나 빌리고 싶네　　　願借西風一席蒲

242　방관찰(方觀察) : 방여익(方汝翼)으로, 양무운동(洋務運動)에 앞장선 인물이다. 이홍장의 지지와 보호를 받은 측근이었으며 연태해관도(烟台海關道)에서 관직이 선교랑(宣敎郞)이었다. 인적 사항은 자세하지 않다.

243　동도주 : 동도주(東道主), 혹은 동도주(東都主)이다. 동도주는 《춘추좌씨전(春秋左氏傳)》 희공(僖公) 30년 조에 정나라 촉지무(燭之武)가 진 목공(秦穆公)을 만나 "만약 정나라를 그대로 놔두어, 진나라가 동방으로 진출할 적에 길 안내 역할을 맡게 하시고, 사신들이 왕래할 적에 부족한 물자를 공급하게 하신다면, 임금에게도 손해될 것이 없을 것입니다.〔若舍鄭 以爲東道主 行李之往來 供其乏困 君亦無所害〕"라고 설득하여 포위를 풀게 했던 고사가 있다.

태고[244]의 배 안에서 원덕무[245] 사마를 만났다. 호는 언화,
운간[246] 사람이다. 시를 주며 화답을 구하므로 즉석에서 써서
보여주었다
太沽舟中逢袁司馬惠懋 號彦華雲間人 贈詩索和卽席書示
보유(補遺)이다.

고명을 만나기 전 시를 먼저 보았는데   不識高名先見詩
겨우 한번 보자마자 또 이별을 말하네   纔謀一面又言離
급작스레 만나보아 서로 잊기 쉽다 하지 마오   莫言匆遽相忘易
어둠 속에서 찾더라도 그대를 알아보리니   暗裏摸來便可知
회해[247]의 문장 진소유[248] 같은데   淮海文章秦少游

244 태고(太沽) : 천진(天津)에 있는 항구다. 1860년대에 천진이 개방되던 초기에
천진 해운의 중심 항구가 태고항이었다.

245 원덕무(袁惠懋) : 호는 언화(彦華), 운간(雲間) 사람이다. 인적 사항을 자세히
알 수 없다.

246 운간(雲間) : 옛날 송강부(松江府)의 별칭이다. 송강부는 중화민국 초에는 강소
성(江蘇省)에 속했고, 1928년 상해특별시로 지정되었으므로, 지금 중국의 상해시(上海
市) 오송강(吳淞江) 남쪽에서 바닷가까지 이르는 지역을 가리킨다.

247 회해(淮海) : 회(淮)는 회수(淮水), 해(海)는 황해(黃海)와 남해(南海)를 통칭
하여 일컫는 말이다. 강소(江蘇)·안휘(安徽)·산동(山東)·하남(河南) 4개 성의 접
경과 닿지만, 《서경》〈우공(禹貢)〉에는 "회해는 양주[淮海惟揚州]"라고 하였다.

248 진소유(秦少游) : 진관(秦觀)으로, 양주(揚州) 고우(高郵) 사람이며 자는 소유
이다. 송(宋)나라 때 사람이다. 소식(蘇軾)의 제자로 시문에 능하여 '소문사학사(蘇門
四學士)'의 한 사람으로 일컬어진다. 문집 《회해집(淮海集)》이 있다. 여기서는 진소유
가 강소성(江蘇省) 양주 출신이고, 원덕무(袁惠懋) 역시 강소성 운간 출신이라서 연관

동쪽으로 천리 와서 배를 같이 타니 기쁘구려 　　　東來千里喜同舟
손님 향해 붓을 들어 옥구슬 시구 토하고 　　　揮毫對客珠璣吐
어려운 시국 염려하며 주책249 강구 대신하네 　　　爲念時艱代講籌

지어 비유한 듯하다.

249　주책(籌策) : 작전 계획 세우는 것을 말한다. 한 고조(漢高祖)가 장량(張良)에 대해 "장막 속에서 작전 계획을 세워 천리 밖의 승부를 결정짓는 것은 내가 장자방보다 못하였다.〔夫運籌策帷帳之中 決勝於千里之外 吾不如子房〕"라고 칭찬한 고사가 있다. 《史記 卷8 高祖本紀》

갑신년(1884, 고종21) 시월 정변[250]에 원위정이 앞장서서
궁을 보호하고 환난을 평정해 어가를 돌아오게 하였으니
시로써 사례드린다
甲申十月之變袁慰庭挺身護宮定難回蹕以詩謝之

보유(補遺)이다.

시사에 마음 놀라 눈물 어지러이 흐르는데   驚心時事淚汍瀾
오직 그대는 강개하여 환난을 피하지 않았지   慷慨惟君不避難
들어보라 온 도성이 존경하며 하는 말   試聽滿城加額語
천년 종묘사직 누굴 의지해 안정되었다 하는지   千年宗社賴誰安

---

250 갑신년 10월 정변(政變) : 박영효와 김옥균을 비롯한 급진개화파가 개화사상을
바탕으로 조선의 자주독립과 근대화를 목표로 1884년(고종21)10월 17일 밤에 궁궐을
침범하여 임금을 경우궁(景祐宮)으로 옮기고 왕명을 조작하여 민태호 등 당시의 구신
(舊臣) 및 군권을 쥔 신하들을 모두 죽인 사건이다. 개화사상을 가진 사람들 가운데서도
김홍집(金弘集)·어윤중(魚允中)·김윤식 등은 여러 개혁정책을 실현하되, 민씨 정권
과 타협 아래 청나라에 대한 사대외교를 종전대로 계속 유지하면서 점진적인 방법으로
수행하자는 온건한 입장이었으나, 김옥균 등은 청나라에 대한 사대관계를 청산하는
것을 우선과제로 삼고 민씨 정권도 타협의 대상이 아닌 타도의 대상으로 삼았기에 일본
을 끌어들여 청국과의 사대외교도 중지하려고 하였다.

고 광동수사제독 오소헌 만
故廣東水師提督吳筱軒輓

보유(補遺)이다.

호장 깊고 깊은데 묵묵히 계획을 세우고	虎帳深深默運籌
일생토록 충성과 효도로 몸가짐을 삼가했네	一生忠孝謹持修
재물에 관심 없어 천금에 값하는 선비 모셨고	疎財能致千金士

막부(幕府)에 명사가 많은데, 천금으로 초빙 예우를 한 사람도 있다.

의로움 좋아하여 만호 제후 가볍게 여겼네	嗜義還輕萬戶侯
극수는 등단해서 예악을 숭상했고[251]	郤帥登壇崇禮樂
양공[252]은 현산에 노닐어 풍류를 그리워하게 했네	羊公游峴想風流

동국의 백성들이 날마다 대장기가 돌아오길 바랐다.

별이 군문에 떨어졌으니[253] 만사가 끝났지만	星落轅門萬事休

---

251 극수(郤帥)는……숭상했고 : 극수는 《춘추좌씨전(春秋左氏傳)》 희공(僖公) 27년 조에 나오는 진나라의 장수 극곡(郤縠)을 말한다. 진 문공(晉文公)이 초(楚)나라와의 전쟁에 앞서 군사훈련을 할 때 중군(中軍)의 장수를 묻자 누가 말하기를 "극곡이좋습니다. 신이 자주 그의 말을 들었는데 예악을 기뻐하고 시서를 숭상합니다."라고하였다. 등단은 한신(韓信)의 고사로, 대장(大將)에 임명되었다는 말이다. 사령관의권위를 높여주기 위해 단을 쌓고 예식을 행했던 고사에서 유래한 것이다. 《史記 卷92淮陰侯列傳》

252 양공(羊公) : 진(晉)나라 양호(羊祜)를 말한다. 그가 양양(襄陽)을 진수(鎭守)하면서 현산(峴山)에 자주 올라 놀았는데, 그가 죽은 뒤에 양양 사람들이 그의 덕을사모하여 현산에다 비(碑)를 세웠다. 그 앞을 지나는 사람은 모두 그를 그리워하여눈물을 떨어뜨렸으므로 그 비를 타루비(墮淚碑)라 불렀다 한다. 《晉書 卷34 羊祜傳》

때때로 오장군이 등주에 돌아와 머문 듯하리   時吳帥還駐登州

253 별이……떨어졌으니 : 제갈량(諸葛亮)이 일찍이 오장원(五丈原)에 진을 치고 위나라의 사마의(司馬懿)와 대치하던 중 어느 날 밤에 큰 별이 동북쪽에서 날아와 그의 진영으로 떨어졌는데, 그로부터 잠시 후에 제갈량이 죽었다는 고사에서 온 말이다.

방초로 포천시사[254]의 시에 차운하다
芳草次抱川詩社韻

이 시 이하는 계축년(1913) 이후의 원고이다.

가는 풀 우거지고 시골나루 날 개는데	細綠茸茸野渡晴
치마 허리띠처럼 좁고 긴 길 어둑하네	裙腰一帶暗長程
끝이 없는 향 풀에 가던 말 멈추니	無邊香料逗征馬
이르는 꽃자리마다 꾀꼬리 울음 들리네	隨處華茵聽囀鶯
강 비가 도롱이를 치니 경물 분변키 어려운데	江雨拂蓑難辨色
붉은 언덕 향초를 차니 정을 이기지 못하네	緗皐紉珮不勝情
한가로이 학동들 놀이처럼 풀싸움[255]을 하니	閑來拈鬪學兒戲
책에 실린 여러 방초 이름을 많이 알게 되리	多識群芳譜裏名

---

254 포천시사(抱川詩社) : 《음청사》및 《속음청사》에도 언급이 없다. 그런데 포천은 운양의 사돈인 이철용이 살고 있었으므로 그 주변 인사들과 가졌던 시 모임이 아닌가 한다. 운양 후손의 말에 의하면, 운양이 경제적으로 어려울 때 사돈댁의 도움을 많이 받았다고 한다.

255 풀싸움 : 원문은 염투(拈鬪)인데, 풀의 줄기를 고리처럼 마주 걸어서 잡아당겨 끊긴 쪽이 지는 놀이를 가리킨다. 투백초(鬪百草)라는 놀이도 있는데, 화초 잎을 따서 손에 쥐고 그 많고 적음으로 우열을 가르는 놀이다.

송석원[256]에서 삼가 문곡[257] 호곡[258] 매간[259] 세 분 선생의 시에 차운하다

松石園謹次文谷壺谷梅磵三先生韻

송석원은 지금은 벽수(碧樹) 윤덕영(尹德榮)[260] 보국(輔國)의 정원 안에 속해 있다.

256 송석원(松石園) : 서울의 인왕산 기슭, 지금의 필운동에 있었던 승경지이다. 경치가 수려하기로 이름난 곳인데 천수경(千壽慶)이 그곳에 살면서 '송석원'이라 이름 붙였고, 여항 시인들의 시회가 많이 열렸던 곳이다.

257 문곡(文谷) : 김수항(金壽恒, 1629~1689)으로 본관은 안동(安東), 자는 구지(久之), 호는 문곡, 시호는 문충(文忠)이다. 1680년(숙종6) 영의정이 되고, 1681년 《현종실록》 편찬 총재관을 지냈으며, 1689년 기사환국(己巳換局)으로 남인이 재집권하게 되자 진도(珍島)에 유배된 후 사사(賜死)되었다. 전서(篆書)를 잘 썼으며, 현종 묘정에 배향되었다. 문집에 《문곡집(文谷集)》, 편서에 《송강행장(松江行狀)》이 있다.

258 호곡(壺谷) : 남용익(南龍翼, 1628~1692)으로 본관은 의령(宜寧), 자는 운경(雲卿), 호는 호곡, 시호는 문헌(文憲)이다. 1683년(숙종9) 예조 판서에 올랐으며, 1687년 양관(兩館) 대제학을 지내고 이조 판서가 되었다. 1689년 기사환국으로 함경도 명천(明川)에 유배되어 그곳에서 세상을 떠났다. 문장에 능하고 글씨에 뛰어났다. 문집에 《호곡집》, 저서에 《기아(箕雅)》《부상록(扶桑錄)》 등이 있다.

259 매간(梅磵) : 이익상(李翊相, 1625~1691)으로 본관은 연안(延安), 자는 필경(弼卿), 호는 매간, 시호는 문희(文僖)이다. 1679년(숙종5) 도승지로서 송시열(宋時烈)의 예론(禮論)을 공박하는 곽세건(郭世健)을 논척(論斥)하였고 경연에 나가 윤휴(尹鑴)·허목(許穆)을 면박하였다. 이듬해 대사헌에 전직되었으나 경신대출척(庚申大黜陟)때 강릉부사로 좌천되었다가 1681년 대사성을 지내고 대신들의 공박을 받아 한때 개성부 유수로 전직, 1687년(숙종13) 공조 판서, 이듬해 제학·이조 판서를 지냈다. 1689년 기사환국(己巳換局) 때 인현황후가 폐위되자 사직하였다. 문집에 《매간집(梅磵集)》이 있다.

260 윤덕영(尹德榮) : 1873~1940. 본관은 해평(海平)이다. 순종의 비였던 순정효황후(純貞孝皇后 윤비)의 백부(伯父)로, 1894년(고종31) 식년문과에 급제, 이듬해 비서감우비서랑(祕書監右祕書郎)이 되었다. 여러 관직을 거쳐 1908년(융희2) 시종원경(侍

청휘각(淸暉閣)·일양정(一陽亭)·사조정(四照亭)이 있으며, 지금은 벽수산장(碧樹山庄)이라고 불린다.

붉은 벼랑 푸른 절벽 동천 열리고   丹崖翠壁洞天開

높은 집 맑은 광채 멀리 티끌이 끊겼네   高閣淸暉逈絶埃

노송엔 여전히 천길 눈이 남아 있지만   松老剩欺千丈雪

양의 기운 생기니 응당 천둥 한번 울리리라   陽生應動一聲雷

선현의 남은 자취를 아득히 떠올려보니   先賢遺躅空遐想

뜬세상 영화를 몇 번이나 거쳤던가   浮世榮華閱幾廻

병중에 시 지으며 마음은 가고자하니   病裏題詩神欲往

서산의 상쾌한 기운[261]이 옷깃에 가득 차네   西山爽氣滿襟來

從院卿)을 지냈다. 1910년 국권피탈 때 순종을 강요하여 합방조약에 옥새를 찍게 하였다. 그 뒤 일본정부로부터 자작(子爵)의 작위를 받았다.

261 서산의 상쾌한 기운 : 진(晉)나라 왕휘지(王徽之)가 환충(桓沖)의 참군(參軍)이 되었을 때, 환충이 "경이 여기 오신 지도 한참 되었으니, 요즘은 일 처리를 좀 하시겠다."고 하자, 왕휘지가 처음에는 대꾸를 하지 않다가 고개를 쳐들고 수판(手板)으로 턱을 괴더니, "서산이 아침이 되자 상쾌한 기분이 감도네요.〔西山朝來 致有爽氣〕"라고 대답했다는 고사가 있다. 《世說新語 簡傲》

벽수산장[262]에서 삼가 노가재[263] 선생의 시에 차운하다
碧樹山庄謹次老稼齋先生韻

경치 좋은 곳 많이도 보았건만	勝地多遭遇
백년토록 물과 나무 맑기도 하다	百年水木淸
구름 낀 숲은 북원에 이어졌고	雲林連北苑
바람 부는 비탈은 서쪽 성곽에 닿아 있네	風磴接西城
오래 앉았노라니 구름이 골짝에 피어나고	坐久雲生壑
시를 이루자 달빛이 기둥 사이 그득하네	詩成月滿楹
회고하는 심정 아득한데	悠然懷古意
푸른 숲 저물녘 매미소리 들리네	碧樹暮蟬聲

---

262 벽수산장(碧樹山庄) : 벽수(碧樹) 윤덕영(尹德榮)의 정원이다. 송석원(松石園) 자리로, 한때 민태호의 별장이었던 적도 있었지만, 그 후 윤덕영의 정원이 되었다.

263 노가재(老稼齋) : 김창업(金昌業, 1658~1721)으로, 본관은 안동, 자는 대유(大有), 호는 노가재이다. 문곡 김수항(金壽恒)의 넷째 아들로 창집(昌集), 창협(昌協), 창흡(昌翕) 등 형들과 함께 학문을 익혔다. 1681년 진사시에 합격했으나, 벼슬길에 나아가지 않고 한양의 동교 송계(東郊松溪)에 은거하였다. 1712년 연행정사(燕行正使)인 김창집을 따라 북경(北京)에 다녀와 《노가재연행록(老稼齋燕行錄)》을 쓴 것이 유명하다. 역대 연행록 중에서 잘 된 것으로 손꼽힌다.

도쿠토미 기스이[264]께 차운하여 화답하다
次韻和德富淇水

도쿠토미 이이치로(德富猪一郎)[265]의 대인(大人)인데 연세가 지금 92세이다.

만나기 전에 먼저 글을 읽으니	未遂識荊先讀文
구름 사이 구고의 학 울음소리 멀리 들리네[266]	雲間皐鶴遠聲聞
문로공[267]은 만년에도 시가 굳셌는데	潞公晩節詩猶健
그 같은 청복을 지금 또 그대에게서 보네	淸福如今又見君

송(宋)나라 문로공(文潞公)은 나이 92세에 벼슬에서 물러났다. 〈기영회(耆英會)〉라는 시에 이르기를, '필묵을 멈추지 않으니 시상이 강건하다〔染翰不停詩思健〕'고 하였다.

---

264 도쿠토미 기스이(德富淇水) : 도쿠토미 잇케이(德富一敬)로, 호는 기스이(淇水)이다. 요코이 쇼난(橫井小楠) 문하의 사천왕(四天王) 가운데 한 사람으로 일컬어진다.

265 도쿠토미 이이치로(德富猪一郎) : 도쿠토미 소호(德富蘇峰, 1863~1957)이다. 이이치로가 이름, 소호는 필명으로 더 널리 알려져 있다. 평론가이며 민우사(民友社)를 창립하여 《국민지우(國民之友)》, 《국민신문(國民新聞)》을 간행했다. 진보적 평민주의에 입각하여 시론가(時論家)로 활동했으나 청일전쟁 후 국권주의(國權主義)로 전환하였다. 제2차 세계대전 때 일본언론보국회의 회장을 지냈고, 전후에 공직에서 추방되었다. 《근세일본국민사(近世日本國民史)》《소호자전(蘇峰自傳)》등의 저서가 있다. 1910년대에 조선에 와서 금강산 유람을 했으며, 조선 문사들과 일정한 교유가 있었다.

266 구름……들리네 : 《시경》〈학명(鶴鳴)〉에서 "학(鶴)이 구고(九皐)에서 울거든 소리가 하늘에 들린다.〔鶴鳴于九皐 聲聞于天〕"라고 하였다.

267 문로공(文潞公) : 문언박(文彦博)으로, 자는 관부(寬夫), 시호는 문로이다. 송(宋)나라 때의 명재상이다. 인종·영종·신종·철종 등 네 조정에 걸쳐 50년 동안 출장입상(出將入相)하였다. 왕안석(王安石)의 변법(變法)에 반대하다가 외직으로 좌천되었고, 이어 은퇴하여 낙양에서 지내며 낙양기영회를 만들어 명사들과 시문으로 어울렸다. 문집으로 《노공집(潞公集)》이 있다. 《宋史 卷313 文彦博列傳》

스에마쓰 세이효[268]에게 차운하여 답하다
次韻答末松靑萍

게을러 근년에 편지를 보내지 못한 채로	尺素年來懶未裁
남쪽 하늘 기러기 돌아오는 것 몇 번을 보았던가	南天幾見鴈飛廻
멀리서도 알겠구나 강좌의 풍류 재상	遙知江左風流宰
동산[269]에 은거하며 기녀 데리고 다녔지	高臥東山携妓來

늙은 말이 늘그막에 망아지 낳았으니	老馬生駒已晚時
어찌 흙덩이 넘고 먼지를 초월하는 자태[270]이랴	豈眞歷塊絶塵姿
다만 근신하고 가법을 지킨다면	但求謹愼守家法
훗날 남들이 장자[271]의 아들이라 일컫겠지	他日人稱長者兒

---

268 스에마쓰 세이효(末松靑萍) : 스에마쓰 겐초(末松謙澄, 1855~1920)로, 어릴 때 이름은 센마쓰(千松)이며 호는 세이효이다. 메이지·다이쇼 시대의 정치가로 1907년 자작(子爵)을 수여 받았다. 동경일일신문사(東京日日新聞社)의 기자로 사설을 집필하여 이토 히로부미(伊藤博文)의 인정을 받아 외교관으로 부임했다. 중의원의원·체신대신·내무대신 등을 역임했다. 이토 히로부미의 사위이다.

269 동산(東山) : 동진(東晉) 때의 명신인 사안(謝安)이 출사(出仕)하기 전에 은거하던 곳이다. 그는 산천을 유람하면서 기생을 늘 데리고 다녔다고 한다.《晉書 卷79 謝安列傳》

270 흙덩이……자태 : 천리마의 자태를 가리킨다. 원문은 역괴절진(歷塊絶塵)인데, 천리마의 발굽이 흙덩어리를 뛰어넘듯 순식간에 먼 길을 달리고, 땅의 먼지를 밟지 않을 만큼 빠르게 달린다는 뜻이다. 영웅호걸을 비유한 말이다.

271 장자(長者) : 덕과 지혜를 갖춘 어른이라는 뜻으로 여기서는 김윤식을 가리킨다.

당시 나는 막내아들 삼구(三駒)[272]를 낳았으므로 세이효(青萍)가 시로써 축하해준 일이 있어서 한 말이다.

원운 原韻

시단의 수놓은 비단을 그대에게 마름질 맡기면	詞林繡錦任君裁
천고의 문장 되어 세상에 돌고 또 돌리	千古文章轉又廻
한 가지 일이 새삼 내 귀를 더 기울이게 하니	一事尤傾新我耳
멀리서 운양의 특이한 소식 보내왔다네	遠齋雲養異聞來

문장이 한 시대를 압도할 뿐 아니라	不獨文章壓一時
노년에 더욱 세한의 자태 빼어났네	老來愈秀歲寒姿
인간 세상 가장 남다른 일은	人間最是絶群處
칠십 구세 노인이 새로 아들 얻는 일이라	七十九翁新擧兒

---

272 삼구(三駒) : 셋째 망아지이다. 자신의 아들을 '망아지'라고 부르는 것은 애칭이 자 겸사이다. 측실 김해 김씨에게서 낳은 아들로 김유방(金裕邦)이다.

정부인 김씨[273] 고라 만
貞夫人金氏 高羅 輓

어려서 아버지 어머니 따라	小少隨爺孃
서쪽으로 유학하여 고등교육 받았네	西遊升高庠
계림[274]의 한 가지를 꺾어	桂林擢一枝
아름다운 이름을 부상(扶桑 일본)에 전파하고	芳譽播扶桑
돌아와 강단에 선생으로 있으면서	歸來據皐比
맑은 거동 여러 학교의 모범이었네	淑儀範諸黌
금병풍의 공작새 쏘아[275]	金屛射孔雀

273 정부인 김씨 : 김고라(金高羅, 1891~1913)로, 대한제국과 일제 강점기에 활동한 교육자이다. 친일파 김윤정(金潤晶)의 딸이다. 일찍이 친정아버지 김윤정을 따라 미국으로 이주, 워싱턴의 여학교를 졸업하고 귀국하였다. 그 뒤 일본으로 유학하여 도쿄여자학원을 졸업하였다. 후에 귀국하여 교육사업에 전념했으나 1913년 20대의 젊은 나이로 세상을 떠나고 말았다. 신문과 방송으로 공개 구혼한 윤치오(尹致昨)의 공개 구혼에 응모하여 결혼하였으며, 결혼 후 남편 윤치오의 성을 따랐기 때문에 '윤고라'로 불리기도 한다.

274 계림(桂林) : 과거(科擧)에 급제한 것을 겸양하는 말이다. 진(晉)나라 극선(郤詵)이 진 무제(武帝)의 "자신을 어떻게 생각하는가?"라는 질문에 대하여 자신이 급제한 것은 '계림의 한 가지〔一枝〕를 꺾은 데 불과하다'고 말한 데서 나온 말이다.

275 공작새 쏘아 : 좋은 사윗감을 고른다는 의미이다. 원문은 '금병사공작(錦屛射孔雀)'인데, 고사가 있다. 당나라 때 두융(竇融)이 재주와 미모를 겸한 딸을 현명한 사위를 얻어 시집보내려고 병풍에 두 마리 공작의 두 눈을 그려놓고 화살을 쏘아 두 개의 눈을 명중시키는 사람에게 딸을 주기로 했다. 모두 다 그렇게 하지 못했는데, 당(唐) 고조(高祖)가 단번에 두 눈을 명중시켜 장가들었다 한다. 《舊唐書 卷150 高祖太穆皇后竇氏傳》

하늘이 정한 연분 아름다운 낭군 짝하였네　　　　　　　天緣配佳郎

예쁘고 정다워 그 집안을 화순하게 할 사람[276] 되어　　婉嫕宜家人

기뻐하며 시부모께 절을 올렸고　　　　　　　　　　　怡愉拜姑嫜

지아비가 교유하기 기뻐하니　　　　　　　　　　　　夫子喜交遊

밥상 높이 들고[277] 손님 술상 넉넉히 차렸네　　　　　舉案侑賓觴

마루 앞의 삼주수[278]　　　　　　　　　　　　　　　堂前三珠樹

낱낱이 빛나는 광채를 지녔구나　　　　　　　　　　　箇箇有輝光

아름다운 난초 꽃다운 향기 떨치다　　　　　　　　　猗蘭揚芬馥

어찌 일찍 서리 맞을 줄 알았으랴　　　　　　　　　何期早被霜

난새 수레 타고 자색 안개 속으로 들어가니　　　　　驂鸞入紫烟

요대로 가는 길 아득히 멀구나　　　　　　　　　　瑤臺路茫茫

고개 돌려 티끌 세상에 인사하니　　　　　　　　　回首謝塵寰

만사가 한바탕 꿈이로구나　　　　　　　　　　　　萬事一夢場

276　그……사람 : 《시경》〈도요(桃夭)〉에 "그녀 시집감이여, 그 집안을 화순하게 하
리라.〔之子于歸 宜其室家〕"라고 하였다. 혼례(婚禮)를 가리킬 때 쓰는 표현이다.

277　밥상 높이 들고 : 부부가 서로 예법을 지키며 공경하였다는 말이다. 후한(後漢)의
현사(賢士)인 양홍(梁鴻)의 처 맹광(孟光)이 밥상을 들고 올 때에도 양홍을 감히 마주
보지 못하고 이마 위에까지 들어 올렸다는 '거안제미(舉案齊眉)'의 고사에서 유래한
표현이다. 《後漢書 卷83 逸民列傳 梁鴻》

278　삼주수(三珠樹) : 여기서는 훌륭한 아들 셋을 두었음을 말한다. 《산해경(山海
經)》〈해외남경(海外南經)〉에, 주수(珠樹)는 전설 속의 진귀한 나무로 측백나무 잎과
비슷한데 열매가 모두 진주가 된다고 나온다.

경주법원판사 도다 다다마사[279]가 나이가 많아 물러난다고
하면서 시를 지어 작별의 뜻을 고하며 화답을 구하기에
차운하여 보낸다

慶州法院判事戶田忠正引年告退爲詩道告別之意且索和次韻送之

도다(戶田)의 호는 세이가주(靜擧)이고 미시마 쓰요시(三島毅)의 제자이며 문사(文
士)이다.

계림의 유명한 관료이자 원로 법관	鷄林名宦老秋官
웅장한 시는 삼협을 기울인 듯[280] 파란을 일으키네	雄詞倒峽起波瀾
천년 고도에서 옛 자취 회고하며	千載古都懷勝蹟
금오산 빼어난 경색 정히 만끽 했으리라	金鼇秀色正堪餐

　도다(戶田)에게 경주 회고시(懷古詩)가 있다.

문재를 지니고 성세를 만났으니	空有文章際盛時
제나라 궁문에서 거문고[281] 탄들 또한 어떠리	齊門操瑟亦何爲

279　도다 다다마사(戶田忠正) : 1852~1928. 히타치(常陸) 출신이며 이름은 다다마
사, 자는 도쿠몬(德文), 호는 유슈사이(有終齋)·세이가주(靜擧)이다. 미토번사(水戶
藩士)인 도다 다다노리(戶田忠則)의 차남으로 상경해서 쓰쓰미 세이사이(堤靜齋)와
미시마 주슈(三島中洲) 등에게 한학(漢學)을 배웠다. 우리나라에 와서 1908년 해주
재판소 판사, 1910년 평양재판소 판사를 역임했다.

280　삼협을 기울인 듯 : 문장(文章)이 용솟음쳐 나오는 근원을 말한다. 두보(杜甫)의
〈취가행(醉歌行)〉에, "문장의 근원은 삼협의 물을 기울인 듯하고, 필력의 전진은 천군
을 쓸어낼 기세로다.〔詞源倒流三峽水 筆陣獨掃千人軍〕"에서 인용한 표현이다.

281　제(齊)나라……거문고 : 자신이 세상과 서로 맞지 않음을 뜻하는 말인데, 이 시

초연히 홍진의 그물 벗어났으니 　　　　　超然已脱紅塵網
고요한 가운데 책 읽는 즐거움 절로 알겠지 　　靜裏看書樂自知

아름다운 시 나부끼며 우편에 동봉되니 　　　翩翩佳什伴郵書
눈에 가득 아름다운 시구 병든 나를 위로하네 　滿眼琳琅慰病餘
천리 밖 떠나니 이별의 시름에 암담한데 　　　黯淡離愁千里外
삼월 초 즈음에 배를 타고 돌아가겠지 　　　　歸帆應在暮春初

나를 돌아보니 늙어서도 구로의 맹세[282] 저버렸는데 　顧我龍鍾負鷺盟
그대 지금 동쪽으로 떠나면 설산이 가벼워지리[283] 　君今東去雪山輕
가방에는 노인 우대 혜택 입은 금전 있으니 　　　橐裏有金優老惠
높은 풍모로 이소[284]의 명성 계승하리라 　　　　高風應繼二疏名

에서는 현직에서 퇴임하는 것을 의미한다. 한유(韓愈)가 일찍이 진상(陳商)에게 답한
편지에서, 어떤 사람이 피리〔竽〕를 좋아하는 제 선왕(齊宣王)의 문에 거문고를 가지고
가서 벼슬하기를 구했으므로, 끝내 벼슬을 얻지 못했다는 이야기를 비유로 들어, 시대
와 잘 맞지 않는 문장을 쓰는 것을 비유한 말이다.

282 구로(鷗鷺)의 맹세 : 갈매기나 백로를 벗 삼으며 지내리라는 맹세, 즉 세상 일에
간여하지 않고 강호에 은퇴하여 지내는 것을 의미한다.

283 설산(雪山)이 가벼워지리 : 상대방의 존재 비중이 크다는 의미이다. 두보(杜甫)
의 〈좌복야 정국공 엄무 공에게 주다〔贈左僕射鄭國公嚴公武〕〉라는 시에서 엄무(嚴武)
에 대해 "공이 오니 설산이 무거워지고 공이 가니 설산이 가벼워졌네.〔公來雪山重 公去
雪山輕〕"라는 표현을 하였다. 《杜少陵詩集 卷16》

284 이소(二疏) : 한 선제(漢宣帝) 때 사람인 소광(疏廣)과 소수(疏受) 숙질(叔姪)
을 가리킨다. 소광은 태자태부(太子太傅)가 되고 소수는 소부(小傅)가 되었는데, 사람
마다 영화스럽게 여겼다. 벼슬을 버리고 고향에 돌아갈 때 임금과 태자가 하사한 금으로
전답을 사지 않고 날마다 친척과 친구를 불러 잔치를 베풀었다. 《漢書 卷71 疏廣傳》

포천시사에서 춘잠 시에 차운하다
次抱川詩社春蠶韻

집집마다 누에를 치는 봄이 오면   家家養得馬頭春
한 달간 일하느라 바빠 사람이 죽을 지경   一月工夫忙煞人
고요히 보호해 서늘한 바람에 누에섶에 오르면   密護涼颷登簇老
흰 눈을 둥글게 뭉치듯 실을 새로 토해내네   團成白雪吐絲新
뽕잎 따기를 다하면 누에 발에서 석 잠을 자고   採桑葉盡眠三箔
고치를 거둠에 성과 많으니 이웃들이 축하해주네   收繭功多賀四鄰
누에고치를 물 항아리에 담갔다 베틀에서 짤 땐   佇看繰盆入機織
등불 앞에서 찰칵찰칵 빈번히 북을 던지리   燈前札札擲梭頻

또 남극노인성[285]을 읊으며 왈 자를 운으로 사용하였다
又賦南極老人星得日字

이지와 이분[286]에 떠올랐다 사라지는데	二至二分陞復沒
황황히 흐르는 광채 크기가 달과 같네	煌煌流彩大如月
두옹의 시구는 절로 웅혼하지만[287]	杜翁詩句自雄渾
여씨의 초사[288]는 외려 쓸 데 없네	麗氏醮祠還屑越
하늘 위에 다만 상서로운 광휘 머물게 하는데	天上但令駐瑞輝
세상에서 어찌 머리털에 서리 내릴까 근심하랴	世間何患侵霜髮
나타나는 곳마다 사람들이 앞 다퉈 빨리 보고는	現處人爭快睹先
응당 기주[289] 가운데 하나를 차지했다 말하리	應得箕疇占一日

---

285 남극노인성(南極老人星) : 옛 사람들이 이 별을 인주(人主)의 장수의 상징으로 삼아서 수성(壽星)이라 이름하기도 했다. 우리나라에서는 제주도 남쪽 지방에서만 수 평선 4도 높이로 보이며, 보이는 시간은 계절에 따라 다른데 하루에 1~2시간 정도만 보인다고 한다.

286 이지와 이분 : 동지와 하지, 춘분과 추분이다.

287 두옹(杜翁)의……웅혼하지만 : 두보의 시 〈기한간의(寄韓諫議)〉에 "주남에 머 무른 일은 예부터 애석했으니, 남극노인성처럼 오래오래 사시오.〔周南留滯古所惜 南極 老人應壽昌〕"라고 하였다.

288 여씨의 초사 : 여씨는 고려를. 초사(醮詞)는 도교에서 일월성신(日月星辰)에게 지내는 제사인 초제(醮祭)의 제문이다. 《고려사》에는 현종(顯宗) 3년(1012) 조 등에 초제(醮祭)를 지낸 기록이 보인다.

289 기주(箕疇) : 《서경》〈홍범(洪範)〉의 구주(九疇)를 가리킨다. 구주는 우(禹)가 정한 정치 도덕의 아홉 원칙을 가리키는데, 기자(箕子)가 지었다고 전하여 기주라고도 불린다. 구주의 아홉째 항목은 오복(五福)과 육극(六極)이며, 오복의 첫째가 장수(長壽)를 누리는 것이기에 노인성을 보고 이렇게 말하는 것이다.

병중에 들으니 일본의 아사마산[290]이 화염을 뿜는다고 한다.
돌이켜 예전에 노닐던 일[291]을 추억하여 세이효 자작에게
부친다
病中聞日本淺間山噴火回憶舊遊寄靑萍子爵

천둥의 신이 한밤중에 선환[292]을 쪼개니 　　　　雷公一夜劈仙鬟

노을 띠와 무지개 치마 흐릿하여 뵈지를 않네 　　霞帶霓裳杳莽間

멀리서도 알겠네 청평 노사백은 　　　　　　　遙知靑萍老詞伯

붓을 잡고 육혼산[293]을 읊고 있을 줄 　　　　　染翰爲賦陸渾山

　　세이효 자작(靑萍子爵)이 아사마산이 선환과 일본어 발음이 똑같다면서 선환
　　으로 바꾸었다. 내 시에도 "마치 선환으로 옅게 화장을 한다면 무지개 허리띠에
　　노을 치마 입어야 하리[如把仙鬟粧淺抹 合施霞帶與霓裙]"라고 한 구절이 있다.

290　아사마 산(淺間山) : 이 산은 일본 나가노현(長野縣) 기타사주군(北佐久郡) 일
대의 경계에 있다. 해발 2568미터로 활화산으로 알려져 있다.

291　예전에 노닐던 일 : 1908년 여름에 왕명을 받고 일본 도쿄로 동궁의 안부를 여쭈
러 갔던 때를 말한다. 왕복 50여 일간 다녀왔는데 그때 지은 시를 〈동사만음(東槎謾
吟)〉으로 묶어 《운양집》 권6에 실어두었다. 〈세이효가 천간이라는 산 이름이 선환과
음이 같으니 천간을 선환으로 바꾸고 싶다면서 장난스럽게 절구시 한수를 지었다. 까닭
에　차운하여　화답한다.[萍以淺間山名與仙鬟音同欲改淺間爲仙鬟戲賦一絶故次韻和
之]〉도 거기에 수록되어 있다.

292　선환(仙鬟) : 고리 모양으로 둥글게 말아 올린 선녀의 머리를 말한다.

293　육혼산(陸渾山) : 중국 황하 남쪽 낙양에 있는 산이다. 여기서는 아사마산이 불을
뿜는 것을 빗댄 말이다. 한유(韓愈)의 문인(門人)인 황보식(皇甫湜)이 육혼 땅의 위
(尉)로 있으면서 산불을 목격하고 지은 시에, 한유가 화답한 시 〈육혼산화(陸渾山火)-
황보식의 운자에 화답하여[和皇甫湜用其韻]〉가 있다. 《韓昌黎集 卷4》

여하정[294] 규형 학사가 도쿄로부터 돌아와 매자 운의 시를
보여주었는데, 스에마쓰 및 여러 명사들과 더불어 함께
지은 것이었다. 내가 차운해서 주었다

呂荷亭學士 圭亨 自東京還示梅字韻與末松諸名士共賦者也余次韻贈之

한수로 돌아온 나그네가 역의 매화 전하니[295]　　　　客歸漢水驛傳梅
손님 떠난 소로가쿠에는 먼지만 가득하리　　　　　　人去滄浪塵滿臺
　소로가쿠(滄浪閣)[296]는 오이소마치(大磯)[297]에 있다.
시바조[298]의 훌륭한 모임들에서　　　　　　　　　　多少芝城名勝會

---

294 여하정(呂荷亭) : 여규형(呂圭亨, 1848~1921)으로, 자는 사원(士元), 호는 하
정이다. 1882년 문과에 급제하였다. 몇 차례 유배간 일이 있었고, 벼슬은 동부승지에
이르렀다. 관립 한성고등학교에 주임 교유로서 한문교과를 지도했다. 저서로《하정유
고(荷亭遺稿)》가 있다.

295 역(驛)의 매화 전하니 : 벗을 그리워하는 마음을 의미한다. 남조(南朝) 송(宋)나
라의 육개(陸凱)가 강남에 있을 때 교분이 두터웠던 범엽(范曄)에게 매화 한 가지를
부치면서, "매화를 꺾다가 역사를 만났기에 농두 사는 그대에게 부치오. 강남에는 아무
것도 없어 애오라지 한 가지 봄을 보낸다오.〔折梅逢驛使 寄與隴頭人 江南無所有 聊贈一
枝春〕"라는 시를 함께 부친 데서 유래한다.

296 소로가쿠(滄浪閣) : 이토 히로부미의 별장이다. 1890년에 일본 아시가라시모군
(足柄下郡)의 오다와라마치(小田原町)에 건립되었다.

297 오이소마치(大磯) : 일본 가나가와현(神奈川縣)의 남부에 있는 위치한 거리명이
다.

298 시바조(芝城) : 시바리큐(芝離宮)를 가리킨다. 일본 도쿄도(東京都) 항구해안
에 있는 도립정원이다. 에도 막부를 연 도쿠가와(德川)가의 중신인 오쿠보(大久保)가
가 1600년대 중반에 바다를 메운 이 일대의 땅을 하사받아 이곳에 정원을 조성했는데,
메이지(明治)시대에 들어와 황실의 사무를 담당하는 궁내성이 정원을 구입했고, 시바

그대가 구양공²⁹⁹을 보고 왔다니 기쁘네　　　　　　喜君得見歐陽來

리큐라 명명했다 한다. 1923년 관동대지진 때 정원의 대부분이 소실된 후 황실은 도쿄시
에 이 곳을 하사했고, 도쿄시가 시설을 복구한 후 1924년부터 일반에게 공개했다.
299　구양공(歐陽公) : 당송팔대가의 한사람인 구양수(歐陽脩, 1007~1072)를 가리
킨다. 여기서는 여규형이 만난 여러 문필가들을 비유한 말이다.

스에마쓰 자작이 동파공의 취성당[300] 시의 운자를 써서 지은 시를 내게 주기에 차운하여 화답하였다

末松子爵用坡公聚星堂詩韻贈余次韻和之

예전에 일엽편주 타고 부상을 유람하며	昔遊扶桑駕一葉
옛 유적에 약간의 홍설[301]을 남겼었지	依俙勝蹟留鴻雪
지관[302] 풍류 얼마나 좋고 멋졌던가	芝舘風流何弘長
신양[303] 산수는 모두 기이하게 빼어났네	信陽山水摠奇絶
온 솥의 음식을 맛보기도 전에 배 이미 불렀는데[304]	未嘗全鼎腹已果

---

300 취성당(聚星堂) : 소식(蘇軾)의 〈취성당설 병인(聚星堂雪並引)〉에 송(宋)나라 구양수(歐陽脩)가 취성당(聚星堂)에서 주연을 베풀고 시를 지은 일화를 소개하고 그 규칙에 따라 시를 짓게 하였다. 구양수는 눈[雪]에 대한 시를 짓게 하면서, '설부(雪賦)'에 흔히 등장하는 옥(玉)·월(月)·이(梨)·매(梅)·연(練)·서(絮)·백(白)·무(舞)·아(鵝)·학(鶴) 등의 글자를 쓰지 말고 시를 짓도록 했다 한다. 《蘇東坡詩集 卷34 聚星堂雪》

301 홍설(鴻雪) : 흔적이 남지 않은 발자취, 혹은 지나간 일을 의미한다. 눈에 찍힌 기러기 발자국이 눈이 녹으면 없어진다 하여 하는 말이다.

302 지관(芝舘) : 316쪽 주 298 참조.

303 신양(信陽) : 일본 신슈(信州), 시나노국(信濃國)의 다른 이름이다. 현재는 나가노(長野)현이다.

304 온……불렀는데 : 일본을 다 둘러보지는 않았지만 일부 둘러본 것으로도 이미 일본 전체가 다 훌륭함을 알 수 있음이 마치 온 솥의 음식을 먹진 않았지만 조금 맛본 것만으로도 그 솥의 음식이 훌륭함을 알 수 있는 것과 같다는 뜻이다. 《여씨춘추(呂氏春秋)》〈찰금(察今)〉에서 "한 조각 고기를 맛보고서 한 가마의 맛, 한 솥의 풍미를 다 알 수 있다.〔嘗一脟肉而 知一鑊之味 一鼎之調〕"라고 하였다.

게다가 대무[305] 만나 마음 먼저 꺾임에랴   況見大巫心先折

강회[306]의 장관에 마음 드넓어지고   江淮壯觀胸次恢

호저[307] 서로 건네며 경계를 허물었네   縞紵相投畦畛滅

높은 풍모로 못난 선비를 인정해주고   高風下士荷知遇

진실한 마음 돈독한 우정으로 부지런히 끌어주었네   實心篤友勤携挈

준마의 발굽이 날아오를 때 노둔한 말 절룩였고   霜蹄騰踏駑步蹇

하늘에서 어지러이 꽃이 내리면 노안이 아른댔네[308]   天花亂墜老眼纈

여군[309]은 일본 유람해 시 주머니[310] 풍부하니   呂君東遊奚囊富

돌아와 주옥같은 시를 끝없이 드날리네   歸來珠玉飛譚屑

---

305 대무(大巫) : 삼국 시대 오(吳)나라 장굉(張紘)이 위(魏)나라에서 건안 칠자(建安七子)의 한 사람으로 활약하던 진림(陳琳)의 글을 보고 칭찬하자, 진림이 "나와 같은 작은 무당이 그대와 같은 큰 무당을 보면 신기가 완전히 빠져버리고 만다.〔小巫見大巫神氣盡矣〕"고 겸양했다는 고사가 있다. 《通俗編 藝術 小巫》 자신이 심복하여 존경할 만한 인물을 비유하는 말이다.

306 강회(江淮) : 일본의 강하를 중국의 장강과 회수에 비긴 것이다.

307 호저(縞紵) : 흰 명주띠와 모시옷, 즉 사신들이 선물을 주고받는 정이 두터운 것을 의미한다. 오(吳)나라 계찰(季札)이 정(鄭)나라 자산(子産)에게 흰 명주띠를 선사하자 자산이 그 답례로 모시옷을 보냈다는 고사에서 생긴 말이다. 《春秋左氏傳 襄公29年》

308 하늘에서……아른댔네 : 부처와 보살이 설법을 마치면 하늘에서 꽃비가 내린다고 하였다. 상대방의 훌륭한 말을 들으면 노안이 탄복하여 눈이 어지럽다는 뜻이다.

309 여군(呂君) : 앞의 시에 나온 여규형(呂圭亨, 1848~1921)을 가리킨다.

310 시 주머니 : 시 지은 원고를 담기 위해 하인이 메고서 따라다니는 비단 주머니라는 뜻이다. 당나라 시인 이하(李賀)가 매일 아침 동료들과 함께 나가 노닐 적에 하인〔奚奴〕에게 다 해진 비단 주머니를 등에 메고 따라오게 하면서 시제(詩題)를 기다리지도 않고 시상이 떠오르는 대로 써서 그 주머니 속에 넣었다가 뒤에 다시 꺼내어 시를 완성했다는 시재금낭(詩裁錦囊)의 고사가 전한다. 《新唐書 卷203 文藝列傳下 李賀》

돌이켜 이전의 자취 생각하니 꿈속이었던 듯   回思前躅如夢寐
삶과 죽음 슬픔과 환희가 눈 깜짝할 사이로구나   存沒悲歡只一瞥
다행히 벗이 여전히 건강하다니 기뻐서   幸喜故人身尙健
자주 시를 부쳐 이야기를 대신하네   數寄詩筒代話說
아마도 필력은 천근을 들어 올릴 듯하고   豈惟筆力千斤扛
늘그막 장한 뜻은 쇠로 병을 두드릴³¹¹ 듯   暮年壯志擊壺鐵

---

311 쇠로 병을 두드릴 : 씩씩한 뜻, 혹은 강개한 기운을 뜻한다. 진(晉)나라 왕돈(王
敦)이 항상 술을 마신 뒤에 조조(曹操)의 "늙은 말이 구유에 엎드려 있으나 뜻은 천리
밖에 있네. 열사(烈士)는 모년(暮年)이지만 장심(壯心)은 그치지 않네〔老驥伏櫪 志在
千里 烈士暮年 壯心不已〕"라는 시구를 읊으며 쇠〔鐵〕로써 뜻대로 타호(唾壺)를 두드리
며 절주를 맞추어 병 가장자리가 다 이지러졌다고 한다. 《晉書 卷98 王敦列傳》

세이효가 또 앞의 운자를 써서 시를 부쳐왔으므로 다시 차운하여 화답한다
青萍又用前韻寄詩復次韻和之

숲속 집에서 더위 식히며 술 조금 마시는데	林屋銷夏飲蕉葉
온 종일 강설관 문을 두드리는 이 없네	永日無人敲絳雪

내가 거처하는 집의 이름이 강설산관(絳雪山舘)[312]인데 뜰에 홍매화 나무가 있다.

이 몸은 세상엔 전혀 간여 않지만	此身於世渾無涉
벗에 대한 관심은 아직도 끊어지지 않았네	親友關心猶未絶
하늘 끝 정답게 머무는 구름[313]을 노래하고	天末藹藹歌雲停
서안 위에서 때때로 편지를 펼쳐보네	案上時時披簡折
대저 사람이 살면서 모였다가 또 흩어짐이	大抵人生聚與散
마치 물거품이 일었다 다시 사라지는 것 같네	有如泡花起還滅
어이 해야 삼도[314]의 고통을 벗어나려나	安得超拔三塗苦
응당 몽둥이 들고 꾸짖으며 일갈해야 하리[315]	會須喝破一棒掣

---

312 강설산관(絳雪山舘) : 서울 종로구 봉익동(鳳翼洞) 시절 김윤식의 당호이다. 《가승(家乘)》의 김윤식 연보에, 1911년 5월에 묘동(廟洞), 즉 봉익동으로 이사하였다고 기록되어 있다.

313 머무는 구름 : 벗을 그리워하는 마음을 말한다. 머무는 구름은 진(晉)나라 도연명(陶淵明)의 〈정운(停雲)〉 시의 자서(自序)에 "정운은 친구를 그리워하는 것이다.〔停雲思親友也〕"라고 한 데서 온 말이다.

314 삼도(三塗) : 지옥(地獄), 축생(畜生), 아귀(餓鬼)의 삼악도(三惡道)에 떨어진 중생들을 말한다.

영락하여 마음은 검축의 무리[316]를 사절하고 　　　瀿落心謝劍筑徒

번화한 꿈은 기라 입은 미인 생각 끊었네 　　　繁華夢斷綺羅纈

늙어감에 나라 걱정 오직 풍년 걱정뿐인데 　　　老去憂國惟豊穰

근래는 가뭄 걱정으로 자못 심란했다네 　　　向來憫旱頗騷屑

문을 열어 비를 감상하니 나무들 무성해졌고 　　　開門賞雨木欣欣

지팡이 짚고 물을 보니 물고기들 우왕좌왕하네 　　　倚杖看水魚瞥瞥

흥이 나면 홀로 찾아감을 나만이 알거늘 　　　興到孤往空自知

이 가운데 참된 뜻 더불어 말할 수 없구나 　　　此中眞意無與說

고개 돌려 다시금 궁한 오막살이 생각하니 　　　回首更念蓽屋窮

문학으로 누가 염철[317]을 강론할 수 있을까 　　　文學誰能講鹽鐵

---

315 응당……하리 : 선가(禪家)에서 방편으로 쓰는 것들이다. 유명한 선사가 제자나 손님을 깨우치기 위해 일갈(一喝)하거나 심지어 몽둥이로 때리는 고사가 매우 많다.

316 검축(劍筑)의 무리 : 비분강개지사들을 의미한다. 전국 시대 연(燕)·조(趙)에는 자객(刺客) 형가(荊軻)처럼 비분강개하는 호걸들이 많이 있었다. 전국 시대 때 자객인 형가가 연나라 태자 단(丹)의 부탁을 받고 진왕(秦王)을 죽이러 떠날 적에, 축(筑)의 명인인 고점리(高漸離)의 반주에 맞추어 〈역수한풍(易水寒風)〉이라는 비장한 노래를 부르고 작별했다는 고사가 유명하다. 《戰國策 燕策3》

317 염철(鹽鐵) : 구운 소금과 단련한 쇠를 가리킨다. 여기서는 생활비, 혹은 재산 증식의 의미로 사용되었다.

사사지마 시호[318] 선인 송덕비의 시에 차운하다

次笹島紫峯先人頌德碑詩韻

빽빽이 푸른 삼나무 백택[319]이 사는 숲 같고	鬱鬱蒼杉白澤林
높은 하늘 맑은 학 소리 아득히 들리네	遙聞淸唳九霄禽
집이 가난해도 주택을 희사해 학교에 충당하고	家貧捐宅充黌舍
낮은 직위로 충성을 다해 옥음[320]을 받들었네	職小效忠承玉音
이제까지 촉군에 끼친 교화[321] 성대한데	蜀郡至今遺化盛
옛날 동향[322]에서 세운 은혜 깊구나	桐鄕昔日樹恩深
알겠노라 그대가 선인을 추모하는 효성 끝이 없어	知君不匱追先孝
농강[323]에 묘표 세우고 옷깃 가득 눈물흘림을	立表瀧岡淚滿襟

---

318 사사지마 시호(笹島紫峯) : 향토사가로 알려져 있으나, 인적 사항을 자세히 알 수 없다.

319 백택(白澤) : 사자(獅子)처럼 생긴 신수(神獸)의 이름이다. 유덕한 임금의 치세에 나타나는 동물이라 하여 옛날에 이것을 장복(章服)의 도안(圖案)으로 삼았다.

320 옥음(玉音) : 임금의 음성을 미화한 표현이다.

321 촉군(蜀郡)에 끼친 교화 : 서한(西漢) 경제(景帝) 때의 인물 문옹(文翁)이 촉의 군수가 되어 교화를 펼치고 학교를 일으켜 문풍을 크게 떨쳤던 것을 말한다. 이를 계기로 무제(武帝) 때에 온 천하에 학교를 설립하게 하였다. 《漢書 卷89 循吏傳 文翁》

322 동향(桐鄕) : 옛날 수령의 은혜로운 정사를 잊지 못하고 있는 고을이라는 뜻이다. 한(漢)나라 주읍(朱邑)이 젊었을 때 동향의 관리로 있었는데, 동향에서 그를 못내 사모하자 죽어서 그곳에 장사 지냈던 고사가 있다. 《漢書 卷89 循吏傳 朱邑》

323 농강(瀧岡) : 농강천표(瀧岡阡表)이다. 상강은 중국 강서성(江西省)의 봉황산(鳳凰山)에 있는 언덕의 이름이다. 송나라 구양수(歐陽脩)가 네 살 때에 아버지를 여의었는데 그 무덤이 이곳에 있었다. 그로부터 60년이 흐른 뒤에 구양수가 직접 묘표를 세웠다. 《歐陽文粹 卷20 瀧岡阡表》

후지타 쓰구아키라[324] 군의감에게 차운하여 증별하다
次韻贈別藤田嗣章軍醫監

도성 문에서 송별하며 술자리 늦어지나니 都門送別把杯遲
십년 동안 즐거움 나누던 친구 다 모였네 十載交歡摠舊知
많은 사람 살렸으나 보답 없었으니 活得萬人無箇報
귀국의 여장에 한 편의 시 더하여주네 歸裝賸薄一篇詩

---

324 후지타 쓰구아키라(藤田嗣章) : 육군 군의관으로 대만과 조선 등 외지에서 위생
행정을 맡아보았다. 중장(中將)에 해당하는 군의관 최고위직인 육군군의총감(陸軍軍
醫總監)을 지냈다. 도쿄 출신의 화가이자 조각가인 후지타 쓰구하루(藤田嗣治, 1886~
1968)의 부친이다.

농암 이옹[325]의 회갑시를 차운하다
聾巖李翁回甲詩次韻

술자리에 학 피리 소리 맑은 가을 울리니	舫筵鶴笛響淸秋
신선의 연분 있어 옥국[326]에 노니는 듯	仙分依俙玉局遊
늙어서도 손님처럼 여전히 들밥을 이고[327]	老去如賓猶饁耨
흥이 나면 건강을 시험 삼아 다시 누에 오르네	興來試健更登樓
이방[328] 같은 아들 있어 덕성이 모이고[329]	二方有子德星聚

---

325 농암(聾巖) 이옹(李翁) : 누구인지 확인되지 않는다. 농암(聾巖) 이현보(李賢輔, 1467~1555)가 아니라 김윤식 당대의 인물인 듯하다.

326 옥국(玉局) : 송대(宋代)의 저명한 도관(道觀)인 옥국관(玉局觀)이다. 소동파(蘇東坡)가 영주(永州)에서 사면을 받고 돌아와 옥국관 제거(提擧)가 되어 한가하게 노닐었던 고사가 있다. 《珊瑚網 卷4 蘇玉局養老篇墨蹟》

327 늙어서도……이고 : 부부간에 서로 공경하며 사는 모습을 형용한 말이다. 춘추시대 진(晉)나라 "기(冀) 땅의 극결(郤缺)이 밭에서 김을 매고 있을 적에 그의 아내가 들밥을 가지고 와서 먹이는데, 서로들 손님을 대하는 것처럼 공경하는 것[見冀缺耨 其妻饁之 敬相待如賓]"을 사신이 보고는, 진 문공(晉文公)에게 천거하여 대부(大夫)로 삼게 했던 고사가 있다. 《春秋左氏傳 僖公33年》

328 이방(二方) : 진이방(陳二方), 즉 후한 때 사람인 진식(陳寔)의 큰아들 진원방(陳元方)과 넷째 아들 진계방(陳季方)을 가리킨다. 이 형제는 아버지의 상을 당하여 통곡하다가 피를 토하고 기절하였다. 예주 자사(豫州刺史)가 그 상황을 위에 아뢰면서 그림을 그려 올리자, 여러 성에 그 그림을 걸어 놓고서 풍속을 가다듬게 하였다. 《後漢書 卷62 陳寔列傳》

329 덕성(德星)이 모이고 : 후한(後漢)의 명사(名士) 진식이 자제들을 이끌고 순숙(荀淑) 부자(父子)를 찾아갔을 때 하늘에 덕성이 모이는 천문 현상이 일어났다는 고사가 전한다. 《世說新語 德行》

삼수[330]로 벗 삼으니 큰 술잔 찰랑이네   三壽爲朋大白浮
축하드리며 아울러 선대의 우의를 밝히노니   祝賀仍兼先誼講
성성한 백발로 새 친구와 인사 나누게 되었구려 傾盖新知雪滿頭

---

330 삼수(三壽) : 장수한 삼경(三卿)을 이른다. 《시경》〈비궁(閟宮)〉에 "삼수로 벗
을 삼아, 뫼처럼 능처럼 견고히 하소서.〔三壽作朋 如岡如陵〕"라고 한 데서 온 말로,
이는 군신(君臣)이 경사를 함께함을 축하하는 말이다.

스에마쓰 세이효가 그 스승의 《불산당고》331를 간행하여
널리 친구들에게 배포하였다. 친구들이 대개 시로써
답례하였으므로 나도 또한 차운하여 사례한다
末松靑萍刊其先師佛山堂稿廣布知舊知舊多以詩謝之余亦次韻寄謝

불산당이 어찌 한갓 장구사332이리오	佛老豈徒章句師
시의 격조 표연하여 생각이 남들과 다르네	飄然詩格不群思
남긴 문집 세상에 전해 아름다운 혜택 드리우니	遺編傳世垂嘉惠
아직도 당시 수기333 때를 떠올리게 하네	猶憶當年授記時

331 불산당고(佛山堂稿) : 무라카미 부츠잔(村上佛山, 1810~1879)이 저술한 책이
다. 무라카미는 부젠(豊前) 미야코군(京都郡) 히에다촌(稗田村) 출신이며 자는 대유
(大有)이다. 한시인이자 유학자, 교육자로 활동하였다. 향리인 상패전촌에 사숙(私塾)
〈수재원(水哉園)〉을 열어 유학과 한시문(漢詩文)을 가르쳤다. 수재원은 정치 문화 경
제 등의 분야에서 중요한 위치를 차지한 인물 다수를 배출한 곳이다. 스에마쓰 겐초(末
松謙澄) 역시 이 사숙 출신 가운데 한 사람으로 이토 히로부미(伊藤博文) 내각에서
법제국 장관 및 체신 대신을 역임했다.

332 장구사(章句師) : 경전 해설에 대의(大義)를 빠뜨리고 장구의 해석에만 치중한
스승, 혹은 시문을 짓는 것만을 가르치는 스승을 의미한다. 당(唐)나라 유종원(柳宗元)
의 〈엄후여 수재가 도를 스승 삼을 것을 논한 글에 답함[答嚴厚與秀才論爲師道書]〉에,
후한의 경학자였던 마융(馬融)과 정현(鄭玄)을 가리켜 "마융, 정현 두 사람은 오직
장구의 스승이었을 뿐이다.[馬融鄭玄者 獨章句師耳]"라고 평가한 말이 있다.

333 수기(授記) : 불교용어로 범어(梵語)의 의역(意譯)이다. 부처의 설법, 혹은 부처
가 그 제자에게 미래의 증과(證果)에 대하여 일일이 미리 지시한 예언적인 가르침을
말한다.

보림사[334] 학산[335] 노납에게 차운하여 드리다

次韻贈寶林寺鶴傘老衲

빈산에 석장 날려[336] 가을 하늘 울리는데	空山飛錫響秋天
부처가 현신하여 내려온 서쪽을 유람하네	應化西遊佛降年
한가로운 구름을 짝하여 가는 곳 따라 잠들고	身伴閑雲隨處宿
마음은 외로운 달과 같아 중심이 둥글다네	心如孤月定中圓
한 세상 건너감이 나루 찾아 헤매는 뗏목 같으니	度過一世迷津筏
삼생[337]의 씨앗을 대복전[338]에 뿌렸네	種下三生大福田
혜안으로 관상 보고 겸하여 풍수도 보니	慧眼看人兼相地
응당 사마[339]를 좇아 진전[340]을 얻었으리	應從司馬得眞傳

---

334 보림사(寶林寺) : 전남 장흥에 있는 절 이름이다.

335 학산(鶴傘) : 1912년 11월 22일 《조선총독부 관보》 제95호에 '주지취직인가(住持就職可)'라는 제목의 기사에 전라남도 장흥군(長興郡) 보림사(寶林寺)의 주지로 김학산(金鶴傘)이란 이름이 있다. 1915년 8월 20일자 《조선총독부 관보》 제915호에 '주지이동(住持異動)'이라는 기사에도 동일한 내용이 보인다.

336 석장(錫杖) 날려 : 원문은 비석(飛錫)이다. 양(梁)나라 보지 선사(寶誌禪師)가 백학 도사(白鶴道士)와 산에 터잡이로 서로 다투다가 약속하기를, 도사는 학을 날려 그 자리로 보내고, 보지 선사는 주석 지팡이[錫杖]를 날려 보내어 먼저 그 자리에 도착하는 자가 터를 차지하기로 되었는데, 주석 지팡이가 도사의 학보다 먼저 갔다.

337 삼생(三生) : 전생(前生)·현생(現生)·후생(後生)을 말한다.

338 대복전(大福田) : 불교를 말한다. 불교를 믿으면 그 자체가 복이 나오는 밭이라는 의미이다.

339 사마(司馬) : 사마두타(司馬頭陀)이다. 당나라 때의 저명한 풍수가이자 관상가로 백장 선사(百丈禪師)에게 참선을 배웠다.

《전등록(傳燈錄)》341에 의하면, 사마(司馬) 두타(頭陀)342는 참선(參禪) 하는 것 외에 인륜의 귀감(龜鑑)을 온축했고 겸하여 지리(地理)를 궁구하여 여러 곳에서 절을 창건할 때 많이들 취하여 결정한다고 한다.

340 진전(眞傳) : 참다운 전등(傳燈)을 뜻한다. 불교에서는 불법을 등불에 비유하여, 불법을 전파하는 것을 전등이라고 한다.

341 전등록(傳燈錄) : 송(宋)나라 진종(眞宗) 경덕 원년(景德元年)에 고승 도원(道源)이 저술한 불서(佛書)이다. 석가 이래의 역대 법맥(法脈)과 그 법어(法語)를 수록한 것이다.

342 두타(頭陀) : 범어(梵語)인데 스님을 의미한다. 두다(杜多)라고도 한다. 세속에서 스님이 돌아다니며 밥을 빌어 고행(苦行)을 닦는 것을 두타라고도 한다.

갑인년(1914) 팔십 세 생일에 읊다 5수

甲寅八十生朝吟 五首

갑인년에 다시 생일이 돌아와	恭遇先庚再甲寅
또 이날을 만나니 구로의 날[343]이구나	又逢此日劬勞辰
콩과 물로 기쁘게 봉양함[344]을 어찌하면 얻을까	供歡菽水那由得
술잔 들고 자리에 앉으니 슬퍼지기만 하네	把酒中筵獨愴神

곤궁한 몸 어찌 팔순에 이를 줄 기대했으랴	窮骨何期到八旬
고요히 생각하며 웃다가 또 찡그리네	靜思堪笑亦堪嚬
덧없는 영화 허깨비 같은 세월 다 지나고	浮榮幻劫都過了
예전처럼 다시 본래대로 돌아갈 몸이라네	依舊還他本分身

비행선을 타고 푸른 하늘 오르고 싶으니	欲乘飛艇上靑天
굽어보면 모든 고을이 몇 점의 연기이리라	俯視齊州幾點烟
방향을 돌려도 끝내 내릴 곳 없으니	回棹終無休泊處
산발을 하고 미친 듯 읊조리며 날아 내리리	狂吟披髮下翩然

---

343 구로(劬勞)의 날 : 부모님이 자신을 낳느라 수고하고 애쓰신 날이라는 의미이다. 《시경》〈육아(蓼莪)〉에 "슬프고 슬프다 부모여, 나를 낳으시느라 몹시 수고하셨다.〔哀哀父母 生我劬勞〕"라고 하였다.

344 콩과……봉양함 : 가난한 선비의 극진한 효성을 뜻한다. '콩죽을 먹고 물을 마시는〔啜菽飲水〕' 빈사(貧士)의 생활 가운데에서도 어버이의 마음을 즐겁게 해 드리면서 부모님을 모시는 것을 말한다. 《禮記 檀弓下》

일도 많건만 아들 손자 축수 술자리 마련하여   多事兒孫設壽樽
어지러이 축하하니 온 집이 떠들썩하구나   紛紛祝賀滿堂喧
너희들이 어찌 〈서명〉[345]의 뜻을 알까만   爾曹豈識西銘意
존순몰녕[346] 함이 이치이네   存順沒寧是格論

풍상을 다 겪고 고향 동산 돌아오니   閱盡風霜返故園
친지들 영락하여 또 누가 남아 있으려나   親知零落復誰存
해마다 매양 국화꽃에게 비웃음 받았건만   年年每被黃花笑
오늘 이 꽃을 보곤 도리어 말을 잊어버리네   今日看花却忘言

---

345 서명(西銘) : 중국 송(宋)나라 장재(張載)가 지어서 서재 서쪽 창에 걸어 두고
보던 명(銘)으로, 인의(仁義)에 입각한 유가(儒家)의 윤리설을 요약 서술한 것이다.
주희(朱熹)가 별도로 주(注)를 달아 해설하면서부터 세상에 크게 유행되었다.

346 존순몰녕(存順沒寧) : 장재(張載)의 〈서명(西銘)〉 마지막 구절인 "살아서는 천
리에 순응하고 죽어서는 편안하다.〔存吾順事沒吾寧也〕"라고 한 데서 나온 말이다. 주희
는 이 구절을 "효자의 몸이 살아 있으면 어버이를 섬김에 그 뜻을 어기지 않을 뿐이요,
죽으면 편안하여 어버이에게 부끄러운 바가 없으며, 인인(仁人)의 몸이 살아 있으면
하늘을 섬김에 그 이치를 어기지 않을 뿐이요, 죽으면 편안하여 하늘에 부끄러운 바가
없다."라는 뜻으로 풀이하였다. 《近思錄 卷2 爲學》

이 참봉[347] 철용 의 칠십 세수를 축하하며
賀李參奉 哲鎔 七十歲壽

검은 머리 푸른 눈동자는 오래된 잣나무 형상인데	綠髮青瞳老栢形
호신[348]이 정히 고희의 나이 되었구려	弧辰正值古稀齡
섬돌 앞 뜰 삼주수[349]는 봄기운 충만하고	階庭春滿三珠樹
들밭에는 팔곡성[350]을 풍성히 수확하네	田野年登八穀星
즐겁게 훈지[351] 불며 죽옥 나란히 하고	湛樂塤篪聯竹屋
난정[352]에 모여 시주 풍류 즐기리	風流觴咏集蘭亭

---

347 이 참봉(李參奉) : 이철용(李哲鎔, 1845~?)으로, 본관은 전주, 1873년(고종10) 식년시(式年試) 진사 3등 합격 기록이 있다. 신소설 작가 이해조(李海朝)의 부친이다. 경기도 포천군 신북면 신평리 121번지에서 살았으며, 이해조도 이곳에서 태어났다. 이철용의 딸인 이아지 양이 운양의 며느리로 왔으니 운양과는 사돈 간이다.

348 호신(弧辰) : 남자의 생일을 가리킨다. 옛 풍습에 아들이 태어나면 세상에 큰 뜻을 펴도록 뽕나무로 활을 만들고 봉초(蓬草)로 화살을 만들어 천지 사방에 쏘았다고 한다. 《禮記 內則》

349 삼주수(三珠樹) : 훌륭한 아들을 가리킨다. 《산해경(山海經)》〈해외남경(海外南經)〉에, 주수(珠樹)는 전설 속의 진귀한 나무로 측백나무 잎과 비슷한데 열매가 모두 진주가 된다고 나온다.

350 팔곡성(八穀星) : 여러 곡식을 상징한다. 겨울 북쪽 하늘에 보이는 필수(畢宿)의 위에 보이는 오거(五車)의 서쪽 여덟별인데, 메기장, 차기장, 메벼, 찰벼, 조, 깨, 콩, 보리의 여덟 곡식을 이 여덟별이 각각 맡는다 하여 이 이름이 있다.

351 훈지(塤篪) : 서로 가락이 잘 맞는 두 개의 관악기로 보통 형제를 가리킬 때 쓰는 표현이다. 《시경》〈하인사(何人斯)〉에 "백씨는 훈을 불고 중씨는 지를 부네.〔伯氏吹塤 仲氏吹篪〕"라고 하였다.

〈남비〉³⁵³ 한 곡조로 거할³⁵⁴에 화답하건만 　　　南飛一曲和車舝

백 리 먼 곳에서 그리워하노니 구름과 물 아득하네 百里懷人雲水冥

352　난정(蘭亭) : 진(晉)나라 때 회계(會稽)의 산음(山陰)에 있었던 정자이다. 당시
명사(名士)들로 왕희지(王羲之), 사안(謝安) 등 41인이 3월 3일에 이곳에 모여 계사
(禊事)를 치르고 시부(詩賦)를 지으면서 풍류를 즐겼었다. 여기서는 난정에서처럼 명
사들이 모였음을 비유한 말이다.

353　남비(南飛) : 〈학남비(鶴南飛)〉라는 피리 곡으로 생일을 축하하는 뜻이 있다.
소식(蘇軾)이 적벽(赤壁) 아래서 생일잔치를 하는데 퉁소 소리가 들려왔다. 이위(李
委)라는 사람이 소식을 위해 〈학남비〉라는 신곡(新曲)을 만들어 불었던 것이라 한다.
《蘇東坡詩集 卷21 李委吹笛》

354　거할(車舝) : 《시경》의 편명으로 벗들이 모여 즐겁게 노니는 것을 의미한다. 《시
경》〈거할〉에 "그대와 어울릴 덕은 없더라도 노래하며 춤추자.〔雖無德與女 式歌且舞〕"
라고 하였다.

북부 서장 마쓰이 신스케[355]에게 드리다
贈北部署長松井信助

군(君)이 부임한 후에 도성 안의 방탕한 자제들을 잡아 가두고 고생시키겠다는 이야기로써 훈계를 하니, 온 도성이 조용해졌다. 어느 날 군이 나를 방문하여 이렇게 말했다. "이런 무리들처럼 놀고 지내는 사람은 행동을 고칠 수는 있지만 마음을 고칠 수는 없습니다. 모름지기 사람으로 하여금 각자 일을 하게 하여 항심(恒心)[356]을 보존하게 한 다음이라야 선함으로 나아가게 할 수 있습니다. 정치를 하는 근본이 아마도 여기에 달려 있는 듯합니다." 나는 그 말의 이치에 탄복하고 감탄한 나머지 절구(絶句) 2수를 지어 주었다.

맑은 노래 아름다운 춤에 금전두[357]　　　　　　　　　淸歌妙舞錦纏頭

밤낮 이름난 요정에서 기생과 놀길 다투네　　　　　日夕名園競冶遊

모름지기 감옥이 복지[358]인줄 알아야 하니　　　　　須識囹圄爲福地

355　마쓰이 신스케(松井信助) : 1911년 총독부 경부, 1914년 목포 경찰서장, 1916년 종로 경찰서장, 1918년 경시(警視), 1922년 대구 부윤, 평양 부윤을 지냈다. 다른 인적 사항을 자세하게 알 수 없다.

356　항심(恒心) : 선한 본심을 말한다. 《맹자》〈양혜왕 상(梁惠王上)〉에 "일정한 생업이 없어도 언제나 선한 본심을 견지할 수 있는 것은 선비만이 가능한 일이다. 일반 백성의 경우는 일정한 생업이 없으면 선한 본심을 지킬 수 없게 된다. 이처럼 선한 본심이 없어지게 되면 방탕하고 편벽되고 간사하고 넘치게 행동하는 등 못할 짓이 없게 된다.[無恒産而有恒心者 惟士爲能 若民則無恒産 因無恒心 苟無恒心 放僻邪侈無不爲 已]"라는 말이 나온다.

357　금전두(錦纏頭) : 옛날 예인(藝人)이 가무를 끝내고 나면 손님들이 그 대가로 주던 비단을 말하는데, 보통 기녀에게 재물을 주는 것을 가리킨다.

내일 아침 철창의 죄수가 되어 원망하지 마라　　　　　　明朝莫恨鐵窓囚

사람이 항업359 없으면 마음 둘 곳이 없으니　　　　　　人無恒業心無依
어진 정치란 본래 생업을 알맞게 정해주는 것　　　　　　仁政由來制産宜
오늘 그대에게 근본을 아는 말을 들었으니　　　　　　　今日聞公知本語
통치란 양식을 시기적절하게 맞추는 것이라　　　　　　　治平粱肉合隨時

---

358 복지(福地) : 복당(福堂)으로, 감옥을 지칭하는 말이다. 명(明)나라 호시(胡侍)
의 《진주선(眞珠船)》권3에 "내가 전에 감옥에 갇혔을 때 벽에 쓰여 있는 '복당'이라는
글자가 매우 위대해 보였는데, 최근에 《오월춘추》를 보다가 대부 문종의 축사에 '화는
덕의 근간이 되고, 걱정은 복의 집이 된다.'라는 글을 보고 그 말의 출처를 알았다.〔余向
繫錦衣獄 睹壁上有大書福堂字甚偉 近閱吳越春秋 大夫文種祝詞有云禍爲德根憂爲福堂
因知出處〕"라고 하였다.

359 항업(恒業) : 일정한 벌이를 할 수 있는 생업을 말한다. 334쪽 주 356 참조.

도쿄 사람 나카무라 야로쿠[360]가 육순 생일 시에 화답을 구하므로 차운하여 보내주었다
東京人中村彌六六旬初度詩求和次韻送之

편지가 날아드니 기러기 비껴나는 가을인데	尺書飛到鴈橫秋
평소의 뜻 걸출함이 언어 밖에서 보이네	素志卓然言外求
천리마는 늙어 쉴 때도 마음은 더욱 씩씩해	良驥老休心益壯
영서[361]가 멀리 비추지만 언제나 만나 볼까	靈犀遠照面奚謀
흥이 일어 붓을 당기니 천근의 힘이요	興來筆挽千斤力
술 마신 후 미간을 모으니 만국을 걱정함이라	酒後眉攢萬國憂
육십 년 세월 분수대로 잘 지내왔는데	六十光陰依分過
그리운 벗은 완연히 바다 섬에 있구나[362]	伊人宛在水中洲

---

360 나카무라 야로쿠(中村彌六) : 1854~1929. 호는 하이스이(背水)·하이잔(背山), 통칭 하이잔 장군(背山將軍)이라 불린다. 일본의 제1호 임학 박사(林學博士)이며, 농상무(農商務) 관료이자 정치가이다.

361 영서(靈犀) : 영묘(靈妙)한 서각(犀角)인데 서각 한가운데에 구멍이 뚫려 있어 양방이 서로 관통되어 있다. 전하여 두 사람의 의사(意思)가 서로 투합됨을 비유한다. 당나라 이상은(李商隱)의 〈무제(無題)〉 시에 "몸에는 비록 채봉의 쌍으로 나는 날개가 없지만, 마음에는 영서가 있어 한 점으로 통하네.〔身無彩鳳雙飛翼 心有靈犀一點通〕"라는 구절이 있다.

362 그리운……있구나 : 이 구절 전체가 《시경》〈겸가(蒹葭)〉의 시상을 인용한 것이다. 〈겸가〉장에 "긴 갈대 푸르른데, 흰 이슬이 서리가 되었네. 저기 바로 저 사람이 물 저편에 있도다.〔蒹葭蒼蒼 白露爲霜 所謂伊人 在水一方〕"라고 하여, 멀리 있는 벗을 그리고 있다.

도쿄 사람 다이칸 사토 로쿠세키[363] 히로시 의 〈원조〉 시에 차운하여 화답하다
次韻和東京人大觀佐藤 寬 元朝詩

총총히 쓴 편지에도 성의 넉넉한데 　　　　尺素怱怱意有餘

신년의 아름다운 선물이라 백붕[364]과 같네 　　新年嘉貺百朋如

서구에 흑운이 진을 치는 것 근심스레 보나니 　愁看西球陣雲黑

사해가 어느 때나 거서[365]를 같이하려나 　　四海何時同軌書

늙은이 잠 없어도 깨어 있긴 더 어려워 　　老人無睡守更難

한 모금 초주를 마시고 억지로 달래네 　　一呷椒樽强自寬

지난밤 동원의 눈보라 속에서도 　　　　昨夜東園風雪裏

푸릇푸릇 대나무 평안하여 더욱 기쁘다네 　青青猶喜竹平安

---

363 사토 로쿠세키(佐藤六石) : 1864~1927. 에치고(越後) 출신이며, 본명은 히로시(寬)・로쿠세키, 자는 고샤쿠(公綽), 호는 다이칸(大觀)이다. 메이지(明治)~다이쇼(大正) 시대에 활동한 한시인이다. 1882년 〈신석일일신문(新潟日日新聞)〉의 편집장을 역임, 1884년에 상경하여 황전강구소(皇典講究所)에서 수학, 1890년에 모리 가이난(森槐南)이 주재하는 시사(詩社)인 〈성사(星社)〉에 참가했다. 훗날 이토 히로부미(伊藤博文)의 추천으로 이왕가 고문(李王家顧問)을 맡았다.

364 백붕(百朋) : 값이 비싼 것을 의미한다. 옛날에 화패(貨貝)의 단위를 붕(朋)이라 하였는데, 붕은 곧 쌍(雙)의 뜻으로 2패(貝)를 1붕(朋)으로 삼았다.

365 거서(車書) : 거동궤서동문(車同軌書同文)의 준말이다. 수레의 넓이와 사용하는 글자를 똑같이 한다는 뜻으로 천하의 문명을 함께 하는 것을 의미한다. 《중용장구》 제28장의 "지금 천하를 보건대, 수레는 바퀴를 같이하고 글은 문자를 같이하고 행동은 윤서(倫序)가 같다.〔今天下 車同軌 書同文 行同倫〕"라고 한 데서 나온 말이다.

정부인 김씨 만

貞夫人金氏輓

안산(安山) 이병륜(李秉綸)[366]의 대부인(大夫人)으로 금년에 101세이다.

수와 고종명은 사람에게 항상 있으니	壽考人恒有
유호덕이 오복[367] 중의 으뜸이라	好德冠五福
강녕하여 백세를 넘기시고	康寧百歲逾
영화롭게도 일품에 이르렀네	榮耀一品極
간고[368]의 어진 아들이 있어	幹蠱有賢胤
가르침 받들어 공손하고도 신중하네	承訓惟洞屬
영예는 원근에 알려지고	令譽遐邇聞
아름다운 모범은 마을에서 본받네	懿範鄕里式
애오라지 천세를 비는 술잔으로	聊將千歲兕
바야흐로 새로운 한 해를 축원했건만	方期新年祝
무녀성[369] 갑자기 빛을 가려	婺女忽掩輝

---

366 이병륜(李秉綸) : 1800～? 본관은 예안, 자는 예옥(睿玉)이다. 1867년(고종4) 식년시(式年試) 생원 3등으로 합격한 기록이 있다. 안동에 거주하였다. 자세한 인적 사항을 알 수 없다.

367 오복(五福) : 《서경》〈홍범(洪範)〉에 나오는 다섯 가지의 복을 말한다. 수(壽), 부(富), 강녕(康寧), 유호덕(攸好德), 고종명(考終命)을 말한다.

368 간고(幹蠱) : 간부지고(幹父之蠱)의 준말로, 아들이 부친의 뜻을 계승 발전시키는 것을 말한다.《周易 蠱卦 初六》

369 무녀성(婺女星) : 직녀성(織女星) 남쪽의 여수(女宿)이다. 포백(布帛)을 관장

난새 수레 타고 선계로 돌아가셨네　　　　　駢鸞歸仙籍
소요하며 하늘 위에서 즐기실 텐데　　　　　逍遙天上樂
세상 사람 공연히 슬퍼하고 애통해하네　　　世人空愴盡

하는 별이다.

고쿠부 다쓰미[370]의 팔십 일세 생신을 축하드리는 시
賀國分建見八十一歲詩

쇼타로(象太郎)[371]의 부친이다.

남극성의 상서로운 빛 덕문을 비추는데	南極祥光照德門
여든 한 번째 봄이 돌아온 첫째 달이라	春回九九月之元
아들은 청직인 중추원에 있고	兒官淸秩中樞院
사회에서 영예로운 삼달존[372]이라네	社會令名三達尊
때로 귤 속의 네 노인을 만나시고[373]	時向橘中逢四老

---

370 고쿠부 다쓰미(國分建見) : 쓰시마 이즈하라 출신이며, 고쿠부 쇼타로(國分象太郎, 1859~1921)의 부친이다. 인적 사항은 자세하지 않다.

371 쇼타로(象太郎) : 고쿠부 쇼타로(國分象太郎, 1859~1921)이다. 그는 부산 초량 왜관에 연수생으로 가서 조선어를 공부, 도쿄외국어학교 조선어학과를 졸업, 경성 영사관에서 통역관으로 일했다. 이토 히로부미가 조선통감으로 부임할 때 통역관으로 발탁, 조선통감부 제3대 통감으로 임명된 데라우치 마사타케(寺內正毅, 1851~1919)의 비서관으로 한일합병을 강제하는 역할을 수행했다. 이후 조선통감부 참여관, 조선총독부 인사국장 겸 중추원 서기관장, 조선 왕족을 관리하는 이왕직 차관까지 올랐던 인물이다. 그의 묘비명을 이완용이 썼다.

372 삼달존(三達尊) : 천하에 두루 통하는 세 가지 존귀한 것으로, 마을에서의 나이〔齒〕, 조정에서의 벼슬〔爵〕, 세상을 돕고 백성을 기를 때의 덕〔德〕을 말한다. 《孟子 公孫丑下》

373 귤(橘)……만나시고 : 귤을 먹는다는 말을 고사를 이용해서 한 듯하다. 《현괴록(玄怪錄)》에 "옛날에 파공(巴邛)에 사는 어떤 사람이 귤원(橘園)을 하나 가지고 있었다. 서리가 내린 뒤에 두 개의 큰 귤이 남아 있었는데, 매 귤마다 두 노인네가 안에 있었다. 한 노인네가 '내가 배가 고프니 용근포(龍根脯)를 먹어야겠다.' 하고는 소매

다시 꽃 아래서 여러 손자와 장난치리   更來花下戲諸孫

포류³⁷⁴ 같은 나는 자갑³⁷⁵임을 부끄러워하며 自慙蒲柳忝雌甲

멀리서 하상³⁷⁶을 받들고 장수 축원 부치네 遙捧霞觴寄壽言

속에서 풀뿌리 하나를 꺼내어 먹은 다음, 물을 뿜어내자 그 물이 용으로 화하였다. 이에 네 노인이 함께 타고서 어디론가 날아갔다."라고 하였다.

374 포류(蒲柳) : 물버들이다. 쉽게 시드는 식물로 허약하고 보잘것없는 사람을 비유한다. 《진서(晉書)》 권77 〈고열지열전(顧悅之列傳)〉에 "열지가 간문제(簡文帝)와 동갑인데 머리털이 일찍 희어지니 간문제는 그 이유를 물었다. 열지는 대답하기를 송백(松柏)의 바탕은 추위를 겪어도 오히려 무성하고, 포류(蒲柳)의 기질은 가을만 바라보면 먼저 진다, 하였다."라고 하였다.

375 자갑(雌甲) : 동갑의 벗이라는 뜻이다. 화갑을 넘은 동갑 두 사람 중에서 생일이 늦은 사람의 갑자(甲子)를 말한다. 첨자갑(忝雌甲)이라는 말은 '외람되게도 동갑'이라는 뜻으로 겸양의 표현이다.

376 하상(霞觴) : 신선의 술잔이다. 자하주(紫霞酒) 혹은 유하주(流霞酒) 같은 신선의 술을 담은 술잔을 말한다.

일본 문학박사 미시마 쓰요시[377]가 근래에 〈논학〉 절구
삼백수를 지었다. 그의 문인 지바 마사타네[378]가 한 부를
나에게 증정하고 또 화답시를 구하며 칠운시를 지어 보냈다.
내가 그 운자에 의거하여 세 수를 화답하였다. 당대의 문인
가운데 화답한 자가 많았다

日本文學博士三島毅近著論學絶句三百首其門人千葉昌胤以一部贈余
且求和篇題七韻余依韻和三首一時文人多和之者

대도는 본래 치우침 없으니 　　　　　　　　　大道本無偏

뭇 사람의 뜻을 하나로 통일시킴이 귀하네 　　　貴在壹衆志

오직 그대 홀로 근원을 보았나니 　　　　　　　惟君獨見原

---

377 미시마 쓰요시(三島毅) : 미시마 주슈(三島中洲, 1830~1919)이다. 본명은 쓰요
시(毅), 자는 엔슈쿠(遠叔), 통칭은 데이이치로(貞一郎), 별호는 도난(桐南)·가이소
(繪莊)·바이카쿠(陪鶴)·바이류(陪龍)이다. 시게노 야스쓰구(重野安繹)·가와타
오코(川田甕江)과 함께 메이지 삼대 문종(明治三大文宗)의 한 사람으로 손꼽히는 한학
자이다. 도쿄고등사범학교 교수, 신야(新治)재판소장, 대심원(大審院) 판사, 도쿄제국
대학 교수, 궁중고문관(宮中顧問官) 등을 역임했다. 니쇼가쿠샤 대학(二松學舍大學)
의 전신인 한학의숙 니쇼가쿠샤(二松學舍)의 창립자이다. 대동문화협회(大東文化協
會) 초대 이사장을 지냈다.

378 지바 마사타네(千葉昌胤) : 지바 로쿠호(千葉鹿峯)와 동일 인물로 탁지부 고문
관을 지냈다. 일제강점기에 일한서방(日韓書房)·조선잡지사(朝鮮雜誌社)에서 간행
한 문예 잡지 《조선(朝鮮)》에 투고된 글이 다수 확인된다. 〈인생살이의 비결은 무언에
있다[人間妙訣在無言]〉(1908년 9월 제7호), 〈남산잡영(南山雜詠) 절구 15수[節十五
首]〉(1908년 10월 제8호), 〈경시 도가타군 순난비[警視土方君殉難碑]〉(1908년 12월
제10호) 등이다.

글로써 유희를 한 것이 아니라네 　非以文爲戱

공자는 집착함도 자아도 없어[379] 　宣尼無固我

한마디 말에 뭇 아름다움이 구비되었네 　一言衆美備

후세의 유자들 문호를 나누어 　後儒分門戶

각자 그 기뻐하는 바를 따랐네 　各從其所憙

다만 행동할 때에는 말을 돌아보도록[380] 했으니 　但使行顧言

땅을 굽어보고 하늘을 쳐다보아 부끄러움 없었네[381] 　俯仰無怍愧

지극한 도는 지극한 덕을 응축하니[382] 　至道凝至德

천지의 화육에 참여할 수 있네[383] 　可以參天地

379 　공자는……없어 : 원문의 '선니(宣尼)'는 공자를 가리킨다. 한(漢)나라 평제(平帝) 때 포성선니공(褒成宣尼公)으로 추시(追諡)된 시호이다. 또 《논어》〈자한(子罕)〉에 "선생께선 네 가지를 끊으셨다. 사사로운 뜻도, 기필하는 마음도, 집착하는 마음도, 사사로운 자기도 없으셨다.〔子絶四 毋意 毋必 毋固 毋我〕"라고 하였다.

380 　행동할……돌아보도록 : 《중용장구》제13장에 "말할 때는 행동을 돌아보고 행동할 때는 말을 돌아보라.〔言顧行 行顧言〕고 한 말이 있다.

381 　땅을……없었네 : 《맹자》〈진심 상(盡心上)〉에서 인용한 것이다. 군자의 세 즐거움 중 하나이다. 원문은 다음과 같다. "올려보아 하늘에 부끄럽지 않고 굽어보아 사람에 부끄럽지 않다.〔仰不愧於天 俯不怍於人〕"

382 　지극한……응축하니 : 《중용장구》제27장에 "진실로 지극한 덕이 아니면 지극한 도가 모이지 않는다.〔苟不至德 至道不凝焉〕"라고 한 말이 있다.

383 　천지의……있네 : 《중용장구》제22장에 "오직 천하에 지극히 성실한 분이어야 능히 그 성(性)을 다할 수 있으니, 그 성을 다하면 능히 사람의 성을 다할 것이요, 사람의 성을 다하면 능히 물건의 성을 다할 것이요, 물건의 성을 다하면 천지의 화육을 도울 것이요, 천지의 화육을 도우면 천지와 더불어 참여하게 될 것이다.〔惟天下至誠 爲能盡其性 能盡其性 則能盡人之性 能盡人之性 則能盡物之性 能盡物之性 則可以贊天地之化育 可以贊天地之化育 則可以與天地參矣〕"라고 하였다.

후배 수재에게 한마디 부치노니	寄語後來秀
노인의 뜻 저버리지 말기를	毋孤老人意

제자백가에서 뭇 영사 따내고	百家掇群英
한 부의 책으로써 평소의 뜻 나타냈네	一部見素志
높은 산등성이에 봉새 울음 들리고	高岡聞鳳鳴
큰 바다에서 고래를 이끌어 노네	大海掣鯨戲
유자가 오활하다 말하지 마오	莫言儒者迂
몸속에 만물이 갖추어져 있어	身中萬物備
취함과 버림에 각각 마땅함이 있고	取舍各有當
의리에는 내가 기쁘게 따른다오	義理從我憙
상하가 더불어 함께 흘러가면	上下與同流
호연히 마음에 부끄러움 없으리	浩然心無愧
고개 돌려 거듭 탄식함은	回首重歎息
연기와 먼지 대지를 두루 덮은 때문이네	烟塵遍大地
도를 잃어 천하가 어지러우니	道喪天下亂
학문을 논함에 어찌 뜻이 없을쏘냐	論學豈無意

자득하여 욕심 없는 녹봉자여	囂囂鹿峰子
벼슬은 낮지만 홀로 뜻을 높이 가지고	官卑獨尚志
규벽부[384]에 몸을 깃들여	棲身奎璧府

---

384 규벽부(奎璧府) : 조선조에서는 홍문관이나 예문관처럼 왕의 교지나 외교문서를 작성을 맡아하는 곳을 가리켰으나 여기서는 이 시기 일본의 어느 관청을 가리키는지

세상을 즐기기를 연회 구경하듯 하네	玩世如看戲
즐겁게 웃는 것과 성내며 꾸짖는 것	嬉笑與怒罵
만 가지 형상이 붓 끝에 두루 미치네	萬狀筆下備
즐거움이 명교에 있고[385]	樂在名教中
이 외에는 기뻐하는 것이 없네	此外非所憙
일생토록 도가 다할까 걱정하지	一生憂道窮
집이 가난함을 무어 부끄러워하랴	家貧何足愧
북산[386]의 눈 속에 높이 누워	高臥北山雪
향을 사르며 깨끗이 청소하네	焚香淨掃地
책 속에서 옛사람을 벗 삼으니	尙友黃卷裡
옛 사람은 나의 뜻을 알리라	古人得我意

　　이상, 지바 로쿠호(千葉鹿峯)에게 부침.

알 수 없다. 규벽(奎璧)은 규수(奎宿)와 벽수(璧宿)의 병칭으로, 예전에 문장을 주관하는 별로 알려졌다.

385 즐거움이 명교에 있고 : 명교는 유교를 말한다. 진(晉)나라 때 왕징(王澄), 호무보지(胡毋輔之) 등 제인(諸人)은 방달하기로 유명했던바, 그중에는 옷을 다 벗고 알몸을 내놓은 자도 있었으므로 악광(樂廣)이 그것을 보고 웃으면서 말하기를, "명교 안에 절로 즐거운 땅이 있는 것인데, 어찌하여 이렇게 한단 말인가.[名教中自有樂地 何爲乃爾也]"라고 했던 데서 온 말이다. 《天中記》

386 북산 : 은자의 은거지를 가리킨다. 남조 제(南朝齊)의 공치규(孔稚珪)가 지은 〈북산이문(北山移文)〉 가운데에, 주옹(周顒)이라는 사람이 은사(隱士) 흉내를 내며 산속에서 살다가 세상의 부귀영화에 눈이 멀어 산을 떠나자, 산신령이 격분한 나머지 격문(移文)을 돌려 다시는 그가 산에 발을 들여 놓지 못하게 했다는 이야기가 나온다.

정석우[387]의 주갑을 축하하는 시
賀丁石愚周甲詩

석우(石愚)는 이름이 일택(日宅), 호남 곡성(谷城) 사람이다. 선을 행하기를 좋아하고 효도하고 우애 있게 지내므로 마을 사람들이 그를 '완전한 복을 지닌 사람〔完福者〕'이라고 일컫는다.

호해문장[388]은 백미[389]와 나란한데	湖海文章齊白眉
정년[390]이 온갖 꽃 피어날 때 다시 돌아왔네	丁年重到百花時
잔을 들어 모친의 장수며 현처와 해로를 축원하고	稱觴壽母偕賢壺
이방[391]에 팔자[392] 색동옷으로 춤추네[393]	舞彩二方兼八慈

387 정석우(丁石愚) : 정일택(丁日宅), 석우는 그의 호. 호남 곡성(谷城) 사람이다. 운양이 이 글에서 소개한 것 이외의 인적 사항을 알기가 어렵다.

388 호해문장(湖海文章) : 중의적인 표현이다. 호남의 문장가로 해석되기도 하고, 호해와 같이 넉넉한 문장가라고 해석되기도 한다.

389 백미(白眉) : 흰 눈썹으로, 형제나 제자들 중에서 걸출한 사람을 일컫는 말이다. 삼국 시대 촉(蜀)나라 마량(馬良)이 다섯 형제 가운데에서 가장 뛰어난 면모를 보였는데, 그의 눈썹에 흰 털이 있었으므로 백미라고 불렀다는 고사에서 나온 것이다.《三國志 卷39 蜀書 馬良傳》

390 정년(丁年) : 정석우의 생년 간지에 '정(丁)'이 들어 있어서 이렇게 표현한 듯하다.

391 이방(二方) : 325쪽 주 328 참조.

392 팔자(八慈) : 한(漢)나라 진순숙(陳荀淑)이 여덟 아들을 모두 '자(慈)'자로써 자(字)를 삼았으므로 팔자(八慈)라고 불렀다. "이방은 모범을 받들었고, 팔자는 세상을 이어갔네〔二方承則 八慈繼塵〕"라는 표현이 전한다.《後漢書 卷92 陳寔列傳》

393 색동옷으로 춤추네 : 늙은 부모를 위로하는 행동을 의미한다. 고대(古代)에 노래

뜻을 봉양하고[394] 몸가짐 지키니 효우로 추대되고 　養志守身推孝友
가난 구제며 학교 건립에 의연금 베풀기 좋아하네 　救貧興學好捐施
세상에선 그대만큼 복을 갖춘 사람 드물 거라는데 　世間備福如公少
멀리서 고운 종이에 복을 비는 시를 받드네 　遙捧霞箋祝嘏詩

자(老萊子)라는 효자가 나이 70에 색동옷을 입고 어린애 모양으로 노친 앞에서 재롱을 부려, 노친으로 하여금 나이 든 것을 잊게 하였다는 고사에서 온 말이다. 《蒙求 老萊斑衣》

394 뜻을 봉양하고 : 부모님을 모시는 태도 가운데 뜻을 봉양하는 양지(養志)와 신체를 봉양하는 양체(養體), 두 가지가 있다. 양지는 어버이의 마음을 흡족하게 해 드리는 것이고, 양체는 물질적으로 생활에 불편함이 없게 해 드리는 것인데, 양지를 효의 본질에 가깝다고 여겼다. 《맹자》〈이루 상(離婁上)〉에 그 내용이 나온다.

가와카미 류이치로[395]가 도쿄로 돌아가는 것을 전송하다
送川上立一郎還東京

십년을 뒤따르며 의기가 구름에 닿는 듯 했고[396]	十載追隨義薄雲
금란[397]처럼 마음 맞아 맑은 향기 움켰네	金蘭宿契挹淸芬
이제부터 헤어지면 산하가 가로 막거늘	從今分手山河隔
기우치[398]군에게 안부를 알려주오	爲報平安木內君

역정의 버들가지 빗줄기처럼 비꼈는데	驛亭楊柳雨絲斜
손님 보내고 맞는 봄을 어이 견딜까	送客逢春可奈何
흰 머리로 하늘가 슬피 바라보나니	白首天涯空悵望
돌아가 응당 고향 동산의 꽃 감상하겠지	歸來應賞故園花

---

395 가와카미 류이치로(川上立一郎) : 통역관이며, 주한 일본영사대리로 근무한 바 있다. 다른 인적 사항을 자세히 알 수 없다.

396 의기가……했고 : 《송서(宋書)》〈사영운전(謝靈運傳)〉에서 "굴평과 송옥이 맑은 근원을 앞에서 인도하고 가의와 사마상여가 꽃잎을 뒤에서 떨치니 빼어난 글은 금석을 윤택하게 하고 높은 의기는 구름과 하늘에 닿을 듯 높네.〔屈平宋玉導淸源於前 賈誼相如振芳塵於後 英辭潤金石 高義薄雲天〕"라고 하였다.

397 금란(金蘭) : 금란지교(金蘭之交)로, 의기투합하는 심후한 우정을 말한다. 《주역》〈계사전 상(繫辭傳上)〉에, "두 사람이 마음을 같이하면 그 예리함은 쇠를 자르고, 마음을 같이하는 말은 그 향기가 난초와 같다.〔二人同心 其利斷金 同心之言 其臭如蘭〕"에서 나온 말이다.

398 기우치(木內) : 기우치 주시로(木內重四郎, 1866~1925)이다. 통감부 참여관(參與官), 농상공무총장, 농상공부 차관을 역임했으며, 1907년 통감부 내부차관(內部次官)으로 임명되었다.

을묘년(1915) 이월 십이일 호증[399]의 생일에 세상에서 쓰는 말로 기쁨을 기록한다
乙卯二月十二日虎曾生日以俚語志喜

을묘년 묘월 정자(丁字)가 든 날	卯年卯月日之丁
자정 가까울 무렵 아이 울음 들려왔네	子夜向闌聞兒聲
처음엔 순산을 기원하며 걱정하느라	初祈順娩心憂慮
사내아이 계집아이 따질 겨를 없었네	不遑計較男女生
사내아이라는 말 듣고 미칠 듯 기뻐하다	既聞生男又狂喜
기쁨이 진정되자 문득 회고의 마음 생기네	喜定更覺懷古情
증손이 나에게 참으로 무엇이런가	曾孫於我誠何有
게다가 또 다 자라는 것도 볼 수 없음에랴	況復未必見長成
진박[400] 끝에 일양[401]이 발동하니	震剝之餘一陽動
그늘진 벼랑의 초목도 비로소 무성히 자라	陰崖草木始發榮
일천 가지 일만 잎새 이로부터 울창하리니	千枝萬葉從此茂
용이 되고 범이 되어 그 이름에 부합되거라	爲龍爲虎副其名

이름을 주룡(周龍)이라 지어주고, 소자(小字)는 호증(虎曾)이라 했다.

---

399 호증(虎曾) : 김주룡(金周龍)이다. 운양의 장남 김유증(金裕曾)이 딸만 둘을 두어 양자로 들인 아들이다. 본래는 김익정(金益鼎)의 다섯째 아들인 김광식(金光植)의 차남인 김유정(金裕定)의 둘째 아들 김기수(金麒壽)이다.

400 진박(震剝) : 둘 다 괘(卦) 이름으로, 진은 천둥이 진동함을 상징하며 박은 음기가 성함을 상징한다.

401 일양(一陽) : 처음 생겨나는 양기를 말하며, 봄을 비유하는 말로도 쓰인다.

〈양파정〉 시에 차운하다

次揚波亭韻

학산화상(鶴傘和尙)[402]이 서석산(瑞石山)[403] 약사암(藥師庵)으로부터 와서 방문하여
〈양파정〉 시를 내게 보여주면서 화답을 요청했다. 이 정자의 주인은 광주(光州)의 시인
인 정낙교(鄭洛敎)인데 또한 아정한 선비이다.

이런 유명한 정자 있어 돌아갈 곳 얻을 수 있으니　有此名亭得所歸
자진[404]이 어찌 세상과 서로 등지려 했겠나　　　　子眞豈欲世相違
거울 같은 봄 호수에 물고기의 즐거움[405] 구경하고　鏡湖春水觀魚樂
버드나무 정자 가을안개에 학이 날도록 놓아주네[406]　柳墅秋烟放鶴飛

402　학산화상(鶴傘和尙) : 328쪽 주 335 참조.

403　서석산(瑞石山) : 호남 광주 무등산의 옛 이름이다.

404　자진(子眞) : 서한(西漢) 때 인물 정박(鄭璞)으로, 자는 자진이다. 성제(成帝)
때에 외척대신(外戚大臣) 왕봉(王鳳)이 예의를 다해 초빙해도 응하지 않고 곡구에서
살면서 호를 곡구자진(谷口子眞)이라고 했다. 《漢書 卷72 高士傳中》

405　물고기의 즐거움 : 장자(莊子)가 친구인 혜자(惠子)와 호량 위에서 함께 노닐
적에 장자가 말하기를, "피라미가 나와서 조용히 놀고 있으니, 이는 저 물고기의 낙(樂)
이네." 하자, 혜자가 말하기를, "자네는 물고기가 아닌데, 어떻게 물고기의 낙을 안단
말인가." 하니, 장자가 다시 말하기를, "자네는 내가 아닌데, 어떻게 내가 물고기의
낙을 모른다는 것을 안단 말인가?"라고 한 데서 온 말이다. 《莊子 秋水》

406　학이 날도록 놓아주네 : 동진의 명승 지둔(支遁)이 어린 학 한 쌍을 선물 받았다.
날개가 조금 자라 날아가려고 하니 날갯죽지를 조금 잘라 날지 못하게 하였다. 그러자
학이 늘 날개를 흔들며 괴로워하는 빛이 있었다. 지둔이 말하기를 "이미 하늘로 솟구치
려는 뜻이 있는데 어찌 사람의 노리개가 되겠는가." 하고 날개를 자라게 하여 놓아주었
다. 《世說新語 卷2 言語》

꿈속의 공명 모두 환상이니   夢裡功名都是幻

가슴 속의 산과 골짝을 의지할만하리   胸中邱壑可堪依

은거의 좋은 점 아는 사람 없으니   幽居勝事無人識

오직 이웃 승려 대사립 문 두드림을 허락하리   惟許隣僧款竹扉

백소향[407]은 나라를 사랑하여 죽은 선비 가운데 한사람이다. 불수자[408] 윤군이 한편의 시로 기념하고자 하므로 이 시를 지어 주었다
白小香愛國死士中一人也弗須子尹君求一詩記念賦此贈之

눈물 뿌리며 지난날의 국상[409]을 부르니 揮淚昔年招國殤

꽃다운 넋 흡사 운향[410]에서 내려오는 듯 英魂彷彿降雲鄕

굳센 마음 이루지 못한 채 몸이 재앙에 걸렸으니 壯心未遂身嬰禍

후세에 누가 백소향을 알아줄까 後世誰知白小香

---

407 백소향(白小香) : 백춘배(白春培)로 호는 소향이다. 역관 출신이며 개화당 인물이었다. 김옥균, 박영효 등과 함께 당시 개화당의 정신적 지주였던 유홍기(劉鴻基, 1831~?)의 가르침을 받았다. 1870년대 후반에 결성된 위항문학 모임 중 하나인 육교시사(六橋詩社)의 일원이었다.

408 불수자(弗須子) : 윤구(尹求)로, 인적사항은 자세하지 않다. 《운양집》 권3에 〈불수자의 문초 뒤에 적다〔書弗須子文鈔後〕〉가 있다.

409 국상(國殤) : 순국선열을 가리킨다. 《초사(楚辭)》 〈구가(九歌)〉에 있는 편명(篇名)으로 나랏일에 몸 바쳐 죽은 사람을 기리고 있다.

410 운향(雲鄕) : 신선이 사는 하늘나라로, 《장자(莊子)》 〈천지(天地)〉에 "저 흰 구름을 타고 제향에 이른다.〔乘彼白雲 至於帝鄕〕"라고 한 데서 유래하였다.

아베 무부쓰 옹[411]이 시를 부쳐왔기에 차운하여 화답하여 그 뜻에 사례하였다

阿部無佛翁寄詩次韻和之以謝其意

마이니치신보 사장으로 이름은 미쓰이에(充家)이다.

작은 재주로야 어찌 풍속을 순박하게 되돌리랴	薄藝何能返俗淳
부질없이 취부[412]를 신기한 것으로 만드네	漫將臭腐化爲神
나는 허리 굽어 담장 따라 달릴 수도 없지만[413]	不堪傴僂循墙走
백발에 새로이 문원 광채를 보는구려	文苑光華白首新

---

411 아베 무부쓰 옹(阿部無佛翁): 아베 미쓰이에(阿部充家, 1861~1936)로 호가 무부쓰이다. 일본 국민신문(國民新聞) 부사장을 지냈으며, 사이토 마코토(齋藤實) 총독의 정치참모였고, 조선총독부 일어판 기관지인 《경성일보(京城日報)》, 《매일신보(每日申報)》의 사장을 역임했다. 그가 경성일보 및 매일신보 사장 재임시인 1916년에 두 편의 연작 기행문 〈호남유력(湖南遊歷)〉 및 〈무불개성잡화(無佛開城雜話)〉를 발표하였다.

412 취부(臭腐): 썩은내, 곧 나쁜 평판을 말한다. 《장자(莊子)》 〈지북유(知北遊)〉에 "호감이 가면 신기하다 하고 싫으면 취부하다고 하는데, 취부가 나중에 변화하여 신기가 되고, 신기가 나중에 변화하여 취부가 된다.〔是其所美者爲神奇 其所惡者爲臭腐 臭腐後化爲神奇 神奇後化爲臭腐〕"라고 하였다.

413 허리……없지만: 벼슬이 높아질수록 더욱 겸손한 자세를 보이는 것을 말한다. 공자(孔子)의 선조인 정고보(正考父)의 솥〔鼎〕에 "대부 때에는 고개를 수그리고, 하경(下卿) 때에는 등을 구부리고, 상경(上卿) 때에는 몸을 굽히고서, 길 한복판을 피해 담장을 따라 빨리 걸어간다면 아무도 나를 감히 업신여기지 못하리라.〔一命而傴 再命而僂 三命而俯 循墙而走 亦莫余敢侮〕"라는 내용이 새겨져 있었다고 한다. 《春秋左氏傳 昭公7年》

호증[414] 삼일 세아[415] 시
虎曾三日洗兒詩

담장 아래 손동[416] 다시 싹이 트니	墻下孫桐復茁芽
다른 해에 응당 봉황이 날아 앉는 가지가 되겠지	他年應作鳳凰柯
모름지기 높은 등성이에 옮겨 심으리니	會須移植高岡上
푸른 잎 그늘 이루어 일만 집들 덮어주리	綠葉成陰覆萬家

---

414 호증(虎曾) : 349쪽 주 399 참조.

415 삼일 세아(三日洗兒) : 아이를 낳은 지 3일, 혹은 1개월 만에 아이를 목욕시킬 때 친우들이 모여 경하하는 일. 아이에게 돈을 주는 것은 세아전(洗兒錢)이라 한다. 《新唐書 卷225 安祿山列傳》

416 손동(孫桐) : 손자라는 뜻. 글자대로 풀면 손자 오동나무이다. 소식(蘇軾)의 글에, "무릇 나무는 뿌리가 차고 지엽은 비는데, 오직 오동은 이와 반대다. 시험 삼아 작은 가지를 깎아 보면 속이 꽉 차서 납촉(蠟燭)과 같은데 나무의 본줄기는 모두 속이 텅 비었다. 세상에서 손자를 귀히 여기는 것은 그 꽉 찬 것을 귀히 여기는 것이다."라고 하였다.

경운장로[417]에게 차운하여 화답하다
次韻和擎雲長老

탁석[418]께선 언제 주장자 세워 기원에 머물렀나	卓錫何年駐祇園
마중이며 전송할 제 끝내 산문을 내려오지 않네	逡迎終不下山門
생계엔 집착이 없어 물병과 발우뿐이나	生涯無着惟瓶鉢
심인[419]을 전할 자손이 있구려	心印相傳有子孫
오래 도를 닦아 선열의 맛을 알고	修道久知禪悅味
출가했어도 여전히 구로[420]의 은혜 사모하네	出家猶慕劬勞恩

417　경운장로(擎雲長老) : 1852~1936. 속성은 김씨, 휘가 원기(元奇), 호는 경운이다. 말년에는 석옹(石翁)이라는 호를 주로 사용했다. 17세에 지리산 연곡사의 환월화상에게 출가, 선암사의 대승강원(大乘講院)에 들어가서 30세에 경붕 익운(景鵬益運)의 강석을 물려받았다. 명필로 이름이 나서 29세 때에 명성황후의 뜻으로 양산 통도사에서 금자 법화경을 사경하기도 하였다. 1911년 조선불교임제종(朝鮮佛教臨濟宗) 관장으로 선출, 1929년에 조선불교선교양종교무원이 창립되어 교정(教正)으로 추대되었다. 현재 순천 선암사에 경운 스님의 비와 진영, 그리고 화엄경사경 등 많은 유품이 전한다.

418　탁석(卓錫) : 탁석사(卓錫師), 즉 지팡이를 꽂아 물이 용솟음쳐 나오게 할 만큼 법력(法力)이 높은 고승(高僧)을 뜻한다. 육조대사(六祖大師) 혜능(慧能)이 조계(曹溪)에 선장(禪杖)을 꽂아 두자 물이 뿜어 흘러내려 탁석천(卓錫川)이 되었다는 고사를 비롯해서 이와 비슷한 여러 고승들의 일화가 있다.

419　심인(心印) : 심인은 불심(佛心)을 중생의 마음속에 심어주는 것을 뜻하는 말로, 이심전심(以心傳心)을 가리킨다. 선종(禪宗)의 교조(教祖)인 달마선사(達摩禪師)가 처음 중국에 들어와서 문자를 세우지 않고 심인만을 전하여 견성성불(見性成佛)하게 한 데서 온 말이다.

420　구로(劬勞) : 부모님이 자신을 낳고 기르느라 수고하고 애쓰신 것을 말한다. 《시경》〈육아(蓼莪)〉에 "슬프고 슬프다 부모여, 나를 낳으시느라 몹시 수고하셨다.〔哀哀

속세의 영화 눈에 가득 보여도 마음은 늘 고요해   芬華滿眼心常寂

남쪽으로 구름 봉우리 바라보며 말을 잊네   南望雲岑欲忘言

父母 生我劬勞]"라고 하였다.

교육회[421] 축하연에 사례하다
謝敎育會祝賀筵

나라 안의 문호를 낱낱이 살펴보면   海內文豪歷數來
등림[422]엔들 어찌 평범한 나무 없겠는가   鄧林豈少一凡材
키질에 날려[423] 쭉정이가 주옥 앞에 있으니   簸揚糠粃先珠玉
여러 현인들의 축하 술잔 부끄럽네   慙愧羣賢祝賀盃

시바조[424]에서 옛날에 그윽한 심회 펼칠 때   芝城昔日暢幽襟
아마도 허명이 예림에 퍼져간 듯   豈有虛名動藝林
여러분들 도타운 정의에 많이 감사드리니   多謝諸公風誼篤
풀벌레 소리에 소호[425]로 답해주시리라   肯將韶濩答蟲吟

---

421 교육회(敎育會) : 《속음청사》 1915년 5월 13일 일기에 "교육회 회장이 세키야 데이사부로(關屋貞三郎)인데 회장이 주최하여 조선과 일본의 관료들을 초청하였는데, 나에게 학사원상(學士院賞) 축하하는 의식을 하겠다고 내게 꼭 출석해 달라고 하였다. 그날 몸을 일으켜 거동할 만하면 마땅히 가겠다고 답했다."라는 내용이 보인다.

422 등림(鄧林) : 《회남자(淮南子)》에 나오는 좋은 나무만 있다는 숲이다. 신선이 구름을 타고 다니며 노는 곳이라 한다.

423 키질에 날려 : 보잘것없는 존재가 앞서는 것을 말한다. 진(晉)나라 왕탄지(王坦之)와 범계(范啓)가 서로 앞을 양보하면서 걸어가다가 뒤에 처지게 된 왕탄지가 "곡식을 까불며 바람에 날리면 겨와 쭉정이가 앞에 있게 마련이다.〔簸之揚之 糠粃在前〕"라고 한마디 하자, 범계가 "조리질하며 물에 흔들면 모래와 자갈이 뒤에 있게 마련이다.〔洮之汰之 沙礫在後〕"라고 응수했던 고사가 전한다. 《世說新語 排調》

424 시바조(芝城) : 316쪽 주 298 참조.

425 소호(韶濩) : 순(舜) 임금의 음악과 은(殷)나라 탕왕(湯王)의 음악이다.

왕부[426]는 일찍이 〈잠부론〉[427] 지었고 　　　　　王符曾著潛夫論
두목[428]은 시대를 상심하여 〈죄언〉을 지었네 　　　杜牧傷時有罪言
모두 은거하여 한가로이 붓 가는 대로 썼으니 　　俱是隱居閒縱筆
당시에 은혜로이 상을 받았단 말 듣지 못했네 　　未聞當時受襃恩

한세상 감명[429]한 것 모두 허사로 돌아가고 　　　噉名一世摠歸虛
여러 해 소갈병 앓아 글 짓는 일 그만두었네 　　病渴多年廢著書
멋진 모임에서 문원[430]이 총애를 받지만 　　　　勝會文園荷寵遇
늙어 글짓기 부탁 받으니 상여에게 부끄럽구나 　白頭授簡愧相如

426　왕부(王符) : 중국 후한 말기의 학자로 자는 절신(節信)이다. 외가(外家)가 없다고 당시 사람들에게 천대를 받았으나 학문을 좋아하여 당세의 명류(名流)들과 교류하였으며 특히 〈잠부론(潛夫論)〉으로 유명하다. 《後漢書 卷49 王符傳》

427　잠부론(潛夫論) : 후한(後漢) 왕부(王符)가 지은 책 이름이다. 난세(亂世)를 만나 세속과 영합하지 않고 절개를 지키고 살면서 당시 정치와 사회에 대한 분개한 심정을 총 35편(篇)으로 나누어 펼친 고론(高論)이다.

428　두목(杜牧) : 803~853. 자는 목지(牧之), 호는 번천(樊川)이다. 만당(晩唐) 때 시인으로 이상은(李商隱)과 함께 이두(李杜)로 불렸고, 또 작품이 두보(杜甫)와 비슷하여 소두(小杜)라고 불렸다. 26세 때 진사에 급제하여, 벼슬이 중서사인(中書舍人)까지 올랐다. 강직한 성품의 소유자로, 당나라의 위기를 구하기 위해 용병술을 논한 〈죄언(罪言)〉을 지어 황제에게 올린 바 있다.

429　감명(噉名) : 명예 구하기를 주린 사람이 음식을 구하듯이 함을 이른다.

430　문원(文園) : 한(漢)나라 때 효문원 영(孝文園令)을 지낸 사마상여(司馬相如)를 가리킨다. 그는 오랫동안 소갈병을 앓았던 것으로도 유명하다. 《漢書 卷57 司馬相如傳》

고마쓰[431] 차관의 시에 차운하여 해강[432]의 묵죽에 제하다
次小松次官韻題海岡墨竹

고륙[433]의 그림은 시대가 이미 멀고	顧陸丹青世已遙
그대의 흰 붓이 신묘한 솜씨에 듦을 알겠네	知君毫素入神摸
팽성일파[434]는 천연의 운치 있어	彭城一派天然趣
천이랑 대나무 무성하여 위교[435]를 스치네	千畝猗猗拂渭橋

---

431 고마쓰(小松) : 고마쓰 미도리(小松綠, 1865~1942)로, 후쿠시마현(福島縣) 출신이며 호는 하남(霞南)이다. 메이지(明治)~쇼와(昭和)시대의 외교관이자 저술가로, 미국 예일과 프린스턴 대학에서 정치학을 전공, 법학박사가 되었다. 미국공사관 서기장, 조선총독부 외무부장, 중추원서기관장 등을 역임, 퇴임 후 저술에 종사했다. 《외교비화(外交秘話)》 등을 남겼다.

432 해강(海岡) : 김규진(金圭鎭, 1868~1933)으로, 본관은 남평(南平), 자는 용삼(容三), 호는 해강 · 백운거사(白雲居士) · 취옹(醉翁) · 만이천봉주인(萬二千峯主人)이다. 각종 서체에 모두 묘경(妙境)을 이루었고, 산수화 · 화조화(花鳥畵)를 잘 그렸다. 사군자(四君子)도 즐겨 그렸고 글씨는 대자(大字)를 특히 잘 썼다. 운양은 1912년, 해강이 창립한 서화연구회의 회장으로 추대되었다. 《해강난죽보(海岡蘭竹譜)》《육체필론(六體筆論)》《서법진결(書法眞訣)》 등의 저서와 다수의 작품이 전한다.

433 고륙(顧陸) : 동진(東晉)의 화가 고개지(顧愷之)와 남조 시대 송(宋)나라의 화가 육탐미(陸探微)를 가리킨다. 고개지는 화절(畵絶) · 치절(癡絶) · 재절(才絶)의 삼절(三絶)로 일컬어지고, 육탐미는 인물 및 산수화에 독보적인 존재로 일컬어졌다.

434 팽성일파(彭城一派) : 송(宋)나라 때 소식(蘇軾)이 서주(徐州)로 가게 되자, 묵죽(墨竹)의 대가인 문동(文同)이 "우리 묵죽의 한 갈래가 팽성에 가까이 있다.〔吾墨竹一派 近在彭城〕"라는 말을 한 데서 생긴 말이다. 팽성은 서주의 옛 지명이다. 《東坡全集 卷36 墨竹賦》

435 위교(渭橋) : 장안(長安) 부근의 위수(渭水)에 놓여진 다리라는 뜻으로, 서울을 가리킨다.

동몽 이군[436] 계태 에게 써서 줌

書贈東夢李君 啓泰

어지러이 비 뿌리고 또 구름 날리는데[437]	紛紛覆雨又翻雲
풍진 속에 홀로 서니 생각에 짝할 자 없구나	特立風塵思不群
다만 자피[438]에게는 지기가 있어	獨有子皮知己在
모든 집안일을 그대에게 맡겨두었지	並將家政聽於君

436 이군(李君) : 이계태(李啓泰)로, 1905년 산청 군수(山淸郡守)를 지냈다. 동몽
(東夢)은 그의 호인 듯하다. 《속음청사》 1919년 3월 7일자 기록에 의하면, 이계태는
김윤식과 30년 간 친하게 지냈으며, 김윤식 집안일을 맡아보았다고 한다.

437 어지러이……날리는데 : 세상 인정이 반복무상한 것을 비유한 말이다. 두보(杜
甫)의 "손 젖히면 구름 일고 손 엎으면 비 오게 하는, 경박한 세상인심 따질 것이 뭐
있으랴.〔翻手作雲覆手雨 紛紛輕薄何須數〕"라는 시구에서 나왔다. 《杜少陵詩集 卷2 貧
交行》

438 자피(子皮) : 춘추 시대 정(鄭)나라 상경(上卿)이었던 한호(罕虎)의 자인데, 그
는 국정(國政)을 잘 다스려 명성이 높았고, 일찍이 자산(子産)의 어짊을 알아보고 그에
게 정사를 맡겨 주었다.

차운하여 해강이 난을 그린 화첩에 다시 제하다
次韻復題海岡畵蘭帖

연원 있는 눌노[439]는 화필에 신기가 있어 　　　　　　訥老淵源筆有神

안개구름 일 듯 백묘[440] 새롭구나 　　　　　　　　　雲烟起處白描新

복사꽃 오얏꽃이 남의 눈에 아첨함 싫어하여 　　　　却嫌桃李媚人眼

담박하게 한 줄기 그려내니 빈 골짝에 봄이 왔네 　淡掃一枝空谷春

---

439 눌노(訥老) : 해강 김규진의 별호인 듯하다. 김규진의 별호가 매우 많아 아직
다 확인되지 못했는데, 눌노도 그 중의 하나인 듯하다.

440 백묘(白描) : 도화지에 담묵(淡墨)으로 윤곽만을 그리고 색채를 칠하지 않는 것
을 말한다.

의사 안상호[441]에게 써서 주다

書贈醫師安商浩

한 알의 금단은 만백성 장수케 하니   一粒金丹壽萬民
살려내는 의술이 황제와 신농씨 같네   濟生奇術接黃神
사람 고치고 나라 고치는 일 원래 둘이 아니니   醫人醫國原無二
천하 사람을 거두어 가슴속에 봄기운을 주리라   天下收歸肺腑春

---

441 안상호(安商浩) : 1872∼1927. 본관은 순흥(順興), 호는 해강(海岡)이다. 1902
년에 일본의 도쿄자혜의학전문학교(東京慈惠醫學專門學校)를 졸업, 한국인 최초로 일
본의 의사 자격증을 획득하였다. 1904년 귀국하여 순종의 전의가 되었으며, 지석영(池
錫永)이 세운 경성의학교의 교관이 되어 서양의학을 가르쳤다. 1905년 교관을 그만두고
종로에 개인진료소를 열어 일반인들을 치료하였으며, 후에 서울 거주 조선인 의사들이
설립한 한성의사회의 회장으로 활동하였다. 1919년 고종이 뇌출혈로 쓰러졌을 때, 일본
유학시절에 친분을 맺은 의친왕(義親王)의 요청으로 일본인 의사 삼안용(森安勇)와
함께 고종을 진료하였으나 끝내 승하하였다. 한때 일본인의 사주로 고종에게 비소를
넣은 홍차를 올렸다는 무고를 받아 고통을 당했다.

이토 모토이[442]의 칠십 칠세 수일을 축하드리다

賀伊藤基七十七歲壽

하얀 눈썹 하얀 머리에 긴 봄이 머무니	尨眉華髮駐長春
남쪽 하늘 상서로운 빛이 극신[443]에 퍼지네	瑞色南天放極辰
조변[444]과 동갑 나이 그대의 장수 축하드리니	高壽賀君同趙抃
천석에 거닐며 정신을 기르시기를	逍遙泉石葆精神

---

442 이토 모토이(伊藤基) : 인적 사항을 자세히 알 수 없다.

443 극신(極辰) : 장수를 주관하는 별인 남극노인성을 가리킨다. 전하여 앙모하는 이를 비유하는 말로도 쓰인다.

444 조변(趙抃) : 송나라 때의 관인으로 자는 열도(閱道)이다. 경우(景祐) 원년에 진사가 되었으며 전중시어사로 있으며 권세가를 피하지 않고 탄핵하여 철면어사(鐵面御史)라는 별명이 있다. 77세에 세상을 떴으며, 소식이 신도비를 지어주었다.

군부대신 조군[445] 희연 만

軍部大臣趙君 義淵 輓

청양의 시사[446]를 말할 수가 없으니   靑羊時事不堪陳

이역 땅의 풍상을 몇 해나 겪었던가   異域風霜閱幾春

이 사람이 떠나간 후 큰 나무[447] 시드는데   大樹飄零人去後

북쪽 이웃 늙은 친구 굵은 눈물 흘리네   北隣老友淚如紳

구당(矩堂 유길준)이 죽은 뒤 마을에 사람 없고   矩堂一去巷無人

오랜 벗으로 오직 그대 이웃에 살아 다행이었지   舊雨惟君幸接隣

늙고 병들어 항상 만남이 드문 것 싫었는데   老病常嫌相見少

어찌 알았으랴 이번 이별이 또 천년 영결일 줄   那知此別又千春

---

445 조군(趙君) : 조희연(趙羲淵, 1856~1915)으로 본관은 평양(平壤), 자는 심언(心源), 호는 기원(紀園)이다. 1874년 무과에 급제, 1883년 기기국 위원, 선전관, 훈련원 판관 등 군직에 관련하면서 중국이나 일본 등지의 군사시설을 시찰, 1887년에는 군사상업시찰을 위해 상해를 다녀왔다. 그 이듬해인 1888년에는 청일 양국으로부터 군기(軍器)를 사들이기도 하였다. 1894년 청일전쟁 때 일본군을 도운 공로로 군무대신 서리가 되었고, 1907년 궁내부특진관, 1909년 표훈원총재(表勳院總裁)를 역임하고 1910년 숭정대부(崇政大夫) 종1품, 훈1등에 태극장(太極章)을 수여받았다. 그해 8월에 나라가 일제에 의하여 병합되자 일본정부로부터 남작 작위를 받았다.

446 청양(靑羊)의 시사(時事) : 명성황후 시해사건이 일어난 을미년의 일을 말한다. 청양은 오행(五行)으로 을미에 해당한다. 청은 동쪽에 해당하므로 을, 양은 간지로 미(未)에 해당한다.

447 큰 나무 : 원문은 대수(大樹)로, 동한 때의 장수 풍이(馮異)가 대수장군이라는 별명으로 불렸다. 조희연이 군부대신을 지냈기에 그를 큰 나무와 동일시한 것이다.

미야모토 고쇼 산인[448]이 묵매 한 가지에 아름다운 시를 덧붙여 부쳐 보냈다. 운에 의거해 화운하여 드림으로써 감사의 뜻을 표한다

宮本虎嘯山人寄墨梅一枝伴以瓊章依韻和呈以表謝意

우체부가 은근히 꽃나무 한 가지 전해주니[449]　　驛使殷勤贈一枝
봄바람 흰 소매에 꽃향기 스미네　　　　　　　　春風縞袂襲芳蕤
천연스러워 화장을 하지 않은 듯하니　　　　　　天然不受鉛華色
한밤 중 달빛이 휘장 속을 엿본 것일까　　　　　疑是中宵月瞰帷

448 미야모토 고쇼 산인(宮本虎嘯山人) : 미야모토 하지메(宮本元, 1889~?)인 듯하다. 도쿄 출신으로 1914년 도쿄제대 법과대학을 졸업, 1920년 4월 경성지방재판소 판사에 임명되어 한국에 왔고 같은 해 9월 경성복심법원 판사, 1921년 1월 총독부 법무국 사무관, 1923년 5월 법무국 민사과장, 1924년 12월 경성지방법원 부장을 역임했으며 1925년 10월 고등법원 판사가 되었다. 1929년 12월부터 구미 각국을 시찰하고 1930년 3월 귀국, 1933년 12월 조선총독부 검사 겸 조선총독부 사무관으로 승진하고, 경성복심법원 검사, 법무국 법무과장, 이어서 1934년 10월 조선총독부 판사에 임명되고 경성지방법원장을 역임했다.

449 우체부가……전해주니 : 벗을 그리워하는 마음을 의미한다. 남조(南朝) 송(宋)나라의 육개(陸凱)가 강남에 있을 때 교분이 두터웠던 범엽(范曄)에게 매화 한 가지를 부치면서, "매화를 꺾다 역사를 만났기에 농두 사는 그대에게 부치오. 강남에는 아무것도 없어 애오라지 한 가지 봄을 보낸다오.[折梅逢驛使 寄與隴頭人 江南無所有 聊贈一枝春]"라는 시를 함께 부친 데서 유래한다.

일본인 법관에게 써서 준다
書贈日人法官

실정을 파악함이 어찌 오청[450]에 달렸으랴	得情豈在五聽煩
신통한 옥사 판결 한마디 말로 가능하네	決獄神明可片言
법을 집행함에 산처럼 마음 흔들리지 않으니	執法如山心不撓
어찌 곡필로 법조문을 농락할까	肯將曲筆弄深文

고요처럼 숙문[451]하여 용서하고	淑問皋陶矜恕存
죄를 판결해 안정시키니 세상에 원망이 없구나	決囚定國世無冤
형벌을 잘 써서 이로부터 화기 부르니	祥刑自是召和氣
들까치 날아와서 옥문에 둥지 트네	野鵲飛來巢獄門

송사 없게 하는 것이 송사를 잘 듣기보다 나으니[452]	無訟之明勝聽訟
간사한 백성도 감히 그 핑계를 다하지 못하네	奸民不敢盡其辭

---

450 오청(五聽) : 다섯 가지 청송(聽訟)하는 방법으로, 상대방의 언사(言辭)·안색 (顔色)·기식(氣息)과 신문하는 말을 듣는 태도와 눈의 움직임 등을 살펴 진실 여부를 파악하는 것이다. 《周禮 秋官 大司寇》

451 숙문(淑問) : 사리(事理)에 밝아서 옥송(獄訟)을 잘 처결함을 의미한다. 《시경》 〈반수(泮水)〉에 "고요와 같은 재판관이 반궁에서 포로들을 심판하누나.〔淑問如皋陶 在泮獻囚〕"라는 구절이 있다.

452 송사……나으니 : 《논어》〈안연(顔淵)〉에서 공자가 말하기를 "송사를 결단함은 나도 남과 같이 하겠으나 반드시 사람들로 하여금 송사함이 없게 하겠다.〔子曰 聽訟 吾猶人也 必也使無訟乎〕"라고 한 데서 온 말이다.

가벼운 죄 무거운 죄 공에게서 판결나니　　　　惟輕惟重從公斷
맘속에 어찌 한 점 사심을 허용하랴　　　　　　心內寧容一點私

겸창보육원[453] 용산지부 사타케 군에게 써 주다
書贈鎌倉保育園龍山支部佐竹君

널리 사랑하는 겸원이 어린아이 보육하니   博愛鎌園保育嬰
집 없고 어미 없는 생명을 가여워함이라   無家無母可憐生
지금 근역에 어진 바람 이르니   如今槿域仁風及
어린 풀도 봄볕에 모두 피어나리라   寸草春暉共發榮

들으니 그대는 부모님 은혜 소홀히 않는다더니   聞君不倦劬勞恩
스승의 도리에다 어머니의 도리까지 겸하는구나   師道仍兼母道存
황천은 불쌍히 여겨 덮어주며 버리는 것 없으니   閔覆皇天無棄物
알겠구나 어진 정치는 고아 돌보기를 우선함을   須知仁政恤孤先

---

453 겸창보육원(鎌倉保育園) : 가마쿠라 보육원으로, 일본의 본원이 경성(京城)에
지부를 둔 것이다. 《순종실록부록》 양력 1917년 7월 26일 기사에, "겸창보육원 경성(京
城) 지부(支部)에 돈 30원을 하사하였는데, 겸창보육원이 용산(龍山)에서 개원하여
여러 해 동안 고아를 부양한 업적이 있었기 때문이다."라는 내용이 보인다.

일본인 교쿠류 화사[454]의 〈금강산 구룡폭포도〉에 제하다
題日人玉龍畫師金剛山九龍瀑圖

구룡 머리 나란히 서로 으뜸을 다투고   九龍騈首互爭雄
콰르릉하는 바람과 우레 푸른 하늘을 찢을 듯   硫磕風雷裂碧穹
만 갈래 자줏빛 연기와 향기로운 안개 속에서   萬道紫烟香霧裡
여산의 면목[455]이 혼돈으로 들어갔구나   廬山面目入鴻濛

---

454 교쿠류 화사(玉龍畫師) : 인적 사항을 알 수 없다.

455 여산(廬山)의 면목 : 여산은 중국 강서성(江西省) 구강현에 있는 산이다. 여기서는 금강산을 비유한 말이다. 금강산은 종종 여산에, 구룡폭포는 여산폭포에 비유되곤 해왔다. 소식(蘇軾)의 시 〈제서림벽(題西林壁)〉에 "옆으로 보면 잿마루요 비스듬히 보면 봉우리라, 원근과 고저에 따라 모습이 같지 않구나. 여산의 진면목을 알 수 없으니, 이 몸이 이 산 속에 있기 때문이로세.〔橫看成嶺側成峯 遠近高低各不同 不識廬山眞面目 只緣身在此山中〕"라고 하였다.

또 교쿠류 화사의 〈만물초도〉에 제하다
又題同人萬物肖圖

하늘이 만물에 품성을 주어 형상을 지으니[456]   皇天品物賦流形
동물 식물 날짐승 물고기 각기 생명을 받았네   動植飛潛各受生
일 많은 창작가가 부본을 간직하려   多事化工藏副本
귀신같이 깎고 새겨 모형을 만들었네   神劚鬼鏤作模型

---

456 만물에……지으니 : 《주역》〈건괘(乾卦) 단(彖)〉에 "구름이 행하고 비가 내리자 만물이 품성대로 모습을 갖춘다.〔雲行雨施 品物流形〕"라는 말이 나온다.

김군 성기 대부인의 장수를 기원하며
壽金君 性琪 大夫人

좋은 이웃 맹모의 어짊을 오래 흠모했는데   久慕芳鄰孟母賢

판여[457] 한가로운 날 성대한 잔치 열었네   板輿暇日席長筵

백화[458] 주악[459]이 자애로운 음덕 받드니   白華朱萼承慈蔭

긴 대나무 곧은 솔처럼 대년[460]에 머무시기를   脩竹貞松駐大年

생신 축하 술잔에 무녀성[461] 빛이 고우니   佳辰觥祝婺輝鮮

적경[462]이 있어 와 수복을 온전히 누리네   積慶由來福壽全

---

457 판여(板輿) : 부들방석을 깐 노인용 수레로서, 부모를 맞이하여 봉양하는 것을 말한다.

458 백화(白華) : 《시경》의 편명으로, 이 시는 제목만 전하고 가사는 없다. 효자가 부모를 봉양함에 항상 자기 몸을 깨끗하게 함을 노래한 것이라고 한다.

459 주악(朱萼) : 붉은 꽃받침이라는 뜻으로, 《문선(文選)》〈속석(束晳)〉 보망시(補亡詩)의 제2수에, "백화와 주악이 저 깊고 보잘 것 없는 곳에 덮여 있네.[白華朱萼 被于幽薄]"라는 구절이 있다. 이선(李善)의 주(注)에 이르기를, "이는 형제에 대하여 꽃떨기가 숲 덤불이 우거진 곳에 있음에 비유한 것이니, 효자가 온갖 사람들 속에 섞여 있음과 같다고 한 것이다."라고 하였다.

460 대년(大年) : 대년질(大年秩)이라는 수직(壽職)이 있다. 곧 매년 정월에 80세 이상인 관원과 90세 이상인 서민(庶民)에게 은전(恩典)으로 주던 벼슬이다.

461 무녀성(婺女星) : 이십팔수(二十八宿)의 하나로 직녀성, 즉 여성의 운수를 관장하는 별이다.

462 적경(積慶) : 적선여경(積善餘慶)의 준말이다. 《주역》〈곤괘(坤卦) 문언(文言)〉에 "덕행을 쌓은 집안은 자손에까지 경사가 미친다.[積善之家 必有餘慶]"는 말에서

남해[463] 음악에 가지런히 축하 술잔 올리니   南陔笙歌齊獻祝

영지[464] 삼수 팔룡[465]이 어질구나   靈芝三秀八龍賢

나온 것이다.

463 남해(南陔) : 《시경》 생시(笙詩)의 편명이다. 생시는 제목만 있고 가사는 없어진 시를 말한다. 내용은 어버이를 봉양하는 효자의 심정을 담고 있는데, 진(晉)나라 속석(束晳)이 지은 〈보망시(補亡詩)〉에 "남쪽 섬돌을 따라 올라가, 난초 캐어 어버이께 바쳐 올리리. 어버이 계신 곳 돌아보며 생각하느라, 마음이 편안할 틈이 없다오.〔循彼南陔 言采其蘭 眷戀庭闈 心不遑安〕"라는 말이 나온다.《詩補傳 卷16》

464 영지(靈芝) : 삼수지(三秀芝)라고도 한다. 영지는 1년에 세 번 꽃이 피므로 이렇게 부른다. 또 영지는 훌륭한 자손에 비유된다.

465 팔룡(八龍) : 여덟 아들이란 뜻이다. 동한(東漢) 때 순숙(荀淑)이 아들 8형제들 두었는데, 모두 재명(才名)이 있으니 세상에서 순씨팔룡(荀氏八龍)이라 했다고 한다.

고미야[466] 차관이 금강산 유람시를 보여주기에 차운하여 부쳐드리다
小宮次官示金剛遊覽詩次韻奉寄

티끌 세속엔 겁화[467] 급박한데	塵世劫火忙
신선 세상엔 일월이 한가롭네	仙區日月閒
바닷가에 기이한 바위 많고	海上多奇石
정영은 모여 산이 되었구나	精英萃爲山
신령한 자취 방호[468]와 이웃했고	靈蹟隣方壺
저자의 시끄러움은 멀리 항만에 있네	市囂遠港灣
일만 이천 봉우리는	一萬二千峰
높이 구름 사이로 뚫고 들었네	矗矗入雲間
금빛 연꽃 육지에 솟아 오른 듯	金蓮踊陸地
옥 촛불 천상의 궁정 문에 조회하듯	玉燭朝天關
가을날 단풍이 한창이어서	高秋霜楓酣
바위 골짝에 불그스름한 물 졸졸 흐르네	巖壑紅流潺
예전에 들었더니 영랑과 술랑[469]	昔聞永述郎

---

466 고미야(小宮) : 고미야 미호마쓰(小宮三保松, 1859~1935)이다. 이때 궁내부차관(宮內府次官)으로 있었다.

467 겁화(劫火) : 불교 용어로 세계가 파멸될 때에 일어난다는 큰 불을 말한다.

468 방호(方壺) : 신선이 산다는 섬으로 일명은 방장(方丈)이다. 발해(渤海)의 동쪽에 있다는 오도(五島)의 하나로 첫째는 대여(岱輿), 둘째는 원교(員嶠), 셋째는 방호, 넷째는 영주(瀛洲), 다섯째는 봉래(蓬萊)라 한다.《列子 湯問》

당절[470] 세우고 이곳에 다녀갔구나　　　　　幢節此往還

승려들이 절을 세우니　　　　　　　　　　釋氏占寶坊

나라 안에 금강이란 이름이 났네　　　　　海內聞金剛

신선과 부처 남긴 자취 있고　　　　　　　仙佛有遺躅

명승으로 동양에 드날리네　　　　　　　　名勝擅東洋

화사는 그려낼 수 없고　　　　　　　　　畵師摸不得

시인은 괴로이 마음을 쥐어짜네　　　　　詩人苦抽腸

만폭동 물은 흰 비단을 걸어놓은 듯　　　萬瀑挂素練

구룡은 맑은 연못 물 뿜어내는 듯　　　　九龍噴淸淵

중향봉은 청정한 세계를 열고　　　　　　衆香開淨界

헐성대는 티끌 인연 그치게 하네　　　　　歇惺息塵緣

휘황한 달빛 불야성 이루고　　　　　　　晃朗不夜城

눈빛은 넓고 넓어 끝이 없네　　　　　　　雪色浩無邊

비탈길 뚫고 송골매 둥지 굽어보려　　　穿磴臨鶻巢

줄을 부여잡으니 마치 매달린 원숭이 같구나　攀索若猱懸

산에 올라 다시 천천히 휘파람 부니　　　登臨更舒嘯

광경이 눈앞에 가득하네　　　　　　　　光景滿眼前

비로봉은 어찌 그리 아득한지　　　　　　毘盧何縹緲

---

469 영랑(永郎)과 술랑(述郎) : 고성(高城) 삼일포(三日浦)에 신라 시대의 국선(國仙)인 영랑, 술랑, 남석랑(南石郎), 안상랑(安祥郎) 등 네 신선이 이곳의 경관에 취하여 3일 동안 놀았다고 한다. 삼일포 남쪽 산의 석벽에 '영랑도남석행(永郎徒南石行)'이라는 여섯 글자가 붉은 글씨로 새겨져 있다고 하는데, 사선의 이름과 관련하여 이 글자의 해석이 다양하여 아직 정설이 없다.

470 당절(幢節) : 의장(儀仗)에 사용하는 깃발이다.

위로 도솔천⁴⁷¹에 닿아있네 　　　　　　上接兜率天

큰 바다를 빙 두르고 　　　　　　　　　環繞大瀛海

일백 골짜기 물 달리듯 흐른다 　　　　奔流百谷泉

바람과 비는 언제나 산 아래에 있고 　風雨常在下

구름과 놀은 산꼭대기를 둘렀네 　　　雲霞繞其巓

기이하구나 만물상이여 　　　　　　　奇哉萬物肖

동물 식물 각기 상을 달리하네 　　　　動植各殊相

누가 조화옹이 감춘 것 드러내어 　　　誰發造化藏

삼라만상 참 모습을 남겨두었나 　　　森羅留眞樣

칼과 창을 서로 부딪치면서 　　　　　劍戟相磨軋

불법을 보호하는 신령의 호위 장엄하네 護法神衛壯

온갖 귀신 두려워 떨며 슬퍼하니 　　　百鬼慘凌競

철위산⁴⁷²이 가림막인 듯 펼쳐졌네 　鐵圍如屛障

세상사람 옥경⁴⁷³을 사모하여 　　　世人慕玉京

다만 하늘 위에 있다고 믿네 　　　　　秖信在天上

한 무제는 후관을 짓느라⁴⁷⁴ 　　　　漢武作候舘

---

471 도솔천(兜率天) : 불가에서 말하는 욕계(欲界) 여섯 천(天)의 하나. 수미산 꼭대기에서 12만 유순(由旬) 거리에 있는 천계(天界)로서 원(院)이 둘 있는데, 그 내원(內院)은 미륵보살의 정토(淨土)라고 한다. 《大藏法數》

472 철위산 : 불가(佛家)에서 말하는 구산(九山) 가운데 가장 밖에 있다는 산인데, 이 산은 전체가 철로 되어 있어 금강산이라고도 불린다 한다.

473 옥경(玉京) : 도가(道家)에서 이른바 천제(天帝)가 있다는 황도(皇都)를 말한다.

474 한……짓느라 : 무제는 신선술에 관심이 많아 방사(方士)인 공손경(公孫卿)의

누대에 장인의 솜씨 허비했네	樓臺費巧匠
주나라의 준마[475]와 장건의 뗏목[476]으로	周駿與騫槎
근원을 끝까지 부지런히 찾아 다녔네	窮源勤求訪
신령한 경지 멀리 있지 않으나	靈境不在遠
그곳에 가더라도 형상을 설명하기 어렵네	卽之難名狀
고미야는 강해의 선비[477]이니	小宮江海士
가슴 속에 저작이 풍부하다네	胸中富著作
봉래산 달을 읊조리며 감상함에	吟賞蓬萊月
붓을 내려 글을 쓰면 구름 안개 피어났네	雲烟隨筆落

말을 듣고, 장안(長安)의 감천(甘泉)에 비렴관(蜚廉觀)·계관(桂觀)·통천대(通天臺)를 짓게 하고, 공손경으로 하여금 부절(符節)을 가지고 기구를 베풀어 놓고서 신인(神人)을 기다리게 했다. 또 백량대(柏梁臺)를 짓고 승로반(承露盤)이란 것을 만들어 위에 선인장(仙人掌)을 설치해 이슬을 받아서 옥(玉)가루를 타서 마셨다고도 한다. 동해상(東海上)에 순행(巡行)하여 신선을 찾으며 태산(泰山)을 봉하고 숙연산(肅然山)에 제사지냈다. 후관(候舘)은 손님을 접대하는 숙소이다. 여기서는 신선을 접대하기 위해 한 무제가 만든 많은 건축물들을 말한다.

475 주(周)나라의 준마 : 주나라 제5대인 목천자(穆天子)는 팔준마(八駿馬)가 있어 서쪽으로 순수하면서 돌아갈 줄을 몰랐다고 한다.《穆天子傳 卷5》

476 장건의 뗏목 : 한나라 박망후(博望侯) 장건(張騫)이 한 무제의 명을 받고 대하(大夏)에 사신으로 나가서 황하의 근원을 찾느라 뗏목을 타고 달포를 지나 은하수 위로 올라가 견우와 직녀를 만나고 왔다는 전설이 전한다.《天中記 卷2》

477 강해(江海)의 선비 : 벼슬하지 않고 세속을 피하여 자연을 벗하는 사람이다.《장자(莊子)》〈각의(刻意)〉에 "강해의 선비는 세상을 피하는 사람[江海之士 避世之人]"이라 하였고,《회남자(淮南子)》에는 "강과 바다, 산과 골짜기에 사는 사람들은 천지를 가볍게 여기고 만물을 자잘하다고 여기면서 자신만의 길을 걸어간다.[江海之士山谷之人 輕天地 細萬物而獨往也]"라고 하였다.

내금강과 외금강 경치 두루 돌아보며	遍覽內外景
인자와 지자의 즐거움[478] 실컷 누렸으리	飽有仁智樂
기이한 절경 평생에 으뜸이니	奇絶冠平生
어찌 절서[479]의 유람에 비할 뿐이겠는가	奚翅浙西遊
그대가 좋은 구경했다는 소식 들으니	聞君作勝擧
나의 생각 정히 아득해지네	我思正悠悠
일찍이 명산을 보리라 소원 품었으나	夙抱名山願
지금 흰머리가 되고 말았구나	至今成白頭
혜장[480]에는 원망하는 학이 있고	蕙帳有怨鶴
노주에선 갈매기 맹세[481] 저버렸네	蘆洲負盟鷗
낚시 드리우고 물고기 얻지 못한 채	垂綸不得魚
밝은 달빛만 텅 빈 배에 있구나	明月空在舟
때때로 속세를 벗어날 아득한 생각을 부쳐	有時寄遐想
목을 늘여 단구[482]를 바라보네	翹首望丹邱

---

478 인자(仁者)와……즐거움 : 《논어》〈옹야(雍也)〉에 "인자는 산을 좋아하고 지자는 물을 좋아한다.〔仁者樂山 知者樂水〕"라는 구절이 있다. 여기서는 상대방이 내금강과 외금강을 모두 둘러보았음을 말한다.

479 절서(浙西) : 중국 절강성 서쪽 지역으로 절서대협곡이 유명하다.

480 혜장(蕙帳) : 혜초(蕙草)로 엮은 장막이다. 은둔하던 사람이 벼슬길로 떠나감을 말한다. 공치규(孔稚珪)의 〈북산이문(北山移文)〉에 "혜초 장막이 텅 비니 밤에 학이 원망하고, 산인이 떠나가니 새벽 원숭이가 놀란다.〔蕙帳空兮 夜鶴怨山 人去兮 曉猿驚〕"라고 하였다.

481 갈매기 맹세 : 구맹(鷗盟) 또는 구사(鷗社)와 같은 말로 흰 갈매기와 벗하며 자연에 은거함을 말한다. 원나라 오징(吳澄)의 〈용운수매월옹(用韻酬梅月翁)〉에 "호해의 오랜 맹약은 구로사요.〔湖海舊盟鷗鷺社〕"라는 시구가 있다.

어찌 하면 구절장[483]을 얻어	安得九節杖
씩씩한 젊은이처럼 건강하게 걸을까	健步如壯少
그대 시를 읽으니 그림과 같아	讀君詩如畵
바다와 산의 푸름이 끝나지 않네	海山靑未了
알겠노라 높이 오른 이의 안목에는	應知登高眼
천하를 둘러보아도 작기만 하리란 것을[484]	回看天下小

---

482 단구 : 전설에 신선이 사는 곳이라 한다. 《초사(楚辭)》의 왕일(王逸)이 쓴 주
(注)에 "단구는 밤이든 낮이든 항상 밝다."라고 하였다.

483 구절장(九節杖) : 마디가 아홉인 선인의 지팡이를 말한다. 《道書全集》

484 천하를……것을 : 《맹자》〈진심 상(盡心上)〉에 "공자께서 동산에 올라서는 노나
라를 작다고 여기시고 태산에 올라서는 천하를 작다고 여기셨다.〔孔子登東山而小魯
登太山而小天下〕"라고 하였다.

도쿠토미 소호의 금강산 시 절구 세 수를 차운하여 화답하다
次韻和德富蘇峰金剛三截

명승도 예로부터 사람을 만나야 떨치는데 名區自古遇人揚
천추의 신령스런 산은 칼날 끝이 모인 것 같네 神物千秋合釖鋩
옛날엔 원화-양사언(楊士彦)이다. 호는 봉래(蓬萊)- 지금은 덕부러니

昔日元和今德富
동천에 문장을 잘하는 주인 있네 洞天有主好文章

밝고 환하기 몸이 마치 비호[485]에 들어간 듯 晃朗身如入費壺
티끌 먼지 이곳에는 한 점도 없구나 塵埃到此一點無
지극히 기괴하여 실제할 수 없는 환상이니 萬千奇怪非非想
오악도[486]의 참모습을 생생히 보는 듯 活看眞形五嶽圖

---

485 비호(費壺) : 비장방(費長房)이 호공(壺公)이란 사람을 만나 따라가 보니, 시장 거리에서 약을 파는데 에누리가 전혀 없었고 병이 모두 나았으며, 지붕에 항아리를 달아 놓고 해가 지면 그 속으로 들어가므로 따라 들어가 보니 하나의 별천지였다. 그는 지팡이를 하나 얻어 가지고 돌아왔는데, 이 지팡이를 짚으면 가고자 하는 곳에 저절로 갈 수 있었으나 나중에 용이 되어서 가 버렸다고 한다. 《後漢書 卷82下 方術傳下 費長房》

486 오악도(五嶽圖) : 중국의 다섯 산악을 그린 그림이다. 흔히 오악은 동악(東嶽)인 태산(泰山), 서악(西嶽)인 화산(華山), 남악(南嶽)인 형산(衡山), 북악(北嶽)인 항산(恒山), 중악(中嶽)인 숭산(崇山)을 말한다. 그러나 여기에서는 도교에서 말하는 다섯 신산(神山)인 광승산, 장리산, 여농산, 광야산, 곤륜산을 그린 그림인 듯하다.

늦가을 천산에 나뭇잎 노란데　　　　　　　秋暮千山木葉黃
지팡이 짚고 노닐며 다시 해금강으로 향하네　遊筇更向海金剛
빽빽한 석각이 석당과 석탑 같으니　　　　　森森石角如幢塔
어룡을 시켜 도량을 삼으리라　　　　　　　好遣魚龍作道場

가쿠오 마쓰다 고[487]에게 차운하여 화답한다 절구 2수

次韻和學鷗松田甲 二絕

금수산 앞은 낙엽 지는 가을이요 　　　　　　　錦繡山前落木秋

능강동[488] 아래 물이 맑고 고요하구나 　　　　綾江洞下水淸幽

나그네 고향 떠난 지 오래되어 스스로 가여운데 　自憐遊子離鄕久

외려 미주[489] 원경루를 말하네 　　　　　　　猶說眉州遠景樓

　당시 마쓰다(松田) 군이 감사원(監査員)으로서 청풍에 들렀다가 시를 지어
부쳐 보냈다. 나와는 평소에 서로 면식이 없었다.

익숙히 들은 높은 이름이어도 친할 수 없으니 　熟耳高名不可親

파곡[490] 두 산봉우리를 감히 논하리 　　　　　敢論坡谷兩嶙峋

487　가쿠오(學鷗) 마쓰타 고(松田甲) : 1868~? 호는 가쿠오이다. 1882년 일본 참모
본부 육지측량부에서 일본 지형측량에 종사, 1894년부터 1911년까지 대만·만주 남청
(南淸)·몽고·조선 등 각지에서 임무를 맡아 조사, 1911년 4월 조선총독부 임시토지
조사국에 재직, 1917년 임시토지조사국 감사관을 역임했다. 저서로《개몽헌시초(皆夢
軒詩抄)》《조선만록(朝鮮漫錄)》《일선사화(日鮮史話)》등이 있고, 편저로《망기소방
시존(忘機小舫詩存)》이 있다.

488　능강동(綾江洞) : 충청북도 청풍 부근에 있는 골짜기이다.

489　미주(眉州) : 중국 사천성(泗川省) 미산시(眉山市)의 옛 명칭이다. 소식(蘇軾)
의 고향이며, 그가 객지에서 고향을 생각하며 지은 〈미주원경루기(眉州遠景樓記)〉가
있다. 서울에 있는 김윤식이 자신의 본관인 청풍에 관한 시를 쓰는 상황과 같다.

490　파곡(坡谷) : 송(宋)나라 소동파(蘇東坡)와 황산곡(黃山谷)을 아울러 일컫는 말
이다. '파곡'은 문자 그대로는 작은 언덕과 골짜기라는 뜻이므로, 이 점을 이용해서
중의적으로 언어유희를 편 것이다.

| 어찌하여 풍우 치는 밤에 어루만지며 | 如何風雨摩挲夜 |
| 그대의 시 낭독하니 흡사 옛 친구 같은가 | 朗讀君詩似故人 |

원운 原韻

을묘년(1915) 가을, 지방에서 공무를 보던 중 청풍읍(淸風邑)에 들러 이 시를 짓고 운양 선생께 드리며 아울러 차운시를 구한다.

붉은 잎 노란 꽃 사방에 가을인데	紅葉黃花四顧秋
선생 탄생하신 옛 집은 고요하구나	先生降誕舊居幽
멀리 와서 이제 나의 범골을 바꾸니[491]	遠來今我換凡骨
백학이 울며 한벽루[492]를 지나가네	白鶴唳過寒碧樓

고을은 큰 강을 띠어 갈매기 백로 친하고	邑帶大江鷗鷺親
맞은편의 월악산은 푸르게 드높구나	當頭月岳碧嶙峋
세상 먼지 청풍 길에는 날리지 않으니	俗埃不動淸風路
알겠도다 아름다운 곳이라 큰 인물이 났음을	果識靈區出偉人

---

491 범골(凡骨)을 바꾸니 : 일종의 겸사(謙辭). 보통 사람이라는 뜻이다. 신선이 되기 위해 금단(金丹)을 먹으면 범골이 선골로 바뀐다고 한다. '금단 환골(金丹換骨)'이라는 표현을 쓰기도 한다.

492 한벽루(寒碧樓) : 충청도 청풍부(淸風府) 관아 건물 가까이 있었던 누각이다.

동아연초회사[493] 사장 히로에 다쿠지로[494]에게 드리다

贈東亞煙草會社長廣江澤次郎

조선 향초 맛이 좋고 단데	朝鮮香蓏味珍甘
토질에 맞고 품종 좋으며 값도 싸구나	土宜種良價亦廉
근래 외국 상선으로 권련을 수입하니	邇來外舶輪卷烟
세상사람 새것을 좋아해 거금을 쓰는구나[495]	世人好新耗鉅金
히로에는 상업계의 인사로서	廣江自是商界彦
크게 수완 발휘해 다투어 분발하네	大試手腕爭鬪奮

493 동아연초회사(東亞煙草會社) : 담배 제조업체인 히로에 상회(廣江商會)가 1916
년에 반관반민(半官半民)의 동아연초회사로 합병되었다.

494 히로에 다쿠지로(廣江澤次郎) : 1885~? 어릴 때 가토(加藤)가의 양자가 된 후
다시 히로에(廣江)가로 재입양되었는데, 히로에 가문은 대대로 담배업을 했다. 그는
도쿄 게이오 의숙(慶應義塾) 재학 중 양부(養父)의 간청으로 1906년 9월 조선으로
와서 양아버지가 경영하는 히로에 연초상회에서 담배제조업을 관리했다. 1908년 부친
이 병으로 쓰러졌고, 사업이 위기에 처했으나 1914년에 강적이었던 영미연초(英美煙
草) 트러스트를 몰아내고 그 공로로 데라우치(寺內) 총독으로부터 명예금패를 받았다.
1916년 4월 동아연초주식회사와 합병, 이후 주로 만주, 조선, 중국을 활동무대로 삼아
동분서주했다. 저서로 《적심일편(赤心一片)》《미국식(米國式) 정의인도(正義人道)와
중화민국》《한국시대의 러시아활약사(韓國時代の露西亞活躍史)》가 있다.

495 조선……쓰는구나 : 이 무렵 서양 담배가 많이 수입되어 팔렸으므로 국산 담배
애용을 권장하는 광고를 냈다. 1913년 11월 20일 《매일신보》에 실린 히로에 상회(廣江
商會) 광고는 국산 담배의 애용을 강조하여 "경제가(經濟家)는 피워 보시오, 민업(民
業) 연초를. 우국가(憂國家)는 피워 보시오, 광강(廣江) 연초를"이라는 국산품 호소형
광고를 냈다.

| 연초회사가 동양에서 떨치니 | 烟草會社擅東洋 |
| 백번 꺾여도 일편단심 굽히지 않으리 | 百折不回心一片 |

히로에(廣江)가 편찬한 책자의 제목이 '적심일편(赤心一片)'이다.

물자 넉넉하고 제작은 정밀하니 잘도 팔려나가	物豊製精易賣消
북으론 만주 몽고 서쪽으로 계주 요동에 이르네	北至滿蒙西薊遼
외국의 이름난 상품을 몰아냈으니	外國名産被驅逐
번쩍이는 금패로 상을 주어 기리네	金牌焜燿授賞襃
아비는 부지런히 자르고 아들은 붉게 칠하듯	若考勤劘子肯艧
십년 노고하여 커다란 성과를 보았구나	十載勞苦見偉績
원래 뜻이 있으면 일을 끝내 이루나니[496]	有志由來事竟成
비바람 치는 저녁 감탄하며 시를 짓노라	感歎題詩風雨夕

---

496 뜻이……이루나니 : 《후한서(後漢書)》 권19 〈경엄열전(耿弇列傳)〉에 보인다. 후한(後漢) 때 대장군 경엄이 축아(祝阿)를 공격하여 성공을 거두자, 광무제(光武帝) 가 경엄에게 말하기를 "장군이 앞서 남양에서 이 대책을 세우자, 허술하여 성공하기 어려울 것이라고 내가 항상 여겼는데, 뜻이 있는 사람은 일을 끝내 성취하는구나.〔將 軍前在南陽建此大策 常以爲落落難合 有志者事竟成也〕"라고 한 데에서 온 말이다.

도쿠토미 소호께 드리다

贈德富蘇峰

그리운 벗 완연히 물의 동쪽에 있는데	伊人宛在水之東
서신 없어도 마음은 무소뿔[497]처럼 절로 통하네	鴻雁影踈犀自通
글에는 봄 생기 가을 살기 갖추었고	筆記則春生秋殺
흉금은 밝은 달 맑은 바람 같다네	襟懷似朗月清風
십년을 보지 못했는데 정이 어이 그리 지극한가	十年不見情何極
만사를 잊고자 함에 술이 공로가 크네	萬事欲忘酒有功
듣건대 독서등 아래 바야흐로 역사 서술한다니	聞道藜燈方述史
한번 읽는다면 가슴 시원히 씻을 수 있겠지	可能一讀快澆胸

---

497 무소뿔 : 영서(靈犀)이다. 336쪽 주 361 참조.

중화 상인 동진국[498]에게 드리다

贈中華商人董陳國

서검[499]으로 동국에 여행한 지 몇 해런가	書釖東遊閱幾秋
하늘 가득한 눈보라가 담비 갖옷을 때렸네	漫天風雪撲貂裘
세상에 함께 얘기할 만한 사람 얼마나 되려나	論交四海知多少
원룡[500]은 백척루에 높이 누웠네	高臥元龍百尺樓

오랜 친구처럼 한 점 영서[501]가 통하니	一點靈犀似故人
남산 빼어난 산 빛, 푸르게 솟은 봉우리 같네	南山秀色碧嶙峋
저자 거리에 예로부터 고매한 은사 많으니	市門自古多高隱
열길 검은 먼지도 그 몸을 더럽히지 못하리	十丈緇塵不染身

498 동진국(董陳國) : 인적 사항을 자세히 알 수 없다.

499 서검(書劍) : 책과 칼, 즉 옛날 선비들의 일상 소지품으로 학문과 의기를 뜻한다. 당나라 고적(高適)의 시에 "동산에 한번 은거하여 흘려보낸 삼십 년 봄, 책과 칼이 풍진 속에 늙어 갈 줄 알았으랴.〔一臥東山三十春 豈知書劍老風塵〕"라는 구절이 나온다. 《高常詩集 卷5 人日寄杜二拾遺》

500 원룡(元龍) : 삼국 시대 위(魏)나라 진등(陳登)으로, 자는 원룡이다. 높은 신분의 손님이 찾아 왔는데도, 자신은 높은 침상에 눕고 손님은 아랫자리에 눕도록 한 '원룡고와(元龍高臥)'의 고사가 전하는데, 그것이 와전되어 '원룡백척루(元龍百尺樓)'라는 말로 전해진다. 《三國志 魏志 陳登傳》

501 영서(靈犀) : 336쪽 주 361 참조.

기성[502]의 학생 이정룡[503]에게 써서 주다

書贈箕城學生李廷龍

눈 오는 창가에서 독서하며 긴 밤 보내니	雪窓課讀度宵長
꿈속에 넋이 때때로 북당[504]을 감도리라	魂夢時時繞北堂
학업은 필시 근면과 인내로부터 얻나니	事業必從勤苦得
썰렁한 부엌 나물뿌리 먹는 것 꺼리지 말게	寒廚莫厭茮根嘗

---

502 기성(箕城) : 평양의 별칭이다.

503 이정룡(李廷龍) : 《서북학회월보》제9호(1909년 02월 01일 발행), 〈졸업생의 씨명(氏名)이 여좌(如左)함〉이란 기사에 이름이 보인다. 《조선총독부 및 소속관서직원록》에도 1937년도에 평안남도 산림과에 지방산림주사(地方森林主事)로 이름이 보이는데 동일인인 듯하다.

504 북당(北堂) : 어머니가 거처하는 곳. 어머니를 가리킨다. 《시경》〈백혜(伯兮)〉에 "어찌하면 원추리를 얻어서 북당에 심어 볼까. 떠난 사람 생각에 내 마음만 병드누나.〔焉得諼草 言樹之背 願言思伯 使我心瘠〕"라고 하였다.

정신초[505]의 육십 일세 수를 축하드리며 원운에 차운한다

賀鄭薪草六十一歲壽 次原韻

일찍 벼슬 사양하고 만년엔 참된 본성을 기르나니 　早辭簪笏晚頤眞
수역[506]의 풍경 속에 이 몸 늙어가네 　壽域烟花老此身
노년까지 간고[507]하다 아들에게 맡겼으니 　幹蠱暮齡惟聽子
기르느라 고생하신 부모님 갑절 그리우리 　劬勞當日倍思親
곧은 소나무 천년의 빛깔 넉넉히 둘렀고 　貞松剩帶千年色
상체[508]는 사방 봄빛을 길이 머금었구나 　常棣長含四照春
봉새 주조 바둑알 쌓기[509] 놀이구경 끝나고 　鑄鳳累棋看戲罷
만당한 손님 술잔 들고 호신[510]을 축하하네 　滿堂觥祝賀弧辰

---

505 정신초(鄭薪草) : 인적 사항을 자세히 알 수 없다.

506 수역(壽域) : 사람마다 천수를 누린다는 성세를 말한다.

507 간고(幹蠱) : 간부지고(幹父之蠱)의 준말이다. 아들이 부친의 뜻을 계승 발전시키는 것을 말한다. 《周易 蠱卦 初六》

508 상체(常棣) : 아가위 꽃으로, 형제간의 우애를 의미한다. 《시경》〈상체(常棣)〉의 "저 할미새 들판에서 호들갑 떨 듯, 급난한 상황에서는 형제들이 서로 돕는 법이라오. 항상 좋은 벗이 있다고 해도, 그저 길게 탄식만을 늘어놓을 뿐이라오.[鶺鴒在原 兄弟急難 每有良朋 況也永歎]"라는 말이 있다.

509 봉새……쌓기 : 봉새 주조란 밀랍 등을 녹여 봉황 모양을 만드는 것이고, 바둑알 쌓기는 아이들의 놀이로 잔칫날 여흥으로 하는 놀이이다.

510 호신(弧辰) : 남자의 생일을 가리킨다. 332쪽 주 348 참조.

황원[511] 사백에게 차운하여 화답하다

次韻和黃瑗詞伯

황원은 호남의 절조 높은 선비 매천(梅泉) 황현(黃玹)의 동생인데, 역시 시명(詩名)이
있었다.

시단의 높은 명성 이륙[512]과 함께 하고	詞垣高名二陸俱
풍류는 당일에 강호에 가득 했네	風流當日滿江湖
쓸쓸한 외기러기 울음 차마 들을 수 없어	蕭蕭不忍聽孤鴈
홀로 잡초 우거진 밭에서 기노[513]를 김매네	獨向荒園鋤寄奴

---

511 황원(黃瑗) : 1870~1944. 본관은 장수(長水), 자는 중옥(仲玉), 호는 석전(石
田)이다. 1910년 9월 국권을 일제에게 침탈당하자 음독(飲毒) 순국(殉國)한 선비 매천
(梅泉) 황현(黃玹)의 아우이다. 일경(日警)들이 황현의 죽음을 병사(病死)로 검진하
자 절의신위(節義神位)를 모독하고 기만하려 한다고 질책하여 바로잡았다. 서울의 고
관대작들이 일제로부터 작위를 받았음을 풍자하는 시를 지었으며 창씨개명(創氏改名)
을 반대하며 일제의 민족말살정책(民族抹殺政策)을 통렬히 반박하고 유시가훈(遺詩家
訓)을 남기고 마을 연못에 투신하여 절명하였다.

512 이륙(二陸) : 서진(西晉)의 문장가 육기(陸機)와 육운(陸雲) 형제를 가리킨다.

513 기노(寄奴) : 유기노초(劉寄奴草)의 줄임말이다. 잎은 쑥과 비슷하나 다소 두꺼
우며 가을에 누런 꽃이 피며 약재로 쓴다. 본래 기노는 남조 송나라의 고조(高祖) 유유
(劉裕)의 자(字)로서, 그가 미천했던 시절에 독사에 물렸으나 이 풀을 약용하여 생명을
건졌다고 한다.

김소호[514] 응원 에게 써서 드리며 장수를 기원하다

書贈金小湖 應元 用蘄眉壽

완당(阮堂 김정희)의 필묵 오묘해 본받기 어려운데	阮堂墨妙世難摹
한 가닥 아름다운 난초가 작은 호수에 자리 잡았네	一派猗蘭落小湖
깊은 산이라 알아줄 이 없다 말하지 마오	莫道深山人不識
꽃다운 이름 일찍부터 세상에 가득했다오	芳名早已滿寰區
지란[515]은 온갖 꽃핀 동산에서 출중하고	芝蘭秀出衆芳園
금슬[516]은 백세 축수 술잔에 맑게 어울리네	琴瑟湛和百歲樽
해옥에 산가지[517] 더하여 늙지 말고	海屋添籌春不老
또 남은 복을 아들 손자에게 넘겨주게나	更將餘福付兒孫

514 김소호(金小湖) : 김응원(金應元, 1855~1921)으로, 호는 소호이다. 흥선대원군 이하응(李昰應)의 수종(隨從)이었다는 설이 전한다. 1911년에 근대적 미술학원으로 서화미술회(書畫美術會) 강습소가 개설될 때에 조석진(趙錫晋), 안중식(安仲植)과 함께 묵란법(墨蘭法)을 가르쳤다. 1918년 민족사회의 전통적 서화가들과 신미술 개척자들이 서화협회를 창립할 때에도 조석진, 안중식 등과 함께 13인 발기인으로 참여했다. 글씨는 행서와 예서를 잘 썼고 그림은 묵란이 전문이었다. 창덕궁 소장인 〈석란도(石蘭圖)〉 등이 전한다.

515 지란(芝蘭) : 지초와 난초로, 뛰어난 자제를 비유한다.

516 금슬(琴瑟) : 거문고와 큰 거문고로, 정다운 부부를 비유한다.

517 해옥(海屋)에 산가지 : 장수를 상징하는 말로, 소식(蘇軾)의 《동파지림(東坡志林)》 권7에 "세 노인이 있었는데 서로 만나서 나이를 물으니, 한 사람이 '바다가 뽕나무밭이 될 때마다 나는 산가지를 하나씩 놓았는데 지금까지 10칸 집에 그 산가지가 가득 찼다.〔海水變桑田時 吾輒下一籌 爾來吾籌已滿十間屋〕'라고 하였다."라고 하였다.

매화를 보고 벗을 그리워하며 황석전 원 에게 부치다
見梅懷人寄黃石田 瑗

매화 보니 절조 있는 선비 그리워   見梅懷節士

멀리 백운향을 바라보네   遙望白雲鄕

    매천(梅泉 황현)이 백운산(白雲山) 아래에 살았다.

나뭇잎 영락하여도 절개가 굳은 뼛골이요   搖落風霜骨

나뭇가지 뒤엉켜 철석같은 마음이네   槎枒鐵石腸

뿌리가 말라 옛 선비 슬퍼하지만   根萎悲故士

꽃이 져도 남은 향기가 있구나   花落有餘香

천년토록 사람과 거문고[518] 한스럽나니   千載人琴恨

봄풀 자라는 못가의 꿈 깨어졌구나   夢殘春草塘

---

518 사람과 거문고 : 먼저 죽은 사람에 대한 애도의 심정을 나타내는 말이다. 진(晉)나라 왕휘지(王徽之)가 그의 형 왕헌지(王獻之)가 죽었을 때 빈소로 달려가 곡(哭)도 하지 않은 채 곧장 영상(靈牀) 앞으로 가서 왕헌지의 거문고를 끌어당겨 연주하였다. 그러나 아무리 오래 타도 조화로운 소리가 나지 않자, "아, 자경(子敬)이여, 사람과 거문고가 모두 사라졌구나."라고 탄식하였다는 일화에서 나온 고사이다. 《晉書 卷80 王徽之列傳》

차운하여 김연서[519] 돈현 의 성대한 회갑연을 축하드리다
次韻賀金蓮西 敦鉉 回甲長筵

곧은 소나무 울창하게 긴 봄 머무는데	貞松鬱鬱駐長春
해옥의 높다란 산가지[520] 좋은 날을 돕네	海屋遐籌協吉辰
법도를 삼가 장소를 가려 행동하고	謹愼規模行擇地
몸가짐 청고하여 덕을 이웃 삼았네	清高身分德爲隣
마당에 늘어선 색동옷[521]은 상서로운 광채 있고	階庭瑞彩斑衣列
규합[522]은 나이 들어서도 풍채가 있네	閨閤令儀白髮新
또 즐겁게 늙어가는 집안 식구 있으니	更有同堂康樂老
시를 지어 화답하는 모습 꿈속 사람 같구나	詩成和與夢中人

---

519 김연서(金蓮西) : 인적 사항을 알 수 없다. 이 시 이외에 김윤식의 《가승(家乘)》
이나 《음청사》《속음청사》에도 등장하지 않는다.

520 해옥의 높다란 산가지 : 390쪽 주 517 참조.

521 색동옷 : 늙은 부모를 위로하는 효행을 의미한다. 346쪽 주 393 참조.

522 규합(閨閤) : 내실의 작문은 혹은 내실로, 아내를 비유한 것이다.

일본인 나루시마 로손[523] 숙사께 차운하여 답하다
次韻酬日人成島鷺村淑士

누추한 골목 사람 없어 낮에도 빗장 잠겼는데   陋巷無人晝掩關

쓸쓸히 백발로 티끌세상에서 늙어가네   蕭蕭白髮老塵寰

눈 녹은 진흙에 공연히 기러기 발자국 남기니   雪泥鴻去空留爪

홍정[524] 용반[525]도 홍안을 붙들진 못하네   汞鼎龍蟠未駐顔

양초의 사이[526]에서 헛된 명성 부끄럽지만   愧得虛名梁楚際

진당의 사이[527]에서 멋진 시구 들으니 기쁘네   喜聞佳句晉唐間

---

523 나루시마 로손(成島鷺村) : 나루시마 슈키치(成島秀吉, 1884~?)를 가리키는 듯하다. 1903년부터 일본 도쿄에서 소학교 교육에 종사하다가 1909년 5월에 경성거류민단립(京城居留民團立) 제2심상고등소학교(第二尋常高等小學校) 훈도에 임명되어 조선으로 와서 1920년 6월 조선 공립 보통학교 훈도를 거쳐, 고양공립(高陽公立) 보통학교장에 취임했다. 1925년 5월에는 문산(汶山) 공립보통학교 훈도 겸 교장을 지냈다. 《조선명승시선(朝鮮名勝詩選)》을 남겼다.

524 홍정(汞鼎) : 장생술의 하나로 홍연(汞鉛), 즉 도가(道家)가 수은과 납을 솥에 넣어 만든 단(丹)을 말한다. 그것을 먹으면 장생할 수 있다고 한다.

525 용반(龍蟠) : 장생술에서 사용하는 약물의 한 종류인 듯하나 자세하지 않다.

526 양초(梁楚)의 사이 : 한(漢)나라 계포(季布)의 고사(故事)를 가리킨다. 《사기》 〈계포열전(季布列傳)〉에, 조구(曹邱)가 와서 계포에게 읍(揖)하면서 말하기를, "초인(楚人)의 속담에 황금(黃金) 백 근(斤)을 얻는 것이 계포의 한 번 승락을 얻는 것보다 못하다."라고 하니, "족하(足下)가 어찌 양초 사이에서 이 명성을 얻었는가?"라고 하였다는 고사가 있다.

527 진당(晉唐)의 사이 : 서법과 시에 관한 한 역사적으로 진(晉)과 당(唐) 두 시기의 성취가 높다고 일컬어진다.

오래된 매화 한 그루 차츰 꽃을 피우니   古梅一樹垂垂發
때로 춘심을 느끼며 돌 대 위를 오르네   時驗春心上石壇

도쿠토미 소호께 차운하여 답하다

次韻酬德富蘇峰

현명한 사람 지나간 곳에는	賢者所過處
산들바람이 난초 혜초로 부네	光風轉蕙蘭
몸소 멀리 전송하지 못하고	不能躬遠送
덜덜 떨며 봄추위 두려워하네	惻惻怕春寒
성현의 공부는 푸른 대나무에 비길만하고	聖工比綠竹
사귐의 도리는 지란지교를 중시하네	交道重芝蘭
홀로 곧은 소나무 자질을 아껴	獨愛貞松質
꼿꼿하게 세한의 뜻을 지켜 가시길	亭亭保歲寒

월당 강공[528] 경계첩[529]의 원운을 차운하다
次月塘姜公庚禊帖原韻

나의 선조 문정공(文貞公)[530] 또한 동갑으로서 화답하였다. 월당의 후손 문화(文化)군
이 금년에 동갑이 되었는데 나에게 차운하여 옛날의 우의를 이어줄 것을 요청했다.
늙고 병들었다는 이유로 사양할 수가 없어 드디어 그를 위해 시를 지었다.

검은 인끈의 동장[531] 차고 공직에 나아갔고	墨綬銅章早赴公
처음의 계획 이루니 후손과 선조가 짝을 이뤘네	遂初晚計伴孫翁
선대의 우정 생각하니 풍류 돈독했거늘	緬懷先誼風流篤

---

528 월당(月塘) 강공(姜公) : 강석기(姜碩期, 1580~1643)로, 본관은 금천, 자는 복
이(復而), 호는 월당이다. 소현세자빈(昭顯世子嬪) 강씨(姜氏)의 아버지이다. 인조
23년(1646)에 세자와 세자빈이 청나라에서 귀국한 다음 소용(昭容) 조씨(趙氏)와 반목
이 발생했는데, 세자가 죽자 조씨는 강빈이 세자를 죽이고 왕실을 저주하였다고 무고하
여 강빈은 사사(賜死)되었고 강석기는 관직이 추탈(追奪)되었다가 숙종 때 복관되었
다. 《월당집(月塘集)》이 있다.

529 경계첩(庚禊帖) : 동경(同庚), 즉 동갑(同甲)의 모임을 결성하여 그 취지를 기록
하고, 참석자 명단을 수록함은 물론, 모임에서 지은 시와 모임을 기념하여 그린 그림
등을 모아 엮은 책이다.

530 문정공(文貞公) : 김육(金堉, 1580~1658)으로, 본관은 청풍(淸風), 자는 백후
(伯厚), 호는 잠곡(潛谷), 초호는 회정당(晦靜堂), 시호는 문정이다. 1624년(인조2)
증광 문과에 갑과로 급제, 1636년, 1646년, 1650년에 중국에 사신을 다녀왔으며, 효종
과 현종 연간에 대동법의 시행을 추진했고, 벼슬은 영의정까지 지냈다. 문집 《잠곡유
고》를 남겼으며, 《송도지(松都誌)》《팔현전(八賢傳)》《해동명신록(海東名臣錄)》등
을 편저하였다.

531 동장(銅章) : 지방을 맡아 다스리는 수령의 신표로서 구리로 만든 관인(官印)이
다.

게다가 또 후손도 취미가 같네 　　　　　況復遺昆臭味同

오늘은 생일에 회갑이 되었는데 　　　　今日桑蓬回舊甲

훗날에 구야⁵³² 훌륭한 솜씨 계승하리 　他年裘冶繼良工

　군(君)은 아들이 둘, 손자가 둘 있다.

백발로 만났으니 아, 어이 그리 늦었던가 　白頭傾盖嗟何暮

술잔 들어 축수하니 해옥에 산가지⁵³³ 더하기를 　聊祝觥籌海屋中

532　구야(裘冶) : 대대로 전하는 가업(家業)을 잇는 행위, 혹은 후손을 뜻한다. 《예기
(禮記)》〈학기(學記)〉에 "훌륭한 대장장이의 아들은 반드시 갖옷 꿰매는 법을 배우고,
훌륭한 궁인(弓人)의 아들은 반드시 키 만드는 법을 배운다.〔良冶之子 必學爲裘 良弓之
子 必學爲箕〕"라고 한 데서 온 말이다.

533　해옥(海屋)에 산가지 : 390쪽 주 517 참조.

후루키[534] 의학박사에게 써서 드리다
書贈古城醫學博士

주후[535]의 기이한 처방, 참된 의술 드러내니	肘後奇方見術眞
상지[536]의 맑은 물로 눈빛 새로 밝아지리	上池淸水眼光新
희문[537]의 재상 업적 또한 이와 같으리니	希文相業應如此
한 알의 금단으로 만민 장수케 하시기를[538]	一粒金丹壽萬民

---

534 후루키(古城) : 인적 사항을 자세히 알 수 없다.

535 주후(肘後) : 진(晉)나라 갈홍(葛洪)이 겨드랑이에 끼고 다닐 수 있을 정도로 간편하게 만든 의서(醫書)의 이름으로, 《주후비급방(肘後備急方)》의 준말이다.

536 상지(上池) : 좋은 처방을 뜻한다. 춘추 시대 명의인 편작(扁鵲)이 장상군(長桑君)에게서 금방(禁方)을 물려받을 때 장상군이 품속에서 약을 내어 주며 상지의 물 즉 이슬로 30일간 먹으면 눈이 밝아져서 의당 귀물(鬼物)을 환히 보게 될 것이다."라고 했다는 데서 온 말이다. 상지 청수는 댓가지에 맺힌 이슬방울을 말한다. 《史記 卷105 扁鵲列傳》

537 희문(希文) : 희문은 송나라의 명재상 범중엄(范仲淹)의 자이다. 사람치료를 나라치료에 견준 말이다.

538 한……하시기를 : 금단은 도사가 금석(金石)을 달구어서 만든 약으로서 이 약을 먹으면 신선이 된다고 한다. 정이(程頤)의 시에 "내게 신묘한 단약이 있는데 그대는 아는가, 이것을 쓰면 이 백성들을 장수하게 할 수 있다네.〔我有神丹君知否 用時還解壽斯民〕"라는 말이 있다.

진양 강씨 만
晉陽姜氏輓

김기태(金琪邰)[539]군의 모친이다.

부인[540]이 집안을 지켜왔으니	巾幗持門戶
젊은 시절에 남편을 여읜[541] 때문이네	晝哭在靑年
아침저녁 문안[542] 북당[543]에 올리고	晨昏上北堂
온순하고 공손하게 일을 여쭤보아 처리했네	溫恭執事虔
올바른 도리로써 자식을 가르치고	教子以義方
궁한 이 돌봐줄 땐 치우침이 없었네	賙窮心無偏

---

539 김기태(金琪邰) : 감찰(監察) 김준섭(金俊燮)의 아들이다. 다른 인적사항을 자세히 알 수 없다. 《운양집》에 김기태의 모친인 강씨에 대해 김윤식이 쓴 〈진양 강씨 효열정려각기(晉陽姜氏孝烈旌閭閣記)〉와 그의 10대조에 대해서 쓴 〈영사각기(永思閣記)〉가 있다. 운양과 가깝게 지냈으며 《운양집》을 편찬했다.

540 부인 : 원문은 건괵(巾幗)인데, 부인들이 쓰는 머릿수건으로 부인, 아낙을 의미한다.

541 남편을 여읜 : 원문은 주곡(晝哭)인데, 남편의 죽음을 의미한다. 춘추 시대 때 노(魯)나라 재상 문백(文伯)의 어머니 경강(敬姜)이, 남편이 세상을 떠났을 때는 낮에만 곡을 하고, 나중에 아들 문백이 죽자 밤낮으로 곡을 했는데, 공자가 이를 두고 경강이 예(禮)를 안다고 논평했던 고사에서 나온 말이다. 《禮記 檀弓下》

542 아침저녁 문안 : 원문은 혼정신성(昏定晨省)이다. 저녁에는 잠자리를 보아 드리고 아침에는 문안 올리며 부모를 섬기는 도리를 말한다.

543 북당(北堂) : 주부(主婦)가 거처하는 곳으로, 후에는 전하여 어머니가 계신 곳을 가리킨다. 《시경》〈백혜(伯兮)〉에 "어떻게 하면 훤초를 얻어 이것을 북당에 심을까.〔焉得諼草 言樹之背〕"라고 하였다.

듣지 못했구나 회청대[544]에   未聞懷淸臺

이렇듯 어진 여인이 있는 줄을   有此姑婦賢

무녀성[545] 홀연 빛을 가리우더니   婺女忽掩輝

아름다운 자취가 황천에 잠기었네   徽範閟重泉

바람에 임해 슬픈 만가 부치니   臨風寄哀輓

애오라지 동관[546]의 채록에 들기를   聊配彤管編

---

544 회청대(懷淸臺): 진 시황(秦始皇)이 파촉(巴蜀)의 과부인 청(淸)이란 여인을 기리기 위하여 지은 누대 이름이다. 그녀는 과부로서 단혈(丹穴)을 물려 받아 재물을 모았으면서도 쌓아두지 않고 베풀면서 잘 유지하여 남에게 침탈을 당하지 않았으므로 진시황이 정부(貞婦)라 하여 예우하고 그녀를 위해 여회청대(女懷淸臺)를 지어 기려주었다고 한다. 《史記 卷129 貨殖列傳》

545 무녀성(婺女星): 직녀성(織女星) 남쪽의 여수(女宿)로, 포백(布帛)을 관장하는 별이다.

546 동관(彤管): 사필(史筆), 즉 사관(史官)의 붓을 가리킨다. 여사(女史)가 황후에 대해 기록하면서 적심(赤心)을 상징하는 뜻으로 대롱이 붉은 붓인 동관(彤管)을 썼던 데서 생긴 말이다. 《詩經 靜女》

도쿠토미 소호의 〈금강첩〉 시에 차운하다
次德富蘇峯金剛帖韻

천리마를 보며 어찌 빈황547을 따지랴	相驥何須問牝黃
세간에선 봉래섬이 바로 금강이라 하네	世間蓬島卽金剛
일만 이천 봉우리에 영롱한 달빛	玲瓏萬二千峯月
꽃비 분분히 도량에 지는구나	花雨紛紛落道場

---

547 빈황(牝黃) : 빈은 흑색마, 황은 황색마이다. 천리마 감식안(鑑識眼)이 높은 구방고(九方皐)가 백락(伯樂)의 추천을 받고서 진(秦)나라 목공(穆公)을 위하여 천리마를 찾아주었으나 진 목공이 말의 털 색깔을 따져 책망하였다. 백락이 그 소식을 듣고 탄식하면서 "그는 말의 안에 들어 있는 본질적인 능력만을 볼 뿐, 바깥에 드러나 있는 모양이나 색깔은 보지 않기 때문에 그렇게 된 것이다."라고 했던 고사가 있다.《列子 說符》

남하산[548] 상서 정철 만

南霞山尙書 廷哲 輓

청춘에 교분 맺어 살쩍이 흰 실같이 되기까지	靑春結識鬢成絲
나를 아는 것이 자네가 나보다도 더 나았네	知我惟君勝自知
상국의 풍속 살필 땐 호저[549]를 주었고	上國觀風投縞紵
서경에 첨유[550] 머물러 선정 베풀었네[551]	西京遺愛駐幨帷
일생 화락하여 마음에 경계가 없고	一生樂易心無畛
노년까지도 문장의 격조 더욱 기이했네	到老文章格逾奇

---

548 남하산(南霞山) : 남정철(南廷哲, 1840~1916)로, 본관은 의령, 자는 치상(穉祥), 호는 하산이며, 유신환(兪莘煥)의 문인이다. 갑신정변 당시에는 김윤식과 함께 청나라 병영에 가서 김옥균(金玉均) 등 개화당의 축출을 위하여 출병을 요청하였고, 정변의 실패 후 조직된 수구파 중심의 정부에서는 호조 참판에 기용되었다. 1910년 일제에 의하여 강제병합될 때 일본정부로부터 남작(男爵)의 작위를 받았다. 문집으로 《하산고(霞山稿)》가 있다.

549 호저(縞紵) : 흰 명주띠와 모시옷이다. 319쪽 주 307 참조. 남정철이 청나라, 오스트리아, 러시아, 일본 등과의 외교문제를 처리한 경력이 많으므로 이렇게 언급한 것이다.

550 서경에 첨유 : 서경은 평양, 첨유는 수레 위에 사방으로 두른 휘장으로 곧 자사의 수레를 말한다. 남정철은 1885년 7월 평안도 관찰사로 발령되었는데 치적이 높게 평가되어 임기가 1년 연장된 바 있다.

551 선정 베풀었네 : 원문은 유애(遺愛)인데, 지방관이 백성들에게 선정(善政)을 베푼 것을 뜻하는 말로, 이 때문에 선정비(善政碑)를 유애비(遺愛碑)라고도 칭한다. 춘추시대 정(鄭)나라 공손교(公孫僑) 곧 정자산(鄭子産)이 죽자 공자가 눈물을 흘리며 "옛날 사랑을 남긴 분이다.[古之遺愛]"라고 칭송했던 데서 온 말이다. 《春秋左氏傳 昭公20年》

그대 먼저 속세 떠남을 부러워하노니   塵世羡君先我去

봉래 어느 곳에서 그윽한 기약 이룰까   蓬萊何處踐幽期

　지난 가을 하산(霞山)의 방문을 받고서, 금강산 유람을 약속했기 때문에 말한 것이다. 금강산을 세상에서는 봉래산이라고 한다.

소조[552]에 스스로 제하다

自題小照

백이도 못되고 유하혜도 못되니[553] 보통 사람이라	不夷不惠等閒身
이르는 곳마다 사람 만나 부질없이 성을 내네	到處逢人漫作嗔
끝없는 풍상 다 겪은 후	無限風霜都閱過
앙상한 뼈에 정신만 남았구나	獨留癯骨帶精神

---

552 소조(小照) : 초상화, 혹은 사진을 말한다.

553 백이(伯夷)도……못되니 : 과격하게 어느 한쪽에 치우치지 않고 중도(中道)에 입각해서 행동하려고 했다는 말이다. 은(殷)나라 말기의 백이는 주(周)나라 조정에 벼슬하지 않고 굶어 죽었으므로 청성(淸聖)이라 일컬어졌고, 춘추(春秋) 시대 노(魯)나라의 유하혜(柳下惠)는 세 번이나 파직을 당했어도 떠나지 않았으므로 화성(和聖)이라 일컬어졌다. 한(漢)나라 양웅(揚雄)의 《법언(法言)》〈연건(淵騫)〉에 "백이도 못되고 유하혜도 못되니, 옳다고 하고 그르다고 하는 그 사이에 처한다고 할 것이다.〔不夷不惠 可否之間也〕"라는 말이 나온다.

히라후쿠[554] 화백의 〈금강비로봉도〉에 제하다
題平福畵伯金剛毘盧峰圖

일만 골짜기 맑은 샘에 저녁 종 울리는데	萬壑淸泉響暮鍾
맑은 하늘엔 옥부용 솟아 있네	晴空聳出玉芙蓉
그대 수고롭게 팔 아래로 힘껏 산을 옮겨놓아	煩君腕底移山力
누워서 비로봉 제일 봉우리를 보노라[555]	臥看毘盧第一峯

---

554 히라후쿠(平福) : 히라후쿠 스이안(平福穗庵, 1844~1890)으로, 메이지(明治) 시대 일본 화가이다. 메이지유신 이후에 각종 박람회에서 상을 받았으며 〈걸식도(乞食 図)〉, 〈유호도(乳虎図)〉 등의 작품에서 묘사력을 볼 수 있다.

555 누워서……보노라 : 원문의 '와간(臥看)'은 '와유(臥遊)'와 같다. 여행기(旅行記) 나 산천 화도(山川畫圖)를 보면서 실제로 여행하는 기분을 느끼는 것을 이른다. 남조 (南朝) 송(宋) 때에 종병(宗炳)이 산수(山水)를 매우 좋아하여 원유(遠遊)하기를 좋아 했는데, 뒤에 병으로 다니지 못하게 되자 탄식하기를, "명산(名山)을 두루 관람하기 어려우니, 이젠 마음을 맑게 해 도(道)를 궁구하며 누워서 구경을 해야겠다.[名山恐難 徧覽 惟當澄懷觀道 臥以遊之]"라고 하고, 전에 구경했던 모든 명산대천을 모두 방 안에 그려 붙였다는 데서 온 말이다. 《臥遊錄》

학산화상이 죽순 한 덩이를 대접하므로 시로써 감사하다
鶴傘和尙饋竹筍一苞以詩謝之

학산도인이 멀리서 편지를 보내와　　　　鶴傘道人遙寄箋

꾸러미를 푸니 기쁘게도 탁룡[556]두 마리라　解包喜見籜龍駢

내가 늙어가며 달리 즐기는 것 없는 줄 알고　知吾老去無他嗜

향긋한 음식으로 새삼 옥판[557] 참선 하게 하네　香味新參玉版禪

---

556 탁룡(籜龍) : 죽순(竹筍)을 탁룡 또는 용손(龍孫), 용추(龍雛)라고 한다. 죽순의 껍질이 알록달록하기 때문이다.

557 옥판(玉版) : 옥판사(玉版師)의 약칭으로 죽순의 별명이다. 송나라 혜홍(惠洪)의 《냉재야화(冷齋夜話)》에 의하면, 소식이 한번은 유안세(劉安世)와 함께 염천사(廉泉寺)에 가서 죽순을 삶아 먹었는데, 유안세가 죽순의 맛이 좋은 걸 느끼고 이 죽순의 이름이 무어냐고 묻자, 소식이 "바로 옥판이다. 이 노사는 설법을 잘하여 능히 사람들에게 선정에 들어 심신이 기뻐지는 맛을 얻도록 해 준다.〔卽玉版也 此老師善說法 要能令人得禪悅之味〕"라고 했다 한다.

매일신보 편집국장에게 써서 드리다
書贈每日申報編輯局長

분분히 전보 번역하며 글감을 모으는 성 　　　　　紛紛電譯集書城
차례로 편집하여 여러 기사를 완성하네 　　　　　次第編摩雜組成
문밖을 나서지 않고도 세상일을 아나니 　　　　　不出戶庭知世故
목탁을 치듯 집집마다 새 소식 들려주네 　　　　　家家木鐸有新聲

많이 듣고 가려 따라야 아는 이라 하셨거늘[558] 　　多聞而擇聖稱知
하물며 경쟁 펼치는 천연[559]의 시대임에랴 　　　況復競爭天演時
열국의 풍요와 마을의 고달픈 노래 　　　　　　　列國風謠閭里苦
어찌 태사가 풍요를 채집하듯[560] 수고하는가 　　何勞太史採風詩

---

558 많이……하셨거늘 : 《논어》〈술이(述而)〉에 "알지 못하면서 함부로 행하는 짓을 나는 하지 않는다. 많이 듣고서 좋은 점을 가려 따르며, 많이 보고서 기억한다면, 원래부터 아는 자의 버금은 갈 것이다.[蓋有不知而作之者 我無是也 多聞 擇其善者而從之 多見而識之 知之次也]"라는 공자의 말이 실려 있다.

559 천연(天演) : 지상의 생물은 경쟁을 통해 진화한다는 자연의 법칙, 즉 자연계의 진화를 의미한다. 청조(淸朝) 말기의 사상가 엄복(嚴復)이 토머스 헉슬리의 저술《진화와 윤리[Evolution and Ethics]》를 《천연론(天演論)》이라고 번역하고 해설(解說)을 붙인 바 있다.

560 태사가 풍요를 채집하듯 : 주(周)나라 때엔 사관(史官)이 여러 지방을 순행하여 그 지역의 민간에서 전래되는 노래, 즉 풍요를 채집하여 중앙에 보고하였었다. 이를 통해 지방의 민심과 실정을 파악했던 것이다.

일본 옥천원 도쿠지로[561]가 먹을 준 것에 감사하며 드리다
謝日本玉泉園德次郎贈墨

옥천이 만든 먹 품질이 좋으니   玉泉製墨品佳精
이노 반랑[562] 명성을 어우를만하다   李老潘郎可幷名
한 갈래 향기로운 바람이 바다를 건너와   一道香風吹渡海
구름과 연기처럼 종이에 내려[563] 사람 놀라게 하네   雲烟落紙使人驚

---

561 도쿠지로(德次郎) : 인적 사항을 자세히 알 수 없다.

562 이노(李老) 반랑(潘郎) : 명품의 먹을 생산한 장인이다. 이노는 남당(南唐)의 이정규(李廷珪)를 가리키며, 반랑은 송나라 때의 반곡(潘谷)으로 추정된다.

563 구름과……내려 : 자연스럽게 잘 쓴 글씨를 의미한다. '초성(草聖)'으로 전해지는 장욱(張旭)의 글씨에 대해서 두보가 "한번 붓을 휘갈겨 종이 위에 쓰면 마치 구름이나 연기와 같다오.〔揮毫落紙如雲烟〕"라고 묘사한 구절이 있다. 《杜少陵詩集 卷2 飮中八仙歌》

김청람[564] 응모 부경의 육십 일세 생일을 축하하며 원운에 차운하다

賀金晴嵐副卿 應模 六十一歲次原韻

약로와 금갑으로 노년을 보내고	藥爐琴匣度長年
선학 같은 풍모가 수연을 비추네	仙鶴風姿映壽筵
규방 범절 화목하여 집안이 즐겁고	閨範雍和樂宜室
집안 법도 맑고 신중하니 하늘에서 복을 주네	家規淸愼福由天
아들 어진 줄 일찍이 알아 덕성 모여들고[565]	兒賢早識德星聚
몸이 물러나서도 여전히 경월[566] 원만함을 보네	身退猶看卿月圓
앓느라 술잔 잡지 못하니 나의 늙음 가여워하며	病未把樽憐我老
때로 창가에 이르는 음악소리 말소리 듣는다네	時聞絃語到窗前

---

564 김청람 : 김응모(金應模)로, 《승정원일기》 1902년(고종39) 8월 4일자에, 김응모를 중추원 의관(中樞院議官)에 임용한 기록이 보인다. 《속음청사》의 1915~18년도 기록에 '참판(參判) 김응모, 그의 손자 세경(世卿)'이라는 기록이 세 번 나온다.

565 덕성(德星) 모여들고 : 참석한 사람들 모두가 어진 덕을 지닌 현인(賢人)이라는 말이다. 후한(後漢)의 명사(名士) 진식(陳寔)이 자제들을 이끌고 순숙(荀淑) 부자(父子)를 찾아갔을 때 하늘에 덕성이 모이는 천문 현상이 일어났다는 고사가 전한다. 《世說新語 德行》

566 경월(卿月) : 송별연에 참석한 관원들을 가리킨다. 《서경》〈홍범(洪範)〉의 "왕은 해를 살피고 고급 관원은 달을 살피고 하급 관리는 날을 살핀다.〔王省惟歲 卿士惟月 師尹惟日〕"라는 말에서 나온 것이다.

함흥의 선비 죽하 이기헌[567]에게 드림
贈咸興士人竹下李基纊

병촉[568]의 노령에도 배움의 뜻은 쇠하지 않아	炳燭衰齡志不頹
오두막 사립문을 오늘은 그댈 위해 열었네	蓬門今日爲君開
엉성한 재주라 양웅의 식견 없어 부끄러운데	疎才愧乏楊雄識
어찌 수고로이 술을 들고 글 물으러 오는가[569]	載酒何勞問字來

---

567 이기헌 : 인적 사항을 자세히 알 수 없다.

568 병촉(炳燭) : 70세의 학구열을 의미한다. 춘추 시대 진(晉)나라의 평공(平公)이 악사(樂師) 사광(師曠)에게, "내 나이가 70이니 배우고자 해도 이미 늦었다〔晉平公問於師曠曰 吾年七十 欲學恐已暮矣〕"고 하였다. 사광이 "신이 듣건대 어려서 학문을 좋아하는 것은 해가 솟아오를 때의 햇빛 같고, 장성하여 학문을 좋아하는 것은 해가 중천에 오를 때의 햇빛과 같으며, 늙어서 학문을 좋아하는 것은 켜놓은 촛불의 빛과 같으니 촛불조차 없이 캄캄한 길을 가는 것과 비교해 어느 쪽이 낫습니까?〔師曠曰 臣聞之少而好學 如日出之陽 壯而好學 如日中之光 老而好學 如炳燭之明 炳燭之明 孰與昧行乎〕"라고 하자 평공이 말하길 "훌륭하다!〔平公曰 善哉〕"라고 한 고사에서 나온 말이다. 《說苑》

569 엉성한……오는가 : 한나라 때 문장가인 양웅(揚雄)은 고문(古文), 기자(奇字) 등을 많이 알았으므로 유분(劉棻) 등이 항상 그에게 가서 기자를 배우곤 했던 데서 온 말이다. 두보(杜甫)의 취시가(醉時歌)에 "사마상여는 뛰어난 재주로 친히 그릇을 씻었고, 양자운은 글자를 알아서 끝내 천록각서 투신했지.〔相如逸才親滌器 子雲識字終投閣〕"라고 하였다. 이기헌이 김윤식에게 질문거리를 가지고 왔던 것으로 보인다.

봉산무예사원 조순도[570] 육십 일세 수를 축하하며
賀鳳山務藝社員趙淳道六十一歲壽

남극성 빛을 떨쳐 축수 술잔 비추고	極宿揚輝照壽觴
거문고소리 맞춰 고운 난새 나는구나	瑤琴相和彩鸞翔
가난한 금리[571]선생 도톨밤을 많이 줍고	貧猶錦里饒收栗
늙어감에 방공[572]처럼 은거하며 뽕을 땄지	老去龐公隱採桑
서책으로 스스로 즐기며 사는 일에 만족하고	書史自娛生事足
어부 초부 짝하며 이름을 감추네	漁樵爲伴姓名藏
늙고 병듦을 가여워할 만하나 모임에 참여하고자	堪憐衰病參同社
한 폭 빛 고운 종이에 축하시를 부친다네	一幅霞箋寄賀章

---

570 조순도(趙淳道) : 인적 사항을 자세히 알 수 없다.

571 금리(錦里) : 두보(杜甫)를 가리킨다. 두보가 금관성(錦官城)에 살면서 자칭 금리 선생이라 했다. 그의 시구에 "금리 선생이 오각건을 쓰고 동산에서 토란과 밤을 거두니 아주 가난하지만은 않구나.〔錦里先生烏角巾 園收芋栗未全貧〕"라는 표현이 있다. 두보는 그 전에 동곡(同谷)의 율정(栗亭)에 거처하면서 먹을 것이 없어 도토리를 주워 끼니를 잇기도 했다.

572 방공(龐公) : 후한(後漢)의 은사(隱士) 방덕공(龐德公)이다. 현산(峴山) 남쪽에 살면서 성시(城市)를 가까이하지 않았다. 건안(建安) 중에는 처자를 데리고 호북(湖北) 양양현(襄陽縣) 녹문산(鹿門山)에 은거하였다. 《後漢書 卷83 逸民列傳 龐公》

중추원 서기관장 고마쓰 미도리에게 드리다
贈中樞院書記官長小松綠

울창한 한 그루 소나무 푸르게 눈에 들고	鬱鬱孤松入眼靑
호해[573]의 풍류에 문성[574]이 비치네	風流湖海照文星
관원들 매우 명석해 별다른 일 없거늘	官曹淸切無餘事
벽에 가득한 서책이 성령을 기쁘게 하네	滿壁圖書愜性靈

---

573 호해(湖海) : 호해지사(湖海之士), 즉 뜻이 원대하고 호방하여 속인들과 다른 선비를 가리킨다.

574 문성(文星) : 문재(文才)를 주관하는 별로, 문창성(文昌星) 또는 문곡성(文曲星)이라고 부르며 문재 있는 사람을 지칭하기도 한다.

종인 혜곡 여교사에게 차운하여 감사를 표하다

次韻謝宗人蕙谷女教師

우리 일가 혜곡(蕙谷) 여사(女史)는 일찍 과부가 되었는데, 독서를 좋아하여 아들이 성취할 수 있도록 가르쳐서 문호를 수립하였다. 우리 일가붙이와 촌수는 비록 멀지만 늘 매우 가깝게 지냈기에 가까운 친척이나 다름없다. 늙고 병든 나를 염려해 직접 작은 은낭(隱囊)[575] 하나를 만들어 축사(祝詞)로 절구시 2수를 보내왔다. 문장과 서체 모두 지극히 아름답고 기묘하였으니 대개 여자 중의 빼어난 인재이다. 차운하여 사례하긴 하였으나, 주옥같은 글이 앞에 있으니 스스로 보잘 것 없이 느껴진다.

젊은 나이에 남편을 여의고 사고무친하였으나	妙齡畫哭四無親
아들 가르쳐 가문 이루고자 직접 이웃 골랐네[576]	敎子成家自擇隣
백세청풍[577]이라 일가의 우의 돈독하고	百世淸風宗誼篤
은낭에 넣어온 잔글씨와 축사가 참신하네	隱囊細字祝詞新

575 은낭(隱囊) : 피곤할 때 옆으로 기댄 채 쉴 수 있도록 만든 용품으로 솜 따위의 부드러운 물건으로 속을 채워 만들었다.

576 이웃 골랐네 : 원문의 '택린(擇隣)'은 아이의 교육을 위해 좋은 이웃을 찾아 이사 다녔다는 뜻으로, 모친이 관심을 가지고 아들을 잘 가르쳤음을 의미한다. 맹자(孟子)의 어머니가 맹자를 가르치기 위하여 집을 세 번이나 옮겼는데, 처음에 묘지 옆에서 살았더니 맹자가 장사 지내는 흉내를 내기에, 집을 저잣거리로 옮겼고, 이번에는 물건 파는 흉내를 내므로 다시 학교 옆으로 옮겨서 학도들의 예의범절을 본받게 했던 데서 온 말이다. 《列女傳》

577 백세청풍(百世淸風) : 일백 세대 맑은 기풍, 즉 영원히 맑은 기풍을 뜻한다. 이 말은 청풍 김씨들을 가리키는 말로도 사용된다. 상대방인 여사가 김윤식과 같이 청풍 김씨이므로 이렇게 말한 것이다.

맑은 재주는 사도온[578]이요　　　　　　　　　　　清才謝道蘊

오묘한 필묵은 유안서[579]라네　　　　　　　　　　妙墨庾安西

여선생의 가르침 모범되기에 충분하여　　　　　姆敎足爲範

대가들과 이름을 나란히 하네　　　　　　　　　大家名與齊

원운 原韻

매양 얼굴 뵈올 때면 부모님처럼 섬겼는데　　　每到承顔事似親

이사하여 게다가 이웃까지 되었지요　　　　　　移家況復接芳隣

청풍의 화수회[580] 단란한 날　　　　　　　　　清風花樹團欒日

자상하고 정다운 대화에 감사의 맘 새로워요　情話諄諄感佩新

578　사도온(謝道蘊) : 진(晉)나라 때 태부(太傅)를 지낸 사안(謝安)이 아들과 조카들을 모아 놓고 시문을 논했는데 얼마 안있어 눈이 몰아치자 기뻐하면서 "백설이 분분한 것이 무엇과 같으냐?〔白雪紛紛何所似〕" 하니 조카인 호아(胡兒)가 대답하기를 "공중에 소금을 뿌리는 것에 견줄 만하다.〔撒鹽空中差可擬〕"고 하자 질녀인 사도온(謝道韞)이 "버들솜이 바람에 날린다는 표현만 못합니다.〔未若柳絮因風起〕" 하므로, 사안이 크게 웃으며 즐거워했다 한다. 《世說新語 言語》

579　유안서(庾安西) : 동진(東晉)의 안서 장군(安西將軍) 유량(庾亮)으로, 언릉(鄢陵) 사람이며 자는 원규(元規), 시호는 문강(文康)이다. 초·행서에 뛰어났다. 《晉書 卷73 庾亮傳》

580　화수회 : 일가친척의 모임을 가리킨다. 당(唐)나라 때의 명망 높던 위씨(韋氏) 가문이 꽃나무 아래 모여 일가가 술을 마신 고사에서 생겨난 말이다. 《전당시(全唐時)》에 잠삼(岑參)이 지은 〈위원외가화수가(韋員外家花樹歌)〉라는 시에, "그대의 집안 형제 훌륭하구나, 경도 있고 어사도 있고 상서랑도 있도다. 조회에서 돌아오면 꽃 아래에 늘 객이 모이고, 꽃이 옥항아리에 떨어지니 봄 술이 향기롭구나.〔君家兄弟不可當 列卿御史尙書郞 朝回花底恒會客 花撲玉缸春酒香〕"라고 한 데서 한집안의 화목함을 볼 수 있다.

문장에 도덕을 겸하시고   文章兼道德
영예는 동서로 떨치셨지요   令譽擅東西
원컨대 천년 장수 누리시어   願祝千年壽
광명이 남극성과 나란하시기를   光明極宿齊

이삼묵재[581] 강로 의 육십 일세 생신을 축하하다
賀李三默齋 康老 六十一歲壽

삼묵재는 대대로 남원에 살았다. 그 선조 가운데 휘(諱)가 상형(尙馨)이신 분이 있는데, 나의 선조 문정공(文貞公)께서 만시(挽詩)를 지어주셨다.

어린 시절 상봉[582]으로 사방에 뜻 두었더니	早歲桑蓬志四方
좋은 날 다시 오니 기쁘게 술잔을 드네	令辰重到喜稱觴
하읍의 수령 되어 춘궁기 보살피고	分符下邑恤窮節
궐문에서 조칙 기다리며 경광[583] 가까이했네	待詔修門昵耿光
백년을 해로하며 금슬처럼 곁에 있고[584]	偕老百年琴在御
자식 잘 가르쳐 훗날 홀이 상에 가득하리[585]	教兒他日笏盈床

---

581 이삼묵재(李三默齋) : 이강로(李康老)로, 자는 중림(仲臨)이다. 《황성신문》 양력 1907년 9월 21일자 3면 4단의 광고란에 "正三品 李康年의 年字를 老字로 改名홈"이란 내용으로 광고를 게재한 바 있다. 이강년(李康年)의 인적사항은 미상이나, 《승정원일기》에 1901년 내부 주사, 1902년 남양 군수, 1904년 숙릉 참봉, 1907년 군부 군무국 부위로 임명된 사실이 보인다.

582 상봉(桑蓬) : 남아의 생일을 말한다. 195쪽 주 9 참조.

583 경광(耿光) : 덕(德)이 밝고 성대한 모양으로 임금의 위엄 있는 모습을 의미한다. 《서경》〈입정(立政)〉에, "능히 그대의 군대를 다스리어 우 임금의 자취에 올라서 천하에 행하여 해표에 이르기까지 복종하지 않음이 없게 하여, 이로써 문왕의 빛나는 덕을 보고 무왕의 업적을 선양하소서.〔其克詰爾戎兵 以陟禹之迹 方行天下 至于海表 罔有不服 以覲文王之耿光 以揚武王之大烈〕"라고 하였다.

584 금슬처럼 곁에 있고 : 《시경》〈여왈계명(女曰雞鳴)〉에 "옆에 놓여 있는 금과 슬처럼 모두가 즐겁고 행복하리이다.〔與子偕老 琴瑟在御 莫不靜好〕"라는 구절이 있다.

585 홀(笏)이 상에 가득하리 : 당나라 때 최신경(崔神慶)의 아들 최림(崔琳) 등이

선대의 우의 생각하며 근심과 즐거움 같이하니 　　　緬懷先誼同憂樂

그대 집에 복이 끝없기를 축원하네 　　　祝嘏君家尙未央

고관으로 있었는데, 명절에 연회를 열면 참석한 고관들의 홀이 탑상(榻床)에 겹겹으로
가득 찼다고 한다.

백남파[586] 완혁 의 회갑수연첩에 쓰다
題白南坡 完爀 回甲壽宴帖

풍년 들어 창고마다 곡식 쌓이고	樂歲千倉積
덕행 높은 집안에 오복[587]이 갖춰졌네	德門五福全
손님과 벗들 모두 기뻐 축수하니	賓朋歡共祝
봄빛이 잔치 자리에 가득하구나	春色滿觴筵

586 백남파(白南坡) : 백완혁(白完爀, 1857~?)이다. 1881년에 무과 급제, 1882년 금위영 초관(哨官)을 지내고 훈련원 주부(主簿) 등을 거쳐 1894년 순무영군관(巡撫營軍官), 1896년 경성주식회사(京城株式會社) 중역을 지냈다. 1897년 정3품으로 승품, 1899년 중추원 의관 주임 3등, 1905년 경성상업회의소 정의원(正議員), 1906년 대한천일은행(大韓天一銀行) 취체역(取締役), 6월 한호농공은행장(漢湖農工銀行長)을 역임했다. 1913년에 융흥주식회사(隆興株式會社) 사장, 상업회 의원을 겸직했다.

587 오복 : 수(壽), 부(富), 강녕(康寧), 호덕(好德), 고종명(考終命)의 다섯 복을 말한다. 《書經 洪範》

조낭전[588]의 금강첩에 쓴 시를 차운하여 쓰다
次韻題趙琅田金剛帖

명산은 스스로 말하지 않아도	名山自不言
수레와 말 분주히 달려오네	車馬來奔进
삼라만상이 모두 참되지 않으나	萬象皆非眞
그 안에서 불성을 보네	此中見佛性
홀로 비로봉 정상에 서니	獨立毘盧頂
하늘의 바람 만 리까지 닿네	天風萬里長
대계는 물거품 같은 환영이지만[589]	大界如泡幻

588 조낭전(趙琅田) : 조중응(趙重應, 1860~1919)으로, 본관은 양주(楊州), 초명은 중협(重協), 호는 낭전이다. 서울 출신이며 1883년 서북변계(西北邊界)조사위원으로 임명되어 러시아, 만주, 외몽고 등지를 답사한 뒤 1885년에 귀국했다. 1894년 의친왕의 수행원으로 일본에 다녀온 뒤 외무아문의 참의가 되었다. 1898년 김홍집(金弘集)내각이 붕괴되자 국사범(國事犯)이 되어 일본으로 망명했다가, 1907년 이완용(李完用)내각에서 법부 대신, 형법개정총재를 지냈다. 1910년 일제로부터 자작 작위 및 이화대수장(李花大綬章)을 받고, 한일합병조약 때 조약에 찬성하여 개국7역신(開國七逆臣)으로 지목되었다. 《운양집》에 〈낭전(琅田) 자작(子爵) 사실 서(序)〉가 있다. 1906년 11월에는 양재건(梁在蹇), 이인직(李人稙), 이해조(李海朝)와 같이 최초의 소년잡지《소년한반도》를 창간하여 문학운동을 펴기도 하였으며, 1909년에는《법정신문(法政新聞)》을 창간하여 1910년까지 친일적인 내용을 담았다.

589 대계는……환영이지만 :《금강반야바라밀경(金剛般若波羅密經)》 마지막 부분의 〈응화비진분(應化非眞分)〉에 "이 세상의 모든 현상은 꿈과 같고 허깨비와 같고 물거품과 같고 그림자와 같고, 또한 아침 이슬이나 번갯불과 같으니, 응당 이렇게 살펴보아

무너지지 않는 것 금강이라네[590]   不壞是金剛

야 할 것이다.〔一切有爲法 如夢幻泡影 如露亦如電 應作如是觀〕"라는 말이 나온다.

590 무너지지……금강(金剛)이라네 : 부처의 지혜〔般若〕는 견고하여 파괴할 수 없으며, 오히려 단단하고 예리하여 모든 번뇌를 부술 수 있으므로 금강(金剛)에 비유한다.

무극자 최기남⁵⁹¹에게 써서 드리다
書贈無極子崔基南

젊어선 손오⁵⁹²를 만년엔 선을 좋아해   早悅孫吳晚悅禪
북방의 호걸 가운데 앞선 이가 없다네   北方豪傑莫之先
흰머리로 만났으니 아, 어이 그리 늦었던가   白頭傾盖嗟何暮
훗날엔 그래도 한묵의 인연이 남아있을 것이네   他日猶留翰墨緣

고요하게 사물 관조하고 선현을 사모하여⁵⁹³   靜中觀物慕前賢
바람과 달과 같은 흉금 끝없이 드넓네⁵⁹⁴   風月襟期浩無邊

---

591 최기남(崔基南) : 1875~? 본관은 강릉, 함경북도 경성군 용성면(龍城面) 수남리(水南里)에 거주했다. 1880년에 어간학당(魚澗學堂)에 입학하여 그 이후 남정순 육영학원(南廷順六營學院) 강생(講經), 경성군 향교의 양현당(養賢堂) 강경생(講經生)으로 학업을 연마하였다. 1907년 내부(內部) 서기관에 겸하여 1908년 경시(警視) 주임관을 역임했다.

592 손오(孫吳) : 춘추전국 시대의 병법가 손무(孫武)와 오기(吳起)의 합칭이다. 곧 그가 병법을 좋아했음을 말한다.

593 고요하게……사모하여 : 송나라 학자 정호(程顥)의 〈추일우성시(秋日偶成詩)〉에 나오는 구절로, 그 시에 "한가하매 조용하지 아니한 일이 없고, 잠을 깨자 동창에는 해 이미 붉게 떴네. 만물을 살펴보니 나름대로 삶 즐기어, 사시의 좋은 흥취 사람과 똑같구나. 형체 있는 하늘과 땅 밖으로 도 통하고, 변해 가는 바람 구름 속으로 생각 드네. 부귀해도 안 넘치고 가난해도 즐겁나니, 남아 일생 이 경지면 그게 바로 호웅이리.〔閑來無事不從容 睡覺東窓日已紅 萬物靜觀皆自得 四時佳興與人同 道通天地有形外 思入風雲變態中 富貴不淫貧賤樂 男兒到此是豪雄〕"라고 하였다.

594 바람과……드넓네 : 황정견(黃庭堅)이 《산곡집(山谷集)》에서 주돈이(周敦頤)

이십년 동안 속세의 꿈에서 깨어나서   二十年來塵夢罷

무극595으로 선천596을 완미하네   好將無極玩先天

를 두고 "주무숙은 속이 시원스러워 비가 갠 뒤의 화창한 바람이나 밝은 달과 같다.〔胸中
灑落 如光風霽月〕"라고 한 데서 나온 것으로, 인품이 매우 훌륭하고 속이 시원스레
트인 것을 말한다.

595 무극(無極) : 송(宋)나라 주돈이(周敦頤)의 〈태극도설(太極圖說)〉에 나오는 태
극(太極)의 이명(異名)이다. 여기서는 최기남을 지칭한 듯하다.

596 선천(先天) : 송(宋)나라 소옹(邵雍)이 〈복희선천괘위도(伏羲先天卦位圖)〉를
작성하면서 사용한 말로 현재 시대를 의미한다.

일본인 요시타케 세이노신[597]에게 차운하여 답하다

次韻酬日人吉武誠之進

인적 없는 깊은 마을로 술을 보내오니 　　深巷無人送酒來
갓 피어난 국화에 흥이 유유히 이는구나 　　黃花初發興悠哉
서풍 기러기 편지[598]에 아름다운 시 전하니 　　西風鴈帛傳佳什
분명 신선이 옥척으로 뽑아낸 인재[599]이리 　　定是仙人玉尺才

---

597 요시타케 세이노신(吉武誠之進) : 1864~1927. 시나노(信濃) 출신이며 메이지 (明治)부터 다이쇼(大正) 시대에 활동한 응용화학자로 도쿄대학을 졸업하고 도쿄공고 의 교수가 되어 영국과 독일에 유학, 귀국 후 도쿄공고 교장, 도쿄고등공예(東京高等工 芸) 교장을 겸임했다. 염직 공업기술을 연구하여 일본직물협회 이사장을 지냈다.

598 기러기 편지 : 한나라 때 소무(蘇武)가 흉노에 억류되어 있으면서 기러기의 발에 편지를 매달아 한나라로 보낸 데에서 나온 말이다.

599 신선이……인재 : 옥척은 옥으로 만든 자인데, 인재를 뽑거나 시문을 평가하는 표준이라는 뜻으로 사용되었다. 이백(李白)의 〈상청보정(上清寶鼎)〉 시에 "선인께서 옥척을 쥐고, 그대들의 재능을 재시네. 옥척은 다할 수 없고, 그대들의 재능은 쉴 새가 없네〔仙人持玉尺 度君多少才 玉尺不可盡 君才無時休〕"라는 구절에서 나왔다.

일본인 사콘 구라타로[600]에게 드리다
贈日人左近倉太郎

객창을 치는 비에 불안스레 잠 못 이룰 때	雨打羈窓耿不眠
어진 주인 은근하게 위로해 주었지	慇勤慰藉主人賢
세상 풍파에 헤어졌다가 다시 만났거늘	風波一失還相聚
지난 세월 뒤돌아보니 어느새 이십년이라	回頭前塵二十年

600 사콘 구라타로(左近倉太郎) : 인적사항을 자세히 알 수 없다. 《속음청사》 1916년 11월 7일 일기에 일본인 좌근창태랑이 만나러 왔다고 되어 있고, "좌근은 내가 을미년 여름에 그의 집에서 한 달 정도 머물렀다. 그 후에 좌근은 일본으로 돌아갔다가 지금 다시 왔으니 어느덧 22년이 되었다. 서로 만나 매우 기쁘다.〔左近 余乙未夏 暫寓其家 一朔留連 其後左近還日本 今又來到 倏已二十二年矣 相見甚歡〕"라고 하였다. 《운양집》〈공경히 영묘 어필 가리개에 쓰다〔恭識英廟御筆障子〕〉라는 글에는 좌근이 세종대왕 어필을 소장하게 된 경위와 그것이 진묵(眞墨)임을 서술했다.

석료원장 사카이 유키치[601]에게 드리다
贈石療院長酒井猶吉

사카이(酒井)가 기이한 돌을 얻었는데, 사람 피부에 문지르면 온갖 병이 다 고쳐진다.

이 돌을 불석(佛石)이라 부르면서 석료원(石療院)을 차려 영업하고 있다.

불석의 신묘한 공력 들어본 적이 없건만	佛石神功古未聞
한번 손을 거치면 문득 생기가 도네	一經着手便成春
살갗을 긁으면 마치 마고할미 손톱[602] 같다니	搔膚恰似麻姑爪
문 밖에는 행인[603]을 심은 이 많으리라	門外應多種杏人

601 사카이 유키치(酒井猶吉) : 인적 사항이 자세하지 않다. 그가 설립했다는 석료원 (石療院)에 대해서도 자세히 알 수 없다.

602 마고할미 손톱 : 마고할미는 한(漢)나라 환제(桓帝) 때의 선녀 이름이다. 손톱이 마치 새 발톱처럼 생겨 사람의 소양증(搔癢症)을 긁어 없애주었다고 한다. 《列仙傳》

603 행인(杏人) : 살구씨라는 뜻이다. 어진 의원(醫員)을 뜻한다. 삼국 시대 오(吳) 나라의 동봉(董奉)이 여산(廬山)에 은거해 살면서 사람들의 병을 치료하였는데, 치료 비 대신 중한 병을 치료받은 자는 살구나무 다섯 그루를 심게 하고 가벼운 병을 치료받은 자는 한 그루를 심게 하였으므로, 몇 년 뒤에는 살구나무가 숲을 이루었다고 한다. 《神仙傳 董奉》

화사 김관호[604]에게 주다
贈畵師金觀鎬

김군은 약관(弱冠)에 도쿄로 가서 서양의 유화(油畵) 그리는 법을 배웠는데, 매번 일등으로 선발되어 명성이 자자했다. 우리나라로 돌아온 이후 나를 위해 초상화를 그려주었는데 매우 닮았다.

유화로 그려낸 모습 격조 가장 기이한데	油繪傳神格最奇
자연스러운 그 자태 멀리서 보기에 좋구나	天然儀表遠看宜
예원에 화가가 셀 수 없이 많건만	藝園畵手知無數
봄에 계림일지[605] 꺾어 가졌네	折取桂林春一枝

604 김관호(金觀鎬) : 1890~? 평양에서 부호의 아들로 출생하여 서울에서 고등보통학교를 나와 도일(渡日), 메이지학원(明治學院) 진학, 1910년 도쿄미술학교 양화과(洋畵科)에 입학, 재학중 박람회 공진회(共進會)에 작품 〈인물〉을 출품, 졸업작품인 〈석모(夕暮)〉가 일본 문전(文展)에서 특선을 차지했다. 고희동(高羲東)에 이어 우리나라에서는 두 번째 서양화가가 되었다. 김찬영(金瓚永) 등과 함께 회화연구소인 소성회(塑星會)를 개설하여 연구와 후진양성에 힘을 쓰다가 1922년 도쿄미술학교를 졸업한 지 10년 만에 붓을 놓고 화단일선에서 은퇴했다. 광복이 되기까지 부유한 풍류인으로서 지내다 6·25 이후 행적은 확인되지 않는다.

605 계림일지(桂林一枝) : 과거 급제를 의미한다. 《진서(晉書)》권52 〈극선전(郤詵傳)〉에 따르면 "극선이 옹주 자사로 부임할 때 무제(武帝)가 동당에서 그를 전별했는데, '자네는 스스로를 어떻게 생각하는가?'라고 묻자 '신이 현량대책에서 뽑히어 천하제일이 되었지만, 여전히 계화 숲의 한 가지요, 곤산의 한 조각 옥에 불과하지요'라고 답했다.〔累遷雍州刺史 武帝于東堂會送 問詵曰 卿自以爲何如 詵對曰 臣擧賢良對策 爲天下第一 猶桂林之一枝 昆山之片玉〕"라고 하였다. '계림일지'는 본디 자신을 겸허히 평가한 말이지만 후에는 출중한 인재를 가리키는 말로 사용되었다.

운을 빌어 박청단[606] 종열 에게 답하다

借韻答朴靑丹 琮烈

친구의 편지가 도착한 날이	故人書到日
마침 국화꽃 피는 시절이라	正値菊花辰
한번 읊조리고 또 한잔 따르니	一吟復一酌
의기가 흰머리에도 새롭구나	意氣白頭新

---

606 박청단(朴靑丹) : 박종열(朴琮烈)이다. 인적 사항을 자세히 알 수 없다. 《운양집》에 〈박종열 문고 뒤에 쓴다〔書朴琮烈文稿後〕〉가 있고, 《속음청사》에 박종열에게 보낸 편지를 비롯하여 박종열과 주고받은 문답이 다수 보인다.

조동석[607]에게 써서 주다

書贈趙東奭

늙어서도 풍류는 야유원 출입을 즐기니	老去風流逐冶遊
초산 대피리 소리[608] 맑은 가을에 울려 퍼지네	楚山笛竹響淸秋
뜬금없이 다시금 시인의 시구에 들어가	無端更入詩人句
조의루[609]라는 이름까지 널리 얻었구나	博得聲名趙倚樓

---

607 조동석(趙東奭) : 어느 대갓집의 겸인인 듯하다. 《속음청사》 1916년 10월 29일 자 기록에, "밤에 겸인(傔人) 조동석(趙東奭)과 율객 3인, 어린 기녀 한 사람이 왔다. 금슬, 해금, 퉁소로 애오라지 긴 밤을 지냈는데 모두 솜씨가 좋았다. 기녀 이름은 복남이고 나이 14세로 창이며 연주며 노래며 춤까지 능하지 못한 것이 없었으니 아마도 타고난 재주인 듯하였다.〔夜傔人趙東奭與律客三人 稚妓一人來 琴瑟奚琴洞簫聊以永宵 皆善手也 妓名福男年十四 唱彈歌舞 無所不能 蓋天才也〕"라는 기록이 보인다.

608 초산 대피리 소리 : 초나라 땅에는 수죽(脩竹)이 많이 자랐으므로 시에서 종종 초산의 대피리를 언급하곤 한다. 유우석(劉禹錫)의 〈무창노인의 피리이야기노래〔武昌老人說笛歌〕〉에서는 "일흔이 넘은 무창노인, 유령의 안부 편지를 쥐고 왔네. 스스로 말하기를 소시 적에 피리를 배워, 조왕을 모실 적에 사랑을 받았다지, 왕년에 기주로 수자리 서러 갔는데, 초산에 가을 들면 소소히 대피리 소리 들렸다네.〔武昌老人七十餘 手把庚令相問書 自言少小學吹笛 早事曹王曾賞激 往年鎭戍到蘄州 楚山蕭蕭笛竹秋〕"라고 하였다.

609 조의루(趙倚樓) : 당나라 시인 조하(趙嘏)의 별칭이다. 그의 시 〈조추(早秋)〉에 '한 가락 피리 소리 속에 사람은 누대에 기대 있네.〔長笛一聲人倚樓〕'라는 구절을 두목(杜牧)이 너무도 좋아하여 조의루라고 불렀던 데에서 유래한 것이다. 《全唐詩話 摭言》 여기서는 시를 주는 대상인 조동석이 조씨이기 때문에 비유한 것이다.

의사 유세환610 만
醫士劉世煥輓

젊은 시절 유학하여 부지런히 학업하고	妙齡遊學業精勤
한 알의 금단으로 만민을 장수케 했네611	一粒金丹壽萬民
온화한 기풍에다 사람은 옥과 같아	蘊藉風流人似玉
손이 닿기만 해도 곧 생기 돌았네	才經着手便成春

뒤늦게 태잠612되니 백발에도 새롭고	苔岑晚契白頭新
한 조각 빙호613 같아 티끌에 물들지 않았지	一片氷壺不染塵

---

610 유세환(劉世煥): 1876~? 대한제국 시대의 의관·약제관이다. 1893년(고종30)에 관립일본어학교에 입학, 1897년에 일본 도쿄약학교에 입학, 1900년 졸업했다. 그해에 도쿄의과대학 선과에 입학, 1902년에 졸업하고 귀국하였다. 1903년 내부광제원위원(內部廣濟院委員), 1904년 철도원주사(鐵道院主事) 판임 6등, 의학교주임교관(醫學校奏任敎官) 주임 6등, 유행병예방위원, 육군등약제관, 1907년 대한의원 교관, 1908년 대한의원 교수를 지냈다.

611 한 알의……했네 : 금단은 도사가 금석(金石)을 달구어서 만든 약으로 이 약을 먹으면 신선이 된다고 한다. 정이(程頤)의 시에 "내게 신묘한 단약이 있는데 그대는 아는가, 이것을 쓰면 이 백성들을 장수하게 할 수 있다네.〔我有神丹君知否 用時還解壽斯民〕"라는 말이 있다.

612 태잠(苔岑) : 뜻을 같이하고 도를 같이하는 벗을 의미한다. 진(晉)나라 곽박(郭璞)의 〈온교에게 주다〔贈溫嶠〕〉 시에 "사람에게도 말이 있고 소나무 대나무는 숲이 있네. 우리들의 취미를 말하자면 한 봉우리에 난 다른 이끼라네.〔人亦有言 松竹有林 及余臭味 異苔同岑〕"라고 한 데서 유래한 말이다.

613 빙호(氷壺) : 고결한 인품을 형용한 말이다. 당나라 시인 왕창령(王昌齡)의 시

밥을 싸서 병든 자상을 찾아가듯 했으니[614]　　　　裹飯來看桑戶病

그대의 높은 의리 애달파 굵은 눈물 흘리네　　　　憐君高義淚如紳

〈부용루송신점(芙蓉樓送辛漸)〉에 "낙양의 친우가 만약 묻거든, 한 조각 빙심이 옥호에 있다고 하게나.[洛陽親友如相問 一片氷心在玉壺]"라고 한 구절에서 유래하였다.

614 밥을……했으니 : 친구 간의 깊은 우정을 의미한다. 옛날 자여(子輿)라는 사람이 자상(子桑)이라는 사람과 서로 친구였는데, 한번은 열흘 동안을 연해서 장맛비가 내리자 자여가 말하기를 "자상이 굶어서 병이 났겠구나.[子桑殆病矣]" 하고는 밥을 싸 가지고 가서 먹였다는 고사에서 온 말이다.《莊子 大宗師》

정평[615] 한병련[616] 의생 화갑시
定平韓 秉璉 醫生花甲韻

대와 측백 같은 정신에 거북과 학 같은 수명	竹栢精神龜鶴年
엿을 물고[617] 해당화 앞에서 노는 걸 바라보네	含飴看戲海棠前
가지 이어진 앵두 꽃받침[618] 봄빛을 다투고	連枝棣蕚爭春色
세 그루 기화[619] 저무는 하늘을 비추네	三樹琪花暎暮天
일찍이 맹광[620]과 함께 은거 언약 이루었고	早遂孟光偕隱約

---

615 정평(定平) : 함경남도 정주(定州)의 옛 지명이지만, 여기서는 한병련(韓秉璉)의 호로 쓰인 듯하다.

616 한병련(韓秉璉) : 생몰년 및 인적 사항을 자세히 알 수 없다. 저서 《의방신감(醫方新鑑)》이 전한다. 1915년에 그의 아들 한석원(韓錫元)이 교열해 간행한 것이다. 《매일신보》 1915년 11월 9일 자의 '조선의회(朝鮮醫會) 발기총회를 황금정(黃金町) 2정목(丁目)'이라는 제목의 기사에 그의 이름이 보인다.

617 엿을 물고 : 함이농손(含飴弄孫)으로, 엿을 먹음으로써 감미로움을 맛보고, 손자를 데리고 놀며 낙을 삼는 것을 말한다. 후한(後漢) 때 마황후(馬皇后)가 연로하자 "나는 다만 엿이나 먹고 손자나 데리고 놀 뿐이지 다시는 정사에 관여하지 않겠다.〔吾但當含飴弄孫 不能復知政事〕"라고 한 데서 나온 말이다. 《後漢書 卷10 馬皇后紀》

618 앵두 꽃받침 : 형제간의 우애를 말한다. 《시경》 〈상체(常棣)〉에 "앵두나무 꽃빛 나지 않는가. 모든 사람 중에서 형제 같은 이 없으리.〔常棣之華 鄂不韡韡 凡今之人 莫如兄弟〕"라는 말에서 인용했다. '가지가 이어진〔連枝〕'이라는 말도 형제 사이를 의미한다.

619 세 그루 기화(琪花) : 삼주수(三珠樹)와 같은 말이다. 전설 속의 진귀한 나무로 측백나무 잎과 비슷한데 모두 진주가 된다고 한다. 《山海經 海外南經》 당나라 때 왕거(王勮), 왕면(王勔), 왕발(王勃) 3형제가 모두 재사(才士)로 이름이 높아 당시에 이들을 삼주수라고 일컬었다고 한다. 여기서는 훌륭한 아들 셋을 두었음을 말한다.

만년에는 강백[621]과 신선의 인연 따르네 　　　　　　　晚追康伯古仙緣

멀리서 만전[622]을 부쳐 축수 술잔 올리는데 　　　　　蠻牋遙寄觴筵祝

한 곡조 남비[623]가 드높이 울려퍼지네 　　　　　　　一曲南飛響戞然

---

620 맹광(孟光) : 후한의 현사(賢士)인 양홍(梁鴻)의 처이다. 맹광은 밥상을 들고
올 때에도 지아비인 양홍을 감히 마주 보지 못하고 이마 위에까지 들어 올렸다는 '거안제
미(擧案齊眉)'의 고사가 있다. 부부가 서로 예법을 지키며 공경하였다는 말이다.《後漢
書 卷83 逸民列傳 梁鴻》

621 강백(康伯) : 한(漢)나라 고사(高士) 한강(韓康)으로, 자(字)는 백휴(伯休)이
다. 그는 30여 년 동안 명산의 약초를 캐다가 장안(長安) 시장에서 늘 똑같은 값으로
팔면서 흥정을 하지 않았다. 어느 날 어떤 여자가 그와 흥정을 하다가 화를 내며 "당신이
뭐 한백휴라도 되기에 값을 깎아 주지 않는가.〔公是韓伯休那 乃不二價乎〕"라고 하자,
자신의 이름이 알려진 것을 탄식하며 패릉산(霸陵山) 속으로 들어가 숨었다 한다.《後
漢書 卷113 逸民列傳 韓康》

622 만전(蠻牋) : 시를 쓰는 종이로, 여기서는 시 자체를 가리킨다. 만전은 당나라
때 고려지(高麗紙), 혹은 촉(蜀) 땅에서 생산되는 질이 좋은 채색지(彩色紙)를 지칭하
는 말이었다.

623 남비(南飛) : 학남비(鶴南飛) 곡을 가리킨다. 소식(蘇軾)이 적벽(赤壁) 아래서
생일잔치를 할 때, 문득 강가에서 퉁소 소리가 들려왔다. 이위(李委)라는 사람이 소식
을 위해 〈학남비(鶴南飛)〉라는 신곡(新曲)을 만들어 이날 분 것이라고 한다.《蘇東坡
詩集 卷21 李委吹笛》

내종제 서정순[624] 회갑연 축사
內從弟徐 貞淳 回甲筵祝詞

전원에서 졸박함 지키며 명성 구하지 않으나	田園守拙不求知
고택엔 여전히 승상의 사당 전해오네	古宅猶傳丞相祠
한 곡조 거문고 연주하고 또 화답하는데	一曲瑤琴彈復和
섬돌 앞엔 옥수경지[625] 장손이 자라네	階前玉樹長孫枝

근심과 어려움 두루 돕고 기쁨과 슬픔 함께 하니	周旋患難共休戚
서로 좋아함은 고종사촌간의 정 때문만은 아니네	相好非徒姑表情
집안 평강하고 몸 또한 건강하여	家用平康身且健
해마다 봄바람 불 제 이 술 받고 취하기를	春風歲歲醉斯觥

---

624 서정순(徐貞淳) : 자는 경문(敬文)이다. 김윤식의 고모부인 서민보(徐珉輔)의 계자(系子)이니, 운양과는 고종사촌 간이다. 《황성신문》양력 1900년 11월 7일자 광고에 "果川 東面 牛滿里居 徐學官七淳의 名을 貞淳으로 改稱ᄒ오니 知舊間諒悉ᄒ시오 徐貞淳 告白"이라는 내용이 보인다. 《속음청사》에도 1900년 11월 이전에는 서칠순, 이후에는 서정순으로 기록되어 있다.

625 옥수경지(玉樹瓊枝) : 귀한 집안의 자제, 혹은 풍모가 아름다운 사람을 비유한다. 《세설신어(世說新語)》〈언어(言語)〉에, 진(晉)나라 사안(謝安)이 여러 자제들에게 어떤 자제가 되고 싶냐고 묻자, 그의 조카인 사현(謝玄)이 대답하기를 "비유하자면 지란옥수가 뜰 안에 자라게 하고 싶습니다.〔譬如芝蘭玉樹 欲使其生於階庭耳〕"라고 하였다는 데서 '옥수'라는 말이 유래했다. 경지라는 말은 진(晉)나라 때 왕융(王戎)에게서 유래하였다. 그가 왕연(王衍)에 대해서 "태위는 풍모가 매우 고상하고 맑아 마치 옥으로 된 숲의 나무와 같으니 자연 풍진 밖의 인물이다.〔太尉神姿高徹 如瑤林瓊樹 自然是風塵外物〕"라고 한 데서 나온 말이다. 《文獻通考》

석정 영선군 이공626 준용 만
石庭永宣君李公 埈鎔 輓

신선 오얏나무 서린 뿌리 큰데   仙李盤根大

반짝이는 잎 어이 그리 빛나는가627   奕葉何炳靈

신령한 용이 천황628에서 일어나니   神龍起天潢

---

626 이공(李公) : 이준용(李埈鎔, 1870~1917)으로, 자는 경극(景極), 호는 석정(石庭)·송정(松亭)이다. 흥선대원군의 적손(嫡孫)으로, 완흥군(完興君) 이재면(李載冕)의 아들이며, 고종의 조카이다. 1884(고종21) 갑신정변 때 세마(洗馬)가 되고 1886년 정시 문과에 병과(丙科)로 급제, 그해 한러밀약사건을 계기로, 청나라의 주차조선총리교섭통상사의(駐箚朝鮮總理交涉通商事宜) 원세개(袁世凱)가 대원군과 협력하여 고종을 폐위시키고 이준용을 국왕으로 옹립하려고 하였으나, 북양대신 이홍장(李鴻章)의 제지로 좌절되었다. 1894년 법부 협판(法部協辦) 김학우(金鶴羽) 피살 사건에 연루, 교동부(喬洞府)에 유배되었다가 2개월 만에 특전으로 석방되었다. 김홍집내각(金弘集內閣)의 내부 협판·통위사에 등용, 곧 칙명으로 유학차 일본에 갔다가 주차일본공사(駐箚日本公使)가 되었다. 1910년 영선군(永宣君)에 봉해지고 보국숭록대부(輔國崇祿大夫)로 승진, 육군참장이 되었다. 일본측의 압력으로 내부 협판에서 물러났을 때는 극렬한 배일주의자였으나 뒤에는 친일파로 변절, 일본으로부터 욱일동화장(旭日桐花章) 훈장을 받았다.

627 신선……빛나는가 : 두보(杜甫)의 〈동일낙성북알현황제묘(冬日洛城北謁玄皇帝墓)〉에 이씨(李氏)인 당나라 종실을 두고, "신선 오얏은 서린 뿌리가 크고, 아름다운 난초는 여러 잎이 빛나도다.[仙李盤根大 猗蘭奕葉光]"라고 하였다. 《杜少陵詩集 卷2》

628 천황(天潢) : 하늘의 은하수로, 왕족(王族)은 물에 비유하면 은하수(銀河水)의 유파(流波)라는 것이다. 북주(北周) 유신(庾信)의 글에 "물결은 하늘의 못에서 나눠 받았고, 가지는 태양의 나무에서 갈려 나왔다.[派別天潢 支分若木]"라는 표현이 나온다. 《庾子山集 卷15 周大將軍義興公蕭太墓誌銘》

옥빛 물결이 깊은 연못에 모였네	璇波蓄泓渟
종손과 지손에 경사가 쌓여	本支積慶衍
왕가가 한병629을 이루었지	王家作翰屛
공은 실로 복사630의 주관자로	公實主濮祀
훌륭한 명성 젊은 날부터 자자했네	令聞自妙齡
선을 행함이 허리와 배에 부합하여	爲善副腰腹
한나라 동평에게 아름다움 견주었네631	媲美漢東平
세상일에 험난함 많았지만	世故多險巇
험난함이 있었기에 옥이 되었네632	艱難是玉成

---

629 한병(翰屛) : 병풍과 기둥을 뜻하는 말로 《시경》〈상호(桑扈)〉에 "병풍이 되고 기둥이 되니, 온갖 제후왕들이 법으로 삼도다.〔之屛之翰 百辟爲憲〕"라고 하였다.

630 복사(濮祀) : 고종의 생부인 흥선대원군의 제사를 가리킨다. 복사는 본래 복안의 왕(濮安懿王)의 제사라는 뜻으로, 중국 송(宋)나라 인종(仁宗)이 후사(後嗣)가 없이 죽자 복안의왕 윤양(允讓)의 아들 월서(越曙)로 뒤를 잇게 하였는데, 그가 영종(英宗) 이다. 영종이 즉위한 이듬해에 조칙을 내려 생부(生父)인 복안의왕의 숭봉(崇封) 문제 를 의논하도록 했는데, 이때 발생했던 논의를 복의(濮議)라고 한다.

631 선(善)을……견주었네 : 후한 광무제(後漢光武帝)의 여덟째 아들인 동평왕(東 平王) 유창(劉蒼)은 경술(經術)을 좋아하고 지혜가 있었다. 수염을 아름답게 길러 허리 에 띠처럼 두르고 다녔는데 명제(明帝)가 그를 매우 애지중지하였다. 명제가 "동평왕은 집에 있으면서 무엇이 가장 즐거운가?〔東平王處家 何等最樂〕"라고 묻자, "선을 행하는 것이 가장 즐겁습니다.〔爲善最樂〕"라고 답했다. 명제는 "그 말이 매우 훌륭하여 그대의 허리와 배보다 훨씬 크다.〔其言甚大 副是腰腹矣〕"라고 하였다. 《後漢書 卷42 光武十王 列傳》

632 옥이 되었네 : 완전하게 성취하는 것을 말한다. 송(宋)나라 장재(張載)의 〈서명 (西銘)〉에 "궁한 상황 속에서 근심에 잠기게 하는 것은 그대를 옥으로 만들어 주려는 것이다.〔貧賤憂戚 庸玉汝於成也〕"라는 말이 나온다.

동쪽으로 유학하여 일본에서 지냈고	東遊客扶桑
서쪽으로 건너 영국 수도에 당도했지[633]	西渡抵英京
시사의 변화에 통달하고	達觀時事變
세계 형세 묵묵히 익혔네	默識宇內形
돌아와 시끄러운 세상사 물리치고	歸來謝囂塵
도화와 서책으로 일백 성[634]을 끌어안았지	圖書擁百城
박학함은 고금을 관통했고	淹博貫今古
가슴속은 발해처럼 드넓었네	胸中浩渤溟
오래도록 이수[635]에 얽매여	久被二豎纏
병침[636]까지 임금님께 걱정 끼쳤네	丙枕宸憂縈
오호라 하늘도 믿기 어렵구나	嗚呼天難諶
종실의 영재를 남겨두지 않네	不憗遺宗英
돌이켜보니 나는 외람되이 지우를 입어	顧我謬被遇
목생처럼 단술을 대접받았네[637]	設醴如穆生

---

633 서쪽으로……당도했지 : 1897년 대한제국이 성립하자 이준용은 일본을 떠나 유
럽 각지를 유람하고 2년 뒤에 돌아와 일본 지바현에서 한거하였으며, 1898년 안경수의
쿠데타 사건에 연루되어 망명 상태로 귀국하지 못하다가 1907년에 국내로 돌아왔다.

634 일백 성(城) : 책을 가리킨다. 옛말에 "일만 권의 책을 가지고 있으면 일백 개의
성을 가지고 왕 노릇하는 것보다 낫다.〔擁書萬卷 勝於南面百城〕"라는 말이 전한다.

635 이수(二豎) : 병마(病魔)를 이른다. 진(晉)나라 경공(景公)이 병으로 누워 있을
때에 병마가 두 아이로 화신(化身)하여 왔다는 고사(故事)에서 나온 말이다.

636 병침(丙枕) : 하룻밤을 갑·을·병·정·무의 다섯으로 나눈 셋째 시각. 즉 밤
12시로, 임금이 잠자리에 드는 것을 말한다.

637 목생(穆生)처럼……대접받았네 : 예우를 받는 걸 의미한다. 한(漢)나라 초원왕
(楚元王)이 학문을 좋아하고 재주가 많아 젊었을 때에 목생·백생(白生)·신공(申公)

선공[638]때부터 지우를 받으며   受知自先公
기쁨과 슬픔 한 마음으로 함께했지   休戚與同情
삼세[639]를 곡하며 눈물도 다했으니   淚盡三世哭
노인의 감회 홀로 외로워라   老懷獨熒熒

세 사람과 같이 시(詩)를 배웠다. 늘 그 세 사람을 융숭하게 예우하였는데 목생은 술을 좋아하지 않으므로, 주연을 베풀 때면 항상 목생을 위하여 따로 단술을 마련하게 하였다. 그러다가 초원왕이 죽고 그의 손자가 즉위하였어도 늘 그렇게 하였는데 언젠가 한 번은 잊어버리고 마련하지 않자 목생이 떠나야 할 때임을 알고 병을 핑계 대고 떠났다. 《漢書 卷36 楚元王傳》

638 선공(先公) : 이재면(李載冕, 1845~1912)으로, 자는 무경(武卿), 호는 우석(又石)이다. 뒤에 희(熹)로 개명하였다. 흥선대원군과 여흥 민씨(驪興閔氏) 사이의 장남으로, 고종의 형이며, 이준용의 아버지이다.

639 삼세(三世) : 이하응(李昰應), 이재면(李載冕), 이준용(李埈鎔), 3대를 가리킨다.

다케조에 박사[640] 고코 만

竹添博士 光鴻 輓

가슴엔 뭇별 널려 있고 붓엔 신 깃들어 星宿羅胸筆有神

깊이 생각하고 저술하며 가난을 걱정 안했네 覃思著述不憂貧

문원의 소갈병[641] 여러 해 되었으니 文園病渴知多歲

응당 유서가 대궐에 전해졌으리 應有遺書達紫宸

준조[642]도 전쟁도 이미 지나간 후 樽俎干戈事已陳

어찌 알았으랴 한묵으로 앞의 인연 이을 줄 豈知翰墨續前因

시바조의 아회[643]도 추억이 되었으니 芝城雅會成追憶

640 다케조에 박사(竹添博士) : 다케조에 신이치로(竹添進一郎, 1842~1917)로, 고코(光鴻)는 자이다. 1875년 이토 히로부미의 추천으로 천진 영사가 되었으며 이어 북경 공사관 서기관을 거쳐 1882년 하나부사의 후임으로 조선공사로 부임했다. 임오군란 후 김옥균·박영효의 독립당원을 지원하여 일본의 실질적 권익 확보에 주력하였으며, 불평등조약 체결을 주선했다.

641 문원(文園)의 소갈병 : 한(漢)나라 때 효문원 령(孝文園令)을 지낸 사마상여(司馬相如)를 말한다. 그는 소갈병을 오래 앓으며 두문불출하다 죽었는데, 한 무제가 사람을 보내어 남긴 글을 묻자 아내가 〈봉선문(封禪文)〉을 바쳤다.《史記 卷117 司馬相如列傳》

642 준조(樽俎) : 연회에 차리는 술병과 고기 담은 도마를 말하는데, 전하여 술자리에서 조용히 담소를 나누면서 담판을 지어 적군을 물리치는 외교력을 의미한다.

643 시바조(芝城)의 아회(雅會) : 김윤식은 1908년 여름에 왕명을 받고 동궁에게 문안하러 일본 도쿄에 갔었다. 그때 일본의 여러 인사들과 시바리큐(芝離宮) 일대에서 여러 형태의 연회에 참석했다.

매양 그대 시를 읽으며 크게 슬퍼하네   每讀君詩一愴神

구름 사이 후지산이 푸르게 우뚝 솟았듯   雲間富嶽碧嶙峋
그 문채와 풍류가 바닷가에 비치리   文彩風流映海濱
도쿠호로[644] 안의 사람 보이지 않으나   獨抱樓中人不見
지붕 위의 달빛에서 그 정신을 떠올리네[645]   屋樑月色想精神

---

644 도쿠호로(獨抱樓) : 다케조에 신이치로(竹添進一郞)의 집에 있는 누각 명칭이다. 《도쿠호로시문(獨抱樓詩文)》이라는 그의 문집이 있다.

645 지붕……떠올리네 : 먼 곳에서 친구를 그리는 간절한 정을 형용한 것으로, 두보(杜甫)의 〈몽이백(夢李白)〉이라는 시에 "지는 달이 지붕 마루 가득히 비추나니, 그대의 밝은 안색 행여 보는 듯.〔落月滿屋梁 猶疑見顔色〕"이라는 시구에서 유래한 것이다. 《杜少陵詩集 卷7》

학산화상 회갑에 드리다
贈鶴傘和尙回甲

소춘[646] 삼일에 생신상을 차렸다니	小春三日設弧辰
나와 서로 같음[647]은 전생의 인연이로구나	與我相同是夙因
조만간 여산에서 여생을 보내려 한다니	早晚廬山終老計
초가집 얽어 원공[648]의 이웃이 되려는가	結茅擬作遠公隣

유유히 운명에 맡긴 채 천진을 즐기니	騰騰任運樂天眞
성시에 한껏 노닐어도 티끌에 물들지 않네	城市遨遊不染塵
경승지와 이름난 동네 두루 돌아다녔으니	勝地名坊行歷遍
보장[649]과 같이 천세를 누리겠구려	應同寶掌壽千春

---

646 소춘(小春) : 음력 10월을 가리킨다. 양기(陽氣)를 품고 있다가 기운을 발동시키므로 음력 10월을 소춘 혹은 소양춘(小陽春)이라고 부른다.

647 나와 서로 같음 : 운양 김윤식의 생일은 1835년 음력 10월 3일이다.

648 원공(遠公) : 진(晉)의 고승 혜원(慧遠)을 가리킨다. 여산의 동림사(東林寺)에 거처하였다.

649 보장(寶掌) : ?~657. 중인도(中印度) 사람이다. 세상에서 보장천세 화상(寶掌千歲和尙), 혹은 천세보장(千歲寶掌)이라 일컬어진다. 태어날 때 왼손을 주먹 쥐고 났는데 7세에 삭발을 하자 비로소 주먹이 펴졌기 때문에 보장이라 이름하였다. 위진(魏晉) 연간에 동쪽으로 중국에 와서 촉 땅에 들어가 보현(普賢)을 참례(參禮)하였다. 선사가 대자(大慈)를 갖추고 늘 아무것도 먹지 않으며 날마다 《반야경》등 불경 천여 권을 외웠다. 하루는 대중들을 향하여 말하기를 "나는 세상에 천년 살기를 소원하는데, 지금 나이는 626세이다.〔吾有願住世千歲 今年六百二十有六〕"라고 하였으므로 천세라는 명칭을 얻었다.

쓸쓸히 바리때로 구름과 짝하여 노닒에   蕭然瓶鉢伴雲遊
선학이 남쪽으로 날아가는[650] 옥국[651]의 가을   仙鶴南飛玉局秋
고요한 가운데 수양하여 공덕이 가득하니   靜裡修持功德滿
한평생 두려움도 없고 근심도 없구나   一生無懼又無愁

650 선학이 남쪽으로 날아가는 : 〈학남비(鶴南飛)〉곡이 들려오는 것을 말하는데,
생일날이라는 의미이다. 소식(蘇軾)이 적벽(赤壁) 아래서 생일잔치를 할 때, 문득 강가
에서 퉁소 소리가 들려왔다. 이위(李委)라는 사람이 소식을 위해 〈학남비〉라는 신곡
(新曲)을 만들어 이날 분 것이라고 한다.《蘇東坡詩集 卷21 李委吹笛》

651 옥국(玉局) : 송대(宋代)의 저명한 도관(道觀)인 옥국관(玉局觀)을 가리킨다.
여기서는 사찰을 의미한다. 소식(蘇軾)이 일찍이 옥국관(玉局觀)의 제거(提擧)를 지
냈기 때문에 소식의 별칭으로 쓰이기도 한다.

주옥산 총독에게 차운하여 답하다

次韻酬周玉山總督

옥산(玉山)을 만나보지 못한 지가 이미 36년이다. 춘수모운(春樹暮雲)[652]의 정회가 어느 때인들 간절하지 않겠는가만, 세상 풍파 속에 한번 헤어지고는 다시 만날 기약이 없었다. 근래 들으니 만사를 물리치고 한가롭게 지내며 천진(天津)의 자죽림(紫竹林)에 우거한다고 하였다. 일전에 안필중(安弼中)[653] 군 편에 편지 한 통을 부쳐 보내면서 안부를 물었는데, 안군이 미처 돌아오기 전에 그가 손수 답한 편지를 먼저 받았다. 그리고 아울러 구슬처럼 아름다운 시 1편도 하사하셨는데, 내용 중에 그리움이 가득하고 필획은 힘차서, 정력의 왕성함과 우의의 돈독함을 볼 수 있었다. 세 번 거듭 읊고 외우노라니 감탄이 더욱 절절했다. 이에 원운(原韻)을 좇아 졸렬함도 잊고서 답시를 올린다. 다시 안군에게 부탁해 주고받는 편지를 직접 전해 달라 하였으니, 천진 기기창의 옛 연을 다시 잇는다면 이 또한 '늘그막의 즐거운 일'이라 하겠다.

나의 삶에 그래도 다행스러운 건	我生猶有幸
세상에 나를 알아주는 친구 하나 있는 것	海內知己一
함께 모인 것[654]이 옛날 어느 때던가	盍簪昔何時

---

652 춘수모운(春樹暮雲) : 벗을 그리워하는 마음을 말한다. 두보(杜甫)의 〈봄날에 이백을 생각하며〔春日憶李白〕〉 시에 "위북(渭北)엔 봄날의 나무가 있고, 강동(江東)엔 날 저무는 구름이 있네.〔渭北春天樹 江東日暮雲〕"라고 한 표현에서 인용한 말이다. 《李太白集注 卷22》

653 안필중(安弼中) : 인적 사항을 알 수 없다.

654 함께 모인 것 : 원문은 합잠(盍簪)인데, 뜻이 맞는 이들이 서로들 달려와 회동하는 것을 말한다. 《周易 豫卦 九四》

흐르는 세월 치닫는 말과도 같구나　　　　　　　流光若馳駟

지금도 꿈속에선　　　　　　　　　　　　　　至今夢寐間

여전히 천진에 있는 듯하네　　　　　　　　　猶如在津日

빛나는 풍모는 무숙[655]을 우러르고　　　　　　光風茂叔仰

아량은 공근[656]과 짝하네　　　　　　　　　　雅量公瑾匹

지치지 않고 붓으로 혀를 대신하니　　　　　娓娓筆代舌

정다운 말이 지면에 넘쳐나네　　　　　　　情辭紙面溢

마음을 비우고 훌륭한 의사를 마주한 듯해　虛心對良醫

감히 아픔을 숨기지 못하겠네　　　　　　　不敢諱其疾

누가 재앙이 잠복했을 줄 알았으랴　　　　誰知禍潛伏

이십년을 복실[657]에서 신음하였네　　　　　廿載吟鵩室

공께선 홀로 기미를 일찍 알아채고　　　　公獨見機早

공을 이룬 뒤 그윽한 샘물[658]에서 즐거이 지내시네　功成樂幽泌

655　무숙(茂叔) : 북송(北宋)의 유학자 염계(濂溪) 주돈이(周敦頤)의 자(字)이다. 송(宋)나라 황정견(黃庭堅)의 〈염계시서(濂溪詩序)〉에 "용릉(春陵)의 주무숙(周茂叔)은 인품이 매우 고상해서, 마치 광풍제월처럼 가슴속이 쇄락하기만 하다.〔春陵周茂叔 人品甚高 胸中灑落如光霽月〕"라고 평한 내용이 나온다.

656　공근(公瑾) : 공근은 삼국 시대(三國時代) 오(吳)나라 장수 주유(周瑜)의 자이다. 아량이 넓고 커서 일을 조용히 잘 처리했다고 한다. 《三國志 吳志 周瑜傳》

657　복실(鵩室) : 유배객의 집을 의미한다. 한(漢)나라 때 가의(賈誼)가 장사 태부(長沙太傅)가 된 지 3년째 되던 해에 복(鵩)이라는 새가 가의가 거처하는 집으로 날아들었다. 복조는 올빼미와 비슷한 새로, 우는 소리를 들으면 불길하다고 한다. 그가 지은 〈복조부(鵩鳥賦)〉에 "복조가 나의 집에 모이도다.……들새가 집에 들어오니, 주인은 장차 떠나가려 하는구나.〔鵩集余舍……野鳥入室 主人將去〕"라고 하였다. 《漢書 卷48 賈誼傳》 여기서는 김윤식이 20년간 유배생활을 한 것을 의미한다.

상전벽해 끝이 없는 세월	桑劫浩無涯
쇠미한 세상659은 삼칠의 액운660 만났네	摽季逢三七
하늘 양쪽 끝의 두 늙은이	天涯兩衰翁
몸과 그림자 서로 잃었네	形影互相失
전에 북쪽 기러기 편에 부친 편지	向書憑北雁
확실히 전해졌는지 확신하지 못했는데	確交未可必
아름다운 편지 홀연 손에 들어오니	瑤函忽入手
뜻밖의 일에 놀라 기뻐하네	驚喜望外出
정신과 기운 아직 왕성하고	神氣尙健旺
하늘이 보우하사 길하지 않은 것 없네661	天佑无不吉
현재의 처지 이외에 바라는 것 없나니662	素位不願外

---

658 그윽한 샘물 : 원문의 '유비(幽泌)'는 고요한 장소나 은거지에 있는 샘물을 말한다. 《詩經 衡門》

659 쇠미한 세상 : 원문의 '표계(摽季)'는 쇠미한 세상을 의미한다. 청(淸)나라 당손화(唐孫華)의 〈문신국사당(文信國祠)〉이라는 시에, "옛날 쇠미한 시대 생각해보니 위기를 만나고 험난함을 겪었구나.〔憶昔時摽季 逢危歷險艱〕"라는 구절이 있다.

660 삼칠(三七)의 액운 : 삼칠의 액운은 '삼칠지절기(三七之節紀)'를 줄인 말로 망하는 것을 의미한다. 《한서(漢書)》 권85 〈곡영전(谷永傳)〉에 "폐하께서 8대의 공업을 이어받으시어 양수를 빼앗기는 말세를 맞아, 삼칠의 액운의 절기를 건너고 계십니다〔陛下承八世之功業 當陽數之摽季 涉三七之節紀〕"라는 표현이 보인다. 삼칠은 210년, 한나라가 세워진 후 210년 만에 망할 것이라는 예언이다. 곡영의 예언이 있은 후 서한 건국 210년 만에 과연 신망(新莽)이 황위를 찬탈하였다.

661 하늘이……없네 : 《주역》 〈대유(大有) 상구(上九)〉에 이르기를 "하늘이 보우하사 길하여 이롭지 않음이 없다.〔自天祐之 吉无不利〕"라고 하였다.

662 현재의……없나니 : 현재 처해 있는 위치에 알맞게 행동한다는 뜻이다. 《중용장구》 제14장에 "군자는 현재 있는 위치에서 그 자리에 맞는 일을 행하고, 그 외의 다른

이 말은 신에게 물어봐도 좋네   此言神可質

원운 原韻

공의 나이 여든 셋	公年八十三
내 나이 여든 하나	我年八十一
이별해 있었던 서른 해 동안	別離三十載
안부를 물을 방도가 없었네	問訊無傳馹
어제 아침 서한을 받들고	昨朝奉書翰
깜짝 놀라 종일토록 기뻐했네	驚躍喜竟日
앞에선 오랜 그리움 말하고	上言長相思
뒤에선 짝할 친구 적다고 했지	下言寡儔匹
얽히고 서린 끝없는 사연	繾綣無限意
글자마다 정신이 넘쳐흘렀네	字字神流溢
게다가 인삼까지 한 상자 보내주어	更遺蔘一匣
늙고 병든 나를 부지해주었네	助我扶老疾
은혜에 감사하여 감격하고 또 송구스럽나니	拜嘉感且愧
그대 아름다운 글이 내 방을 비추네	瓊瑤照我室
나는 쇠약하여 할 수 있는 일이 없어	我衰百無能
병을 요양하며 형비663를 지킨다오	養疴守衡泌
세상사 멀어져 무관하게 되었고664	世事風馬牛

일은 바라지 않는다.〔君子素其位而行 不願乎其外〕"라고 하였다.

663 형비(衡泌) : 형문(衡門)과 샘물인데, 전(轉)하여 은거하는 곳을 말한다. 《詩經 衡門》

옛 친구 열에 일곱은 죽었다네	舊交十喪七
그 당시의 일 생각해보아도	緬懷當年事
꿈속인 듯 아득히 사라지고 마네	夢幻邈然失
하늘 끝에서 슬피 바라보지만	天涯徒悵望
어찌 만나보길 기약할 수 있으리	會面安可必
망망한 바다 천 리	千里海茫茫
동쪽에서 떠오르는 해만 바라보네	但瞻日東出
하늘은 착한 사람을 돕고	皇天輔善人
늙은이는 곧은 길 가는 것이 길하네[665]	黃耈履貞吉
바라건대 공이시여 밝은 덕을 높이어	願公崇明德
영원히 송백의 자질 보존하소서	永保松栢質

664　멀어져 무관하게 되었고 : 원문은 풍마우(風馬牛)이다. 동물의 암컷과 수컷이 암내가 나 짝을 찾아도 미치지 못할 만큼 서로 멀리 떨어져 있다는 것으로, 서로 아무 관계가 없음을 말한다.《春秋左氏傳 僖公4年》

665　늙은이는……길하네 :《주역》〈이괘(履卦) 구이(九二)〉에 "도를 행함에 당당한 유인의 곧음이 길하다〔履道坦坦幽人貞吉〕"라는 말이 나온다.

김이정[666] 용설 에게 드리다

贈金生爾貞 溶偰

일찍부터 이름 떨친 홍성의 빼어난 선비	洪城奇士早聞名
봄날에 금원의 꾀꼬리 소릴 들으러 왔네	春日來聽禁苑鶯
온아한 풍류로 문자음[667]을 여니	溫雅風流文字飮
시와 예로 과정훈[668]도 잘 하시리	應將詩禮好過庭

666 김이정(金爾貞) : 김용설(金溶偰)로, 김용계(金溶契)라고 나온 곳도 있는데 인적사항을 자세히 알 수 없다. 이정(爾貞)은 자(字)인 듯하다. 김윤식은 《속음청사》 양력 1917년 5월 11일자 일기에, '《운양집》 중간(重刊) 기념회'가 있다고 하면서, "우리 집에 자리를 마련, 이빈승(李斌承)·김용계(金溶契)가 주관하였다.〔設局于吾家 李斌承 金溶契主之〕"라고 서술하였다.

667 문자음(文字飮) : 술을 마시면서 시를 읊고 문을 논하는 것을 말한다. 당(唐)의 한유(韓愈)가 장안의 부호집 자식들을 조롱하면서, "문자음을 할 줄은 알지 못하고 오직 연분홍 치마폭에서 취하기만 하지.〔不解文字飮 惟能醉紅裙〕"라고 하였다 한다. 《捫蝨新話》

668 과정훈(過庭訓) : 부친의 훈계를 뜻한다. 공자의 아들 백어(伯魚)가 뜰을 가로질러 갈 때〔過庭〕, 공자가 그를 불러 세우고 시(詩)와 예(禮)를 공부하라고 가르침을 내렸던 고사에서 나온 것이다. 《論語 季氏》

삼월 십일일 신문사[669]에서 《운양집》을 중간하였다. 이군[670] 빈승 김군 용설 이 우리 집에 자리를 마련하여 기념회를 하려고 문인 화백 사십여 명을 초대해 술을 마시며 축하하였다. 원시에 차운하여 절구 두 수를 읊다

三月十一日新文社重刊雲養集李君 斌承 金君 溶俀 設局于吾家爲記念會 邀文人畫伯四十餘人飲酒祝賀有原韻次之吟成二截

청묘 서쪽 빈터에 동천[671] 열리니	淸廟西墟闢洞天
술자리 마련해 종일토록 여러 신선 모았네	壺觴永日集羣仙
어젯밤 느닷없이 내린 도화우[672]에	無端昨夜桃花雨
영원[673]이 세상에 알려질까 염려되네	恐被靈源世外傳

---

669 신문사(新文社) : 출판사 명칭이다. 반도시론사장(半島時論社長)인 일본인 다케우치 로쿠노스케(竹內錄之助)가 발행자로 있었던 출판사이다. 최남선이 설립한 신문관(新文館)과 함께 1910년대의 한국 지성계를 양분한 출판사로, 1913년부터 《신문계(新文界)》《우리의 가뎡》《신문세계(新聞世界)》 3종의 잡지를 발간했다.

670 이군 : 이빈승(李斌承)으로 인적사항을 자세히 알 수 없다. 《운양집》 및 《운양속집》을 교정하였고, 《조선태조실기(朝鮮太祖實紀)》를 저술하여 1927년에 대동성문사(大東成文社)에서 간행하였다.

671 동천(洞天) : 신선이 사는 곳을 가리킨다. 도가(道家)에서 36곳의 동천을 일컫는 표현을 빌어 쓴 말이다.

672 도화우(桃花雨) : 복사꽃이 필 무렵에 내리는 봄비를 말한다.

673 영원(靈源) : 물의 근원에 대한 미칭이다. 여기서는 도연명(陶淵明)의 〈도화원기(桃花源記)〉에 나오는 이른바 무릉도원(武陵桃源)의 고사를 인용한 것이다. 진(晉)나라 때 무릉(武陵)의 어부가 복사꽃이 흘러 내려오는 물길을 따라 거슬러 올라갔다가 진(秦)나라의 난리를 피해 들어온 사람들을 만났는데, 그곳이 워낙 선경(仙境)이라서

항아리 속 해계[674] 스스로 천명을 즐기지만 　　　　甕裡醢鷄自樂天
책 속의 맥망[675]이야 어찌 신선되길 바라랴 　　　　卷中脉望豈成仙
그대들과 천금 같은 이야기 나누는 하룻밤이 　　　共君一夜千金話
헛된 이름 백세에 전하는 것보다 훨씬 낫다네 　　勝似虛名百世傳

바깥 세상의 변천과 세월의 흐름도 잊고 살았다는 내용으로 되어 있다. 어젯밤 내린
비에 무릉도원의 복사꽃이 떨어져서 시냇물을 타고 흘러 하류로 내려가면 결국 그곳이
외부인에게 알려질 것이라는 이야기이다.

674 항아리 속 해계(醢鷄) : 해계는 술에서 생긴 벌레로 초파리라고도 한다. 견식이
아주 좁은 사람을 비유한 말이다.《장자》〈전자방(田子方)〉에, 공자(孔子)가 일찍이
노담(老聃)을 만나보고 나와서 안회(顔回)에게 이르기를 “나는 도에 대해서 마치 항아
리 속의 초파리 같았구나. 부자께서 그 항아리의 덮개를 열어주지 않았더라면 나는
천지의 위대한 참된 모습을 모를 뻔 했다.〔丘之於道也 其猶醢鷄與 微夫子之發吾覆也
吾不知天地之大全也〕”라고 했다는 데서 온 말이다.

675 맥망(脉望) : 신충(神蟲)의 이름이다.《선경(仙經)》에 “좀이 신선이란 글자를
세 번 갉아먹으면 이렇게 변화하는바, 이것이 맥망(脉望)이란 것이다.〔蠹魚三食神仙字
則化爲此物 名曰脈望〕”라고 나온다 하며, 이 신충을 통해 신선이 되어 구름을 타고
하늘로 올라갈 수 있다고 하였다.《酉陽雜俎 支諾皐中》

아베 무부쓰 옹이 만주를 시찰하고 총 십오일 만에
돌아왔다. 기념회 석상에서 절구 한 수를 읊어 드리다
阿部無佛翁視察滿洲凡十五日而還記念會席上賦贈一絶

들으니 그대 보름 동안 시원한 바람을 타고[676]	聞君旬五御冷風
명승고적 탐방에 여념이 없었다지	勝蹟探尋意不窮
변방이라 무척 황폐하고 춥더라 말하지 마오	莫道荒寒邊徼多
그 산천이 예로부터 영웅을 낳았다오	山川從古産英雄

676 보름 동안……타고 : 《장자》〈소요유(逍遙遊)〉에, 열자(列子)가 "바람을 몰고
하늘 위로 올라가서 가뿐하게 보름 동안쯤 마음대로 돌아다니다가 땅 위로 내려오곤
하였다.〔御風而行 泠然善也 旬有五日而後反〕"라는 말이 나온다.

좌중의 금기에게 써 주다

書贈席上琴妓

거문고로 한 곡조 상사곡[677] 연주하고	瑤琴一曲奏相思
연회 마치고 돌아가려니 밤이 늦었네	宴罷歸來夜色遲
말 위에 핀 흰 연꽃 한 떨기	馬上白蓮花一朵
바람 맑고 달 밝아도 알아주는 사람 없네	風淸月曉少人知

---

677 상사곡(相思曲) : 본래 옛날 악부곡(樂府曲)의 이름이나 여기서는 남녀의 정을 노래한 곡을 일반적으로 일컬은 것이다.

야마가타 소장[678] 분조 의 애애촌장[679] 시를 차운하여 화답하다

次韻和山縣少將 文藏 曖曖村庄詩

안개노을 가득한 골짜기에 빗장 걸린 집	滿壑烟霞獨掩關
몹시 맑은 애촌이 바로 신선의 땅이구나	曖村淸絶卽仙寰
솔 그늘 평상에서 삽상한 바람 소리 맞고	松陰安榻迎爽籟
달 아래 낚싯대 들고 푸른 물굽이 거슬러가네	月下携竿溯碧灣
훗날 공명이 청사에 오를 터이니	他日功名靑史上
만년의 계획은 흰 구름 사이에 두리라	晚年身計白雲間
고향 산엔 원숭이와 학이 기다리고 있겠지만	故山猿鶴應相待
시국의 일을 지금은 잠시도 놓아두지 못하리	時事如今未暫閒

---

678 야마가타 소장(山縣少將) : 야마가타 분조(山縣文藏, 1862~1930)로, 일본 야마구치현(山口縣) 출신이다. 1880년에 해병 생도(海兵生徒) 11기가 되어 1884년 해군 소위보(海軍少尉補)로 졸업, 해군에서 승진을 거듭하다가 1903년에 대만총독부 해군 참모장, 1911년에 해군 소장으로 조선총독부에 부임, 1915년에 해군 중장이 되었으며 1923년에 퇴역하였다.

679 애애촌장(曖曖村庄) : 야마가타 분조(山縣文藏)의 집이나 별장을 가리키는 듯하다. 애애촌(曖曖村)이란 말은 어슴푸레하게 안개가 낀 아련한 분위기의 마을을 의미한다. 진(晉)나라 도잠(陶潛)의 연작시 〈귀전원거(歸田園居)〉에 "어슴푸레 먼 마을의 인가(人家) 보이고, 아련히 마을에서는 연기 피어오르네.〔曖曖遠人村 依依墟里煙〕"라는 구절이 있다.

히사요시 나오스케[680]의 시에 차운하여 답하다

次韻酬久芳直介

호(號)는 휘담(徽潭)이다.

늘그막 신교에 말을 잊을 듯[681]한데   晚契神情欲忘言

누각 머리엔 조각달 영혼이 다시 돌아왔네   樓頭細月已還魂

책 속의 글자 향기 오래도록 흠모하고   卷中久慕書香氣

자리 위의 취묵 흔적 남겨두고 보았네   席上留看醉墨痕

쇠한 늙은이의 홀대가 스스로 부끄럽건만   自愧衰翁多簡慢

누추한 곳 찾아와 문안하길 꺼리지 않네   不嫌陋巷枉相存

그대를 보내는 이날 봄이 저물려는데   送君此日春將暮

섬돌 뒤덮은 깊은 대숲에서 홀로 문을 닫네   滿砌幽篁獨閉門

---

680 히사요시 나오스케(久芳直介) : 자세한 인적 사항을 알 수 없고, 호는 휘담(徽潭)이다. 《조선왕조실록》 1907년 양력 12월 30일 기사에, 대만 총독부 세무관(臺灣總督府稅務官) 구방직개에게 훈장을 수여한 내용이 보인다. 1908년에 탁지부 서기관으로 임명되었고, 1909년 순종이 대구, 부산, 마산을 순행할 때 수행하였다. 1911년에 일본인 히가키 나오스케(檜垣直右)・고쿠부 쇼타로(國分象太郎)・히사요시 나오스케 등과 박영효・김윤식 등이 발기하여 '이문회(以文會)'를 창립(《매일신보》 1912년 1월 10일 기사)하였다. 1913년에 임시 문관보통시험위원(文官普通試驗委員) 사무관(事務官)이 되었다. 그해 8월에 간행된 《대동학회월보》 제20호에 그가 지은 〈조국상(弔國殤)〉이 게재되었다.

681 말을 잊을 듯 : 원문은 망언(亡言)인데, 망언교(亡言交)를 줄인 말이다. 굳이 말을 하지 않아도 마음과 마음이 서로 잘 통하는 사귐, 혹은 그런 친구를 가리킨다.

지바 로쿠호[682] 마사타네 를 보내며

送千葉鹿峰 昌胤

십년을 천록각[683]에서 교서하며	十載校書天祿閣
뜬구름 같은 부귀를 등한히 하였네	浮雲富貴等閒如
지음을 얻으려면 백년을 기다려야 하나니	賞音應待百年後
누가 알까 적막한 양자[684]의 삶을	誰識寥寥楊子居

매양 그대 옥 같은 시 읽으면 입안이 향기롭고	每讀瓊章牙頰香
같은 성에서 모습 가까이 뵈어 더욱 기뻤네	同城差喜近聲光
내일 아침 도성 문에서의 전별을 슬퍼하니	明朝惆悵都門餞
돌아보며 병든 자상[685]을 가련히 여기리	回首應憐病子桑

---

682 지바 로쿠호(千葉鹿峰) : 지바 마사타네(千葉昌胤)이다. 342쪽 주 378 참조.

683 천록각(天祿閣) : 한나라 황실의 비서각(秘書閣)의 명칭이다. 양웅(楊雄)이 이곳에서 교서(校書)로 일했다.

684 양자(楊子) : 양웅(楊雄)을 가리킨다. 전인의 훌륭한 저술을 알아줄 만큼 학식이 높은 후인을 말한다. 한나라 학자 양웅이 지은 《태현경(太玄經)》을 보고 어떤 사람이 말하기를, "이 책을 무엇에 쓰겠는가?〔草玄何用焉〕" 하니, 양웅이 "후세의 자운이 알아줄 것이다.〔有後世之子雲耳〕"라고 하였다 한다. 《漢書 卷87 揚雄傳》

685 자상(子桑) : 《장자(莊子)》〈대종사(大宗師)〉에 등장하는 인물이다. 친구인 자여(子輿)가 열흘 동안 장마가 이어지자 자상이 굶주려 병이 들었을까 걱정하여 밥을 싸서 찾아갔다. 때마침 자상이 노래를 하며 금(琴)을 연주하는데 매우 슬프게 들리기에 자여가 그 까닭을 물어보니 자상이 "나는 나를 이렇게 곤궁한 지경에 이르도록 만든 자를 아무리 생각해도 알 수가 없다. 아버지, 어머니가 어찌 내가 빈궁하기를 바랐겠는가. 하늘은 사사로이 덮음이 없고, 땅은 사사로이 실음이 없으니, 하늘과 땅이 어찌

사사로이 나를 빈궁하게 했겠는가. 나를 이렇게 만든 자를 아무리 찾아도 찾을 수 없건만 그런데도 이러한 지경에 이른 것은 운명일 것이다.〔吾思夫使我至此極者 而弗得也 父母豈欲吾貧哉 天無私覆 地無私載 天地豈私貧我哉 求其爲之者 而不得也 然而至此極者 命也夫〕"라고 답했다고 한다.

차운하여 뇌원 유정수[686] 협판 의 육십 일세 생신을 축하드리다
次韻賀雷園 柳協辦正秀 六十一歲壽

거북과 학의 수명에 송죽처럼 꼿꼿한 몸 龜鶴遐齡松竹身
몸에 가득한 화기는 한 덩이 봄이구나 滿腔和氣一團春
집안에 전해오는 오래된 청전[687]있건만 傳家自有靑氈舊
나라 걱정으로 애쓰느라 백발이 새롭구나 憂國空憐白髮新
지금 구학에 있음은 은둔하려는 것 아니라 邱壑如今非遯世
정인[688]하는 때 어버이 생각 갑절 더해서라 鼎茵當日倍思親
술을 들며 아들 손자의 축수를 함께 누리며 兕樽共享兒孫祝
늙도록 규방의 범절은 남편을 손님처럼 공경하네 到老閨儀敬似賓

686 유정수(柳正秀) : 1856～? 본관은 전주, 호는 뇌원(雷園)이다. 1883년(고종20)에 전환국사사(典圜局司事), 1884년 사헌부 감찰, 1894년에는 탁지아문 참의(度支衙門參議)와 한성 판윤, 1904년 탁지부 협판을 거쳐 종2품에 올랐다. 그 뒤 1905년 문관전고위원장(文官銓考委員長)과 금고관리장(金庫管理長)을 거쳐 1906년에는 검사국장(檢查局長)과 건축소장을 겸임하였고, 지방관전고위원과 지방세조사위원을 지냈으며, 서훈3등(敍勳三等)과 팔괘장(八卦章)을 받았다. 1907년 탁지부차관과 각부관제개정위원, 1908년 회계검사국차장, 1913년에 조선총독부 중추원(中樞院) 찬의(贊議)를 지냈다.

687 청전(靑氈) : 선조(先祖)의 유물(遺物)이라는 뜻이다. 진(晉)나라 왕헌지(王獻之)의 집에 좀도둑이 들었을 때, 다른 물건을 훔칠 때에는 모르는 체하고 누워 있다가, 탑상(榻牀)에 올라 손을 대려 하자, "그 청전은 우리 집안의 오래된 물건이니 그냥 놔둘 수 없겠는가?〔靑氈我家故物 可特置之〕"라고 말하여, 도둑을 깜짝 놀라게 했다는 고사에서 나온 말이다.《晉書 卷80 王獻之列傳》

688 정인(鼎茵) : 어버이 사후에 부귀영화를 누리게 된 것을 의미한다. 195쪽 주 10 참조.

시문서화회에서 녹음을 읊다. 원운을 사용한다
詩文書畵會賦綠陰用原韻

버들 솜 날리자 살구 맺히고 柳絮初飛杏子成
바다 같이 무성한 그늘이 날 개어 일렁거리네 繁陰如海漾新晴
꽃 찾는 나비는 슬픈 듯 나뭇가지에 달렸고 攀枝惆悵尋花蝶
꾀꼬리는 나뭇잎 너머로 벗을 부르네 隔葉緜蠻喚友鶯
저물녘에 바라보니 푸른 빛 더 쌓인 듯 晚眺還疑蒼翠積
멀리 조망하니 그저 온통 초록 평원이구나 遠看只是綠蕪平
곳곳마다 풍류 즐기는 시선이 있어 風流處處詩仙在
푸른 숲 속에 벗은 몸으로 우선 빗겨 드네 躶體靑林羽扇橫

꽃구경 끝날 즈음 여름옷 완성되고 看盡芳菲夏服成
동산 가득 아름다운 나무 갠 날씨 기뻐하네 滿園嘉樹喜新晴
행인들은 그늘 골라 때로 말을 멈추고 行人擇蔭時停馬
유람객은 귤 가지고 꾀꼬리소리 들으러[689] 가네 遊子携柑往聽鶯
연이은 푸른 장막 높은 누각을 덮고 翠幕相連高閣覆
막 불어난 녹음의 물결 먼 강물과 나란히네 綠波新漲遠江平
술자리 끝나 흩어지자 새소리 즐거운데 酒闌席散禽聲樂
보이는 건 오직 비껴가는 한필의 푸른 안개 惟看蒼烟一匹橫

689 귤……들으러 : 꾀꼬리가 귤을 좋아하므로 꾀꼬리를 새장 안으로 유인할 때 제주에서는 귤을 쪼개어 새장 안에 걸어둔다고 한다.

붉은 꽃 다 지고 푸른 덮개 완성되니　　　　　　　落盡紅英翠盖成
가는 바람 부는 뜰에 실버들 깨끗하네　　　　　　微風庭院柳絲晴
못가의 백로는 또렷하게 홀로 서 있고　　　　　　分明獨立池邊鷺
나뭇잎 아래 꾀꼴꾀꼴 꾀꼬리 소리 들리네　　　　睍睆時聞葉底鶯
남자는 햇살 비친 숲에서 답청을 하고　　　　　　公子踏靑芳樹暖
미인은 평평한 긴 둑에서 취조 깃을 줍네[690]　　　佳人拾翠大堤平
이슬 내려 옷이 무거워진 줄도 모르고　　　　　　露零不覺衣衫重
모자 비껴쓴 채 취하여 부축 받으며 돌아오네　　扶醉歸來帽影橫

짙은 녹음 그리려 해도 그릴 수 없으니　　　　　　欲畵濃陰畵不成
반쯤은 비 기운 반쯤은 맑은 기운 머금어서라　　半含雨意半含晴
낮게 나는 제비는 빽빽한 나뭇잎 뚫고 지나고　　穿過密葉低飛鷰
자유로운 꾀꼬리는 깊은 숲에서 울며 배웅하네　啼送深林自在鶯
평상을 자주 옮김은 햇빛 새어듦을 꺼림이요　　床榻頻移嫌日漏
산안개는 산 빛과 나란히 한 색을 이루었네　　　烟嵐一色與山平
흐릿한 호복[691]엔 맑은 상상 넉넉해라　　　　　翳然濠濮饒淸想
말술 마시고 시 지으니[692] 휘호 호방하구나　　斗酒題詩健筆橫

690　취조(翠鳥) 깃을 줍네 : 물총새의 깃털을 모아 머리에 장식하기 위해 주웠다고
한다. 후대에는 부녀자들이 봄놀이하는 것을 뜻하게 되었다.

691　호복(濠濮) : 속세를 떠나서 자연을 즐기는 마음이다. 장자가 호량(濠梁) 위에서
물고기가 노는 것을 보고 즐거워하고, 또 복수(濮水)에서 낚시질을 하면서 초왕(楚王)
이 부르는데도 응하지 않았다는 고사에서 나온 말이다. 《世說新語 言語》

692　말술……지으니 : 두보(杜甫)의 〈음중팔선가(飮中八仙歌)〉에 "이백은 술 한 말
에 시가 백 편인데, 장안의 저잣거리 술집에서 자기도 하네[李白一斗詩百篇 長安市上酒
家眠]"라고 하였다. 《杜少陵詩集 卷2》

김춘강 회갑시
金春岡回甲詩

참서(參書) 김한규(金漢奎)의 아버님이다.

희끗한 머리 창백한 얼굴로 수연 술잔 대하매	華髮蒼顏對壽樽
땅 가득한 홰나무 그늘[693]에 죽손[694] 자라네	槐陰滿地竹生孫
세상에 정말 구주의 오복[695] 지닌 이 있으니	世間眞有九疇福
향리에선 마땅히 삼달존[696]으로 추대하리라	鄉里應推三達尊

693 홰나무 그늘 : 원문은 괴음(槐陰)인데, 조상의 음덕으로 훌륭한 자손이 나올 것을 예측하는 말이다. 송(宋)나라 초기의 명신(名臣) 왕호(王祜)가 일찍이 자기 집 뜰에 삼공(三公)을 상징하는 세 그루 괴나무를 심어 놓고 스스로, "내 자손 중에 삼공이 되는 자가 반드시 나올 것이다.[吾子孫必有爲三公者]"라고 예언했는데, 그 후 과연 그의 아들 왕단(王旦)이 진종(眞宗) 때에 18년 동안이나 명상(名相) 노릇을 했던 고사가 있다. 《聞見前錄 卷8》

694 죽손(竹孫) : 대나무 뿌리에서 다시 옆으로 뻗어 나온 작은 대나무로, 자손을 의미한다. 소동파(蘇東坡)의 시 가운데 "야자수는 자식을 낳고 대나무는 손자 보았도다.[檳榔生子竹生孫]"라는 구절이 있다. 《蘇東坡詩集 卷43 庚辰歲人日作 時聞黃河已復北流 老臣舊數論此 今斯言乃驗》

695 구주(九疇)의 오복(五福) : 《서경》 〈홍범(洪範)〉에 나오는 다섯 가지 복을 가리킨다. 즉, 수(壽)·부(富)·강녕(康寧)·유호덕(攸好德)·고종명(考終命)을 말한다.

696 삼달존(三達尊) : 천하에 두루 통하는 세 가지 존귀한 것으로, 마을에서의 나이[齒], 조정에서의 벼슬[爵], 세상을 돕고 백성을 기를 때의 덕[德]을 말한다. 《孟子 公孫丑下》

김장계[697] 영표 의 근연[698]을 축하하다

賀金長溪 永杓 卺筵

착한 사람 얻는 복은 하늘로부터 받는 복[699]이니	善人獲福自天休
근연의 자리에 거듭 해옥 산가지[700] 더하리	卺席重添海屋籌
해 뜰 때 기러기[701] 멋진 의식이 엊그제 같은데	旭鴈美儀如昨日
수룡(水龍)[702] 아름다운 곡조는 또 맑은 가을이구나	水龍佳曲又淸秋
세상 고락 다 겪고서 도리어 안분지족하고	險夷閱世還安分

---

697 김장계(金長溪) : 김영표(金永杓, 1873~?)로, 본관은 김해이다. 한성(漢城) 반송방(盤松坊) 홍문동(紅門洞)에 거주했다. 1900년 친위삼대(親衛三隊)에 들어가, 1907년 시종무관부 서기랑(侍從武官府書記郎)에 임명되었다.

698 근연(卺筵) : 근은 표주박으로 만든 술잔인데 혼례에 사용한다. 《예기》〈혼례(昏禮)〉에 "합근이음(合卺而飮)"이란 표현이 있다. 여기서는 회혼(回婚)을 두고 한 말인 것으로 보인다.

699 하늘로부터 받는 복 : 《서경》〈군석(君奭)〉에, "하늘이 주시는 복이 불어난다.〔天休滋至〕"는 말이 나온다.

700 해옥(海屋) 산가지 : 390쪽 주 517 참조.

701 해……기러기 : 결혼식이 행해지는 것을 말한다. 《시경》〈포유고엽(匏有苦葉)〉에, "화락하게 우는 기러기는, 해뜨는 때가 비로소 아침이니라. 남자가 아내를 데려오려면, 얼음이 녹기 전에 해야 하리라.〔雝雝鳴雁 旭日始旦 士如歸妻 迨氷未泮〕"라고 한데서 온 말이다. 신랑 집에서 신부 집에 청혼할 때는 산 기러기를 이른 아침 해돋이에 보내는 것이 상례(常禮)였고, 또 예식은 얼음이 녹기 전인 정월이나 2월경에 올리는 것이 상례였다고 한다.

702 수룡(水龍) : 수룡음(水龍吟)으로, 피리 같은 관악기로 부는 곡조명이기도 하고, 사(詞)의 제목이기도 하다. 우리나라에는 고려조에 송나라에서 수입되어 포구락의 반주 음악으로 쓰였으며 조선조 말기까지 궁중 연례악의 하나로 연주되었다.

농사일 아이에게 맡겼으니 근심을 잊을 만하네   耕稼聽兒可忘憂
늙어가며 친한 벗 적어짐이 늘 걱정이건만   老去親知常患少
안방에 좋은 벗이 남아 있구려   閨門獨有好朋儔

육의전[703] 참봉 용정 만
陸宜田參奉 用鼎 挽

청년시절부터 도를 깨달았고	聞道自英年
교분을 맺은 이는 모두 숙덕[704]이라네	結交皆宿德
도성에서는 이름을 잘 감추고	城闉善藏名
가죽 띠에 베옷[705]으로 나라를 걱정했네	韋布尙憂國
최군[706]은 《정론》을 저술했고	崔君著政論
중통[707]은 《창언》이 있었네	仲統有昌言

---

703 육의전(陸宜田) : 육용정(陸用鼎, 1843~1917)으로, 본관은 옥천(沃川), 호는 의전이다. 옥천은 그의 세거지이기도 하다. 육병규(陸炳奎, 1811~1849)의 아들이다. 기호성리학(畿湖性理學)의 거두였던 고산(鼓山) 임헌회(任憲晦, 1811~1876)의 문하에서 수학. 1894년에 아들 육종윤(陸鍾允)이 제중원 주사(濟衆院主事)의 직위에 오르면서 육용정도 서오릉(西五陵)의 참봉(參奉)에 제수되었다. 그 해 갑오농민운동이 발발하면서 서울로 이사했다. 참의교섭통상사무(參議交涉通商事務)로 승진했으나 육종윤이 아관파천 당시 유길준과 함께 일본으로 망명하면서 관직에서 물러났고, 이후에는 은거하면서 김택영(金澤榮, 1850~1927)·김윤식 등과 교유하였다. 1912년에 보성사(普成社)에서 출판한 《의전합고(宜田合稿)》가 있다.

704 숙덕(宿德) : 나이가 많고 덕이 높은 선비를 가리킨다.

705 가죽 띠에 베옷 : 원문은 위포(韋布)인데, 빈한한 선비의 복장을 의미한다.

706 최군(崔君) : 최식(崔寔)으로, 자는 자진(子眞)이다. 후한(後漢) 때 학자이다. 환제(桓帝) 때 낭(郎)이 되어 당시 시행하여야 될 정책 수십조를 적은 《정론(政論)》을 바쳤다.

707 중통(仲統) : 중장통(仲長統, 179~219)으로, 자는 공리(公理)이다. 후한 때 사람이다. 어려서부터 학문을 좋아하고 문사(文辭)에 능하였으며, 직언을 즐겨 당시 사람들이 광생(狂生)이라 부를 정도로 비판정신이 투철하였다. 저서로 《창언(昌言)》이 있

한 부의 의전술708은   一部宜田述

천추토록 어두운 귀와 눈을 깨우치리   千秋警瞶昏

청산에서 왔다가   來自靑山中

청산의 나그네 되어 갔구나   去作靑山客

청산에는 옛 친구 많으리니   靑山多故舊

누구와 더불어 아침저녁 즐길까   誰與樂晨夕

그대가 일찍이 내 마음을 알아주어   君嘗知我心

늙어가며 정이 더욱 돈독해졌지   垂老情逾篤

이제 가서 신선이 되어 오르면   此去若登仙

홀로 있는 나를 생각해줄까   可能念我獨

었다고 하나 전하지 않는다.

708 의전술(宜田述) : 육용정이 시무(時務)에 대해 저술한 《의전기술(宜田記述)》3 권을 가리킨다. 사론(士論), 군신론(君臣論), 경세론(經世論), 심성론(心性論), 서양 지식 등 다양한 분야에 걸쳐 견해를 서술한 책이다. 《운양집》권10에는 운양이 그 책에 서문을 쓴 〈의전기술서(宜田記述序)〉가 실려 있다.

이탄재[709] 상서 중하 만
坦齋李尙書 重夏 挽

약관의 나이에 문사를 닦아	弱冠攻文詞
당시 여론이 왕양[710]이라 추대했지	時論推王楊
평탄하게 청운에 올라	平步上青雲
내외로 관직 두루 역임했네	內外多歷敭
이르는 곳마다 수레를 우러르고	所至望幨帷
끼친 사랑은 동향[711]을 가득 채웠네	遺愛滿桐鄉

709 이탄재(李坦齋) : 이중하(李重夏, 1846~1917)로, 본관은 전주, 자는 후경(厚卿), 호는 탄재·규당(圭堂)이다. 1882년 증광문과에 병과로 급제, 홍문관교리가 되었다. 1885년에 공조 참의·안변 부사를 거쳐 토문감계사(土門勘界使)가 되어 청국 대표 덕옥(德玉)·가원계(賈元桂)·진영(秦瑛) 등과 함께 백두산에서 백두산정계비와 토문강지계(土門江地界)를 심사하였다. 1886년 덕원항감리(德源港監理)가 되었다가 1887년에 다시 토문감계사가 되어 회담을 재개했는데, 청국이 일방적으로 주장, 위협하였으나 그는 "내 머리는 자를 수 있을지언정 국경은 줄일 수 없다." 하며 끝내 양보하지 않았다. 1894년에 김홍집내각의 내무부 협판, 이듬해 김홍집내각이 붕괴되자, 대구부 관찰사로 부임했다. 1903년에 외무부 협판, 문헌비고찬집당상(文獻備考纂輯堂上)을 맡았다. 1909년 일진회(一進會)가 합병을 주장하자, 민영소(閔泳韶)·김종한(金宗漢) 등과 함께 국시유세단(國是遊說團)을 조직하여 그해 12월 5일 원각사(圓覺社)에서 임시국민대연설회를 열고, 그 주장의 부당성을 공격하였다. 1910년 규장각제학으로 있으면서 한일합방에 극렬히 반대했다. 《규당문집》, 《감계전말(勘界顚末)》, 《감계일기(勘界日記)》 등이 있다.

710 왕양(王楊) : 왕발(王勃)과 양형(楊炯)으로, 당(唐)나라 초기의 사걸(四傑)이라고 일컬어지는 시인들이다. 이들은 부(賦)에 특히 뛰어났다.

711 동향(桐鄉) : 옛날 수령의 은혜로운 정사를 잊지 못하고 있는 고을이라는 뜻이다.

즐겁고 온화한 모습 봄날처럼 따사로웠고 　　　樂易藹春溫

굳세고 곧은 기상 가을 서리처럼 서늘했지 　　剛正凜秋霜

매번 왕실의 환난을 생각할 제면[712] 　　　　每念王室燬

저절로 눈물이 비 오듯 흘렀네 　　　　　　自然涕淚滂

불의로 얻은 부귀가 나와 무슨 상관이냐며 　不義富何有

호연히 옛 집으로 돌아가 　　　　　　　　浩然歸故庄

어부와 나무꾼 사이에 자취를 섞고 　　　　混跡漁樵間

티끌 묻은 갓끈을 맑은 물에 씻었지 　　　　塵纓洗滄浪

내가 옛날에 남쪽에서 돌아올 때 　　　　　我昔自南還

그대는 섬 한쪽 구석에 있었지 　　　　　　君在水一方

아득히 멀어 만날 수 없었으니 　　　　　　迢迢不可接

어느 날에 다시 침상을 마주할까[713] 　　　何日復對床

갑자기 놀라 꿈을 깨니 　　　　　　　　　忽驚夢中魂

강가의 단풍나무 검푸르게 변했구나[714] 　江上楓黑蒼

323쪽 주 322 참조.

712 매번……제면 : 《시경》〈여분(汝墳)〉에 "방어의 꼬리가 붉거늘, 왕실이 불타는
듯하도다. 비록 불타는 듯하지만, 부모가 매우 가까이 계시니라.〔魴魚赬尾 王室如燬
雖則如燬 父母孔邇〕"고 한 데서 온 말인데, 원래 시경에서는 왕실의 학정이 불타는
듯이 뜨겁다는 의미였으나, 여기서는 문맥상 조선 왕실이 겪은 환난을 의미한 것으로
보인다.

713 어느……마주할까 : 형제나 친구가 오랫동안 헤어졌다가 다시 만나서 함께 잠을
자며 즐겁게 담소하는 것을 말한다. 당나라 시인 위응물(韋應物)의 시에 "나는 고을의
절부(節符)를 사양하며 떠났고, 그대는 바깥일에 끌려 다니는 처지. 어찌 알았으랴
눈보라 치는 이 밤에, 다시 이렇게 침상을 맞대고 누워 잘 줄을.〔余辭郡符去 爾爲外事牽
寧知風雪夜 復此對床眠〕"이라고 한 데서 유래한 것이다. 《韋蘇州集 卷3 示全眞元常》

그대 완전한 절조를 품고 돌아가니   君歸抱完節
몸은 죽었어도 이름은 더욱 빛나리라   身沒名逾彰
만시를 써서 아들에게 부치지만   題挽寄哲嗣
내 마음 속 슬픔을 어찌 알겠는가   寧知我心傷

714 강가의……변했구나 : 두보(杜甫)가 멀리 야랑(夜郞)에 귀양 가 있는 이백(李白)을 생각하며 지은 시 〈몽이백(夢李白)〉에 "넋이 올 때는 단풍나무 숲이 푸르고 넋이 돌아갈 때는 관새가 검으리.〔魂來楓林青 魂返關塞黑〕"라고 하였다. 먼 변방에서 고향으로 넋이 왕래함을 뜻한다.

북간도로 이주하는 황소운 세관 병욱 을 전송하다
送黃小雲稅官 炳郁 移居北間島

뜰 가의 울창한 소나무	鬱鬱庭畔松
푸르디 푸른 세한의 빛깔 지녔네	靑靑歲寒色
그대와는 뒤늦게 알게 됐지만	與君相知晚
곤경 속에 오래도록 함께 하였지	窮途歲月積
외로운 섬에서 짝하여 귤을 읊다가[715]	孤島伴橘吟
돌아올 땐 머리가 눈처럼 희었네	歸來頭雪白
적막하게 담장 동쪽 집[716]에 거처하며	寂寞墻東屋
서로 지켜주며 담박함을 달게 여겼네	相守甘淡泊
정이 깊어 배고픔과 갈증을 잊었고	情深忘飢渴
의리 무거워 금석과 같았네	義重若金石
처자식이 고향에 있는데	妻孥在鄕曲
생계가 날로 궁색해지네	生計日蕭索
누군들 집안을 돌보지 않겠는가만	誰能不顧家
더더욱 먹고 살기 어려운 해를 만났네	况值歲艱食

---

715 짝하여 귤을 읊다가 : 김윤식이 제주 유배시절에 만들었던 '귤림시회(橘林詩會)'
에서 함께 어울렸음을 의미한다.

716 담장 동쪽 집 : 원문은 장동옥(墻東屋)인데, 시정(市井)에서 은자처럼 사는 것을
말한다. 《후한서(後漢書)》 권83 〈일민열전(逸民列傳)〉에 의하면, 동한(東漢)의 왕군
공(王君公)이 난리 통에도 시내를 떠나지 않고 소를 매매하는 거간꾼 노릇을 하면서
숨어 살자, 사람들이 '피세장동왕군공〔避世墻東王君公〕'이라고 일컬었다고 한다.

들자니 백두산 아래에는	聞道白山下
개간되지 않은 기름진 땅이 있는데	土膏田未闢
단군께서 남기신 교화가 있어	檀祖有遺化
교우들이 친척과도 같다고 하네	教友若親戚
장차 권속들을 데리고	逝將挈鄕眷
안분지족하며 밭 갈고 우물파려 하네	安分事耕鑿
상락의 노인들[717] 자취를 따라	追踪商雒叟
세상을 피하려면 이도 또한 괜찮으리	避世此亦足
다만 노쇠한 나를 염려해	但念我衰耄
출발에 즈음하여 다시금 주저하네	臨發更踟躕
나 또한 차마 놓아주지 못하겠으니	我亦不忍捨
마음이 어찌 굶주린 듯 허전한가	心焉如飢惄
어린 아이들 모두 이별을 아쉬워하고	幼稚皆惜別
종복들 또한 섭섭해 슬퍼하네	僮僕亦悵惻
인간사 가지가지 고르지도 못하니	人事多參差
어찌 늘 즐겁게 모여 살 수 있으리	聚歡豈常得
노력하여 용감히 전진하고	努力邁前進
타향에서 뿌리내리도록 힘써야 하리	殊鄕勉自植
말이 충성스럽고 미더우며 행실이 돈독하다면[718]	忠信行篤敬

---

717 상락(商雒)의 노인들 : 상락에 은거한 네 노인, 즉 진 시황(秦始皇) 때 난세를 피하여 상산에 은거했던 상산사호(常山四皓)를 가리킨다. 동원공(東園公), 기리계(綺里季), 하황공(夏黃公), 녹리선생(甪里先生)이다. 《漢書 卷40 張良傳》

718 말이……돈독하다면 : 공자가 말하기를, "말이 충성스럽고 미더우며 행실이 돈독하고 공경스러우면 비록 오랑캐의 나라에서도 행해질 수 있을 것이다.〔言忠信 行篤敬

어디에 있은 들 인택⁷¹⁹이 아니겠는가	何處非仁宅
우편 전신 바야흐로 사방으로 통하니	電郵方四達
만 리 먼 곳도 지척과 같네	萬里如咫尺
옥호의 한 조각 얼음 같은 마음⁷²⁰	玉壺一片冰
어찌 산천으로 가로막히랴	豈以山川隔
아득히 홍암자⁷²¹를 그리나니	緬懷弘庵子
그의 정령이 상제를 곁에서 모시리라	精靈侍帝側
우뚝 높은 고경각⁷²²엔	岌嶪古經閣
참된 자취 찾는 사람 없네	無人尋眞躅

雖蠻貊之邦 行矣〕"라고 하였다. 《論語 衛靈公》

719 인택(仁宅) : 《맹자》〈공손추 상(公孫丑上)〉에 "인은 하늘의 높은 작위이고 사람의 편안한 집이다.〔夫仁 天之尊爵也 人之安宅也〕"라고 한 데서 나온 말이다.

720 옥호의……마음 : 고결한 인품을 형용한 말이다. 429쪽 주 613 참조.

721 홍암자(弘庵子) : 나인영(羅寅永, 1863~1916)을 가리킨 듯하다. 나철(羅喆)이라는 이름으로 더 많이 알려진 그의 호가 홍암(弘巖)이기 때문이다. 홍암자(弘庵子)와 '암'자가 다르지만, 시의 내용으로 보아 대종교를 중창(重創)한 나철이 거의 확실하다. 그는 29세에 문과에 급제하여, 승문원권지부정자(承文院權知副正字)를 거쳐 33세 때 징세서장(徵稅署長)을 지냈으나 곧 사퇴하고 구국운동을 시작하였다. 그후 민족종교운동을 시작하였는데 1915년 10월 일제가 '종교통제안'을 공포하여 대종교에 대한 탄압을 노골화하자, 1916년 8월 15일에 구월산의 삼성단에서 일제에 대한 항의표시로 49세의 나이로 순교조천(殉敎朝天)했다. 바로 이 순교 직후에 황병욱이 만주로 간 것이다. 김윤식의 〈대종교 도사교 홍암 나철 제문〔祭大倧敎都司敎弘巖羅君文〕〉이 있다. 나철과 황병욱은 김윤식의 면천 유배기간, 제주 유배기간에 늘 함께 지내며 김윤식을 보살펴 주었다.

722 고경각(古經閣) : 대종교의 교인이 백두산 석굴 속에서 단군의 사적을 발견함에 따라 지은 건물이름이다. 나철은 1909년 1월 15일에 서울 고경각(古經閣)에서 신명을 받들어 대종교 초대 도사교(都司敎)가 되어 포교하였다.

이제 떠나면 그 음성과 광채에 가까워지리니	此去聲光近
천문723에서 만 가지 덕 열어주리	天門開萬德
그대는 본래 마음이 확고하여	君本心不貳
도를 믿음에 참으로 뜻이 돈독했지	信道誠意篤
선대로부터 공적 쌓아왔으니	積累自先世
큰 사명이 반드시 따르리라724	景命必有僕
나는 본래 무능하여	而我本無能
보통 길 가는 것도 늘 지쳐 힘겨워하네	常途疲役役
오래도록 함께 친애하면서	久擬同惠好
손을 잡고 낙토에 함께 가고자 했지725	携手適樂國
바라보아도 미칠 수 없으니	瞻望不可及
아득한 구름 속 고니와 같구나	杳杳雲中鵠
해가 이미 엄자산726에 가까우니	崦嵫日已迫

---

723 천문(天門) : 황궁(皇宮)의 문이라는 뜻으로 많이 쓰이나 여기서는 종교적 의미로 쓰인 듯하다.

724 큰……따르리라 : 《시경》〈기취(旣醉)〉에 "군자에게 만년토록 하늘의 큰 명이 따르리라.〔君子萬年 景命有僕〕"라는 표현이 있다. 여기서 '복(僕)'은 '부(附)'의 뜻이다.

725 오래도록……했지 : 《시경》〈북풍(北風)〉의 "나를 사랑하고 좋아하여 손을 잡고 함께 가네.〔惠而好我 携手同行〕"라는 구절이 있는데, 《모전(毛傳)》에서는 "혜는 사랑을 말한다.〔惠 愛也〕"라고 설명했다.

726 엄자산(崦嵫山) : 중국 감숙성(甘肅省) 천수현(天水縣) 서쪽에 있는 산이다. 옛날에 해가 들어가는 곳이라는 전설이 있어, 만년(晩年) 또는 노년을 비유하는 말로 쓰인다. 《초사(楚辭)》〈이소(離騷)〉에 "엄자산 바라보며 가깝다 하지 마라.〔望崦嵫而勿迫〕"라는 구절에 왕일(王逸)이 "엄자는 해가 들어가는 산이다.〔崦嵫 日所入山也〕"라고 주를 달았다.

후일의 만남을 어찌 기약하리오　　後會安可卜
양쪽에서 같은 함께 달을 보며　　兩地同見月
애오라지 깊은 고독을 달래야겠지　　聊以慰幽獨
술잔을 잡고 이별의 당부를 하려니　　把盃欲贈言
가을바람이 사방 벽을 울리네　　秋聲動四壁

묘향산 석마 선사[727]께 써 드리다

書贈妙香山石馬禪師

일본 고승(高僧)이다.

양 구레나룻 바람에 날려 신선의 운치 있으니	飄拂雙鬚若有神
출중한 의표 지닌 사명대사가 전신이런가	溟師異表是前身
우연히 향산사에서 탁발하다가	偶然托鉢香山寺
도를 강하고 참선하며 봄을 맞았다네	講道修禪已入春

---

727 석마 선사(石馬禪師) : 김윤식이 일본 고승이라고 소개한 것 외에는 인적 사항을 알 수 없다.

평양으로 돌아가는 노호정[728] 원상 화백을 전송하다
送盧湖亭畵伯 元相 歸平壤

서울 객지 생활에 찾는 이 드무니	京華旅食少經過
창가에서 붓을 놀리며 홀로 노래했네	揮灑晴窓獨晤歌
멀리서 바라보매 배에 서화의 기운 가득하니	遙望滿船書畵氣
푸른 강 홍월[729]의 밤이 어떠하겠는가	滄江虹月夜如何

---

728 노호정(盧湖亭): 노원상(盧元相, 1871~?)으로, 호는 호정이다. 서화가이며, 인적 사항을 자세히 알 수 없다. 〈기노사기적비문(箕老社紀績碑文)〉의 글씨를 쓴 것이 국립중앙도서관에 소장되어 있다.

729 홍월(虹月): 송나라 미원장(米元章)이 이름난 서화를 많이 모았는데, 그것을 배에다 싣고 강으로 가니 밤에 광채가 뻗쳤다. 이에 사람들이 '미가홍월선(米家虹月船)' 이라 불렀다.

최탁사[730] 병헌 의 육십 일세 생신을 축하하다
賀濯斯崔 炳憲 六十一歲

새해에 생일이 이르니	新年弧節至
초반[731] 위의 술로 축하주를 올리네	觴祝仍椒盤
마음은 우물에 빠지려는 아이 측은히 여기고[732]	心惻孺兒井
성품은 어진 사람이 산을 좋아하는 것 같네[733]	性耽仁者山

730 최탁사(崔濯斯) : 최병헌(崔炳憲, 1858~1927)으로, 호는 탁사이다. 충청북도 제천 출신으로 과거시험을 준비하던 중 《영환지략(瀛環志略)》 등의 서적을 읽고 서양 문화에 눈떠, 사회개혁운동에 관심을 두던 중 1888년 선교사 존스(Jones, G. H.)에게 우리말을 가르쳐주면서 선교사들과의 교제를 가졌다. 배재학당의 한문교사로 지내면서 1893년 세례를 받고, 성서번역위원 및 독립협회 간부, 제국신문 주필, 신학월보 편집인 등으로 활약하였다. 《독립신문》《조선그리스도인회보》《대한매일신보》《황성신문》 등에 개화사상 및 정치개혁사상을 역설하는 문필가로서 활동하였다. 1902년 목사안수를 받아 우리나라 최초의 목사가 되었다. 정동교회 창설자인 아펜젤러(Appenzeller, H. G.)가 해난사고로 사망하자 정동교회의 담임목사직을 이어받아 1914년까지 목회활동을 하였다. 이 무렵에 《신학월보》에 〈셩산유람긔〉〈죄도리〉〈사교고략(四敎考略)〉 등의 글을 발표하였다. 또한, YMCA운동에도 참여하여 종교부위원장 및 전국삼년대회의 대회장으로 활약하였고, 1914년부터 1922년까지 인천·서울 지방의 감리사로서 일했다. 이 무렵에 《만종일련(萬宗一臠)》을 출판했는데 1912년에 간행된 《성산명경(聖山明鏡)》과 함께 주요저서로 손꼽힌다.

731 초반(椒盤) : 초주(椒酒)를 드리는 반상이다. 초주는 산초를 넣어 빚은 술로, 정월 초하룻날에 집안의 어른들에게 장수와 축하의 뜻으로 드렸다. 설날 아침 차례상의 제주로도 사용하였다.

732 마음은……여기고 : 《맹자》〈공손추 상(公孫丑上)〉에, 어린아이가 우물에 빠지려는 것을 보면 누구나 측은지심(惻隱之心)이 생긴다고 하였다.

뜰 앞엔 색동옷 입고 늘어섰고　　　　　　　　庭前列彩服
방안에선 환한 얼굴 마주 보고 있네　　　　　　屋裡對韶顔
도를 닦느라 늙음이 오는지도 모르니[734]　　　修道不知老
복된 소식 세상에 가득 찼구나　　　　　　　　福音滿世間

733　어진……같네 : 《논어》 〈옹야(雍也)〉에 "인자는 산을 좋아하고 지자는 물을 좋아
한다.[仁者樂山 知者樂水]"라는 구절이 있다.

734　늙음이 오는지도 모르니 : 《논어》 〈술이(述而)〉의 "진리를 터득하지 못하면 발분
하여 먹는 것도 잊어버리고, 진리를 터득하면 즐거워서 걱정도 잊어버린 가운데, 늙음
이 장차 닥쳐오는 것도 알지 못한다.[發憤忘食 樂以忘憂 不知老之將至]"라는 공자의
말에서 발췌한 것이다.

황해도 장관 조군735 희문 의 회갑을 축하하다
黃海道長官趙君 義聞 回甲祝

옥국736의 선금737이 풍악 속에 날고	玉局仙禽曲裡翔
백발의 환한 얼굴 부용당738에 앉아있네	韶顏華髮坐蓉堂
십년동안 고향739엔 먹구름 쌓였지만	十年桑域愁雲積
한 길로 당음740드리워 교화된 나날 훌륭했네	一路棠陰化日長
저 멀리 해옥741에 산가지 더함을 기뻐하며	已喜遐籌添海屋

735 조군(趙君) : 조희문(趙義聞)으로, 자세한 인적 사항을 알 수 없다.《대한제국관원이력서》에 생년이 1858년, 혹은 1862년, 두 가지로 기록되어 있다. 평양출신이다. 1876년 충량무과(忠良武科)에 급제, 1882년 친군우영초관(親軍右營哨官), 1885년 흥덕 현감(興德縣監), 1886년 황해도병마우후(黃海道兵馬虞侯) 등을 거쳐 1907년에 중추원 부찬의(副贊議), 1908년에 제실(帝室) 회계감사관, 1910년 조선총독부의 추천으로 황해도 장관으로 임명되어 1915년 이후까지 역임했다. 1911년에 한국병합기념장(韓國倂合記念章)을 받았고, 그 이후로도 여러 번 훈장을 받는 등, 친일행적을 보였다.

736 옥국(玉局) : 441쪽 주 651 참조.

737 선금(仙禽) : 선인(仙人)이 타고 다니는 새, 즉 학(鶴)을 가리킨다.

738 부용당(芙蓉堂) : 황해도 해주목의 객관 서쪽 연못에 있는 정자이다.

739 고향 : 원문은 상역(桑域)인데 고국, 혹은 고향을 가리키는 말이다. 여기서는 조희문이 평양출신인데 황해도병마우후를 거쳐 황해도 장관을 지내기까지 거의 10여 년을 그 지역 지방관으로 일한 사실을 가리킨다.

740 당음(棠陰) : 원이나 감사의 선정을 말한다. 중국 주 무왕(周武王) 때에 소백(召伯)이 남국(南國)을 순행할 때 감당나무〔甘棠〕 아래에서 쉬곤 하였으므로, 그 뒤에 사람들이 그 나무를 사랑하였다 한다.《詩經 甘棠》

741 해옥(海屋) : 390쪽 주 517 참조.

못 홀이 상에 가득함742을 가만히 보고 있네   佇看群笏滿書床
멀리서 축하편지 부치며 봄 인사까지 겸하니   賀箋遙寄兼春祝
초화743를 백엽744 잔에 띄워 축수하네   栢葉椒花泛壽觴

---

742 못……가득함 : 416쪽 주 585 참조.

743 초화(椒花) : 산초 꽃이다. 이 꽃은 매화(梅花)보다 일찍 피는데, 정월 초하루가 되면 웃어른께 초반을 올려서 술잔에 산초(山椒)를 띄워 마셨다고 한다.

744 백엽(栢葉) : 백엽주(栢葉酒)로, 새해 아침에 어른에게 따라 올리며 축수(祝壽) 하는 술 이름이다.

조군[745] 봉승 이 가교를 놓아 사람들을 건너게 하였기에 시를 지어 축하하다

曹君 奉承 架橋濟人以詩賀之

교각 아래 물고기들 말발굽에 놀라지만	柱下魚龍驚馬蹄
집 안을 오가듯 물결 위를 편안히 건네	安行濤上若堂閨
어찌 힘들게 자산[746]처럼 수레로 건네주랴	何勞子産乘輿濟
마땅히 파옹[747]의 건필로 다리이름 써야 하리	合有坡翁健筆題

---

745 조군(曹君) : 조봉승(曹奉承)으로, 1901년에 예안 군수(禮安郡守)로 임명된 사실이 《승정원일기》와 《관보》에 보이나, 그 외 인적 사항이나 어느 곳에 다리를 놓았다는 사실에 대해서는 자세하지 않다.

746 자산(子産) : 《맹자》〈이루 하(離婁下)〉에, 정(鄭)나라 대부 자산이 자기가 타는 수레로 진수(溱水)와 유수(洧水)를 건너게 해준 일이 나온다. 은혜를 베풀기는 했지만 다리를 놓아서 만인이 건널 수 있게 정치를 하진 못한 경우이다.

747 파옹(坡翁) : 북송의 문인 소식(蘇軾)으로, 호가 동파(東坡)이다. 소동파는 항주의 서호를 재정비하여 제방을 쌓고 여러 곳에 다리를 놓았다.

이랑[748] 교재 의 화갑을 축하하다

李郞 教宰 花甲祝

우뚝한 산 위의 소나무	亭亭山上松
희디흰 구름 가의 학	皎皎雲表鶴
군자가 난세를 만남에	君子處亂世
뜻을 낮추면 몸이 욕되지 않네	降志身不辱
부와 귀는 뜬 구름과 같으니	富貴如浮雲
경전을 품은 채 구학에 은거했네[749]	抱經守邱壑
침상을 마주하여 형제 어울리고	對床塤篪和
방에 들면 기호[750]와 즐거워하네	入室綦縞樂
해치지 않고 또 구하지도 않으면[751]	不忮又不求
굽어보고 올려보아도 마음에 부끄러움 없네[752]	俯仰心無怍

---

748 이랑(李郞) : 이교재(李敎宰)로, 자는 원계(元契), 김윤식의 둘째 사위이다. 경기도 가평군(加平郡) 상면(上面) 태봉리(胎封里)에 살았다.

749 경전을⋯⋯은거했네 : 은둔지사의 모습이다. 한(漢) 왕충(王充)의 《논형(論衡)》〈일문(佚文)〉에 "오경을 익힌 선비가 경전을 안고 은거한다〔五經之儒 抱經隱匿〕"는 구절이 있다.

750 기호(綦縞) : 평민 여자의 옷차림으로 아내를 가리킨다. 《시경》〈출기동문(出其東門)〉에 "흰 옷에 쑥색 수건을 쓴 여인이여, 애오라지 나를 즐겁게 하는구나.〔縞衣綦巾, 聊樂我員〕"라는 구절에서 유래하였다.

751 해치지⋯⋯않으면 : 《시경》〈웅치(雄雉)〉에 "그대 모든 군자들이여, 덕행을 모르는가. 해치지 않고 구하지 않는다면 어찌 선하지 않으리오.〔百爾君子 不知德行 不忮不求 何用不臧〕"라고 한 구절에서 인용한 것이다.

내가 세상 그물에 걸림을 슬퍼하며	悲我罹塵網
금과옥조같은 지침 들려주었지	箴規如金玉
늙고 혼미하여 쓸 모 없는 몸이지만	老悖不能用
마음에 항상 이를 새겨둔다네	於心常佩服
멀리서도 알겠네 화갑 잔치 자리	遙知花甲筵
아들이며 손자와 함께 축하 올리겠지	兒孫共獻祝
손님이 있고 술은 항아리에 가득하고	有客酒盈樽
초가집 사립문은 봄빛을 띠고 있으리	衡門帶春色
인생에 귀한 것은 마음이 편한 것이니	人生貴適志
어찌 꼭 만종록753을 받아야 하랴	何須萬鍾祿
황제와 당요754는 이미 아득하니	黃唐云已邈
마주보고 노래하며 석인처럼 서성이리라755	晤歌碩人軸

---

752 굽어보고……없네 : 군자의 세 가지 즐거움 중 하나이다. 343쪽 주 381 참조.

753 만종록(萬鍾祿) : 가장 많은 녹봉을 가리킨다. 《맹자》〈고자 상(告子上)〉에, "만 종록은 예의를 분별하지 않고 받으니, 만종록이 과연 나에게 무슨 보탬이 되는가?〔萬鍾 則不辨禮義而受之 萬鍾於我何加焉〕"라는 내용이 나온다.

754 황제(黃帝)와 당요(唐堯) : 황제는 상고시대 신농씨 다음의 천자이다. 전설에 의하면 중원(中原) 각 종족의 공동 선조로, 소전(少典)의 아들이며 성(姓)은 공손(公 孫)인데 헌원(軒轅)의 언덕에 살았기 때문에 헌원씨(軒轅氏)라고 부른다. 당요는 도당 씨(陶唐氏)인 요 임금이다. 이들은 모두 오랜 세월 장수한 것으로도 유명하다.

755 마주보고……서성이리라 : 현자(賢者)를 뜻한다. 《시경》〈고반(考槃)〉에 "고반 이 언덕에 있으니, 석인의 마음이 넉넉하도다.〔考槃在阿 碩人之薖〕"라고 하였으며, 또 "고반이 높은 언덕에 있으니 석인이 한가로이 서성이도다.〔考槃在陸 碩人之軸〕"라고 하였다.

용강[756]에 사는 일가 김정의가 꿈에서 나와 만나서 내게
신선의 대추[757]를 주었는데 꿈을 깨고 나서 그 일을 시로
지어 우편으로 부쳐 보냈기에 시를 지어 사례한다
龍岡宗人正義夢與我相邊贈以仙棗覺來以詩記其事郵便寄送余賦以謝之

옛사람은 계보가 같지 않으면	昔人不同譜
실로 주도의 친친[758]이 모자란다 여겼네	實欠周道親
오늘날 비로소 친족을 통합하니	今日始合族
수구초심[759]의 어짊을 보네	乃見首邱仁
온화한 기운 온 집에 가득하게 되었으니	和氣藹一堂
형제이지 남이 아니라네	兄弟匪他人
게다가 또 조상의 보살피심을 입어	況復承先庥
후손들 많고도 어질구나	後孫多且賢
시와 예로 오랜 가업을 전하고	詩禮傳舊業
행실로써 사방에 알려졌네	行誼聞四隣

756　용강(龍岡) : 용강이라는 지명은 전국에 여러 곳 있지만, 여기서는 서울의 마포
용강을 가리키는 듯하다. 《속음청사》에 간혹 '용강에 사는 족인(族人) 아무개가 찾아왔
다'는 투의 서술이 보인다.

757　신선의 대추 : 봉래산(蓬萊山)에 사는 신선인 안기생(安期生)이 먹는다는 오이
만한 대추를 가리킨다. 《史記 卷28 封禪書》

758　주도의 친친 : 주도친친(周道親親)이다. 주나라의 도는 친척과 친한 데에 있다는
뜻이다. 일가 화목을 강조한 말이다.

759　수구초심(首丘初心) : 고향, 근본을 잊지 않음을 의미한다. 여우가 죽을 때면 제
가 살던 언덕 쪽으로 머리를 돌린다고 한다. 《淮南子 說林訓》

아 세도는 떨어지고 嗟哉世級降

풍기는 날로 순후함이 얕아지네 風化日澆淳

누가 능히 우리 집안 붙들어줘 誰能扶吾宗

다시 자형의 봄[760]을 보게 할까 復覩紫荊春

이런 뜻 굳세어 사라지지 않아 此意耿不滅

때때로 꿈속에도 펼쳐졌구나 時發夢寐間

꿈에서는 길을 알지 못하니 夢中不識路

어느 곳이 동산이런가 何處是東山

나를 위해 신선의 대추를 얻어와 爲我乞仙棗

먹으면 수명을 연장할 수 있다네 服之可延年

편지를 열어 그대의 시를 읽으니 開函讀君詩

질병이 몸에서 떨어져 나가는 듯 疾病若祛身

처마를 돌아 매화 찾아가 웃으니 巡簷索梅笑

가지 끝에 봄빛이 새롭구나 枝頭春色新

바라건대 밝은 덕을 숭상하고 願言崇明德

힘써 식사 잘하시게 努力加飯飧

---

760 자형(紫荊)의 봄 : 형제, 혹은 형제간의 우애를 의미한다. 남조(南朝) 양(梁)나라 오균(吳均)의 《속제해기(續齊諧記)》〈자형수(紫荊樹)〉에 "전진(田眞) 형제 세 사람이 재산을 가르면서 집 앞의 자형나무 한 그루를 셋으로 쪼개어 가지기로 의논하니, 형나무가 갑자기 말라 죽었다. 진이 다른 형제들에게 말하기를 '나무뿌리는 그루터기를 같이하는데 쪼개어 가진다는 것을 듣고서는 말라 시들었다. 이는 사람이 나무만도 못한 것이다.'라고 하며 슬픔을 이기지 못하니, 형제들이 느낀 바 있어 재산을 나누지 않았고 나무도 다시 살아났다.〔田眞兄弟三人析産 堂前有紫荊樹一株 議破爲三 荊忽枯死 眞謂 諸弟 樹本同株 聞將分研 所以憔悴 是人不如木也〕"라는 일화가 전한다.

파투⁷⁶¹는 들을 만하지 못하니   巴渝不足聽

멀리서 새해를 송축하는 술잔을 드세   遙擧祝歲樽

---

761   파투(巴渝) : 중국 고대 파투 지방의 가무(歌舞)를 가리키는데 여기서는 속된 노래를 뜻한다. 당나라 시인 우세남(虞世南)의 〈문유거마객(門有車馬客)〉 시 중 "높고 급박한 현으로 파투를 연주하니, 비녀 버리고 귀고리도 떨군 채 비단 치마를 푸네〔危弦 促柱奏巴渝 遺簪墮珥解羅繻〕"라는 구절로 미루어보아 그 소리가 높고 급박하여 사람 마음을 슬프고도 초조하게 만들고 애간장을 끊어놓았던 것 같다.

지바 로쿠호 마사타네 만사

千葉鹿峰 昌胤 挽

녹봉은 시인 중의 호랑이	鹿峯詩中虎
붓을 내려 씀에 속된 말이 없었네	落筆無俗語
객지에 기숙하며 담백함을 달게 여기고	旅食甘淡泊
규벽⁷⁶² 부서에서 교서를 맡았지	校書奎璧府
사람들 모두 오만하다 싫어했지만	人皆厭傲骨
나는 보기엔 오히려 아름다웠네	我看更媚嫵
어찌 알았으랴 송백의 자질에	豈意松栢質
갑자기 양수⁷⁶³가 침범할 줄	遽見侵兩竪
외롭게도 상을 주관하는 사람은	煢煢主喪者
다만 영조⁷⁶⁴같은 딸 뿐이구나	獨有靈照女
아 상여줄 잡으려도 미치지 못하니	執紼嗟莫及

---

762 규벽(奎璧) : 규벽은 규수(奎宿)와 벽수(璧宿)의 병칭으로, 문장을 주관하는 별로 알려졌다.

763 양수(兩竪) : 이수(二竪)와 같은 말로 고질병이 드는 것을 말한다. 춘추 시대에 진(晉)나라 경공(景公)이 병이 들어 진(秦)나라의 명의(名醫)를 청하였는데, 그가 오기 전에 경공의 꿈에 두 더벅머리 아이〔二竪子〕가 명의가 오기 전에 고황(膏肓) 사이에 숨자고 했다는 데서 나온 말이다. 《春秋左氏傳 成公10年》

764 영조(靈照) : 부친의 뜻을 잘 이해하는 어린 딸을 가리킨다. 거사(居士) 방온(龐蘊)의 딸 영조가 장차 아비가 입멸(入滅)하려는 것을 알고 아비가 잠깐 자리를 비운 틈에 자기가 먼저 그 자리에 올라앉아 합장(合掌)하고 세상을 떠난 고사가 전한다. 《景德傳燈錄 襄州居士龐蘊》

길이 멀고 또 막혀서라네   道路修且阻

멀리서 송자의 고택⁷⁶⁵을 그리워하나니 遙念宋子宅

아름다운 시문을 다신 보지 못하겠구나 文藻不復覲

끝이로다 더 슬퍼할 필요 없으니   已矣不須悲

구천에서 서로 만나 회포를 푸세   泉臺會相叙

---

765 송자(宋子)의 고택 : 송옥(宋玉)의 집을 가리킨다. 지바 로쿠호(千葉鹿峰)가 시문에 뛰어나서 송옥에 비유한 표현인 듯하다. 두보의 《영회고적오수(詠懷古跡五首)》 가운데 "시드는 초목에 송옥의 슬픔 잘도 알겠나니, 풍류와 유아함은 또한 나의 스승이로다.……강산 사이 고택엔 속절없이 문채가 전해 내려오건만, 구름과 빗속 황량한 누대가 어찌 꿈 속 그리움이랴?〔搖落深知宋玉悲 風流儒雅亦吾師……江山故宅空文藻 雲雨荒台豈夢思〕"라는 구절이 있다.

신열릉[766] 관조 만

申洌陵 觀朝 挽

병들어 누워 있다가 부음을 받고는 일어나 생각하였다. 평생 친구를 두루 헤어보니 거의 다 시들어 떨어졌는데, 지금 공이 또 대산(岱山)에 노닐러[767] 가버렸다. 그림자 돌아보며 스스로 위로해 보나 슬픔을 이기지 못하겠다. 삼가 고아하지 못한 시구 20운을 읽어 상여줄을 잡는 일을 도우려는데, 생각이 메말라 문장이 이루어지지 않고 손이 떨려 글자가 이루어지지 않는다. 생각건대 영혼이 멀리가지 않았다면 마땅히 너그럽게 헤아려 주리라. 아울러 계주(鷄酒)[768]를 대신하여 일금 5원(五元)을 부치는 한편, 호상(護喪)하는 곳의 집사(執事)께 삼가 부탁드리니 술을 따라 올리고 영전에서 한번 읽어주기를 바란다.

공은 본래 강해의 선비	公本江海士
교분을 맺은 건 청춘시절부터였지	結交在青春

766　신열릉(申洌陵) : 신관조(申觀朝, 1827~?)로, 본관은 평산(平山), 자는 용빈(用賓), 호는 열릉이다. 1865년(고종2) 식년시(式年試)에서 진사 1등(一等) 2위로 급제하였다. 청송 현감(青松縣監), 취산 현령(鷲山縣令), 양산 현령(梁山縣令) 등을 지냈는데, 청렴하고 덕이 있어 선정을 폈다 한다. 청송의 산수를 좋아하여 은퇴 후 청송에 살았으며, 문학과 덕망으로 고을 사람들의 모범이 되었다 한다.

767　대산(岱山)에 노닐러 : 사람이 죽었음을 의미한다. 중국 삼국 시대 건안칠자(建安七子)의 한 사람인 유정(劉楨)이 〈증오관중랑장(贈五官中郞將)〉 시에서 "대종에 노닐러 갔다가 다시는 친구를 보지 못할까 늘 걱정이라네.〔常恐遊岱宗 不復見故人〕"라고 한 데서 생겨난 말이다. 대종은 태산(太山)이다. 《원신계(援神契)》에 이선(李善)의 주(注)에 "태산은 천제의 손자로 인간의 넋을 부르는 일을 주관한다 한다.〔太山 天帝孫也 主召人魂〕"라고 하였다.

768　계주(鷄酒) : 척계두주(隻鷄斗酒)의 줄임말이다. 한 마리 닭과 한 말의 술이란 뜻인데, 변변치 않은 제물(祭物)을 가리킨다.

행정⁷⁶⁹에 눈 내려도 고협⁷⁷⁰하면서	鼓篋杏庭雪

행정⁷⁶⁹에 눈 내려도 고협⁷⁷⁰하면서　　　　　鼓篋杏庭雪

십년 동안 심한 고생 함께 하였네　　　　　　十載共苦辛

예방⁷⁷¹에 첫째 둘째로 이름이 올라　　　　　蕊榜參甲乙

함께 관국빈⁷⁷²으로 충원이 되었네　　　　　同充觀國賓

사람들 대할 때 감춰둔 속내 없었고　　　　　待人無城府

붓만 대면 귀신을 놀라게 했네　　　　　　　落筆驚鬼神

항상 공공처럼 취함⁷⁷³을 기뻐하면서　　　　常喜孔公醉

원헌⁷⁷⁴의 가난은 근심하지 않았네　　　　　不憂原憲貧

---

769 행정(杏庭) : 학도에게 강학하는 곳을 말한다. 공자가 행단(杏壇)에서 제자를 가르친 고사가 있어 생겨난 말이다. 여기서는 성균관을 가리킨 것이다.

770 고협(鼓篋) : 북을 쳐서 선비를 모으고 책 상자를 열어 책을 펴놓게 하는 것이다. 《예기》〈학기(學記)〉에 "학궁에 들어와 고협(鼓篋)을 한다."라고 하였다.

771 예방(蕊榜) : 원래는 도교에서 도를 배워 신선이 되어 올라가 예궁(蕊宮)에 이름이 열거되는 것을 의미했지만, 나중에는 과거에 급제하여 방에 이름이 게재되는 것을 의미했다. 우리나라에서는 진사과 급제자의 성명을 게시한 방을 예방이라 했다.

772 관국빈(觀國賓) : 원래는 벼슬살이를 하게 되었다는 뜻인데, 전하여 선진 문물을 보고 배운다는 의미로 쓰인다. 《주역》〈관괘(觀卦)〉 육사(六四)〉에 "나라의 휘황한 빛을 봄이니, 왕에게 나아가 손님 노릇을 하며 벼슬하는 것이 이롭다.〔觀國之光 利用賓于王〕"라는 구절이 있다.

773 공공(孔公)처럼 취함 : 공공취성(孔公醉醒)이란 말이 있다. 공공은 송(宋)나라 때 공기(孔覬)를 가리킨다. 《남사(南史)》〈공기전(孔覬傳)〉에 "공기가 강하내사를 제수 받았는데 성품이 술에 부림을 당하여 비록 술 취한 날이 많았지만 정사를 밝고도 명확하게 보아 술이 깨고 난 다음의 판결에도 막히는 것이 없었다. 여러 사람들이 다 감탄하여 말하기를 '공공은 한달에 29일을 취해 있지만, 세상 사람이 29일을 깨어 있는 것보다 낫다.'라고 했다.〔覬除江夏內史 性使酒 雖醉日居多 而明曉政事 醒時判決 未嘗有壅 衆咸曰 孔公一月二十九日醉 勝世人二十九日醒也〕"라고 하였다.

774 원헌(原憲) : 원헌은 공자(孔子)의 제자로 자는 자사(子思), 또는 원사(原思)이

풍류가 낙사[775]를 압도하니 風流傾洛社
나는 못난 재주로 그 뒤를 따랐네 菲才屬後塵
모였다 흩어짐 원래 정해짐 없고 聚散原無定
세상사는 질주하는 수레바퀴와 같네 世事如炎輪
나는 소속산[776]의 귀물이 되어 我作疏屬鬼
원숭이 학과 이웃이 되었네 猿鶴與爲隣
친척과 친구가 없는 것 아니지만 非無戚與舊
길이 두려워 가까이 할 수 없었는데 畏途莫相親
그대만은 멀다고 버려두지 않고 公獨不遐棄
손수 쓴 편지 자주 보내주었지 手書往復頻
편지를 받을 때마다 위로가 되었으니 得書每自慰
백발인데도 뜻이 새롭다네 白頭意如新
그 이후 또 삼십 년 흘러 伊來又卅載

다. 청고하고 빈한하게 사는 선비의 대명사이다. 공자가 죽은 뒤에 그는 궁벽한 시골로 들어가 살았는데 위(衛)나라 재상으로 있던 자공(子貢)이 그를 찾아가니 남루한 옷차림으로 만나주었다. 자공은 그의 행색이 수치스러워 말하기를 "혹시 병이 들지 않으셨습니까?" 하니, 대답하기를 "나는 들으니, 재물이 없는 자를 가난하다 말하고 도를 배우고서도 능히 행하지 못하는 자를 병들었다고 말한다 하였습니다. 나는 가난한 것이지 병든 것은 아닙니다.[憲聞之 無財謂之貧 學而不能行謂之病 今憲 貧也 非病也]"라고 했다 한다. 《莊子 讓王》

775 낙사(洛社) : 낙양기영회(洛陽耆英會)를 가리킨다. 송나라 문언박(文彦博)이 서경 유수(西京留守)로 있을 적에 백거이(白居易)의 구로회(九老會)를 모방하여 부필(富弼), 사마광(司馬光) 등 13인의 학덕 높은 노인들과 함께 이 모임을 결성했다.

776 소속산(疏屬山) : 신화 속의 산 이름이다. 《산해경(山海經)》에 의하면, 이부(貳負)와 그의 신하 위(危)가 알유(窫窳)를 죽이자, 천제가 알고는 위를 소속산에 수갑을 채우고 오른발에 족쇄를 채워 등 뒤로 양손과 머리를 연결하여 결박하여 산 위 나무에 묶었다고 한다.

구십 세를 넘긴 고령이 되었네　　　　　　　　　　邵齡踰九旬

청송⁷⁷⁷은 동향⁷⁷⁸이라　　　　　　　　　　　　靑松卽桐鄕

남긴 사랑 아직도 백성에게 있네　　　　　　　　遺愛尙在民

어찌 수구⁷⁷⁹의 그리움 없을까마는　　　　　　豈無首邱戀

처지에 따라 잠시 몸을 편히 두었다네　　　　隨遇暫安身

때로 시골 노인들과 술을 마실 땐　　　　　　時從野老飮

순배를 따지지 않고 술을 따랐지　　　　　　　杯酌亂無巡

근래 들으니 기운 더욱 왕성하다기에　　　　比聞氣益旺

만수무강하라 축수했거늘　　　　　　　　　　　眉壽祝無垠

봄 기러기 짝을 잃고 울어　　　　　　　　　　　春鴈叫失侶

슬픈 소식 한강 물가에 이르렀네　　　　　　　哀音到漢濱

놀라 부르짖으며 오래도록 진정치 못하니　驚呼久靡定

만사가 결국 옛일이 되었구나　　　　　　　　萬事遂成陳

전에 유란동회의 벗들⁷⁸⁰　　　　　　　　　　　昔時幽蘭會

모두 꿈속의 사람이 되었네　　　　　　　　　　盡作夢中人

저 세상에는 즐거운 일이 많으리니　　　　　泉臺樂事多

눈물로 수건을 적실 필요 없으리　　　　　　不須淚沾巾

777　청송(靑松) : 신관조는 청송에 부사(府使)로 재임하며 선정을 베풀었으며, 청송의 산수를 좋아하여 벼슬을 내놓은 후 이곳에 살았다.

778　동향(桐鄕) : 옛날 수령의 은혜로운 정사를 잊지 못하고 있는 고을이라는 뜻이다. 323쪽 주 322 참조.

779　수구(首邱) : 고향, 근본을 잊지 않음을 의미한다. 481쪽 주 759 참조.

780　유란동회의 벗들 : 유란동(幽蘭洞)에서 열던 시회(詩會)에 참석한 벗들을 가리킨다. 신관조(申觀朝)와 김윤식을 비롯해 윤병관(尹秉觀), 이응진(李應辰), 서응순(徐應淳) 등이 참석했다.

상주 진사인 황존재 의민 는 사십년 친구인데, 와서 하룻밤
만나고 작별을 고했다. 다음 만남을 기약하기 어려워
헤어질 즈음에 회포를 적어 주었다

尙州黃進士存齋 義民 四十年舊交也來見一宿而告別後會難期臨別書懷
以贈之

백구가 빈 골짜기에 있다가[781]	白駒在空谷
오늘 저녁 문득 나를 찾아와 주었네	今夕忽見顧
오랜 친구들이 새벽별처럼 되었는데[782]	故舊如晨星
하물며 우리 숙도[783]가 찾아옴에랴	況復吾叔度
손을 잡고 평소의 회포 풀어놓지만	握手叙平生
만나고 헤어짐은 본래 운명이 있는 법	離合自有數

---

781 백구(白駒)가……있다가 : 백구는 어린 흰 망아지로, 《시경》의 편명이다. 백구
는 군자(君子)를 뜻하고, 공곡(空谷)은 산골짜기를 가리켜서, 즉 군자가 산골에 은거
(隱居)함을 뜻한다. 이 편은 어진 손님을 떠나지 말도록 만류하면서 길이 잊지 말자는
내용으로 되어 있다.

782 새벽별처럼 되었는데 : 드문드문 떨어져서 쓸쓸하게 바라보는 사이를 뜻한다. 당
(唐)나라 시인 유우석(劉禹錫)이 〈송장관부거시서(送張盥赴擧詩序)〉에서 함께 급제
했던 벗들과 어울려 노닐던 때를 그리워하면서, "지금 와서는 마냥 쓸쓸하기가 새벽
별빛을 서로들 멀리서 바라보는 것 같기만 하다.〔今來落落 如晨星之相望〕"라고 한 표현
이 있다.

783 숙도(叔度) : 후한의 고사(高士)인 황헌(黃憲)의 자(字)인데, 성이 황씨이기 때
문에 인용하여 말한 것이다. 황헌은 어렸을 때부터 덕망과 학식으로 사람들의 존숭을
받았으므로, 숙도가 현사를 일컫는 말로 쓰이게 되었다. 《後漢書 卷53 黃憲列傳》

내일 아침 다시 서로 헤어지고 나면 　　　　　　　明朝還相別

저 멀리 구름과 나무[784]를 슬피 바라보겠지 　　　　悵望隔雲樹

---

784 구름과 나무 : 원문은 운수(雲樹)인데, 벗을 그리워하는 마음을 뜻한다. 두보(杜甫)의 시 〈춘일억이백(春日憶李白)〉에서 "위수 북쪽 봄날의 나무 한 그루, 장강 동쪽 해질녘 구름이로다.〔渭北春天樹 江東日暮雲〕"라고 한 표현에서 유래한 말이다.

구도 소헤이[785]의 백육첩[786]에 쓰다

題工藤壯平百六帖

구도 소헤이는 호(號)가 문재(文哉)로 일본의 서법가(書法家)이다. 현재 총독부 사무
관으로 있다. 그가 조선의 신라·고려 이후 명류들의 필적 106폭을 모아 장정하여 첩
(帖)으로 만든 다음, 동호인들에게 공개하며 나에게 제사(題詞)를 구하는 까닭에 이
시를 지어 응답한다.

유적을 어루만지며 선현을 기억하니	摩挲遺蹟記先賢
군옥[787]의 기서가 신선들 둘러서게 하네	群玉奇書擁列仙
우리나라 명가들의 백육첩	左海名家百六帖
문을 숭상해온 태평성대 일천년	右文休運一千年
그 풍류와 그 문채 지금은 아득하니	風流文藻今云邈

---

785 구도 소헤이(工藤壯平) : 1880~1957. 오카야마현(岡山縣) 출신이며, 호는 문재
(文哉), 혹은 쌍봉헌주인(雙鳳軒主人)이다. 도쿄제국대학을 졸업했다. 다이쇼(大正)
~쇼와(昭和) 시기에 활동한 서가(書家)이자 관료로 오노 가도(小野鵞堂)에게 배웠다.
1910년에 조선총독부 회계국 영선과 사무관으로 근무하기 시작하여 총무과장, 내대신
비서관(內大臣秘書官) 등을 거쳐 1920년에는 함경북도 제1부 부장을 지냈다. 규장각에
소장된 《해강난죽보(海岡蘭竹譜)》에 구도 소헤이의 〈우혜(雨蕙)〉가 수록되어 있다.

786 백육첩(百六帖) : 1986년 5월 24일 《동아일보》 10면 문화 기사란에 〈진짜인가
가짜인가 신라 명필 김생(金生) 글씨〉라는 제목으로 이 서첩을 다루고 있다. 강남구
대치동의 정승희(鄭承熙)라는 이의 가보로 전해온 구도 소헤이의 《백육첩》에 대한 진
위 논란을 다룬 기사이다.

787 군옥(群玉) : 옛날 제왕의 서책을 수장한 서고로, 명산(名山)에 수장한다고 한
다.

잘라진 죽간 낱장 종이도 전하는 것이 드무네　　　斷簡零箋世罕傳
그대처럼 옛 것을 좋아하기 참으로 쉽지 않은데　　好古如君誠未易
부지런히 수집하여 청전[788]을 이루었구나　　　　辛勤蒐集作靑氈

---

788 청전(靑氈) : 선조(先祖)의 유물(遺物)이라는 뜻이다. 456쪽 주 687 참조.

민시남[789] 궁상 병석 의 성대한 회갑연을 축하하며

賀閔詩南宮相 丙奭 周甲長筵

무녀성[790] 빛을 떨쳐 덕문을 비추니	星婺揚輝照德門
집안에 가득한 화기 따뜻한 봄날 같구나	滿堂和氣若春溫
기쁘게 보수[791]자란 뜰 빛을 바라보며	欣看寶樹階庭色
취하여 성은을 입은 선학[792]을 두르네	醉帶仙鶴雨露恩
거북과 연[793]처럼 천년토록 몸이 건강하고	千歲龜蓮身矯健
오리와 마름[794]처럼 온 집안 단란하고 즐겁네	一家鳧藻樂團圓

---

789 민시남(閔詩南) : 민병석(閔丙奭, 1858~1940)으로, 본관은 여흥(驪興), 자는 경소(景召), 호는 시남・의재(毅齋)이다. 1879년(고종17) 식년 문과에 급제, 1883년 승지, 1884년 참의군국사무(參議軍國事務)에 등용, 같은 해 수구당(守舊黨)의 일원으로서 갑신정변에 실패한 김옥균이 일본으로 망명하자 장은규(張殷奎)를 자객으로 보내 암살하게 하였으나 이루지 못했다. 1910년 국권 피탈 후에는 일본 정부의 자작 작위와 은사금을 받고 이왕직 장관(李王職長官)이 되었으며, 1939년 조선총독부의 자문기관인 중추원(中樞院)의 부의장을 지내는 등 친일 활동을 하였다.

790 무녀성(婺女星) : 직녀성 남쪽에 있는 별자리로 여성의 일을 관장한다.

791 보수(寶樹) : 훌륭한 자손을 의미한다. 진(晉)나라 때 사현(謝玄)이 숙부인 사안(謝安)의 질문을 받고 대답하기를 "비유하자면, 지초(芝草)나 난초(蘭草) 또는 좋은 나무를 집 앞 계단이나 뜰에 심고자 하는 것처럼 그런 귀염을 받는 인물이 되고 싶습니다.〔譬如芝蘭玉樹 欲使其生於階庭耳〕"라고 한 데서 나온 말이다. 《世說新語 語言》

792 선학(仙鶴) : 1품 문관의 관복 흉배(胸背)이다.

793 거북과 연 : 상서로움을 상징한다. 《사기(史記)》 권128 〈귀책열전(龜策列傳)〉에 "거북은 천년토록 연잎 위에 노닌다.〔龜千歲乃遊蓮葉之上〕"라고 하였다.

794 오리와 마름 : 즐거워하는 모습을 비유한다. 《후한서(後漢書)》 권87 〈유도열전

노년에 내외가 회갑 맞이하기 드문 일이니　　　　　　耆年多少雌雄甲
성대한 경사에 낙사⁷⁹⁵의 술동이 열어야 하리　　　盛事應開洛社樽

(劉陶列傳)〉에 "군사들이 싸움을 괴롭게 여기지 않고 기뻐하는 모습이 마치 오리가
마름을 만난 듯하다.〔言其和睦歡悅 如鳧之戲於水藻也〕"라는 구절이 있다.

795　낙사(洛社) : 낙양기영회(洛陽耆英會)를 가리킨다. 488쪽 주 775 참조.

스나가 하지메 후쿠사이[796]에게 차운하여 드리다
次韻贈須永元輻齋

호해 사이에 이름난 문사요	湖海文章士
풍류는 태평성대의 사람이라	風流昭代人
술을 마시며 옛 친구인 듯 반기는데	卿盃青眼舊
백발이 성해서야 처음 교제하게 되었네	傾盖白頭新
부상(일본) 땅의 잔설을 밟고	桑域踏殘雪
근역(우리나라)에서 이른 봄을 만났네	槿鄉逢早春
내일 아침 남포[797]에서 이별할 때	明朝南浦別
떠나는 길 먼지만 슬피 바라보겠지	惆悵望行塵

---

796 스나가 하지메(須永元) 후쿠사이(輻齋) : 1868~1942. 메이지(明治) 시대의 한학자, 실업가, 조선독립운동을 지원한 활동가이다. 복재는 그의 호인데 실은 '복재(輹齋)'라고 표기하는 것이 바르다. 운양이 '복(輻)' 자를 잘못 기록한 것으로 보인다. 1895년에 조선에 와서 박영효(朴泳孝)의 구택(舊宅)에 기거했다. 근대조일관계사를 모은 중요한 자료가 스나가 문고(須永文庫)에 남아 있다.

797 남포(南浦) : 평양 대동강 근처의 지명이지만, 관습적으로 이별의 장소를 일컬을 때 사용한다.

고종태황제 만장 기미년(1919) 이월 삼일
高宗太皇帝輓章 己未二月三日

황천께서 보우하심 드리워	皇天垂眷佑
새로이 천명 내리시니 유구한 나라 창성했네[798]	新命舊邦昌
오색구름 찬란하니[799] 순 임금 조정 경사롭고	雲爛虞廷慶
황하 맑아지니[800] 흥저[801]가 상서로웠네	河淸興邸祥
문아한 법은 이대[802]를 귀감 삼고	文謨監二代
지극한 효[803]는 삼왕[804]을 본받았네	達孝追三王

---

798 새로이……창성했네 : 《시경》〈문왕(文王)〉에 "주나라가 비록 옛 나라이지만, 그 천명을 받은 것이 새롭다.〔周雖舊邦 其命維新〕"라고 하였다.

799 오색구름 찬란하니 : 상서로운 징조를 뜻한다. 순 임금이 우(禹)에게 왕위를 물려 주려 할 때 신하들과 함께 불렀다는 〈경운가(卿雲歌)〉에 "오색구름이 찬란함이여, 얽히어 늘어졌도다. 해와 달이 빛남이여, 아침이요 또 아침이로다.〔卿雲爛兮 糾縵縵兮 日月光華 旦復旦兮〕"라는 구절이 있다.

800 황하 맑아지니 : 성군(聖君)이 출현할 징조이다. 삼국 시대 위나라 이강(李康)의 〈운명론(運命論)〉에 "황하가 맑아지면 성인이 나온다.〔黃河淸而聖人生〕"고 하였고, 그 주(註)에 "황하는 천 년 만에 한 번 맑아지는데, 황하가 맑아지면 성인이 그때에 나온다.〔河千年一淸 淸則聖人生於時也〕"라고 하였다.

801 흥저(興邸) : 고종이 즉위하기 전에 살았던 집을 가리킨다.

802 이대(二代) : 주나라와 하나라를 가리킨다. 《논어》〈팔일(八佾)〉에 "주나라는 하나라와 은나라를 본받았으니, 그 문화가 찬란하도다.〔周監於二代 郁郁乎文哉〕"라는 구절이 있다.

803 지극한 효 : 원문의 달효(達孝)는 세상 사람들 모두가 공통적으로 효라고 인정할 정도로 가장 지극한 효라는 뜻인데, 《중용장구》제19장에 "무왕과 주공은 달효를 행한

소간⁸⁰⁵의 근심 항상 절실하였고	宵旰憂常切
겸양과 공손함으로 덕이 더욱 빛났네	謙恭德彌光
임금님 큰 은택 초목에도 미치고	覃恩被草木
성상의 추모하는 맘 국과 담장⁸⁰⁶에 깃들었네	聖慕寓羹墻
크나큰 사업에 어려움도 많았지만	弘業因多難
옛 법도 일찍이 잊은 적 없었네	舊章率不忘
천승의 봉양⁸⁰⁷으로 더욱 존숭하고	彌尊千乘養
만년의 축수 술잔 길이 받들었네	長奉萬年觴
어찌 뜻했으랴 티끌세상 싫어져	何意厭塵世
갑자기 상제 계신 곳으로 승천한 소식 들릴 줄	遽聞升帝鄉
활을 부여잡아도⁸⁰⁸ 따를 수 없고	攀弓靡逮及

분이다."라는 공자의 말이 나온다.

804 삼왕(三王) : 하(夏)나라 우왕(禹王), 은(殷)나라 탕왕(湯王), 주(周)나라 무왕(武王)을 가리킨다.

805 소간(宵旰) : 소의간식(宵衣旰食)의 약어이다. 새벽에 일어나고 밤늦게 밥을 먹는다는 뜻으로 임금이 정치에 부지런한 것을 말한다.

806 국과 담장 : 원문은 갱장(羹墻)인데, 선왕을 앙모(仰慕)하는 마음을 뜻한다. 예전에 요(堯) 임금이 죽은 후 순(舜) 임금이 3년을 앙모하여, 앉으면 담[墻]에 요 임금이 보이고 먹으면 국[羹]에 요 임금이 보였다고 한 데에서 나온 말이다.

807 천승(千乘)의 봉양 : 임금의 봉양을 가리킨다. 옛날에 1천 대의 전차를 동원할 수 있는 제후국을 천승지국(千乘之國)이라 했다.

808 활을 부여잡아도 : 임금의 죽음을 의미한다. 황제(黃帝)가 용을 타고 하늘로 올라갈 때 황제를 따랐던 신하들과 후궁들이 70여 명이 함께 탔다. 그 외 나머지 사람들은 오르지 못하고 곧 용의 수염을 잡으니 수염이 뽑혀 떨어지면서 황제의 활과 칼이 함께 떨어졌는데 남은 백성들은 곧 그 활과 칼을 끌어안고 우러러 바라보았다는 고사에서 유래한 말이다. 《史記 卷28 封禪書》

옥을 새겨도⁸⁰⁹ 선양하기 어렵구나 鏤玉難揄揚

고요하고 엄숙한 청문⁸¹⁰의 길 蕭蕭靑門道

푸르른 금곡⁸¹¹의 남쪽 葱葱金谷陽

고개 돌려 흐느끼며 순 임금을 부르지만 回頭泣叫舜

창오산⁸¹² 산굴에 구름 자욱하네 梧峀暮雲蒼

---

809 옥을 새겨도 : 시문의 기교를 다해 아름답게 꾸미는 것을 가리킨다.

810 청문(靑門) : 한(漢)나라 장안성(長安城)의 동남문의 이름이지만, 여기서는 서울의 동대문을 가리킨다. 《백낙천시집후집(白樂天詩後集)》권10 〈권주(勸酒) 14수〉에 "어디서도 술 잊긴 어려운건데 청문에서 송별이 많기도 하네.〔何處難忘酒 靑門送別多〕"라는 구절이 있다.

811 금곡(金谷)의 남쪽 : 지금의 경기도 남양주시 금곡동에 위치한 홍릉(洪陵)을 가리킨다.

812 창오산(蒼梧山) : 임금을 장사지낸 곳을 말한다. 호남성(湖南省) 영원현(寧遠縣) 경계에 있는 산이다. 이 산 기슭에 순 임금을 장사지냈다 한다.

홍릉으로 옮겨[813] 봉안할 때의 만장
洪陵遷奉輓章

정령이 사록[814]에 강림하여	精靈降沙麓
휘음[815]으로 경실[816]을 이었도다	徽音嗣京室
삼기[817] 동안 큰 교화 돕고	三紀贊弘化
마음을 잡아 오로지 한결같이 지켰네	秉心惟專一
성대함이 가득할까 초친[818]을 경계하고	盛滿戒椒親
검약하게 지내며 갈포 옷을 입었네	儉約服絺葛
계명[819]의 시편을 규잠으로 삼고	箴警鷄鳴詩

813 홍릉(洪陵)으로 옮겨 : 고종황제는 1919년 1월 21일 덕수궁 함녕전에서 숨져 3월 4일 현 위치에 예장되었고, 1895년 8월 20일 경복궁 곤녕전에서 시해된 명성황후는 1897년 11월 21일 서울 청량리에 묻혔다가, 고종이 홍릉에 묻힐 때 명성황후의 능이 풍수지리상 불길하다는 이유로 이장하여 고종의 능에 합장했다.

814 사록(沙麓) : 왕비가 탄생한 곳을 의미한다. 한(漢)나라 원제(元帝)의 비(妃)인 원후(元后)가 태어난 곳이다.

815 휘음(徽音) : 후비(后妃)의 아름다운 덕을 표현할 때 쓰는 말이다. 《시경》〈사제(思齊)〉의 "태사께서 태임(太任)의 아름다운 덕을 이어 받으셨다.〔太姒嗣徽音〕"는 말에서 나온 것이다.

816 경실(京室) : 왕실을 뜻한다. 《시경》〈사제(思齊)〉에 "엄숙한 태임이 문왕의 어머니이시니, 주강에게 사랑을 받아 경실의 며느리가 되었다.〔思齊太任 文王之母 思媚 周姜 京室之婦〕"라고 하였다.

817 삼기(三紀) : 36년으로, 1기(紀)는 12년이다. 고종이 즉위한 1863년부터 을미사변이 일어난 1895년까지를 가리킨다.

818 초친(椒親) : 후비의 친정 사람들을 가리킨다.

홍류절[820] 경사를 길러냈네   慶毓虹流節

드러나지 않은 공은 동관[821]에 아름답고   陰功彤管美

아름다운 전범은 황상[822]에 길하도다   懿範黃裳吉

성헌[823]이 홀연히 광채를 잃으니   星軒忽失彩

곤정[824]이 중도에 이지러졌네   壼政中途闕

슬프다 우리 백성 복이 없어   哀我民無祿

하늘이 노하여 거듭 재앙 내리셨도다[825]   天禍荐降割

무덤을 새 묘지에 합장하려니   佳城協新兆

---

819 계명(雞鳴) : 왕비가 임금이 정사(政事)에 부지런하도록 내조하는 것을 말한다. 애공(哀公)이 황음(荒淫)하여, 현비(賢妃)가 정청(政廳)에 나아가라고 권고한 데서 나온 것으로, 《시경》〈제풍(齊風)〉에 실려 있다.

820 홍류절(虹流節) : 왕의 생일을 의미한다. 소동파(蘇東坡)의 〈집영전연치어(集英殿宴致語)〉에 "무지개 흘러내려 성명의 시대 열었나니, 인력으로 이룰 수 있는 상서가 아니로다.〔流虹啓聖 非人力所致之符〕"라고 한 데서 나왔다.

821 동관(彤管) : 여성 사관(史官)의 붓을 말한다. 《모시주소(毛詩注疏)》 권3에, "고대에 후부인(后夫人)은 반드시 여사(女史)를 두어 붉은 붓으로 행실을 기록하게 하였다.〔古者后夫人 必有女史彤管之法〕"라고 하였는데, 정현(鄭玄)이 전(箋)하기를, "동관은 붓이 붉은 대롱이다.〔彤管 筆赤管也〕"라고 하였다.

822 황상(黃裳) : 황색 치마라는 뜻으로, 정실부인〔嫡妻〕을 가리키는 말로도 쓰이고 태자를 가리키는 말로도 쓰인다. 《주역》〈곤괘(坤卦) 육오(六五)〉의 효사(爻辭)에, "황색 치마 크게 길하리라.〔黃裳元吉〕"라고 하였다. 이는 여자로서 높은 신분에 있으면서 중도를 지키고 아래에 거처하면 크게 길하다는 뜻이다.

823 성헌(星軒) : 왕후의 수레이다.

824 곤정(壼政) : 왕후의 내정(內政)을 뜻한다.

825 재앙 내리셨도다 : 원문은 강할(降割)이다. 《서경》〈대고(大誥)〉에 "하늘이 우리나라에 재앙을 내리면서 조금도 늦추지 않고 있다.〔天降割于我家 不少延〕"라는 말이 나온다.

다시 관이 드러남을 보는구나   復見玄和出

만백성 애처로이 추모하고   萬姓追哀慕

샘과 계곡도 슬피 오열하네   泉谷亦悲咽

울울한 금곡의 언덕   鬱鬱金谷阡

참으로 만년 길이 살 집이로다   寔維萬年室

바라건대 보력[826]을 이어 가도록   庶幾綿寶曆

아득히 음덕을 내려주소서   冥冥垂陰騭

---

826 보력(寶曆) : 황제가 반포하는 책력(冊曆)이다. 국조(國祚) 혹은 황위(皇位)를 의미하기도 한다.

이노우에 다쿠엔[827]에게 드림
贈井上琢園

나는 이노우에 가쿠고로(井上角五郎) 군과 30년 교분이 있다. 그는 기미년(1919) 가을
에 내가 있는 적막한 물가로 재차 방문하여 조선의 백성들을 구제할 대책을 설명했다.
금화(金貨) 1억 2천만 원을 모집하여 국내 황무지를 널리 개간하자는 것이었는데, 들에
황무지가 없으면 백성들이 즐겁게 살아갈 마음이 생기리라는 생각에서 한 소리였다.
나는 그 말에 탄복하여 이 시를 지어 그에게 주었다.

인생에는 이별이 많고	人生別離足
세상사는 아침저녁 변하네	世事朝暮變
어찌 알았으랴 십년 지난 뒤에	豈知十載後
다시 친구의 얼굴 보게 될 줄	復見故人面
그대는 옛날부터 뜻이 원대하여	君昔志遠大

827 이노우에 다쿠엔(井上琢園): 이노우에 가쿠고로(井上角五郎, 1860~1938)로,
호는 다쿠엔, 메이지에서 쇼와 시대 전반부까지 활약했던 정치가이자 실업가이다. 히로
시마 출신으로 게이오 의숙(慶應義塾)을 졸업한 후, 1883년 스승 후쿠자와 유키치(福澤
諭吉)의 권유로 조선으로 와서 《한성순보(漢城旬報)》 창간에 협력했으며, 1884년 갑신
정변(甲申政變)에 간여하였다. 갑신정변 실패 후 김옥균 등의 망명 때 일본으로 돌아갔
다가 1885년 일본 외무상이었던 이노우에 가오루(井上馨)를 따라 《시사신보(時事新
報)》의 통신원 자격으로 함께 들어왔다. 당시 통리아문독판(統理衙門督辦)이었던 김
윤식의 부탁으로 활자와 인쇄기를 구입하여 와서 《한성주보(漢城週報)》 창간을 도와
편집주사(編輯主事)에 임명되었다가 1886년 12월 귀국하였다. 1890년 이래 중의원 의
원으로 14회 당선되어 정치인으로서 활동하였고, 이후 홋카이도 탄광철도 전무, 일본제
강소 회장 등을 역임하며 실업가로 활동하였다.

보배를 품고도 자랑하지 않았지	懷寶不自衒
지구의 동쪽 서쪽을 두루 다니며	歷覽東西球
확장하고 개척하여 견식을 늘렸네	恢拓增知見
푸른 하늘 위로 날개를 떨쳐	振翼靑冥上
의원에 영예가 알려졌네	令譽播議院
장차 나라를 경영할 수단으로	且將經國手
널리 세상 구제하려는 소원 이루게 되었네	期遂普濟願
사해가 한 집과 같으니	四海如一室
어찌 경계를 한정할 수 있으랴	豈可限涯畔
반도 또한 동포로 여겨	半島亦同胞
가난하고 병든 이들 항상 생각하였네	貧瘁常所戀
먼저 백성을 부유하게 할 방법을 시험하고	先試富民術
그런 후에 가르침을 베풀고자 하였네	然後施敎訓
억대 거금 재화를 모집하여	募集巨億貨
황무지 개간하고 제방을 쌓으면	開荒築堤堰
십오 년쯤 지나서는	比及十五年
홍수와 가뭄 걱정할 것 없으리니	水旱可無患
먹을 것 풍족하면 풍속이 후덕해져	食足風俗厚
서로 구휼하기를 친족과 같이 하리	相恤如親眷
머리에 만가불을 이고	頂戴萬家佛
자비의 비를 시방세계 두루 뿌리리	慈雨十方遍
위대하다 복과 은택의 노인이여	偉哉福澤翁
백성을 사랑하여 구제에 뜻을 두었네	愛民志拯援
그대가 이 뜻을 전수할 수 있다면	君能得其傳

공훈과 사업을 우뚝 세우리   功業卓所建

감탄하며 장편시를 이루어   感歎成長吟

짐짓 후배들에게 권면하려 하네   聊爲後人勸

김해사⁸²⁸ 보국 성근 만

海士金輔國 聲根 輓

대각에서의 맑은 이름 동료 중에 빼어났고	臺閣淸名出邇班
감당⁸²⁹의 남긴 교화 강산을 적셨네	甘棠遺化被湖山
기영도 속에 풍류로운 모습	耆英圖裡風流邈
진귀한 붓글씨는 전해져 세상에 가득 퍼졌네	墨寶流傳滿世間
재관의 몸이지만 전생엔 승려였는지	宰官身分舊時禪
늘그막엔 소요 자적하며 속세에 인연 끊었지	晩境逍遙絶俗緣
백발에 친구 없이 하늘만 슬피 바라보나니	白首無儔空悵望
이제 신선이 되어 떠나가는 그대 부럽구나	羨君此去若登仙

세상에서 공이 고승(高僧)의 후신(後身)이라고 한다. 공도 또한 그것을 인정한다.

<hr>

828 김해사(金海士) : 김성근(金聲根, 1835~1919)으로, 본관은 안동, 자는 중원(仲遠), 호는 해사이다. 판서 김온순(金蘊淳)의 아들이며 1862년 정시문과에 병과로 급제, 예문관 검열·홍문관 제학 등을 거쳐 1883년에 전라도 관찰사, 1888년 이후 공조·형조·이조·예조 등 각 판서직을 두루 거쳤다. 1894년 개화파정권 성립 이후 관직에서 물러났다가 1898년 궁내부 특진관으로 다시 등용되어 1900년에는 의정부 참정, 1902년에는 탁지부 대신을 지냈다. 1910년 국권침탈 때 자작 작위를 받았다. 미남궁체(米南宮體)로 서예에 뛰어났고 《근역서화징》에 기록되어 있다. 유작으로 사공도(司空圖)의 〈시품(詩品)〉중 제1항을 쓴 작품이 성균관대학교 박물관에 전한다.

829 감당(甘棠) : 나무 이름인 동시에 《시경》의 편명이다. 주나라 소공(召公)이 남국을 순행하며 정사를 다스리고 농사를 권하면서 감당나무 아래에 머물렀는데, 뒤에 백성이 그를 사모하여 그 나무까지 사랑해 시를 지었다 한다.

무부쓰 옹 아베 미쓰이에 에게 차운하여 답하다

次韻酬無佛翁阿部 充家

귀한 편지 펼쳐 읽으니 먹빛 아직 새로운데	披讀瑤函墨尚新
차가운 못에 비친 가을 달에 그 정신이 보이네	寒潭秋月見精神
곤궁하게 살며 청승의 조문830 원망 않으니	窮居不恨青蠅吊
하늘 끝에 지기가 한사람 있어서라네	知己天涯有一人

---

830 청승(靑蠅)의 조문 : 청승은 쉬파리로, 쉬파리가 조문한다는 것은 죽은 뒤에 조문
객이 적은 것을 말하는데, 빈한하여 쓸쓸한 생애를 의미한다.

이마제키 덴포⁸³¹ 도시마로 에게 드리다

贈今關天彭 壽麿

분분한 술책으로 각기 때맞추어 나아가는데	策術紛紛各赴時
어이 홀로 제나라 문에서 거문고 타는가⁸³²	齊門操瑟獨何爲
공훈과 업적으로 세상 놀라게 할 필요 없으니	不須勳業驚天地
아들 효도하고 신하 충성하면 만사 괜찮다네	子孝臣忠萬事宜

---

831 이마제키 덴포(今關天彭) : 1882~1970. 지바현(千葉縣)에서 출생, 본명은 도시마로(壽麿)이다. 한시인(漢詩人)이자 중국문학 연구가이다. 이시카와 고사이(石川鴻齋)·모리 가이난(森槐南) 등에게서 배웠다. 조선총독부 촉탁직을 한 적이 있다. 1918년 북경(北京)에서 이마제키 연구실(今關硏究室)을 설립, 1942년 외무대신 시게미쓰 마모루(重光葵)의 고문(顧問)을 맡았다. 2차 대전 후 한시 잡지 《아우(雅友)》를 창간하였다. 《근대 중국의 학예(近代支那的學藝)》, 《중지한만유화(中支汗漫游話)》, 《지나인문강화 및 부록(支那人文講話及附錄)》 등의 저서가 있다.

832 제(齊)나라……타는가 : 자신의 진정한 실력이 외면당함을 비유한 말이다. 한유(韓愈)의 〈답진상서(答陳商書)〉에, 귀신도 감동시킬 수 있는 거문고의 명인이 제나라에 가서 취직을 원했으나, 왕이 피리를 좋아하기 때문에 뜻을 이루지 못했다는 이야기가 나온다.

일본인 쓰쓰미 마사나가[833]에게 써 드리다 경신년(1920) 봄
書贈日本人堤雅長 庚申春

연성[834]은 원래 조가의 물건이지만	連城原是趙家物
벽옥 들고가 공이 없으니 인상여[835]에게 부끄럽네	奉璧無功愧藺如
부상 땅 친한 벗들 모두 소식 끊겼는데	桑域親朋皆見絶
쓰쓰미 군만 어찌 홀로 내 글을 구하는가	堤君何以獨求書

---

833 쓰쓰미 마사나가(堤雅長) : 자세한 인적사항을 알 수 없다.

834 연성(連城) : 연성벽(連城璧)의 준말로 천하 보물을 의미한다. 전국 시대 때 조 (趙)나라 혜문왕(惠文王)이 소장하고 있었는데, 진(秦)나라 소왕(昭王)이 15개의 성 (城)과 맞바꾸자고 청한 데에서 유래된 이름이다. 《史記 卷81 廉頗藺相如列傳》

835 인상여(藺相如) : 전국 시대 조나라 인상여가 화씨벽(和氏璧)을 가지고 진(秦) 나라에 사신으로 갔다가, 온갖 어려움 끝에 다시 그 구슬을 온전히 보전하여 조나라로 가지고 돌아온 고사가 있기에 이렇게 말한 것이다. 《史記 卷81 廉頗藺相如列傳》

이군 기두[836]의 수연에 차운하여 축하드리다

李君 淇枓 壽宴次韻賀之

이기두 군은 나와 세강(世講)[837]의 우의가 있다. 비록 만난 적은 드물지만 서각(犀角)으로 비추듯[838] 서로 통하였고, 길은 멀었지만 서신은 끊이지 않았다. 성쇠(盛衰)를 겪으면서도 옛 벗을 잊지 않았으니 그의 깊고 무거운 기개와 우의는 부박한 세속을 깨우칠 만하다. 경신년(1920) 정월 6일에 회갑 날을 맞으니 친구들이 대체로 시를 지어 축하하였다. 나는 매우 연로하여 시를 읊는 것을 그만둔 지 오래지만, 지금 이군의 수연(壽筵)에 술잔을 권하는 한마디 말이 없을 수가 없다. 까닭에 수연의 원운(原韻)에 차운하여 직접 써서 부쳐드린다. 나의 시가 거칠고 졸렬하여 그대가 읽기에 많이 부족하지만 그저 우리 두 사람이 서로 더불어 지낸 우의를 드러내고 세한(歲寒)[839]을 기약하고자 한다.

도부[840] 묵은 글을 바꾸는 초순이 가까운데　　　　　　桃符換舊近初旬

836　이군(李君) 기두(淇枓) : 인적 사항을 알 수 없다.

837　세강(世講) : 세강사우(世講師友)를 줄인 말이다. 대대로 강학을 같이한 정의(情誼)가 있는 집안의 친구, 혹은 지우(知友)의 자손을 의미한다. 명(明)나라 방효유(方孝孺)의 〈정숙도에게[與鄭叔度書]〉라는 편지에, "그대가 친히 후대하고자 하는 것은 세강사우의 정의를 두고자 해서입니다.[公所欲親厚之者 欲世講師友之契耳]"라는 구절이 있다.

838　서각(犀角)으로 비추듯 : 영서(靈犀)를 의미한다. 336쪽 주 361 참조.

839　세한(歲寒) : 친구 사이의 변치 않는 우정을 상징한다.

840　도부(桃符) : 두 개의 복숭아나무 판자에다 신도(神荼)와 울루(鬱壘)의 두 귀신 이름을 써서 만든 부적으로 입춘첩의 일종이다. 인가에서 정초(正初)가 되면 이것을 문 위에 붙여 악귀나 부정을 물리쳤다고 한다. 《說郛 卷12 鬱壘》

잔치 자리 축수 주 오로[841]가 잔을 돌리네　　　　壽酒瓊筵五老巡

집 주위 상마[842]는 삼대의 유업이요　　　　　　　繞屋桑麻三世業

집안에 이어진 효우는 한 덩이 봄기운이라　　　承家孝友一團春

우정은 물처럼 짙어졌다 다시 맑아지고　　　　交情似水濃還淡

향기는 난처럼[843] 오랠수록 새롭구나　　　　　臭味如蘭久愈新

천리 밖 매화 소식 역참 인편에 전하니[844]　　千里梅花傳驛使

장수하여 상진[845] 넘기길 멀리서 축원하네　遐籌遙祝度常珍

841　오로(五老) : 대표적인 장수 노인 다섯을 가리킨다. 송(宋)나라 인종 때 만들어진 오로회(五老會) 노인들로, 태자의 태사(太師)로 치사한 80세의 두연(杜衍), 예부 시랑(禮部侍郎)으로 치사한 90세의 왕환(王煥), 사농경(司農卿)으로 치사한 94세의 필세장(畢世張), 병부 낭중(兵部郎中)으로 치사한 88세의 주관(朱貫), 가부 낭중(加部郎中)으로 치사한 87세의 풍평(馮平)이 그들이다.

842　상마(桑麻) : 뽕나무 밭과 삼 밭으로 전토를 말한다. 두보의 〈곡강(曲江)〉 시에 "스스로 생각하니 이 생애 하늘에 물을 것 없구나, 두곡에 다행히도 상마의 전토가 있다오.〔自斷此生休問天 杜曲幸有桑麻田〕"라고 한 데서 온 말이다.

843　향기는 난(蘭)처럼 : 벗과 서로 의기가 투합되고 마음이 일치하는 것을 의미한다. 《주역》〈계사전 상(繫辭傳上)〉에 "두 사람이 마음을 함께하면 그 예리함이 쇠를 자를 만하고 마음을 함께한 말은 그 향기가 난초와 같다.〔二人同心 其利斷金 同心之言 其臭如蘭〕"라고 하였다.

844　매화……전하니 : 남조(南朝) 송나라 때 범엽(范曄)과 우정이 깊은 육개(陸凱)가 강남에서 매화 한 가지를 꺾어 장안(長安)에 있는 범엽에게 시 한 수와 함께 보냈는데, 그 시에 "역참의 사자 만나 꽃을 꺾어서, 북쪽 장안 내 님께 보내볼거나. 강남 땅 둘러봐도 있는 게 없어, 봄소식 한 가지만 부쳐보내오.〔折花逢驛使 寄與隴頭人 江南無所有 聊寄一枝春〕"라고 하였다. 《荊州記》

845　상진(常珍) : 언제나 진미를 먹는다는 뜻인데, 80세를 가리킨다. 《예기》〈왕제(王制)〉에 "80에는 늘 진미를 먹는다.〔八十常珍〕"라고 하였다.

이랑[846]의 생일에 지어 주다
李郞生朝賦贈

온 세상 분주한데 나 홀로 한가하니	擧世奔忙意獨閒
백이도 유하혜도[847] 아닌 그 사이에 있네	匪夷匪惠在中間
늦게 시듦은 세월을 견딜 줄 아는 것이요	後凋方識能經歲
원지는 원래 산을 벗어나지 않는다네[848]	遠志元來不出山
분수에 편안하면 절로 호의[849]의 즐거움 알게 되고	安分自知縞衣樂

---

846 이랑(李郞) : 김윤식의 둘째 사위인 이교재(李敎宰)를 가리킨다.

847 백이도 유하혜도 : 백이(伯夷)는 주(周)나라 때 은사이고, 유하혜(柳下惠)는 춘추 시대 노나라의 대부이다. 《맹자》〈공손추상(公孫丑上)〉에 다음과 같은 구절이 나온다. "맹자가 말하기를, 백이는 옳은 임금이 아니면 섬기지 않고 옳은 벗이 아니면 벗하지 않았으며 악인의 조정에는 서지 않고 악인과 이야기하지 않았다.……유하혜는 더러운 군주를 부끄럽게 여기지 않고 낮은 관직도 천히 여기지 않았다.〔孟子曰 伯夷 非其君不事 非其友不友 不立於惡人之朝 不與惡人言……柳下惠不羞汚君 不卑小官〕" "맹자가 말하길, 백이는 너무 좁고 유하혜는 불경하다. 좁음과 불경함은 군자가 말미암지 않는다.〔孟子曰 伯夷隘 柳下惠不恭 隘與不恭 君子不由也〕"

848 원지는……않는다네 : 동진(東晉)의 사안(謝安)이 처음에 동산(東山)에 은거했었는데, 뒤에 누차 조정의 부름을 받고 할 수 없이 나와 환온(桓溫)의 사마(司馬)가 되었다. 당시에 어떤 사람이 환온에게 약을 보냈는데, 그중에 원지(遠志)라는 약초가 있었다. 환온이 그 약초를 들고 사안에게 묻기를, "이 약초의 다른 이름이 소초(小草)인데 어찌 하나의 물건에 두 가지 이름이 있는가?" 하자, 사안이 얼른 대답하지 못하였다. 그때 동석했던 학륭(郝隆)이라는 사람이 대답하기를, "그것은 어려운 문제가 아닙니다. 산속에 있을 때는 원지라고 하고, 산을 나오면 소초라고 합니다." 하자, 사안이 몹시 부끄러워하였다고 한다. 《世說新語 排調》 여기서 원지는 약초 이름이면서 글자 그대로 원대한 뜻을 의미하기도 하여 중의적으로 사용되었다.

마음을 비우면 오직 흰 구름과 더불어 돌아가네   無心惟與白雲還
어찌 번거로이 신선처럼 장수하라 축원하랴   何煩更祝喬松壽
동방의 한 선비 좋은 안색 지녔거늘   一士東方有好顔

849 호의(縞衣) : 평민 여자의 옷차림으로 아내를 가리킨다. 479쪽 주 750 참조.

무부쓰 옹에게 드리다

贈無佛翁

한번 이별하자 목소리도 얼굴도 막힌 채	一別音容阻
뜰의 꽃만 몇 번이고 붉게 핀 것 보았네	庭花屢見紅
자비로운 마음은 법우850를 베풀고	婆心施法雨
호방한 기운은 긴 무지개를 꿰뚫네	豪氣貫長虹
동쪽을 바라보며 시국을 걱정하고	東望憂時局
서쪽으로 가서 나라 풍속 알아보네	西行問國風
내청각851에 뜬 달은	來靑閣上月
항상 옥호852를 비쳐 주리라	常照玉壺中

---

850 법우(法雨) : 초목을 적시는 단비 같은 부처의 교법(敎法)을 말한다.

851 내청각(來靑閣) : 경성일보사 건물의 명칭이다.

852 옥호(玉壺) : 고결한 인품을 형용한 말이다. 429쪽 주 613 참조.

특진관 이난석[853] 건용 군 만
特進官蘭石李君 建容 輓

찬란한 금과 윤택한 옥처럼 가만히 빛나니　金晶玉潤黯然章
청춘에 교분 맺어 수염 흴 때까지 이르렀네　結識青春到鬂霜
시례 가정에서 자라 거동엔 법도 있고　詩禮家庭儀有則
풍류 아는 동리엔 자리마다 향기가 났네　風流鄰曲席生香
일신의 법도 삼가하여 후손에게 복 남기고　一身謹度留餘福
구족에게 혜택 나눠 쌓아둔 양식 없었네　九族均霑少積粮
슬프다 병든 내 몸 상여 줄도 못 잡으니　嗟我病軀違執紼
산양의 저물녘 피리 소리[854] 어이 견딜까　那堪暮笛聽山陽

가까운 홍진 세상이 만 리처럼 아득했고　咫尺紅塵萬里賒
청신한 시구는 연하 기운을 띠었지　清新佳句帶烟霞

853 이난석(李蘭石) : 이건용(李建容, 1842~?)으로, 본관은 전주이며 밀성군(密城君) 이돌(李㶊)의 14세손이다. 1865년에 진사, 1872년에 문과에 급제하여, 홍문관 수찬·공조 참의·동부 승지·시종원부경(侍從院副卿)을 거쳐 1907년 궁내부특진관(宮內府特進官)이 되었다. 그가 1909년에 편찬한 《가적(家蹟)》이 하버드대학 옌칭도서관(Harvard-Yenching Library)에 전하는데, 이속(李束, 1790~1851)과 이병찬(李秉纘, 1811~1894)의 행장이 실려 있다.

854 산양(山陽)의……소리 : 친구를 추억하고 그리워하게 만드는 소리이다. 진(晉)나라 죽림칠현의 한 사람인 상수(向秀)의 〈사구부(思舊賦)〉에 "산양(山陽)을 지나다가 피리 소리를 듣고 옛날 혜강·여안과 함께 놀던 생각이 나서 슬프다.〔經山陽舊居 聽到鄰人吹笛 不禁追念亡友嵇康呂安〕"라고 하였다.

현인을 좋아해 늘 치의[855]가 해질까 염려하였고	好賢常念緇衣弊
처신을 함에는 백옥에 티를 남기지 않았네	處世曾無白璧瑕
벗들 시들어 사라지니 누구와 옛 이야기할까	年輩凋零誰語舊
아이 손자 어질고 효심 깊어 가업 전할 만하네	兒孫仁孝可傳家
지난 봄 비로소 금강산 유람 소원 이뤘으니	前春始邃金剛願
이정[856]의 후신이 그대가 아니겠는가	李靖後身非子耶

---

855 치의(緇衣) : 《시경》 정풍(鄭風)의 편명(篇名)으로, 현사(賢士)를 예우하는 내용으로 되어 있다. "검은 옷이 잘도 어울리는 분, 헤지면 내가 다시 만들어 드릴게요.〔緇衣之宜兮 敝予又改爲兮〕"라고 하였다. 또 《예기(禮記)》〈치의(緇衣)〉에 "현인을 좋아하기를 치의 편처럼 하고, 악인을 미워하기를 항백 편처럼 하면, 벼슬을 번거롭게 하지 않고도 백성들이 조심할 줄 알게 될 것이며, 형벌을 시험하지 않고도 백성들이 모두 복종할 것이다.〔好賢如緇衣 惡惡如巷伯 則爵不瀆而民作愿 刑不試而民咸服〕"라는 공자의 말이 실려 있다.

856 이정(李靖) : 571~649. 당(唐)나라 태종 때 명장이다. 행군총관(行軍摠管)이 되어 돌궐에 원정하여, 그 근거지를 공격, 힐리가한(頡利可汗)을 포로로 잡았고, 또한 토욕혼〔吐谷渾〕의 침입을 막는 큰 공을 세워 위국공(衛國公)에 봉해지고 태종의 소릉(昭陵)에 배장(陪葬)되었다. 《위공병법(衛公兵法)》《이위공문대(李衛公問對)》가 있다. 한편 소설 《봉신연의》는 이정을 원형으로 하여 지어낸 이야기인데, 소설 속에서 이정과 그의 아들은 강태공을 도와 주 무왕의 즉위에 공로를 세웠으나 공명에 관심이 없어 속세를 등지고 산으로 들어간 뒤 신선이 되었다. 여기서 이건용을 이정의 후신이라 한 것은 금강산을 유람한 용기를 이씨 중의 훌륭한 장수에게 비유해 추켜세운 말이 아닌가 한다.

정소석[857] 우민 의 《일견록》 뒤에 쓰다
題鄭素石 又民 一見錄後

소석은 영남의 고사로서	素石嶺表之高士
문을 닫고 예순 해 동안 경전을 궁구했네	閉戶窮經六十祀
만년에 홀연 섬계의 흥취[858]가 일어	晚來忽發剡溪興
지팡이 짚고 멀리 금강산 승경을 찾았네	振策遠探金剛勝
이르는 곳마다 문호들이 기뻐하며 맞아주어	到處文豪歡相迎
고려 도읍과 평양 두루 유람하였네	歷覽麗都與箕城
서쪽으로 마자[859]를 건너 서울로 돌아오니	西渡馬訾還京國
시 주머니는 주옥같은 시편들을 감당치 못했네	奚囊不勝收瓊什
장하다 이 유람 참으로 기이하고 빼어나니	壯哉此遊誠奇絶
읊조릴 때마다 문득 무릎을 치게 되네	每吟一篇輒擊節
흰 눈썹[860]이 나에게 제사를 청하니	白眉謂余請題辭

---

857 정소석(鄭素石) : 인적 사항을 자세하게 알 수 없다. 그가 지었다는 《일견(一見錄)》도 소재 여부가 파악되지 않는다.

858 섬계(剡溪)의 흥취 : 은거해 일락을 즐기며 친구를 찾음을 뜻하는 말이다. 진(晉)나라 왕휘지(王徽之)가 폭설이 내린 밤에 술을 마시며 좌사(左思)의 초은(招隱) 시를 읊다가 갑자기 섬계(剡溪)에 있는 친구 대규(戴逵)가 생각이 나서 밤새 배를 저어 그 집을 찾아갔던 고사에서 유래한 것이다. 《世說新語 任誕》

859 마자(馬訾) : 압록강이다. 《통전(通典)》에 압록강을 마자수(馬訾水)라고 기록하였다.

860 흰 눈썹 : 형제나 제자들 중에서 걸출한 사람을 일컫는 말이다. 삼국 시대 촉(蜀)나라 마량(馬良)이 다섯 형제 가운데에서 가장 뛰어난 면모를 보였는데, 그의 눈썹에

내 말이 어찌 그 시편들을 중하게 만드리오　　　　　吾言何足以重之
맘껏 산천을 유람하여 가슴을 넓혔으리니　　　　　縱觀山川恢胸次
속학의 고루함으로야 어찌 견주랴　　　　　　　　俗學固陋焉可比
내가 지금 그 시편들 읽으며 와유[861]하노니　　　　我今讀此成臥遊
만 이천 봉우리가 책상머리로 떨어지네　　　　　萬二千峯落案頭

흰 털이 있었으므로 백미(白眉)라고 불렀다는 고사에서 나온 것이다. 《三國志 卷39 蜀書 馬良傳》

861 와유(臥遊) : 여행기(旅行記)나 산천 화도(山川畫圖)를 보면서 실제로 여행하는 기분을 느끼는 것을 이른다. 405쪽 주 555 참조.

중앙구락부[862] 잡지 제사
中央俱樂部雜誌題辭

효도 우애 화목하고 농사에 힘써	孝友睦婣務本農
퇴폐한 풍속 끌어당겨 순후하게 되돌리세	挽回頹俗返淳風
무리지음도 없고 치우침도 없는 필치로	好將無黨無偏筆
천지간 교화육성에 참여하고 도우세	參贊乾坤化育中

---

862 중앙구락부(中央俱樂部) : 이 단체의 국내 성격에 대해서는 자세하지 않다.《동
아일보》1922년 2월 1일 기사에 〈사회장위원회(社會葬委員會)〉라는 제목 아래 "중앙구
락부에서 운양 김윤식 선생의 사회장에 대한 중대 사항을 의논하기 위하여 일일 오후
세시부터 중앙구락부에서 위원회를 열기로 결정하얏다더라."라는 내용이 있다.

민하정[863] 보국 영휘 이 칠십 세에 은혜로이 구장[864]을 하사받은 것을 축하드리며 차운하다

次韻賀閔荷汀輔國 泳徽 七十歲恩賜鳩杖

봄날 대궐에서 은혜로운 지팡이 하사하시니	恩頒扶老九重春
물러나 유유자적 저녁 먹으며[865] 참됨을 기르네	退食委蛇獨養眞
세 그루 주옥같은 자손들[866] 구름처럼 무성하고	三樹珠琪雲葉茂
문하의 후배와 문생에게 새로 이슬 적시네	一門桃李露華新

863　민하정(閔荷汀) : 민영휘(閔泳徽, 1852~1935)로, 본관은 여흥이며 초명은 영준(泳駿), 자는 군팔(君八), 호는 하정이다. 1877년 정시문과에 급제한 이후 정계에 등장, 1884년 김옥균 등의 갑신정변을 진압, 동학농민운동 때 청군의 지원을 요청했다. 임오군란 때 탐관오리로 유배되었다. 중추원의장 · 헌병대사령관 등을 지냈다. 국권피탈 후 일본정부의 자작이 되었다. 천일은행, 휘문학교를 설립했다.

864　구장(鳩杖) : 손잡이에 비둘기 장식이 된 지팡이로, 원로대신(元老大臣)이 70이 되어도 조정에 있어야 할 때에 임금이 우대하여 안석[几]과 지팡이[杖]를 내린다. 노인의 지팡이 머리에 비둘기[鳩]를 새기는 것은 《풍속통(風俗通)》에 의하면, "한 고조(漢高祖)가 항우(項羽)에게 패하여 숲 속에 몸을 숨기고 있는데, 비둘기가 그 위에서 울고 있으니 추적하는 군사가 의심하지 않고 지나갔다. 그가 임금이 된 뒤에는 비둘기를 기념하기 위하여 지팡이에 비둘기를 새겨 노인들에게 주었다."라고 한다.

865　물러나……먹으며 : 조정에서 퇴근하면 곧장 집으로 돌아와 조촐하게 식사를 하는 등 청렴하게 지내면서 마치 재계하는 사람처럼 경건한 자세로 생활하고 있다는 말이다. 관원들의 검소한 생활을 노래한 《시경》〈고양(羔羊)〉에 "조정에서 물러 나와 밥을 먹나니, 그 모습 얼마나 차분하고 의젓한가.[退食自公 委蛇委蛇]"라는 말이 나온다. 정현(鄭玄)은 전(箋)에서 "위이는 구부린 채 자득하게 사는 모습[委蛇 委曲自得之貌]"이라고 설명했다.

866　세……자손들 : 남의 훌륭한 아들을 가리킨다. 431쪽 주 619 참조.

산신이 무지개 흐르는 날[867] 함께 내려 왔으니　　　嶽神同降虹流節

　　임자년(1852)에 태어났으며 고종 임금과 실제 나이가 같다.

악부에선 마땅히 학의 등을 탄 사람[868] 전하리라　　樂府應傳鶴背人

　　송경(松京) 자하동(紫霞洞)[869] 고사를 사용했다.

현거[870]의 연세 되었어도 몸 아직 건강하니　　　　年到懸車身尙健

사슴이며 고라니더러 이웃 하지 말라 이르게　　　　莫敎麋鹿與爲隣

867　무지개 흐르는 날 : 임금의 생일날을 말한다. 소동파(蘇東坡)의 〈집영전연치어(集英殿宴致語)〉에 "무지개 흘러내려 성명의 시대 열었나니, 인력으로 이룰 수 있는 상서가 아니로다.〔流虹啓聖 非人力所致之符〕"라는 말이 있다.

868　학……사람 : 신선이다. 학(鶴)은 본디 신선(神仙)이 타고 다니는 것이므로 이렇게 표현한다.

869　자하동(紫霞洞) : 개성(開城) 송악산(松嶽山) 아래에 있는 골짜기 이름인데, 예로부터 절승(絶勝)으로 손꼽혀 왔다. 고려 충선왕(忠宣王) 때 채홍철(蔡洪哲)의 집이 송악산 자하동에 있었다. 그 집의 남쪽에 중화당(中和堂)을 지어서 국가의 원로 8명을 맞이하여 기영회(耆英會)라 하고 〈자하동신곡(紫霞洞新曲)〉을 지었는데, 그 곡이 악부(樂府)에 전한다.

870　현거(懸車) : 수레를 타고 다닐 필요가 없어서 집안에 걸어 놓는다는 뜻인데, 벼슬에서 물러나는 것이 마땅한 나이인 70세를 가리킨다.

정사성[871] 윤수 만

鄭司成 崙秀 輓

휴옹[872]의 대절 천년을 비추고	休翁大節照千春
맑은 덕 남은 향기 후손에게 드리우네	清德遺芬垂後昆
유서 깊은 가문의 훌륭한 문한 지금 쇠했으나	古宅文藻今搖落
오직 그대만은 좌중의 보배가 될 만 했지[873]	惟君堪爲席上珍
약관의 나이에 명성은 동년배를 뛰어넘고	弱年聲名超等輩
날마다 만 마디 읊어 붓에 신이 오른 듯했네	日誦萬言筆有神
꼿꼿한 성품은 남들과 구차히 영합 못해	骯髒不與人苟合
한평생 실의한 채 요진[874]과 멀리 있었네	一生佗傺隔要津
가난한 동네에서 적막하게 석문[875] 닫아걸고	窮巷寂寞席門掩

---

871 정사성(鄭司成) : 자세한 인적사항을 알 수 없다. 《조선총독부관보(朝鮮總督府官報)》 1917년 1월 16일자 기사에 "정윤수(鄭崙秀)를 경학원(經學院) 사성(司成)으로 명(命)하고 연수당(年手當) 500원(圓)을 급(給)하다."라고 실려 있다. 민족문제연구소가 편찬한 《친일인명사전》에 이름이 올라 있다.

872 휴옹(休翁) : 정윤수의 먼 조상인 듯하다.

873 오직……했지 : 재덕(才德)이 출중한 인물을 가리키는 말이다. 노(魯)나라 애공(哀公)이 공자(孔子)에게 자리를 권하자, 공자가 모시고 앉아서 "유자는 자리 위의 보배를 가지고 초빙해 주기를 기다리는 사람이다.〔儒有席上之珍以待聘〕"라고 말한 고사에서 유래한 것이다. 《禮記 儒行》

874 요진(要津) : 현요(顯要)의 직책에 발탁되는 것, 혹은 출세하는 길목을 의미한다.

875 석문(席門) : 거적을 매달아 놓은 문으로 청빈한 집이나 은자(隱者)의 거처를 의미한다.

태학에서 아침저녁 부추와 소금으로 지냈네[876]   太學朝暮齏鹽貧

자방의 떨침과 노중련의 수치[877]   子房之奮魯連恥

가슴 속 뜨거운 피 알아주는 사람 없었네   腔裡熱血識無人

우리의 정신적 사귐은 혜려[878]에 비길 만하여   自擬神交追嵆呂

절친한 벗일 뿐 아니라 사돈까지 맺었네[879]   不獨親誼結晉秦

어찌 알았으랴 세한송백의 자질[880]이   豈意歲寒松栢質

갑자기 하루아침에 급히 반진[881]할 줄   倏然一朝遽返眞

어찌 차마 백도[882]에게 후사가 없게 하였는가   忍令伯道後嗣乏

---

876 태학(太學)에서……지냈네 : 모진 가난을 견디며 공부에 매진했다는 말이다. 당(唐)나라 한유(韓愈)의 〈송궁문(送窮文)〉에 "태학에서 4년을 공부하는 동안, 아침에는 부추, 저녁에는 소금 반찬을 먹으며 지내었다.〔太學四年 朝齏暮鹽〕"라는 말이 나온다.

877 자방의……수치 : 사영운(謝靈運)의 시 〈자서(自叙)〉에 나오는 구절을 압축한 것이다. "한나라가 망하자 장자방이 분발했고, 진나라가 황제를 칭하자 노련이 부끄러워했네.〔韓亡子房奮 秦帝魯連恥〕"라는 이 구절 때문에 반역의 뜻이 있다 하여 필화를 입었다.

878 혜려(嵆呂) : 진(晉)나라 혜강(嵆康)과 친구인 여안(呂安)을 말한다. 여안은 혜강이 생각날 적마다 문득 천리 길을 달려가서 만나곤 했다 한다. 《世說新語 簡傲》

879 사돈까지 맺었네 : 원문의 진진(晉秦)은 춘추 시대 진(秦)나라와 진(晉)나라가 대대로 혼인 관계를 맺었기 때문에 나온 말로 사돈 관계를 뜻한다.

880 세한송백(歲寒松栢)의 자질 : 어려운 시절에도 뜻이 변하지 않는 지조 있는 사람을 가리킨다. 《논어》〈자한(子罕)〉편에 "날씨가 추워진 뒤에야 소나무와 잣나무가 늦게 시듦을 안다.〔歲寒然後 知松柏之後彫也〕"라고 한 말을 압축한 표현이다.

881 반진(返眞) : 죽음을 미화시킨 말이다. 《장자》〈대종사(大宗師)〉편에서 나온 말이다. 자상호(子桑戶)가 죽자 그의 친구인 맹자반(孟子反)과 자금장(子琴張)이 거문고를 뜯으며 노래하기를 "아아 상호여, 이미 참으로 돌아갔는데, 우리는 여전히 사람이구나.〔嗟來桑戶乎 而已反其眞 而我猶爲人猗〕"라고 하였다.

상여883가 유서 남겼단 말 듣지 못했네　　　　未聞相如遺書存

상여 줄도 못 잡고 멀리서 상여 바라보며　　遙望靈輔違執紼

빈 침상에 병들어 누워 눈물 줄줄 흘리네　臥病空床淚如紳

만사가 지난 일 되었으니 물어 무엇하랴　萬事成陳不可問

광릉 어느 곳에 외로운 무덤 있으리　　　　廣陵何處有孤墳

882　백도(伯道) : 백도는 진(晉)나라 등유(鄧攸)로, 자는 백도이다. 대를 이을 자식을 두지 못했다는 말이다. 백도가 난리에 적(賊)을 만났을 때 자기 아들을 버리고 동생의 아들을 살렸는데, 뒤에 아들을 얻지 못해 제사가 끊겼던 고사가 있다. 《晉書 卷90 鄧攸傳》 여기서는 정윤수의 후사가 끊어진 것을 의미한 듯하다.

883　상여(相如) : 전한의 문인 사마상여(司馬相如)를 가리킨다. 평소 집에 서책을 갖춰 두고 독서를 하지 않았으며, 저작은 남에게 주어 사후에 남은 글이 없었다고 한다. 여기서는 정윤수의 저작이 남아 있지 않은 것을 의미한 듯하다.

박춘고[884] 도위 영효 회갑 잔치를 축하드리다
賀朴春皐都尉 泳孝 回甲長筵

출렁이는 하장[885]을 북두 국자[886]로 따르고 　　　灩灩霞漿北斗斟

오색 주렴 깊은 곳에서 수룡음[887] 맑게 부네 　　　水龍清引畵簾深

천상에서 석린[888]이 내려와 상서로움 이루고 　　　石麟天上來爲瑞

884 　박춘고(朴春皐) : 박영효(朴泳孝, 1861~1939)로 본관은 반남, 자는 자순(子純), 호는 춘고(春皐)·현현거사(玄玄居士)이다. 12세 때 박규수(朴珪壽)의 천거로 철종의 딸 영혜 옹주(永惠翁主)와 결혼하여 부마(駙馬)가 되고 금릉위(錦陵尉)의 작위를 받았으나 3개월이 못되어 옹주가 사망하고 말았다. 1882년(고종19) 임오군란(壬午軍亂)을 수습하기 위해 일본으로 파견되는 수신사(修信使) 대표로 임명되어 민영익·김옥균 등과 일본을 시찰하고 돌아왔다. 1884년 갑신정변을 주도했으나 실패하고 일본으로 망명했다. 그후 김홍집 내각에서 복권되었으나 1895년 반역음모사건으로 재차 일본에 망명했다. 1907년에 다시 귀국하여, 이완용(李完用) 내각의 궁내부대신(宮內部大臣)을 지냈고, 국권피탈 이후 후작(侯爵) 작위를 받았다. 1920년 동아일보사 초대 사장, 1926년 중추원의장, 1932년 일본귀족원의원을 지냈으며, 1939년 중추원 부의장으로 있을 때 죽었다. 저서에 《사화기략(使和記略)》이 있다.

885 　하장(霞漿) : 신선이 마신다는 이슬〔仙露〕인데, 술을 비유한다. 진(晉)나라 왕가(王嘉)의 《습유기(拾遺記)》〈염제신농(炎帝神農)〉에, "때로 흘러가는 구름이 물방울을 뿌리는데 이것을 '하장'이라 한다. 그것을 복용하면 도를 깨달아 천시(天時)보다 늦게 늙는다.〔時有流雲灑液 是謂霞漿 服之得道 後天而老〕"라고 하였다.

886 　북두 국자 : 술을 떠내는 국자 모양을 북두칠성에 빗대어 하는 말이다.

887 　수룡음(水龍吟) : 460쪽 주 702 참조.

888 　석린(石麟) : 서릉(徐陵)을 가리킨다. 남조(南朝) 양(梁)·진(陳) 때의 사람으로, 어려서 매우 총명하여 석보지(釋寶誌)로부터 천상의 석기린(石麒麟)이란 칭찬을 받았다. 그는 시문으로 유신(庾信)과 병칭(竝稱)되었다. 전하여 훌륭한 아들을 비유한다.

소봉루[889] 안에선 오랜 짝이 읊조리네　　　　簫鳳樓中昔伴吟

이국 땅 바람 서리에 우국의 눈물 흘리고　　　異域風霜憂國淚

큰 집에서 정인[890]하며 어버이 사모하는 마음　高堂茵鼎慕親心

강녕과 만복에 유호덕을 겸했으니[891]　　　　康寧晩福兼攸德

해마다 해옥에 산가지[892] 높이 더해지리　　　歲歲遐籌海屋添

889 소봉루(簫鳳樓) : 부녀의 거처를 비유한다.

890 정인(茵鼎) : 어버이 사후에 부귀영화를 누리게 된 것을 의미한다. 195쪽 주 10 참조.

891 강녕과……겸했으니 : 《서경》〈홍범(洪範)〉에 나오는 다섯 가지 복 중 두 가지를 가리킨다. 즉, 수(壽), 부(富), 강녕(康寧), 유호덕(攸好德), 고종명(考終命) 중 강녕 과 유호덕, 두 가지이다.

892 해옥(海屋)에 산가지 : 390쪽 주 517 참조.

여하정 학사 규형 만
呂荷亭學士 圭亨 輓

| 금규⁸⁹³의 옥순⁸⁹⁴으로 일찍 이름 드날렸고 | 金閨玉筍早揚名 |

금규⁸⁹³의 옥순⁸⁹⁴으로 일찍 이름 드날렸고 金閨玉筍早揚名

늘어 가며 관직 인연이 학교에 있었지 老去官緣在塾罃

사면초가에 놓여 있을 때에도 最是四圍楚歌裏

홀로 한나라 기치 세우고 무너진 군영 지켰네 獨持漢幟保殘營

술 한 말에 시 백 편⁸⁹⁵ 붓엔 신이 오른 듯 百篇一斗筆如神

탁 트인 회포는 백륜⁸⁹⁶과 같았네 曠達襟懷似伯倫

지관⁸⁹⁷의 멋진 유람 엊그제 같건만 芝館勝遊猶昨日

---

893 금규(金閨) : 중국 한나라 때 궁궐에 금마문(金馬門)이 있었는데, 금문(金門)이
나 금규로도 약칭된다. 임금과 가까운 곳을 말한다. 《文選 卷16 別賦》

894 옥순(玉筍) : 급제한 문생들을 가리킨다. 당나라 이종민(李宗閔)이 시관(試官)
이 되어 선발한 문생들 모두가 저명 인사였으므로 당시에 옥순이라고 불렀던 고사가
전한다. 《新唐書 卷174 李宗閔列傳》

895 술……편 : 두보의 〈음중팔선가(飮中八仙歌)〉에 "이백은 술 한 말에 시가 백 편
인데, 장안의 저잣거리 술집에서 자기도 하고, 천자가 불러도 배에 오르지 않으면서,
신이 바로 술 가운데 신선이라 자칭하였네.〔李白一斗詩百篇 長安市上酒家眠 天子呼來
不上船 自稱臣是酒中仙〕"라고 한 데서 온 말이다.

896 백륜(伯倫) : 진(晉)의 죽림칠현(竹林七賢)의 한 사람인 유령(劉伶)으로, 자는
백륜이다. 그는 평소 녹거(鹿車)를 타고 술 한 병을 가지고 사람을 시켜 삽(鍤)을 메고
따르게 하며 자신이 술을 마시다가 죽거든 즉시 묻으라고 했다 한다. 그의 〈주덕송(酒德
頌)〉이 유명하다.

897 지관(芝舘) : 시바조(芝城)를 가리킨다. 316쪽 주 298 참조.

풍류로 다시 선인들 계승할 길 없구나 　　　　風流無復繼前人

세상에서 노닌 칠십 년 세월 　　　　　　　遊戱塵寰七十春
청탄[898] 강가의 옛 어부였네 　　　　　　 靑灘江上舊漁人
오늘은 어느 곳에서 낭랑히 시를 읊을까 　　朗吟今日知何處
구름과 물의 전신은 동빈[899]이라네 　　　　雲水前身是洞賓

898 　청탄(靑灘) : 경기(京畿) 양근(楊根)에 있었던 시내의 이름이다. 지금은 팔당댐
수몰구역에 포함되었다. 청탄을 거론한 것은 하정 여규형이 양근 출신이기 때문이다.
899 　동빈(洞賓) : 여동빈(呂洞賓)이다. 당(唐)나라 때 경조(京兆) 사람으로, 당 팔선
(八仙)의 한 사람으로 일컬어졌다. 현령으로 있던 중 벼슬을 버리고 종남산(終南山)으
로 들어가 도를 닦았는데, 언제 죽었는지는 모른다고 하며, 일설에는 여러 차례 과거에
낙방하자 천하를 떠돌아다니다가 종리권(鍾離權)을 만나 단사(丹砂)와 비결(秘訣)을
전해 받아 신선이 되었다고 한다.

당시집구로 답답함을 떨치다 삼십 절구

唐詩集句遣悶三十截

신묘년(1891, 고종28) 면양(沔陽)에 있었을 때이다. 운천집구서(雲泉集句序)는 이미 원집(原集)에 기재되었다.

구름 사이로 멀리 한양성 보니[900]　　　　雲間遠見漢陽城

하늘 밖 삼봉은 깎아 만들지 못할 듯[901]　天外三峰削不成

적막한 빈 뜰에 봄이 저물려 하니[902]　　寂寞空庭春欲晚

누군들 고향 동산 그립지 않으랴[903]　　　何人不起故園情

뜬구름 흐르는 물은 어디로 가는가[904]　浮雲流水竟如何

강호에서 만나니 나그네 설움이 많구나[905]　江海相逢客恨多

경쇠 소리 맑게 울리는 수남사[906]　　　　金磬冷冷水南寺

---

900 구름……보니 : 노륜(盧綸)의 〈저물녘에 악주에서[晚次鄂州]〉에 나오는 구절이다.

901 하늘……듯 : 최호(崔顥)의 〈화음현을 지나가며[行經華陰]〉에 나오는 구절이다.

902 적막한……하니 : 유방평(劉方平)의 〈봄날의 원망[春怨二首]〉에 나오는 구절이다.

903 누군들……않으랴 : 이백(李白)의 〈봄밤 낙양성에서 피리소리를 들으며[春夜洛城聞笛]〉에 나오는 구절이다.

904 뜬구름……가는가 : 유창(劉滄)의 〈양제의 행궁을 지나며[經煬帝行宮]〉에 나오는 구절이다.

905 강호에서……많구나 : 온정균(溫庭筠)의 〈소년에게 준다[贈少年]〉에 나오는 구절이다.

906 경쇠 소리……수남사(水南寺) : 이영(李郢)의 〈갠 봄날 강가 정자에서[江亭春霽]〉에 나오는 구절이다.

호계[907]의 한가한 달빛에 이끌려 찾아왔네[908]　　　　虎溪閒月引相過

등불 앞에 무릎 안고 그림자와 짝하여[909]　　　　抱膝燈前影伴身
일 년 또 일 년 봄이 지나는구나[910]　　　　一年又過一年春
이번 걸음이 농어회 때문은 아니지만[911]　　　　此行不爲鱸魚膾
바다 진미가 오래 머문 사람에게 달구나[912]　　　　海味惟甘久住人

골짝은 청계의 그 어디에 있는가[913]　　　　洞在淸溪何處邊
상방 스님 방엔 푸른 산빛 이어졌네[914]　　　　上方僧室翠微連

---

907 호계(虎溪) : 중국 진(晉)나라 고승 혜원(慧遠)이 거주했던 여산 동림사(東林寺) 앞의 시내이다. 혜원은 평소 방문객을 배웅할 때 호계를 넘어서지 않았는데, 도연명(陶淵明)과 육수정(陸修靜)을 배웅할 때에는 자신도 모르게 그 시내를 건넜으므로, 세 사람이 모두 큰 소리로 웃었다는 일화가 유명하다. 《蓮社高賢傳》

908 호계(虎溪)의……찾아왔네 : 승려 영일(靈一)의 〈승원(僧院)〉에 나오는 구절이다.

909 등불……짝하여 : 백거이(白居易)의 〈한단에서 동짓날 밤 집을 그리며〔邯鄲冬至夜思家〕〉에 나오는 구절이다.

910 일 년……지나는구나 : 최민동(崔敏童)의 〈성 동쪽 집에서 연회하며〔宴城東庄〕〉에 나오는 구절이다.

911 이번……아니지만 : 이백(李白)의 〈가을에 형문현에 도착하다〔秋下荊門〕〉에 나오는 구절이다.

912 바다……달구나 : 경위(耿湋)의 〈강남에 놀러가는 친구를 전송하며〔送友人遊江南〕〉에 나오는 구절이다.

913 골짝은……있는가 : 장욱(張旭)의 〈도화계(桃花谿)〉에 나오는 구절이다.

914 상방(上方)……이어졌네 : 이영(李郢)의 〈갠 봄날 강가 정자에서〔江亭春霽〕〉에 나오는 구절이다.

시장 멀어 소반엔 두 가지 반찬 없으나[915]　　　盤飧市遠無兼味

추위와 굶주림만 면한 채 몇 해 지냈네[916]　　　猶免飢寒得數年

오랜 홰나무 높은 버드나무 여름날 그늘 맑은데[917]　古槐高柳夏陰淸

객사의 가난한 살림이라 손님맞이 끊어졌네[918]　　客舍貧居絶送迎

세상사 뜬 구름 같으니 물어 무엇하리[919]　　　世事浮雲何足問

향 사르고 주발 씻으며 여생을 보내리라[920]　　　焚香洗鉢過餘生

도성 떠난 뒤 늘 매놓지 않은 배가 되어[921]　　　去國長如不繫舟

마음은 호숫물 따라 유유히 흘러가네[922]　　　心隨湖水共悠悠

만나기 어려운 태평시절 만났건만[923]　　　　　太平時節難身遇

915　시장……없으나 : 두보(杜甫)의 〈손님이 오다〔客至〕〉에 나오는 구절이다.

916　추위와……지냈네 : 백거이(白居易)의 〈스스로 기뻐하다〔自喜〕〉에 나오는 구절이다.

917　오랜……맑은데 : 무원형(武元衡)의 〈여름날 육삼달·육사봉과 아울러 왕념팔 중주에게 부침〔夏日寄陸三達陸四逢幷王念八仲周〕〉에 나오는 구절이다.

918　객사의……끊어졌네 : 채희적(蔡希寂)의 〈낙양객사에서 할아버지를 만나 머물러 잔치함을 읊음〔洛陽客舍逢祖詠留宴〕〉에 나오는 구절이다.

919　세상사……무엇하리 : 왕유(王維)의 〈배적과 함께 술을 마시며〔酌酒與裵廸〕〉에 나오는 구절이다.

920　향……보내리라 : 이단(李端)의 〈밤에 풍덕사에 투숙하여 해상인을 뵙다〔夜投豐德寺謁海上人〕〉에 나오는 구절이다.

921　도성……되어 : 이백의 〈최시어에게 부침〔寄崔侍御〕〉에 나오는 구절이다.

922　마음은……흘러가네 : 장열(張說)의 〈양육을 보내며〔送梁六〕〉에 나오는 구절이다.

923　만나기……만났건만 : 한유(韓愈)의 〈고부의 노사형 조장의 원일조회(元日朝廻) 시를 받들어 화답함〔奉和庫部盧四兄曹長元日朝廻〕〉에 나오는 구절이다.

부질없이 남관 쓰고 초수[924]를 배우네[925]　　　空戴南冠學楚囚

아득한 세상만사 허사로 돌아가니[926]　　　茫茫萬事坐成空
베갯머리에서 잠시 봄꿈을 꾸는 듯[927]　　　枕上片時春夢中
적막한 강 하늘 구름 안개에 갇혀 있고[928]　　　寂寞江天雲霧裡
용매[929]는 모두 떠나고 새들만 바람 부르네[930]　　　龍媒去盡鳥呼風
　　뒤늦게 갑신년(1884, 고종21) 정변과 을유년(1885) 정변을 슬퍼한다.

산사에 종 울릴 제 낮에도 벌써 어둑하고[931]　　　山寺鳴鍾晝已昏
비 머금은 조각구름 외딴 마을로 흘러드네[932]　　　斷雲含雨入孤村
동풍이 종일토록 방지[933]에 불건만　　　東風盡日吹芳芷

924　초수(楚囚) : 나라가 위태한 상황에서 더 이상 어찌 할 수 없이 군색한 처지에
빠져 있는 사람을 의미하는 말이다. 274쪽 주 198 참조.

925　부질없이……배우네 : 조하(趙嘏)의 〈장안추망(長安秋望)〉에 나오는 구절이다.

926　아득한……돌아가니 : 백거이(白居易)의 〈비바람 속에 늦게 정박하다〔風雨晚
泊〕〉에 나오는 구절이다.

927　베갯머리에서……듯 : 두보(杜甫)의 〈춘몽(春夢)〉에 나오는 구절이다.

928　적막한……있고 : 두보(杜甫)의 〈엄중승이 외람되이 방문해주시다〔嚴中丞枉駕
見過〕〉에 나오는 구절이다.

929　용매(龍媒) : 훌륭한 말, 준마(駿馬)를 가리킨다.

930　용매(龍媒)……부르네 : 두보(杜甫)의 〈위풍 녹사 댁에서 조패(曹霸) 장군이 말
을 그린 그림을 보았다〔韋諷錄事宅觀曹將軍霸畫馬圖〕〉에 나오는 구절이다.

931　산사에……어둑하고 : 맹호연(孟浩然)의 〈밤에 녹문으로 돌아가며〔夜歸鹿門
歌〕〉에 나오는 구절이다.

932　조각구름……흘러드네 : 한악(韓偓)의 〈봄이 다 갔다〔春盡〕〉에 나오는 구절이다.

933　방지(芳芷) : 향초를 말한다. 굴원(屈原)의 《이소경(離騷經)》에 "두형과 방초를

만학천봉 속에서 홀로 문 닫아 걸었구나⁹³⁴　　　　　萬壑千峰獨閉門

지금은 낙양 시절과 같지 아니하여⁹³⁵　　　　　如今不似洛陽時
꿈에선 임금님 뵙고 깨고 나면 의심하네⁹³⁶　　　　夢見君王覺後疑
초음⁹³⁷이 뼈를 가르듯 하다 괴이해 마오⁹³⁸　　　　莫怪楚吟偏斷骨
노년엔 부질없이 눈물이 옷깃 적신다네⁹³⁹　　　　老年空有淚沾衣

높은 데 올라서 석양을 한탄할 것 없으니⁹⁴⁰　　　　不用登臨恨落暉
인생 칠십은 예로부터 드물다네⁹⁴¹　　　　　人生七十古來稀
세속의 정 이미 뜬 구름 따라 흩어지고⁹⁴²　　　　世情已逐浮雲散
장생술 좋아해 기심⁹⁴³을 없애려 하네⁹⁴⁴　　　　曾向長生說息機

섞어 심었다.〔雜杜蘅與芳芷〕"라는 구절이 있다.

934　만학천봉……걸었구나 : 유문방(劉文房)의 〈정산인이 사는 곳을 들러보다〔過鄭山人所居〕〉에 나오는 구절이다.

935　지금은……아니하여 : 왕유(王維)의 〈송별(送別)〉에 나오는 구절이다.

936　꿈에선……의심하네 : 왕소백(王少伯)의 〈장신추사(長信秋詞)〉에 나오는 구절이다.

937　초음(楚吟) : 굴원(屈原)의 이소(離騷)를 비롯하여 《초사(楚辭)》에 나오는 모든 애원(哀怨)의 읊조림들을 가리킨 말이다. 억울한 유배객의 시를 통틀어 칭한 것이다.

938　초음이…마오 : 위장(韋莊)의 〈함양을 회고함〔咸陽懷古〕〉에 나오는 구절이다.

939　노년엔……적신다네 : 유장경(劉長卿)의 〈청계어귀에서 악주로 돌아가는 사람을 보내며〔靑溪口送人歸岳州〕〉에 나오는 구절이다.

940　높은……없으니 : 두목(杜牧)의 〈구일제산등고(九日齊山登高)〉에 나오는 구절이다.

941　인생……드물다네 : 두보(杜甫)의 〈곡강(曲江)〉에 나오는 구절이다.

942　세속의……흩어지고 : 소정(蕭靜)의 〈삼상유회(三湘有懷)〉에 나오는 구절이다.

이상은 연화봉(蓮花峰)에 오른 것이다. 아래의 시도 동일하다.

높은 벼랑 타며 부여잡고 오르는데[945]	盤崖緣壁試攀躋
하늘 위 지는 해는 나그네 향해 기우네[946]	落日亭亭向客低
밤 되자 마음은 만 리를 달리는데[947]	向夜欲歸心萬里
무심한 봄풀은 무성하기도 하네[948]	不關春草綠萋萋

장사[949] 귀양살이 예나 지금이나 가여우니	長沙謫居古今憐

943 기심(機心) : 기심은 순수하지 못한 마음, 술수를 부리는 마음이다. 《장자(莊子)》〈천지(天地)〉편에서는 춘추 시대 공자의 제자 자공(子貢)이 일찍이 초(楚)나라를 유람하고 진(晉)나라로 가면서 한수의 남쪽을 지나다가 만난 노인에게 용두레 사용을 권하자, 그 노인이 "기계를 사용하는 경우에는 기심이 생긴다〔有機事者必有機心〕"라고 한 데서 유래한 말로 나온다. 《열자(列子)》〈황제(黃帝)〉편에는 바닷가에서 어떤 사람이 늘 해오라기와 친하게 지냈는데, 어느 날 기심(機心)을 지니고 잡으려고 기다리자 해오라기가 그를 피하여 높이 날았다는 내용이 나온다.

944 장생술……하네 : 이백(李白)의 〈사명으로 돌아가는 하감을 보내며〔送賀監歸四明應制〕〉에 나오는 구절이다. 하감은 하지장(賀知章)을 말하는데, 호가 사명광객(四明狂客)이다.

945 높은……오르는데 : 잠삼(岑參)의 〈서쪽 정자에서 이사마를 보내며〔西亭子送李司馬〕〉에 나오는 구절이다.

946 하늘……기우네 : 유장경(劉長卿)의 〈여간 고성에 올라〔登餘干古城〕〉에 나오는 구절이다.

947 밤……달리는데 : 허혼(許渾)의 〈최처사 산장을 읊다〔題崔處士山莊〕〉에 나오는 구절이다. 어떤 책에는 시의 제목이 '제최처사산거(題崔處士山居)'로 되어 있기도 하다.

948 무심한……하네 : 온정균(溫庭筠)의 〈양류 8수(楊柳八首)〉에 나오는 구절이다.

949 장사(長沙) : 한(漢)나라 가의(賈誼)가 좌천되었던 곳이다. 가의가 장사왕(長沙王)의 태부(太傅)로 쫓겨난 뒤 상수(湘水)를 건너다가 이곳에서 빠져 죽은 굴원을 생각

해 저문 깊은 산에 두견새 우는구나[950]　　　　落日深山哭杜鵑

함께 쫓겨난 신하되어 그댄 더욱 멀리 가니[951]　　同作逐臣君更遠

꿈 속 영혼이 서로 어울려 다닐 수 있으리라[952]　　夢魂可以相周旋

　　이상은 흑산도(黑山島) 귀양객 상서 이용원(李容元)[953]을 생각하며 지은
것이다.

약 먹고 한가로이 자며 못난 몸 보양하니[954]　　　服藥閒眠養不才

해마다 봄빛은 누굴 위해 찾아오나[955]　　　　　年年春色爲誰來

하며 자신의 감회를 덧붙여 애도하는 글을 지었던 고사가 있다. 《史記 卷84 賈生列傳》

950　해……우는구나 : 이문산(李文山)의 〈황릉묘(黃陵廟)〉에 나오는 구절이다.

951　함께……가니 : 유장경(劉長卿)의 〈길주로 좌천된 배랑중을 거듭 보내며〔重送裴
郎中貶吉州〕〉에 나오는 구절이다.

952　꿈……있으리라 : 고적(高適)의 〈환산음을 얻어 산인 심사를 전송하며 짓다〔賦
得還山吟送沈四山人〕〉에 나오는 구절이다.

953　이용원(李容元) : 1832~1911. 본관은 전주이다. 1875년(고종12) 별시(別試)에
급제, 동부 승지·대사간을 지냈다. 1876년 강화도조약에 반대하는 척사소(斥邪疏)를
올렸다가 흑산도(黑山島)로 유배된 최익현(崔益鉉)의 석방을 요청하는 상소를 올렸다.
1890년 형조 참판 재직 중 민씨척족(閔氏戚族)들이 고종을 선양(禪讓)시키고 세자의
대리청정을 획책하자, 이에 반대하여 흑산도로 유배되었다가 1894년 정치개혁이 이루
어지면서 풀려났다. 1908년 이토 히로부미 초대 통감(統監) 환영회의 발기인을 맡고,
1910년에는 한일병합을 관철하기 위해 조직된 국민협성회(國民協成會)의 산하 단체인
한국평화협회(韓國平和協會)에 발기인으로 참여, 한일병합조약이 체결된 후 일본정부
로부터 남작 작위를 받았고, 1911년에는 은사공채(恩賜公債) 2만 5천 원을 받았다.

954　약……보양하니 : 위응물(韋應物)의 시 〈가중군 왕로의 22번째 편지〔假中枉盧二
十二書〕〉에 나오는 구절이다.

955　해마다……찾아오나 : 잠삼(岑參)의 〈고업성에 올라〔登古鄴城〕〉에 나오는 구절
이다.

꽃길은 손님 온다고 쓸어 본 적이 없고[956]　　　　　　花逕不曾緣客掃

직접 심은 한송을 누워서 마주하네[957]　　　　　　臥對寒松手自栽

　이상은 직접 화분에 소나무를 심은 일을 읊은 것이다.

봄 성안에 꽃잎 날리지 않는 곳 없고[958]　　　　　　春城無處不飛花

안개 긴 버들은 바람에 나부껴 언덕을 스치네[959]　　　　烟柳風絲拂岸斜

길가의 명리객에게 물어보나니[960]　　　　　　借問路傍名利客

말 타고 이제 가면 뉘댁으로 들어가는가[961]　　　　馬蹄今去入誰家

　이상은 과거 보러 가는 사람에게 준 것이다.

시가 완성되매 껄껄 웃으며 물가를 굽어보고[962]　　　詩成笑傲凌滄洲

취하여 꽃가지 꺾어 산가지로 삼네[963]　　　　　醉折花枝當酒籌

부귀는 어쩌면 풀잎 끝의 이슬 같은 것　　　　　富貴如何草頭露

내일 아침엔 머리 풀어헤치고 조각배 타리라[964]　　明朝散髮弄扁舟

---

956 꽃길은……없고 : 두보(杜甫)의 〈손님이 오다〔客至〕〉에 나오는 구절이다.

957 직접……마주하네 : 황보염(皇甫冉)의 〈가을날 동쪽 교외에서 짓다〔秋日東郊作〕〉에 나오는 구절이다.

958 봄……없고 : 한굉(韓翃)의 〈한식(寒食)〉에 나오는 구절이다.

959 안개……스치네 : 옹도(雍陶)의 〈천진교 춘망(天津橋春望)〉에 나오는 구절이다.

960 길가의……물어보나니 : 최호(崔顥)의 〈화음현을 지나가며〔行經華陰〕〉 시에 나오는 구절이다.

961 말……들어가는가 : 장적(張籍)의 〈가도를 만남〔逢賈島〕〉에 나오는 구절이다.

962 시가……굽어보고 : 이백(李白)의 〈강가에서 읊다〔江上吟〕〉에 나오는 구절이다.

963 취하여……삼네 : 백거이(白居易)의 〈이씨 열한 번째와 함께 술에 취해 원씨 아홉째를 추억함〔同李十一醉憶元九〕〉에 나오는 구절이다.

쉽게 뒤집히는 사람 마음 물결과도 같아[965]　　　　人情翻覆似波瀾

변방은 쓸쓸하여 길 가기도 어렵구나　　　　　　關塞蕭條行路難

산마루 수풀 우거져 천리 시야 가리는데[966]　　　嶺樹重遮千里目

근심스레 바라보니 정북쪽이 장안이구나[967]　　愁看直北是長安

남국 미인의 푸른 아미 수심이 가득[968]　　　　美人南國翠蛾愁

마름꽃을 따려 해도 자유롭지 못하네[969]　　　欲採蘋花不自由

난간에 홀로 기대 회포 풀기 어려운데[970]　　　獨憑欄干意難寫

저녁하늘 새 기러기는 강섬에서 날아오르네[971]　暮天新雁起汀洲

964 내일……타리라 : 이백(李白)의 〈선주 사조루에서 교서 숙운을 전별하며[宣州謝朓樓餞別校書叔雲]〉에 나오는 구절이다.

965 쉽게……같아 : 왕유(王維)의 〈배적과 함께 술을 마시며[酌酒與裴廸]〉에 나오는 구절이다.

966 산마루……가리는데 : 유종원(柳宗元)의 〈유주 성루에 올라 창주(漳州)・정주(汀州)・봉주(封州)・연주(連州) 네 고을에 부침[登柳州城樓寄漳汀封連四州]〉이라는 시에 나오는 구절이다.

967 근심스레……장안이구나 : 두보(杜甫)의 〈소 한식에 배안에서 지음[小寒食舟中作]〉에 나오는 구절이다.

968 남국……가득 : 무원형(武元衡)의 〈형수(荊帥)〉라는 시에 나오는 구절이다.

969 마름꽃을……못하네 : 유종원(柳宗元)의 〈조시어가 상현을 지나며 부쳐온 시에 답함[酬曹侍御過象縣見寄]〉에 나오는 구절이다.

970 난간에……어려운데 : 최로(崔魯)의 칠언율시 〈악양에서 회포를 말하다[岳陽言懷]〉에 나오는 구절이다.

971 저녁하늘……날아오르네 : 두목(杜牧)의 막내아들인 두순학(杜荀鶴)의 시 〈신안(新鴈)〉에 나오는 구절이다.

홀로 높은 누대에 올라 고향 그리는 마음[972]　　　獨上高樓故國情

흐느끼는 저녁 피리소리 외로운 성에서 일어나네[973]　暮笳嗚咽起孤城

어려움과 고통으로 귀밑머리 다 희었거니[974]　　　艱難苦恨繁霜鬢

강가에 봄풀 돋는 것 몇 번이나 보았던가[975]　　　江上幾看芳草生

그대들과 술 마시니 마음 절로 풀어지고[976]　　　酌酒與君意自寬

흥이 이니 오늘 그대와 기쁨을 다하세[977]　　　　興來今日盡君歡

친구의 집은 복사꽃 핀 언덕에 있으니[978]　　　　故人家在桃花岸

백번 서로 방문해도 뜻이 다하지 않네[979]　　　　百遍相過意未闌

　이상은 왕래한 여러 손님들에게 준 것이다.

972　홀로……마음 : 양사악(羊士諤)의 〈등루(登樓)〉 시에 나오는 구절이다.

973　흐느끼는……일어나네 : 최로(崔魯)의 칠언율시 〈악양에서 회포를 말하다〔岳陽言懷〕〕 끝부분에 나오는 구절이다.

974　어려움과……희었거니 : 두보(杜甫)의 〈등고(登高)〉 시에 나오는 구절이다.

975　강가에……보았던가 : 최로(崔魯)의 칠언율시 〈악양에서 회포를 말하다〔岳陽言懷〕〉에 나오는 구절이다.

976　그대들과……풀어지고 : 왕유의 〈그대와 술 마시다〔酌酒與君〕〉에 나오는 구절이다. 왕유의 시에는 "그대와 술 마시니 그대 절로 너그러워지고〔酌酒與君君自寬〕"로 되어 있다.

977　흥이……다하세 : 두보(杜甫)의 〈9일에 남전의 최씨 집에서〔九日藍田崔氏莊〕〉에 나오는 구절이다.

978　친구의……있으니 : 상건(常建)의 〈3일에 이씨 아홉째의 집에 찾아가다〔三日尋李九莊〕〉에 나오는 구절이다.

979　백번……않네 : 두보(杜甫)의 〈시름을 달래려 습유원 길에서 19조장에게 가볍게 드림〔遣悶戲呈路十九曹長〕〉에 나오는 구절이다.

풀빛 파릇파릇 버들 빛 노란데[980]   草色靑靑柳色黃

바닷가 하늘엔 수심 정히 아득하구나[981]   海天愁思正茫茫

해마다 꽃이 져도 봐 줄 사람 없으니[982]   年年花落無人見

여전히 한 고을에 머문 채 음서도 막혔네[983]   猶自音書滯一鄕

높은 누에 홀로 오르니 생각이 많아라[984]   高樓獨上思依依

신선 산은 하늘에 떠 있고 섬들은 조그마하네[985]   仙嶠浮空島嶼微

제비처럼 가볍지 못한 이 몸을 한하노니[986]   自恨身輕不如燕

어느 해에나 제성을 향해 날아갈까[987]   何年却向帝城飛

숭산의 난야[988] 한 봉우리 맑게 개고[989]   崇丘蘭若一峰晴

---

980 풀빛……노란데 : 잠삼(岑參)의 〈봄날 생각〔春思二首〕〉에 나오는 구절이다.

981 바닷가……아득하구나 : 유종원(柳宗元)의 〈유주 성루에 올라 창주·정주·봉주·연주 네 고을에 부침〔登柳州城樓寄漳汀封連四州〕〉에 나오는 구절이다.

982 해마다……없으니 : 사마례(司馬禮)의 〈궁원(宮怨)〉에 나오는 구절이다.

983 여전히……막혔네 : 유종원(柳宗元)의 〈유주 성루에 올라 창주·정주·봉주·연주 네 고을에 부침〔登柳州城樓寄漳汀封連四州〕〉에 나오는 구절이다.

984 높은……많아라 : 황보염(皇甫冉)의 〈단도현령 온씨와 함께 만세루에 올라〔同溫丹徒登萬歲樓〕〉에 나오는 구절이다.

985 신선……조그마하네 : 이백(李白)의 〈하감으로 돌아가는 사명을 보내며〔送賀監歸四明應制〕〉에 나오는 구절이다. 하감은 하지장(賀知章)을 말하는데, 호가 사명광객(四明狂客)이다.

986 제비처럼……한하노니 : 조하(趙嘏)의 〈장신궁(長信宮)〉에 나오는 구절이다.

987 어느……날아갈까 : 이백의 〈하감으로 돌아가는 사명을 보내며〉에 나오는 구절이다.

988 난야(蘭若) : 아란야(阿蘭若)로 적정한 곳〔寂靜處〕, 시끄러움이 없는 곳〔無諍

아득히 텅 빈 골짜기에 들새 소리 들리네[990]　　　　　虛谷迢遙野鳥聲

오직 은자만이 스스로 오고 갈 뿐[991]　　　　　　　　惟有幽人自來去

벽라의를 잠영[992]과 바꾸려 않네[993]　　　　　　　　不將蘿薜易簪纓

누군가의 옥피리 소리 고요히 날아드는데[994]　　　　　誰家玉笛暗飛聲

호수의 달 숲의 바람 서로 더불어 맑구나[995]　　　　　湖月林風相與淸

이 곡조는 응당 천상의 것이리니[996]　　　　　　　　此曲秖應天上有

향대[997]에 어찌 세간의 정이 있으랴[998]　　　　　　香臺豈是世中情

　　이상은 피리 부는 소리를 듣고 쓴 것이다.

處〕, 한적한 사찰을 말한다.

989 숭산의……개고 : 왕유(王維)의 〈승여선사ㆍ소거사의 숭산난야에 들러〔過乘如
禪師蕭居士嵩丘蘭若〕〉에 나오는 구절이다.

990 아득히……들리네 : 장열(張說)의 〈옹호산사(灉湖山寺)〉에 나오는 구절이다.

991 오직……뿐 : 맹호연(孟浩然)의 〈밤에 녹문으로 돌아가는 노래〔夜歸鹿門歌〕〉에
나오는 구절이다.

992 벽라의를 잠영(簪纓) : 벽라의는 은거자의 복장이며 잠영은 비녀와 갓끈, 곧 벼슬
아치의 복장을 가리키는 말이다.

993 벽라의를……않네 : 장열(張說)의 〈옹호산사(灉湖山寺)〉에 나오는 구절이다.

994 누군가의……날아드는데 : 이백의 〈봄밤 낙양성에서 피리소리를 들으며〔春夜洛
城聞笛〕〉에 나오는 구절이다.

995 호수의……맑구나 : 두보의 〈서당에서 술을 마시다 밤이 되자 이상서를 맞이하여
말에서 내려 달빛 아래 절구를 지었다〔書堂飮旣夜復邀李尙書下馬月下賦絶句〕〉에 나오
는 구절이다.

996 이 곡조……것이리니 : 두보의 〈화경에게 드림〔贈花卿〕〉에 나오는 구절이다.

997 향대(香臺) : 향을 사르는 대(臺)로 불전(佛殿) 혹은 사찰의 별칭이다.

998 향대에……있으랴 : 장열(張說)의 〈옹호산사(灉湖山寺)〉에 나오는 구절이다.

편안히 자고 밥 잘 먹는 것 만한 게 없으니[999]　　不如高臥且加餐

세상의 헛된 명성 실로 부질없다네[1000]　　世上虛名好是閑

이로부터 일신의 계획 정해졌나니[1001]　　從此自知身計定

굳이 옮겨 깃들어 한 나뭇가지에 안주하리라[1002]　　强移棲息一枝安

　　이상은 임시 거처를 옮긴 것이다. 아래 2수도 같다.

푸른 숲 짙은 그늘 사방을 덮었고[1003]　　綠樹重陰盖四鄰

꿩 소리 깍깍 들밭은 봄이로구나[1004]　　雉聲角角野田春

고인[1005]은 여러 번 진번[1006]의 탑상 내리고　　高人屢下陳蕃榻

---

999 편안히……없으니 : 왕유(王維)의 〈배적과 함께 술을 마시며[酌酒與裵廸]〉에 나오는 구절이다.

1000 세상의……부질없다네 : 잠삼(岑參)의 〈한준이 들러줌을 기뻐하며[喜韓樽相過]〉에 나오는 구절이다.

1001 이로부터……정해졌나니 : 오융(吳融)의 〈칠반령을 오르며[登七盤嶺]〉에 나오는 구절이다.

1002 굳이……안주하리라 : 두보의 〈막부에서 잔다[宿府]〉에 나오는 구절이다.

1003 푸른……덮었고 : 왕유의 〈원외랑 노상과 함께 처사 최흥종의 임정에 들러서[與盧員外象過崔處士興宗林亭]〉에 나오는 구절이다.

1004 꿩소리……봄이로구나 : 나은(羅隱)의 〈나부수(羅敷水)〉에 나오는 구절이다.

1005 고인(高人) : 명예와 이익 따위를 떠나 자연 속에서 학문을 연마하며 은둔하는 선비로, 고사(高士)라고도 한다.

1006 진번(陳蕃) : 후한 때 인물로, 《후한서(後漢書)》〈서치전(徐穉傳)〉에 진번이 태수로 있으면서 다른 빈객은 일체 사절하고 서치가 올 때에만 특별히 의자를 내려놓았다가 그가 가면 다시 올려놓았다는 고사가 있다. 또 이백의 시 〈최시어에게 부침[寄崔侍御]〉에 "고인은 누차 진번의 탑상을 내리고, 과객은 사조의 누각에 오르기 어려워라.[高人屢解陳蕃榻 過客難登謝眺樓]"라는 구절이 있다.

사립문에서 전송할 땐 달빛이 새롭구나[1007]　　　相送柴門月色新

구름 낀 숲에서 새 우는 작고 가난한 마을[1008]　　　鳥啼雲樹小村貧
고요한 낮 성근 발 사이로 제비들 지저귀네[1009]　　　晝靜簾疎燕語頻
손님 이르면 머물게 해 크게 취할 줄만 알아[1010]　　　客到但知留一醉
앓고 난 뒤엔 늙고 쇠약한 몸만 남았네[1011]　　　病餘收得到頭身

생각하니 이 몸은 부귀한 몸이 아니건만[1012]　　　自想身非富貴身
글과 검[1013]으로 풍진에 늙어갈 줄[1014] 어찌 알았으랴

　　　豈知書劒老風塵
갓도 벗고 우뚝한 소나무 아래 걸터앉으니[1015]　　　科頭箕踞長松下

1007　사립문에서……새롭구나 : 두보의 〈남쪽 이웃〔南鄰〕〉에 나오는 구절이다.

1008　구름……마을 : 서인(徐夤)의 〈홍문(鴻門)〉에 나오는 구절이다.

1009　고요한……지저귀네 : 백거이의 〈만춘(晩春)〉에 나오는 구절이다.

1010　손님……알아 : 이백의 〈동계공의 고요한 거처에 쓰다〔題東谿公幽居〕〉에 나오는 구절이다.

1011　앓고……남았네 : 백거이의 〈새해에 들어서 기뻐하며 스스로 읊다〔喜入新年自詠〕〉에 나오는 구절이다.

1012　생각하니……아니건만 : 백거이의 〈광음(狂吟)〉에 나오는 구절이다.

1013　글과 검 : 글을 읽어 관리가 되고 칼을 잡고 종군(從軍)하는 것으로 문관이나 무관이 되는 것을 말한다. 맹호연(孟浩然)의 시 〈낙양에서 월나라로 가다〔自洛之越〕〉에 "삼십 년을 허둥지둥, 글과 칼 다 못 이뤘네.〔遑遑三十年 書劒兩無成〕"라고 하였다.

1014　글과……줄 : 두보의 〈인일에 두이습유에게 부침〔人日寄杜二拾遺〕〉에 나오는 구절이다. 인일은 음력 1월 7일이다.

1015　갓도……걸터앉으니 : 왕유의 〈원외랑 노상과 함께 처사 최흥종의 임정에 들러서〔與盧員外象過崔處士興宗林亭〕〉에 나오는 구절이다.

천리 강산이 새로이 흥취에 드는구나[1016]　　　　　千里湖山入興新

산 아지랑이 끼었다 사라지는 반 이랑 남짓 밭[1017]　　壓破嵐光半畝餘
석상의 이끼는 광려산[1018]과 비슷하네[1019]　　　　石床苔蘚似匡廬
바닷가 산은 본래 나의 고향 아니어서　　　　　　海山不是吾鄕處
올라서 바라보긴 좋아도 살기엔 좋지 않네　　　　只合登臨不合居

좋은 바람 모 심은 밭에 초록으로 불어가나[1020]　　惠風吹綠過秧田
영락하고 쇠한 혼은 갑절이나 암담하네[1021]　　　零落殘魂倍黯然
태평성대인 지금 세상 우로의 은택 많으니[1022]　　聖代卽今多雨露

1016　천리……드는구나 : 전기(錢起)의 〈강화군으로 돌아가는 구양자를 보내며[送歐陽子還江華郡]〉에 나오는 구절이다.

1017　산……밭 : 이함용(李咸用)의 〈유처사의 집에 쓰다[題劉處士居]〉에 나오는 구절이다.

1018　광려산(匡廬山) : 중국 강서성(江西省) 구강현(九江縣) 사이에 있는 산이다. 혹은 중국 여산(廬山)을 가리키기도 하는데, 옛날 은(殷)·주(周) 때에 광속(匡俗)이라는 사람의 형제 일곱 명이 여산에 집을 짓고 은둔하였기 때문에 광려라 부르게 되었다 한다.

1019　석상(石床)의……비슷하네 : 이중(李中)의 〈곽판관 유재 벽에 쓰다[書郭判官幽齋壁]〉에 나오는 구절이다.

1020　좋은……불어가나 : 송나라 완원(王阮)의 〈조정승에게 감사하며 양민묘에 절하고, 머물러 시 2수를 짓다[謝趙宰 拜襄敏墓 幷留題二首]〉에 나오는 구절인데, 원래 시구는 "惠風吹綠散秧田"이다.

1021　영락하고……암담하네 : 유종원의 〈아우인 종일과 이별하며[別舍弟宗一]〉에 나오는 구절이다.

1022　태평성대인……많으니 : 고적(高適)의 〈협중으로 좌천된 이소부와 장사로 좌천된 왕소부를 보내며[送李少府貶峽中王少府貶長沙]〉에 나오는 구절이다.

어찌 쇠약하다 하여 여생을 아끼랴[1023]

술이 있어 그대를 만류하니 가지 말게나[1024]
온갖 계책 찾아봐도 한가함만 못하다네[1025]
천년 전 일은 지나가고 사람은 어디 있는가[1026]
시권만 길이 천지간에 남아 있으리[1027]

肯將衰朽惜殘年

有酒留君且莫還
尋思百計不如閒
千年事往人何在
詩卷長留天地間

(옮긴이 이지양)

1023 어찌……아끼랴 : 한유의 〈좌천되어 남관에 이르러 질손인 상(湘)에게 보여주다〔左遷至藍關示姪孫湘〕〉에 나오는 구절이다.

1024 술이……말게나 : 잠삼(岑參)의 〈한준이 들러줌을 기뻐하며〔喜韓樽相過〕〉에 나오는 구절이다.

1025 온갖……못하다네 : 한유의 〈흥을 부치다〔遣興〕〉에 나오는 구절이다.

1026 천년……있는가 : 유창(劉滄)의 〈장주회고(長洲懷古)〉에 나오는 구절이다.

1027 시권(詩卷)만……있으리 : 두보의 〈병을 칭탁하여 강동으로 돌아가는 공소보를 전송하고, 겸하여 이백에게 바치다〔送孔巢父謝病歸遊江東兼呈李白〕〉에 나오는 구절이다.

지은이 김윤식(金允植)

1835(헌종1)~1922. 자는 순경(洵卿), 호는 운양(雲養), 본관은 청풍(淸風)이다. 유신환(兪莘煥, 1801~1859)과 박지원의 손자인 박규수(朴珪壽, 1807~1876)에게 사사해 노론낙론계의 사상을 이어받았다. 1881년(고종18) 영선사로 파견된 일을 계기로 친청노선을 고수하였다. 일본과의 굴욕적 조약에도 순순히 응하여 많은 비판을 받기도 하였으나, 1919년 3·1운동의 고조기에 대일본장서(對日本長書)를 일본정부에 제출했던 일로 '만절(晚節)'이라 평가받기도 하였다. 김윤식은 조선의 최대 격변기에 온갖 부침을 겪으며 벼슬아치의 일생을 보내는 한편 문장가로서도 이름이 높았다. 1922년 그가 죽었을 때 '조선의 문호(文豪)'로 지칭되기도 하였다. 저서로는《운양집(雲養集)》,《음청사(陰晴史)》,《속음청사(續陰晴史)》등이 있다.

구지현

1970년 천안에서 태어났다. 연세대학교 국어국문학과를 졸업하고 동대학원에서 문학석사 및 문학박사 학위를 받았다.

연세대학교 BK사업단 연구원, 일본 게이오대학 방문연구원(일한문화교류기금 펠로우십)을 지냈고 현재 연세대학교 국학연구원 학술연구교수로 재직하고 있다. 저서로《계미통신사 사행문학연구》,《통신사 필담창화집의 세계》등이 있다.

이지양

1964년 안동에서 태어났다. 성균관대학교 국어국문학과를 졸업하고 성균관대학교 일반대학원에서 국문학 전공으로 문학석사, 고전문학 전공으로 문학박사 학위를 받았다.

동국대학교 한국문학연구소 연구교수, 부산대학교 인문학연구소 연구교수로 근무했고, 현재 연세대학교 국학연구원 연구교수로 재직하고 있다.

대표적인 논문으로〈연암문학을 통해 본 인간관과 진정론〉외 다수, 번역서로《조희룡전집》,《역주 이옥전집》외 다수, 저서로《홀로 앉아 금을 타고-옛글 속의 우리음악 이야기-》,《나 자신으로 살아갈 길을 찾다-조선 여성 예인의 삶과 자취-》가 있다.

권역별거점연구소협동번역사업 연구진

연구책임자 이광호(연세대학교 문과대학 철학과 교수)
공동연구원 김유철(연세대학교 문과대학 사학과 교수)
           허경진(연세대학교 문과대학 국어국문학과 교수)
선임연구원 구지현
           기태완
           백승철
           이지양
           이주해
           정두영
교열   김익수
           김영봉(권1, 2, 3)
연구보조원 안동섭

운양집 7

김윤식 지음 | 구지현 · 이지양 옮김
2014년 4월 30일 초판 1쇄 발행
편집 · 발행 도서출판 혜안 | 등록 1993년 7월 30일 제22-471호
주소 (121-836) 서울시 마포구 서교동 326-26번지 102호
전화 3141-3711 | 팩스 3141-3710 | 이메일 hyeanpub@hanmail.net
ⓒ한국고전번역원 · 연세대학교 국학연구원, 2014
Institute for the Translation of Korean Classics · Institute of Korean Studies Yonsei university

값 32,000원
ISBN 978-89-8494-497-8 94810

      978-89-8494-490-9 (세트)